Sharon Garlough Brown
Du schenkst meiner Hoffnung Flügel

Über die Autorin

Sharon Garlough Brown ist Pastorin und Autorin der erfolgreichen *Unterwegs mit dir*-Romanreihe. Gemeinsam mit ihrem Mann Jack leitet sie eine Gemeinde im schottischen Dundee. Ihren reichen Erfahrungsschatz aus vielen Jahren geistlicher Retraiten und Kurse über geistliche Übungen webt sie meisterhaft in ihre Bücher ein.

Sharon Garlough Brown

Du schenkst meiner Hoffnung Flügel

Roman

Aus dem Amerikanischen von Eva Weyandt

GerthMedien

Für meinen geliebten Sohn,
mit dem ich dieses Buch gemeinsam geschrieben habe.
Deine Weisheit, deine Einsichten und deine Kreativität
sind auf jeder Seite dieses Buches zu finden.
David, du inspirierst mich mit deinem Mut,
deiner Freundlichkeit und deiner Güte.
Ich bin unglaublich froh und stolz, deine Mutter zu sein!

Der Herr segne dich und beschütze dich.
Der Herr wende sich dir freundlich zu und sei dir gnädig.
Der Herr sei dir besonders nahe und gebe dir seinen Frieden.
4. Mose 6,24–26

Inhalt

Teil 1

DAS UNSICHTBARE

Darum verliere ich nicht den Mut.
Die Lebenskräfte, die ich von Natur aus habe, werden aufgerieben;
aber das Leben, das Gott mir schenkt, erneuert sich jeden Tag.
Die Leiden, die ich jetzt ertragen muss, wiegen nicht schwer und
gehen vorüber.
Sie werden mir eine Herrlichkeit bringen, die alle Vorstellungen
übersteigt und kein Ende hat.
Ich baue nicht auf das Sichtbare, sondern auf das, was jetzt noch
niemand sehen kann.
Denn was wir jetzt sehen, besteht nur eine gewisse Zeit.
Das Unsichtbare aber bleibt ewig bestehen.
· 2. Korinther 4,16–18 (GNB)

1

Der Kardinalsvogel, der früh am Morgen mit vorquellenden Augen und seiner roten Kopffedern beraubt in ihrem Futterhäuschen landete, war entweder krank oder verletzt. Wren Crawford stellte ihre Kaffeetasse auf den Küchentisch und beobachtete ihn durch die Glastür zur Veranda. Wenn er nicht jetzt gleich tot zu Boden fiel, würde sie ihn vermutlich später im Garten finden. Sie hoffte nur, sie würde schneller sein als die Katze der Nachbarn.

Schnell suchte sie im Schrank unter dem Spülbecken nach Gummihandschuhen. Sie würde auch eine Gartenschaufel holen. Vielleicht könnte sie ihn im Wald begraben.

Sie stellte sich die Szene gerade bildlich vor, als ihre Großtante Katherine Rhodes im Bademantel neben ihr auftauchte, eine Zeitschrift in der Hand. „Er ist in der Mauser", erklärte Kit. „Dieser kleine Kerl hat gerade alle seine Federn verloren."

Wren spürte, wie ihre Anspannung nachließ. „Dann ist er also nicht krank?"

„Nein, es geht ihm gut. Nur sieht er im Augenblick nicht besonders hübsch aus." Kits verständnisvolles Lächeln ließ erkennen, dass sie nicht nur erraten hatte, in welche Richtung Wrens Gedanken gewandert waren, sondern auch begriffen hatte, wie es dazu gekommen war. „Bei den meisten Vögeln geht die Mauser allmählich vonstatten", erklärte sie, „aber manchmal kommt es auch vor, dass ein Exemplar das Alte auf einmal und ziemlich unvermittelt abwirft."

Wren lebte nun schon seit neun Monaten mit Kit unter einem Dach, und mittlerweile hatte sie sich daran gewöhnt, dass ihre Großtante häufig in Metaphern sprach. Doch dieses Mal hielt Kit sich mit Erklärungen zurück und beließ es dabei. „Das wäre doch ein interessantes Motiv für ein Bild, meinst du nicht?", fragte sie und tippte Wren auffordernd auf den Unterarm.

Ja. Irgendwann vielleicht. Wenn sie wieder Energie für kreative Arbeit hätte. Schnell griff Wren nach ihrem Handy auf dem Küchentisch und machte ein Foto, bevor der Vogel davonflatterte.

Vincent hätte ihn ganz bestimmt gemalt, dachte sie später am Vormittag, während sie ihren Wagen mit den Putzmitteln aus dem Lagerraum des Pflegeheimes belud. Der Mann, dessen Motive Bauern und Sternennächte, Sonnenblumen und Eisvögel gewesen waren, hätte diesen Vogel in der Mauser mit einer solchen Einfühlsamkeit gemalt, dass es sie bestimmt zu Tränen gerührt hätte.

Weil sie mittlerweile wusste, wie es sich anfühlte, in der Mauser zu sein.

Sie schob ihren Wagen durch den ersten der drei Flure, für deren Reinigung sie zuständig war. An der Wand vor jeder Zimmertür gab es kleine Vitrinen mit ausgewählten Gegenständen, die das Personal und die Besucher an das Leben erinnern sollten, das die Bewohner des jeweiligen Zimmers geführt hatten, bevor sie ihre Arbeit, ihre Hobbys, ihre Gesundheit oder einen geliebten Menschen verloren hatten.

Bevor Wren Mr Kennedys Vitrine abstaubte, sprach sie ein kurzes Gebet für ihn. In dem Kasten lagen ein hochwertiger Markengolfball, eine Tüte mit altem Tomatensamen und ein Foto von ihm als stämmigem jungen Mann in einer Militäruniform. Die Mauser war eine gute Metapher, nicht nur für sie, sondern auch für die Menschen, um die sie sich hier kümmerte. Und nicht nur für die Bewohner, sondern auch für deren Angehörige, für die Menschen, die sie liebten. Die Ehepartner. Die Kinder. Die Enkel. Die Freunde. Sie alle verloren etwas Wesentliches. Jeder auf seine Weise, aber es geschah bei allen. Bei manchen etwas dramatischer als bei anderen.

„Guten Morgen, Mr Kennedy", grüßte Wren, während sie ihre Hände unter den Spender mit Desinfektionsmittel an der Wand hielt.

Mr Kennedy saß in einem zerschlissenen Sessel neben dem Bett. Sein dünnes Haar war noch nicht gekämmt, ein weißes Handtuch war wie ein Lätzchen in sein grau kariertes Schlafanzugoberteil gesteckt. Als er ihre Stimme wahrnahm, schaute er von seinem Frühstückstablett hoch, wo er gerade erfolglos versuchte, mit der Gabel ein Würstchen aufzuspießen. Heute Morgen zitterte seine Hand stärker als sonst.

Wren warf einen Blick durch die Tür in den Flur. Keine Schwester und keine Hilfskraft in Sicht. „Wie wäre es, wenn ich Ihnen ein wenig helfe?" Sie trat zum Sessel, nahm seine Hand und führte ihm die Gabel zum Mund. Er nahm den Bissen und kaute langsam. „Schmeckt das gut?"

Er schluckte, dann öffnete er den Mund wie ein kleiner Vogel. Sanft lockerte sie seine Hände, nahm die Gabel selbst in die Hand, schob einen weiteren Bissen darauf und hielt diesen an seine Lippen. Er nahm ihn, kaute und schluckte. Dann musste er husten. Die Essensreste aus seinem Mund spritzten in alle Richtungen.

„Alles in Ordnung?"

Er hustete erneut. Sie griff nach der Plastiktasse mit den beiden Henkeln auf seinem Tablett. „Das scheint Apfelsaft zu sein. Ist das in Ordnung? Oder soll ich Ihnen lieber etwas Wasser holen?"

„Saft ist in Ordnung", erwiderte er leise und mit rauer Stimme.

Sie legte seine Finger um die beiden Henkel. „Haben Sie sie?"

„Ja." Seine Hände zitterten so stark, dass ihm der Saft ins Gesicht spritzte, als er die Tasse an die Lippen führte. Sie wartete, bis er getrunken hatte, dann half sie ihm, die Tasse wieder aufs Tablett zu stellen. Gerade als sie ihm Kinn und Wangen mit einer Serviette abtupfen wollte, betrat eine der Krankenschwestern das Zimmer, eine kleine Schale mit Apfelmus, ein Glas Wasser und einen Plastikbecher mit Tabletten in den Händen. Greta warf Wren einen Blick zu, sagte aber nichts. „Ich habe hier Ihre Morgenmedizin, Pete."

Wren trat zur Seite.

„Hoppla", bemerkte Greta, „das sieht so aus, als hätten Sie geduscht." Sie wischte ihm mit einem Zipfel des Handtuchs die Speisereste ab.

Während Wren noch einmal ihre Hände desinfizierte, musterte sie die kleine Erinnerungssammlung vor dem Zimmer: die Figur eines Golfspielers mit Mr Kennedys eingraviertem Namen, ein Foto von ihm, wie er strahlend vor Glück neben seiner Frau auf einem Segelboot stand, und ein paar gerahmte Fotos von seinem Sohn und seinen Enkeln, die in Kalifornien lebten. Mr Kennedy sagte, sie kämen manchmal zu Besuch. Aber er sagte auch, seine Frau käme ihn von Zeit zu Zeit besuchen, doch sie war bereits vor sieben Jahren gestorben.

Greta gab ein wenig Apfelmus auf einen Löffel und legte eine Tablette darauf. „Okay, die erste, Pete. Mund auf. Etwas weiter. Alles drin? Gut." Sie beobachtete ihn beim Schlucken. „Brauchen Sie Wasser zum Runterspülen?" Als er nicht antwortete, stemmte sie eine Hand in die Hüfte. „Heißt das ‚Nein danke' oder ‚Ja bitte'?"

Er schluckte erneut und sagte: „Nein, danke."

Sie legte eine weitere Tablette auf den Löffel. „Also gut, jetzt die nächste. Sie kennen das ja. Gut gemacht. Noch eine, in Ordnung? Fast fertig."

Mr Kennedy verschluckte sich und hustete. Greta reichte ihm einen Becher. „Für heute ist ein Bad geplant. Wir sorgen dafür, dass Sie wieder schön frisch riechen."

Er murmelte etwas, das Wren nicht verstehen konnte.

„Brauchen Sie Hilfe, um auf die Toilette zu gehen?", fragte Greta.

„Das schaffe ich schon", erwiderte er.

„Aber nicht, dass Sie klingeln, wenn ich gerade gegangen bin. Ich bin jetzt hier. Sind Sie sicher, dass Sie jetzt nicht zur Toilette müssen?"

„Ja, bin ich."

„Na gut. Chelsea kommt gleich und hilft Ihnen beim Baden und Anziehen." Sie wandte sich an Wren. „Vielleicht sollten Sie mit dem Saubermachen bis nach dem Bad warten."

„In Ordnung", erwiderte Wren. Nachdem Greta das Zimmer verlassen hatte, trat sie an seinen Sessel. „Soll ich den Sportkanal für Sie einschalten, Mr Kennedy? Es ist Donnerstag. Ich wette, da läuft irgendwo ein Golfturnier."

Er nickte. Wren nahm die Fernbedienung vom Tisch und schaltete den Fernseher ein. Der richtige Sender war bereits eingestellt.

„Wollen Sie es gemeinsam mit mir ansehen?", fragte er. Seine Stimme war kaum lauter als ein Flüstern.

„Das würde ich gern tun, aber ich muss leider weitermachen. Wenn ich fertig bin, komme ich zu Ihnen. Wäre das in Ordnung?"

Er räusperte sich und schwieg einen Moment, als wäre er nicht sicher, ob er es schaffen würde, so laut zu sprechen, dass sie ihn verstehen könnte. „Sicher."

Wren lächelte ihn an. Manchmal war das Sprechen eine Heldentat für ihn, und wenn es nur zwei Silben waren. „Ich komme wieder, wenn Sie gebadet haben, und putze das Zimmer, okay?"

„Okay."

Sie legte die Fernbedienung auf den Tisch, sodass er sie erreichen konnte. „Brauchen Sie jetzt noch etwas?"

Er sah sie an. „Meine Brieftasche."

Wren schob eine Strähne ihrer dunklen Haare hinters Ohr. Dieses Gespräch hatte sie schon mehrmals mit ihm geführt. „Ihre Brieftasche ist sicher verwahrt. Die brauchen Sie heute nicht."

„Sie müssen doch ein Trinkgeld bekommen, wenn Sie mein Zimmer putzen."

Sie tätschelte ihm die Schulter. „Das ist schon in Ordnung, Mr Kennedy. Es ist alles bereits geregelt."

„Ich habe Ihnen schon was gegeben?"

„Ja." Das war die einfachste Antwort. „Wollen Sie jetzt weiterfrühstücken?"

„Sicher." In den drei Monaten, die sie ihn bereits kannte, hatte Wren nicht einmal mitbekommen, dass er darüber geklagt hätte, dass seine Würstchen oder Spiegeleier kalt geworden waren.

„In Ordnung, dann bis später." Von der Tür aus feuerte sie ihn im Stillen an, als er versuchte, einen Bissen auf die Gabel zu bekommen. Vermutlich war er früher genauso fest entschlossen gewesen, einen langen Putt ins Loch zu schlagen. Sie ordnete ein paar Flaschen auf ihrem Wagen und wartete, bis er sich erfolgreich die Gabel in den Mund gesteckt hatte, bevor sie zum nächsten Zimmer weiterging, innerlich voll Jubel über einen riesengroßen Sieg.

„Wren, könntest du mir mal kurz helfen?"

Wren hockte auf dem Teppich und sammelte heruntergefallene Heftklammern auf. Peyton war für das Unterhaltungsprogramm im Heim zuständig und gestaltete gerade die Infotafel neu. Sie hatte Onkel Sam, die Freiheitsglocke und Bilder von Feuerwerken abgenommen. Peyton war ein paar Jahre jünger als Wren. Dies war ihre erste Arbeitsstelle nach dem Collegeabschluss. Jetzt gestaltete sie die Infotafel mit Ankündigungen für eine tropische Strandparty.

Wren trat zu ihr an den Tisch, auf dem ausgeschnittene Bilder von Ananas, Palmen und Surfbrettern lagen.

„Kannst du die bitte mal halten?" Peyton reichte ihr zwei Rollen mit Luftschlangen, dann begann sie, die roten und gelben Luftschlangen miteinander zu verflechten. „Ich hoffe, dass es dieses Mal gut angenommen wird", bemerkte sie. „Die Party soll am Sonntagnachmittag stattfinden. Bestimmt sind dann mehr Enkelkinder mit dabei."

Wren nickte. Beim Grillfest am vierten Juli waren nur wenige Kinder da gewesen. Aber Mitte August würden sicher wieder mehr Familien in der Stadt sein. „Hast du dieses Thema schon mal angeboten?"

„Ja, kurz nachdem ich letzten Sommer hier angefangen habe. Aber die meisten werden sich nicht mehr daran erinnern. Und wir haben seitdem sehr viele neue Bewohner bekommen."

Wren zuckte innerlich zusammen. Peyton hatte das so beiläufig gesagt. Vermutlich hatte sie noch nie darüber nachgedacht, warum es so viel Wechsel im Heim gab. Dem Tod oder dem Verfall gegenüber gleichgültig zu werden, schien ein berufsbezogenes Phänomen im Willow Springs-Pflegeheim zu sein.

Peyton beendete ihre Arbeit, klebte ihr Ende der Luftschlangen zusammen und bedeutete Wren, ihre Seite abzureißen. „Danke", sagte sie, als Wren ihr das Ende reichte. „Könntest du mir beim Infobrett helfen oder hast du noch mit der Reinigung der Zimmer zu tun?" Wren legte den Rest des Krepppapiers auf den Tisch. „Mit den Zimmern bin ich fertig. Ich muss jetzt nur noch die Flure saugen." Da es nicht sinnvoll war, die Flure zu saugen, bevor Peytons Dekoration fertig war, griff sie nach den Pappbuchstaben. „Was willst du damit schreiben?"

„Ich habe alles hier aufgeschrieben." Sie deutete auf ein Blatt Papier.

Während Wren die Buchstaben für „Aloha, Freunde" und „Schön, dass Sie da sind" zusammensetzte, beschrieb Peyton ihre Pläne für die themenbezogene Dekoration, das Essen und die Bastelaktivitäten. Kayla, eine der Pflegehelferinnen, war in Hawaii aufgewachsen und bereit, einen Hula-Tanz vorzuführen. „Das wird den Leuten gefallen", schwärmte Peyton. „Sie kann uns einfache Bewegungen beibringen."

Wren fragte sich, wie sich Mr Kennedy wohl dabei fühlen würde, der kaum die Bewegung seiner Arme und Hände kontrollieren konnte.

Die Aufzugtüren glitten auf, und Wren warf einen Blick über die Schulter. Mrs Whitlocks Tochter Teri, die fast jeden Tag zu Besuch kam, nahm einen Besucherausweis aus dem Korb, straffte die Schultern und atmete tief durch, bevor sie merkte, dass sie beobachtet wurde. Als Wren ihr zuwinkte, lächelte sie, und ihr Blick wanderte zur Infotafel. „Ihr Mädels sorgt immer dafür, dass es hier drin so festlich aussieht."

Peyton warf ihren langen blonden Pferdeschwanz zurück und deutete einen Knicks an. „Danke. Ich tue mein Bestes."

Wren betrachtete die Infotafel.

„Ich unterbreche nur ungern", sagte Kayla, die gerade in den Aufenthaltsraum kam, „aber in Miss Daisys Bad gibt es ein kleines Missgeschick zu beseitigen."

„Ich komme sofort", sagte Wren und holte ihren Putzwagen aus dem Flur.

2

Katherine Rhodes las ihre Notizen für das Seminar am Samstag noch einmal durch, als ihr Handy auf dem Schreibtisch eine Nachricht von Wren anzeigte: *Hallo, Kit! Bleibe länger, um mit Mr Kennedy Golf zu schauen. Iss ruhig schon ohne mich zu Abend.* In dem Fall, dachte Kit, könnte sie ruhig auch noch etwas länger bleiben. *Klingt gut. Viel Spaß!*, tippte sie. Dann lehnte sie sich in ihrem Stuhl zurück und reckte sich. Ihre Amtszeit als Leiterin des New Hope-Einkehrzentrums in Kingsbury ging in wenigen Wochen zu Ende, und bis dahin blieb noch viel zu tun.

Fast vier Monate waren vergangen, seit sie ihre Kündigung eingereicht hatte, und das Kuratorium hatte die Suche nach einem Nachfolger oder einer Nachfolgerin für sie eigentlich bis Ende Juli abgeschlossen haben wollen. Aber jetzt stand der August vor der Tür, und bisher war noch niemand gefunden worden.

Na ja, vielleicht hatten sie ja schon jemanden im Blick, und sie wusste nichts davon. Der Auswahlprozess war sehr viel vertraulicher vonstattengegangen, als sie erwartet hatte – was ja das Vorrecht des Kuratoriums war, wie sie sich immer wieder selbst in Erinnerung rufen musste. Einige Namen von Personen, die ihrer Meinung nach für die Nachfolge geeignet waren, hatte sie ihnen genannt, doch die Stellenbeschreibung, die das Kuratorium am Ende entwickelt hatte, ließ erkennen, dass eine Richtungsänderung der Arbeit gewünscht war.

Von ihrem Schreibtisch nahm sie den Aktenordner mit der Aufschrift „Übergabe" und zog das einzelne Blatt heraus, das sie von der Webseite ausgedruckt hatte. Ihre Kündigung hatte dem Kuratorium die Möglichkeit gegeben, seine Vision der Arbeit neu zu definieren. Gesucht wurde eine Person mit ausgeprägten Führungseigenschaften, Unternehmergeist und Erfahrungen im digitalen Marketing und in der Beschaffung von Spendengeldern. Das Kuratorium suchte jemanden, der den Kreis der Geldgeber erweitern, die geplante Renovierung des Gebäudes managen und eine aktive Präsenz in den sozialen Medien entwickeln würde und somit den Wirkungskreis des New Hope-Zentrums in West Michigan und darüber hinaus ausweiten könnte.

Kit hatte es immer wieder erlebt, dass bei der Suche nach einem Nachfolger oder einer Nachfolgerin für eine bestimmte Position auf Begabungen und Stärken Wert gelegt wurde, die bei der Vorgängerin vermeintlich oder tatsächlich nicht vorhanden waren. Sie bemühte sich, das nicht persönlich zu nehmen. In all den Jahren ihrer Arbeit im New Hope-Zentrum hatte sie nie so getan, als wäre sie etwas anderes als eine geistliche Begleiterin und Leiterin von Retraiten.

Ihr Blick glitt über den abgetretenen Teppich in ihrem Büro. Das Gebäude war müde. Genau wie sie. Seit sie erkannt hatte, dass sie loslassen und zum nächsten Abschnitt in ihrem Leben Ja sagen musste, wie immer der sich gestalten mochte, hatte sich ihre Erschöpfung verstärkt und beschleunigt. Obwohl das Kuratorium ihr zugestanden hatte, nach ihrem Ausscheiden noch ein letztes Mal den „Glaubensreise"-Kurs zu leiten, war ihr klar geworden, dass es besser war, ganz zurückzutreten. Sollte der neue Leiter oder die neue Leiterin doch den Freiraum haben, eine Vision und Präsenz zu entwickeln, die anders war als ihre.

„Klopf, klopf!", rief eine bekannte Stimme von der Tür her.

„Mara!", rief Katherine. Hatte sie einen Termin mit ihr vergessen? Sie überflog ihren aufgeschlagenen Terminkalender. Kein Begleitgespräch für sechzehn Uhr. „Komm doch rein. Wie schön, dass du da bist!" Sie ließ die Stellenausschreibung wieder in ihrem Aktenordner verschwinden und stand vom Schreibtisch auf. Jetzt war es nötig, schnell umzuschalten, um betend präsent sein zu können.

Mara umarmte sie fest, bevor sie ihre perlenbesetzte Tasche auf den Boden stellte. Wie üblich trug sie leuchtende Farben – eine türkisfarbene Tunika, orange Armreifen und eine passende Halskette dazu – und ihre elfenbeinfarbene Haut unter ihren kastanienbraunen Haaren zeigte ein wenig Bräune um Nase und Stirn.

Kit wollte gerade die Christuskerze und eine Schachtel Streichhölzer holen, als Mara sagte: „Entschuldige, wenn ich störe, aber ich war gerade bei Gayle, um mit ihr über das Essen für deine Abschiedsfeier zu sprechen. Deine Bürotür stand offen, und ich wollte nur kurz Hallo sagen. Ich hoffe, das ist in Ordnung."

„Aber natürlich!" Es kam ihr sogar ganz gelegen. Ein normales Gespräch verlangte ihr sehr viel weniger an geistiger und emotionaler Energie ab als ein geistliches Begleitgespräch. „Ich wollte mir gerade eine Tasse Tee machen. Trinkst du eine mit?"

„Aber gern! Ingwer-Pfirsich, wenn du hast."

„Die Sorte habe ich extra für dich besorgt." Sie nahm die beiden Becher mit Motiven von Vincent van Gogh, die Wren ihr geschenkt hatte, vom Regal und hängte in jeden einen Teebeutel. „Ich gehe schnell in die Küche und stelle Wasser auf. Bin gleich wieder da."

„Ich komme mit", erklärte Mara. „Lass mal, die nehme ich schon."

Gemeinsam gingen sie durch den Flur zu der kleinen Küche. Maras Armreifen klapperten gegen das Porzellan. „Ich glaube, ich bin schon ein paar Monate nicht mehr hier gewesen." Sie deutete auf die Wände. „Mir gefallen die vielen Kunstdrucke. Ist das alles von van Gogh?"

„Ja. Wren hat die Bilder ausgewählt. Sind sie nicht beeindruckend?" An den Wänden im Flur hingen Bilder vom Säen und Ernten, von Weizenfeldern, Olivenhainen und ansprechenden Sonnenblumen in unterschiedlichen Phasen der Blüte und des Verfalls. Wenn die neue Leitung die Kunstwerke nicht behalten wollte, dann müssten alle Drucke heruntergenommen und die Wände frisch gestrichen werden.

„Was ist das hier?" Mara deutete mit dem Kinn auf die Skizze von einem kahlköpfigen älteren Mann, der vornübergebeugt auf einem Stuhl saß, die Ellbogen auf seine Oberschenkel stützte und die Finger zur Faust geballt an sein Gesicht drückte.

„*Worn Out*, heißt es", erklärte Kit. Mit diesem Bild hatte sie häufig meditiert. In der Küche goss sie das abgestandene Wasser aus dem Wasserkocher in den Ausguss und füllte ihn mit frischem Wasser. „Der arme Mann", sagte Mara. „Man möchte ihn geradezu einfach auf die Stirn küssen und ihm sagen, er solle durchhalten, nicht?" Oder mir einen Stuhl zu ihm heranziehen, dachte Kit, und einfach mit ihm schweigen.

Mara stellte die Becher auf die Arbeitsplatte und lehnte sich ans Spülbecken. „Arbeitet Wren heute hier?"

„Nein, sie ist im Pflegeheim."

„Hat sie ihre Stunden dort jetzt aufgestockt? Ich habe schon länger nicht mit ihr gesprochen."

„Nein, ihre Stundenzahl ist gleich geblieben. Aber sie verbringt einen großen Teil ihrer Freizeit dort und leistet den Bewohnern Gesellschaft."

„Gut für sie", erwiderte Mara. „Ich könnte das nicht. Viel zu traurig. Seltsam, dass sie damit kein Problem hat, ich meine wegen ihrer Depressionen und so." Sobald sie die Worte ausgesprochen hatte, schlug sie die Hand vor den Mund. „Entschuldigung, das kam nicht so, wie ich es gemeint hatte. Ich wollte sagen, ich bin überrascht, dass es sie nicht deprimiert, wenn sie ständig von Krankheit und Tod umgeben ist."

Diesen Gedanken hatte auch Kit schon gehabt. Ja, es war erstaunlich, dass Wren sich von der Traurigkeit dieses Ortes nicht herunterziehen ließ, sondern ihn eher tröstlich fand. Er schien ihr sogar etwas zu geben. *Gefährten im Leid*, sagte sie häufig. Eine große Gemeinschaft.

„Ich bin froh, dass sie ganz gut zurechtkommt", fuhr Mara fort. „Aber ich sage ihr immer wieder, dass sie ihr Talent vergeudet, wenn sie Toiletten putzt und Böden schrubbt. Sie sollte irgendwo Kunsttherapie anbieten. Nicht mit misshandelten Frauen und Kindern wie früher. Ich verstehe, dass ihr das zu viel geworden ist. Aber irgendwo, wo sie mit anderen malen und zeichnen kann. Wenn im Budget bei Crossroads genügend Geld wäre, würde ich sie sofort einstellen, damit sie mit unseren Leuten arbeitet. Sie könnten wahrhaftig ein wenig Kunst gebrauchen, die ihre Welt heller macht."

Sie redete wie Wrens Mutter Jamie, die häufig ähnliche Sorgen und Wünsche für ihre Tochter äußerte. Wren würde es sicher leichter fallen, das von Mara zu hören als von ihrer Mutter.

Das Wasser kochte, und Kit hielt die beiden Becher hoch. „*Sternennacht* oder *Iris*?"

„*Sternennacht.*"

Sie goss das Wasser zuerst in Maras Becher, dann reichte sie ihr einen Löffel. „Du kannst selbst entscheiden, wie stark du ihn haben möchtest."

„Ach, heute kann der Beutel ruhig drinbleiben. Je stärker, desto besser."

„So ein Tag also, ja?"

„So eine Jahreszeit", erwiderte Mara. „Ich erspare dir die Details, bis wir uns zum Begleitgespräch treffen. Jetzt möchte ich mit dir lieber über deine Verabschiedung reden."

Kit rührte in ihrer Tasse. „Ich fürchte, diese Feier entwickelt sich ein wenig zäh." Sie drückte den Teebeutel aus und warf ihn in den Mülleimer, der dringend geleert werden musste. Sie musste Wren unbedingt daran erinnern, stärker auf diese Dinge zu achten. Die neue Leitung würde vielleicht nicht so nachsichtig sein.

„Wren hat mir gesagt, dass du deinen Abschied lieber sang- und klanglos nehmen würdest. Kommt nicht infrage, Katherine! Wir werden eine Feier für dich organisieren, ob es dir nun gefällt oder nicht. In all diesen Jahren hast du so vielen Menschen geholfen zu erkennen, wie sehr Gott sie liebt und wie sehr sie ihm am Herzen liegen – du wirst nicht von hier fortgehen, ohne dass wir dich gebührend feiern. Direkte Anweisung von Jesus. Du kannst ja mal mit deiner eigenen geistlichen Begleitung über deinen inneren Widerstand sprechen."

. Kit lachte. „Ich habe dich zu gut ausgebildet, Mara."

„Ha! Jetzt mit sechzig bin ich froh, dass ich unterwegs doch ein paar Dinge gelernt habe." Sie hakte sich bei Kit ein. „Und jetzt sprechen wir über diese Abschiedsfeier, ja?"

Sie hätte keine besonderen Wünsche in Bezug auf das Essen, meinte Kit, als sie in ihrem Büro saßen, und ein richtiges Abendessen sei doch nicht nötig. Appetithäppchen und Kuchen, hätte sie gedacht. „Wir werden hier nicht einfach Chips und Dips aus dem Supermarkt auftischen, Katherine. Wenn du ein Problem damit hast, dann sprich mit deiner Tochter. Ich bekomme meine Anweisungen von ihr."

„Aha", erwiderte Kit und hob in gespielter Ergebenheit die Hände, „dann ist es also beschlossene Sache. Wer bin ich, dass ich Sarah widersprechen würde – oder Jesus?"

Mara grinste. „Jetzt sind wir auf dem richtigen Weg."

Kit trank einen Schluck Tee. Das New Hope-Zentrum hatte kein Geld für eine derart große Feier. Wenn Sarah auf einem großen Abendessen bestanden hatte, dann würden sie und Zach vermutlich die Rechnung bezahlen. *Nimm es doch einfach an, Mama*, würde Sarah sagen. *Und freu dich über die Liebe und Wertschätzung, die dieses Geschenk ausdrückt.*

Nachdenklich schaute sich Mara im Büro um. „Ich kann nicht glauben, dass du in den Ruhestand gehst. Wir werden dich hier vermissen."

„Ich bleibe ja in der Nähe", erwiderte Kit.

„Das will ich doch hoffen. Mich wirst du auf jeden Fall nicht los. Ich werde ständig bei dir auf der Matte stehen."

„Und ich werde mich freuen, dich zu sehen."

Mara legte die Hand auf ihr Herz. „Das hast du immer. Und ich werde dir immer dankbar sein, dass du mir nachgegangen bist, als ich beim ersten Kurs alles hinschmeißen wollte." Sie klopfte auf das Sofakissen. „Seither bin ich einen ziemlich weiten Weg mit dir gegangen. Und es tut mir so leid, dass ich an deinem letzten Seminar nicht teilnehmen kann. Ich wäre so gern dabei, aber samstagvormittags bin ich für die Ausbildung der Ehrenamtlichen zuständig, und im Augenblick kann niemand für mich einspringen."

„Mach dir keine Gedanken", beruhigte Kit sie. „Deine Arbeit ist wichtig für das Reich Gottes." Sie erinnerte sich nicht mehr, wie lange

Mara nun schon zusammen mit anderen die Obdachlosenunterkunft leitete, aber in dieser Aufgabe war sie mit ihrer Leidenschaft und ihren Talenten eine gute Besetzung. Hinzu kam noch ihre persönliche Erfahrung, weil sie und ihr Sohn früher selbst einmal in diesem Heim gelebt hatten. Sie konnte glaubwürdig eine der vielen wunderbaren Geschichten davon erzählen, wie ein Leben neu wurde, und Katherine hatte das Vorrecht gehabt, diese Geschichte zum Teil mitzuerleben. Sie umschloss ihren Teebecher mit beiden Händen.

Dieser Teil ihrer Arbeit war noch nicht vorbei, sagte sie sich. Sie konnte sich auch weiterhin mit Menschen treffen, die sich sie als Begleiterin für ihren Glaubensweg wünschten, um tiefer in Gottes Liebe und Gnade hineinzuwachsen – falls Gott sie auch weiterhin für diese Arbeit befähigte. In den vergangenen Monaten hatte sie verstärkt erleben können, wie Gottes Kraft gerade durch ihre Schwachheit gewirkt hatte. Und das war an sich schon ein Geschenk der Gnade.

„Bitte erinnere mich immer wieder daran, dass ich das, was ich tue, für Gott und sein Reich tue", bat Mara, „denn ich muss dir was sagen: Vielleicht werde ich jetzt im Alter ein wenig unleidlich. Aber ich habe neuerdings einfach keine Geduld mit Menschen, die sich nicht weiterentwickeln wollen."

„Das hört sich so an, als gäbe es eine Geschichte dahinter", erwiderte Kit.

„Hast du ein paar Minuten Zeit?"

„Natürlich."

Mara stellte ihren Becher auf den Couchtisch. „Gott weiß, dass ich nicht mit dem Finger auf Menschen zeige, die dummes Zeug reden. Ich bin selbst eine, die bei jeder Gelegenheit ins Fettnäpfchen tritt. Aber wenn man etwas Unüberlegtes sagt, das einen anderen verletzt ... und dann wütend wird, wenn einem gesagt wird, dass das wehgetan hat, wenn man sich dann auch noch verteidigt und dem anderen vorwirft, überempfindlich zu sein, anstatt die Möglichkeit in Betracht zu ziehen, dass man selbst blind oder unwissend ist ..." Sie atmete tief und lange aus und blies ihren Pony zurück. „Ich kenne dieses Verhalten. Ich habe es in meiner Ehe viel zu lange ertragen.

Darum sind meine Antennen vermutlich ganz besonders sensibel, wenn ich mitbekomme, dass jemand sich einem anderen gegenüber so verhält. Und das geschieht neuerdings häufiger bei Crossroads. Ich habe das so satt. Darum habe ich das angesprochen und einige der Ehrenamtlichen damit ziemlich auf die Palme gebracht. Wenn das so weitergeht, dann haben wir bald vermutlich nicht mehr viele Leute, die mithelfen."

„Das tut mir leid zu hören", erwiderte Kit und stellte ihren Becher ebenfalls ab. „Gibt es ein bestimmtes Thema oder Muster? Oder herrscht einfach eher eine allgemeine Gereiztheit?"

Mara legte ihre Füße, die in Sandalen steckten, auf die Tischkante. „Ich habe den Eindruck, dass die Leute unglaublich reizbar sind, egal, wo du hinschaust. Es gibt so viel Rechthaberei. Aber das meine ich gar nicht. Ich spreche davon, wie einige von den weißen Ehrenamtlichen den afroamerikanischen Bewohnern und ehrenamtlichen Helfern begegnen, und über die Bemerkungen, die sie gemacht haben. Nicht nur über sie, sondern auch direkt ihnen gegenüber."

Kit spürte, wie sich ihre Schultern verspannten. Mit so etwas hatte sie nicht gerechnet, und sie fühlte sich ganz und gar nicht imstande, ein solches Gespräch zu führen. *Hilf mir, Herr.*

„Offener Rassismus ist leicht aufzuzeigen und zu benennen", fuhr Mara fort. „Wir haben versucht, unsere Mitarbeiter und Ehrenamtlichen für die etwas unterschwelligeren Formen zu sensibilisieren. Aber wenn man erklärt, warum etwas, das jemand gesagt oder getan hat, problematisch ist, dann kommt sofort die Reaktion: ‚Warum legst du eigentlich alles sofort rassistisch aus?' Und dann ist kein Gespräch mehr möglich."

Kit hoffte sehr, dass dies nicht die Einleitung zu einer politischen Diskussion wäre. Sie hatte die Spaltungen so satt und war nicht dazu aufgelegt, ihre üblichen Fragen zu stellen, die ihr Gegenüber in eine andere Richtung lenken sollten: „Wozu, glaubst du, lädt dich Gott in einer solchen Situation ein?" Oder: „Was sagt dir dein innerer Aufruhr in Bezug darauf, was du von Gott brauchst?" Diese Fragen gehörten in ein seelsorgerliches Gespräch. Im Augenblick brauchte sie die Gnade, gut zuzuhören und nicht zu reagieren, egal, was Mara sagte. Sie legte die geöffneten Hände in den Schoß. Lass los. Empfange.

Mara beugte sich vor und polierte einen angekratzten orange lackierten Zehnagel, bevor sie ihre Füße wieder auf den Boden stellte.

„Ich nenne dir mal ein Beispiel: Letzte Woche kam einer von unseren langjährigen Ehrenamtlichen – Larry, er ist schon lange Christ –, um bei der Essensausgabe zu helfen. Die Kinder lieben ihn sehr. Er ist wie ein Großvater zu ihnen, er spielt mit ihnen und gibt ihnen immer was zu lachen. Aber ich musste Larry in der Vergangenheit schon häufiger auf Bemerkungen ansprechen, die er gemacht hat – zum Beispiel hat er einigen der afroamerikanischen Jungen gesagt, sie müssten sich in der Schule anstrengen und hart arbeiten, wenn sie nicht in Gangs landen oder drogenabhängig werden wollen."

Kit runzelte die Stirn.

„Ja, genau", fuhr Mara fort. „Letzte Woche ist er in die Küche gekommen, während wir noch Sandwiches machten und alles vorbereiteten. Wir haben eine neue Ehrenamtliche, die bei der Vorbereitung hilft – Ruth, eine ältere schwarze Frau. Er ist freundlich zu ihr, er möchte, dass sie sich willkommen fühlt, als Teil der Familie. Das ist alles okay. Aber nachdem er sich ein wenig mit ihr unterhalten hat, schaut er sie an, als sei sie von einem anderen Planeten, und sagt: ‚Wow! Sie sind ja erstaunlich wortgewandt.' Ruth legt den Kopf schief, mustert ihn von oben bis unten und wirft ihm einen Blick zu, der besagt: ‚Es lohnt sich nicht, darauf zu antworten.' Dann wendet sie sich zu Debra um, die neben ihr steht und Möhren schneidet. Larry schnappt sich einen Keks und schlendert in den Speisesaal, um auf die Kinder zu warten. Und ich denke mir, das kann ich nicht durchgehen lassen. Das ist zu wichtig. Weil das genau das ist, wofür wir unsere Ehrenamtlichen sensibilisieren wollen, verstehst du? Für genau solche Bemerkungen und Einstellungen, die uns gar nicht bewusst sind, die aber andere verletzen und Schaden anrichten. Wir bemühen uns doch, so miteinander umzugehen, wie Jesus mit den Menschen umging. Das ist unser Wunsch. Das ist unser Auftrag."

Kit nickte zustimmend.

„Ich stand also da neben dem Herd und hörte zu, wie Ruth und Debra miteinander plauderten. Ich wollte sie nicht unterbrechen und Ruth fragen, wie sie sich fühlt. Das würde ich lieber in einem Gespräch unter vier Augen machen. Darum folgte ich Larry in den Speisesaal. Es war sonst niemand da, darum setzte ich mich zu ihm an einen Tisch und erklärte ihm, so entschlossen und ruhig ich konnte, dass seine Bemerkung Ruth gegenüber vielleicht ein Kompliment sein sollte, doch dass er damit eigentlich ein rassistisches Klischee bedient hätte. Es sei eine dieser Mikroaggressionen gewesen, über die wir bereits häufiger gesprochen hätten. Er explodierte, hob die Hände und erklärte mir, er hätte es so satt, ständig vorgeworfen zu bekommen, er sei ein Rassist. Dabei wollte er doch nichts anderes, als – und ich zitiere jetzt – ‚diesen Menschen zu helfen, etwas aus ihrem Leben zu machen‘.“

Kit schaute sie nur an und wusste nicht genau, was sie antworten sollte. Sie war noch nie im Crossroads-Haus gewesen, und sie hatte sich nie Gedanken darüber gemacht, wie rassistische Vorurteile sich auf die Gemeinschaft auswirken würden, für die Mara tätig war. Sie könnte ihre Unwissenheit auf diesem Gebiet eingestehen. Aber die Wahrheit war, dass sie sich immer bemüht hatte, Menschen nicht nach ihrer ethnischen Zugehörigkeit wahrzunehmen oder das irgendeine Rolle spielen zu lassen. Und dass Mara jetzt so offen über Hautfarbe sprach, war ihr unangenehm. Zum Glück hatte sie sehr viel Übung darin, ihre Gedanken und Reaktionen zu kontrollieren, sodass Mara das vermutlich nicht merkte – selbst wenn sie sie aufmerksam beobachtete.

„Ich habe mich bemüht, vernünftig mit ihm zu reden. Ich habe ihm versichert, dass er im Crossroads-Haus herzlich willkommen ist und wie wichtig er für die Kinder sei. Aber ich habe ihm auch gesagt, es wäre auch für alle wichtig, dass er seine blinden Flecken anerkennt. Und dass ich mir wünschte, dass wir alle miteinander lernen würden. Ich sagte, wir alle bräuchten noch mehr Schulungen zum Thema Gerechtigkeit zwischen ethnischen Gruppen. Da ist er gegangen. Er sagte, er hätte diesen ganzen Mist mit der politischen Korrektheit so satt, und stürmte aus dem Gebäude, gerade als die Kinder kamen. Die

Mails, die ich ihm daraufhin schickte, hat er nicht beantwortet. Ich musste ihn also gehen lassen. Und ein paar andere, bei denen er offenbar seinen Unmut rausgelassen hat, hat er mitgenommen. Sie waren so empört darüber, was ich zu ihm gesagt hätte und wie ich ihn – sie malte Anführungszeichen in die Luft – ‚verurteilt' hätte, dass sie auch gegangen sind."

„Oh, das tut mir leid", sagte Kit nach einer Weile. „Das scheint ja wirklich eine schwierige Situation zu sein."

„Ja", erwiderte Mara, „aber hier geht es ja nicht nur um mich. Das mache ich mir immer wieder bewusst." Sie faltete die Hände im Schoß. „Später habe ich mit Ruth darüber gesprochen – sie und Debra haben beide gesehen, wie er rausgestürmt ist –, und sie meinte, sie mache sich mehr Sorgen darum, wie die Kinder reagieren, wenn sie erfahren, dass Larry vermutlich nicht zurückkommt und sich nicht mal von ihnen verabschiedet hat. Sie haben schon so viele Brüche erlebt, und jetzt verlieren sie noch einen Menschen, der ihnen etwas bedeutet. Sie hat recht, und das macht mir sehr zu schaffen. Wenn er nur offen gewesen wäre für die Möglichkeit, etwas Neues zu erkennen, dann hätten wir gemeinsam weitergehen können, so chaotisch und schwierig und frustrierend das vielleicht auch gewesen wäre. Wir hätten gemeinsam einen Weg suchen können."

„Ja, ich weiß, das hättest du getan", sagte Kit. „Ich habe wirklich Hochachtung davor, wie du dich für all diese Menschen einsetzt – auch für die, die deine Arbeit schwierig machen. Du weißt, Mara, dass sich darin sehr viel Liebe zeigt, oder? Ganz besonders in Zeiten wie diesen."

Mara legte den Kopf in den Nacken und schloss die Augen. „Es ist im Augenblick so laut, verstehst du? Alles ist so laut. Wir hören einander nicht. Da sind ständig Auseinandersetzungen, ständig werden Etiketten aufgeklebt und Urteile gefällt. Und seit wann ist ‚Gerechtigkeit' ein Schimpfwort? Wann sind einige Christen zu dem Schluss gekommen, dass es ein Politikum ist, sich für Gerechtigkeit und für Menschen einzusetzen, die am Rande der Gesellschaft stehen, und nicht vielmehr ein Auftrag im Reich Gottes? Ich verstehe es nicht."

„Ich auch nicht. Aber ich bin froh, dass du vor Ort bist und tust, was du tust. Damit nutzt du deine eigenen Erfahrungen treu und verantwortungsbewusst."

Mara schaute sie wieder an. „Manchmal frage ich mich allerdings, ob mir diese Themen so wichtig wären, wenn sie für mich nicht so persönlich wären. Würde ich so allergisch auf Rassismus reagieren, wenn nicht eines meiner Kinder Rassismus bereits am eigenen Leib erfahren hätte? Ich sage nicht, dass Jeremys Probleme allein auf seine Hautfarbe zurückzuführen sind, aber als Kind einer weißen Mutter und eines schwarzen Vaters einen rassistischen Tyrannen als Stiefvater zu haben war nicht gerade hilfreich gewesen. Und ich schätze, ein Teil von mir bereut noch immer, dass ich mich manches Mal nicht gegen Tom gestellt und ihm Einhalt geboten habe. Auch wenn ich verstehe, warum ich es nicht getan habe, warum ich das Gefühl hatte, ich könnte es nicht. Aber wenn ich jetzt aufstehen und für diese Kinder eintreten kann, die nicht mal meine eigenen sind, dann tue ich das mit meiner ganzen Kraft. Wenn es eine Möglichkeit gibt, Menschen, die das Gefühl haben, vergessen oder geschlagen worden zu sein, oder das Gefühl vermittelt bekommen haben, weniger wert zu sein wegen ihrer Hautfarbe oder Armut oder mangelnder Bildungsmöglichkeiten oder was auch immer, den Rücken zu stärken, dann suche ich danach. Selbst wenn andere sich darüber aufregen."

Kit wünschte, sie könnte Mara ein Video zeigen, wie sie selbst vor Jahren auf dieser Couch gesessen hatte, tief verstrickt in Scham und Schuldgefühle, in Angst und Selbstverurteilung und fest davon überzeugt, dass es ihr nie gelingen würde, zu erfassen, wie groß die Liebe Gottes zu ihr war, oder diese Liebe anzunehmen. Welch großartiges Zeugnis für die Gnade und Macht Gottes. Und was für eine Ehre, dachte sie, nachdem Mara ihr Büro verlassen hatte, weil sie zu einer Sitzung musste, was für eine Freude, Gottes Wirken aus erster Hand miterleben zu dürfen und zu sehen, wie er Fesseln löste und befreite Menschen hinaussandte in die Welt.

Das Knarren der Haustür ließ Kit später am Abend hochfahren. Sie war auf der Couch eingeschlafen. Die Bibel, die aufgeschlagen auf ihrem Schoß lag, fiel zu Boden. „Hallo", grüßte sie, als Wren mit dem Rucksack über der Schulter das Zimmer betrat.

„Hallo. Ach, entschuldige, habe ich dich aufgeweckt?"

„Ja, aber das macht nichts. Ich bin wohl kurz eingenickt." Sie schob ihre Brille zurecht. „Wie spät ist es?"

„Kurz vor neun." Wren streifte ihre Sneakers ab.

„War es ein guter Tag?"

„Ja, ganz in Ordnung. Es war ziemlich ruhig, abgesehen von Miss Daisy."

Kit hob ihre Bibel vom Boden auf und legte sie auf den Couchtisch. In den vergangenen Monaten hatte sie viel von der armen Frau gehört, die ihre Puppe nicht aus der Hand gab und flehte, ihre Eltern sollten kommen und sie nach Hause holen.

„Fast den ganzen Morgen hat sie verschlafen, doch heute Nachmittag war sie sehr unruhig. Mr Kennedy fragte ständig, ob jemand ihr wehtäte. Ich weiß nicht, ob er sich daran erinnert, dass sie fast jeden Tag schlechte Phasen hat." Wren zog den Reißverschluss ihres Rucksacks auf und nahm ihre Uniform heraus. „Eine Pflegehelferin hat ihr dieses Lied ‚Daisy, Daisy' vorgesungen, und dann haben sie ihr anscheinend ein Sedativum gegeben, denn als ich ging, schlief sie tief und fest."

„Das ist ein altes Lied", bemerkte Kit. „Meine Großmutter hat mir das immer vorgesungen. ‚Daisy, Daisy, gib mir doch deine Antwort.' Es geht dabei um irgendeine Kutsche und ein Fahrrad für zwei." Sie sah vor sich, wie sich ihre Großmutter über sie beugte und mit strahlendem Gesicht leise dieses Lied sang und sich dazu ganz leicht im Rhythmus bewegte. Ihr Atem hatte nach Lakritz gerochen. „Ich habe immer gewollt, dass sie ‚Kitty, Kitty' sang. Funktionierte nicht ganz so gut. Aber wegen dieses Liedes habe ich mir immer ein Tandem gewünscht – ein Fahrrad für zwei."

Ihre Arbeitskleidung noch immer im Arm, setzte sich Wren auf die Armlehne der Couch. „Hast du eins bekommen?"

„Nein. Nie. Robert hatte nicht viel übrig fürs Fahrradfahren, und wozu braucht man ein Tandem, wenn man niemanden hat, der mitfährt."

„Wir sollten dir eins besorgen."

Kit lachte. „Jetzt bin ich ein wenig zu alt für so etwas."

„Aber du bist doch noch nicht alt, Kit."

Sie lachte erneut. „Vielen Dank." Da war der Anflug eines Funkelns in Wrens sanften braunen Augen. In letzter Zeit war das häufiger bei ihr zu beobachten. Trotzdem durfte man das nicht als selbstverständlich hinnehmen. Nicht, wo es sie so viel Mühe kostete und sie sich so anstrengen musste, damit es ihr gut ging. Kit wünschte, es wäre nicht so.

„Ich meine, du bist eine jugendliche, gesunde Mittsiebzigerin. Nicht wie einige der Bewohner in Willow Springs."

Auch das war für Kit nicht selbstverständlich.

„Welche Farbe hätte dein Fahrrad haben sollen?", fragte Wren.

„Ach, keine Ahnung. Das wäre, glaube ich, egal gewesen."

„Aber wenn du wählen könntest."

„Komm nicht auf dumme Ideen, Wren."

„Tue ich nicht. Ich frage nur."

Kit strich mit den Fingern über ein Sofakissen. „Blau, denke ich."

„Hell oder dunkel?"

„Hell. Wie die Farbe deiner Uniform."

Wren schaute auf das Kleiderbündel in ihren Armen herunter. „Da wir gerade davon sprechen, ich muss heute noch waschen. Meine drei Outfits sind jetzt offiziell schmutzig." Sie deutete auf einen großen Fleck auf der Bluse. „Tomatensoße. Ich habe mir Pasta aus der Cafeteria geholt und wollte beim Golfschauen mit Mr Kennedy essen. Ich hoffe nur, dass etwas davon bis morgen trocken ist."

„Musst du morgen denn wieder arbeiten?"

„Eine Kollegin ist krank, und ich werde vormittags gebraucht. Nach dem Mittagessen komme ich ins New Hope-Zentrum und putze dort." Sie hielt inne. „Falls das in Ordnung ist. Entschuldige, ich hätte das erst mit dir absprechen sollen."

„Nein, das ist in Ordnung. Du weißt ja, dass du dir deine Arbeitszeit flexibel einteilen kannst. Aber natürlich muss alles sauber sein, bevor die Gruppe am Samstag kommt."

„Gut, danke." Wren ging zur Terrassentür und sah hinaus in die Dämmerung. „Keine toten Kardinalsvögel?"

„Nein, ich glaube nicht."

„Das ist gut. Ich musste den ganzen Tag daran denken."

„Was meinst du?"

Wren drehte sich zu Kit um. „Was du gesagt hast über den kahlen Kardinalsvogel und die Mauser. Ich habe über dieses Bild nachgedacht."

„Ach ja? Erzähl mir mehr darüber."

„Gut, gern. Ich stelle erst mal rasch die Waschmaschine an. Hast du deine Gebetszeit schon gehabt?"

Wenn es ging, versuchten Kit und Wren abends gemeinsam zu beten – sie betrachteten eine Bibelstelle, lasen liturgische Gebete oder beteten mit einem Kunstwerk oder einer Collage, oder sie ließen im Gebet der liebenden Aufmerksamkeit den Tag noch einmal an sich vorbeiziehen. „Ich warte auf dich", versprach Kit und unterdrückte ein Gähnen.

Wren kam zurück und war mit ihrem Handy beschäftigt. „Beim Nachdenken über das Bild der Mauser fiel mir ein, dass Vincent es auch gebraucht hat. Er hat damit die Verluste in seinem Leben beschrieben." Sie ließ sich neben Kit auf der Couch nieder und reichte ihr das Handy. „Hier. Du kannst es selbst lesen. Das ist aus einem seiner Briefe an Theo."

Kit schob ihre Brille hoch, um zu lesen, was Vincent an seinen Bruder geschrieben hatte: „Was die Mauser für die Vögel ist, die Zeit, da sie das Gefieder wechseln, das sind Missgeschick und Unglück und schwierige Zeiten für uns Menschen. Man kann in dieser Mauserzeit verharren, man kann auch wie neugeboren daraus hervorgehen, aber jedenfalls geschieht das nicht in der Öffentlichkeit; es ist durchaus kein Spaß, und deshalb tut man besser daran, zu verschwinden."

„Es sind Worte, aus denen ich höre, wie verletzlich er war", bemerkte Kit. „Vielleicht spricht daraus auch Scham."

Wren nickte. „Das kann ich nachvollziehen. Ich habe diesen Impuls auch gehabt. Ich wollte mich am liebsten verstecken, um keine Erklärung geben zu müssen. Das macht es leichter." Kit gab ihr das Handy zurück, und sie legte es auf den Couchtisch. „Dawn hat mir bei unserem letzten Gespräch gesagt, es wäre schön, wenn ich versuchen würde, neue Freundschaften zu schließen und mehr Zeit mit Leuten meines Alters zu verbringen. Aber ich habe ihr geantwortet, dass mich das viel zu viel Kraft kostet. Als ich heute darüber nachgedacht habe, ist mir klar geworden, wie anstrengend diese Mauserzeit sein kann. Ich habe das Gefühl, ich muss mich auf nichts anderes als meine Arbeit konzentrieren, bis meine Federn wieder nachwachsen."

Kit konnte ihr nicht widersprechen, aber sie war froh, dass Wrens Therapeutin begonnen hatte, sie sanft aus ihrer Komfortzone zu stupsen. „‚Bis' ist ein gutes Wort", erwiderte sie. „Ich höre erwartungsvolle Hoffnung darin, als wärst du um eine Ecke gebogen, auf etwas Neues zu." Wren schaute sie verständnislos an. „Ich habe gehört, dass du gesagt hast: ‚*Bis* meine Federn nachwachsen'."

„Oh!" Wren lächelte flüchtig. „Danke, dass dir das aufgefallen ist. Das ist vermutlich schon ein Fortschritt."

„Ein großer Fortschritt. Und wenn Dawn denkt, du seist bereit für eine neue Herausforderung, dann nimm auch das als Wort der Hoffnung."

„Ja, mag sein", erwiderte Wren, aber es klang nicht sehr überzeugt.

Kit beschloss, sie nicht zu drängen. „Da wir gerade von Vögeln und Mauserzeiten sprechen", sagte sie, „meine Großmutter – die, die mir ‚Daisy, Daisy' vorgesungen hat – hatte einen Wellensittich. Er hieß Sokrates und war ein kleiner Pfiffikus. Sie hat ihn immer aus seinem Käfig genommen, wenn ich zu Besuch kam, und er machte dann Purzelbäume in meiner Hand. Er konnte auch meinen Namen sagen. ‚Kitty-kitty-kitty', plapperte er immer, und dann haben wir gelacht."

Wren zog die Knie hoch, legte das Kinn darauf und sah Kit interessiert an.

„Wenn er in der Mauser war, bekam er immer diese scharfen kleinen Stoppeln. ‚Stoppelfedern' werden sie genannt, und sie waren kratzig und sehr unbequem für ihn, wie kleine Stacheln. Stoppelfedern sind sehr empfindlich. Als Schutz für das neue Wachstum haben sie eine Art Ummantelung – so ähnlich wie Zehennägel. Doch irgendwann muss diese Schutzhülle abgeworfen werden, damit sich die Feder entfalten kann. Der kleine Sokrates hat sich deshalb ständig geputzt, um diese Schutzhüllen loszuwerden, aber an die Federn auf seinem Kopf kam er nicht heran. Wenn die Stoppelfedern dort dann stark genug waren, strich meine Großmutter ganz sanft darüber, damit das neue Wachstum sich entfalten konnte."

Seit Jahren hatte Kit nicht mehr daran gedacht, wie ihre Großmutter dem Sittich vorgesungen und ihn gestreichelt und wie dieser kleine Vogel sich an ihre Hand geschmiegt hatte, als wüsste er, dass sie etwas tat, was gut und wichtig für ihn war.

„Was du über die Mauser gesagt hast, Wren, wie anstrengend sie doch ist, das hat auch meine Großmutter immer gesagt. Sie sagte immer, Sokrates brauche in der Mauserzeit besonders viel liebevolle Zuwendung und Ruhe. Darum habe ich manchmal neben seinem Käfig gesessen und ihm vorgelesen, während er auf seiner Stange saß, und ich habe beobachten können, wie sich diese kleinen Stacheln des Sittichs in Federn verwandelt haben." Sie hielt inne. „Und das ist immer passiert."

Sie schwiegen, und Kit lauschte auf das Summen und Gurgeln der Waschmaschine, während ihre Gedanken zum New Hope-Zentrum, dem Kuratorium und ihrem Ruhestand wanderten. Nach einer Weile beugte sich Wren vor und gab ihr einen Kuss auf die Wange. „Danke, dass du mir einen sicheren Ort gibst, wo meine Stoppelfedern wachsen können. Und dass du so viel Geduld mit mir hast."

Langsam strich Kit sich durch ihr kurzes weißes Haar. „Ich glaube, ich erlebe im Augenblick auch eine Mauserzeit. Also danke, dass auch du Geduld mit mir hast."

Während der Wind mit dem Windspiel an der Dachtraufe spielte, sah Kit durch die Verandatür in die Dunkelheit hinaus, und ihre Gedanken wanderten zu dem kahlen Kardinal und zu Wren und den Bewohnern des Willow Springs-Pflegeheims und zu Mara und den Mitarbeitern und Bewohnern und Ehrenamtlichen vom Crossroads-Haus und zu all den stacheligen Orten von Beschwerlichkeit, Verlust und Veränderung, an denen Menschen so verletzlich waren. Nachdenklich strich sie sich noch einmal durchs Haar.

3

Sobald Wren am Freitagnachmittag ihre Schicht in Willow Springs beendet hatte, fuhr sie mit dem Fahrrad zum New Hope-Zentrum. „Es gibt doch Spenden für ein Abschiedsgeschenk für Katherine, nicht?", fragte sie Gayle, nachdem sie die Teilzeitkraft in ihrem Büro begrüßt hatte.

Gayle nickte und nahm einen Aktenordner aus ihrer Schreibtischschublade. „Ich führe genau Buch. Fast alle haben zugesagt zu kommen. In der Kapelle wird es also voll werden."

„Fantastisch", erwiderte Wren. Sie hoffte nur, dass Kit das ebenfalls fantastisch finden würde. „Hat das Kuratorium eigentlich die Absicht, ihr ein Geschenk zu kaufen, oder bekommt sie einen Scheck überreicht?"

„Keine Ahnung. Warum?"

„Ich hätte da eine Idee." Wren spähte hinaus in die Lobby, um sicherzugehen, dass Kit nicht in der Nähe war. „Gestern Abend hat sie erzählt, dass sie sich schon immer ein Tandem gewünscht hat."

„Im Ernst? Gibt es so was überhaupt noch?"

„Ich habe bereits im Netz gesucht und bin auf verschiedene Angebote gestoßen." Es gab sogar mehrere in der richtigen Farbe.

„Weiß Sarah davon?"

„Dass Kit sich ein Tandem wünscht?"

„Dass du eins für sie kaufen willst."

„Nein."

„Oh." Gayle legte eine Hand auf den Aktenordner. „Ich weiß nicht, Wren. Ich meine, wenn sie meine Mutter wäre …"

„Viele ältere Leute fahren Fahrrad. Und wir sprechen ja nicht über ein Mountainbike oder ein Rennrad. Ich bin früher mal Tandem gefahren. Ich könnte vorn sitzen. Das ist nicht schwer, wenn man es erst mal raushat."

„Aber wenn sie stürzt und sich die Hüfte bricht oder …"

„Schon verstanden." Wren hob die Hand. Sie brauchte niemanden, der ihre eigenen Befürchtungen noch verstärkte. „Vergiss es einfach. Vergiss, dass ich es erwähnt habe."

„Ich mache mir nur Sorgen, dass …"

„Schon gut."

Gayle verstaute den Aktenordner wieder in der Schublade. „Ich wollte deine Begeisterung nicht dämpfen, Wren."

„Schon in Ordnung." Wren nahm ihren Rucksack. „Ich muss mich jetzt an die Arbeit machen. Aber sag Kit bitte nichts von der Idee mit dem Tandem, okay?"

Gayle zog einen imaginären Reißverschluss zwischen ihren Lippen zu.

Wenn das Tandem kein Gemeinschaftsgeschenk sein konnte, dachte Wren, als sie im Flur um die Ecke bog, dann würde sie es ihr eben allein kaufen. Und niemand außer Kit bräuchte etwas davon zu erfahren.

Richtig so, Wrinkle, stimmte Casey ihr in ihren Gedanken zu.

Wren blieb so abrupt stehen, dass sie beinahe stolperte.

Selbst sieben Monate nach seinem Tod fuhr sie bei dem Gefühl, seine Stimme zu hören, zusammen. Sie klang so unglaublich lebensecht, und sie hätte schwören können, dass er unmittelbar neben ihr stand.

Oder hinter ihr.

Denn genau da hatte Casey immer gesessen, wenn sie sich am Samstag manchmal ein Tandem gemietet hatten und um den See geradelt waren. Zwar hatte er Witze darüber gemacht, dass er hinter ihr saß und sie zur Abwechslung einmal ihn chauffieren musste. Aber es war ihm immer gelungen, ihr Mut zu machen, die Führung zu übernehmen. Wenn es ihm gut ging, war Casey ihr Held.

Das war bestimmt ein seltsames Bild gewesen. Er mit seinen knapp zwei Metern und seinem roten Haar, das im Fahrtwind flatterte, und sie zartes Persönchen, die mit aller Kraft in die Pedale trat. Dieser Gedanke zauberte ein Lächeln auf Wrens Lippen. Bei ihrer ersten Fahrt hatten sie erst nach einigen Versuchen und viel Gelächter ihren Rhythmus gefunden, aber nachdem sie gelernt hatten, im Gleichklang zu treten, hatten sie diese Fahrten immer sehr genossen.

Dawn hatte recht, dachte Wren, während sie ihre Putzmittel aus dem Schrank holte. Es gab einen Tag auf dem Weg der Trauer, an dem die Erinnerung an einen geliebten Menschen einem ein Lächeln auf die Lippen zauberte, bevor eine Träne über die Wange rollte. Vielleicht machte sie ja doch Fortschritte.

Sie steckte sich ihre In-Ear-Kopfhörer in die Ohren, suchte Don McLeans „Vincent" auf ihrem Handy und drückte die Wiederholungstaste. Dann begann sie die Kunstdrucke abzustauben und suchte dabei innerlich nach dem Bild, mit dem sie heute Abend beten wollte.

Leider hing das Gemälde, das ihr dabei in den Sinn kam, nicht an diesen Wänden: *Ein Wiegenlied*, Vincents Porträt seiner Freundin Augustine Roulin. Das Bild, von dem sich Casey bei ihrer letzten Begegnung provoziert gefühlt hatte. Das war das letzte Mal gewesen, dass sie ihn lebend gesehen hatte.

Ihr Blick wanderte zu der geschlossenen Tür ihres Ateliers, einem Seminarraum, der nicht gebraucht wurde und den sie nutzen durfte. Kit hatte ihr das ausdrücklich gestattet. Letztes Jahr im Dezember hatten sie und Casey an ihrem Arbeitstisch gestanden und die verschiedenen Porträts von Augustine in einem Bildband angeschaut und über Vincents Stil diskutiert, bis Casey brummte, Müttern zu gefallen sei eine Sache der Unmöglichkeit und die Vaterschaft werde „überschätzt". Damals hatte Wren nicht verstanden, was er meinte. Sie verstand es ja noch jetzt kaum, wo immer noch so viele Geheimnisse über Caseys Leben und seinem Tod hingen. Er hatte seine Geheimnisse mit ins Grab genommen. Und manchmal musste man das eigene Nichtwissen begraben und loslassen, um auf dem Weg der Trauer weitergehen zu können, wie Kit ihr immer wieder in Briefen und Gesprächen klargemacht hatte.

„Warum macht diese Frau dich traurig?", hatte Zoe sie im letzten Frühling gefragt, als sie in Chicago eines von Vincents Porträts von Augustine angeschaut hatten. Da die anderen aus ihrer Familie auf der Suche nach einem College für Olivia gewesen waren, hatten sie und Zoe ein paar Stunden im Kunstmuseum verbracht.

Wren war so verblüfft gewesen über die Wahrnehmungsgabe ihrer kleinen Schwester, dass sie nicht gewusst hatte, was sie antworten soll-te. Darum hatte sie die Frage zurückgegeben. „Macht sie dich denn traurig?"

„Ja." Zoe ergriff Wrens Hand. „Weil sie zornig aussieht."

„Findest du?"

„Ja." Zoe stellte sich auf die Zehenspitzen, um besser hinschauen zu können. „Vielleicht schreit das Baby zu viel."

„Vielleicht", hatte Wren erwidert. „Babys weinen manchmal sehr viel."

Sie wischte einen Spritzer vom Rahmen des Druckes *Zwei abge-schnittene Sonnenblumen*. Casey hätte nicht viel Geduld mit einem schreienden Baby gehabt. Aber nicht einmal ein Neugeborenes mit Koliken hätte der Grund sein können, warum er Brooke und ihre Tochter Estelle verlassen hatte. Casey war oft egoistisch gewesen, aber niemals grausam. Irgendetwas war ihm zu viel geworden. Irgendetwas hatte eine manisch-depressive Phase ausgelöst. Vielleicht war Brooke ja tatsächlich übergriffig geworden, wie er behauptet hatte. Von einem Menschen, dem Wren nie begegnet war – und vermutlich auch nie begegnen würde –, konnte sie viel eher das Schlimmste annehmen als von dem allerersten Freund, den sie gefunden hatte, nachdem sie mit elf Jahren von Australien nach Amerika gezogen war. Von dem besten Freund, der für sie wie ein Bruder gewesen war.

Nur dass ein bester Freund ihr nicht verschwiegen hätte, dass er Vater geworden war.

Ein Anflug von Zorn überrollte sie.

Verraten. Dieses Wort beschrieb am besten, wie sie sich fühlte, selbst nach so vielen Monaten. Im Mai, als sie neben Kit im Garten des New Hope-Zentrums gekniet hatte, um den Brief, in dem sie Casey ausdrücklich ihre Vergebung zusprach, zu begraben und die Samen, die sie bei seinem Begräbnis von den Sonnenblumen gepflückt hatte, in die Erde zu setzen, hatte sie noch gedacht, dass sie doch bestimmt auch in der Lage sein würde, ihren Zorn und ihre Verwirrung zu begraben. Wie naiv sie gewesen war!

„Vergebung ist ein Prozess", erklärte Dawn ihr immer wieder. Wie Trauer. Und dass sie inzwischen Zorn und Trauer empfinden konnte, ohne davon völlig verschlungen zu werden, war ein Hinweis darauf, dass sie Fortschritte machte.

Aber wenn sie wüsste, was genau sie ihm vergeben musste, wenn sie nur Bescheid wüsste, was er getan hatte und warum, dann könnte sie ihn vielleicht wirklich loslassen.

Mit Lappen und Sprühflasche in der Hand öffnete sie die Tür zu ihrem Atelier und ging ans Fenster, das auf den Garten hinaussah. Sie hoffte, dass die Sonnenblumen bis zu Kits Abschiedsfeier voll aufgeblüht sein würden. Das könnte sogar gelingen.

Sie nahm die Kopfhörer aus ihren Ohren und lauschte dem Gesang eines Kardinalsvogels, der auf der Rosenlaube saß. Vielleicht könnte sie zwei Versionen malen, eine von dem Vogel mit der kahlen Stelle und einen, bei dem alle Federn wieder nachgewachsen waren. Abstoßung und Erneuerung. Verlust und Hoffnung. Eigentlich …

Sie dachte an Vincent und sein Vorhaben, Augustine seine Sonnenblumengemälde an die Seite zu stellen: ein Triptychon – eine ganz normale Heilige zwischen den leuchtenden Blumen, ein krasser Gegensatz. Und alle drei Bilder strahlten etwas aus vom Glanz Gottes.

Sie könnte ein Triptychon von Kardinalsvögeln malen. Das Leben vor der Mauser, das Leben während der Mauser, das Leben nach der Mauser. Der Kardinal nach dem Verlust wäre nicht mehr derselbe wie der davor. Wie auch? Ein solcher Kampf hinterließ Spuren. Selbst falls neue Federn nachwuchsen.

Selbst *wenn*, ermahnte sie sich. Sie musste es weiter üben, die Hoffnung in den Dingen zu sehen. Die unsichtbaren Dinge nicht aus dem Blick zu verlieren.

„Ach hier bist du!", rief Kit von der Tür aus.

Erschrocken fuhr Wren herum. „Ja, ich bin hier.“

Kit deutete auf die Sprühflasche. „Vielleicht könntest du dein Atelier später sauber machen. Vor dem Seminar morgen ist noch einiges zu tun.“

Wren errötete. „Ich weiß. Ich hatte auch nicht vor, hier zu putzen. Ich wollte nur mal kurz in den Garten schauen.“

„Ah, gut. Mir ist aufgefallen, dass die Mülleimer noch voll sind, darum ...“

„Ich weiß. Ich werde sie ausleeren.“ *Wie ich es immer mache*, fügte sie im Stillen hinzu.

„Danke, Wren.“

Wren wartete, bis Kits Schritte im Flur verklungen waren, bevor sie sich wieder dem Abstauben von Vincents Bildern zuwandte.

Das muss für heute genügen, ermahnte sich Kit später am Nachmittag. Sie speicherte das Dokument für das Seminar auf dem Computer ab. Ihr Blick wanderte zur aufgeschlagenen Bibel auf ihrem Schreibtisch.

In den vergangenen Tagen hatte sie Gott gebeten, er möge ihr doch gute letzte Worte für die Menschen schenken, die an ihrem letzten Kurs in New Hope teilnehmen würden. Das Thema der Haushalterschaft war ihr in den Sinn gekommen: gut umgehen mit Liebe, mit Schmerz, mit Gnade. So, wie du geliebt wirst, liebe. Wie du getröstet wirst, tröste. Wie dir vergeben wird, vergib. Das sollten die Themen für die nächsten drei Samstagvormittage sein. Es sei denn, Gott zeigte ihr etwas anderes, wofür sie natürlich immer offen wäre.

Liebe ist geduldig, las sie im ersten Korintherbrief, Kapitel 13. *Liebe ist freundlich. Sie ist nicht neidisch oder überheblich, stolz oder anstößig. Sie ist nicht selbstsüchtig.* Über jede Eigenschaft, die Paulus hier nannte, konnte man ein Leben lang nachdenken. Während der Pausen zur persönlichen Reflexion würde sie die Teilnehmer einladen, über jedes einzelne Wort zu meditieren und zu überlegen, wie Gott gerade ihn oder sie auf diese Weise geliebt hatte. Das könnte ihnen allen helfen, eine Grundhaltung einzuüben, diese Art der großzügigen Liebe von Gott zu empfangen. Anschließend sollten sie darüber nachdenken, wie sie diesen Aspekt der Liebe an andere weitergeben könnten, ganz besonders an Menschen, die ungeduldig und unfreundlich, neidisch und prahlerisch, arrogant und unverschämt, selbstsüchtig, leicht reizbar und missgünstig waren.

Langsam massierte sie ihre Schläfen. *Langmütig.* Das war die Bedeutung des griechischen Wortes, das Paulus für „geduldig" verwendete, das Gegenteil von unbeherrschten Zornausbrüchen und ungebändigter Leidenschaft. Langmut und Beharrlichkeit reichten weit, über eine lange Zeit und über eine lange Strecke hinweg. Sie würde besonders herausstellen, dass diese Beharrlichkeit in der Liebe, die wir anderen entgegenbringen, eine Gabe des Geistes war, mit der man beschenkt wird, wenn man in der überreichen Liebe Gottes bleibt. Sie würde daran erinnern, dass Jesus gesagt hat: „Ich habe euch genauso geliebt, wie der Vater mich geliebt hat. Bleibt in meiner Liebe!" Diese Art der göttlichen Liebe annehmen und genießen zu können, das musste man üben. Und man musste sich Zeit geben.

„Ich gehe jetzt nach Hause, Katherine", rief Gayle von der Tür aus. „Es sei denn, du hast noch etwas für mich zu tun."

Katherine schaute von ihrer Bibel hoch und ging im Geist noch einmal die Aufgabenliste durch. „Die Gebetshandzettel sind gedruckt? Die Teilnehmerliste ist vollständig?"

„Liegt alles auf meinem Schreibtisch."

„Wunderbar, Gayle. Vielen Dank." Sie würde jetzt auch für heute Schluss machen.

Nachdem Gayle gegangen war, machte sie sich auf die Suche nach Wren, deren Putzwagen vor der Damentoilette stand. Sie wollte sie nicht erschrecken, darum rief sie bereits im Flur ihren Namen.

Wren tauchte im Türrahmen auf. Ihre Hände steckten in gelben Gummihandschuhen. „Du gehst nach Hause?"

„Ja. Auf dem Heimweg kaufe ich noch kurz ein paar Sachen für das Abendessen ein. Ich mache was Schnelles. Hast du noch viel zu tun?"

„Ein wenig. Wie spät ist es?"

„Kurz nach vier.“

„Ist gut“, erwiderte Wren. „Wir sehen uns dann zu Hause.“

Kits Tasche lag noch in ihrem Büro. Auf dem Weg dorthin blieb sie vor Vincents Sämann stehen. Vielleicht sollte sie sich noch einen Augenblick Zeit nehmen und so beten, wie es in den letzten Monaten so wichtig für sie geworden war.

Mit gefalteten Händen wanderte ihr Blick über das Gemälde, bis er an der großen geöffneten Hand des Mannes hängen blieb. Er verteilte die Samenkörner aus seinem Beutel, jede Menge Samenkörner.

Sie beugte sich vor und schaute genauer hin.

Wie anders waren sie und Wren vorgegangen, als sie die Sonnenblumensamen in die Erde gesteckt hatten, jedes Korn einzeln und mit Abstand zueinander, damit jedes die besten Wachstumsmöglichkeiten hatte. Dieses wohlüberlegte, sorgfältige Vorgehen hatte sich angefühlt wie ein treuer, verantwortungsvoller Umgang mit dem, was ihr anvertraut worden war.

Aber diesem Sämann schien es ganz egal zu sein, wo der Samen landete.

Sie stellte sich vor, wie sie selbst in dem Bild mit ihrer Umhängetasche hinter ihm herlief und sich herunterbeugte, um die Samenkörner, die er sorglos ausgeworfen hatte, in die Erde zu drücken. Sie stellte sich vor, wie sie auf der Erde kniete, dann in ihre Tasche griff, um ein einzelnes Samenkorn herauszuholen. Nachdem sie es sorgfältig in die Erde gesteckt hatte, klopfte sie zufrieden den Boden glatt und sprach ein Gebet für gutes Gedeihen.

Doch dieser Sämann warf ganze Hände voll Samen auf das Land und lachte, wenn der Wind sie ergriff und herumwirbelte, sie an Stellen trug, wo sie ihrer Meinung nach niemals Wurzeln schlagen konnten. Die Vögel würden diese Samenkörner aufpicken und verschlucken. Und was war mit dem steinigen Boden oder den Dornen, die die empfindlichen Samenkörner ersticken würden?

„Ist dir denn ganz egal, was daraus wird?“, fragte sie ihn.

Als Antwort öffnete er nur ganz sanft ihre Faust und ließ Samenkörner hineinrieseln, von denen einige zu Boden fielen. Dann blies er

in ihre Hand, und die Samen flogen mit dem Luftstrom an unsichtbare Orte, landeten auf einem Boden, der vielleicht bestellt war oder
vielleicht auch nicht. „Hör zu", sagte er, und seine Stimme klang hei-
ter, „ein Sämann ging aus, um zu säen ..."

4

Als Sarah Kersten am Samstagmorgen um Viertel nach acht im New Hope-Zentrum eintraf, stand Kit gerade am Drucker, hatte die Hände in die Hüften gestemmt und schimpfte leise vor sich hin.

„Widerspenstig?", fragte Sarah.

Kit schnitt eine Grimasse. „Ich? Oder der Drucker?"

Lachend legte Sarah ihre Tasche auf Gayles aufgeräumten Schreibtisch. „Wer auch immer. Ihr beide." Sie gab ihrer Mutter einen Kuss auf die Wange und schob sie zur Seite. „Was ist das Problem?"

„Er macht nicht, was er soll."

Was für eine passende Beschreibung für das Dilemma der Menschheit, dachte Sarah. „Was soll er denn machen?"

„Drucken, einfach nur drucken. Das ist ein simples Word-Dokument, nicht anders als die, die ich schon so oft ausgedruckt habe."

Sarah untersuchte den Drucker und drückte schließlich die Einschalttaste. Das Gerät begann zu summen.

„Ach du meine Güte", seufzte ihre Mutter. „Tut mir leid."

„Kein Problem." Sarah überprüfte das Papierfach, um sich davon zu überzeugen, dass genügend Papier vorhanden war. „Vermutlich hat Gayle ihn ausgeschaltet."

„Ich weiß nicht, warum sie das hätte tun sollen."

Sarah starrte auf das große blaue Licht am Gerät. „Es ist doch nichts passiert, Mama."

„Du hast recht. Es ist nichts passiert." Der Drucker spuckte brav Seite um Seite aus, die Kit nacheinander an sich nahm. Ihre faltigen, mit Altersflecken bedeckten Hände zitterten ein ganz klein wenig.

„Ich kümmere mich darum", erklärte Sarah. „Setz dich doch einen Moment hin und atme mal tief durch."

Seufzend ließ Kit sich auf einen Stuhl sinken.

Sarah beobachtete die Fortschritte des Druckers. „Gayle hilft heute nicht?"

„Nein. Sie ist bei einer Brautparty. Ihr Sohn heiratet in ein paar Wochen."

„Und Wren?"

„Sie geht heute ins Pflegeheim."

„Sie arbeitet am Samstag?"

„Nein, sie besucht die Bewohner. Sieht sich mit ihnen Golfübertragungen an, spielt Schach, solche Dinge."

Nach allem, was Kit für sie getan hatte, hätte Wren ihr bei einem solchen Ereignis ruhig ihre Hilfe anbieten können. Aber das behielt Sarah lieber für sich. Jetzt war nicht der richtige Zeitpunkt für ein solches Gespräch. „Dann mal los. Gib mir was zu tun. Was ist noch zu erledigen?"

„Nichts. Wren hat gestern geputzt, und Gayle hat die Handzettel und die Teilnehmerliste bereits ausgedruckt."

Sarah nahm die letzten Seiten aus dem Drucker und legte sie auf den Stapel. „Ich übernehme die Begrüßung. Setz du dich noch kurz in dein Büro, um dich zu sammeln." Ihr Blick wanderte in die Lobby. „Wo ist der Tisch für die Registrierung?"

Ihre Mutter reckte den Hals und schaute durch die Bürotür. „Er sollte eigentlich neben dem Eingang stehen. Ist er da nicht?"

„Nein."

Kit erhob sich von dem Stuhl. „Das habe ich beim Hereinkommen gar nicht bemerkt. Vermutlich hat Wren vergessen, ihn hinzustellen. Ich hole ihn schnell."

„Nein, das machst du nicht. Ich kümmere mich darum. Du gehst jetzt in dein Büro."

Kit hielt die Luft an, dann salutierte sie lächelnd vor Sarah. „Wenn du mit deiner Lehrerinnenkommandostimme sprichst, dann werde ich mich hüten, dir zu widersprechen."

Sarah pustete auf ihre Faust und putzte sie an ihrer Bluse ab, um einen leichten Sieg anzudeuten. „Das ist meine Supermacht. Funktioniert bei Schülern, Müttern und Ehemännern."

Ihre Mutter grinste. „Aber nicht bei Töchtern im Teeniealter?"

„Nein, immer seltener, fürchte ich. Ich bin gerade dabei, verschiedene Strategien auszuprobieren."

Kit tätschelte Sarahs Arm. „Viel Glück dabei, mein Schatz. Ich habe den Eindruck, dass in unserer Familie eine gute Portion Willensstärke vorhanden ist."

Sarah lag es schon auf der Zunge zu fragen: „Von deiner Seite oder von Papas?", doch sie überlegte es sich anders. Egal, wie viele Jahre seit der Scheidung ihrer Eltern und dann schließlich dem Tod ihres Vaters vergangen waren, es war und blieb ein heikles Thema.

Vor allem in den vergangenen Monaten. Ihre Mutter betonte zwar immer wieder, dass Wrens Anwesenheit in ihrem Heim ihr geholfen hätte, ihren eigenen Schmerz und ihre Verluste besser zu verarbeiten, aber Sarah war nicht davon überzeugt, dass es ihr guttat, sich wieder so intensiv mit der Vergangenheit auseinanderzusetzen.

„Hast du die Teilnehmerliste, Mama?"

„Ja, hier. Danke, dass du mir dabei hilfst."

„Das mache ich doch gern." Viele Namen, die auf der Liste standen, waren Sarah bekannt. Im Laufe der Jahre hatte sich ihre Mutter ohne Zweifel eine loyale Anhängerschaft geschaffen, aber natürlich würde sie heftig widersprechen, wenn sie eine solche Äußerung von sich geben würde. „Ruh dich aus und bereite dich vor." Sarah gab ihr noch einen Kuss. „Hab dich lieb, Mama."

„Ich hab dich auch lieb, Schatz. Danke, dass du hier bist."

In ihrer Dankbarkeit lag kein Anflug von Vorwurf, kein: „Nett von dir, wieder mal zu einem meiner Kurse zu kommen, da ich nun in den Ruhestand gehe." Nur aufrichtige Wertschätzung.

Im Aufenthaltsraum fand Sarah einen kleinen runden Tisch, den sie in die Lobby brachte. Sie hatte gerade Stifte und Namensschilder bereitgelegt, als Hannah und Nathan Allen eintrafen. Beide trugen die T-Shirts der Wayfarer-Gemeinde.

„Hallo, Fremde!", rief Nathan.

„Auch hallo! Darfst du denn überhaupt zu diesen Kursen kommen?"

„Sieh auf der Liste nach. Ich sollte eigentlich ganz oben stehen."

Sarah überflog die Liste. „Nein. Nur Hannah steht drauf."

„Ah, gut, alles, wie es sein sollte", meinte er grinsend. „Ich wette, ich bin der einzige Mann."

„Nein, ihr seid zu zweit. Russell kommt auch."

„Oh, gut! Dann kann ich mich ja neben ihn setzen."

Hannah boxte ihn leicht in die Rippen. „Beachte ihn gar nicht. Er hat heute Morgen viel zu viel Zucker gegessen." Sie strich mit der Hand über ihr T-Shirt. „Pfannkuchenfrühstück, um Spenden zu sammeln für die Tafel."

„Ja, daran erinnere ich mich noch", erwiderte Sarah. Bevor sie vor einigen Jahren von Kingsbury nach Grand Rapids gezogen war, hatte sie lange zur Wayfarer-Gemeinde gehört. „Zach hat immer den Speck gebraten."

Nathan lachte leise. „Der Notarzt hat ihn verbrutzeln lassen. Alle haben sich köstlich amüsiert."

„Ich glaube, genau darum hat er es gemacht. Das ist eben seine spezielle Art von Humor."

„Grüß ihn ganz herzlich von uns", bat Hannah, während sie ihren Namen auf das Namensschild schrieb. „Ist bei euch alles in Ordnung?"

„Ja, wir bereiten uns gerade auf das neue Schuljahr vor. Die Mädchen gehen demnächst beide zur Highschool."

„Morgan geht schon zur Highschool?", fragte Nathan.

„Ja, und Jessica ist bereits in der Oberstufe."

„Kaum zu glauben", staunte er. „Und du unterrichtest noch?"

„Im Herbst dreiunddreißig Jahre." Auch das war kaum zu glauben. Wenn sie allerdings in den Spiegel schaute und sich fragte, wer die grauhaarige Frau mit dem faltigen Gesicht war, dann ...

„Du bist wirklich eine Powerfrau", sagte er. „Meine Collegeanfänger sind ja schon eine echte Herausforderung. Ich kann mir nicht vorstellen, wie du mit den Schülern der Mittelstufe zurechtkommst, und dann auch noch in Mathematik."

Für Sarah war es unvorstellbar, irgendetwas anderes zu tun. Sie liebte es, im Klassenzimmer zu stehen und den Kindern beim Lernen zu helfen.

„Und wie geht es deiner Mutter?", fragte Hannah mit gedämpfter Stimme. „Wie kommt sie mit allem zurecht? Ich bin in letzter Zeit nicht mehr so recht schlau aus ihr geworden."

Sarah zuckte die Schultern. „Sie weiß, dass es die richtige Entscheidung zur richtigen Zeit ist. Aber es fällt ihr nicht leicht, nach so vielen Jahren hier alles aufzugeben. Ich weiß nicht, was sie mit der vielen Freizeit anfangen wird. Vermutlich noch mehr Begleitgespräche führen."

Nathan zog das Papier vom Klebestreifen seines Namensschilds ab. „Hat das Kuratorium immer noch niemanden für die Nachfolge gefunden?"

„Noch nicht, soweit wir wissen. Aber sie wurde auch nicht gerade in die Suche mit einbezogen. Und du kennst Mama ja, sie fragt nicht nach." Trotzdem, immer wieder hatte Sarah sie darauf aufmerksam gemacht, dass sie in den vielen Jahren der Zusammenarbeit mit einigen aus dem Kuratorium doch ein gutes Vertrauensverhältnis aufgebaut hätte und es vollkommen angemessen wäre, wenn sie sich erkundigen würde, wie sich die Suche gestaltete. *Ist doch egal, wenn sie den Eindruck haben, du seist zu neugierig,* hatte Sarah gesagt. *Ich würde das auf jeden Fall machen.*

Nathan hielt die Hand auf, um Hannah das Papier abzunehmen, und warf beide in den Mülleimer. „Man hat beinahe den Eindruck, als wären sie auf der Suche nach einem jungen Managertyp, der hier alles auf den Kopf stellen soll. Keine Ahnung, warum sie nicht einfach jemanden ins Kuratorium berufen, der Erfahrung im Bereich Sponsoring und Marketing hat, und für die Leitung des Zentrums jemanden mit Qualifikationen für die geistlichen Aufgaben suchen."

„Ja, aber Mama wäre die Erste, die dir sagt, dass dieses Zentrum in die Jahre gekommen ist und eine neue Vision braucht. Und natürlich Geld, um diese Vision umzusetzen."

„Sie suchen einen Katalysator", warf Hannah ein, „keinen Stabilisator."

„Das ist eine treffende Beschreibung."

Die Tür ging erneut auf, und weitere Teilnehmer kamen herein. Nathan und Hannah entfernten sich vom Tisch, um Platz zu machen.

„Wren hat vergessen, den Kaffee vorzubereiten", rief ihre Mutter, als sie vom Flur um die Ecke bog. Als sie merkte, dass Sarah nicht allein war, wurde ihr Stirnrunzeln sofort von einem strahlenden Lächeln abgelöst. „Guten Morgen zusammen. Willkommen! Wie schön, dass Sie da sind."

Etliche der Seminarteilnehmer umarmten sie herzlich.

„Nate und ich kochen Kaffee, Katherine", bot Hannah an. „Wir wissen ja, wo alles ist."

„Danke. Das ist lieb von euch. Und es tut mir leid, dass nicht alles vorbereitet ist. Ich hätte nachsehen sollen, als ich herkam."

Nein, widersprach Sarah still für sich. *Das brauchtest du nicht. Das war nicht deine Aufgabe.*

Aber sie könnte wetten, dass ihre Mutter derjenigen, deren Aufgabe das gewesen wäre, keine Vorhaltungen machen würde. „Wer ist der Nächste?", rief sie. „Kommen Sie hier herüber, damit ich Sie in die Liste eintragen kann."

Während der vielen Jahre, in denen ihre Mutter das New Hope-Zentrum nun schon leitete, hatte Sarah einige ihrer Seminare besucht. Vor der Geburt der Mädchen hatten sie sogar einige Kurse und Workshops gemeinsam entwickelt. Aber jetzt hatte sie schon lange keine ihrer Veranstaltungen mehr besucht. Nach der Situation heute Morgen hoffte sie, dass ihre Mutter sich schnell wieder fing und ihren Mangel an Gelassenheit gut überspielen konnte.

Aber ihre Sorge war unbegründet. Ihre Mutter vermittelte den vorbereiteten Stoff souverän und klar und reagierte ebenso auf die Fragen und Kommentare der Teilnehmer. Wie immer gelang es ihr, mit ihrer ruhigen und einladenden Art Menschen näher zu Gott und seinem liebenden Herzen zu führen.

Von ihrem Platz in der Ecke aus konnte Sarah die Reaktionen der Teilnehmer sehr gut beobachten, nicht nur auf den Vortrag ihrer Mutter, sondern auch auf ihre Impulse für die eigene Reflexion und das persönliche Gebet. Hannah saß am Tisch ihr gegenüber und schrieb ununterbrochen in ihr Notizbuch. Obwohl sie gerade eben gesagt hatte, sie würde aus ihrer Mutter derzeit „nicht schlau", fragte sich Sarah, was die scharfsichtige Pastorin wohl beobachtet hatte. Vielleicht hatte Hannah ja an diesem Fastenkurs teilgenommen, in dem ihre Mutter, wie sie gehört hatte, der Gruppe gegenüber eingestanden hatte, dass ihr nach dem Tod ihres Sohnes vor ein paar Jahrzehnten Depressionen so sehr zugesetzt hatten, dass sie in einer psychiatrischen Klinik Hilfe gesucht hatte.

Würde Hannah diese Enthüllung als mutiges Eingeständnis der eigenen Verwundbarkeit werten? Oder war es für sie eher eine Art Verletzung von unausgesprochenen Regeln darüber, worüber man sprach und worüber nicht? So klein und abgelegen West Michigan auch war und sosehr sich ihre Mutter nach der Familientragödie auch bemüht hatte, sich ein neues Leben aufzubauen – Sarah konnte immer noch nicht so ganz verstehen, was sie dazu veranlasst hatte, so etwas von sich preiszugeben.

Sie hatten mehrere offene Gespräche geführt und waren übereingekommen, in diesem Punkt uneins zu sein, doch dieser Zwischenfall hatte Sarahs Sorge darüber, ob es ihrer Mutter guttun würde, mit einem Menschen, der an chronischen Depressionen und Ängsten litt, in einem Haus zu leben, nur noch verstärkt. So hart das auch klingen mochte, wenn sie es aussprach – und das hatte sie mehrmals getan –: Wren zu unterstützen sollte nicht die Aufgabe ihrer Mutter sein.

Andererseits …

Da stand ihre Mutter vor ihr und sprach zu einer Gruppe darüber, dass ein verantwortungsvoller Umgang mit den anvertrauten Gaben eine Antwort der Liebe auf einen außergewöhnlich freundlichen und großzügigen Gott war und dass Liebe – aufopfernde, kostspielige und unbequeme Liebe – die Weise war, wie alle, die zur Familie gehörten, ihrem himmlischen Vater zeigten, dass sie bestrebt waren, ihm ähnlicher zu werden.

Wer war sie denn, dass sie sich ein Urteil darüber erlaubte, wie sich die Liebe äußerte, zu der sich ihre Mutter berufen glaubte? Wer war sie denn? Eine Tochter, die sich Sorgen um ihre Mutter machte. Und wenn diese Sorge sich manchmal in Zorn und Ungeduld äußerte, so bedeutete das nicht, dass sie sich nicht bemühte, sie möglichst gut zu lieben.

„Es passiert so schnell, dass wir Liebe romantisieren und sentimentalisieren", führte ihre Mutter gerade aus. „Aber die Art von Liebe, die Jesus zeigt und von uns fordert, ist nicht sentimental oder kuschelig oder leicht. Agape ist die Liebe, die dem Bund entspricht, den Gott mit uns schließt – eine Liebe, die dem Wohl anderer verpflichtet ist, ungeachtet der Kosten. ‚Ich habe euch genauso geliebt, wie der Vater mich geliebt hat‘, sagt Jesus. Wir sind geliebt mit Agape, und diese demütige, großzügige, erbarmungsvolle und mitfühlende Liebe sollen wir an andere weitergeben. Nicht nur an die, denen unsere Zuneigung wie von selbst zufliegt, sondern auch an die, die eine Herausforderung für uns darstellen."

Von der Sorte gibt es genug in der Welt, dachte Sarah. Oder in der Gemeinde Jesu. Etliche davon hatte sie erst kürzlich in den sozialen Medien gesperrt. Das Leben war zu kurz, um sich ständig provozieren zu lassen.

„Meine Sorge ist", fuhr ihre Mutter fort, „dass eine Bibelstelle wie diese – das Hohelied der Liebe im ersten Korintherbrief – uns so vertraut sein *könnte*, dass wir aufhören, genau hinzusehen oder hinzuhören. Wir verbannen sie ins Reich der Grußkarten, tröstlichen Poster und Traupredigten. Wir nicken, lächeln und sagen: ‚Ist das nicht wundervolle Poesie?‘ Aber wir dürfen nicht vergessen, dass Paulus diese Worte über die Liebe an eine zerstrittene Gemeinde schrieb. Sie sind an eine Gemeinde gerichtet, in der es Neid und Konkurrenz, Rivalität und Stolz, Entzweiung und Selbstsucht gab. Nur wenn wir diese Worte in Zusammenhang bringen mit einer Gemeinde, die Mühe hat, Agape zu leben, fangen wir an zu begreifen, wie kraftvoll sie sind.“

Sarah blätterte eine Seite in ihrem Notizbuch um und schrieb: „Wie sieht Agape aus?“ Dann schloss sie die Augen und hörte zu, wie ihre Mutter das Hohelied der Liebe vorlas.

Geduldig und bereit, alles zu ertragen, dachte Sarah später am Vormittag, während sie beobachtete, wie ihre Mutter mit den Leuten sprach, die sich angestellt hatten, um ein paar Worte mit ihr zu wechseln. So sah Agape aus. Und freundlich – entschlossen, anderen mit einem Lächeln zu dienen. Trotz Erschöpfung. Ihre Mutter war ein Wunder.

Am Tisch mit den Erfrischungen, den sie gerade ein wenig aufräumte, bekam Sarah kleine Gesprächsfetzen mit. Einige fragten Kit nach ihren Plänen für den Ruhestand, andere wollten über etwas reden, das ihnen am Vormittag klar geworden war, und ein paar wenige wünschten sich einen Rat in Bezug auf eine herausfordernde Situation oder auf Menschen, die es ihnen schwer machten, das Liebesgebot in ihrem Leben umzusetzen.

Lasst euch doch einen Termin geben, dachte Sarah im Stillen, während sie die benutzten Kaffeebecher auf den Servierwagen räumte. Doch sie wusste, ihre Mutter würde ihre letzten Kräfte mobilisieren, um für jeden, der um ihre Aufmerksamkeit bat, ganz präsent zu sein. Ausgelaugt, wie sie zweifellos war, würde sie in die Tat umsetzen, was sie gepredigt hatte: *Liebe mit der Liebe, mit der du geliebt wirst.*

Ihre Mutter war viel besser darin, andere zu lieben, als sie. Sie war nicht „ärgerlich, reizbar oder nachtragend“.

„Können wir dir helfen?“ Hannah und Nathan gesellten sich zu ihr an den Tisch.

Wenn Sarah nicht gewusst hätte, dass ihre Mutter bleiben würde, bis alles aufgeräumt war, dann hätte sie Hannahs Angebot dankend abgelehnt. Aber sie war sicher, dass ihre Mutter die Aufräumarbeit nicht für Wren liegen lassen würde. „Der Tisch muss abgeräumt und das Geschirr in die Küche gebracht werden."

Nathan nahm den Kaffeeautomaten und stellte ihn auf den Servierwagen. „Ich kenne deine Mutter ja. Ich hätte also damit rechnen müssen, dass wieder die Frage nach verantwortlichem Umgang mit Anvertrautem zur Sprache kommt – ‚Zeit, Gaben und Kosten.'" Er legte eine Hand an die Brust. „Operation am offenen Herzen, wie üblich."

Sarah lächelte. „Mama hat einen Hang dazu, nicht?" Kaum hatte sie die Worte ausgesprochen, wurde ihr klar, dass ihre Mutter sie korrigieren und sagen würde, der Heilige Geist habe einen Hang dazu und sie sei nur bemüht, auf ihn zu hören und offen zu sein für die Führung Gottes.

Zwei ältere Frauen rückten vor zum Rednerpult, an dem ihre Mutter nun lehnte. „Wir hatten gehofft, Sie würden Ihre Meinung noch ändern, Katherine, und im Herbst noch ein letztes Mal den ‚Glaubensreise'-Kurs anbieten. Wäre das nicht möglich?"

Ihre Mutter schüttelte den Kopf. Dieser Kurs würde ihr letzter sein, erwiderte sie.

„Aber Sie werden doch noch andere Einkehrtage und Workshops leiten, oder?", fragte die andere Frau. „Wir könnten so einen Kurs in unserer Gemeinde anbieten. Es wäre so schön, wenn Sie kommen würden."

Sarah richtete ihre Aufmerksamkeit wieder auf Hannah, die berichtete: „Ich habe jetzt öfter mit dem Text gebetet, wie Jesus den Jüngern die Füße wäscht – nach der Methode des Betens mit Vorstellungskraft. Aber als deine Mutter den Text heute gelesen hat, habe ich ganz neue Dinge erkannt – in Bezug auf meinen Widerstand. Nicht nur den Widerstand, mich von Jesus lieben und mir dienen zu lassen, indem er mir die Füße wäscht, sondern auch den, mich selbst hinzuknien und die Füße der Leute zu waschen, denen, wie deine Mutter es diplomatisch ausgedrückt hat, meine Zuneigung nicht wie von selbst zufliegt."

Sarah bürstete Kekskrümel vom Tischtuch in eine Serviette. „Dieser Gedanke hat mich auch beschäftigt. Aber ich bin bestimmt für andere auch eine ‚schwierige Person'."

Hannah lachte über Sarahs Bemerkung. „Erkenntnis ist der erste Schritt zur Veränderung, nicht? Ich sage den Leuten immer, wenn wir erkennen, wo wir feststecken, ist die halbe Schlacht schon geschlagen. Und ich meine, mehr als die halbe Schlacht. Sogar der größte Teil der Schlacht."

Das Gespräch zwischen den beiden Frauen und Kit ging weiter, und Sarah kämpfte gegen den Drang an, dazwischenzugehen und es zu beenden. *Liebe beschützt immer.* Das war für sie die Quintessenz aus Paulus' Beschreibung der Agape, der Aspekt, der sie am meisten ansprach – weil das etwas war, was ihr leichtfiel. Man konnte beschützen – sehr leidenschaftlich und kraftvoll beschützen – und trotzdem ungeduldig und gereizt sein. Mitunter sogar grob.

„Wir wussten ja lange nicht, was Sie durchgemacht haben", bemerkte eine der Frauen gerade.

Sarah erstarrte. Natürlich war es nicht richtig zu lauschen, aber unbemerkt Gespräche mitzuverfolgen gehörte zum Handwerkszeug einer Lehrerin. Da diese Bemerkung möglicherweise auch sie betraf – zumindest indirekt –, machte sie sich am Tischende nahe dem Rednerpult zu schaffen.

„Zu wissen, dass Sie das auch kennen", sagte die Frau, „und dass Sie wissen, wie sich eine solche Verzweiflung anfühlt – und trotzdem sind Sie hier und haben all die Jahre diese Arbeit für das Reich Gottes getan ..."

„Das gibt Hoffnung", beendete die andere den Satz ihrer Vorrednerin. „Und es hilft, Tabus zu brechen. Denn das ist wichtig. Wir müssen das Stigma beseitigen, das eine psychische Erkrankung noch immer mit sich bringt."

Die Frau lehnte sich vor, sodass Sarah ihre nächsten Worte nicht verstehen konnte. Aber der verständnisvolle Ausdruck im Gesicht ihrer Mutter sagte ihr, dass man ihr vermutlich gerade Einzelheiten über den Kampf mit Depressionen anvertraute.

„Was wir selbst großzügig und in Fülle erhalten haben", hatte ihre Mutter vorhin gesagt, „das geben wir freizügig an andere weiter." Trauer und Leid hatten ihr Mitgefühl größer werden lassen, und nun verschenkte sie es großzügig weiter. Sie war ein Mensch, der mit den Gaben von Liebe und Trost verantwortungsvoll und treu umging.

Sarah gab vor, weitere Krümel vom Tisch zu bürsten. Ja, sie waren unterschiedlicher Meinung darüber, ob man in der Öffentlichkeit über das eigene Leid sprechen sollte. Aber es war gut gewesen, dass Kit es getan hatte. Das konnte Sarah nicht leugnen. Dieses Gespräch belegte es.

„Wir bringen den Servierwagen schon mal in die Küche", sagte Nathan. „Ist es in Ordnung, wenn wir das benutzte Geschirr in den Geschirrspüler räumen, oder sollen wir mit der Hand spülen?"

„Geschirrspüler ist gut", erwiderte Sarah. „Ich komme gleich nach."

„Es war einfach großartig, Babs", antwortete ihre Mutter gerade, „dass Sie durchgehalten haben. Und über das zu sprechen, was man erlebt hat, auch das gehört zum verantwortungsvollen Umgang mit anvertrauten Gaben. Wie wir weitergeben, was uns anvertraut wurde, sollte ein Beispiel sein für Gottes Liebe und Treue. Und dazu gehört auch, mit wem wir über unser Erleben reden."

Bevor Sarah sich abwenden konnte, blickte ihre Mutter zufällig in ihre Richtung. Als ihre Blicke sich trafen, kam ihr eine andere Definition von Agape in den Sinn. *Die Liebe beharrt nicht auf dem eigenen Standpunkt.*

Richtig, dachte sie, als sie sich abwandte und Richtung Tür ging. Noch ein Aspekt der Liebe, die sie vermutlich niemals sehr gut beherrschen würde, egal, wie viele Gelegenheiten zum Üben sie bekäme.

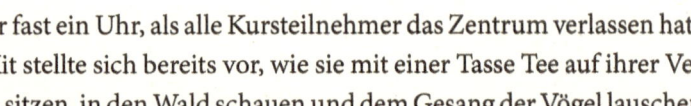

Es war fast ein Uhr, als alle Kursteilnehmer das Zentrum verlassen hatten. Kit stellte sich bereits vor, wie sie mit einer Tasse Tee auf ihrer Veranda sitzen, in den Wald schauen und dem Gesang der Vögel lauschen würde. Vielleicht würde sie sogar ihren blauen Baumwollschlafanzug anziehen als sichtbares Zeichen dafür, dass sie nun ausruhen würde. Geistig, körperlich, emotional und geistlich. Genauso erlebte sie es seit Jahren: dieses tiefe Gefühl, übernatürliche Kraft bekommen zu haben für jeden Augenblick, in dem sie vor einer Kursgruppe stand und die Teilnehmer anleitete. Und dann war es, als würde ein innerer Schalter umgelegt. Sie starrte auf die Schlüssel in ihrer Hand.

Hatte sie ihre Bürotür bereits abgeschlossen? Schnell ging sie noch einmal durch den Flur und drückte die Klinke herunter. Ja. Abgeschlossen.

Sarah kam aus dem Aufenthaltsraum. „Die Tassen stehen im Geschirrspüler, und der Kaffeeautomat ist ausgewaschen und wieder in den Schrank geräumt."

„Ich danke dir sehr. Das ist eine große Hilfe. Sind Nathan und Hannah bereits gegangen?"

„Ja. Ich soll dir ausrichten, dass sie nun beide Stoff zum Nachdenken für eine ganze Woche hätten. Das geht uns vermutlich allen so." Sarah beugte sich vor und gab Kit einen Kuss auf die Wange. „Du hast großartige Arbeit geleistet, Mama. Ich bin stolz auf dich."

Kit bedankte sich bei ihr. „Es war eine sehr engagierte Gruppe, nicht? Sehr aufgeschlossen." Die Fragen und Kommentare hatten gezeigt, dass Gottes Geist am Werk gewesen war. Sie hauchte ein Dankgebet. Noch zwei weitere Vormittage, dann wäre es geschafft. Wie dankbar war sie auch für diese Gnade! Sie konnte sich nicht vorstellen, noch einen weiteren „Glaubensreise"-Kurs im Herbst durchzuführen.

Auf dem Weg zum Hauptbüro hakte sie sich bei Sarah ein. „Ich glaube, du warst nicht mehr hier, seit wir die Kunstdrucke aufgehängt haben. Wie findest du sie?"

Sarah schaute sich um und erwiderte: „Ja, schön."

Kit lachte leise. „Nicht gerade überschwängliche Begeisterung."

Sarah zuckte die Schultern. „Ich bin noch nie ein großer Fan von van Gogh gewesen. Viel zu chaotisch, für meinen Geschmack."

„Ich bisher auch nicht. Aber Wren hat mich für seine Kunst begeistert." In den vergangenen neun Monaten hatte sie begonnen, van Goghs Leben und Werk als Einladung zu mehr Mitgefühl, Solidarität und Staunen zu sehen. Vincent hatte es verstanden, genau hinzusehen.

Sie bogen um die Ecke des Flurs, und Sarah ließ ihren Arm los. „Du musst unbedingt mit ihr reden, Mama."

„Ich weiß."

„Es ist nicht in Ordnung, dass sie ihre Arbeit vernachlässigt hat. Es war ihre Aufgabe, Kaffee zu kochen und alles aufzubauen."

„Ich weiß. Ich werde mit ihr reden." Kit schloss das Hauptbüro ab und drückte noch einmal die Klinke, um sich zu vergewissern, dass die Tür wirklich zu war.

Mit verschränkten Armen lehnte sich Sarah an die Wand. „Wenn das Kuratorium tatsächlich einen richtigen Manager einstellt, wie sie es ja wohl vorhaben, dann wird der vermutlich wenig Verständnis haben für solche Vorkommnisse."

„Ich weiß, Sarah. Ich werde mich darum kümmern." Kit hatte bereits erkannt, dass ein offenes Gespräch nötig war. Auch das war eine Form von Liebe. Sie würde Wren die Wahrheit sagen: dass sie es versäumt hätte, ihre Arbeit gewissenhaft zu tun. Und sie würde es freundlich und verständnisvoll tun. Und hoffen, dass Wren die konstruktive Kritik gut aufnahm. Sie beide hatten gemeinsam viel durchgemacht, und Wren brauchte keinen Zweifel an ihrer Zuneigung zu ihr zu haben. In ihr würde sie immer jemanden haben, der ihr Mut machte und sich für sie einsetzte. Darauf konnte sie sich verlassen. Das würde sie Wren noch einmal deutlich sagen und hoffen, dass sie die Kritik annehmen konnte, ohne sich zurückgewiesen oder verurteilt zu fühlen.

„Ist gut, ich werde es jetzt dabei belassen." Sarah löste ihre verschränkten Arme. „Wie wäre es mit einem Mittagessen im *Corner Nook*? Ich lade dich ein. Und ich verspreche, dass es keine Vorhaltungen wegen irgendetwas mehr geben wird."

Kit lächelte sie an. Sie waren schon seit Monaten nicht mehr zusammen essen gewesen, und das *Corner Nook* war eines ihrer Lieblingsrestaurants. „Danke. Aber musst du nicht nach Hause zu Zach und den Mädchen?"

Sarah starrte sie an. „Zach hat Dienst im Krankenhaus und wird erst zum Abendessen nach Hause kommen. Und die Mädchen sind in Florida, schon vergessen? Sie sind letzte Woche hingeflogen und besuchen Carol und Gary."

Kit verspürte ein Engegefühl in der Brust. Natürlich. Jeden Sommer vor Schulbeginn flogen die Mädchen nach Orlando, um eine Woche bei Sarahs Stiefmutter und ihrem dritten oder vierten Mann zu verbringen. Sie konnte sich nie merken, wie oft Carol verheiratet gewesen war und nach Roberts Tod noch geheiratet hatte. „Ich habe irgendwie die Zeit vergessen. Die ganze Sache hier kostet mich viel Kraft." Sie tätschelte den Arm ihrer Tochter. Ihr ausgiebiger Mittagsschlaf konnte warten. „Ich würde sehr gern mit dir zu Mittag essen."

Als Kit nachmittags nach Hause kam, war Wren nicht da. *Gut.* Im Augenblick war sie zu müde für ein klärendes Gespräch.

Sie legte ihre Schlüssel auf die Arbeitsplatte in der Küche, nahm ihre Brille ab und stellte die übrig gebliebene Hälfte ihres Hühner-Sandwiches in den Kühlschrank. Sie musste Sarah zugutehalten, dass sie es während des Mittagessens nicht nur vermieden hatte, erneut ihre Sorge wegen Wren zum Ausdruck zu bringen – sie hatte zudem auch nicht erwähnt, dass sie das Gespräch mit den beiden Teilnehmerinnen über Depressionen mit angehört hatte. Doch wenn Sarah in Zukunft über dieses Thema reden wollte, dann würde sie sich nicht zurückhalten. Daran zweifelte Kit nicht.

Anstatt alte Themen auszugraben, hatten sie über Sarahs Arbeit gesprochen, über Jessicas Collegebewerbungen und Morgans hartnäckigen Wunsch, ein Pferd zu haben. „Wir haben Nein gesagt", erklärte Sarah. „Erst wenn sie zeigt, dass sie bereit ist, auch die Arbeit zu übernehmen, die ein eigenes Pferd mit sich bringt. Wenn sie nach ihren Reitstunden Ställe ausmisten will, herzlich gern. Ich bin sicher, die Pferdebesitzer würden sich über die Hilfe freuen. Aber bis dahin kommt das nicht infrage."

Kit lehnte sich an die Arbeitsplatte, um ihre Sandalen auszuziehen. Morgan würde einen Weg finden zu bekommen, was sie haben wollte – was immer dazu nötig war. Kit wusste allerdings, dass Sarah diese Durchsetzungskraft bei ihren beiden Töchtern im Grunde sehr schätzte. Sie hatte diese Eigenschaft gefördert, so wie ihr Vater es bei ihr getan hatte. „Wenn du hinfällst, stehst du wieder auf und gehst weiter", hatte Robert immer zu Sarah und Micha gesagt, als sie noch klein waren. Aber nur Sarah hatte die Chance gehabt, es so zu machen.

Gott sei Dank hatte sie das. Ihr jugendlicher Eigensinn hatte sich zu einer zähen Beharrlichkeit entwickelt, die Kit an ihrer Tochter bewunderte, auch wenn sie manchmal ein wenig anstrengend war.

Auf dem Weg zum Schlafzimmer stellte sie sich vor, wie die Mädchen in Florida Zeit mit ihrer „Spaß-Oma" verbrachten, wie sie sie nannten – mit einer Frau, die über die finanziellen Mittel verfügte, sie in jeder Hinsicht zu verwöhnen, ob nun mit Spielzeug und Süßigkeiten, als sie noch klein waren, oder jetzt, da sie älter waren, mit Reisen und hippen Klamotten.

Seltsamerweise war ihr Carol überhaupt nicht in den Sinn gekommen, als sie am Vormittag den Impuls gegeben hatte, mit dem Text aus 1. Korinther 13 zu beten, und auch nicht bei der Anregung, an jemanden zu denken, den zu lieben einem schwerfällt. „Wenn Sie erkennen, dass es Ihnen im Blick auf diese Person an Liebe mangelt", hatte sie gesagt, „sprechen Sie es vor Gott aus und lassen Sie sich Gottes Gnade, Vergebung und Kraft schenken. Und bitte nicht vergessen: Dies ist keine Übung in Selbstverdammung. Es ist eine Gelegenheit, Gott um eine Gabe zu bitten, die er Ihnen doch so gern in immer größerem Maß schenken möchte."

Sie zog ihren Schlafanzug unter dem Kissen hervor. Nachdem ihr nun eine bestimmte Person vor Augen stand, würde sie sich vielleicht hinsetzen und noch einmal mit diesem Text beten. Später. Wenn sie sich wieder ein wenig erholt hatte und nicht mehr so erschöpft war. Sie zog den Schlafanzug an und setzte sich aufs Bett.

Liebe ist nicht neidisch. Liebe lässt sich nicht reizen. Sie trägt nicht nach.

Diese Aspekte abzuhaken war viel leichter, wenn man es sich zur Gewohnheit gemacht hatte, die Existenz eines bestimmten Menschen zu ignorieren. Manche Personen konnte man viel eher in der Theorie lieben als in der Praxis. Denn wenn verborgener Groll bereits durch einen winzigen Funken der Erinnerung angefacht wurde …

Kit legte sich hin und zog sich die Bettdecke bis unters Kinn.

… konnte das ein Feuer im Herzen entflammen.

5

Der Aufenthaltsraum für Bewohner und Besucher von Willow Springs lag im ersten Stock. Wren saß mit dem Rücken an das große Vogelhaus gelehnt, in dem ein Zebrafinkenpärchen zirpte. Ihr wäre es viel lieber gewesen, in dem kleineren Aufenthaltsraum neben dem Speisesaal Kniffel zu spielen. Dort gab es keine Vögel. Aber Mrs Clement liebte diese kleinen Lebewesen. Sie wollte immer in ihrer Nähe sitzen und mit den Tieren reden. „Komm schon, Coco, sing mir ein Lied. So ist gut, kleiner Coco. Sing mir ein feines kleines Lied. Bist du nicht ein kluger Vogel?"

Wren schüttelte die Würfel in ihrem Becher und warf die Drei und die Vier, die sie für ein Full House brauchte. Kits Schilderung, wie der kleine Sokrates sein Leben in einem Käfig verbracht und in ihrer Hand Purzelbäume geschlagen hatte, hatte sie traurig gemacht. Sie war auch noch nie gerne in den Zoo gegangen.

„Sehen Sie nur, Tweety!" Mrs Clement klatschte in die Hände. „Hinter Ihnen, Fräulein. Sehen Sie? Wie sie auf ihrer Stange schaukelt. Huiii!" Sie lachte fröhlich wie ein Kind.

Mit einem raschen Blick über die Schulter gab Wren die passenden zustimmenden Geräusche von sich, bevor sie ihre Punkte aufschrieb. Die armen kleinen Dinger! In diesem Raum beeilte sie sich immer mit dem Saubermachen. „Sie sind dran, Mrs Clement."

Mrs Clement ließ die Vögel immer noch nicht aus den Augen. „Sie brauchen mehr Hirsekörner. Sie lieben Hirse."

„Audrey wird bestimmt dafür sorgen, dass sie bekommen, was sie brauchen", erwiderte Wren. Es war die Idee der Hauswirtschaftsleiterin gewesen, in Willow Springs Vogelvolieren aufzustellen, und es war auch ihre Aufgabe, sie zu versorgen. Peyton hatte erzählt, dass Audrey sich auch darum kümmerte, die Cocos und Tweetys zu ersetzen, wann immer es nötig war. Und das war bereits zwei- oder dreimal der Fall gewesen.

Wren beugte sich vor und vertiefte sich in Mrs Clements Punktekarte. „Was brauchen Sie noch? Sechsen?"

Mrs Clement verlagerte ihre Aufmerksamkeit von den Vögeln auf ihre Liste. „Sechsen und eine Große Straße." Sie pustete in ihren Becher und schüttelte ihn. „Mist", schimpfte sie, nachdem sie vier Zweien und eine Drei gewürfelt hatte. Bevor Wren ihr noch raten konnte, was sie behalten sollte, warf sie alle Würfel in den Würfelbecher zurück und würfelte erneut.

„Na, ist wieder mal Spielzeit?" Mrs Whitlock, auf ihren Rollator gestützt, schlurfte in einem kurzärmeligen Bademantel in den Raum. „Mich hat niemand eingeladen."

Wren klopfte auf den Stuhl neben sich und stand auf, damit Mrs Whitlock an der Voliere vorbeigehen konnte. „Wir sind fast fertig mit der ersten Runde."

„Du spielst auch gern, Dorothy?", fragte Mrs Clement. „Das wusste ich gar nicht."

„Natürlich spiele ich gern! Spielen wir um Geld?"

Wren unterdrückte ein Grinsen. „Heute nicht." Ihr Handy in der Hosentasche vibrierte.

„Hat jemand den Rufknopf gedrückt?", fragte Mrs Whitlock und richtete sich auf, so gut es ihr möglich war, um einen Blick in den Flur zu werfen.

Wren strich ihr sanft die ungekämmten weißen Haare hinter die Ohren. So. Jetzt konnte sie besser sehen. „Ist schon in Ordnung, Mrs Whitlock. Das ist nur mein Telefon. Ich bekomme gerade einen Anruf." Sie nahm das Handy aus der Tasche, steckte es aber sofort wieder ein. Sie würde ihre Mutter später zurückrufen.

Mrs Whitlock schaute immer noch mit gerunzelter Stirn in den Flur.

„Niemand hat den Rufknopf gedrückt, Dorothy. Das war Wrens Telefon. Komm und setz dich hin, wenn du mitspielen möchtest."

Wren führte sie zum Tisch, schob ihren Rollator aus dem Weg und hielt den Stuhl fest, während Mrs Whitlock sich vorsichtig setzte. „Ich schiebe Sie ein wenig näher ran. Passen Sie auf Ihre Hände auf."

Mrs Whitlock hob die Hände von den Stuhllehnen und drückte sie an ihre Brust. „Wo ist das andere Mädchen?"

„Peyton?", fragte Wren und schob den Stuhl näher an den Tisch.

„Die, die die Musik immer zu laut aufdreht. Die immer will, dass ich im Sitzen tanze."

Ja. Peyton. „Sie hat heute frei."

Mrs Whitlock musterte sie kritisch. „Arbeiten Sie hier?"

„Ja, aber ich habe heute eigentlich auch frei."

„Sie macht hier sauber, Dorothy", erklärte Mrs Clement. „Hast du sie noch nicht in deinem Zimmer gesehen?"

Mrs Whitlock antwortete nicht.

Wren setzte sich neben sie und roch, dass die Windel gewechselt werden musste. Ihr Blick wanderte zum Stationszimmer. Niemand da. Sobald sich jemand vom Pflegepersonal blicken ließe, würde sie Bescheid sagen, dass Mrs Whitlock Hilfe brauchte. Auf keinen Fall würde sie sie in Verlegenheit bringen und jetzt die Aufmerksamkeit darauf lenken. Nicht vor ihrer Freundin.

„Bin ich an der Reihe?", fragte Mrs Whitlock.

„Noch nicht", erwiderte Wren. „Wir müssen nur noch zwei Felder ausfüllen, dann beginnen wir ein neues Spiel. Ich glaube, Sie brauchen noch Sechsen und eine Große Straße, Mrs Clement."

„Ganz genau, Fräulein." Sie pustete erneut in ihren Becher und würfelte vier Sechsen. „Oh, seht euch das an! Jetzt bekomme ich meine Bonuspunkte."

Wren hatte gerade den Becher entgegengenommen, als sich die Aufzugtür öffnete. Mrs Whitlocks Tochter. Wie üblich war sie lässig-elegant gekleidet.

„Wir sind hier drüben, Teri", rief Mrs Clement.

Teri steckte ihren Besucherausweis an den Kragen und kam zu ihrem Tisch. „Wie nett! Eine Partie Kniffel! Du liebst Kniffel doch, nicht wahr, Mutter?"

„Wir spielen nicht um Geld."

Teri gab ein nervöses Lachen von sich und strich ihrer Mutter mit den Fingern durchs Haar, als wolle sie versuchen, es zu bändigen. „Nein, Mutter. Nicht um Geld." Sie wandte sich an Mrs Clement. „Ich wusste gar nicht, dass du eine Enkelin hast, Marjorie. Wie nett!"

Wren lächelte sie an. „Ich gehöre zum Hauspersonal. Aber heute bin ich nur zu Besuch."

Teri schlug die Hand vor die Stirn. „Ach, entschuldigen Sie bitte! Ohne Ihre Uniform habe ich Sie gar nicht erkannt." Und mit einem kurzen Schnuppern, wie eine Mutter es am Popo ihres Babys machen würde, zog sie die Nase kraus. „Ich denke, wir bringen dich jetzt besser mal in dein Zimmer, Mutter. Heute hat dich scheinbar noch niemand frisiert." Sie bedachte Wren mit einem fragenden Blick.

Wren spürte, wie sie errötete. Sie wollte gerade die Situation erklären, als Mrs Whitlock sagte: „Meine Haare brauchen nicht gemacht zu sein, wenn ich spielen will."

„Ich denke, du fühlst dich dann besser." Teri schob den Stuhl ihrer Mutter zurück und zog den Rollator heran. Dann gab sie der Schwester, die gerade auf die Station zurückgekommen war, ein Zeichen. „Ich brauche hier ein wenig Hilfe, bitte."

Wren stand auf.

Teri warf ihr einen scharfen Blick zu. „Das nächste Mal", flüsterte sie, „sollten Sie die Würde einer Person vielleicht mehr achten. Selbst an Ihrem freien Tag."

Ein paar Stunden später, nachdem Wren einige Zeit mit Mr Kennedy Golf geschaut hatte, regnete es so stark, dass sie nicht mit dem Rad nach Hause fahren konnte. Während sie wartete, dass der Regenschauer nachließ, machte sie es sich in einer stillen Ecke der Lobby bequem und rief ihre Mutter an.

„Hast du der Tochter erklärt, wie das gekommen ist?", fragte Jamie, nachdem Wren ihr von dem Vorfall berichtet hatte.

„Das wollte ich ja, aber als Mrs Whitlock wieder frisch gemacht worden war, saß ich bei Mr Kennedy. Ich habe nicht mitbekommen, wie ihre Tochter gegangen ist." Ein Donnerschlag brachte die Fenster zum Klirren.

„Zu schade, dass sie nicht sieht, wie viel du für die Heimbewohner tust. Weit mehr als das, wofür du bezahlt wirst."

Wren erkannte diese Bemerkung als Einleitung zur üblichen „Ich mache mir Sorgen darüber, wie viel Zeit du dort verbringst"-Standpauke, auf die in der Regel die Frage danach folgte, mit wem sie sich sonst so traf. „Ich würde das nicht machen, wenn ich selbst keine Freude daran hätte", antwortete sie deshalb rasch. Dann wechselte sie das Thema und fragte nach Zoe.

„Sie ist hier. Möchtest du mit ihr sprechen?"

„Ja, gern. Gib sie mir mal."

„Ist gut. Wren, Schatz, ich hab dich lieb. Ruf an oder schreib mir, damit ich weiß, dass es dir gut geht, okay?"

„Mach ich. Danke, Mama. Ich hab dich auch lieb!"

Sie hörte ihre Mutter sagen: „Deine große Schwester möchte mit dir sprechen." Dann wurde ein Stuhl zurückgeschoben.

„Ich male gerade Sonnenblumen. So wie Vincent!", zirpte eine hohe Stimme ins Telefon.

„Wirklich? Wow! Du musst mir ein Bild davon schicken, okay?"

„Wenn ich fertig bin", erwiderte Zoe.

Der ernsthafte Tonfall ihrer kleinen Schwester brachte Wren zum Lächeln. „Ist gut. Abgemacht."

Wren sah zu, wie der Regen auf den Asphalt prasselte, während Zoe in allen Einzelheiten ihr Bild beschrieb: die Anzahl der Sonnenblumen, wie viele grüne Blätter und gelbe oder orangene Blütenblätter jede Blume hatte, wie viele schwarze Punkte sie bereits für die Samen gemacht hatte, welche Farbe die Vase haben sollte und wohin sie ihren

Namen schreiben würde. Wren war nicht sicher, ob Zoe ein Bild von Vincents Sonnenblumen kopierte oder ob sie sich einfach mit bemerkenswertem Blick für die Einzelheiten an die Bilder erinnerte, die sie sich nach ihrer Reise nach Chicago in Wrens Bildbänden angeschaut hatte.

„Das klingt toll", sagte Wren, als Zoe fertig erzählt hatte. „Ich kann es kaum erwarten, es mir anzusehen."

„Vielleicht kannst du ja herkommen, dann zeige ich es dir."

„Das mache ich, Zoe. Ganz bald."

„Wann?"

Wren hütete sich, irgendwelche konkreten Versprechungen zu machen. „Das weiß ich noch nicht genau. Aber ich hab eine Idee: Wie wäre es, wenn wir uns dein Bild irgendwann in der nächsten Woche mal über Facetime anschauen?"

„Okay", stimmte Zoe zu. „Malst du auch Sonnenblumen?"

„Nein, ich habe in letzter Zeit zu viel zu tun und komme nicht zum Malen. Aber neulich habe ich so einen komischen Vogel im Garten gesehen, vielleicht male ich den."

„Was hat er gemacht?"

„Er hat Körner im Vogelhäuschen gepickt. Aber er sah lustig aus, weil er einen kahlen Kopf hatte."

Zoe lachte. „Vögel haben doch keine Haare!"

„Ja, das stimmt. Aber dieser hatte alle seine roten Federn auf dem Kopf verloren, darum sah er kahl aus. Wie ein Vogel in einem Cartoon, der einen viel zu großen roten Mantel trägt."

„Oh." Wren sah es vor sich, wie Zoe die Nase krauszog und versuchte, sich das vorzustellen. „Hast du ein Foto gemacht?"

„Ja. Ich schicke es Mama, dann kannst du es dir auch ansehen, okay? Und wir verabreden eine Zeit, wo wir beide gemeinsam malen."

„Okay."

Wrens Blick wanderte durch das Fenster nach draußen. Der Regen hatte aufgehört. Jetzt brauchte sie nur zehn regenfreie Minuten, um mit dem Fahrrad nach Hause zu fahren. „Grüße Papa, Olivia und Joel von mir."

„Sie sind im Augenblick nicht da."

„Das ist schon in Ordnung. Dann, wenn du sie das nächste Mal siehst. Und sag Mama, sie soll dich von mir umarmen."

„Und mir einen Kuss von dir geben", forderte Zoe.

„Ja. Auch einen dicken Kuss." Wren machte ein übertriebenes Schmatzen, und Zoe machte es nach.

Zusammen mit ihrer Schwester zu malen, das könnte der Anstoß sein, den sie brauchte, um eine kreative Gewohnheit wieder aufzunehmen, die ihr guttat, dachte Wren, während sie nach Hause radelte. Monate waren vergangen, seit sie die Bilderreihe zum Kreuzweg fertiggestellt hatte. Ja, sie hatte viel persönlichen Gewinn daraus gezogen, über die Bibeltexte zur Passion Jesu nachzudenken und die Bilder zu malen, aber das Projekt war doch emotional sehr anstrengend für sie gewesen. Seither hatte sie nicht mehr einfach nur zur Entspannung gemalt, nicht einmal abstrakte Kompositionen als Gebet. Das könnte erklären, warum sie sich so ausgelaugt fühlte. Vielleicht war es der falsche Ansatz, einfach nur zu warten, dass der Brunnen ihrer Kreativität wieder zu sprudeln begann, bevor sie den Pinsel zur Hand nahm.

Kit hatte das vermutlich erkannt. Aber abgesehen davon, dass sie gelegentlich sagte: „Das wäre bestimmt ein gutes Motiv für ein Bild", drängte sie sie nicht.

Als Wren zu Hause ankam, rechnete sie damit, Kit lesend oder schlafend auf der Couch vorzufinden. Aber sie war nicht da. Ihre Schlüssel und ihre Handtasche lagen auf der Arbeitsplatte in der Küche, und aus ihrem Zimmer am Ende des Flurs drang durch die halb geöffnete Zimmertür ein leises Schnarchen.

Vorsichtig stellte Wren ihren Rucksack ab und zog die Schuhe aus. Vielleicht würde sie heute auch früh zu Bett gehen. Dann bräuchte sie nicht länger über Teri nachzudenken, die ihr vorwarf, faul und selbstsüchtig zu sein.

Sie war nicht faul. Sie war nicht selbstsüchtig. Und schon gar nicht in ihrem Verhältnis zu den Bewohnern von Willow Springs. Dieser Vorwurf war nicht gerechtfertigt. Er stimmte einfach nicht. Und doch verletzte er sie.

Es war ja nicht nur Teri. Da waren auch Brooke und Caseys Mutter. All die schrecklichen Dinge, die sie über sie gesagt hatten – durch ihre enge Freundschaft zu Casey hätte sie seine Ehe mit Brooke bewusst sabotiert, und sie hätte seiner Familie „irreparablen Schaden" zugefügt durch diesen Trauergottesdienst, den sie „aus selbstsüchtigen Motiven" organisiert hätte.

Immer wenn Wren müde war, stiegen die Vorwürfe wieder in ihr hoch. Immer wieder bemühte sie sich, diese Dinge von sich zu weisen und sie nicht in sich Wurzeln schlagen zu lassen, doch dieser Schmerz war eine offene Wunde, die sich einfach nicht schließen wollte. Egal, wie sehr sie es auch versuchte, es gelang ihr nicht.

Sie goss sich ein Glas Limonade ein und setzte sich an den Tisch. Kit würde ihr vielleicht raten, mit offenen Händen zu beten, allen Schmerz und die brennenden Vorwürfe loszulassen und offen dafür zu sein, Trost von Gott zu empfangen. Seine Gnade. Seinen Frieden. Seine Liebe. Seine Hoffnung. Sie löste ihre Finger. Mit geballten Fäusten war es unmöglich, etwas loszulassen oder zu empfangen.

„Ich dachte doch, ich hätte etwas gehört", sagte Kit, als sie ein paar Minuten später im Schlafanzug in die Küche schlurfte. Ihre kurzen weißen Haare waren zerzaust, die Brille saß schief.

„Hallo, Kit." Wren legte ihre geöffneten Hände in den Schoß.

„Bist du gerade erst nach Hause gekommen?"

„Schon vor einer Weile."

„Du meine Güte, ich war so weit weg. Hab tief und fest geschlafen." Sie gähnte und streckte sich. „Hast du schon was gegessen? Ich habe noch ein halbes Sandwich vom Mittagessen übrig."

„Ich mache mir später etwas, danke. Ich habe keinen großen Hunger."

Kit rückte ihre Brille gerade. „Alles in Ordnung?"

„Ja. Ich bin nur sehr müde."

Sie würde Kit nicht mit den Einzelheiten ihres Tages belasten, wo die bereits so erschöpft war. Vielleicht würde sie stattdessen noch mal einige ihrer Briefe lesen. Kit wusste ja, wie sehr es schmerzte, wenn einem zu Unrecht Vorwürfe gemacht wurden. Einige ihrer Briefe waren Wren mittlerweile so vertraut, dass sie sie auswendig zitieren konnte.

„Wie war es bei dir?", fragte Wren. „Wie lief der Kurs?"

Kit strich sich eine Haarsträhne aus dem Gesicht. „Gut. Keine besonderen Vorkommnisse."

Irgendetwas an Kits Lächeln schien nicht zu den Worten zu passen, die sie sagte. Aber es fühlte sich für Wren nicht richtig an, sie jetzt danach zu fragen.

6

Mama hat doch glatt vergessen, dass die Mädchen in Florida sind", berichtete Sarah, als Zach aus der Klinik nach Hause kam.

Er hängte seine Schlüssel an das Schlüsselbrett neben der Spüle und gab ihr einen Kuss auf die Wange. „Nimm das nicht so ernst, Schatz. So etwas kommt schon mal vor."

Energisch schrubbte sie die Teigschüssel im Waschbecken. „Ich sage das nicht, weil ich mich darüber ärgere. Ich sage das, weil sie es vergessen hat, Zach."

„Na gut, dann hat sie es eben vergessen. Das passiert schon mal, wenn man älter wird. Und wenn man Stress hat. In letzter Zeit steht sie ganz schön unter Druck."

Das stimmte. Und der Ruhestand würde den Druck zumindest ein wenig mindern. Doch solange Wren unter ihrem Dach lebte, würde der Stresspegel ihrer Mutter nie auf null sinken. Zumindest konnte Sarah sich das nicht vorstellen.

Zach hob den Deckel des Schmortopfs. „Mexikanischer Hühnertopf?"

„Ja. Und im Ofen sind Maismehlmuffins."

„Ich liebe dich."

„Ich weiß."

Er öffnete den Kühlschrank und nahm eine Flasche Wein heraus.

„Zieh dich bitte erst um", sagte sie, während sie das Spülwasser ablaufen ließ. „Du willst doch nicht überall deine Krankenhauskeime verteilen." Er stellte die Flasche auf die Arbeitsplatte und zog sich ins Schlafzimmer zurück. Vierundzwanzig Jahre waren sie nun schon verheiratet, und noch immer musste sie an ihm herummeckern, als wäre er ein Teenager. Seinen Mitarbeiterinnen im Krankenhaus erging es nicht besser. Immer müssten sie ihn drängen, seinen Papierkram zu erledigen, sagten sie. Er wolle Medizin praktizieren, erklärte er dann stets, nicht diktieren.

Während Sarah die Weingläser aus dem Schrank nahm, vibrierte ihr Handy und zeigte eine Nachricht von Morgan an: ein Foto von ihr, Jessica und Carol, alle mit Mickymaus-Ohren, die vor Cinderellas Schloss posierten. Lächelnd tippte sie: *Sehr schön! Habt ihr Spaß?*

Sofort kam eine Antwort. *Und wie! Gigi lässt grüßen.*

Sarah schickte einen hochgereckten Daumen und vergrößerte das Foto. Mit ihrem ordentlich geschnittenen und mit Strähnchen durchzogenen blonden Bob und dem modischen Leinenensemble sah Carol, die die Mädchen immer Gigi nannten, viel jünger aus als fast siebzig. Reisen und Hobbys und ihre spielerische Neugier hatten sie jung gehalten. Mit ihrer grenzenlosen Energie hatte sie auch Papa jung gehalten. Oft hatte er zu Sarah gesagt, Carol würde ihn glücklich machen. Mehr brauchte er gar nicht zu sagen.

Schon in der Grundschule hatte Sarah gespürt, dass ihre Eltern nicht glücklich miteinander waren. Doch so chaotisch ihre Scheidung auch gewesen war, zumindest waren sie in der Lage gewesen, ihr Leben so fortzusetzen, dass sie beide Zufriedenheit gefunden hatten, wenn auch auf sehr unterschiedlichen Wegen.

Zach kam in seinen abgetragenen Lieblingsshorts und einem verwaschenen T-Shirt aus dem Schlafzimmer zurück.

„Sieh mal, was für ein nettes Bild", sagte sie und reichte ihm ihr Handy.

Als er seine Brille gerade rückte, bemerkte Sarah das Preisschild an einem der Bügel. „Im Ernst jetzt, Zach?" Sie riss ihm die Brille von der Nase.

„Was ist?"

„Hast du die den ganzen Tag so getragen?" Sie pulte das Preisschild von der billigen Lesebrille ab und hielt es hoch. Offensichtlich hatte er seine eigentliche Lesebrille mal wieder verlegt.

Er blinzelte. „Ich brauche die Brille, sonst kann ich nicht erkennen, was du da hast."

Sie reichte sie ihm zurück, und mit großer Geste setzte er sie sich wieder auf die Nase. „Ah, ich habe also doch noch keine Glaskörpertrübung. Ausgezeichnet."

„Ehrlich jetzt, Zach. Was haben deine Patienten gesagt?"

„Nichts. Sie sind so überwältigt von meinem Können, dass ihnen die Worte fehlen."

„Ja", stimmte sie zu, „das glaube ich dir aufs Wort."

Grinsend konzentrierte er sich wieder auf das Handydisplay. „Tolles Foto! Sie scheinen viel Spaß zu haben."

Ihre Sonnenbräune, die manikürten Fingernägel und neue Haarschnitte zeugten von Beauty-Terminen und Nachmittagen am Strand. Carol hatte die Begabung, dafür zu sorgen, dass zwei Schwestern im Teeniealter ihre Ferien zusammen genießen konnten. „Morgan sieht Papa immer ähnlicher, meinst du nicht?"

„Ja. Genau wie du, Sarah. Das gleiche Lächeln."

„Findest du?" Die Leute sagten immer, sie sähe ihrer Mutter ähnlich, mehr, als ihrem Vater. „Die Nasen- und Mundpartie." Sie betrachtete das Foto noch eine Weile, bevor sie das Handy weglegte.

„Essen wir draußen oder drinnen?", fragte Zach.

„Wie ist denn die Temperatur?"

„Nicht schlecht. Ein bisschen Wind, der wird uns guttun." Er nahm den Korkenzieher aus der Schublade. „Lass uns auf der Terrasse essen. Ich wische die Stühle trocken und decke den Tisch."

Während des Essens unter dem Sonnenschirm erzählte Sarah ihm von ihrem Vormittag im New Hope-Zentrum, ihrer Frustration wegen Wren und dem Mittagessen mit ihrer Mutter. „Vielleicht hat sie Florida ganz bewusst ausgeblendet", überlegte sie laut.

„Wegen Carol, meinst du?"

„Und weil die Mädchen so ein gutes Verhältnis zu ihr haben." Sie trank einen Schluck Wein. „Und ich auch."

Bereits vor vielen Jahren hatte Sarah diese psychologischen Dynamiken in einer Therapie aufgearbeitet. Ihr war bewusst, dass sie nicht die Verantwortung dafür übernehmen konnte, wie sich die Beziehung ihrer Eltern nach der Wiederheirat ihres Vaters entwickelte, ob sie bereit waren zu Vergebung und Versöhnung oder eben nicht. Sie hatte die Freiheit, selbst zu entscheiden, wie ihre Beziehung zu ihrem Vater und ihrer Stiefmutter aussehen sollte, ohne Schuldgefühle haben zu müssen oder das Gefühl, es fehle ihr an Loyalität ihrer Mutter gegenüber. Sie müsse ganz offen mit ihrer Mutter über ihre Gefühle reden und ihr sagen, was sie bräuchte, hatte ihr Therapeut ihr geraten. Allerdings hatte ihre Mutter ihr immer Mut gemacht, den Kontakt zu ihrem Vater zu suchen. Und auch zu Carol. Damals hatte Sarah nicht gewusst, wie schwer dieser Akt der Großzügigkeit ihrer Mutter gefallen war. Aber im Laufe der Jahre hatte sie Dankbarkeit empfinden können, dass ihre Mutter dieses Opfer für sie gebracht hatte. *Liebe erträgt alles*, dachte sie. Und ihre Mutter hatte viel ertragen.

„Frag sie doch einfach", schlug Zach vor, während er einen zweiten Muffin mit Butter bestrich.

„Aber wenn ich mich irre und sie gar nicht daran gedacht hat, dann möchte ich Carol nicht zum Thema machen. Mama hat schon genug damit zu tun, mit der momentanen Situation klarzukommen. Ich möchte ihr nicht noch mehr aufbürden."

Sie sind nicht verantwortlich für die geistige und emotionale Gesundheit Ihrer Mutter, hatte der Therapeut zu ihr gesagt, als ihre Mutter aus der psychiatrischen Klinik entlassen worden war. Sie sei erst achtzehn, hatte er erklärt, und sie könne nicht für den Rest ihres Lebens wie auf Eierschalen gehen und Angst haben, irgendetwas, was sie tue oder sage, könne bei ihrer Mutter eine neue Depression auslösen.

Mit der Ermutigung ihrer Mutter hatte sie hart daran gearbeitet, diese Art der Freiheit zu leben. Aber sie wusste auch, dass dazu manchmal gehörte, ihre Zunge im Zaum zu halten und nicht immer alles direkt auszusprechen. Das zu beherzigen fiel ihr deutlich schwerer.

„Übrigens", sagte Zach, „ich habe ein paar Schichten getauscht, sodass ich jetzt von Mittwoch bis Sonntag freihabe. Wie wäre es, wenn wir noch ein paar Tage ins Haus am See fahren, bevor die Mädchen zurückkommen?"

Sarah stellte ihr Weinglas ab. Das war keine schlechte Idee. In zwei Wochen wären die Ferien zu Ende. Dann standen die Planungssitzungen für den Unterricht des neuen Schuljahres an, und dies wäre eine gute Gelegenheit, noch einmal gemeinsam etwas zu unternehmen. Im Geist ging sie ihre Termine für die kommende Woche durch. Nichts, das nicht verlegt werden könnte, außer …

„Mama hat am Samstag wieder ihr Seminar, und ich habe versprochen, dabei zu sein."

Zachs Miene verriet seine Enttäuschung. „Das würde sie doch bestimmt verstehen."

„Ja, natürlich würde sie es verstehen. Sie würde uns sagen, wir sollen auf jeden Fall fahren und die Zeit genießen. Aber mir ist nicht wohl dabei, wenn sie alles ganz allein regeln muss."

„Dann rede doch mit Wren. Oder sag deiner Mutter, sie soll mit ihr reden."

„Das habe ich bereits. Sie hat es mir versprochen."

„Prima." Er ergriff ihre Hand. „Wir sind in diesem Sommer kaum dort gewesen. Es wäre doch gut für uns beide, mal ein wenig Zeit abseits vom Alltag zu verbringen."

Sie stellte sich vor, wie sie im Kajak über den See fuhren, am Strand ein Lagerfeuer machten, sich das Frühstück im Bett schmecken ließen. „Also gut", beschloss sie, „ich werde das regeln."

Er lächelte sie an. „Das tust du doch immer."

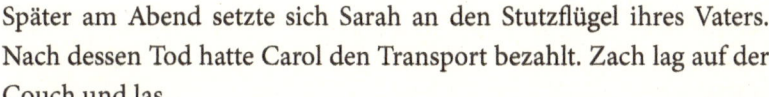

Später am Abend setzte sich Sarah an den Stutzflügel ihres Vaters. Nach dessen Tod hatte Carol den Transport bezahlt. Zach lag auf der Couch und las.

Musik war immer ihre gemeinsame Sprache gewesen. Noch bevor sie ein Buch lesen konnte, hatte ihr Vater ihr das Notenlesen beigebracht. So erinnerte sie sich beispielsweise an Momente, in denen ihr Vater Trompete übte, während sie auf dem Boden zu seinen Füßen in ihren Malbüchern malte, und wie sie neben ihm auf genau diesem Klavierhocker saß, während seine Hände über die Tasten glitten. Er hatte ihr das Klavierspielen beigebracht, und als sie einigermaßen spielen konnte, begleitete sie sein Trompetenspiel in der Kirche. Manchmal spielten sie Duette. Und auf ihre Bitte hin hatte er zum Auszug bei ihrer Hochzeit „Trumpet Voluntary" gespielt. Sie sah ihn immer noch vor sich, wie er mit glänzenden Augen, die sie voller Liebe und Stolz anblickten, die Trompete an die Lippen hob und zu spielen begann, als sie am Arm ihres Mannes den Mittelgang entlangschritt. Jeder Ton war perfekt gewesen.

Auf dem Notenständer suchte sie das Notenblatt für „Gabriels Oboe", das Lieblingsstück ihrer Mutter. Jessica würde das Stück bei der Abschiedsfeier auf dem Cello spielen, als Geschenk zum Ruhestand, und Sarah würde sie auf dem Klavier begleiten. Wie schön wäre es gewesen, wenn ihr Vater Jess' Vortrag hätte hören können. Sie hatte sein musikalisches Talent geerbt und würde vielleicht als Musiklehrerin an der Highschool in seine Fußstapfen treten.

Ihre Tochter brachte viel mehr Geduld für Kinder auf, als ihr Vater je besessen hatte. Dass Micha sich geweigert hatte, ein Instrument zu lernen, hatte er nie akzeptieren können. Oder Sport zu treiben. In dieser Hinsicht war Micha sehr eigensinnig gewesen. Und Papa konnte sehr wütend werden. Später war er jedoch weicher geworden. Er wäre der Erste, der zugegeben hätte, dass er nach seiner Hochzeit mit Carol ein besserer Mensch geworden war.

„Das klingt sehr gut, Schatz!", rief Zach von der Couch aus, nachdem sie das Stück zu Ende gespielt hatte.

„Danke. Wird schon klappen." Auf ihrem Notenblatt notierte sie mit Bleistift einige Fingersätze und wiederholte eine Akkordabfolge. „Ohne die Solozeile ist das keine große Kunst. Aber warte erst, bis du Jess hörst."

Vor ihrem inneren Auge stand das Bild, wie ihre Mutter ihrem Vater beim Trompetespielen zuhörte und wie sie ihm beim Dirigieren des Schülerorchesters zuschaute. Man hätte denken können, sie lausche dem philharmonischen Orchester von New York. Aber ihre tiefe Wertschätzung für Musik, besonders für seine Musik, hatte ihm nie ausgereicht. In Carol, die selbst an einem nahe gelegenen College Musik unterrichtete, hatte er eine Frau kennengelernt, die ihm nicht nur Wertschätzung und Bewunderung entgegenbrachte, sondern seine Leidenschaft für Musik auch teilte. Auch wenn Sarah ihre Affäre nie gutgeheißen hatte, so konnte sie doch nicht leugnen, dass die beiden glücklich miteinander waren. Selbst wenn sie versucht hätte, sie auseinanderzubringen, es hätte nichts bewirkt. Und so war Sarah damals nur eine Möglichkeit geblieben: ihnen vergeben und nach vorn schauen. Und sie hatte es nicht bereut, diesen Weg eingeschlagen zu haben.

„Du musst unbedingt filmen, wie Mama Jess spielen hört, okay? Vom Klavier aus werde ich sie nicht beobachten können."

Zach hob sein Handy hoch. „Ich werde pünktlich auf der Lauer liegen."

Sie setzte sich neben ihn auf die Couch. „Da wir gerade von Videos sprechen, ich habe noch ein paar Leute gebeten, eine Grußbotschaft für Mama aufzunehmen. Nathan und Hannah haben heute Morgen beim Kurs versprochen, etwas für sie zu machen. Wir treffen uns am Montagmorgen im New Hope-Zentrum."

„Bekommt deine Mutter das denn nicht mit? Ich dachte, das Video sollte eine Überraschung sein."

„Sie nimmt den Tag frei."

„Ah, sehr gut."

Sarah wusste, dass ihre Mutter nicht gern im Mittelpunkt stand, aber sie fand es sehr schade, dass die Leute häufig bis zur Beerdigung warteten, um ihrer Wertschätzung für jemanden Ausdruck zu verleihen. Warum sollte man nicht den Lebenden Ermutigung, Bestätigung und Dank zusprechen? Warum nicht ein Leben feiern, solange die betreffende Person noch am Leben war? „Wenigstens werde ich ihr Gesicht sehen können, wenn sie das anschaut. Ich denke, sie wird überwältigt sein – hoffentlich im guten Sinne – von dem, was die Leute über sie sagen."

Danach würde ihre Mutter ganz bestimmt betonen, das sei doch alles viel zu viel. Aber an Tagen, an denen es ihr guttat, sich daran zu erinnern, was sie im Leben anderer Menschen bewirkt hatte, würde sie das Video vielleicht doch ab und zu ansehen.

„Das wird ihr bestimmt viel bedeuten", sagte Sarah zu Hannah und Nathan, nachdem sie am Montagmorgen ihr Video aufgenommen hatten. „Danke, dass ihr euch die Zeit dafür genommen habt."

„Für deine Mutter tun wir doch alles", erwiderte Hannah.

Nathan ergriff die Hand seiner Frau. „Wie Hannah bereits in dem Video gesagt hat, ohne ihre Weisheit und Großzügigkeit wären wir nicht, wer wir heute sind, weder als Einzelne noch als Ehepaar."

Als sie in die Lobby kamen, steuerte Wren gerade mit ihrem Fahrrad auf die Eingangstür zu. Nathan hielt ihr die Tür auf, und sie schob das Rad ins Gebäude.

Sarah warf einen Blick auf die Uhr. Zehn Uhr vierzig. War das Wrens Arbeitsbeginn am Montagmorgen?

Wren nahm ihren Helm ab und strich sich das dunkle Haar glatt. In ihren Shorts und dem Tanktop war sie eher für den Strand gekleidet als für die Arbeit.

„Ich habe dich gestern im Gottesdienst vermisst", sagte Hannah, nachdem sie sie umarmt hatte. „Alles in Ordnung bei dir?"

„Ja. Ich habe bei einem Gottesdienst in Willow Springs ausgeholfen."

„Oh, wie schön! Das ist gut."

„Ich meine, ich habe geholfen, die Bewohner zum Gottesdienst zu bringen. An dem Gottesdienst selbst war ich nicht beteiligt."

Hannah lächelte sie ermutigend an. „Du darfst die Bedeutung dieser Hilfe nicht unterschätzen. Die Bewohner und das Pflegepersonal des Heims waren bestimmt sehr dankbar."

Sarah entschuldigte sich und ging zum Büro, von wo aus sie Wren beobachten konnte, während sie mit Gayle über die Abschiedsfeier sprach.

Zwei Minuten. Vier Minuten. Das Gespräch in der Eingangshalle ging weiter.

Sieben Minuten. Zehn Minuten. Als Gelächter ertönte, spähte Sarah durch die geöffnete Tür nach draußen und erwiderte Nathans Winken. „Noch mal vielen Dank!", rief sie, als die Allens das Einkehrzentrum verließen.

Wren nahm ihr Handy aus dem Rucksack und überflog die Nachrichten. Eine Minute. Drei Minuten. Sechs. Sarah wartete ab, ob Gayle etwas sagen würde. Aber Gayle war inzwischen dazu übergegangen, in aller Ausführlichkeit zu schildern, wie der Hochzeitsempfang ihres Sohnes ablaufen sollte.

„Entschuldige mich bitte, Gayle. Ich muss kurz mit Wren sprechen."

Wie eine schuldbewusste Schülerin steckte Wren ihr Telefon in den Rucksack und machte sich an dessen Verschluss zu schaffen, während Sarah auf sie zuging.

„Ich habe beschlossen, meine Idee nicht umzusetzen", erklärte sie.

„Welche Idee?"

Wren errötete. „Oh. Entschuldige. Nichts. Ich dachte, du und Gayle hättet über das Geschenk für deine Mutter geredet."

„Nein. Haben wir nicht." Sie würde Gayle später danach fragen. „Hör zu, Wren, ich werde meine Mutter am Samstag bei dem Kurs nicht unterstützen können. Und nach dem, was am Samstag geschehen ist, mache ich mir Sorgen, dass Mama vielleicht wieder allein dasteht."

Wren schaute sie verständnislos an. „Was war denn?"

„Der Kaffee war nicht vorbereitet. Der Tisch für die Registrierung nicht aufgebaut. Hat Mama nicht mit dir darüber gesprochen?"

„Nein."

Sarah seufzte. „Als ich am Samstagmorgen herkam, war nichts vorbereitet."

Wren riss die Augen auf. „Ich habe die Tische aufgestellt, bevor ich am Freitag gegangen bin."

„Ja, die Tische im Seminarraum waren gestellt. Aber sonst nichts. Und wenn ich nicht da gewesen wäre, hätte Mama alles allein machen müssen. Das ist nicht in Ordnung. Sie hat im Augenblick schon Stress genug. Sie braucht nicht auch noch so etwas."

Wren senkte den Blick auf ihre Turnschuhe. „Es tut mir leid. Das habe ich vollkommen vergessen. Es wird nicht wieder vorkommen."

„Gut. Das hoffe ich. Aber da ich am Samstag nicht da sein kann, möchte ich dich bitten, Mama hier bei allem zu helfen, was nötig ist. Sie wird von sich aus nichts sagen. Darum bitte ich dich darum."

Das Telefon im Büro läutete. Gayle meldete sich mit einem fröhlichen: „Guten Morgen! New Hope-Einkehrzentrum."

„Ist gut", sagte Wren. „Ich werde da sein."

„Oh, hallo, Bill", war Gayle zu hören, „alles in Ordnung?"

Sarah warf einen Blick auf ihre Uhr. „Arbeitest du nachmittags nicht im Pflegeheim?"

„Doch, schon."

„Dann hast du nicht mehr viel Zeit, um hier sauber zu machen, nicht?"

„Katherine hat den Tag freigenommen", sagte Gayle im Büro. „Sie können sie aber auf dem Handy erreichen."

„Ich habe ausreichend Zeit", erwiderte Wren.

„Na gut. Ich will dich nicht aufhalten. Danke, dass du bereit bist zu helfen."

Wren murmelte eine Antwort, bevor sie durch den Flur verschwand.

Gut. Botschaft übermittelt, Botschaft angekommen. Sarah wartete in der Lobby, bis Gayle das Telefonat beendet hatte, dann betrat sie das Büro, um ihre Handtasche zu holen.

„Das war jemand aus dem Kuratorium", berichtete Gayle. „Ich wette, es gibt Neuigkeiten. Bestimmt haben sie einen Nachfolger oder eine Nachfolgerin gefunden."

Das wurde aber auch Zeit. Diese Nachricht könnte den Stress für ihre Mutter ein wenig reduzieren. „Hat er gesagt, dass er Mama anrufen wird?"

„Nein. Er sagte nur, ich soll ihr ausrichten, dass er angerufen hat. Willst du ihr Bescheid geben oder soll ich das übernehmen?"

„Mach du das ruhig. Sie soll gar nicht wissen, dass ich heute hier war."

„Oh, gut. Ich werde es ihr nicht verraten."

Sarah nahm ihren Schlüssel aus der Handtasche. „Was für ein Abschiedsgeschenk meinte Wren eigentlich?"

„Wie bitte?"

„Gerade in der Lobby sagte sie, sie hätte beschlossen, das Geschenk für Mama nicht zu besorgen."

Gayle rang die Hände. „Oh, gut. Ich bin froh, dass sie ihre Meinung geändert hat. Letzte Woche ist sie ins Büro gekommen und erzählte, deine Mutter hätte sich immer ein Tandem gewünscht ..."

„Was?!"

„Eines von diesen zweisitzigen Fahrrädern –"

„Ich weiß, was ein Tandem ist." Ganz neu für sie war allerdings, dass ihre Mutter sich eines wünschte.

„Wren hat mich gefragt, ob das Kuratorium vorhat, von den Geldspenden, die geschickt werden, ein Geschenk für deine Mutter zu kaufen, und ich habe geantwortet, dass ich nicht weiß, was geplant ist, ich es aber für keine gute Idee halte, ihr ein Tandem zu kaufen. Sie könnte stürzen und sich eine Hüfte oder was auch immer brechen."

Ungläubig schüttelte Sarah den Kopf. Entweder hatte Wren etwas, das ihre Mutter gesagt hatte, missverstanden, oder ihre Mutter hatte ihr einen geheimen Wunsch anvertraut, über den sie mit Sarah nie gesprochen hatte.

„Ich habe Wren gesagt, dass dir die Idee bestimmt nicht gefallen wird."

„Das stimmt. Danke." Und nur für den Fall, dass diese Botschaft nicht laut und deutlich angekommen war, würde sie sie selbst noch einmal übermitteln.

Wren stand neben dem Arbeitsraum des Hausmeisters, Kopfhörer in den Ohren, und war erneut mit ihrem Handy beschäftigt. Als sie Sarah entdeckte, riss sie sich die Kopfhörer aus den Ohren, stopfte das Handy in die Tasche und nahm eilig einen Staubwedel vom Putzwagen.

„Eins noch, bevor ich gehe", sagte Sarah. „Was immer du tust, kauf meiner Mutter auf keinen Fall ein Tandem."

Wren fuhr mit dem Staubwedel über den Rahmen eines Gemäldes von knorrigen Bäumen und wandte Sarah dabei den Rücken zu. „Deine Mutter und ich haben uns über ein altes Lied unterhalten, das ihre Großmutter ihr immer vorgesungen hat, als sie noch klein war. Ein Lied über ein Fahrrad für zwei. Und sie sagte, sie hätte sich immer eines gewünscht, es aber nie bekommen, weil dein Vater keine Lust gehabt hätte, mit ihr zusammen zu fahren."

Sarah starrte sie an. Wren ließ sich in ihrer Tätigkeit nicht beirren. Nach einem Augenblick des Schweigens, das an eine feindselige Stille erinnerte, dankte Sarah ihr für ihre Kooperation und stapfte davon. Doch auf der Heimfahrt beschäftigte sie nur eine einzige Frage: Was hatte ihre Mutter diesem Mädchen sonst noch anvertraut?

7

Kit lag gemütlich im Schlafanzug auf ihrer Veranda, als ihr Handy läutete. Sie warf einen Blick auf die Nummer. Gayle würde sich hüten, sie an ihrem freien Tag anzurufen, wenn es sich nicht um eine dringende Angelegenheit handelte.

Sie legte die Zeitschrift zur Seite und begrüßte sie mit bewusst ruhiger Stimme.

„Entschuldige bitte, dass ich dich störe, Katherine, aber gerade hat Bill angerufen. Ich habe ihm gesagt, dass du heute freihast, und er meinte, er würde sich ein anderes Mal bei dir melden."

Sie richtete sich auf. „Hat er sonst noch etwas gesagt?"

„Nein. Aber vielleicht haben sie ja jemanden gefunden."

Der Gedanke war Katherine auch sofort durch den Sinn gegangen. Der Vorsitzende des Kuratoriums würde sie nicht anrufen, um einfach nur mit ihr zu plaudern. „Danke, dass du mir Bescheid gesagt hast, Gayle."

„Wirst du ihn zurückrufen?"

Kit hörte die Anspannung in ihrer Stimme. Seit Gayle die Stellenbeschreibung gelesen hatte, quälte sie die Sorge, wer wohl ihr nächster Chef sein würde. Sie brauchte das Einkommen aus dieser Teilzeitstelle. Ihre Tochter litt an einer chronischen Erkrankung, und da waren die flexiblen Arbeitszeiten ein Geschenk für sie. „Ich sage dir Bescheid, wenn ich etwas weiß", beruhigte Kit sie.

Einfach abzuwarten war nicht sinnvoll, entschied sie, nachdem sie den Anruf beendet hatte. Sie wählte Bills Nummer.

„Katherine! Ich dachte, Sie hätten heute frei."

„Das habe ich auch. Ich genieße den Vormittag auf meiner Veranda." Sie wollte nicht um den heißen Brei herumreden. „Gibt es etwas Neues im Blick auf meine Nachfolge?"

Ja, so war es tatsächlich. Nach Gesprächen mit mehreren Bewerbern kristallisierte sich ein Kandidat heraus, von dem das Kuratorium begeistert war. Er war noch jung und Pastor einer großen Gemeinde in Tulsa. „Ich will Ihnen gegenüber ehrlich sein", sagte Bill. „Wir haben schon fast geglaubt, wir würden niemanden finden, der alle Voraussetzungen erfüllt. Aber Logan besitzt sowohl Führungserfahrung als auch eine Leidenschaft für geistliches Wachstum. Wir wollen ihn für Ende der Woche zu einem persönlichen Gespräch herbitten."

Kits Hand zitterte, als sie nach ihrem Kaffeebecher griff. „Das klingt sehr vielversprechend. Danke, dass Sie mir Bescheid gesagt haben."

Diese Information sei vertraulich zu behandeln, erklärte Bill, und er bat sie, mit niemandem darüber zu sprechen. „Wir bringen es im Gebet vor Gott, Katherine, und warten ab, wie Gott uns führt."

„Natürlich. Ich werde Gott bitten, allen Beteiligten Weisheit zu schenken."

„Danke", erwiderte er. „Wir fänden es schön, wenn Logan Sie kennenlernen könnte. Bestimmt hat er Fragen, die wir ihm nicht beantworten können. Wäre das in Ordnung für Sie?"

„Natürlich. Ich würde ihn gern kennenlernen."

„Das ist schön. Können wir dann für Freitag einen Termin einplanen?"

„Das kann ich noch nicht sagen", entschuldigte sich Kit. „Mein Terminkalender liegt in meinem Büro. Wäre es in Ordnung, wenn ich Ihnen morgen eine Mail schicke?"

Damit war er einverstanden.

Erst nachdem sie das Telefonat beendet hatte, ging ihr auf, wie altmodisch es war, ihren Terminkalender nicht digital verfügbar zu haben. Egal. Das Kuratorium hatte sich ja jemanden ausgesucht, der mehr auf der Höhe der Zeit war.

„Das sind doch gute Neuigkeiten", freute sich Sarah, als Kit sie später am Nachmittag anrief. Familie, so hatte sie beschlossen, fiel nicht in die Kategorie: „Sprechen Sie mit niemandem darüber." „Wenn der Prozess schon so weit gediehen ist und er zu einem Gespräch nach Kingsbury eingeladen wird, Mama, dann scheint das Kuratorium ziemlich begeistert von ihm zu sein."

Kit richtete das Kissen hinter sich auf dem Sofa. „Ja, das hörte sich so an."

„Ich spüre Zweifel bei dir."

Es gab keinen Grund für irgendwelche Zweifel. Sie wusste nichts über diesen Logan oder seine Begabungen, und ganz bestimmt würde sie sich nicht anmaßen, Gottes Pläne zu beurteilen. „Ich sehe das sehr locker." Sie öffnete die Hand auf ihrem Schoß als eine Absichtserklärung. Loslassen. Empfangen.

„Wenn ich du wäre, würde ich mich freuen, Mama. Du hast befürchtet, dass bis zu deinem Ruhestand vielleicht kein Nachfolger gefunden wird. Und jetzt kannst du ganz beruhigt deinen Abschied feiern."

„Noch ist er nicht eingestellt."

„Stimmt. Aber das Kuratorium weiß schon, was es tut, und wenn das nicht klappt, dann wird sich eine andere Möglichkeit auftun. Das liegt nicht in deiner Verantwortung. Du brauchst dir keine Sorgen darum zu machen."

Auch das stimmte. Es lag nicht in ihrer Verantwortung und brauchte sie auch nicht zu kümmern. Trotzdem – es war ihr nicht gleichgültig, wie sich die Zukunft des New Hope-Zentrums gestaltete. Am anderen Ende der Leitung hörte sie die Tastatur klicken. „Tippst du gerade etwas?", fragte sie.

„Ich schaue nur schnell mal im Netz nach", erklärte Sarah. „Wie viele leitende Pastoren in Tulsa heißen wohl Logan mit Vornamen?"

Diese Idee war Katherine noch gar nicht gekommen. Vielleicht hätte sie seinen Namen für sich behalten sollen. Jetzt war es zu spät.

„Ha! Hab ihn! Einer. Logan Harris. Wow, er scheint wirklich noch sehr jung zu sein. Dreißig, höchstens. Mal sehen, ob ich ein paar Informationen über ihn finde."

Kit legte die Füße auf den Couchtisch. Sie konnte nicht guten Gewissens behaupten, das interessiere sie nicht.

„Also gut", sagte Sarah schließlich, „da haben wir ihn. Er ist seit fünf Jahren leitender Pastor der Woodlands Memorial Church. Hat vor sieben Jahren sein Examen am Seminar abgelegt. Und er scheint älter zu sein, als er aussieht. Ich schicke dir den Link. Schalte mich auf Lautsprecher, wenn du ihn hast."

„Ich schaue mir das später an, Sarah. Ich habe heute Morgen noch nicht einmal geduscht."

Stille. Entweder wunderte sich Sarah darüber, dass sie so zurückhaltend reagierte, oder sie war beeindruckt, dass sie so gelassen blieb. „Dann ruf mich an, wenn du dich informiert hast. Ich schaue mal nach, was ich sonst noch über ihn herausfinde."

Kit lag es auf der Zunge zu sagen: „Lass mal lieber, das geht mich nichts an", aber diese Worte blieben ihr irgendwie im Hals stecken, und stattdessen erwiderte sie: „Danke."

Innerhalb einer Stunde hatte Sarah ihr alles geschickt, was sie im Netz, auf der Facebookseite der Gemeinde, in archivierten Newslettern und auf Logans Webseite gefunden hatte. *Bei YouTube oder Twitter habe ich noch nicht nachgeschaut, aber vermutlich gibt es auch dort viele Informationen über ihn. Er scheint eine gute Wahl zu sein! Freue mich!*

Immer noch im Schlafanzug überflog Kit die Informationen, während sie ein spätes Mittagessen zu sich nahm. Da der Tag schon mehr als zur Hälfte vorbei war, schien es wenig sinnvoll zu sein, jetzt noch zu duschen und sich anzuziehen.

Sie biss in ihr Truthahnsandwich. Sarah hatte recht. Angesichts der Prioritäten, die das Kuratorium setzte, schien Logan ein passender Kandidat zu sein. Geboren und aufgewachsen war er in der Nähe von Pittsburgh. Im College hatte er durch die christliche Arbeit auf dem Campus zum Glauben gefunden. Seinen Abschluss in Betriebswirtschaft hatte er in Wharton gemacht und anschließend am Beacon Hill Seminar studiert, wo er Betriebsorganisation und Management als Hauptfach wählte.

Kit scrollte durch das Material. Kein Hinweis auf einen Schwerpunkt in der geistlichen Begleitung. Und seine Erfahrung bei der Organisation und Durchführung von Seminaren und Einkehrtagen mit Bezug zu geistlichem Wachstum beschränkte sich auf einige wenige Seminare für Männer, die er in den vergangenen Jahren angeboten hatte: „Goliat besiegen", „Wie werde ich ein Mann nach dem Herzen Gottes?" und „Die Langstrecke durchhalten". In seiner Biografie wurde seine Leidenschaft für Öffentlichkeitsarbeit erwähnt und dass es sein Ziel sei, „dem Einzelnen und der Gemeinschaft Hilfestellung zu geben, das eigene Potenzial auszuschöpfen". In seinem Blog, den er unregelmäßig führte, fanden sich persönliche Reflexionen und Buchbetrachtungen, die in erster Linie Fragen der Leitung und die Anweisung Jesu, anderen zu dienen, zum Thema hatten.

Aber kein Wort über das Gebet. Nichts über das Wirken des Heiligen Geistes, der einen Christen erst zu diesem Dienen befähigt oder ihm hilft, Christus ähnlicher zu werden, und das Leben verändert.

Das konnte dem Kuratorium nicht entgangen sein. Schließlich war der Bewerbungsprozess schon so weit fortgeschritten. Für die Mitglieder des Kuratoriums hatte das Gebet doch einen hohen Stellenwert, und sie konnten Menschen doch einschätzen. Auch wenn die Liebe zum Gebet in der Stellenbeschreibung nicht explizit erwähnt war, würde doch bestimmt nicht jemand eingestellt, dem diese Leidenschaft oder Hingabe fehlte, oder?

Sie biss noch einmal in ihr Sandwich.

Logan besäße nicht nur Führungserfahrung, sondern „eine Leidenschaft für geistliches Wachstum", hatte Bill gesagt. Hatte er diese Worte nur gewählt, weil er wusste, dass sie darauf wartete? Aber den Inhalt der Gespräche mit Logan kannte sie natürlich nicht. Vielleicht war dabei mehr zur Sprache gekommen als das, was der Webseite der Gemeinde oder seinem Blog zu entnehmen war.

Aber ihre Meinung und ihr Eindruck spielten ja auch keine Rolle. Sie sollte Logan kennenlernen, nicht um ihn auf Herz und Nieren zu prüfen, sondern um ihm seine Fragen zu beantworten. Und ganz bestimmt würde ihm vieles auffallen, was verbesserungswürdig wäre, nicht nur in ihrer Arbeit als Leiterin, sondern in der gesamten Organisation des Zentrums.

Dann war es eben so. Auch das hatte sie nicht in der Hand.

Ihr Blick blieb an einem Foto des Bewerbers hängen. Vor einem gut gefüllten Auditorium stand er, ausgestattet mit einem drahtlosen Headset, ein wenig vorgebeugt auf einer Bühne und hielt einen Vortrag. Seine gespreizten Finger kommunizierten Leidenschaft und Energie. Was für ein starker Kontrast zum New Hope-Zentrum mit seiner kleinen, persönlichen Kapelle, die zu Stille und Besinnung einlud, und den Seminarräumen, die nicht groß genug waren für eine Verstärkeranlage.

Was also war an dieser Stelle für ihn so attraktiv? Brauchte er den Nervenkitzel einer neuen Herausforderung? Hegte er die Hoffnung, etwas vollkommen Neues aufbauen zu können? War sein Ego angesprochen?

Sie rieb sich die Stirn. *Halte dich zurück mit einem vorschnellen Urteil*, ermahnte sie sich. *Liebe glaubt alles, hofft alles.*

Sie würde sich darin üben, ihm erst einmal nur positive Absichten zu unterstellen.

Vielleicht fühlte er sich ja zu dieser Arbeit und Aufgabe berufen. Vielleicht hatte er es satt, die Gemeinde nur als Organisation zu sehen, und wollte seine Gaben und seine Leidenschaft anders einsetzen. Wer war sie, dass sie sich ein Urteil darüber erlauben könnte?

Sie schob ihr Sandwich zur Seite und tat, worum Bill sie gebeten hatte. Sie betete dafür, dass Gottes Wille geschehen möge. Und zwar für alle, die an dieser Angelegenheit beteiligt waren.

8

Wenn Sarah sie nicht ermahnt hätte, weil sie ihre Arbeit nicht sorgfältig erledigt hatte, hätte Wren die gründliche Reinigung der Toiletten im New Hope-Zentrum vielleicht auf einen anderen Tag verschoben. Nachdem sie die Flure gewischt hatte, blieb ihr kaum genügend Zeit, um rechtzeitig zu ihrer Schicht im Pflegeheim zu kommen. Wenn Gayle noch im Büro gewesen wäre, hätte sie sie gefragt, ob sie sie mitnehmen könnte. Doch so musste sie kräftig in die Pedale treten und, so schnell sie konnte, nach Willow Springs fahren, wo sie schließlich verschwitzt, außer Atem und neun Minuten zu spät eintraf.

„Audrey hat nach dir gefragt", teilte die Kollegin am Empfang ihr knapp mit und setzte dann ihr Gespräch mit einem von den Sicherheitsleuten fort.

Super. Wren zog ihr Handy aus der Tasche. Sie hätte eine Nachricht schicken sollen, dass sie unterwegs war. *Entschuldige, dass ich zu spät bin.*

Audrey erwiderte: *Komm in mein Büro.*

Ohne sich die Mühe zu machen, ihre Arbeitsuniform anzuziehen, eilte Wren zum Büro der Hauswirtschaftsleiterin. Auf dem Weg dorthin probte sie im Stillen ihre Entschuldigung. Hoffentlich erinnerte sich ihre Chefin daran, dass sie in den drei Monaten, die sie nun hier arbeitete, noch nie zu spät gekommen war. Leise klopfte sie an Audreys angelehnte Tür.

„Ja, bitte."

Als sie eintrat, schossen Audreys nachgezogene Augenbrauen hoch. Wren hielt ihren Rucksack vor sich, um ihre nackten Beine zu verstecken. „Entschuldigung. Meine Uniform ist in meinem Rucksack. Ich kann mich auch erst umziehen."

„Schon in Ordnung. Setz dich bitte."

Wren setzte sich auf die Stuhlkante, den Rücken steif und kerzengerade, die Knie zusammengepresst, den Rucksack auf ihrem Schoß. „Es tut mir so leid, dass ich zu spät bin. Ich wurde bei meiner anderen Arbeitsstelle aufgehalten, dann war die Raymond Road wegen Bauarbeiten gesperrt, und ich musste mit dem Fahrrad einen Umweg nehmen."

„Das kann passieren. Aber lass es nicht zur Gewohnheit werden."

„Danke. Das mache ich bestimmt nicht."

Wren wollte gerade von ihrem Stuhl aufstehen, als Audrey die Hände auf den Schreibtisch legte. Ihr Gesicht wurde ernst. „Wie ich hörte, warst du am Samstag hier und hast mit den Bewohnern Gesellschaftsspiele gespielt."

Wrens Magen krampfte sich zusammen. Hoffentlich war Tweety und Coco nichts zugestoßen. Sie hatte Mrs Clement versichert, Audrey würde die Vögel versorgen, aber sie hätte vielleicht im Käfig nachsehen sollen, ob genügend Futter und Wasser da war. Warum hatte sie nicht nachgesehen? Falls den armen kleinen Vögeln etwas zugestoßen war ...

„Ich war hier, um mit Mr Kennedy Golf zu schauen", erklärte Wren mit dünner Stimme. „Und dann hat Mrs Clement mich gefragt, ob ich mit ihr Kniffel spielen würde. Das habe ich gemacht."

Audrey faltete die Hände vor sich. „Mrs Whitlocks Tochter hat sich heute Morgen bei der Heimleitung beschwert."

Wren schnappte nach Luft. „Über mich?"

„Über das Personal. Sie behauptete, das Personal würde die Hygiene ihrer Mutter vernachlässigen. Als sie am Samstag gekommen sei, habe Dorothy mit dir am Tisch gesessen und gespielt. In einer vollen Windel." Sie beugte sich vor. „Es ist schön, dass du in deiner Freizeit herkommst, Wren. Die Bewohner freuen sich darüber. Aber wenn jemand etwas braucht ..."

„Ich weiß. Aber es war niemand auf der Station."

„Dann musst du den Rufknopf drücken. Oder jemanden holen. Es ist doch immer jemand in der Nähe." Audrey unterbrach sich kurz. „Die Pflegerinnen und Pflegehelferinnen arbeiten unter Hochdruck und bekommen nicht annähernd die Wertschätzung, die sie verdient haben. Wir gehören alle zum selben Team, Wren, und wir müssen einander unterstützen. Nur so geht es. Auch wenn wir keinen Dienst haben. Klar?"

Da sie ihrer Stimme nicht traute, nickte Wren nur.

„Gut", fuhr Audrey fort. „Dann haben wir uns ja verstanden. Zieh dich jetzt um."

Wren dankte ihr. Da sie nicht sicher war, ob sie wieder aufhören könnte, wenn sie erst einmal angefangen hatte zu weinen, biss sie sich auf die Lippen, steuerte die nächste Toilette an, um sich umzuziehen, und bat Jesus, ihr zu helfen, diesen Tag irgendwie zu überstehen.

Obwohl niemand, der am Wochenende Dienst gehabt hatte, heute anwesend war, hatte sich die Kunde von Teri Witlocks offizieller Beschwerde wohl bereits herumgesprochen. Als Wren ihren Putzwagen am Schwesternzimmer vorbeischob, schauten weder Chelsea noch Greta von ihren Bildschirmen hoch, um sie zu begrüßen. Teri dagegen hatte sie mit Namen gegrüßt, als sie sich gestern vor dem Gottesdienst in der Kapelle begegnet waren. Wren hatte Miss Daisy im Rollstuhl geschoben, und Teri war langsam neben ihrer Mutter hergegangen.

„Na, bringen Sie Miss Daisy?", hatte Teri lächelnd gefragt. Wren hatte angenommen, ihr breites Lächeln sei ehrlich gewesen, und es als Zeichen gewertet, dass sie keinen Groll mehr hegte. Aber da Teri in ihrer Beschwerde explizit ihren und den Namen der Pflegehelferinnen genannt hatte, denen sie vorwarf, ihre Pflichten vernachlässigt zu haben, war es nicht verwunderlich, dass sich das gesamte Pflegepersonal einig sein musste, dass sie der Sündenbock war. Zwar hatte Audrey betont, sie würden alle im selben Team arbeiten, doch Wren war mittlerweile lange genug dabei, um zu wissen, dass die in den weinroten und grünen Uniformen einer anderen Kategorie angehörten als die, die hellblaue Arbeitskleidung trugen.

„Sie sind spät heute", sagte Mrs Whitlock, als Wren ihr Zimmer betrat.

„Ja, ein wenig." Teris Mutter saß in einem Sessel am Fenster. Sie trug eine weite Bluse mit großem Blumenmuster und eine türkisfarbene Hose. Ihre Haare waren ordentlich zurückgekämmt und festgesteckt. „Ist es in Ordnung, wenn ich jetzt Ihr Zimmer putze, Mrs Whitlock?"

„Sie sind verschwunden, bevor ich beim Kniffel an die Reihe kam."

„Ich weiß, das tut mir leid. Wir holen das Spiel ein anderes Mal nach, in Ordnung?" Wren streifte sich ein Paar Gummihandschuhe über und sprühte Desinfektionsmittel auf einen sauberen Lappen. Türklinke, Lichtschalter. Betttablett. Mit schnellen Bewegungen wischte sie über die Flächen, hob einen Plastikbecher, einen Kreuzworträtselblock, eine Fernbedienung an.

„Wir könnten jetzt spielen." Mrs Whitlock griff nach ihrem Rollator.

„Wer möchte spielen?", rief Peyton vom Flur aus. Sie trug Bermudashorts und ein pinkes Poloshirt mit dem Logo von Willow Springs. „Wir warten auf Sie, Dorothy."

„Wieso?"

„Wir wollen Beachvolleyball spielen."

Mrs Whitlock schnaubte.

„Ach, kommen Sie! Das macht Spaß. Wir haben einen Beachball, ein Netz und ein paar Schläger. Sie können in meiner Mannschaft spielen."

Aus den Augenwinkeln heraus bekam Wren mit, wie Mrs Whitlock auf sie deutete. „Ich will in der Mannschaft von diesem Mädchen mitspielen."

„Sie kann im Augenblick nicht mit uns spielen. Aber viele andere sind im Gemeinschaftsraum und warten auf Sie. Und hinterher gibt es Eis."

„Richtige Eisbecher?"

„Sie müssen schon mitkommen, dann werden Sie es sehen." Peyton ging zum Fenster, und Wren trat zur Seite, um ihr Platz zu machen. „Können Sie allein aufstehen, Dorothy?"

„Ich will keine dummen Spiele spielen. Ich will nur Eis essen."

„Sie bekommen Ihr Eis, keine Sorge." Peyton hielt den Rollator fest, während Mrs Whitlock in ihrem Sessel vorrutschte. Dann legte sie den Arm um sie, um sie zu stützen, als sie aufstand. „Prima gemacht."

Während Mrs Whitlock ihren Rollator um das Bett herummanövrierte, drückte sich Wren an die Wand, um ihr Platz zu machen. Peyton ging an ihr vorbei, ohne sie anzusehen.

Am besten mache ich mich heute noch unsichtbarer als sonst, dachte Wren, als sie den Fernsehschrank abstaubte. Es würde vorübergehen.

Unmittelbar nach dem Ende ihrer Schicht zog sie ihre Uniform aus und verließ das Heim durch eine Seitentür.

„Na? Fertig für heute?", rief ein weißhaariger Sicherheitsmann von seinem Golfcart aus, als sie ihr Fahrrad aufschloss.

„Ja."

„Dann einen schönen Feierabend!" Offensichtlich hatte Joe nicht mitbekommen, dass Wren gerade geächtet wurde.

„Danke. Ihnen auch." Sie verstaute ihr Fahrradschloss in ihrem Rucksack.

Siehst du, Wrinkle? Nicht alle hassen dich.

Sie lächelte schwach. Genau so etwas würde Casey sagen.

Sie sah hoch in den tiefblauen Himmel, an dem die Wolkenfetzen immer neue Wirbel und Strudel bildeten. Ein Himmel, wie Vincent ihn gern gemalt hatte.

Sie stellte sich vor, wie sie ihr Malbesteck in der Hand hielt, spürte förmlich das glatte Holz und die Umrisse des Griffs, sah das Funkeln der biegsamen Stahlklinge. Schaben. Auftragen. Schichten. Formen. Wenn sie im New Hope-Einkehrzentrum wäre, würde sie sich vielleicht in ihr Atelier verkriechen und malen, wie dieser Tag war. *Welche Farbe hat Kritik?*, würde Oma fragen. *Welche Farbe hat Trauer? Welche Farbe hat Frustration? Widerstand? Isolation? Zurückweisung?*

Ja. Das alles. Heute könnte sie das alles malen.

Entschlossen setzte sie den Helm auf.

Metallisches Blaugrau. Dunkelgrau. Mattes Silber. Stein. Schiefer. Asche.

Asche.

Sie dachte an ihr Bild von Jesus mit seinem klaren Blick, der nicht auswich, und dem stummen Mund. Die Asche der Anklage umwirbelte ihn wie ein Heiligenschein aus Rauch. *Welche Farbe hat Kraft? Welche Farbe hat Solidarität? Welche Farbe hat Liebe? Welche Farbe hat Präsenz? Welche Farbe hat Treue?*

Sie hatte den Tag überlebt. Das graue Gewicht der Scham und des Schmerzes hatte sie nicht zu Boden drücken können. Sie hatte Jesus gebeten, ihr durch den Tag zu helfen, und das hatte er getan. Ganz leise sprach sie ein Dankgebet.

Sie könnte noch mehr Asche produzieren, um sie in ihre Bilder einzuarbeiten. Es gab so vieles in ihrer sorgfältig gehegten und wachsenden Sammlung, das sie abschreiben und verbrennen könnte.

Vielleicht sollte sie doch noch nicht nach Hause fahren, sondern in ihr Atelier. Niemand würde jetzt im Einkehrzentrum sein, das Gebäude wäre still und leer, ein guter Ort, um zu verarbeiten, was geschehen war. Und um zu beten. Und es wäre gut, ganz allein einen Anfang beim Malen zu finden, bevor sie mit Zoe zusammen malen würde.

Sie nahm ihr Handy aus dem Rucksack und schrieb Kit eine Nachricht.

Doch zuerst war noch ein kleiner Umweg nötig.

Sie stieg auf ihr Fahrrad. Durch die Gegend zu radeln, in der Casey seine Kindheit verbracht hatte, war in letzter Zeit für sie zu einem Ritual geworden, das sie sich in unregelmäßigen Abständen gönnte. Da sie nicht immer zur gleichen Zeit an seinem Elternhaus vorbeifuhr, würde sie vermutlich niemand bemerken. Darum machte sie an den Tagen, an denen sie mit dem Fahrrad nach Willow Springs fuhr und nicht zu Fuß ging, diesen kleinen Umweg, entweder morgens, am Nachmittag oder am Abend. Vor dem zweistöckigen Haus aus roten Ziegeln mit dem Ahornbaum und den bunten Blumenbeeten im

Vorgarten bremste sie nur unmerklich ab und sprach ein Gebet für Caseys Familie.

Mrs Wilson war schon immer eine passionierte Gärtnerin gewesen. Casey hatte oft gesagt, seine Mutter könnte ein Samenkorn ausspucken und es würde wachsen. Einmal war Wren nach einer Schicht an dem Haus vorbeigefahren. Mrs Wilson hatte in ihrem Blumenbeet gekniet, Strähnen ihrer roten Haare hatten unter ihrem Strohhut mit der breiten Krempe hervorgelugt. Wrens spontane Reaktion war es gewesen, wieder umzudrehen. Doch damit hätte sie die Aufmerksamkeit erst recht auf sich gezogen, falls jemand sie beobachtete. Darum hatte sie den Kopf gesenkt und darauf vertraut, dass Mrs Wilson sie unter ihrem Helm nicht erkennen würde, für den Fall, dass sie zufällig hochschaute.

Sie hatte nicht hochgeschaut.

Und einmal, als Wren frühmorgens vorbeigefahren war, war Mr Wilson in Jeans und Poloshirt gerade aus der Haustür gekommen und zu seinem Auto gegangen. Als er kurz die Hand zum Gruß hob, wie man einen Fremden auf dem Fahrrad grüßte, hatte er so viel Ähnlichkeit mit Casey, dass Wren beinahe in Tränen ausgebrochen wäre. Seither hoffte sie beinahe, wenn sie an dem Haus vorbeifuhr, sie würde ihn noch einmal sehen, wenigstens aus der Ferne.

Bevor sie in Caseys Straße einbog, blieb sie stehen, um ihren Helm zu richten und sich aufmerksam umzusehen. Sie wollte sicher sein, dass seine Eltern nicht zufällig mit dem Auto unterwegs waren. Die Luft war rein, und sie bog rechts in die Maplewood Street ein und ließ die erste Querstraße hinter sich, dann die zweite. An der Kreuzung von Maplewood und Oakdale Street entdeckte sie etwa in der Mitte der Straße auf der linken Seite ein Maklerschild. Aber war das das Haus der Wilsons oder das ihrer Nachbarn? Sie trat kräftiger in die Pedale.

Im Schatten des Ahorns, auf den Casey und sie immer zusammen geklettert waren, stand tatsächlich ein Schild: Zu verkaufen.

Der Schraubstock in ihrem Magen zog sich zusammen.

Anzuhalten wäre viel zu riskant. Auf keinen Fall durfte sie langsamer werden. Es war auch zu riskant, zur Seite zu schauen. Darum radelte sie weiter, bis sie das Ende der nächsten Häuserzeile erreicht hatte, dann drehte sie um und fuhr so langsam wie möglich auf das Haus zu. Zwischen zwei Häusern hielt sie an, stieg ab und bückte sich, als müsste sie sich die Schnürsenkel neu binden. Durch die Speichen hindurch beobachtete sie das Haus der Wilsons.

Welche Farbe?, hörte sie ihre Großmutter fragen.

Tränen brannten ihr in den Augen, als sie zu Caseys früherem Fenster hinaufschaute. Hatten seine Eltern zur Erinnerung an ihren Sohn alles so gelassen wie früher? Den Pokal auf dem Regal, den er in einem Fotografie-Wettbewerb bekommen hatte? Das Poster von U2? Die Legobausets, die er für seine Filme mit der Zeitrafferkamera gebaut hatte? Seit ihrem Schulabschluss an der Highschool hatte Wren sein Zimmer nicht mehr betreten und wusste daher nicht, was er zurückgelassen hatte.

Sie wischte sich die Tränen von den Wangen. Alles. Er hatte alles zurückgelassen.

Schnell stieg sie wieder auf ihr Fahrrad und radelte davon, durch die Straßen seines Viertels. Die Kinder aus der Nachbarschaft spielten wie immer auf der Straße. Das Leben ging weiter wie gewohnt. Sie fuhr weiter, ohne zu wissen, wohin sie unterwegs war, bis sie es wusste: zu ihrer alten Schule, wo sie Casey kennengelernt hatte, nachdem sie von Australien nach Amerika umgezogen war. Am Rand des Footballfelds stellte sie ihr Fahrrad ab.

Welche Farbe hat Schock? Welche Farbe Verlust? Welche Farbe hat die Veränderung, für die du dich nicht selbst entscheidest und die du auch nicht willst?

Sie ließ sich ins Gras sinken, zog die Knie an die Brust und saß da, bis sich der blaue Himmel über ihr orange färbte. Streifen von Rot wie der Saft von ausgepressten Weintrauben zogen sich hindurch. Sie wiegte sich im Gras, bis die Kardinalsvögel nicht mehr zu hören waren und die Glühwürmchen aufstiegen und die Fledermäuse durch die Luft schossen und der Himmel ganz dunkel war. Sie blieb im Gras liegen, bis die Wolken die Sterne und die Mondsichel verdeckten. Dann setzte sie sich auf ihr Fahrrad und radelte nach Hause.

9

„Ich habe gestern Abend gar nicht mehr gehört, wie du nach Hause gekommen bist", sagte Kit, als Wren am Dienstagmorgen in einem zerknitterten Tanktop und Shorts in die Küche kam. „Hattest du eine gute Zeit beim Malen?"

Wren öffnete den Schrank und nahm einen Kaffeebecher heraus. „Ich bin dann doch nicht mehr ins Atelier gefahren."

„Oh." Kit biss in ihren Toast. Wo Wren stattdessen gewesen war, ging sie nichts an. Aber sie war wirklich lange unterwegs gewesen. „Alles in Ordnung?"

„Ja. Ich habe Zoe versprochen, heute mit ihr zusammen zu malen, und habe beschlossen, doch nicht vorher schon anzufangen."

„Aha. Gut. Ich bin froh, dass ihr das zusammen machen könnt."

Wren rieb sich den Arm. Ihre blasse Haut war mit roten Stichen übersät.

„Sieht so aus, als hätten dich gestern die Mücken erwischt. Im Erste-Hilfe-Schrank findest du Salbe."

„Danke, das geht schon." Wren wählte eine Kaffeekapsel vom Karussell auf der Theke aus und drückte sie in die Kaffeemaschine. „Es tut mir wirklich sehr leid, dass ich vergessen habe, deinen Kurs richtig vorzubereiten. Ich habe Sarah versprochen, dir am nächsten Samstag zu helfen. Das ist gar kein Problem."

Kit erstarrte mitten in der Bewegung. Ihr Toast hing auf halbem Weg zwischen dem Teller und ihrem Mund fest. „Sarah hat mit dir gesprochen?"

„Ja."

„Wann?"

„Gestern im Einkehrzentrum."

Kit legte ihren Toast zurück auf den Teller. „Sarah war dort?"

„Ja."

Interessant. Sarah hatte nichts davon gesagt, als sie über Logan sprachen.

Wren legte ihre Finger um die Träger ihres Tanktops. „Ich glaube, sie war mit deiner Abschiedsfeier beschäftigt."

„Verstehe." Noch drei Wochen, in denen sie diese Geheimnistuerei wegen der Feier ertragen musste. „Es tut mir leid, dass Sarah es war, die dich darauf angesprochen hat, Wren. Ich wollte das selbst tun, aber wir waren beide so müde. Ich wollte dir nicht noch mehr zumuten."

Wren zuckte die Schultern. „Darauf kommt es jetzt auch nicht mehr an. Also, worum geht es?"

Ach du meine Güte! Kit wischte sich mit der Serviette die Krümel von der Hand. Es war schwer, zu entscheiden, wann sie nachhaken und wann sie Wren lieber in Ruhe lassen sollte. „Du scheinst ja eine Menge zu verarbeiten zu haben. Das tut mir leid."

„Danke." Die Kaffeemaschine zischte, gurgelte, summte.

„Kann ich dir irgendwie helfen?"

„Bete einfach nur, dass ich mich bei der Arbeit konzentrieren kann, dass ich keine Fehler mache."

Armes Mädchen. „Sarah kann manchmal ein wenig harsch sein, das weiß ich, aber das mit Samstag war wirklich kein allzu großes Problem. Alles wurde erledigt. Nichts passiert."

Wren schaute aus dem Fenster. „Aber genau darum geht es doch: Wenn ich in New Hope etwas vermassle, dann wird niemand verletzt. Wenn aber im Pflegeheim etwas schiefgeht, wenn ich vergesse, etwas sauber zu machen, das falsche Produkt verwende oder nicht sorgfältig desinfiziere, dann könnte einer der Bewohner Schaden nehmen. Oder sogar sterben."

Kit runzelte die Stirn. In den drei Monaten, die Wren nun schon in Willow Springs arbeitete, hatte sie nie erwähnt, dass ein solcher Druck auf ihr lastete oder ihr die Verantwortung zu groß wurde.

Zumindest hatte sie ihr gegenüber nichts gesagt. Vielleicht hatte sie mit ihrer Therapeutin darüber gesprochen? Hoffentlich. Wann hatte sie den nächsten Termin bei Dawn? Kit hatte irgendwie jegliches Zeitgefühl verloren. „Ist etwas passiert, Wren?"

Der Kaffee tröpfelte in den Becher mit Vincents Sonnenblumen. Die Maschine summte, seufzte und verstummte dann.

„Gestern hat sich jemand bei der Heimleitung beschwert."

Kits Puls beschleunigte sich. „Über dich?"

„Nicht nur über mich", erwiderte Wren und erzählte ihr, Mrs Whitlocks Tochter habe sich darüber aufgeregt, dass ihre Mutter nicht richtig versorgt worden sei.

Das schien in letzter Zeit ein häufiges Thema zu sein.

Wren trank einen Schluck Kaffee. „Ich kann es verstehen, wenn Teri sich darüber aufregt, dass ihre Mutter nicht frisiert und angezogen war. Schließlich war es bereits Mittag. Und wenn sie sich vorstellt, dass ihre Mutter schon eine Zeit lang in einer vollen Windel dasitzt, kann ich auch verstehen, warum sie böse auf mich ist. Ich hatte es ja auch tatsächlich bemerkt – der Geruch war ziemlich penetrant, und ich hätte sofort jemanden holen müssen, der sich darum kümmert. Das wäre keine große Sache gewesen."

„Beim nächsten Mal weißt du Bescheid", sagte Kit. Sie trug ihr Frühstücksgeschirr zum Spülbecken. „Ich bin froh, dass du es mir erzählt hast, denn jetzt weiß ich, wie ich für dich beten kann."

„Danke." Wren nahm eine Schachtel Cornflakes und zwei Fläschchen mit Medizin aus dem Schrank.

„Soll ich dich mitnehmen? Ich kann dich gern heute Morgen auf dem Weg zur Arbeit absetzen."

„Nein, das geht schon. Dawn schärft mir immer wieder ein, dass mir regelmäßige Bewegung guttut. Ich fahre gern mit dem Fahrrad."

„Gut." Kit spülte die Teller und Becher ab, bevor sie das Geschirr in den Geschirrspüler räumte.

Sport. Arbeit. Therapietermine. Medikamente. Gebet. Kunst. Gottesdienst. Wren tat alles, was ihr möglich war, um gegen die Depression anzukämpfen und die Hoffnung nicht zu verlieren. „Sag mir

Bescheid, wenn ich irgendetwas für dich tun kann", sagte Kit und ging in ihr Zimmer, um zu beten.

Kaum hatte Kit die Eingangstür des New Hope-Zentrums geöffnet, als Gayle auch schon in das Foyer gestürmt kam. „Du hast mich gestern nicht mehr zurückgerufen. Ist alles in Ordnung? Gibt es Neuigkeiten?"
Kit verstaute den Schlüssel in ihrer Handtasche. Bill hatte sie gebeten, keine Einzelheiten über Logan weiterzugeben. Aber er hatte ihr nicht verboten zu erzählen, dass sie einen geeigneten Kandidaten gefunden hatten. „Das Kuratorium hat endlich jemanden gefunden."
„Und?"
„Er kommt zu einem persönlichen Gespräch her."
„Wann?"
„Irgendwann in dieser Woche."
Gayle begleitete Kit in ihr Büro. „Wann immer das ist, ich will auf jeden Fall hier sein. Du weißt nicht zufällig, an welchem Tag er kommt? Hat Bill nichts gesagt?"
Kit legte ihre Tasche auf den Schreibtisch. Gayle würde am Freitag sowieso im Büro sein, um den Samstagskurs vorzubereiten. Es sprach nichts dagegen, dass sie den Mann traf, der vielleicht ihr neuer Chef werden würde. „Er hat mich gefragt, ob ich am Freitag Zeit habe."
„Um ihn zu treffen?"
„Soweit ich weiß."
Gayle atmete tief durch. „Okay, das ist gut. Gibt es sonst noch etwas? Wo kommt er her? Was hat er bisher gemacht? Arbeitet er irgendwo in einem ähnlichen Einkehrzentrum?"
Kein Name, kein Ort, ermahnte sich Kit. „Bill hat mir nicht viel verraten, nur dass der Kandidat sehr ausgeprägte Führungseigenschaften besitzt und dass das Kuratorium ziemlich begeistert von ihm ist."
Zum Glück hakte Gayle nicht weiter nach. „Wenn du mehr erfährst, was du weitergeben darfst, dann sag mir bitte Bescheid." Mit diesen Worten verschwand sie im Flur.

Kit setzte sich an ihren Schreibtisch und nahm ihren Terminkalender zur Hand, um nachzusehen, welche Termine sie am Freitag bereits vorgemerkt hatte. Ein Begleitgespräch um elf, eines um halb eins und um halb vier eine Konferenzschaltung mit den Leuten, die im Herbst Workshops und Einkehrtage durchführen würden.

Sollte sie das Gespräch mit Logan gleich am Morgen führen, oder wäre es besser zu warten, bis sie die beiden geistlichen Begleitungsgespräche hinter sich hatte? Eine Begegnung mit Logan gleich morgens früh würde sie vermutlich für den Rest des Tages beschäftigen. Aber wenn sie ihn erst später traf, könnte die gedankliche Vorbereitung auf diese Begegnung sie in ihren Gesprächen ablenken.

Sie trommelte mit ihrem Stift auf die Schreibtischplatte. In jedem Fall würde es am Freitag eine Herausforderung sein, wirklich präsent zu sein. Aber vermutlich wäre es leichter, ein bereits geführtes Gespräch aus ihren Gedanken zu verbannen als ein Gespräch, das noch auf sie wartete.

In der Mail an Bill schrieb sie, zwischen acht und halb elf habe sie Zeit und sie hoffe, das lasse sich mit seinem Terminplan vereinbaren.

Die Antwort folgte prompt. *Wir sind um neun Uhr da.*

Gut. Das wäre also erledigt.

Sie warf einen Blick auf die Uhr. Vor ihrem ersten Termin blieb ihr noch fast eine Stunde Zeit. Sie könnte an dem Entwurf für den Kurs am Samstag weiterarbeiten. In ein neues Word-Dokument tippte sie den Titel: „Umgang mit Leid und Trost".

Sie hatte sich gefreut, dass Sarah am letzten Samstag an dem Kurs teilgenommen hatte, doch sie bedauerte auch nicht, dass sie in dieser Woche nicht dabei sein würde. Das verschaffte ihr uneingeschränkte Freiheit, so zu sprechen, wie der Heilige Geist sie führte, vor allem bei der Beantwortung der Fragen am Schluss. Wenn offene Worte über eigene Leiderfahrungen für andere eine Bereicherung und Hilfe sein konnten – und diese Erfahrung hatte sie nun mehrfach gemacht –, durfte sie sich in dieser Hinsicht nicht zurückhalten.

Sie schlug in ihrer Bibel den zweiten Korintherbrief auf, den sie seit jeher besonders gern mochte. Hier berichtete Paulus ganz offen von seinem eigenen Schmerz und Leid, von seinem Kampf mit Unsicherheit. Und er beschrieb seine Sehnsucht mit dieser entwaffnenden, bescheidenen Aufrichtigkeit und Verletzlichkeit, die ihr den normalerweise so streitbaren und etwas groben Apostel so lieb machten. Hier gab Paulus seine Schwäche ganz offen zu, seine Frustration darüber, dass er missachtet, nicht wertgeschätzt und missverstanden worden war. Hier sagte er ohne Vorbehalte, dass er andere Menschen brauchte. Hier zählte Paulus seine Verdienste auf, kämpfte gegen seinen Stolz an, rühmte sich seines Leidens und seiner Ausdauer. Hier zeigte sich Paulus in seiner unverschleierten Menschlichkeit, und er pries Gott, dessen Kraft in seiner Schwäche sichtbar wurde und dessen Gnade ihm genug war. *Gepriesen sei Gott, der Vater von Jesus Christus, unserem Herrn. Er ist der Ursprung aller Barmherzigkeit und der Gott, der uns tröstet. In allen Schwierigkeiten tröstet er uns, damit wir andere trösten können. Wenn andere Menschen in Schwierigkeiten geraten, können wir ihnen den gleichen Trost spenden, wie Gott ihn uns geschenkt hat.*[1]

Sie nahm das kleine Kreuz zur Hand, das auf ihrem Schreibtisch lag – ein Geschenk, das sie vor Jahren von ihrer ersten geistlichen Begleiterin bekommen hatte. Ein Trostkreuz, so hatte Lucy es genannt, etwas Greifbares, das sie an Gottes Gegenwart, Liebe und Trost erinnern sollte. *Tröste,* dachte Kit, *wie du selbst getröstet worden bist.* Ihre Finger umschlossen fest das glatte Holz.

Um kurz vor zehn vibrierte Kits Handy und zeigte eine Nachricht von Jamie an: *Könntest du mich bitte anrufen, sobald du Zeit hast?*

Sie schrieb zurück: *Habe gleich einen Termin. Alles in Ordnung?*

Nur fünf Worte erschienen auf ihrem Display: *Mache mir Sorgen um Wren.*

Kit spürte, wie es ihr eng ums Herz wurde. Heute Morgen schien mit Wren noch alles in Ordnung gewesen zu sein. Sie hatte die Herausforderungen, die sie gerade bestehen musste, benennen und in

Worte fassen, zugleich aber auch ausdrücken können, wie sehr es sie belastete. Was war in den vergangenen zwei Stunden geschehen?

Sie starrte auf ihr Telefon. Jamie machte sich häufig übertrieben Sorgen um die psychische Stabilität und die Sicherheit ihrer Tochter, aber auch sie hatte mit der Hilfe ihrer Therapeutin gelernt, dass sie Wren nicht überwachen oder kontrollieren durfte.

Kits Blick wanderte erneut zur Uhr, bevor sie kurz entschlossen Jamies Nummer wählte. Zwei Minuten blieben ihr noch.

„Ich werde dich auch bestimmt nicht lange aufhalten", beteuerte Jamie, nachdem Kit sie begrüßt hatte, „und werde dich auch nicht bitten, vertrauliche Informationen weiterzugeben. Wren hatte sich heute mit Zoe zum Malen verabredet. Das hat sie gerade abgesagt. Ein Bewohner des Pflegeheims ist wohl verstorben, und ich weiß, dass ihr das zu schaffen macht. Keine Ahnung, ob sie ihre Schicht schafft oder nicht."

Kit lag es auf der Zunge zu sagen: „Das hat sie schon früher geschafft. Mehrmals." Stattdessen erwiderte sie: „Ich werde für sie beten. Ich weiß, wie schwer das ist."

„Danke. Und könntest du bitte besonders aufmerksam sein, wenn du sie nachher siehst? Nur um ganz sicherzugehen?"

Auch das versprach sie. „Ich werde ihr sagen, dass sie doch am besten über alles, was sie dir sagen möchte, direkt mit dir sprechen soll. Und ich werde auch für dich beten, Jamie."

„Danke. Wenn ich weiß, dass sie so durcheinander ist, dann ist das auch ein Trigger für mich. Es tut mir leid."

„Das braucht es nicht. Es ist gut, dass du weißt, was deine Trigger sind." Sie griff erneut nach ihrem Kreuz. „Wenn ich etwas bemerke, das mich alarmiert, dann sage ich dir Bescheid." Erst am Morgen hatte Wren über ihre Angst gesprochen, sie könnte einen Fehler machen und damit einem Bewohner schaden. *Bitte, Gott. Lass es nicht das sein.* Aber auf keinen Fall würde sie das Jamie gegenüber erwähnen und sie dadurch beunruhigen.

Ein Klopfen an ihrer geöffneten Tür ließ sie zusammenfahren. Rasch beendete sie das Telefonat.

„Entschuldigung!", sagte eine Stimme. „Bin ich zu früh?"

Kit verstaute Handy und Kreuz in ihrer Schreibtischschublade und streckte der Besucherin die Hand entgegen. „Nein, ganz pünktlich, Maureen. Kommen Sie herein." Einatmen. Ausatmen. Loslassen. Empfangen. „Möchten Sie eine Tasse Tee?"

10

Miss Daisys Leichnam war bereits fortgebracht worden, als Wren im Pflegeheim ankam. Eine Schwester aus der Nachtschicht hatte sie gefunden, als sie ihr ihre Medikamente bringen wollte.

Wren starrte auf den Erinnerungskasten an der Wand vor ihrem Zimmer: eine blaue Keramikkatze, Winnie Puuh aus Plastik, ein paar Muscheln, eine Postkarte mit dem Motiv der Freiheitsstatue.

Audrey starrte auf die Notizen auf ihrem Klemmbrett. „Ihre Nichte lebt in New York. Vor Donnerstag kann sie nicht hier sein. Aber die Heimleitung will, dass ihr Zimmer bis zum frühen Nachmittag für einen neuen Bewohner vorbereitet wird. Das bedeutet, wir müssen ihre Sachen zusammenpacken. Die Familie kann sie dann später durchsehen und gegebenenfalls aussortieren, was sie nicht mehr haben möchten." Sie sah hoch. „Hast du so etwas schon mal gemacht?"

Wren rieb sich den Arm. „Nein." Zwar waren schon mehrere Bewohner gestorben, seit sie hier arbeitete, doch bisher hatte sie nie Dienst gehabt, wenn ein Zimmer ausgeräumt werden musste.

„Ich hole ein paar Kartons", erklärte Audrey. „Du könntest zuerst ihre Sachen zusammenpacken, dann müssen die Schränke gründlich ausgewaschen und desinfiziert werden."

„Okay."

Audrey verschwand um die Flurecke. Vorsichtig warf Wren einen Blick ins Zimmer. Das Bett war bereits abgezogen. Miss Daisys Puppe Emmy Lou saß im Sessel. Ihre braunen Haare ragten nach allen Seiten unter einer etwas ramponierten Haube hervor, ihre wimpernlosen Augen standen offen, das Gesicht war angeschlagen und fleckig.

Miss Daisy hatte diese Puppe geliebt. Sie war wie ein Kind für sie gewesen. Nie war sie irgendwohin ohne die Puppe gegangen. Bis jetzt. Wren stellte sich vor, wie sie zusammengerollt im Bett lag und ihren letzten Atemzug tat, ihr Baby an die Brust gedrückt.

Sie hätte Emmy Lou doch einmal für Miss Daisy malen können. Oder Miss Daisy, wie sie die Puppe im Arm hielt. Das hätte ihr bestimmt gefallen. Sie hätte dieses Bild den anderen Bewohnern zeigen können, wie man ein Familienfoto herumzeigt. Aber dieser Gedanke war ihr leider nicht gekommen. Warum war sie nicht früher auf die Idee gekommen, Miss Daisy ein solches Geschenk zu machen?

Bevor sie das Zimmer betrat, um sich an die Arbeit zu machen, hielt Wren kurz inne, um ein Gebet zu sprechen und dieses Zimmer als einen heiligen Raum zu ehren. Miss Daisy, die oft gar nicht gewusst hatte, wo sie war oder wer die Leute waren, die sie versorgten, hatte sonntags im Gottesdienst jedes Wort des Liedes „Dort auf Golgatha" mitgesungen, und ihr Gesicht hatte gestrahlt, wenn sie die Zeile sang: „Einst ruft er mich heim, wo ich ewig darf schaun seine Herrlichkeit vor Gottes Thron." Das hatte Gott nun getan. Hier in diesem Zimmer.

Wren streifte ihre Gummihandschuhe über und trat an die bereits abgezogene Matratze.

„Hier habe ich ein paar Kartons für dich." Audrey kam mit einem Stapel Kartons ins Zimmer. Beim Vorbeigehen stieß sie gegen den Fernsehschrank, und eine größere Version der blauen Keramikkatze fiel zu Boden und zerbrach. Audrey fluchte.

Wren starrte auf die zerbrochenen Teile. „Vorsichtig mit Ollie", hatte Miss Daisy sie immer ermahnt, wenn sie in ihrem Zimmer abstaubte. „Er ist sehr alt, müssen Sie wissen."

Audrey schnappte sich ein Kehrblech vom Putzwagen, kehrte die Scherben zusammen und ließ sie im Mülleimer verschwinden.

Wren fragte sich, ob Miss Daisys Nichte wohl von Ollie wusste. Oder ob es sie überhaupt interessierte.

„Du kommst hier zurecht?", fragte Audrey.

„Ja." Soweit es ging.

Aus dem Aufenthaltsraum ertönten ein Trommelwirbel und das Heulen eines Saxofons. *Komm, Baby! Komm! Lass uns tanzen ...*

„Na los, Dorothy!", rief Peyton. „Die Schultern müssen sich bewegen! Los, Douglas – so ist es richtig! Drehen und drehen und – ja! Genau! Weiter so! Gut gemacht, Betty! Toll! Und drehen!" Andere stimmten mit ein, feuerten die Bewohner an und klatschten im Rhythmus mit.

„Dann überlasse ich dir das jetzt", erklärte Audrey und verließ das Zimmer.

Wren atmete tief durch, um sich zu beruhigen. Dann ging sie zu Miss Daisys Sessel und nahm Emmy Lou in die Arme. Sie wiegte sie genauso zärtlich, wie Miss Daisy es immer getan hatte, und schloss ihr die Augen.

Drei Kartons, dachte Wren, als sie später am Tag im Garten ihr Sandwich aß. Drei Kartons. Einschließlich ihrer Kleidung.

Langsam kaute sie jeden Bissen.

Achtundachtzig Jahre Leben waren nun in drei Kartons verpackt und standen im Lagerraum im Keller. Das Zimmer war desinfiziert und wartete mit einem leeren Erinnerungsschaukasten an der Wand auf einen neuen Bewohner. Jeder Hinweis auf Miss Daisys Leben war verschwunden.

Wren schloss die Augen und lauschte auf das Plätschern der Fontäne, das Summen der Bienen im Lavendel, das Krächzen eines Raben.

Im Haus gingen die Bewohner jetzt zum Mittagessen oder warteten darauf, dass ihnen das Essen aufs Zimmer gebracht würde. Einige würden langsam mit ihrem Rollator an Miss Daisys Zimmer vorbeilaufen und durch die Tür spähen. Wenn sie noch nichts von ihrem Ableben wussten, dann würde das leere Zimmer die bekannte Geschichte erzählen. Einige würden fragen: „War sie allein? Hat sie gelitten? Wohnt ihre Familie in der Nähe?" Fragen, die nicht nur ihre eigenen Ängste im Blick auf das Ende ihres Lebens offenbarten, sondern auch ihre Sehnsucht nach einem leichten Ende, wie sie es sich wünschten.

Das Leben hier ging weiter, mit den alltäglichen Aktivitäten. Musik. Sportliche Betätigung im Sitzen. Bingo. Ausflüge in Einkaufszentren und Restaurants. Themenpartys. Gartenarbeit, Besuche von Therapiehunden. Was immer das Leben mit all seinen Begrenzungen und Einschränkungen erträglicher machte. Sogar unterhaltsam.

Das Leben ging weiter, aber im Schatten des Todes. Und war es ein Schrecken oder eine Gnade, daran erinnert zu werden, dass das Leben nicht von Dauer war, dass diese kleinen Zimmer hier kein endgültiges Zuhause waren?

Wren biss noch einmal in ihr Sandwich.

Drei kleine Kartons. Würde Miss Daisys Nichte irgendetwas aus diesen Kisten behalten? Oder war Emmy Lou für sie nur ein schäbiges Spielzeug, das in die Mülltonne gehörte?

Eine Libelle tanzte vor ihren Augen hin und her. Sie flog über die Fontäne, wendete und landete auf der Kante einer Betonbank, die in der Nähe stand. Ihr Körper leuchtete in Grün und Purpur, mit Tupfern von Saphir und Ultramarinblau. So viel Schönheit in der Welt. So großzügige Schönheit in einer zerbrochenen, müden Welt.

Das Leben ging weiter.

Wren wartete, bis die Libelle ihren Flug wieder aufnahm, bevor sie die Krümel von ihrem Schoß wischte. Dann stand sie auf und ging zurück an die Arbeit.

„Haben Sie Zeit, Kniffel mit mir zu spielen?", rief Mrs Clement aus ihrem Sessel, als Wren ihr Zimmer betrat, um das Bad zu putzen.

„Heute nicht, fürchte ich. Aber wir holen das nach, versprochen!"

„Ich nehme Sie beim Wort, Fräulein." Mrs Clement nahm die Fernbedienung zur Hand und schaltete den Fernseher aus. „Das mit Daisy tut mir sehr leid. Die Arme! Vermutlich wird ihre Nichte herkommen und die Formalitäten regeln?"

Wren besprühte ihren Lappen mit Reinigungsmittel. „Vermutlich."
„Ich habe sie schon wer weiß wie lange nicht mehr hier gesehen.
Nicht, dass ich mir solche Dinge merken könnte. Aber sie ist bestimmt
sehr mit ihrem eigenen Leben beschäftigt. Vielleicht dachte sie auch,
es würde Daisy nichts bedeuten und dass sie sie vermutlich gar nicht
erkennen würde, wenn sie sie besuchen käme."

Wren äußerte ein unverbindliches *Hm*.

„Beim Mittagessen habe ich zu den anderen gesagt, dass das Zimmer wirklich sehr schnell wieder vergeben wurde, finden Sie nicht?
Die Matratze ist kaum kalt geworden, und schon ist der nächste Bewohner da."

Wren drehte den Wasserhahn gerade so weit auf, dass sie Mrs
Clement noch verstehen konnte.

„Ich habe den Namen des Neuen an der Tür gesehen", fuhr Mrs
Clement fort. „Mackenzie Page. Was meinen Sie, ist das ein Mann
oder eine Frau?"

Wren drehte das Wasser ab. „Sagten Sie gerade Mackenzie Page?"
„Ja."

Wren sah in den Spiegel. „Ein Mann, denke ich." In der Mittelstufe
hatte sie bei einem gewissen Mackenzie Page Kunst- und Literaturunterricht gehabt. Wie viele Mackenzie Pages gab es wohl? Damals,
mit elf, war ihr der Lehrer natürlich steinalt vorgekommen, aber viel
älter als sechzig konnte er nicht gewesen sein. Sie rechnete nach, wie
viele Jahre seither vergangen waren. Er konnte jetzt höchstens Mitte
siebzig sein.

„Es wäre schön, wenn ein paar mehr Männer hier wären", erklärte
Mrs Clement. „Hier gibt es viel zu viele Witwen."

Während sie das Waschbecken auswischte, versuchte Wren, sich
ihren früheren Lehrer vorzustellen: funkelnde Augen, schlohweißes
Haar, und er hatte die Angewohnheit, immer, wenn er ein neues Thema eingeführt hatte, zu sagen: „Kapiert?"

Mühsam stand Mrs Clement aus ihrem Sessel auf und stützte sich
auf ihren Stock. „Vielleicht kann er ja mit uns Kniffel spielen", sagte sie
und humpelte zur Tür.

Während des restlichen Nachmittags behielt Wren Miss Daisys altes Zimmer im Blick und wartete auf den neuen Bewohner. Sie wollte sehen, ob es tatsächlich ihr früherer Lehrer war. Kurz vor vier, gegen Ende ihrer Schicht, ging die Aufzugtür auf, und Mackenzie Page erschien in einem Rollstuhl, den eine Pflegehelferin schob. Sein weißes Haar war länger, als Wren es in Erinnerung hatte. Statt der sportlichen Segelschuhe und des für ihn typischen karierten Sakkos, das er während des Unterrichts immer über seinen Stuhl gehängt hatte, trug er Slipper und ein T-Shirt. Neben ihm stand eine grauhaarige Frau mit einem kleinen Koffer. In ihrer Miene war zu lesen, wie schwer ihr dieser Gang fiel.

Wren huschte hinter den künstlichen Ficus im Aufenthaltsraum. Nicht, dass er sie erkennen oder sich an sie erinnern würde. Sie war keine gute Schülerin gewesen, aber er war immer freundlich gewesen und hatte ihr Mut gemacht, den Kunstunterricht in der Highschool fortzusetzen. Zum Glück war sie seinem Rat gefolgt.

Die Begrüßung seitens des Pflegepersonals erwiderte er mit einem schiefen Lächeln. Seine Arme, mit denen er im Klassenzimmer immer sehr lebhafte Bewegungen gemacht hatte, blieben auf seinem Schoß liegen. Gerade als Wren sich fragte, ob er vielleicht durch einen Schlaganfall gelähmt war, hob er die linke Hand zum Gruß und bedankte sich mit einem leichten Winken und einer brüchigen Stimme.

Sie erinnerte sich, wie er damals in der Schule auf der Bühne der Aula gestanden und einem Saal voller Schüler und Eltern das Theaterstück angekündigt hatte und wie er nach der Vorstellung auf die Bühne gesprungen war und den Schauspielern und allen anderen Beteiligten applaudiert hatte. Sie erinnerte sich, wie er in seinem Malerkittel einen Pinsel wie einen Taktstock gehoben und eine Sinfonie der Farben auf einer Leinwand geschaffen hatte, so wie früher ihre Oma – bevor sie einen Schlaganfall erlitten hatte.

Wren verspürte ein unangenehmes Kratzen im Hals.

Mauserzeit. Überall Mauserzeit.

Sie wartete, bis er in seinem Zimmer verschwunden war, bevor sie ihren Putzwagen zum Aufzug schob. Sie würde ihn während ihrer nächsten Schicht begrüßen, wenn er ein paar Tage Zeit gehabt hatte, sich in sein neues Leben einzufinden. Als sie den Knopf fürs Erdgeschoss drückte, fragte sie sich, welche Erinnerungsstücke aus seinem früheren Leben wohl im Schaukasten an der Wand landen würden.

Ein seltsamer Zufall, dachte Wren, als sie später durch das Wohnviertel der Wilsons fuhr, dass Mr Page ausgerechnet an dem Tag, nachdem sie zu ihrer früheren Schule zurückgekehrt war und auf dem Fußballfeld gesessen hatte, in Willow Springs aufgetaucht war.

War das vielleicht ein Zeichen? Eine Art Verbindung zu Casey?

Sie und Casey hatten in der siebten Klasse bei Mr Page Kunstunterricht gehabt, aber Caseys Leidenschaft war das Filmen gewesen, nicht das Zeichnen oder Malen. Nach einer Weile gehörten seine Strichmännchen zu seinem Gehabe als Klassenclown. Schon damals hatte Wren begriffen, dass Casey sich auf diese Weise vor dem Spott seiner Mitschüler schützte. Jugendliche in dem Alter konnten nämlich schrecklich grausam zu sommersprossigen rothaarigen Jungen sein, die keinen Baseball fangen oder Liegestütze machen konnten.

Sie bog in die Maplewood Street ein.

Vielleicht würde Mr Page sich an Casey erinnern.

Nach etlichen Überzeugungsversuchen war es ihm damals gelungen, Casey zu überreden, sich an der Schulaufführung zu beteiligen. Er wusste, dass Casey das Filmen mochte, und vielleicht, so sagte er, hätte er auch Spaß daran, ihnen bei der Beleuchtung, dem Ton oder dem Bühnenbild zu helfen. Und Casey war bereit gewesen, es zu versuchen. Aber am Abend ihrer Aufführung von *The Outsiders* hatte er ein Stichwort verpasst und vergessen, Ponyboys Mikro auszuschalten, nachdem Johnny bereits gestorben war. Und als Ponyboy sich bei seinem Abgang von der Bühne die Zehe am Krankenhausbett anstieß, hatte er geflucht. Mehrmals und hörbar. Mr Page hatte ihn daraufhin gedrängt, nach der Vorstellung auf die Bühne zu treten und sich beim Publikum zu entschuldigen.

Casey hatte damals Angst gehabt, Ponyboy und die anderen Darsteller würden ihn verhauen, weil er an der ganzen Misere schuld gewesen war.

An der Kreuzung zur Oakdale Street hielt Wren an und ließ den Blick durch die Straße streifen. Kein Zu-verkaufen-Schild. Niemand im Garten. Keine Autos in der Einfahrt. So langsam wie möglich radelte sie zum Haus der Wilsons, schaute hinauf zu Caseys früherem Zimmer und stellte sich vor, wie er ausgestreckt auf seinem Bett lag und gegen die Tränen ankämpfte, während seine Lieblingsmusik durch seine Kopfhörer dröhnte. Nach der Vorstellung war er mehrere Tage zu Hause geblieben. Das war das erste Mal gewesen, dass Wren sich große Sorgen um ihn gemacht hatte.

Sie zog den Kopf ein, für den Fall, dass von drinnen jemand zu ihr herausschaute, und sprach ein Gebet für Mr und Mrs Wilson, Brooke und Estelle. Dann fuhr sie nach Hause.

Auf der Veranda traf sie Kit. „Hey! Ich wollte dir gerade eine Nachricht schicken. Alles in Ordnung?"

„Ja, alles gut." Wren gab den Code für das Garagentor ein und schob ihr Fahrrad hinein. In der Garage war es sehr stickig. Sie trank einen Schluck aus ihrer Wasserflasche und spritzte sich ein wenig Wasser ins Gesicht, bevor sie auf die Veranda zurückging und sich Kit zuwandte.

„Lass das Tor ruhig offen", bat Kit. „Ich wollte noch losfahren und uns etwas Leckeres zum Abendessen holen. Worauf hast du Lust?"

Wren nahm ihren Helm ab. Ihre Haare klebten verschwitzt am Kopf. „Eigentlich habe ich keinen großen Hunger. Ich habe spät zu Mittag gegessen."

„Wir können auch noch ein wenig warten, kein Problem." Kit folgte ihr ins Haus.

Wren streifte ihre Turnschuhe ab. Manchmal vermisste sie die eigene Wohnung und die damit verbundene Freiheit, unbeobachtet kommen und gehen zu können.

„Sag mir einfach Bescheid, wenn du weißt, was du essen möchtest und wann", erklärte Kit.

Bestimmt hatte ihre Mutter sie angerufen. Warum sonst sollte Kit auf der Veranda auf sie warten? „Ich denke, ich gehe schnell unter die Dusche und dann ins Bett."

Ja. Ihre Mutter hatte ganz bestimmt angerufen. Das merkte Wren an der Mischung aus Sorge und Mitgefühl in Kits Blick.

„Mir geht es gut", erklärte sie. „Ich bin nur ziemlich müde."

Wie als Antwort ließ sich Kit auf die Couch plumpsen. „Das ist schon in Ordnung. Du bist in letzter Zeit ja anscheinend sehr gefordert."

„Das stimmt." Und Kit wusste ja nur die Hälfte von allem. Mehr brauchte sie aber auch nicht zu wissen.

„Wie wäre es mit einem ruhigen Abend mit unserem Freund Vincent?", fragte Kit. „In letzter Zeit habe ich mit seiner Zeichnung *Worn Out* gebetet. Da gibt es viel zu entdecken."

Wren legte die Hand auf das Geländer. „Bestimmt." Aber im Augenblick könnte sie nicht einmal einen ruhigen Abend mit Vincents Kunst verkraften. Selbst das wäre ihr viel zu anstrengend.

„Ganz wie du möchtest. Sag mir Bescheid, wenn du irgendetwas brauchst, was immer ich für dich tun kann." Kit griff nach einem Buch auf dem Couchtisch.

„Mama hat angerufen, oder?"

Kit hielt mitten in der Bewegung inne. „Eigentlich hat sie mir eine SMS geschickt, und ich habe sie zurückgerufen."

Wren lächelte. „Ist schon in Ordnung. Kein Problem. Ich nehme dir das nicht übel. Auch Mama nicht." Sie wusste, dass sich ihre Mutter Sorgen um sie machte, weil sie sie liebte. Aber wie Dawn so häufig betonte: Ihre Mutter musste selbst mit ihren Sorgen um sie klarkommen. Das war nicht Wrens Aufgabe.

„Du weißt doch, ich gebe keine Informationen über dich weiter, Wren, an niemanden, und das wird auch so bleiben. Schließlich habe ich es dir versprochen. Aber ihr habe ich versprochen, ein Auge auf dich zu haben und aufzupassen, dass es dir gut geht." Sie zögerte kurz, bevor sie hinzufügte: „Geht es dir denn gut?"

„Ja, mir geht es gut. Ich bin nur etwas traurig. Es war Miss Daisy. Sie war schon tot, als ich ins Pflegeheim kam, und ich musste ihr Zimmer ausräumen." Sie sah Ollie vor sich, der zerbrochen auf dem Boden lag, und Emmy Lou mit dem Gesicht nach unten in einer Kiste. Warum hatte sie gezögert, den Deckel auf diesen Karton zu tun? Kit atmete tief aus. „Das tut mir leid, Wren. Das ist wirklich nicht so einfach."

„Ja, aber als ich den Job angenommen habe, wusste ich ja, dass ich ständig mit dem Tod konfrontiert sein werde." Sie strich mit der Hand über das Treppengeländer. Ein neuer Gedanke nahm Gestalt an. „Ich weiß nicht. Vielleicht musste ich ja damit konfrontiert werden, vielleicht brauchte ich das. Vielleicht muss ich mich dem immer wieder stellen, damit ich in meinem eigenen Trauerprozess weiterkommen kann."

„Das ist ein interessanter Gedanke", erwiderte Kit mit hochgezogenen Augenbrauen. „Darüber könntest du nachdenken, wenn du innerlich bereit dazu bist."

Richtig, dachte Wren. Sie würde es auf ihre Liste setzen.

Sie duschte, schlüpfte in ihren Pyjama und setzte sich im Schneidersitz auf ihr Bett. Dann drückte sie sich Caseys „Inspirationsmütze" an die Brust.

Ein einziger Gegenstand. Das war alles, was ihr von seinem weltlichen Besitz geblieben war. Vielleicht hatten seine Eltern ja einiges aus seiner Kindheit aufgehoben, was sie jetzt weggeben oder wegwerfen wollten …

Aber es gab keine Möglichkeit, Kontakt zu ihnen aufzunehmen und sie danach zu fragen.

Nervös trommelte Wren mit den Fingern auf den Nachttisch. *Komm schon, denk nach.*

Sie könnte natürlich auch weiter am Haus vorbeifahren und sehen, ob sie einen Flohmarktverkauf im Vorgarten veranstalten würden. Aber selbst wenn, könnte sie nicht einfach von ihrem Fahrrad springen und sich etwas davon aussuchen. Sie war eine *Persona non grata*, eine unerwünschte Person.

Nachdenklich biss sie sich auf die Unterlippe. Auch die sozialen Medien waren keine Option. Selbst wenn Mr oder Mrs Wilson online wären, hätten sie bestimmt ihre Seiten für sie gesperrt. Genau wie Brooke.

Ihr Blick ruhte auf Caseys Mütze. Schließlich setzte sie sie auf. *Na los. Denk nach.*

Sie rollte sich den Rand bis über die Augen herunter, wie er es immer getan hatte, wenn er über ein Problem nachdachte. Mit einem Stift zwischen den Lippen hatte er dann schweigend dagesessen, bis ihm eine Idee gekommen war.

Sie lehnte den Kopf an die Wand und legte die Arme um ihre Knie. Auf einmal kam ihr tatsächlich eine Erleuchtung: die Fotos für das Immobilienportal!

Warum war sie nicht schon früher auf diese Idee gekommen? Auf den Seiten der Immobilienmakler waren doch Fotos von den einzelnen Räumen zu sehen. Vielleicht könnte sie sogar einen virtuellen Rundgang durch das Haus machen.

Schnell rollte sie die Mütze wieder hoch, schnappte sich ihr Handy und gab die Adresse ein. *Bingo.* Da war es. Von außen, von vorn und von hinten. Der Garten an den Seiten und hinter dem Haus. Und jede Menge Fotos von den Innenräumen.

Sie scrollte durch die Fotos. Eine neue Küche, die ganz anders aussah als die, die sie noch von vor zehn Jahren in Erinnerung hatte. Auch der Wohnbereich war umgestaltet. Überall neue Möbel. Das Haus sah aus wie für einen Prospekt ausgestattet. Keine persönlichen Gegenstände. Keine Familienfotos. Nichts, das irgendetwas über die Familie verriet, die dort lebte.

Ein Schlafzimmer, aus mehreren Perspektiven. Zu groß, das konnte nicht das von Casey sein.

Ein weiteres, ein typisches Gästezimmer in Blaugrün und Hellgrau.

Ein drittes Zimmer …

Sie vergrößerte das Foto. Die Größe und Ausrichtung waren dem zweiten Schlafzimmer so ähnlich, dass Wren nicht erkennen konnte, welches seines gewesen war. Sie verglich die beiden Fotos. Nicht, dass es von Bedeutung gewesen wäre, ob sie sie zuordnen konnte, da keines der beiden Zimmer erkennen ließ, dass Casey einmal darin gelebt hatte.

Und wann war er daraus ausgelöscht worden? Nach seinem Auszug, als er zum College ging? Nach der Hochzeit mit Brooke und dem Umzug nach Reno? Oder nach seinem Tod?

Der Schmerz begann nah an ihrem Herzen, kroch dann langsam durch ihre Kehle hoch und in ihren Kiefer.

Miss Daisys drei Kartons in der Ecke eines Lagerkellers im Willow Springs-Pflegeheim standen ihr vor Augen. Sie zog sich Caseys Mütze tief ins Gesicht.

11

Kit hatte sich gerade eine Schale Hühnersuppe in der Mikrowelle heiß gemacht, als ihr Handy klingelte. *Sarah.* Bevor sie den Anruf entgegennahm, trug sie ihr Abendessen zum Tisch. „Hallo, Schatz, alles gut?"

„Ja. Ich wollte nur mal nachfragen, wann das Treffen mit Logan stattfindet."

„Freitagfrüh, neun Uhr."

„Oh, gut! Fantastisch. Hast du die Links bekommen, die ich dir geschickt habe?"

„Ja. Ich hatte zwar noch nicht viel Zeit, sie mir anzusehen, aber danke."

„Kein Problem", erwiderte Sarah. „Ich habe auch noch nicht alles angeschaut, aber was ich bisher gesehen habe, erscheint vielversprechend."

Kit rührte in ihrer Suppe, bevor sie den ersten Löffel aß.

„Du bist anderer Meinung?", fragte Sarah.

„Ich verstehe die Begeisterung des Kuratoriums."

„Netter Schachzug, Mama."

„Kein Schachzug. Aber ich bin eben vorsichtig." Kit legte ihren Löffel auf das Platzdeckchen. Noch viel zu heiß.

„Hast du ein Problem mit ihm?"

„Kein Problem", erwiderte sie. „Das Kuratorium möchte dem New Hope-Zentrum offensichtlich eine neue Richtung geben, und für das, was sie im Sinn haben, scheint er genau der Richtige zu sein. Also ist es doch eine gute Sache."

Sarah schnaubte.

Oder war das ein unterdrücktes Schluchzen von oben gewesen? Kit legte den Kopf zurück und lauschte. Weinte Wren?

„... müssen ihm eine Chance geben", sagte Sarah gerade.

Leise bewegte Kit sich in Richtung Treppe, das Handy am Ohr. Ja. Ein unterdrücktes Schluchzen.

„... kannst du doch darauf vertrauen, dass der Bewerbungsprozess ...", fuhr Sarah fort.

Kit blieb am Fuß der Treppe stehen und überlegte, ob sie Wren in Ruhe lassen oder sie ansprechen sollte.

„... sich in die richtige Richtung entwickelt", sagte Sarah.

Wie sah Liebe in diesem Augenblick aus? Sie sprach ein stummes Gebet. Erst als sie es beendet hatte, wurde ihr bewusst, dass Sarah nicht mehr weitersprach.

Kit räusperte sich. „Richtig", erwiderte sie, als sie in die Küche zurückkehrte. „Du hast recht."

„Hast du überhaupt mitbekommen, was ich gesagt habe?"

„Du hast gesagt, ich soll dem Berufungsverfahren eine Chance geben."

Das Schluchzen war leiser geworden. Das Bett quietschte.

„Mama, alles in Ordnung?"

„Ja. Prima. Alles ist in Ordnung." Kit setzte sich an den Küchentisch. „Erzähl mir von den Mädchen. Genießen sie ihren Urlaub? Wann kommen sie zurück?"

Am Montag, erwiderte Sarah, und ja, sie würden ihren Urlaub genießen. „Da Zach und ich am Samstag noch im Haus am See sein werden, habe ich Wren gebeten, dir bei dem Kurs auszuhelfen."

Kit seufzte. Offensichtlich zu laut.

„Mama, warum seufzt du? Du brauchst Hilfe, und sie muss ihren Job machen."

Aha, dachte Kit, darum geht es also.

„Du hattest doch gesagt, du würdest mit ihr reden. Schließlich hat sie es versäumt, alles aufzubauen und vorzubereiten."

„Ich habe es vergessen."

„Mama …"

„Nein, wirklich. Im Augenblick sind mir andere Dinge viel wichtiger als das." Kaum hatte sie die Worte ausgesprochen, hätte sie sie gern wieder zurückgenommen.

„Meinst du in Bezug auf sie oder in Bezug auf dich?"

Schritte waren auf der Treppe zu hören. Eine Tür wurde geöffnet und wieder geschlossen. Schlafzimmer oder Badezimmer? Sie lauschte, ob die Schritte den Flur entlanggingen, aber es blieb alles still.

„Mama?"

Kit rieb sich über die Stirn. „Ich meine alles, so ganz allgemein. Zum Beispiel, dass ich mich auf meinen Ruhestand vorbereiten muss. Dass ich gern alles zu einem guten Abschluss bringen möchte. Dass ich überlege, wie Logan wohl ist. All so was." Das würde ihre Tochter beschwichtigen und sie davon abhalten, noch weiter nachzubohren.

„Mach dir keine Sorgen, Mama", erwiderte Sarah sanft. „Alles wird gut werden."

Kit schloss die Augen. *Alles, Herr.* Das Bett quietschte wieder. *Bitte!*

Bevor Kit am Abend die Christuskerze anzündete, nahm sie eine Sammlung liturgischer Gebete aus dem Bücherregal, die Ezra, der Kaplan aus der psychiatrischen Klinik, ihr während ihres Aufenthalts geschenkt hatte. Einige der Gebete hatte er dem *Allgemeinen Gebetbuch* der anglikanische Kirche entnommen, andere hatte er selbst formuliert. In dem Ordner fand sie auch seine handgeschriebene Notiz: „Liebe Katherine, das sind Gebete für Zeiten, in denen du keine Worte findest oder in denen deine eigenen Worte hohl klingen oder deine Tränen so überwältigend sind, dass du ein Gefäß brauchst, das größer ist als dein eigenes Herz, um sie aufzufangen. Diese Gebete sollen dich daran erinnern, dass du in deinem Schmerz und mit deiner Sehnsucht nicht allein bist. Du bist niemals verlassen in deinem Schmerz. Und wenn du nicht die Kraft hast, dich nach Gott auszustrecken, dann sollst du wissen: Er streckt sich nach dir aus. Mögen diese Worte –

von denen manche schon seit Jahrhunderten rund um den Erdkreis gebetet werden – dir Trost und Frieden bringen."

Und genau so war es gekommen. So oft, dass sie es nicht zählen konnte. Sie blätterte die zerlesenen Seiten durch. Die Gebete gaben ihr nicht nur Worte, sondern erinnerten sie auch an ihren Platz in der Gemeinschaft der Geliebten. Immer, wenn ihre eigenen Sorgen sie zu verzehren drohten, öffneten diese Gebete ihr den Blick für die Größe Gottes und erinnerten sie daran, dass sie nicht allein war in ihrer Trauer und ihrem Leid. Und wenn das Leid der Welt sie zu überwältigen drohte, erinnerten sie sie daran, dass andere gemeinsam mit ihr dafür beteten, dass das Reich Gottes offenbar werden möge.

Sie entzündete ein Streichholz und las leise einige Zeilen auf der Seite, die aufgeschlagen vor ihr lag. „Mögen unsere Gebete wie duftender Weihrauch vor dich kommen, o Herr. Sammle in deinen himmlischen Schalen unsere Freuden und unser Leid, unser Lob und unsere Bitten, unseren Dank und unsere Sehnsucht, dass dein Reich kommen möge."

Schritte waren auf der Treppe zu hören, und Kit schaute auf. Langsam kam Wren in ihrem Pyjama die Stufen herunter, die Arme fest um den dünnen Körper geschlungen. Ihr Gesicht war vom Weinen gerötet. Kit rutschte zur Seite, und Wren setzte sich neben sie.

Da sie diese Gebetssammlung schon häufig für ihre Andachten am Abend genutzt hatten, wies Kit auf die nächsten Worte, die aus dem *Allgemeinen Gebetbuch* stammten. Gemeinsam lasen sie sie laut vor. „Herr Jesus, bleibe bei uns, denn es will Abend werden, und der Tag hat sich geneigt. Sei unser Gefährte auf dem Weg, entzünde unsere Herzen und wecke die Hoffnung, dass wir dich kennenlernen, wie du dich in den Schriften und im Brechen des Brotes offenbart hast. Das gewähre uns um deiner Liebe willen. Amen."

Kit schlug die Bibel auf, Psalm 143. „Ein Gebet um Befreiung", las sie laut, und: „Ein Psalm Davids." Wren schloss die Augen, während Kit den Psalm viermal vorlas und vor jedem neuen Mal eine Zeit der Stille verstreichen ließ, sodass sie auf Wörter oder Sätze hören

konnten, die ihre Aufmerksamkeit fesselten und zu betender Reflexion und Reaktion einluden.

Höre. Vernimm meine Bitte. Öffne mir dein Ohr.

Zuerst war alles, was Kit aus dem Text heraushörte, die Dring-
lichkeit der Bitte, die Gefährdung des Menschen, der hier betete, die
Müdigkeit, die Niedergeschlagenheit, die Dunkelheit, die Bitte, Gott
möge retten und befreien. *Ich verliere alle Hoffnung, ich bin gelähmt
vor Angst. Ich strecke meine Hände nach dir aus. Ich sehne mich nach
dir, wie dürres Land nach Regen dürstet.*

Erst nach dem dritten Lesen kristallisierte sich ein einziger Satz aus
diesem lauten Flehen heraus: *Lass mich schon am Morgen deine Gnade erfahren, denn ich vertraue auf dich.* Nicht nur am Morgen, wenn
der Tag noch jung war, sondern auch am Ende eines anstrengenden
Tages, wenn die Gefahr größer war, dass Verzweiflung oder Sorge sie
angreifen und überwältigen konnten.

Lass mich deine Gnade erfahren. Nicht nur am Morgen, sondern
immer dann, wenn sie Dunkelheit erlebte, wenn ihr Geist schwach
war, wenn die Erinnerung an die Vergangenheit nicht ein Weg zu
Dankbarkeit oder eine Gelegenheit war, sich Gottes Treue vor Augen
zu führen, sondern ein Weg zu Reue und Umkehr.

Lass mich deine Gnade erfahren.

Je mehr sie über diesen Satz nachdachte, desto mehr Menschen
schloss er für sie mit ein. *Lass uns deine Gnade erfahren. Lass sie alle
deine Gnade erfahren. Lass die Menschheit deine Gnade erfahren.*

In der Stille nach dem vierten Lesen ließ Kit das Kinn auf die Brust
sinken und stellte sich vor, sie würde so am Herzen von Jesus ruhen –
und nicht nur sie, sondern die ganze müde Welt sammelte sich um sie
und wurde in einer sanften Umarmung der unerschütterlichen und
mitfühlenden Liebe gehalten.

Als Kit schließlich die Augen öffnete, saß Wren aufgerichtet auf
der Couch und schaute in die flackernde Flamme. „Abschlussgebet?",
fragte Kit.

Wren nickte, und gemeinsam lasen sie einen weiteren Auszug aus
dem *Allgemeinen Gebetbuch*: „Wache, lieber Herr, über denen, die in

dieser Nacht arbeiten oder wachen oder weinen, und lass deine Engel wachen über denen, die schlafen. Versorge die Kranken, Christus; gib Ruhe den Müden, segne die Sterbenden, tröste die Leidenden, erbarme dich derer, die Schmerzen haben, schirme die Fröhlichen, und das alles um deiner Liebe willen. Amen."

Kit ließ die Stille nachklingen, bevor sie ihr Tagebuch und ihre Bibel zuklappte. „Ich bin froh, dass du doch noch heruntergekommen bist."

„Ich auch. Danke."

Der Docht zischte. Das Wachs lief durch einen kleinen Spalt an der Kerze herunter und bildete eine Pfütze auf dem Glasteller.

Ohne den Blick von der Flamme zu nehmen, sagte Wren: „Ich glaube, ich habe mal wieder eine riesengroße Dummheit begangen."

Kit antwortete nicht. Sie brauchte nicht zu drängen oder nachzufragen.

Wren zog die Knie an die Brust. „Gestern habe ich herausgefunden, dass Caseys Eltern ihr Haus verkaufen, und das hat mich sehr aufgewühlt. Ich weiß, das ist dumm, aber so war es nun mal. Für mich war das, als würde ich eine weitere Verbindung zu seinem Leben hier verlieren."

Bei diesem Geständnis sah sich Kit in der Zeit zurückversetzt. Sie sah Michas Zimmer vor sich, das nach dem Verkauf des Hauses leer geräumt worden war. Sie sah sich selbst dort auf den Knien liegen und mit der Hand über den Teppich streichen, wo sein Bett gestanden hatte, in dem er seinen letzten Atemzug hier auf der Erde getan hatte.

Sie verstand.

„Und als ich dann heute Miss Daisys Sachen zusammenpacken musste", fuhr Wren fort, „was nicht viel war, nur ein paar Kartons, hat mich die Frage beschäftigt, was Caseys Eltern wohl von ihm aufgehoben haben."

Ein paar Kartons. Auch sie hatte nicht mehr aus Michas Zimmer eingepackt. Robert hatte nicht einen einzigen davon mit nach Arizona genommen. Sie waren alle bei ihr geblieben. In Roberts Handschrift stand Michas Name auf dem Deckel. Bei ihrem Umzug hatte sie die

Möbelpacker gebeten, die Kartons in den Keller zu stellen, neben die Kartons mit der Weihnachtsdekoration und ein paar Erinnerungsstücken aus der Kindheit, die Sarah zurückgelassen hatte.

„Ich habe eine SMS abgeschickt", gestand Wren, „und ich wünschte, ich hätte es nicht getan."

Kit wartete einen Augenblick, um sicher zu sein, dass sie ihre Stimme unter Kontrolle hatte. „Du hast seiner Mutter eine Nachricht geschickt?"

„Nein. Das wäre mir nie in den Sinn gekommen. Ich habe Caseys Freund Chris eine Nachricht geschickt, dem jungen Mann, der auch an dem Gedenkgottesdienst für Casey teilgenommen hat. Seine Mutter hatte sich doch so über seine Entscheidung für Jesus gefreut, dass sie Mrs Wilson davon erzählt hat."

Kit erinnerte sich. Daraufhin hatte Caseys Mutter Wren eine bitterböse Nachricht geschickt. Wren hatte sie ausgedruckt und verbrannt. Die Asche hatte sie in ihr Bild von Jesus vor Pilatus eingearbeitet.

„Seither habe ich Chris ein paar Mal in der Kirche gesehen, darum dachte ich, ich könnte ihm ruhig eine Nachricht schicken. Seine Mutter ist ja mit Mrs Wilson befreundet, und ich dachte, dass sie vielleicht mehr über den Umzug weiß. Darum habe ich Chris gefragt, ob er Näheres weiß. Oder ob er etwas für mich in Erfahrung bringen könnte."

Kit hoffte nur, dass ihr Blick nicht verriet, wie entsetzt sie war.

Wren fuhr sich mit den Händen übers Gesicht. „Ich wünschte nur, ich könnte diese Nachricht zurücknehmen. Stell dir vor, was passiert, wenn er seine Mutter danach fragt und sie Mrs Wilson erzählt, dass ich versuche, mir Informationen zu beschaffen? Was dann?"

Ja, dachte Kit. Genau. Was dann?

Wren presste ihre Stirn an die Knie. „„Gehe nicht ins Gericht mit deinem Knecht"", zitierte sie leise. „Das ist der Satz, den ich aus dem Psalm herausgehört habe. Aber ich hätte es verdient. Es war ziemlich dumm. Für mich jedoch fühlte es sich so an, als müsste ich es unbedingt wissen. Es war dringend." Kit hörte ihr geflüstertes: *Es tut mir leid.* „Warum nur kann ich Casey nicht loslassen? Warum versuche ich ständig, ihn festzuhalten?"

Kit wollte gerade sagen: „Hab Geduld mit dir. Solche Dinge brauchen Zeit." Aber Wren schien gar keine Antwort von ihr zu erwarten. Sie wollte nur die Frage aussprechen.

„Vielleicht schicke ich Chris noch eine Nachricht hinterher und schreibe: ‚Lass gut sein. Ist nicht wichtig.' Und ich kann nur hoffen, dass es noch nicht zu spät ist und dass er sich nichts dabei denkt." Wren stand auf und erklärte: „Ja, genauso mache ich es."

Nachdem sie nach oben verschwunden war, blieb Kit noch ein paar Minuten sitzen, genoss die Stille und schickte ein stilles Gebet für Wren gen Himmel. Schließlich beugte sie sich vor, legte die Hand um die Kerzenflamme und pustete sie aus.

12

Zu Hause in ihrem Büro schaute sich Sarah am Computer ein Video an, das die erste geistliche Begleiterin ihrer Mutter aus einem Pflegeheim in Tampa geschickt hatte. „Läuft die Kamera schon?", hörte man Lucy fragen. Sie saß in einem Rollstuhl am Fenster. Das Licht hinter ihr war so hell, dass Sarah ihr Gesicht kaum erkennen konnte. Eine lautere Stimme antwortete: „Ich habe den Knopf gedrückt." Die Kamera schwenkte von Lucy zum Linoleumboden und über abgewetzte Turnschuhe hinweg. „Ja, sie läuft. Nur zu. Du kannst jetzt sprechen."

Lucys überbelichtetes Gesicht erschien wieder auf dem Bildschirm. „Katherine?", sagte sie mit zitternder Stimme. „Ich vermisse dich. Wir haben uns schon so lange nicht mehr gesehen, und jetzt erfahre ich, dass du in den Ruhestand gehst." Langsam drehte sie den Kopf zum Fenster. „Du gehst von dem Ort weg, an dem wir uns vor langer Zeit begegnet sind. Du weißt schon, welchen ich meine." Sie schaute wieder in die Kamera und hob ein gelbes Blatt von ihrem Schoß. „Warte kurz, ich habe etwas für dich aufgeschrieben. Hol mir doch bitte mal meine Brille, ja, Bea?"

Eine von blauen Adern durchzogene Hand kam ins Blickfeld, nahm die Brille von Lucys Kopf und setzte sie ihr auf. „Danke, so ist es besser." Lucy hob das Blatt ein wenig an, sodass es die untere Hälfte ihres Gesichts verbarg. Das Bild wurde herangezoomt und wieder zurück.

„Meine liebe Katherine", las Lucy vor. Ihre Stimme war jetzt fester. „Ich wünschte, ich könnte bei dir sein, um dieses große Ereignis zu feiern. Aber ich weiß, dass du umgeben bist von Menschen, die dich genauso sehr lieben wie ich. Ich bin froh, dass deine Tochter Susan ein Video für dich macht. Sie sagte, ich könnte etwas für dich vorlesen oder eine Erinnerung mitteilen oder für dich beten. Also werde ich dir den Segen mitgeben, den wir uns am Ende unserer Sitzungen immer zugesprochen haben." Sie ließ das Papier sinken, schloss die Augen und sagte mit fester Stimme: „Der Herr segne dich und behüte dich. Der Herr lasse sein Angesicht leuchten über dir und sei dir gnädig. Der Herr erhebe sein Angesicht über dich und gebe dir Frieden." Sie öffnete die Augen wieder. „Du bedeutest mir viel, meine Liebe, das weißt du. Wir werden uns wiedersehen, wenn wir beide sicher zu Hause angekommen sind."

Lucy faltete das Blatt wieder zusammen und nahm ihre Brille ab. „Ist das gut?", fragte sie, erneut in die Kamera schauend. Dann erstarrte das Bild auf dem Bildschirm.

Sarah wischte sich mit dem Handrücken über die Augen.

Wie konnte sie diesen Clip bearbeiten, damit Lucys Beitrag bestmöglich zur Geltung kam? Die Lichtverhältnisse stimmten nicht, und Beas Hände, wer immer sie war, zitterten so stark, während sie die Kamera hielt, dass das Video verwackelt war. Und was würde in Mama vorgehen, wenn sie merkte, dass Lucy Mühe hatte, sich an Namen zu erinnern? Aber wenn sie diese Zeilen wegschnitt, dann würde sie die schlichte Schönheit dieses Geschenks an ihre Mutter ruinieren.

Sie schaute in das Gesicht der geliebten Mentorin ihrer Mutter, der Frau, die sie mit dem Dienst der geistlichen Begleitung vertraut gemacht, sie viele Jahre lang in ihrem Gebet begleitet und ihr geholfen hatte, ihren großen Schmerz zu überwinden und mit ihr jeden Schritt in ein neues Leben zu feiern, den Katherine getan hatte.

Sarah war Lucy nur wenig Male begegnet, doch ihre Mutter hatte sie als eine geradlinige Frau mit schneller Auffassungsgabe beschrieben, als eine Frau mit festen Überzeugungen und der Fähigkeit, die Wahrheit klar und deutlich zu benennen, ohne dabei lieblos zu sein. So manches Mal war ihrer Mutter Lucys sezierender Ansatz ein wenig zu viel geworden, wie Sarah wusste, manchmal hatte sie ihn sogar als verletzend empfunden. „Aber ich wusste immer, dass sie auf meiner Seite stand", hatte ihre Mutter stets betont. „Sie wünschte sich, dass ich frei und heil werde." Lucy hatte bei Kit das Potenzial für Leitungsaufgaben entdeckt und sich bemüht, sie herauszufordern und zu ermutigen, Ja zu dieser Berufung zu sagen. *Das nächste Ja*, wie ihre Mutter so gern sagte.

Wie lange war es her, seit Lucy in den Ruhestand gegangen und in den Süden gezogen war? Sieben Jahre? Acht? Es war schwer für ihre Mutter gewesen, einen Menschen zu verlieren, der so viel in ihr Leben investiert hatte, ganz besonders nach all den anderen Verlusten, die sie erlitten hatte. Nach vielen Monaten der Suche nach einem neuen geistlichen Begleiter und einigen Versuchen, die sich nicht bewährt hatten, hatte sie Russell gefunden, der ebenfalls begabt war, wenn auch auf ganz andere Art und Weise.

„Ach, los doch!", rief Zach aus dem Wohnzimmer, wo er ein Baseballspiel seiner Lieblingsmannschaft verfolgte. „Ihr bringt mich um, Leute!"

Sarah trommelte mit den Fingern auf ihren Schreibtisch. Sie musste einen Weg finden, das Video zusammenzuschneiden. Zwar hatte Jess versprochen, ihr nach ihrer Rückkehr aus Orlando bei der Bearbeitung zu helfen, doch Sarah wollte unbedingt schon etwas geschafft haben, wenn sie morgen früh zum Haus am See aufbrachen.

Sie lehnte sich in ihrem Stuhl zurück und rief nach Zach. „Hättest du eine Minute Zeit für mich?"

„Unglaublich", hörte sie ihn sagen. „Wie konntet ihr diesen Typen mit zwei Aus davonkommen lassen?"

Sie ging zur Tür. „Zach?"

„Ja?" Er lag auf der Couch, das Handy in der Hand.

„Weißt du, ob man die Belichtung eines Videos verändern kann? Das wäre meine Rettung!"

„Bei einem Handyvideo, meinst du?"

„Ja, bei dem Video, das Lucy für Mama geschickt hat." Sie machte ihm ein Zeichen, er möge ihr doch bitte ein wenig Platz auf der Couch machen.

„Vielleicht", erwiderte er, „aber ich habe keine Ahnung, wie. Schreib Jess doch eine Nachricht." Er nahm seine Coladose vom Couchtisch und trank einen Schluck.

Sie nahm ihm die Dose aus der Hand und trank ebenfalls einen Schluck. „Wie steht es?"

„Frag lieber nicht."

„So schlimm, ja?"

„Im Augenblick dreizehn zu null."

Sie verschluckte sich beinahe an der Cola. „Im Ernst? Warum hast du nicht längst abgeschaltet?"

„Weil es erst das vierte Inning ist. Noch viel Zeit für ein Comeback." Zach ließ sich niemals durch unmögliche Gewinnchancen entmutigen.

Da sie wusste, dass Morgan vermutlich schneller antworten würde als Jess, nahm Sarah ihr Handy vom Ladegerät und schrieb eine Nachricht an sie. *Hallo, Schatz! Könntest du Jess mal fragen, ob es eine Möglichkeit gibt, die Belichtung eines Videos zu verändern und das Wackeln herauszubekommen?*

„Neiiin!", rief Zach, als der Kommentator ein Doppel ins rechte Feld verkündete, was dem Läufer die Möglichkeit gab, aus dem ersten Feld zu punkten. „Ihr hattet doch zwei Aus, Mann! Zwei Aus, du meine Güte!"

Sie setzte sich neben ihn und strich ihm beruhigend übers Knie. „Atme tief durch, Schatz." Drei Punkte erschienen auf ihrem Bildschirm. *Jess sagt Ja.*

Zach lehnte den Kopf zurück und lauschte. Ball eins. „Na los, wenn ihr den Punkt jetzt nicht macht, dann ..."

Sarah tippte: *Wie?*

Der Rundfunksprecher rief Ball zwei. Zach murmelte etwas.

Morgan schrieb: *Sie sagt, sie würde das machen, wenn sie nach Hause kommt.*

Sarah antwortete: *Aber ich möchte gern schon mal damit anfangen.*

Der Kommentator kündigte den nächsten Schlag an. Ein Schwung, und ...

Zach sprang von der Couch auf und stampfte mit dem Fuß auf, als der Kommentator beschrieb, wie der Ball über den Zaun des Mittelfelds flog. „Sechzehn!", schrie er. „Sechzehn zu null!" Wütend drückte er die Austaste an seinem Handy. Die Übertragung brach ab.

„Wie war das noch mal mit dem Comeback?", fragte sie.

Er ließ sich aufs Sofa sinken. „Ich bin immer für Wunder zu haben, aber für dieses Spiel ist der Zug abgefahren."

„Exitus?", fragte sie.

„Ja. Ohne Chance auf Wiederbelebung."

Ihr Handy vibrierte. Eine weitere Nachricht, dieses Mal von Jess. *Hey, Mama. Warte doch einfach, bis ich zurückkomme. Bis zur Feier ist doch noch jede Menge Zeit.*

Sarah seufzte. Sie und Jess hatten eine unterschiedliche Auffassung von „jede Menge Zeit".

In Ordnung, Schatz. Danke. Sie legte ihr Handy neben das von Zach auf den Couchtisch. „Ich fange an, diese Idee mit dem Video zu bedauern."

„Du brauchst das doch nicht zu machen."

„Doch. Jetzt kann ich nicht mehr zurückrudern. So viele Leute haben sich die Zeit genommen und eine Grußbotschaft aufgezeichnet. Ich muss ihre Beiträge doch würdigen."

„Das verstehe ich, aber es geht doch letztlich um deine Mutter. Und vielleicht müssen die Videos ja nicht vor der ganzen Festgesellschaft gezeigt werden. Du könntest sie ihr als privates Geschenk überreichen."

Sarah starrte in den Kamin. Ihre Mutter hatte nie das Rampenlicht gesucht und einer offiziellen Feier zu ihrer Verabschiedung in den Ruhestand nur widerwillig zugestimmt. Würde sie ein Video mit Grußworten, das vor allen Gästen gezeigt wurde, tatsächlich als Geschenk empfinden? Oder wäre es eher eine Qual für sie? Wie konnte man sie am besten feiern und würdigen? Was war der beste Ausdruck von Liebe?

Sarah räkelte sich auf der Couch. „Hast du schon gepackt?"

„Gleich." Er griff wieder zum Handy.

„Du solltest dich besser beeilen. Ich habe Linda und Ed gesagt, dass wir rechtzeitig zum Mittagessen da sind."

„Prima", erwiderte er sarkastisch.

„Warum? Was ist das Problem?" Die Coopers waren seit ihrer Kindheit wie die eigene Familie für sie, und Ed und Zach spielten schon seit Jahren zusammen Golf.

Er deutete auf sein Display. „Mit dieser Punktzahl? Das wird mir ewig nachhängen."

Sie tätschelte seinen Arm, bevor sie zu ihrer Liste mit Dingen zurückkehrte, die noch zu tun waren. „Jetzt reiß dich mal am Riemen, mein Lieber, und finde dich damit ab."

Es war doch wirklich immer dasselbe, dachte Sarah, als Zach in die Straße zum Haus am See einbog. Sobald sie an Fredas Eisstand mit den bunten Windrädern vorbeikamen, die sich in den Blumentöpfen mit Geranien und Petunien fröhlich im Wind drehten, war Sarah wieder acht Jahre alt und rutschte voller Vorfreude auf der Rückbank des alten Fords ihrer Eltern herum.

Hinter einem Golfcart, den sie sofort erkannten, bremste Zach ab. „Wage es ja nicht zu hupen", warnte sie ihn. „Du erschreckst sie sonst zu Tode."

Er ließ das Fenster herunter. „Hallo, Fremde!", rief er, als er zum Überholen ansetzte.

Ed und Linda winkten. „Wettrennen!" Ed beugte sich vor, als wolle er das Gaspedal durchtreten.

„Führe ihn nicht in Versuchung", erklärte Sarah lachend.

Linda grinste. „Immer im Wettstreit, diese beiden Jungen."

„Okay, Doc", sagte Ed und winkte sie vorbei, „ich gebe mich geschlagen. Bis gleich."

Zach überholte, und Sarah beobachtete sie im Seitenspiegel. Die Coopers führten das Leben, das ihren Eltern nie vergönnt gewesen war – Lachen, Hobbys, Freunde. Und auch wenn Carol und ihr Vater glücklich miteinander gewesen waren, hatten sie keinen langen Ruhestand miteinander genießen können. Nicht so wie Ed und Linda, die immer noch gemeinsame Reisen unternehmen, im Garten arbeiten und auf ihrem Anlegesteg miteinander Wein trinken und über dem Lake Hodge den goldenen Schimmer des Sonnenuntergangs bewundern konnten.

Sie bogen nach links in die Einfahrt ein. Der Kies knirschte unter den Reifen. Dieses Geräusch war für Sarah die Bestätigung, dass die Schwelle in eine andere Welt überschritten war – in eine Welt, in der sich die Zeiger der Uhr langsamer drehten und, wie ihre Mutter sagen würde, die Anforderungen des *chronos* sich viel bereitwilliger den Einladungen des *kairos* fügten.

Sarah öffnete die Autotür und atmete den frischen Duft der Kiefern ein, genau wie ihre Mutter es jedes Mal bei ihrer Ankunft getan hatte. Mama hatte den Kopf weit in den Nacken gelegt und tief eingeatmet. Ihr blau kariertes Kopftuch hatte sie um ihre Haare geschlungen und unter dem Kinn verknotet. Da sie nur im Urlaub ein Kopftuch trug, waren diese bunten Tücher ein Vorbote für Freizeit und Vergnügen. Ihre Mutter summte oder pfiff häufiger, wenn sie ein Kopftuch trug, und das war immer dann der Fall, wenn sie für ein Wochenende ins Haus am See aufbrachen. Es war eine stumme Ankündigung für gemeinsames Vergnügen und Harmonie in der Familie.

Aber die Streitereien, die ihr Zuhause in Kingsbury verdüsterten, kümmerten sich nicht um geografische Grenzen. Häufig war Sarah mit einem Buch an den Strand oder in den Wald geflüchtet, um den Auseinandersetzungen ihrer Eltern zu entkommen. Micha hatte sich lieber auf den Anlegesteg zurückgezogen, die Füße ins Wasser baumeln lassen und seine neuesten Rockalben angehört.

Ihr Blick wanderte zum Anlegesteg, und beinahe konnte sie ihn dort mit seinem Strohhut sitzen sehen. Die Bitte ihrer Mutter, ein Shirt unter seinem Jeansoverall zu tragen, damit er keinen Sonnenbrand bekäme, hatte er immer ignoriert. Sie erinnerte sich noch gut daran, wie er einmal auf dem Steg hockte und eine Katze anlockte, die niemand fangen oder zähmen konnte, und wie er dann später am

Abend leise in seinem Bett schniefte, weil seine Mutter allergisch gegen Katzen war und sein neuer Freund draußen bleiben musste. Und weil er ihn auch nicht mit nach Hause nehmen durfte.

„Aber wer wird sich dann um ihn kümmern, wenn ich nicht mehr hier bin?", hatte Micha geschluchzt. Fast auf dem ganzen Rückweg hatte er aus dem Autofenster gestarrt, und als sie das nächste Mal ins Haus am See gekommen waren, war sein vierbeiniger Freund fort gewesen.

Seltsam, dass ihr diese Bilder ganz ungebeten auf einmal vor Augen standen.

Sie schaute hoch zu den beiden Schildern, die an der Eingangstür hingen. Auf dem einen stand „Simpson", auf dem anderen „Kersten". Vielleicht war die Erinnerung mit solcher Wucht zurückgekehrt, weil die Mädchen heute nicht mit waren.

„Willkommen!", rief Linda, nachdem Ed den Golfwagen in ihrer Einfahrt abgestellt hatte.

„Herzliches Beileid, Doc", sagte Ed grinsend.

Zach gab vor, seinen Handschlag zurückzuweisen. „Fang gar nicht erst damit an, alter Mann."

„War das ein Rekord an Misserfolgen? Ich habe noch nicht nachgeschaut."

„Doch, hat er", warf Linda ein. „Gleich heute Morgen hat er danach gesucht, nur um dich zu ärgern, Zach."

Ed lachte. „Fünfundzwanzig zu vier! Juchhu!"

„Benimm dich." Linda stieß ihn in die Seite. „Ich sage dir was, Zach, sollte er jemals in der Notaufnahme versorgt werden müssen, dann wird er sich einen Arzt wünschen, der niemals aufgibt, egal, wie schlimm es aussieht."

„Recht hast du!", bestätigte Ed. „Diese Welt braucht mehr Optimisten. Also bewahre dir deine Zuversicht, Doc."

Zach salutierte.

„Braucht ihr Hilfe beim Reintragen?", fragte Linda.

Sarah nahm einige Tüten mit Lebensmitteln vom Rücksitz. „Nein, danke, das geht schon."

„Na gut, dann gehen wir mal rüber, damit ihr euch einrichten könnt. Unsere Verabredung zum Mittagessen steht? Oder wäre euch ein Abendessen lieber? Uns ist das egal. Ed grillt Burger."

Zach hängte sich seine Reisetasche über die Schulter und nahm Sarahs kleinen Koffer. „Ich hatte nicht viel zum Frühstück, darum wäre ich für Mittagessen."

„Dann kommt einfach rüber, wenn ihr fertig seid", sagte Ed. „Ich schmeiße schon mal den Grill an." Mit diesen Worten liefen die beiden Hand in Hand über den Rasen zu ihrem Haus, das viel größer war als das bescheidene kleine Holzhaus, das Sarahs Großeltern in den 1950iger-Jahren erbaut hatten.

„Ich denke, ich gehe erst mal eine Runde schwimmen", erklärte Zach, als sie mit ihrem Gepäck die Verandastufen hochstiegen. „Kommst du mit?"

„Ich warte noch ein wenig, danke." In dem Moment, als Sarah die Haustür öffnete, blieb sie wie angewurzelt stehen, und Zach lief von hinten in sie hinein.

„Was ist?"

Ihr Blick hing an den mit Holz verkleideten Wänden. Sie waren weiß und nicht mehr wie früher honigfarben lasiert. Und der Esstisch war aus dem kleinen Küchenbereich in eine Ecke des Wohnzimmers gerückt worden, wo er mitten in der Sonne stand.

„Sarah?"

Das alles war natürlich lächerlich, denn wenn sie sich recht erinnerte, war der Esstisch bereits vor der Geburt der Mädchen hinten ans Fenster gestellt worden. Sie hatte viele Mahlzeiten mit Zach, Papa und Carol dort eingenommen und dabei die Schwäne oder die Paddler auf dem See beobachtet.

Sie ging ins Haus hinein und legte die Tüten mit den Lebensmitteln auf die Arbeitsplatte in der Küche. „Als ich die Tür aufgemacht habe, hätte ich schwören können, dass die Wände die falsche Farbe haben."

„Welche Farbe hätten sie denn haben sollen?"

Sie kannte diesen Blick. *Drück dem Mann ein Stethoskop in die Hand, und er fängt sofort an, die Symptome einzuordnen.* „Nein, ich meine, ich weiß ja, dass sie weiß sind." Carol und Papa hatten sie nach ihrer Hochzeit weiß gestrichen, weil Carol meinte, das Haus komme ihr vor wie eine Höhle und brauche eine kleine Aufhellung. Genau das hatte auch ihre Mutter immer gesagt, aber Papa hatte immer argumentiert, sein Vater hätte das Haus gebaut und es bleibe genau so, wie er es hätte haben wollen. Bis Carol ihn um eine Veränderung gebeten hatte. Ihren Bitten hatte er immer bereitwillig nachgegeben.

Sarah ließ den Blick durch den Raum wandern. Ihr war es recht gewesen, dass ihre Stiefmutter das Haus mit bunten Teppichen, karierten Kissen, nautischen Bildern und leichten Vorhängen in Blautönen verschönert hatte. Als Sarah das Haus am See nach dem Tod ihres Vaters geerbt hatte, hatte sie keine Veranlassung gesehen, irgendetwas zu verändern, zumal Carol vor ihrer Wiederheirat gelegentlich zu Besuch gekommen war.

Ihre Mutter dagegen hatte nach der Scheidung keinen Fuß mehr in dieses Haus gesetzt. Sarah hatte sie oft für ein Wochenende mit ihnen dorthin eingeladen, aber sie hatte immer irgendwelche Ausreden gehabt. Irgendwann hatte Sarah sie dann nicht mehr gefragt.

Sie öffnete den Kühlschrank und stellte Milch, Eier und Käse hinein. Wenn sie ein Foto von ihrer Mutter mit einem Kopftuch oder eines von Micha in seinem Overall in die Finger bekäme, würde sie es rahmen und neben dem von ihrem Vater, Carol, Zach, sich selbst und den Mädchen aufstellen. Um das Leben all der Menschen zu würdigen, die in diesen vier Wänden gelebt hatten.

13

Auch sechsunddreißig Stunden nach ihrer Nachricht an Chris war diese zwar als gesendet markiert, aber offenbar noch nicht von ihm gelesen worden.

Wren steckte ihr Handy in den Rucksack, bevor sie diesen in ihrem Spind im Pflegeheim verstaute. Sie würde in der Mittagspause noch einmal nachschauen.

Das Gute, dachte sie, als sie ihren Putzwagen in den Aufzug schob, war, dass Chris, wenn er ihre Nachrichten las, beide auf einmal sehen würde. Dann hätte er keine Zeit, seine Mutter um Informationen zu bitten – auch wenn Wren nicht davon ausging, dass er dies sofort getan hätte, wenn er nur ihre erste Nachricht bekommen hätte. Aber es war beruhigend zu wissen, dass sie den Zeitpunkt, ihre Bitte zurückzunehmen, nicht verpasst hatte.

Als sie aus dem Aufzug trat, rief Greta ihr aus dem Stationszimmer einen Gruß zu. Offensichtlich war die Kälte, die sie gestern wegen Teris Beschwerde empfunden hatte, ob nun real oder eingebildet, dahingeschmolzen. „Ich habe einige Änderungen für heute", erklärte Greta und winkte sie zu sich.

Wren stellte ihren Putzwagen so ab, dass er nicht im Weg stand.

„Pete hat um zehn Uhr einen Termin beim Friseur. In dieser Zeit könnte sein Zimmer einmal gründlich gereinigt werden, samt den Fußböden. Betty möchte heute Morgen ausschlafen. Wenn ihre Zimmertür während der Mittagszeit offen steht, kannst du dann dort putzen. Und Dorothys Fenster müssen dringend geputzt werden. Die restlichen Dinge können erledigt werden, wie Audrey es dir aufgetragen hat." Sie reichte Wren einen Stift, damit sie die Änderungen in ihrem Plan eintragen konnte.

„Audrey ist heute nicht da?", fragte Wren, während sie sich die Änderungen notierte. Sonst war es immer Audrey, die Änderungen oder besondere Bitten mit ihr absprach.

„Probleme mit der Kinderbetreuung", erwiderte Greta. „Sie kommt später."

Wren bedankte sich bei Greta und schob ihren Wagen durch den ersten Flur. Mr Kennedy saß in seinem Sessel und konzentrierte sich auf sein Frühstück. Im Hintergrund lief leise die Übertragung eines Golfturniers. Sie beschloss, ihn nicht zu stören.

Die gegenüberliegende Tür stand einen Spalt offen. Der Erinnerungskasten an der Wand war jetzt neu dekoriert. Neugierig stellte Wren ihren Wagen darunter ab und betrachtete die Gegenstände: ein Pinsel, eine Eintrittskarte für eine Broadwayinszenierung von *Les Misérables* und ein Schwarz-Weiß-Foto von einem jungen Mann auf einer Bühne im Kostüm einer Shakespeareaufführung. Sie beugte sich vor, um sich das Foto näher anzusehen. Die Bewegung seiner Arme, die Intensität seines Blickes, eine einzelne hochgezogene Augenbraue – alle diese Merkmale hatte Mr Page aus seiner Jugend ins Klassenzimmer mitgebracht. Diese eine hochgezogene Augenbraue hatte alles heißen können – von Neugier über Skepsis bis zu ernsthaftem Nachdenken – und war nicht zuletzt auch als Warnung an die Jungs zu verstehen gewesen, um ihnen zu sagen: „Denkt nicht mal darüber nach." Natürlich auch an Casey.

Da sie ihn nicht stören wollte, indem sie an die Tür klopfte, spähte Wren durch den Türspalt. Mr Page lag in seinem Bett, das Essenstablett vor sich. Das Rührei mit Speck war unberührt. Leise sagte sie: „Mr Page?"

Langsam drehte er den Kopf und schaute sie mit einer solch abgrundtiefen Traurigkeit im Blick an, dass sie das Türblatt umklammerte, um sich festzuhalten. Sie konnte nur erahnen, wie viele gravierende Verluste diese einst so lebendigen Augen getrübt haben mochten. Wenn sie ihn hätte zeichnen können, wenn sie den Schmerz hätte einfangen können, der sich zeigte, als er ihr Gesicht musterte, als sehne er sich nach Erleichterung, nur um dann doch wieder enttäuscht zu werden – wenn sie ihn so hätte malen können, wären diejenigen, die das Bild sähen, vermutlich zu Tränen gerührt. Oder zum Gebet bewegt.

Vincent würde ihn malen. Oder besser, er *hatte* ihn gemalt. Immer und immer wieder in seinen Selbstporträts hatte er genau diesen Schmerz, dasselbe Flehen um Mitgefühl oder Verständnis oder Hilfe gemalt. *Gefährten im Unglück.* Im Leid. Vincent hätte in Mackenzie Page sofort einen Bruder erkannt. Und ja, wenn Vincent seine Arbeiten gesehen hätte, auch einen Künstlerkameraden.

Sie betrat das Zimmer. Keine Fotos. Keine Bilder. Keine künstlichen Pflanzen. Keine Magnete an dem kleinen Kühlschrank, keine Dekoration an den Wänden oder Erinnerungsstücke auf dem Regal. Nur ein aschgrauer Sessel und dunkle Holzböden, beigefarbene Wände und braune Jalousien am Fenster und eine senffarbene Decke, die man ihm über die Beine gelegt hatte.

Wren trat an sein Bett, wo ein weißes Kabel mit einem roten Rufknopf um das schmale Bettgitter geschlungen war. Anscheinend hatten sie Sorge, er könnte aus dem Bett fallen. „Hallo, Mr Page", begrüßte sie ihn. Obwohl sein Blick auf sie gerichtet war, deutete nichts darauf hin, dass er sie erkannte. Warum sollte er auch nach all den Jahren? „Wahrscheinlich erinnern Sie sich nicht mehr an mich, aber Sie waren in der Schule in Kingsbury mein Kunstlehrer."

Sie war nicht sicher, ob das Aufflackern von Emotionen, das auf einer Seite seines Gesichts zu erkennen war, nun Freude oder Schmerz signalisierte.

„Ich bin Wren Crawford."

Sie wartete. Keine verbale Reaktion. Wenn ihr ungewöhnlicher Name noch keine Erinnerung bei ihm weckte, dann könnte er durch ein weiteres Detail vielleicht eine Verbindung ziehen. „Sie waren sehr freundlich zu mir, als ich aus Australien hierhergezogen bin."

Eine Seite seines Mundes zog sich leicht nach oben. „Sie haben Ihren hübschen Akzent verloren, Wren." Welchen Schaden auch immer der Schlaganfall bei seinem Sprachvermögen verursacht haben mochte, der alte Bühnenveteran konnte noch immer so gut artikulieren, dass er verstanden wurde – wenn auch vielleicht nicht ganz hinten in einem Saal, aber doch in diesem Zimmer.

„Meine Mutter hat ihren noch nicht abgelegt", erwiderte sie und schlüpfte in den alten Akzent wie in einen Lieblingspullover.

„Manche Dinge verschwinden nie", sagte er. Während sein Blick zum Fenster wanderte, fragte sie sich, woran er wohl dachte.

„Soll ich vielleicht die Jalousien für Sie öffnen?"

„Nein, danke."

„Sind Sie sicher? Es ist schön draußen."

„Umso mehr ein Grund, sie geschlossen zu lassen."

Sie räusperte sich. „Ist es in Ordnung, wenn ich Ihr Zimmer sauber mache, Mr Page?"

Über diese Frage schien er nachzudenken. „Ist es das, was Sie hier tun? Sie putzen die Zimmer?"

Sie errötete. „Ja, Sir." Sofort verspürte sie den Drang, sich zu erklären. „Ich bin eigentlich Sozialarbeiterin. Aber ich habe die Arbeit nicht mehr verkraftet, darum nehme ich eine Auszeit."

Er schloss die Augen. „‚Der beste Plan von Maus und Mann'", deklamierte er mit ausgeprägtem schottischen Akzent, „‚geht schlimm oft aus und bringt uns Schmerz und Sorge dann statt Freud ins Haus.'" Er schlug die Augen auf. „Kennen Sie das?"

„Nur die erste Zeile."

Ganz langsam hob er die Hand, um sich an der Nase zu kratzen. „Lernen Sie den Rest, solange Sie noch jung sind, Wren. Das wird Ihnen eine Menge Enttäuschung ersparen."

Da sie nicht sicher war, was sie antworten sollte, blieb sie einfach an seinem Bett stehen.

„Guten Morgen, Mr Page!", rief eine fröhliche Stimme hinter ihnen. Kayla stand im Türrahmen. Mit einem strahlenden Lächeln betrat sie den Raum, winkte Wren zu und fragte ihn: „Brauchen Sie Hilfe beim Frühstück?"

Er starrte sie nur an.

„Sieht so aus, als hätten Sie Ihr Essen noch gar nicht angerührt. Kann ich Ihnen etwas anderes bringen? Einen Muffin oder Toast?"

„Nein, danke."

„In Ordnung. Wenn Sie Hunger bekommen, hole ich Ihnen auch gern einen Joghurt, eine Banane oder einen Müsliriegel aus dem Aufenthaltsraum. Und natürlich können Sie sich auf ein gutes Mittagessen freuen." Sie räumte das Tablett ab. „Jetzt werden wir Sie erst mal anziehen und in Ihren Rollstuhl setzen, damit Sie in den Tag starten können. Peyton hat viele schöne Aktionen geplant."

Wren sah, wie sich sein Kiefer anspannte.

„Ich komme dann später zum Putzen wieder, Mr Page", sagte sie, als Kayla das Handtuch von seinem Pyjama nahm.

„‚To a Mouse' von Robert Burns", erwiderte er, und sein trauriger Blick richtete sich auf sie. „Das müssen Sie unbedingt lesen."

In ihrer Mittagspause folgte sie seinem Rat und las im Garten bei der Fontäne auf ihrem Handy eine moderne Übertragung des Gedichtes von Burns. Es ging um einen Mann, der beim Pflügen seines Feldes unbeabsichtigt das Heim einer kleinen Maus zerstört, die vollkommen verängstigt die Flucht ergreift. Die Arbeit der kleinen Maus ist zunichtegemacht, und noch dazu ist es Winter, sodass sie es nicht wieder wird aufbauen können. *Armes kleines Tier.* Diese ganze Arbeit, die sie investiert hat, um sich den Komfort dieses bescheidenen Heims zu schaffen, alle Hoffnung und Erwartung, dort Schutz zu finden vor dem eiskalten Wind – mit einem Strich des Pfluges ist alles zerstört. Für immer.

Das Vibrieren ihres Handys ließ sie hochschrecken. Eine Nachricht. Aber nicht von Chris, sondern von ihrer Mutter. *Steht deine Verabredung mit Zoe zum Malen heute Abend nach der Arbeit noch?*

Wren tippte *Ja.*

Ihre Mutter antwortete mit einem hochgereckten Daumen.

Sie biss in ihr Sandwich. Vielleicht antwortete Chris auch gar nicht. Und wäre das noch von Bedeutung? Solange er ihre Bitte nicht erfüllte, wäre alles gut. Und warum sollte er das jetzt noch tun? Es war nichts passiert.

Ganz anders als bei dem Mann im Gedicht. Er hatte unabsichtlich einen irreparablen Schaden angerichtet.

Zumindest besaß er Mitgefühl mit dieser kleinen Kreatur und bedauerte, was er getan hatte. Aber es gab keine Möglichkeit, den Schaden wiedergutzumachen, keinen Schutz für das verletzliche kleine Wesen, das jetzt der eisigen Kälte ausgesetzt war. Sie las die letzten beiden Strophen noch einmal.

Doch, Mäuschen, du zeigst nicht allein,
dass Vorsicht kann vergeblich sein,
der beste Plan von Maus und Mann
gelingt oft nicht,
und Leid und Kummer bringt uns dann,
was Lust verspricht!

Nur bist du glücklicher als ich.
Das Heut allein bekümmert dich,
ich, wend ich rückwärts mein Gesicht,
find, ach, nur Schmerz,
und seh ich auch die Zukunft nicht,
bangt doch mein Herz.

Armes Wesen, armer Mann. Beide mussten sie die Widrigkeiten des Lebens erdulden, egal, wie umsichtig sie auch planten. Welche Umstände, fragte sie sich, hatten den Mann dazu gebracht, darüber nachzudenken, dass er in seiner Enttäuschung solidarisch war mit diesem kleinen Wesen? Welche Lasten aus der Vergangenheit machten sein Leiden noch schlimmer als das der kleinen Maus? Reue? Schuld? Eine Anhäufung von Verlusten, angesichts deren Hoffnung keine Erleichterung mehr brachte, sondern nur noch mehr Schmerz? Solche Verluste in Verbindung mit Ängsten vor einer unbekannten Zukunft konnten einen Menschen in die Verzweiflung treiben.

Doch vielleicht zählte er ja nur die Gegebenheiten des Menschseins auf und dachte gar nicht über die Umstände seines eigenen Lebens nach und wie die Vergangenheit und die Zukunft in die Gegenwart hineinspielten und sie durch Trübsinn und Angst verdüsterten.

Sie dachte an Mr Page in seinem kahlen und kalten Zimmer, der auf Hilfe beim Ankleiden wartete und über die Stürme der Zerstörung nachdachte, die ihn hierhergebracht hatten. Sie würde ihm sagen, dass sie das Gedicht gelesen hatte. Und wenn er sie fragte, ob sie es verstanden hätte, würde sie Ja sagen. Und wenn sie genügend Mut aufbrächte, könnte sie diesen Gefährten im Leid fragen, wie jene Verse sich in seinem Leben niedergeschlagen hatten, und sehen, ob er vielleicht auch ein Gefährte in der Hoffnung wäre.

Als sie in den ersten Stock zurückkam, um die Gemeinschaftsräume zu putzen, saßen ein Dutzend Bewohner an dem langen Tisch, an dem häufig gespielt, gebastelt und gemalt wurde. Peyton stand vorn am Kopf und hielt Papprollen vom Toilettenpapier hoch. „Kann jemand erraten, was wir heute machen?"

„Ich habe eine Idee", rief Mrs Clement und warf einen Seitenblick in Mr Pages Richtung, „aber das würde ich lieber nicht sagen. Es ist nicht gesellschaftsfähig."

Wren, die in der Ecke stand und abstaubte, unterdrückte ihr Lachen.

Peyton ließ sich nicht beirren. „Tropische Fische! Wir werden niedliche kleine Fische als Dekoration für unsere Strandparty basteln. Bestimmt freuen Sie sich doch auf unsere Party, nicht? Nur noch zehn Tage!" Sie legte die Rollen auf den Tisch und nahm ein Muster aus dem Regal. „Hier, ich habe bereits ein Modell gebastelt, damit Sie sehen, wie das aussehen soll. Wir brauchen nur diese Rollen glatt zu streichen, machen ein paar Schnitte mit der Schere, und schon ist ein Fisch fertig. Jetzt muss er nur noch angemalt werden." Nachdem sie den Fisch hochgehalten und gedreht hatte, damit die Bewohner ihn anschauen konnten, gab sie ihn an Mrs Whitlock weiter, die ihr am nächsten saß. „Schauen Sie ihn sich an, und reichen Sie ihn dann bitte weiter."

Nachdem Mrs Whitlock ihn angeschaut hatte, gab sie ihn weiter an Mr Kennedy, der nur leicht nickte, ihn aber nicht entgegennahm. „Na, wenn das nichts ist", sagte er.

„Geben Sie ihn weiter, Pete", forderte Peyton ihn auf, „damit alle ihn anschauen können."

Aber seine Hand zitterte so stark, dass er ihn fallen ließ. Kayla bückte sich, hob ihn auf und reichte ihn an Mrs Clement weiter.

„Also, ich bin heute richtig aufgeregt", fuhr Peyton fort, „weil wir einen echten Künstler unter uns haben. Sie haben Mackenzie bereits kennengelernt, nicht wahr? Er war viele Jahre lang Kunstlehrer, nicht wahr, Mackenzie?"

Wren umklammerte ihr Staubtuch und fragte sich, was Mr Page wohl dachte, während er vor sich hin starrte.

Doch Peyton redete unbeirrt weiter. „Wir haben also einen Experten in unserer Mitte, der uns Tipps für unsere Kunstprojekte geben kann, nicht?" Ihr Blick wanderte über den Tisch hinweg. „Wer hat meinen kleinen Fisch?"

Chelsea, eine von den Helferinnen, nahm ihn von Mrs Vanderwaals Schoß und gab ihn Peyton zurück. „Also gut, Sie haben nun mein Muster gesehen, aber natürlich können Sie Ihren Fisch so verzieren, wie Sie das wollen. Wir haben jede Menge bunte Stifte und Sticker, genug für jeden. Und Bastelpapier – bunte und fröhliche Farben, aus denen Sie auswählen können. Und wenn Sie kleine Wackelaugen aufkleben möchten, auch die gibt es hier." Sie hob ihr Muster in die Höhe und wackelte damit. „So süß, nicht?"

Mr Page hatte seine linke Hand auf den Tisch gelegt und schien seinen Rollstuhl zurückschieben zu wollen, aber die Bremse war blockiert.

Kayla trat vor. „Hey, hey, wo wollen Sie hin, Mackenzie?"

„Weg."

„Ach was, bleiben Sie doch! Nach der Bastelstunde gibt es noch einen leckeren Imbiss."

„Nein, danke."

„Sind Sie sicher? Wir könnten Ihre Hilfe bei dem Bastelprojekt brauchen."

Wren beobachtete, wie er seine Hand hob. Wenn er diese Geste von der Bühne aus vor einem Publikum gemacht hatte, waren die Zuhörer sofort verstummt. „Für das, was Sie hier machen", sagte er, „brauchen Sie meine Hilfe nicht. Und da Sie mich nicht hinbringen können, wo ich hinmöchte, werde ich mich stattdessen in mein Zimmer zurückziehen." Er wandte Peyton sein Gesicht zu, und die Bewegung wirkte umso dramatischer, weil er sich langsam drehte. „Und für Sie, junge Dame, bin ich immer noch Mr Page."

Als Wren später am Tag in ihrem Atelier ihre Malutensilien zusammensuchte, sah sie Peytons gequälten Gesichtsausdruck vor sich, während sie stammelnd eine Entschuldigung vorbrachte. Wenn Wren ihrem früheren Lehrer gegenüber nicht eine solche starke Loyalität empfunden hätte, hätte Peyton ihr vielleicht leidgetan, vor allem, nachdem sie in der Toilette zufällig mitbekommen hatte, wie Peyton Chelsea unter Tränen anvertraute, sie habe das alles so satt. Sie würde sich so große Mühe geben, das Leben der Bewohner abwechslungsreich zu gestalten, und bekomme so wenig Anerkennung dafür. „Mach dir nichts draus", hatte Chelsea erwidert. „Du leistest hier gute Arbeit. Jeder von uns erlebt schon mal solche Augenblicke." Und dann hatte sie sie zur Happy Hour in *The Tavern* eingeladen. Wren hatte in ihrer Toilettenkabine gewartet, bis die beiden den Raum verlassen hatten.

Sorgfältig legte sie sich auf ihrem Arbeitstisch ihre Pinsel und Palettenmesser zurecht. Sie hatte Zoe zwar gesagt, dass sie vielleicht den kahlen Kardinalsvogel malen würde, doch die Sonnenblumenköpfe in der Nähe ihres Fensters zum Garten waren gerade dabei, sich zu öffnen, und sie wollte sie lieber direkt nach dem Original malen statt später aus dem Gedächtnis oder von einer Fotografie. Wie Vincent. Sie nahm aus ihrer Farbenbox die Tuben mit Kadmiumgelb und Orange, Zitronengelb und Ockerrot, Kupfergrün und Chromoxidgrün und Umbrabraun. Ihr Blick wanderte zum Himmel. Lichtblau mit einem Stich ins Lila.

Nachdem sie die Staffelei in der Nähe des Fensters aufgestellt hatte, lehnte sie ihr Tablet an einen Stapel Kunstbücher auf dem Tisch, damit Zoe während des Malens sowohl ihr Gesicht als auch ihre Leinwand sehen konnte. Kurz hatte sie in Erwägung gezogen, mit ihren Utensilien nach draußen zu gehen, aber das war ihr dann doch zu viel Aufwand gewesen. Doch nachdem sie nun beschlossen hatte, sich in Zukunft wieder mehr Zeit für die Kunst zu nehmen, würde sie demnächst sicher auch wieder im Freien malen.

Mr Page war öfter zum Zeichnen und Malen mit seinen Schülern nach draußen gegangen. Wren erinnerte sich, dass sie mit einer kleinen Leinwand und einem Papierteller mit ihren Farben auf dem Rasen gesessen und zu den orangefarbenen Blättern eines Ahorns vor einem strahlend blauen Himmel hinaufgeschaut hatte. Aber es war ihr nicht gelungen, die Schönheit der Blätter einzufangen, die im Sonnenlicht wie Flammen wirkten. Die Farbe auf der Leinwand war eben nur orange. Kein Leben darin. Sie hatte keine Strahlkraft. Bis Mr Page ihr vorschlug, sich das Blatt des Ahorns doch einmal näher anzuschauen, ob sie vielleicht noch andere Farben darin entdeckte, mit denen sie das langweilige Orange auffrischen könnte. Sie hatte es dann mit Rot und ein wenig Gelb gemischt, und auch wenn es nicht annähernd so leuchtend gewesen war wie das, was sie in der Realität sah, bekam das Blatt eine Struktur und einen leichten Schimmer. Er hatte zustimmend genickt und gesagt: „Und was willst du jetzt mit dem Himmel machen?"

Während sie nun Farben auf ihre Palette drückte, sah sie Mr Page in seinem düsteren Zimmer vor sich. Wenn es wenigstens zum Garten mit dem Springbrunnen hinausginge. Jemand, der so gesellig war wie Mrs Clement, bevorzugte den Blick auf den Parkplatz, denn so konnte sie das Kommen und Gehen der Besucher beobachten. Miss Daisy hatte immer in dem Sessel gesessen, Emmy Lou an sich gedrückt und auf Menschen gewartet, die nie kamen. Dieser Sessel gehörte jetzt Mr Page.

Kein Wunder, dass die Jalousien geschlossen bleiben sollten.

Sie hatte gehofft, vor dem Ende ihrer Schicht noch einmal mit ihm sprechen zu können, aber seine Tür war geschlossen gewesen.

Während des Mittagessens hatte sie sein Zimmer geputzt und gehofft, im Schrank vielleicht noch einige Kartons vorzufinden, die ein Hinweis darauf wären, dass sein Zimmer noch nicht fertig eingerichtet war. Aber die einzigen persönlichen Gegenstände im Zimmer waren ein paar Hemden und Hosen an der Kleiderstange. Und diese grauhaarige Frau, war das seine Frau? Oder seine Schwester? Jedenfalls hatte sie ihn herbegleitet. Wren überlegte, ob sie es wohl gewesen war, die die Gegenstände für den Erinnerungskasten ausgesucht hatte. Wenigstens hatte sie seinen Koffer wieder mitgenommen. Ein Koffer ließ auf eine vorübergehende Situation schließen. Vielleicht brachte sie ja bald noch ein paar Fotos, Erinnerungsstücke oder vielleicht sogar einige seiner Bilder, mit denen sie die kahlen Wände ein wenig freundlicher gestaltete.

Aber andererseits fühlte er sich durch die Erinnerung an zu Hause vielleicht gar nicht getröstet. Die Erinnerungsstücke könnten zu schmerzlich für ihn sein. Trotzdem, Wren konnte sich nicht vorstellen, dass ein Künstler wie er einen so sterilen Raum lange ertragen könnte.

Ihr Tablet vibrierte und zeigte einen eingehenden Anruf an. „Hallo, Zoe, mein Mädchen!", rief Wren, als ihre kleine Schwester auf dem Bildschirm erschien. Sie trug Shorts und ein viel zu großes gebatiktes T-Shirt. Wren erkannte es als eines, das früher Olivia gehört hatte.

„Warte kurz", sagte Zoe. „Mami meint, ich soll meinen Kittel überziehen."

„Gute Idee. Ich ziehe auch einen an, ja?" Sie griff nach ihrem Baumwollkittel.

„Hallo, Schätzchen, wie geht es dir?" Ihre Mutter trat mit einem kleinen roten Malkittel ins Bild und hielt ihn Zoe hin, damit sie hineinschlüpfen konnte. „Zoe freut sich sehr auf eure gemeinsame Malstunde."

„Ich auch", erwiderte Wren, während sie ihre Schürze am Hals zuband.

„Hast du Taschen?" Zoe zeigte ihre.

„Das ist so cool! Nein, ich habe keine."

„Ich kann meine Pinsel hier reinstecken, siehst du?"

„Das ist toll, Zoe. Aber steck sie nicht in die Taschen, wenn Farbe dran ist, okay?"

„Okay." Sie strich mit der Hand über ihre Schürze und legte die Pinsel aus der Hand. „Aber wenn ich fertig bin, können wir sie alle auswaschen."

„Das ist gut." Wren betrachtete die Leinwand, die sie bereits vor Monaten vorbereitet hatte. „Ich will Sonnenblumen malen, wie du, okay?"

„Ja. Ich male noch mehr dazu." Sie drehte den Kopf und lachte über etwas, das Wren nicht sehen konnte. „Papa, hör auf damit!"

„Was macht Papa denn?"

Er erschien im Bild mit einer royalblauen Baskenmütze und einem mit Mascara aufgemalten Zwirbelschnurrbart. „Ich dachte, ich könnte heute Abend vielleicht mit den Crawford-Mädchen malen."

„Das ist meine Mütze, Papa!"

„Oh, in Ordnung." Er nahm sie ab und setzte sie ihr auf. Dann drückte er ihr einen Kuss auf die Wange. „Alles gut, Wren?"

„Ja, danke. Und bei dir?"

„Auch."

Zoe richtete ihre Baskenmütze und beugte sich vor, um ihr Aussehen zu begutachten. „Okay, ich bin so weit." Sie trat zurück an ihre Staffelei.

Während sie malten, berichtete Zoe von der neusten Episode ihrer Lieblings-Comicserie, von ihrer Verabredung mit einem neuen Mädchen aus der Gemeinde und von dem gefleckten Rehkitz, das sie am Morgen im Garten gesehen hatte, als sie auf der Schaukel saß. „Aber dann ist es weggelaufen, und seine Mama war sehr böse, weil es über die Straße gerannt ist, ohne zu schauen."

Wren wappnete sich für ein böses Ende. „Und? Alles gut gegangen?"

„Ja. Aber seine Mama hat geschnaubt, ungefähr so", sie öffnete den Mund und atmete schwer ein und aus, „und dann ist sie auch über die Straße gerannt." Zoe tauchte den Pinsel in einen Tupfen Gelb und malte vorsichtig weitere Blütenblätter auf ihr Blatt Papier. „Aber es sind keine Autos gekommen."

„Das ist gut."

„Ja. Sie hatten Glück."

Wren betrachtete kritisch ihre Leinwand, die stacheligen grünen Deckblätter, die eine noch nicht geöffnete Sonnenblume umgaben wie eine Rosette auf einem Orden. Sie mischte ihr Kupfergrün mit dem Chromoxidgrün. Immer wieder konnte sie staunen über die Vielfalt des Grüns im August. Es war ein anderes Grün als das im Mai.

Olivia kam in die Küche und winkte in den Bildschirm.

„Hallo, Liv!", begrüßte Wren sie. „Schön, dich zu sehen!"

„Ja, ebenso." Olivia strich Zoe über ihre Baskenmütze. „Ist es in Ordnung, wenn ich Kekse backe, Zoe?"

„Ja." Zoe tauchte den Pinsel in ein Glas Wasser und rührte darin herum. „Wir machen heute Abend einen Filmabend, weil Papa heute keine Sitzung hat und es Sommer ist."

„Habt ihr ein Glück!" Wren nahm ein schmales Palettenmesser und vermischte die Grüntöne auf der Leinwand als Schicht auf der Rosette.

„Ich darf heute länger aufbleiben, weil ich einen Mittagsschlaf gemacht habe", berichtete Zoe stolz. Olivia holte hinter ihr eine Teigschüssel aus dem Schrank.

„Ich wünschte, ich könnte bei euch sein und mit euch den Film anschauen und Kekse essen", meinte Wren.

„Und Popcorn. Joel macht Popcorn."

„Welchen Film wollt ihr euch anschauen?"

„*Inside Out.*"

„Ich bin sehr neidisch, Zoe! Ich liebe diesen Film! Das ist einer meiner Lieblingsfilme."

„Meiner auch. Weil es in Ordnung ist, manchmal traurig zu sein, richtig?"

„Du hast recht. Das ist es." Sie wischte ihr Messer ab und drückte noch mehr Ocker auf ihre Palette. „Bist du heute traurig?"

„Nein."

Wren riss sich zusammen, bevor sie sagen konnte: „Das ist gut."
Wenn ihre Schwester bereits in jungen Jahren lernte, dass Leid und
Freude nebeneinander existieren konnten und dass gesunde und angemessene Trauer eine wesentliche Rolle für die emotionale und geistige Gesundheit spielte ...

Zoe starrte auf den Bildschirm und legte die Stirn in Falten. „Alles
in Ordnung, Zoe?"

„Deine Sonnenblumen sind schöner als meine."

„Deine Sonnenblumen sind wunderschön!"

„Nein, das sind sie nicht. Sie sehen hässlich aus."

Wren wusste nicht so genau, ob sie ihre Leinwand verstecken oder
zulassen sollte, dass Zoe sie weiter anschaute. Sie ließ den Bildschirm,
wo er war. Für den Augenblick. „Als ich so alt war wie du, konnte
ich überhaupt noch nicht malen. Du bist eine tolle Künstlerin." Sie
deutete auf ihren Bildschirm. „Sieh nur, wie du deine Blumen gemalt
hast. Alle schauen in unterschiedliche Richtungen, genau wie die von
Vincent. Siehst du? Jede ist einzigartig."

Zoe wirkte nicht überzeugt.

„Und wie du die Blätter gemalt hast – einige gerade und einige
hängen herunter. Siehst du? Hey, Olivia!" Aber Olivia stand mit dem
Rücken zu ihnen und gab die Zutaten in die Teigschüssel. Außerdem
trug sie Kopfhörer und hörte Wren nicht. „Zoe, bitte doch Olivia oder
Mama und Papa, sich dein Bild anzusehen, ja?"

Zoe hatte jetzt die Hände in die Hüften gestemmt. Bevor Wren
noch etwas zu ihr sagen konnte, schnappte sie sich das Bild von ihrer
Staffelei. „Zoe, vorsichtig damit!", rief Wren, doch es nützte nichts. Sie
riss es in der Mitte durch.

Wren hätte sich ihr Lächeln verkneifen sollen. Aber Zoe in ihrem
Kittel und ihrer Baskenmütze und in ihrer trotzigen Pose war einfach
zu komisch.

„Das ist nicht lustig!", rief sie.

Wren legte eine Hand auf ihren Mund. „Ich weiß. Es tut mir leid.
Das ist es nicht. Mama oder Papa können es wieder zusammenkleben,
keine Sorge."

Doch anstatt es zur Seite zu legen, damit es repariert werden konnte, zerriss Zoe es in noch kleinere Fetzen.

„Oh!", sagte Joel, als er in die Küche kam. „Schaut euch die Künstlerin an. Sie hat einen Wutanfall. Cool!"

Zoe rammte ihren Kopf gegen Joels Taille und versuchte ihn gegen die Brust zu boxen. Er lachte nur, und das machte sie noch wütender.

Olivia, die jetzt mitbekommen hatte, was hinter ihr geschah, riss sich die Kopfhörer aus den Ohren und rief: „Hey! Aufhören! Alle beide."

Aber Joel lachte noch heftiger, und Zoe boxte ihn noch fester, bis Mama und Papa in den Raum kamen. Sie brauchten kein Wort zu sagen, denn Joel rief sofort: „Schon gut, schon gut! Es tut mir leid, dass ich gelacht habe." Aber mittlerweile konnte er nicht mehr damit aufhören.

Zoe brach in Tränen aus. Papa nahm sie in die Arme. „Hey, mein Schatz. Komm her. Alles gut."

Mama sah in die Kamera und sagte: „Es tut mir leid, Wren, aber wir machen jetzt besser Schluss." Kurz bevor sie den Anruf unterbrach, konnte Wren noch sehen, wie sich Zoe in die Arme ihres Vaters kuschelte und ihr Schluchzen langsam nachließ.

Die Zärtlichkeit dieses Bildes hing ihr noch lange nach, und während sie ihre Leinwand betrachtete, dachte sie an Casey und erinnerte sich mit Freude und Trauer an den Trost und das Geschenk einer solchen Umarmung.

Zwei Stunden später war Wren immer noch in ihrem Atelier und arbeitete weiter an ihren Sonnenblumen. Mittlerweile war es spät geworden, und die Blumen im Garten lagen im Dunkeln, doch ihre gemalte Version explodierte wie ein Sternenrausch unter den fluoreszierenden Lichtern. Nicht schlecht für eine Hobbykünstlerin.

Sie lehnte sich zurück und streckte sich. Es war Zeit, für heute Schluss zu machen. Sie räumte die Farbtuben weg und suchte ihre Pinsel und Messer zusammen, um sie in der kleinen Küche auszuwaschen. Doch als sie gerade ihr Atelier verlassen wollte, hörte sie eine Männerstimme in der Lobby. Von Panik erfüllt, schaltete sie die Lichter aus und drückte so leise wie möglich ihre Tür zu, bevor sie von innen abschloss. Ihr Herz klopfte zum Zerspringen.

Eigentlich sollte sich niemand im Gebäude aufhalten. Der einzige Mann, der hier arbeitete, war der Hausmeister. Aber er hatte hier eine Teilzeitstelle. Und das war auch nicht Mikes Stimme.

Auch die zweite Stimme nicht.

Sie sank auf die Knie. Hatte sie etwa die Eingangstür offen gelassen, oder war diese vielleicht aufgebrochen worden? Ihr Fahrrad stand in der Lobby. Hoffentlich vermuteten die Männer nicht, dass sich noch jemand im Gebäude aufhielt.

Sie drückte ein Ohr an die Tür. Stille. Gar nicht gut. Im Dunkeln konnte sie überhaupt nichts mehr erkennen. Auf keinen Fall würde sie sich in dieser Situation aus ihrem Atelier wagen. Und das Fenster bot den Blick auf den Garten, nicht auf den Parkplatz.

Sie kroch über den Fußboden, schnappte sich ihr Handy und rief Kit an, die sich beim dritten Klingeln mit einem verschlafenen „Hallo?" meldete.

Unter ihren Arbeitstisch gekauert, flüsterte sie: „Kit, ich bin es. Ich bin noch in meinem Atelier, und da sind Männerstimmen in der Lobby. Ich weiß nicht, wer das ist und wie sie hereingekommen sind."

„Hast du gerade gesagt, da sind Männer im Gebäude?!"

„Ja. Mindestens zwei." Sie hörte gedämpfte Stimmen. Vielleicht wollten sie ins Büro einbrechen. Sobald sie Glas splittern hörte, würde sie versuchen, durch den Flur in die Kapelle und von dort durch die hintere Tür nach draußen zu flüchten.

„Wren? Bist du noch dran?"

„Ja."

„Ich möchte, dass du die Polizei rufst."

Ihr Herzschlag dröhnte ihr in den Ohren. Sie hatte gehofft, Kit würde ihr sagen, dass sie Handwerker bestellt hätte, die am Donnerstagabend spät die Rohrleitungen reparierten oder so etwas. „Du erwartest niemanden hier?"

„Nein. Ruf sofort die Polizei. Bleib im Atelier und schließ ab."

Mit zitternden Fingern wählte Wren den Notruf. „Bitte", sagte sie, nachdem sie erklärt hatte, was los war, „könnten Sie am Telefon bleiben?"

Die Telefonistin versprach es. „Hilfe ist unterwegs", beruhigte sie mit fester und verbindlicher Stimme.

Unter ihrem Arbeitstisch zusammengekauert, ermahnte sich Wren, das Atmen nicht zu vergessen. Sie musste aufmerksam bleiben. *Jesus, hilf mir.* Wie lange kauerte sie bereits hier und drückte das Handy an ihr Ohr? Minuten? Stunden?

„Sind Sie noch bei mir, Wren?"

„Ja."

„Hören Sie noch Stimmen im Gebäude?"

„Ja, ich glaube, sie kommen näher."

„Okay, bleiben Sie, wo Sie sind."

Sie wiegte sich hin und her. Die Stimmen wurden lauter. „Die Kapelle ist dort hinten", sagte einer der Männer, und der andere antwortete: „Ah ja, prima."

Wren hielt inne.

„Oh, da hat aber jemand eine Vorliebe für Kunst, nicht?"

„Ja, Katherine und ihre Nichte haben die Drucke als Anregung zum Gebet aufgehängt."

Wren kroch unter ihrem Arbeitstisch hervor und schob sich näher an die Tür heran.

„Ich muss gestehen, für Kunst habe ich nicht so viel übrig", gestand der Mann, der jünger zu sein schien, woraufhin der andere erwiderte: „Ich auch nicht. Aber Katherine hat in ein paar Kursen Kunstwerke als Anregung zum Nachdenken genommen, und das schien den Leuten zu gefallen."

„Hm", flüsterte Wren der Telefonistin zu, „ich glaube, das hat alles seine Ordnung."

„Die Männer sind also weg?"

„Nein, sie sind noch da, aber ich kann jetzt verstehen, was sie sagen, und sie scheinen meine Tante zu kennen."

„Sie denken, dass sie das Ziel ist?"

„Nein, ich meine, einer von ihnen könnte ein Freund von ihr sein oder so etwas." Aber das erklärte immer noch nicht, warum er sich zu dieser späten Stunde im Gebäude aufhielt.

„Bill!", ertönte Kits Stimme. „Was um alles in der Welt ist hier los?" Das Telefon fest umklammert, sprang Wren auf und riss die Tür auf. Der Mann, der in der Nähe der Tür stand, wich erschrocken zurück. Der ältere Mann taumelte ein paar Schritte vorwärts und drückte sich die Hände an die Brust. „Ich hätte beinahe einen Herzinfarkt bekommen", rief er.

„Alles gut, Wren", sagte Kit, die in ihrem Bademantel und in Pantoffeln auf sie zueilte. „Alles in Ordnung." Sie legte die Arme um Wren und gab ihr einen Kuss auf die Wange.

„Alles in Ordnung", erklärte Wren der Telefonistin. Sie begann zu zittern. „Uns geht es gut."

In diesem Augenblick erschien ein Polizeibeamter am Ende des Flurs. Der ältere Mann wandte sich an den jüngeren und verzog das Gesicht. „Willkommen in Kingsbury, Logan. Ich schätze, es gibt hier einiges zu erklären."

14

Während Bill mit den Polizeibeamten sprach, ließ sich Kit neben Wren auf dem Boden nieder und legte den Arm um sie. Armes Mädchen! Sie schien Mühe zu haben, gleichmäßig zu atmen. Kit ging es genauso. Auf der kurzen Fahrt von ihrem Haus zum New Hope-Zentrum, die ihr unendlich lang erschienen war, hatte sie nur mit Mühe selbst eine Panikattacke unterdrücken können. Das war seit langer Zeit das erste Mal, dass sie in Gefahr stand, eine zu bekommen. Sie öffnete die zur Faust geballte linke Hand. Loslassen. Empfangen. Und atmen.

Logan fuhr sich mit beiden Händen durch das dunkle Haar. „Das ist meine Schuld. Ich bin gerade aus Tulsa angekommen. Bill hat mich abgeholt. Ich wollte mir das Gebäude gern vor unseren offiziellen Gesprächen morgen einmal anschauen." Er hockte sich vor sie hin, sodass sie auf Augenhöhe miteinander waren. „Sie sind bestimmt Katherine. Ich bin Logan Harris. Und es tut mir wirklich sehr, sehr leid."

Bevor Katherine ihn mit Wren bekannt machen konnte, rief Bill nach ihr. „Die Polizisten wollen gern eine Bestätigung von dir, Katherine."

Mit einem tiefen Seufzer ergriff sie Logans ausgestreckte Hand und rappelte sich hoch. „Sie können froh sein, dass ich Ihre Aussage bestätige, Bill."

Er antwortete mit einem angemessen reuevollen Nicken.

Den Kragen ihres Morgenmantels umklammernd, schilderte Kit den Polizeibeamten, Wren habe in ihrem Atelier gearbeitet, als sie

Männerstimmen gehört habe. „Ich bat sie daraufhin, die Polizei zu verständigen, weil ich mir nicht vorstellen konnte, was jemand um diese Zeit im Gebäude zu tun haben sollte."

Wren, die immer noch auf dem Boden hockte, wischte sich die Augen trocken. Einer der Beamten fragte sie, ob alles in Ordnung sei. „Ja, alles gut", murmelte sie. „Es tut mir leid, dass ich so viel Aufruhr verursacht habe."

„Nicht Sie haben den Aufruhr verursacht", erwiderte Bill. „Das war ich." Er wandte sich an Kit. „Und was haben Sie sich dabei gedacht, hierherzukommen, wenn Sie befürchten mussten, dass hier ein Einbruch begangen wird?"

Sie zuckte die Schultern. „Ich war nicht sicher, wie lange es bis zum Eintreffen der Polizei dauern würde."

„Gute Frau, in Zukunft ...", sagte der andere Beamte.

„Ich weiß, ich weiß. Als ich auf den Parkplatz kam, habe ich sofort Bills Auto erkannt, und mir wurde klar, was hier geschehen sein musste. Wenn ich die Befürchtung gehabt hätte, auf bewaffnete Männer zu treffen, hätte ich das Haus ganz bestimmt nicht betreten. Ich wollte nur zu meiner Nichte." Sie winkte Wren zu sich. „Brauchen Sie sonst noch etwas von uns? Oder können wir jetzt nach Hause fahren?"

„Vielen Dank. Das war alles", erwiderte der Polizeibeamte.

„Gut. Vielen Dank für Ihre Hilfe." Sie wandte sich an Bill. „Sie haben ja einen Schlüssel und können abschließen, wenn Sie fertig sind."

Erst als sie im Wagen saßen, ging ihr auf, dass sie sich gar nicht von Logan verabschiedet hatte. Egal. Wenn er schlecht von ihr dachte, weil sie wütend und aufgeregt war, dann konnte sie das auch nicht ändern.

„Das Kuratorium hat also einen Nachfolger für dich gefunden?", fragte Wren, als sie sich anschnallte.

„Habe ich dir das nicht erzählt?"

„Nein."

„Das tut mir leid." Sie hatte ihr diese Information nicht vorenthalten wollen. „Bill hatte mir gesagt, dass ich keine Einzelheiten weitergeben sollte, aber ich hätte dir erzählen sollen, dass ein Kandidat zu

Gesprächen herkommt." Kit ließ das Auto an. Im Rückspiegel beobachtete sie Logan mit Bill in der Lobby. Sie schienen in ein lebhaftes Gespräch vertieft zu sein, gestikulierten wild und lachten dabei. Verärgert biss sie die Zähne zusammen. Sie konnte noch nicht lachen. Dafür war es noch viel zu früh. Wenn er das lustig fand ...

„Er hat nichts für Kunst übrig", berichtete Wren.

„Wer?"

„Der neue Typ."

„Woher weißt du das?"

„Ich habe gehört, wie er das zu Bill gesagt hat. Und dann meinte Bill, das gehe ihm genauso, aber den Leuten in deinen Kursen scheine das zu gefallen."

„Den Leuten?"

„Ja."

Kit sog scharf die Luft ein und atmete langsam wieder aus. Falls sie sich beleidigt fühlte, dann war es verletzter Stolz. Während sie vom Parkplatz rollte, bekannte sie im Stillen ihre Sünde und betete um Gottes Segen für die beiden. Sie kannte keinen besseren Weg, sich dem Sog der Schwerkraft in Richtung Zorn und Verärgerung zu widersetzen. „Haben sie abschätzig über Menschen gesprochen, die das gut finden?"

„Ich weiß es nicht. Ihr Gespräch wurde unterbrochen, als du hereingekommen bist und sie erschreckt hast." Wren seufzte. „Danke, dass du gekommen bist. Ich habe überreagiert. Ich hätte Bills Stimme erkennen müssen, hätte wissen sollen, dass es bestimmt eine gute Erklärung gab."

Katherine nahm eine Hand vom Lenkrad und tätschelte Wrens Arm. „Dieses ‚hätte sollen' bringt uns nicht weiter. Für unser Verhalten gab es einen guten Grund. Dabei sollten wir es belassen." Sie lächelte verlegen. „Aber vielleicht solltest du den heutigen Abend Sarah gegenüber nicht erwähnen."

Am folgenden Morgen klopfte Logan pünktlich um neun Uhr an die halb geöffnete Tür von Kits Büro. „Kommen Sie rein", rief sie von ihrem Schreibtisch aus und stand auf, um ihn zu begrüßen.

„Hallo, Katherine", sagte er und hielt ihr die Hand hin, „schön, Sie wiederzusehen." Sein kumpelhafter Tonfall grenzte an Herablassung. Ohne auf eine Aufforderung zu warten, ließ er sich auf einem Stuhl vor ihrem Schreibtisch nieder, nahm eine Wasserflasche aus seiner Aktentasche und schlug ein Bein über das andere.

Insgeheim runzelte sie die Stirn. Fühl dich wie zu Hause, dachte sie. Dann schloss sie die Tür.

Öffne dein Herz, hörte sie den Heiligen Geist flüstern.

Sie ließ ihre Hand auf der Türklinke liegen. Das Flüstern kam noch einmal. *Du hast dein Urteil über ihn doch bereits gefällt. Öffne dein Herz. Und höre auf seines.*

Sie rieb sich die Handflächen an der Hose trocken und drehte sich zu ihm um.

„Geht es Ihnen gut?", fragte er.

Die Frage war zu aufdringlich. Er hatte kein Recht –

Öffne dein Herz, wiederholte der Geist Gottes.

Kit nickte, sowohl als Antwort auf Logans Frage als auch auf die Mahnung des Heiligen Geistes hin. „Ja, danke. Ich habe nur ein kurzes Gebet gesprochen." Die Worte, die vermutlich ein wenig frömmlerisch wirkten, waren ihr über die Lippen gekommen, bevor sie sie zurückhalten konnte. Nicht gerade ein vielversprechender Anfang. Wenn sie ihre Gedanken und Worte nicht kontrollieren konnte, würde dieses Gespräch nicht gut laufen.

Logan stellte den Fuß auf den Boden. „Es wäre schön, wenn wir miteinander beten könnten, falls Sie dazu bereit sind. Ganz ehrlich, nach unserer Begegnung gestern Abend bin ich ein wenig nervös." Er stellte seine Flasche auf den Teppich. „Ich habe abends noch mit meiner Frau telefoniert, und sie war entsetzt. Noch einmal, Katherine, es tut mir sehr leid."

Siehst du?, würde Sarah jetzt sagen. Der Heilige Geist vermutlich auch.

Sie nahm sich einen Augenblick Zeit, um sich zu sammeln. Und statt sich an ihren Schreibtisch zu setzen, wählte sie den Stuhl an seiner Seite. „Meine erste geistliche Begleiterin pflegte zu sagen: ‚Wir fangen doch immer wieder noch einmal von vorne an.'" Er faltete die Hände. „Danke. Vielleicht können wir das ja auch tun."

Die folgende Stunde verging wie im Flug. Kit hörte ihm zu, versuchte ihn zu verstehen, nicht nur in seinen Fragen, sondern auch in seiner Vision: Logan wollte das New Hope-Zentrum in der Stadt und darüber hinaus noch bekannter machen, damit noch mehr Menschen von den Einkehrtagen, Workshops und Seminaren profitieren könnten, die die Möglichkeit für eine lebensverändernde Begegnung mit dem lebendigen Gott eröffneten.

Sorge mache ihm, führte er aus, dass in zahlreichen Büchern und Veranstaltungen geistliches Wachstum durch geistliche Übungen dargestellt werde als ein Programm zur Selbstoptimierung. Es gehe häufig nicht mehr darum, dem eigenen Ich zu sterben, sondern um Selbsterfüllung und Selbsterkenntnis. „Es besteht die Gefahr, dass wir Christen uns ausschließlich darauf konzentrieren, in uns selbst hineinzuhorchen, und dabei das Wohl anderer aus dem Blick verlieren", sagte er.

„Das ist geistlicher Narzissmus", erwiderte Kit.

„Genau. Gott weiß, dass ich nicht dazu ermutigt werden muss, mich noch mehr mit mir selbst zu beschäftigen. Ich kann so nach innen gerichtet sein, dass ich kaum die Bedürfnisse anderer sehe. Fragen Sie nur meine Frau."

Sie lachte. „Angehörige sind recht gut dazu geeignet, uns einen Spiegel vorzuhalten, in dem wir uns selbst deutlicher erkennen."

„Oh ja. Meine Kinder tun das ständig." Er warf einen Blick auf die Uhr an ihrer Wand. „Ich weiß, dass unsere Zeit fast vorbei ist, aber mich bewegt noch eine Frage, die vielleicht nicht so leicht zu beantworten ist."

„Kein Problem. Darum führen wir ja dieses Gespräch. Sprechen Sie ruhig aus, was Sie beschäftigt." Sie wartete ab und überlegte, wohin seine Gedanken in diesem Moment der Stille wohl wanderten.

„Meine Schwiegereltern haben mich auf dieses Stellenangebot aufmerksam gemacht. Meine Frau Nicole ist in der Nähe von Muskegon aufgewachsen, und wir überlegen schon seit einer Weile, in die Nähe ihrer Familie zu ziehen. Savannah kommt in diesem Jahr in den Kindergarten, und das erschien uns eine gute Gelegenheit für eine einschneidende Veränderung, nicht nur in Bezug auf den Wohnort, sondern auch, damit ich der stärker werdenden Berufung, die ich empfinde, folgen kann."

Aha, dachte sie. Rätsel gelöst.

„Ich habe mich im Netz, so gut es ging, über die Kurse, die hier angeboten werden, informiert, und die Einkehrtage und Workshops scheinen mir sehr gut zu sein. Ich meine das wirklich so. Eine gute Auswahl an Themen und Kursleitern."

Sie wappnete sich gegen das „Aber", das jetzt unausweichlich kommen würde.

„Und ich habe mich gefragt, welche Personengruppen diese Angebote normalerweise wahrnehmen. Das sind vermutlich zum großen Teil Frauen?"

„Ja. Selbst die von Männern geleiteten Angebote." Sie hatten sich zwar immer bemüht, mehr Männer anzusprechen, aber …

„Und welche Altersgruppen?", fragte er.

„Ich würde sagen, die Mehrheit ist mittleren Alters und älter." Kit hätte gern auch Kurse für gemischte Altersgruppen konzipiert, aber …

„Wie sieht es mit der ethnischen Zugehörigkeit aus?"

Sie spürte, wie sie errötete. „Überwiegend Weiße."

Er hob die Hand. „Verstehen Sie das bitte nicht als Kritik. Es interessiert mich nur."

„Ja, ich weiß." Aber zum zweiten Mal in einer Woche sah sie sich einem Spiegel gegenüber, in den sie nicht so gern hineinschaute.

Halte dein Herz offen, ermahnte sie der Heilige Geist erneut.

„Ich kenne mich ein wenig in der Geschichte West Michigans aus", erklärte Logan. „Das Motto meines Schwiegervaters und der Einheimischen lautet: ‚Wenn du kein Holländer bist, gehörst du nicht dazu.'"

Kit hatte diesen Insiderwitz oft zu hören bekommen – manchmal mit dieser kleinen, hinter einem Lächeln versteckten Spitze. Als sie und Robert als frisch verheiratetes Ehepaar von Ohio nach Kingsbury gezogen waren, hatten sie keine Ahnung gehabt, dass das holländische Erbe eine so wesentliche Rolle für die Kultur von West Michigan spielte. „Vielleicht müssen wir ein ‚van' oder ‚van der' vor den Namen Simpson setzen", hatte Robert gewitzelt.

Logan trank einen Schluck aus seiner Wasserflasche. „Ich habe Kontakt zu einigen Freunden aus dem Seminar in Grand Rapids, die sich gegen den Rassismus einsetzen. Sie versuchen vor allem, Pastoren von Gemeinden mit überwiegend weißen Mitgliedern anzusprechen, und bemühen sich, das Bewusstsein für den latenten Rassismus in unserer Gesellschaft zu wecken und sich dafür einzusetzen, dass wir unsere Verantwortung wahrnehmen und uns für Versöhnung und Erneuerung starkmachen. Nicht nur für eine scheinbare Diversität, die uns ein gutes Gefühl gibt. Wir dürfen vor der richtig schweren Arbeit nicht zurückschrecken und den Finger auf die dahinterliegenden Muster der Sünde, des Widerstands und der Angst legen. Wir brauchen eine nachhaltige kulturelle Veränderung. Glauben Sie mir, ich bin nicht naiv und kenne die Herausforderungen einer solchen Aufgabe. Aber ich frage mich, wie offen das Kuratorium wohl für einen solchen Schwerpunkt in der Arbeit hier wäre. Würde es Angebote befürworten, die speziell ethnische Gerechtigkeit zum Thema haben? Ist hier Raum für schwierige Auseinandersetzungen?"

Kit zwang sich, ihm in die Augen zu sehen. „Das war bisher nicht unser Fokus, Logan. Aber nicht, weil sich das Kuratorium solchen Ideen oder Empfehlungen verweigert hätte, sondern weil das nicht auf meiner Prioritätenliste stand."

Einen Augenblick lang war sie versucht, eine Erklärung dafür zu geben, die Arbeit zu verteidigen, die sie im New Hope-Zentrum getan hatte. Selbst wenn spezielle Themen zu Kultur und Gesellschaft mehr im Mittelpunkt gestanden hätten, ihr Anliegen war es, Menschen die Liebe und Gnade Gottes nahezubringen und ihnen Hilfestellung zu geben, so darauf zu reagieren, dass das ganze Leben verändert wurde – das eigene und das Leben der Gemeinschaft – und dass Heilung und Veränderung möglich wurden.

Aber das behielt sie für sich. „Ab und zu haben wir Workshops und Seminare zum Thema Gerechtigkeit angeboten", erklärte sie stattdessen, „aber immer unter dem Hauptgesichtspunkt des geistlichen Wachstums. Und hin und wieder waren wir auch Gastgeber für einen öffentlichen Austausch über lokale und globale Bedürfnisse. Aber während meiner langen Amtszeit hier hatten wir nie einen Kurs, der speziell Rassismus zum Thema gehabt hätte." Sie hielt inne. „Und dafür bin allein ich verantwortlich."

In seiner Miene lag keinerlei Verurteilung. „Ich verstehe", sagte er. „Ich fange gerade erst an, mir meine eigene Blindheit und Mitschuld an der gesellschaftlichen Situation einzugestehen. Meine Arbeit in Tulsa in den letzten Jahren hat mir die Augen dafür ein wenig geöffnet, aber ich habe immer noch sehr viel zu lernen. Immer, wenn ich in unserer Gemeinde versuche, ein Gespräch über Gerechtigkeit zwischen verschiedenen ethnischen Gruppen anzustoßen, laufe ich gegen eine Wand. Da spüre ich großen Widerstand und große Angst, nicht nur vonseiten der Gemeinde, sondern auch von den Mitarbeitern. Und da ich nicht der leitende Pastor bin, kann ich nicht viel tun, um auf Gottes Drängen zu reagieren – zumindest nicht auf organisatorischer Ebene. Das ist einer der Gründe, warum ich eine Veränderung anstrebe. Ich habe das Gefühl, ich brauche irgendwo einen Neuanfang, damit ich mich weiterentwickeln kann."

Ein leises Klopfen an der Tür ließ Katherine zusammenfahren. Bevor sie aufstehen konnte, um zu sehen, wer vor der Tür stand, ging die Tür vorsichtig auf, und Bill sagte: „Ich unterbreche nur sehr ungern, aber Logan hat noch einen Termin, und wir müssen los."

„Geben Sie uns noch ein paar Minuten, bitte", erwiderte sie. „Wir sind fast fertig."

Bill warf einen Blick auf seine Uhr und schloss die Tür.

Logan senkte die Stimme. „Ich möchte gern das tun, was ich als den Willen Gottes erkenne. Vielleicht ist das nicht mehr, als mit meinem Background von Sponsoren neue Initiativen zu unterstützen. Und ich würde gern die Kooperation mit den Behörden und Partnern hier am Ort fördern und gemeinsam mit ihnen die Schwierigkeiten anpacken. In diesem Zentrum hier steckt viel Potenzial, wenn das Kuratorium offen dafür ist. Sie sagen, das sei so. Aber ich war nicht sicher, ob das, was die Mitglieder des Kuratoriums mir gesagt haben, ernst gemeint ist oder ob sie mir nur nach dem Mund reden. Darum ist mir an Ihrer ehrlichen Meinung gelegen."

Sie musterte sein ernstes Gesicht. „Ich habe nie erlebt, dass meine Programmvorschläge abgelehnt worden wären. Wenn das Kuratorium Ihnen gesagt hat, dass es offen für Ihre Vision ist, dann können Sie das auch so annehmen, denke ich. Selbst wenn es unbequem wird."

„Nun, das ist eigentlich schon vorprogrammiert", erwiderte er. „Aber wenn wir zumindest schon mal erkennen, wo wir ansetzen können, wo wir abwehren oder verteidigen müssen, dann ist das doch ein Anfang, nicht?"

„Ja. Ein sehr guter Anfang."

Wie gut, dass ihr noch viel Zeit blieb bis zu ihrem ersten Begleitgespräch an diesem Tag. Diese Begegnung mit Logan hatte ihr viel Stoff zum Nachdenken gegeben – zum Beispiel über ihre eigene abwehrende Reaktion.

„Bitte verstehen Sie mich nicht falsch", sagte er. „Meine Vision soll nicht ersetzen, was das New Hope-Zentrum bereits für die Gemeinschaft hier leistet. Ich sehe einfach nur Potenzial für mehr."

„Das höre ich gern." Kit senkte den Blick auf ihre Hände. Scham über ihr eigenes Versagen und das, was sie übersehen hatte, stieg in ihr hoch. Und wenn sie ehrlich war, musste sie zugeben, dass ihre Reaktion zum Großteil mit ihrer eigenen Schuld und ihrem Unbehagen zusammenhing. Auch das war sehr selbstzentriert. Noch etwas, das sie Gott im Gebet bekennen musste.

„Wissen Sie, wie der Heilige Geist mich aufgerüttelt und mir geholfen hat, dieses Problem zu erkennen?", fragte er. „Vor etwa einem Jahr traf ich mich mit einigen Pastoren und leitenden Mitarbeitern der Gemeinde, und beim Mittagessen unterhielt ich mich mit einem von ihnen, einem afroamerikanischen Pastor, den ich schon lange nicht mehr gesehen hatte. Ich fragte ihn, wie es ihm gehe. Er erzählte mir, er habe gerade mit seinem zehnjährigen Sohn ‚das Gespräch‘ führen müssen. Ich lächelte und erwiderte, ich würde mich noch gut daran erinnern, wie mein Vater dieses Gespräch mit mir geführt habe und wie unbehaglich wir beide uns dabei gefühlt hätten, und dass ich mich nicht darauf freuen würde, es mit meinem Sohn Eli führen zu müssen. Er hörte mir zu und korrigierte mich behutsam. Er meinte nicht das Gespräch über Sex. Er meinte das Gespräch, das schwarze Eltern seit Generationen mit ihren Söhnen führen müssen, ein Gespräch, von dem ich noch nie gehört hatte, und seine Augen waren erfüllt von Schmerz, als er mir schilderte, wie die Lippen des kleinen Jungen gezittert hätten, als er ihn darüber aufklärte, dass einige Leute ihn als Bedrohung empfinden würden, je älter und größer und stärker er werde. Einige Leute würden Angst vor ihm haben. Und er werde stets darauf achten müssen, niemals die Kapuze über den Kopf zu ziehen oder die Hände in die Taschen zu stecken, wenn er in einem Laden Süßigkeiten kaufen wolle.“

Hier ging es nicht um ihr Entsetzen, ermahnte sich Kit. Ihre Gefühle waren nebensächlich. Sie bemühte sich, Logan ihre volle Aufmerksamkeit zu schenken. Hier ging es nicht um ihr Unbehagen oder ihre Unwissenheit. Aber während er mehr von diesem Vater-Sohn-Gespräch erzählte, musste sie an Mara denken, und sie fragte sich, ob sie wohl ähnliche Gespräche mit Jeremy geführt hatte, als er noch klein war. Zwar hatte Mara häufig über ihre Sorge um ihn gesprochen, doch in all den Jahren, in denen Kit ihre geistliche Begleiterin gewesen war, hatte sie ihr gegenüber niemals erwähnt, wie es eigentlich war, als weiße Frau einen Sohn mit dunkler Hautfarbe großzuziehen. In Kingsbury. Und Kit hatte sie nie danach gefragt. Der Gedanke, welchen Schmerz oder welche Ängste Mara wohl erlebt haben mochte, während Jeremy immer größer und älter wurde, war ihr nie in den Sinn gekommen.

„Später gestand er mir", fuhr Logan fort, „er könne nicht genau sagen, warum er mir gegenüber so offen gesprochen hätte, warum er sich gedrängt gefühlt hätte, so ehrlich zu sein. Denn wir hätten auch ganz normalen Small Talk führen können, wie man das bei einer spontanen Begegnung so macht. Aber ich habe mich geehrt gefühlt, dass er mir das anvertraut hat. Und ich sagte ihm, der Heilige Geist habe ihm diese Worte wohl in den Mund gelegt, weil dieses Gespräch, von Bruder zu Bruder, von Vater zu Vater, mich tief betroffen gemacht habe auf eine Weise, wie es die Geschichten aus den Nachrichten nicht vermochten. Davon konnte ich mich distanzieren, mein wohlbehütetes kleines Leben weiterleben, mir selbst vormachen, wir hätten alle Fortschritte gemacht und den Rassismus in unserer Gesellschaft überwunden. Aber bei dem Gespräch mit ihm an jenem Tag spürte ich seinen Schmerz und seine Angst …" Logan umklammerte seine Wasserflasche. „Die Wahrheit ist, ich mache mir auch Sorgen um meine Kinder. Aber nicht wegen ihrer Hautfarbe. Und allein die Tatsache, dass ich gar nicht darüber nachzudenken brauche, zeigt, wie privilegiert ich bin. Und das hat mir die Augen geöffnet."

Er schwieg und wirkte nachdenklich. „Ich weiß, dass meine Stimme in solchen Diskussionen keine wichtige sein wird", sagte er nach einer Weile. „Aber wenn wir unsere Gaben und Ressourcen einsetzen, um die Gelegenheit zu schaffen, dass unterschiedliche Stimmen sprechen und gehört werden können – wirklich gehört und verstanden werden –, dann ist das auch ein Anfang." Er stellte seine Flasche auf den Boden. „Würden Sie noch für mich beten, Katherine?"

Ihre Kehle schnürte sich zusammen. *Immer wieder fangen wir neu an*, dachte sie und ergriff seine Hand.

Teil 2

AUS DER DUNKELHEIT

Gott, der sprach: „Es werde Licht in der Finsternis",
hat uns in unseren Herzen erkennen lassen,
dass dieses Licht der Glanz der Herrlichkeit Gottes ist,
die uns im Angesicht von Jesus Christus sichtbar wird.
Doch diesen kostbaren Schatz tragen wir in zerbrechlichen Gefäßen,
nämlich in unseren schwachen Körpern.
So kann jeder sehen, dass unsere Kraft ganz von Gott kommt
und nicht unsere eigene ist.
2. Korinther 4,6–7

15

Ich habe es dir doch gesagt!", rief Sarah am Telefon, nachdem Kit ihr von ihrem Gespräch mit Logan erzählt hatte. „Ich habe dir gesagt, dass er zuverlässig ist."

Kit lehnte sich in ihrem Verandastuhl zurück und schaute zu den Ästen hoch oben in der Kastanie auf dem Nachbargrundstück, durch deren dichtes Blätterwerk einzelne Sonnenstrahlen drangen. „Ja, das hast du. Aber ich war so sehr beschäftigt mit meinen eigenen Erwartungen und Befürchtungen, dass ich blind war für die Gaben, die er einbringt. Und die unterscheiden sich sehr deutlich von meinen." Nachdem Logan sich von ihr verabschiedet hatte, war sie für eine halbe Stunde in die Kapelle gegangen, um zu beten. Aber da war noch viel mehr zu verarbeiten. Zum Glück hatte sie für Montag ein Supervisionsgespräch mit Russell vereinbart.

„Logan hat mich gefragt, ob es in Ordnung ist, wenn er morgen an dem Kurs teilnimmt, und ich habe gesagt, das sei kein Problem. Er wird genau das vorfinden, worüber wir heute gesprochen haben. Sehr wenig Diversität bei Alter und Geschlecht und in Bezug auf die ethnische Zugehörigkeit gar keine."

Kit schloss die Augen. Was glaubte sie denn, zu Gesprächen über ethnische Zugehörigkeit und Gerechtigkeitsthemen beitragen zu können? Und schon gar in ihrem Alter? Die Gaben einer Prophetin besaß sie nicht. Sie hatte sich immer als Ohr am Leib Christi gesehen, als jemand, der aufmerksam zuhörte und das an Weisheit weitergab, was Gott ihm schenkte. Ihre Aufgabe war es, anderen Mut zu machen, Gottes Liebe, seiner Gnade und Treue zu vertrauen. Aber war sie in dem, was sie vermittelte, sorgfältig genug und ermutigend gewesen, sodass die Menschen, denen sie diente, durch die ihnen zuteilgewordene Liebe Gottes dahin wachsen konnten, auch andere großherzig zu lieben? Oder hatte sie mit ihrem Werben für Selbstprüfung im Gebet nur die Art der Selbstzentriertheit und des geistlichen Narzissmus verstärkt, über die Logan und sie gesprochen und die sie beide beklagt hatten?

„Ich weiß, was du gerade machst, Mama: Du quälst dich mit Zweifeln. Weil Logan diese Fragen gestellt hat, hinterfragst du deine eigene Arbeit, nicht?"

„Nicht alles. Nur einen Teil davon."

„Nun, lass nicht zu, dass der Feind dich runterzieht."

„Das tue ich nicht. Ich spreche Gott gegenüber nur ehrlich aus, was ich sehe. Ich sage ihm, dass ich es nötig habe, mich mit meiner Hartherzigkeit und Blindheit auseinanderzusetzen. Was immer das auch erfordert."

„Okay, das ist verständlich", erwiderte Sarah. „Aber sich vom Geist Gottes einen Schritt hin zu etwas Neuem führen zu lassen, bedeutet nicht, dass du deine bisherige gute Arbeit abwertest. Du bist doch diejenige, die immer sagt: Wir erkennen, was wir erkennen müssen, wenn der Geist es offenbart."

Richtig, dachte Kit. Das Licht ist immer ein Geschenk und deckt auf, was in der Dunkelheit lauert. Aber manchmal tut das Licht in den Augen weh.

„Und was den Einsatz für andere angeht", fuhr Sarah fort, „so hat der viele unterschiedliche Formen. Dein Dienst galt den Menschen, die geistlich arm sind. Die spirituell gefangen sind. Du hast Menschen, die unter Lasten von Sünde, Reue und Schmerz litten, eine befreiende Botschaft gesagt. Du brauchst also keine Schuldgefühle zu haben, weil du eine bestimmte Berufung oder bestimmte Gaben nicht hast. Gott hat uns allen unterschiedliche Aufgaben gegeben."

Das war wieder Sarahs Lehrerinnenstimme. Widerspruch würde sie nicht dulden. Sie würde nicht zuhören, wenn Kit ihre Gefühle in Bezug auf das, was ihr klar geworden war, erklären wollte – oder ihre Verwirrung, weil sie nicht wusste, wie sie mit den neuen Erkenntnissen umgehen sollte. Darum erwiderte sie nur: „Danke, Schatz. Ich weiß deine Ermutigung zu schätzen."

„Und noch eins", fuhr Sarah fort.

Kit blickte wieder hoch in die Krone der Kastanie.

„Es ist ja nicht so, dass es in Kingsbury jede Menge unterschiedliche Ethnien gäbe, Mama."

„In einigen Wohngegenden nicht, nein. Trotzdem gibt es sie. Und ich hätte durchaus versuchen können, in den Kursen, die ich angeboten habe, mehr Diversität zu fördern."

„Du hast doch niemanden ausgeschlossen", betonte Sarah.

„Nein, aber ich habe auch nicht bewusst eingeladen. Manchmal begehen wir einfach die Sünde der Unterlassung." Und die, so schien es, war sehr schwer zu erkennen.

Logans Worte fielen ihr wieder ein. „So wie ich das sehe", hatte er gesagt, nachdem Kit ihm für das Gespräch gedankt hatte, „geht es beim Thema Gerechtigkeit darum, das anzustreben, was Paulus ‚den alles übertreffenden Weg der Liebe' nennt. Wir müssen konkret werden lassen, was wir glauben, und eingestehen, wo wir unsere Nächsten nicht geliebt haben, wie wir selbst geliebt wurden – vor allem, wenn unsere Nächsten so ganz anders sind als wir. Es geht darum, zu erkennen und zu bekennen, dass uns unsere eigene Bequemlichkeit wichtiger war, dass wir uns eher dafür eingesetzt haben, den Status quo zu erhalten und zu verteidigen, und dass wir den Menschen, die sich nicht so entwickeln, wie Gott sich das wünscht, nicht unsere Aufmerksamkeit geschenkt haben." Dann, nach einer kurzen Pause, hatte er hinzugefügt: „Ändern Sie alle diese ‚Wir'-Aussagen in ‚Ich'-Aussagen. Denn all das trifft auf mich zu. Und wie werde ich jetzt, nachdem ich das erkannt habe, reagieren? Das ist doch die Frage hier, nicht? Wenn ich sage, ich habe das erkannt, was tue ich dann mit dem, was ich erkannt habe?"

Und das, dachte Kit, während sie sich von Sarah verabschiedete, gehörte auch zum Thema eines verantwortlichen Umgangs mit anvertrauten Gaben.

Nachdem Wren am Samstagmorgen im New Hope-Zentrum den Tisch mit Snacks und Getränken aufgebaut hatte, ging sie hinaus in den Garten und fand Kit auf der Bank an ihrem Erinnerungsplatz. Kit hatte ihr kleines Holzkreuz in der Hand. „Störe ich?"

„Nein, ganz und gar nicht", erwiderte Kit. Aber ihr Lächeln wirkte müde, als sie zur Seite rutschte.

Wren setzte sich neben sie. „Was kann ich sonst noch tun?" „Die Mülleimer sind geleert? Die Toiletten sauber? Der Tisch für die Registrierung steht in der Lobby?"

„Ja, alles fertig." Nachdem sie erfahren hatte, dass Logan an dem Kurs teilnehmen würde, hatte sie alles noch einmal überprüft.

„Dann sind wir wohl fertig", meinte Kit. „Zumindest hoffe ich das." Und wieder dieses erschöpfte Lächeln. Seit dem Zwischenfall mit der Polizei schien sie nicht mehr so recht sie selbst zu sein. Aber wenn Wren fragte, ob es ihr gut gehe, gab sie ihr immer die gleiche Antwort: „Nur müde." Wren hatte gehofft, Kit würde ihr mehr über ihr gestriges Gespräch mit Logan erzählen, aber sie schien nicht mehr sagen zu wollen als: „Ich glaube, er hat viele besondere Gaben, die wir hier gut gebrauchen können." Wren hatte nicht nachgehakt.

„Und dir geht es auch wirklich gut, Kit?" Es konnte nicht schaden, noch einmal zu fragen.

Kit atmete langsam ein und wieder aus. „Ich habe gestern Nacht nicht gut geschlafen. Ich habe einfach keine Ruhe finden können. Und jetzt habe ich Zweifel an dem, was ich für heute vorbereitet habe. Aber ich bin nicht sicher, ob es Gott ist, der mich in eine andere Richtung drängt, oder ob es nur meine eigene Müdigkeit und meine Sorgen sind oder mein Ego und meine Eitelkeit, die sich melden."

Wren reagierte mit einem leisen Schnauben. „Katherine Rhodes, ich kenne niemanden, der weniger eitel ist als du."

„Ach Liebes, du hast ja keine Ahnung. Wenn ich dir den Eindruck vermittelt habe, ich sei frei davon, dann ist das nur ein weiterer Hinweis auf meinen Dünkel."

„Was meinst du? Dünkel? Was soll das sein?" Sie konnte sich nicht erinnern, dieses Wort schon einmal gehört zu haben.

Kit strich langsam mit dem Daumen über das Kreuz. „Das bedeutet, dass man sein gutes Ansehen nach außen aufrechterhalten will. Eine der sogenannten Todsünden."

„Wenn es das bedeutet", meinte Wren, „dann bekenne ich mich auch schuldig. Und zwar im Höchstmaß. Mir ist es viel zu wichtig, was die Leute über mich denken."

Kit sah sie an. „Einen guten Ruf haben zu wollen ist nicht verwerflich. Problematisch wird es, wenn wir daraus unsere Identität, Sicherheit und unseren Wert ableiten, wenn wir vor nichts zurückschrecken, um uns die Billigung oder den Applaus anderer zu sichern, nicht einmal vor Täuschung und Manipulation, um diese gute Meinung zu erhalten."

„Wenn wir eine Maske tragen."

„Ja. Und zwar die Maske, die gerade in der jeweiligen Situation passt."

Wren beobachtete, wie Kit das Kreuz in ihrer Hand drehte. „Ich sehe das aber immer noch nicht in dir, Kit. Und ich glaube auch nicht, dass du mich mit einer wirklich guten Maske getäuscht hast."

Kit dankte ihr. „Aber ich hatte viele Jahre Zeit, dieses Problem zu erkennen und beim Namen zu nennen. Die Gefahr besteht, dass du, wenn du deine Sünde und Schwächen vor anderen bekennst und dagegen ankämpfst, möglicherweise versuchst, andere mit deiner Demut zu beeindrucken. Das ist die Schwierigkeit dabei." Sie lächelte leicht. „Ich sage das aus persönlicher Erfahrung, nicht als hypothetische Möglichkeit."

Wren umklammerte die Kante der Bank. „Und was wirst du nun tun? Wie kannst du dich davon befreien?"

Das Kreuz lag ruhig in Kits Hand. Ihr Blick wanderte in den Garten. „Ich werde es vor Gott bringen. Wie immer, wenn ich merke, dass ich abzugleiten drohe. Und mich dann darin üben, von ihm die Liebe und Anerkennung anzunehmen, die ich von anderen zu bekommen versuche. Das ist eigentlich das Heilmittel für alle unsere durcheinandergeratenen Wünsche – in tiefen Zügen die Liebe Gottes in uns aufzunehmen."

Sie würde einen Weg finden müssen, das zu praktizieren, dachte Wren, während sie beobachtete, wie einige Spatzen in einem Vogelbad in der Nähe herumplantschten. Das konnte man viel zu leicht vergessen, viel zu leicht aus dem Blick verlieren.

„Du kannst gern auch am Kurs teilnehmen", sagte Kit nach einer Weile. „Wir werden heute über den Umgang mit Trauer und Leid sprechen. Es sei denn, Gott sagt mir noch etwas anderes." Sie legte das Kreuz auf die Bank und warf einen Blick auf ihre Uhr. „Allerdings hat er jetzt nicht mehr viel Zeit, mich in eine andere Richtung zu lenken. Trotzdem werde ich aufmerksam bleiben."

Wren nahm dies als ihr Stichwort zu gehen. „Ich werde für dich beten", versprach sie, und Kit dankte ihr noch einmal.

Als sie den Garten verließ, warf Wren einen Blick über die Schulter. Kit saß noch immer auf der Bank, den Kopf in die Hände gestützt wie der alte Mann in Vincents *Worn Out*.

Durch die geöffnete Tür ihres Ateliers hörte Wren Hannahs angenehme Altstimme und Nathans herzliches Lachen in der Lobby. Sie schienen gerade angekommen zu sein.

Vielleicht würde sie den Gottesdienst morgen in der Wayfarer-Gemeinde besuchen und nicht den in Willow Springs. Vielleicht wäre ja auch Chris da. Und wenn sie ihn sähe, würde sie vielleicht beiläufig erwähnen, dass sie ihm eine SMS geschickt hatte, die er anscheinend nicht bekommen hatte, aber das wäre nicht schlimm. Sie würde Casey halt so vermissen. Und er würde dann bestimmt sagen: „Ja, das verstehe ich."

Sie pustete eine Staubflocke aus der Ecke ihrer Staffelei, auf der ihr Sonnenblumenbild stand. Die Blätter brauchten nur noch mehr Konturen und die Deckblätter etwas mehr Schatten, dann würde sie ihren Namenszug daruntersetzen und wäre fertig. Dann könnte sie ein neues Projekt in Angriff nehmen. Vielleicht sogar das Triptychon mit dem Kardinal in der Mauser.

Aus der Lobby drang eine Männerstimme zu ihr, die sie erkannte. „Ich bin heute nur zu Besuch hier", sagte Logan. Wren fragte sich, ob das Kuratorium sich für die Neugierigen wohl eine Geschichte ausgedacht hatte, die den eigentlichen Grund seiner Anwesenheit verschleiern sollte. Aber vielleicht war die Entscheidung ja auch bereits gefallen, und seine Identität konnte ruhig bekannt werden.

Sie schaute aus dem Fenster. Erstaunlich, wie sehr sich die Sonnenblumen in nur wenigen Tagen verändert hatten. Sie könnte sie ja auch in den anderen Lebensphasen malen, so wie Vincent es getan hatte. Und wenn die Köpfe vom Gewicht der Kerne heruntergezogen wurden, würde sie die Kerne aufsammeln und neu pflanzen. Wenn nicht im New Hope-Zentrum, dann vielleicht im Garten von Willow Springs.

An ihrem Arbeitstisch schlug sie einen ihrer Bildbände über van Gogh auf und suchte die Seiten mit den Sonnenblumen. Die Blütenblätter seiner abgeschnittenen Blumen sprühten vor Leben. Oder waren die Blumen in dem Augenblick, in dem sie vom Stamm abgeschnitten wurden, eigentlich schon tot? Vincent hatte sie in ihrem letzten Ausbruch von Lebendigkeit gemalt, sogar, als sie in der Vase bereits zu welken begannen. Vor ihren Augen zerfielen sie. *Ein memento mori*, hatte einer ihrer Professoren in Kunstgeschichte über Vincents Sonnenblumensammlung gesagt. *Bedenke, dass du sterben musst.*

Sie beugte sich vor und schaute genauer hin.

Und lass dir das eine Mahnung sein, wie du dein Leben lebst.

Sie fand diese Botschaft nicht morbide oder deprimierend; sie fand eher Trost darin. Weil die Verheißung des Lebens blieb – selbst in den toten Blumen. Für diejenigen, die Augen hatten, um zu sehen, war die Hoffnung des Lebens in den toten Blumen sogar noch deutlicher sichtbar. Weil sie es waren, die den Samen verteilten.

Ja, dachte sie. Es lag eine Verheißung des Lebens darin: in dem sich mausernden Kardinalsvogel wie auch in den sterbenden Sonnenblumen. Es gab einen Zusammenhang zwischen den Bildern. Kit hatte ihr beschrieben, wie die Stoppelfedern und die widerstandsfähige

Hülle das Wachstum der empfindlichen neuen Federn schützten. Das erinnerte sie an die Samenhülle, die den zarten Embryo im Innern umgab.

Das könnte eine interessante visuelle Gegenüberstellung werden: Stoppelfedern und Samen. Damit könnte sie spielen. Vielleicht würde sie ihren kahlen Kardinal umgeben von Sonnenblumensamen malen. Wie er die Sonnenblumenkerne pickte. Mochten Kardinalsvögel Sonnenblumenkerne?

„Hallo, guten Morgen", rief eine Stimme von der Tür aus. Erschrocken fuhr sie zusammen und wirbelte herum. „Ach du meine Güte", sagte Logan, „schon wieder meine Schuld. Ich wollte Sie nicht erschrecken."

Ihre Hand glitt von ihrem Hals zum Ärmel ihres T-Shirts. „Guten Morgen, Logan."

Ohne eine Einladung abzuwarten, betrat er ihr Atelier. „Sie sind Wren, richtig?"

„Ja." Schnell klappte sie ihr Kunstbuch zu.

Das Deckenlicht spiegelte sich in seinen polierten Schuhen, während er sich in dem Raum umschaute. „Ein hübsches Atelier. Sie sind Künstlerin und haben den Raum gemietet?"

„Nein, ich bin die Reinigungskraft. Aber Katherine hat mir erlaubt, in meiner Freizeit hier zu malen."

„Ach ja, richtig. Bill hat so etwas erwähnt." Sein Gesichtsausdruck ließ darauf schließen, dass er mehr wusste, als er sich anmerken ließ. Er deutete auf ihre Staffelei. „Ist das Ihre Arbeit?"

Sie widerstand dem Drang, sich vor ihr neuestes Gemälde zu stellen, um es vor seinen neugierigen Blicken zu schützen, und entschied sich für ein einfaches, vernünftigeres „Ja".

Ohne um Erlaubnis zu bitten, schlenderte er auf das Gemälde zu und blieb davor stehen. Mit einer Hand in der Hosentasche wanderte sein Blick zwischen dem Gemälde und dem Garten hin und her. „Ziemlich gut", sagte er und warf einen Blick über die Schulter zurück zu ihr. „Sie arbeiten also stundenweise hier?"

„Ja."

„Weil Sie noch einen anderen Job woanders haben oder …?“

Sie rieb sich den Hals. „Hier gibt es nicht genug Arbeit, darum. Ja, ich habe zwei Stellen.“

„Aha, okay.“ Er schien darüber nachzudenken und sah wieder aus dem Fenster.

Wren wünschte, sie könnte ihre Leinwand vor weiteren prüfenden Blicken schützen und sie sich an die Brust drücken, damit er nur die Rückseite sehen konnte, aber die Farbe war noch nicht getrocknet.

„Hallo, Wren!“, rief Hannah und spähte durch den Türspalt. Aus einem unerklärlichen Grund war Wren den Tränen nahe und wäre gern zu ihr gelaufen. *Reiß dich zusammen*, ermahnte sie sich und ging auf ihre Pastorin zu, um sie zu umarmen.

Logan ging an ihnen vorbei aus dem Raum und entschuldigte sich mit einem Winken und einem: „Bis später!“

„Ist das ein Kandidat für Katherines Job?“, fragte Hannah, nachdem er Richtung Lobby verschwunden war.

Sie nickte.

„Alles in Ordnung, Wren?“

Sie war nicht sicher. Aber sie wusste nicht, warum sie das nicht so genau sagen konnte. „Ich denke schon.“ Sie nahm ihre Tasche. „Darf ich mich zu euch setzen?“

„Wir freuen uns, wenn du bei uns sitzt“, erwiderte Hannah und begleitete sie durch den Flur.

Der Tisch in der Ecke neben der Tür war der ideale Platz, um nicht aufzufallen, gleichzeitig hatte man von hier aus die anderen Leute im Raum gut im Blick. Wren fragte sich, ob das der Grund war, warum Hannah so gern dort saß. Ihre Pastorin schrieb eifrig etwas in ihr Notizbuch, doch ihr Blick wanderte auch immer wieder zum letzten Tisch auf der anderen Seite des Ganges, wo Logan neben Russell saß und immer wieder zum Handy griff. Hannahs Gesichtsausdruck sagte ihr, dass sie seinen Mangel an Höflichkeit nicht billigte.

„Ein guter Umgang mit dem Schmerz", sagte Kit gerade, „bedeutet, unseren Kummer beim Namen zu nennen. Denn wenn wir ihn leugnen oder herunterspielen, stellen wir uns an die Seite des Vaters der Lügen mit seiner Täuschung. Wenn wir uns weigern, die Wahrheit in Bezug auf unser Leid anzuerkennen, oder versuchen, unser Leid und unsere Trauer auf eine Größe herunterzuschrumpfen, die wir handhaben und kontrollieren können, ist das zutiefst menschlich. Aber wir stärken damit nur unser falsches Ich. Selbstgenügsamkeit und Selbstvertrauen, diese vermeintlich großartigen Werte, mit denen wir uns selbst an den Haaren aus dem Sumpf ziehen wollen, sind Anzeichen für Stolz."

Sie nahm ihre Bibel vom Pult und blätterte darin. „Ich möchte vorlesen, was Paulus über seinen Schmerz sagt, wie er ehrlich und verletzlich die Ursache seines Leids beim Namen nennt. Hören wir, was er im 2. Korintherbrief schreibt: ‚Liebe Freunde, ihr sollt wissen, welche Schwierigkeiten wir in der Provinz Asien aushalten mussten. Wir haben wirklich Vernichtendes erlebt, sodass wir schon glaubten, nicht mit dem Leben davonzukommen. Wir haben dem Tod ins Gesicht gesehen. Doch auf diese Weise haben wir gelernt, nicht auf uns selbst zu vertrauen, sondern auf Gott, der die Toten auferweckt.'"[2]

Sie blickte von ihrer Bibel hoch. „Stellen Sie sich das vor: Der große Apostel fühlte sich so überwältigt und niedergedrückt von seinem Leid, dass er verzweifelte – das griechische Wort hier bedeutet, vollkommen verloren zu sein und keinen Ausweg zu sehen. Paulus und seine Weggefährten fühlten sich so vollkommen am Boden zerstört, dass sie am Leben verzweifelten. Entspricht das etwa dem, was viele immer wieder behaupten: ‚Gott mutet dir nie mehr zu, als du tragen kannst'? Nein, wir dürfen überwältigt sein und sind eingeladen, unser Leid zu bekennen."

Ein Raunen ging durch den Raum.

„Wenn wir unsere Lebensumstände immer bewältigen könnten", fuhr Kit fort, „wozu brauchen wir dann Gott? Nein, wenn uns alles zu viel wird, dürfen wir mit Paulus sagen: ‚Was ich zu tragen habe, ist so schwer, dass es über meine Kraft geht. Ich habe keine menschliche

Kraft, keine Hilfe mehr, auf die ich mich verlassen kann. Und deshalb werde ich nicht auf mich selbst oder meine eigene Kraft vertrauen, sondern ich will auf den Gott vertrauen, der die Toten zum Leben erweckt.'"

Aus den Augenwinkeln heraus beobachtete Wren Logan. Er hatte die Hände auf dem Tisch gefaltet. Kits Blick wanderte unterdessen durch den Raum. Diesen Ausdruck in ihren Augen kannte Wren. Denselben Ausdruck hatte sie gesehen, als Kit im Frühling ein Seminar zum Thema Klage geleitet hatte.

Kit lauschte, das merkte Wren. Sie hörte, ob der Heilige Geist von ihr wollte, dass sie über ihre persönliche Erfahrung sprach. Obwohl Logan im Raum war. Vielleicht war er der Grund, warum sie ihre Vorbereitung für den Vormittag infrage gestellt hatte.

Jetzt deutete Kit auf ihre Bibel. „Wenn Ihre Last jemals so schwer gewesen ist, dass Sie kaum Luft bekamen und sich nicht haben vorstellen können, jemals wieder richtig atmen zu können ... Wenn Sie jemals am Leben verzweifelt sind, ungeachtet der Umstände, die Sie in diese Situation gebracht haben, dann sind Sie in guter Gesellschaft." Sie hielt inne. „*Ich* bin in guter Gesellschaft. Und mich tröstet dieser Bericht über den inneren Weg, den Paulus zurückgelegt hat. Ich bin so dankbar, dass er ehrlich über seine Empfindungen gesprochen hat."

Gefährten in Leid und Verzweiflung, dachte Wren. Und im Trost. Der Ausdruck auf einigen anderen Gesichtern sagte ihr, dass sie und Kit nicht allein waren, sondern auch andere die Gefühle des Apostels nachempfinden konnten.

Kit blätterte ein paar Seiten in ihrer Bibel um. „Bevor wir uns den Rest dieses Abschnitts gemeinsam anschauen, machen wir eine kurze Pause für persönliche Reflexion und Gebet. Ich möchte Ihnen ein paar Anstöße geben, während Sie als ersten Schritt für den Umgang mit Schmerz ganz ehrlich benennen, was Ihnen derzeit zu schaffen macht."

Wren schaute sie an. Das war es jetzt. Ob sie so geführt worden war, ihre eigene Geschichte nicht zu erzählen, oder ob sie selbst beschlossen hatte, es nicht zu tun, der Augenblick für persönliche Offenheit war offensichtlich vorüber.

„Das Wort, das Paulus für ‚Vernichtendes‘ verwendet", erklärte Kit, „bedeutet ‚bedrängt‘. Denken Sie zurück an Situationen, in denen Sie das Gefühl hatten, unter der Last des Leids zusammenzubrechen, in denen Sie keinen Ausweg mehr sahen und das Gefühl hatten, eingeschlossen oder eingeengt zu sein. Das ist das Wort, das Paulus hier verwendet. Wie der Druck auf die Trauben in einer Weinpresse. Oder wie bei Oliven, die bei der Ölgewinnung gepresst werden. Es ist Leid von der Art, dass man sich eingeengt und niedergedrückt fühlt und nicht weiß, wie viel man noch aushalten kann. Das ist *thlipsis*. Nicht nur große Trübsal, die wir erleben können. Sondern vielleicht auch Enttäuschungen, die uns jeden Lebensmut rauben."

Als ihre Blicke sich trafen, lag in Kits Ausdruck so viel Mitgefühl, dass Wren davon überzeugt war, sie würde gleich doch noch etwas über ihre gemeinsame Erfahrung mit Depression oder Schmerz oder Verlust weitergeben.

Aber nein, das würde Kit nicht machen. Sie würde sie nicht in dieser Art bloßstellen. Nicht ohne sie zuerst um die Erlaubnis zu bitten, über ihre Geschichte sprechen zu dürfen.

Wren atmete tief durch, um sich zu beruhigen. Diese Panik, die sie in sich spürte, war vollkommen unbegründet.

„Einige von Ihnen haben in der Karwoche unseren Kreuzweg besucht", fuhr Kit fort. „Für alle von Ihnen, die diesen Teil unserer Arbeit vielleicht nicht kennen" – Wren beobachtete, wie sie Logans Blick suchte –, „seit mehr als zwanzig Jahren bieten wir den Menschen hier im Einkehrzentrum in der Karwoche die Gelegenheit, mit ausgesuchten Kunstgegenständen und Bibeltexten zu beten, die uns Jesus auf seinem Weg nach Golgatha näherbringen. In diesem Jahr haben uns die Bilder von Wren Crawford ganz besonders beschenkt." Wren erstarrte auf ihrem Platz, als sich die Augen vieler und auch die von Logan auf sie richteten. „Und während ich gebetet und überlegt habe, welches Bild wir für unsere erste Übung heute nehmen sollten, kam mir eines ihrer eindrücklichen Bilder in den Sinn."

Kit hob Wrens Bild von Gethsemane hinter dem Pult hoch. Wren umklammerte die Tischkante. Kit hatte kein Wort darüber verloren, dass sie vorhatte, eines ihrer Bilder zu zeigen. Wenn sie gewusst hätte, was Kit vorhatte, wäre sie nicht hergekommen. Sie hätte sich in ihrem Atelier eingeschlossen, bis alle weg waren und sie aufräumen musste. Ein Gemälde öffentlich auszustellen, wenn sie nicht im Raum war, war eine Sache. Aber hier zu sitzen und die Reaktionen der Leute auf ihre Arbeit zu beobachten, machte ihr Angst. Falls das ein Hinweis auf Dünkel oder Stolz war, prima. Was auch immer. Schuldig.

Kit drehte das Gemälde so, dass alle es sehen konnten. „Dieses Bild trägt den Titel *In der Kelter*. Es ist eine wundervolle Einladung zu überlegen, inwiefern wir uns bedrängt fühlen, und alles zu Gott zu bringen – wann wir uns niedergedrückt gefühlt haben, wann uns alles zu viel wurde und wir vielleicht sogar am Leben verzweifelt sind. Und es ist die Einladung, in unserer eigenen Bedrängnis die Nähe und den Trost Jesu zu finden, dessen Leib für uns geschlagen und zerbrochen wurde."

Kit sprach weiter, doch Wren hörte nicht mehr zu. In der Ecke auf der anderen Seite des Raumes griff Logan erneut zum Handy und fing an, eine Nachricht zu tippen. Sie spürte, wie Zorn in ihr hochwallte – nicht nur auf Logan, weil er sich so desinteressiert oder sogar respektlos verhielt, sondern auch auf Kit, weil sie sie in diese Situation gebracht hatte, weil sie ihr Bild der Begutachtung und vielleicht Verurteilung preisgegeben hatte. Sogar der Ablehnung.

„Alles in Ordnung?", fragte Hannah leise, nachdem Kit geendet hatte. Einige Leute schauten sich das Bild näher an. Andere fingen an, sich an ihren Plätzen Notizen zu machen.

„Ich bin nur ein wenig nervös", flüsterte sie. „Ich denke, ich ziehe mich für eine Weile in mein Atelier zurück."

„Möchtest du Gesellschaft oder wärst du lieber allein?"

Mit wem könnte sie ihre Gefühle besser verarbeiten als mit Hannah? „Gesellschaft wäre schön", erwiderte sie, und gemeinsam verließen sie den Raum.

16

L *ass los*, ermahnte sich Kit, als sie beobachtete, wie Hannah und Wren den Raum verließen.

Der Gedanke, Wren könnte nicht damit einverstanden sein, dass ihr Bild in diesem Kurs gezeigt würde, war ihr nicht gekommen. Denn sonst hätte sie es nicht mitgebracht. Oder sie hätte sie erst um Erlaubnis gebeten.

Während Kit ihre Notizen auf dem Pult ordnete, sah sie Wrens entsetzten Blick vor sich, als sie ihr Bild in die Höhe gehalten hatte. Was immer zwischen ihnen zu klären war, würde später angesprochen werden. Im Augenblick fühlte sich Kit so erschöpft, dass sie all ihre Kraft brauchte, um sich auf ihren Vortrag und die Menschen zu konzentrieren, die vor ihr saßen. Falls Wren tatsächlich überreagiert hatte und jetzt mit ihren Gefühlen kämpfte, so war ja Hannah da, die sich um sie kümmerte.

„Kann man zum Beten in den Garten gehen?", fragte jemand.

„Natürlich! Ziehen Sie sich gern dorthin zurück. Oder auch in die Kapelle."

Während andere im Raum in stille Reflexion versunken waren, tippte Logan etwas in sein Telefon. Schon wieder.

Kit spürte, wie sie sich verspannte. Schon wieder.

Während ihres Vortrags hatte er es vermutlich nicht dazu benutzt, um den Bibeltext mitzulesen oder ihre Übersetzung der griechischen Wörter zu überprüfen. Viel wahrscheinlicher war, dass er Nachrichten verfasste – obwohl sie zu Beginn des Kurses wie üblich darum gebeten hatte, die Handys auszuschalten, um Ablenkungen zu vermeiden.

Wie schwer war es wohl, einmal das Handy in der Tasche zu lassen? Falls doch eine dringende Angelegenheit seine Aufmerksamkeit forderte, hätte er auch nach draußen gehen können.

Wie als Antwort auf ihre Gedankengänge stand er auf, drückte sich das Telefon ans Ohr und verließ den Raum.

Lass los, ermahnte sie sich erneut. *Und empfange.*

Aber sosehr sie auch versuchte, ruhiger zu werden, um selbst ins Gebet und in die Reflexion zu finden, es gelang ihr nicht. Nachdem sie fünfzehn Minuten lang immer wieder hochgeschaut hatte, sobald sich die Tür öffnete, um dann festzustellen, dass es nicht Hannah oder Wren waren, traf sie eine Entscheidung. Falls sie Wren durch das, was sie getan hatte, tatsächlich verletzt hatte, dann müsste sie sofort losgehen und sie um Vergebung bitten. Bevor sie mit dem zweiten Teil des Kurses begann.

Die Flure waren leer, und Wrens Ateliertür war geschlossen. Bevor sie klopfte, lauschte sie, ob Stimmen aus dem Raum drangen. Nichts. „Wren?", rief sie leise.

Am Ende des Flurs entdeckte sie Hannah. Sie kam aus der Toilette und bog gerade um die Ecke, als Wren mit großen Augen die Ateliertür aufriss. „Hat Hannah es dir schon erzählt?"

„Was denn?"

Wren suchte den Flur ab, bevor sie die Tür hinter ihnen schloss. „Dass wir Logans Telefonat mitbekommen haben. Offensichtlich wusste er nicht, dass wir hier drin sind, und ich weiß nicht, mit wem er gesprochen hat, aber nachdem ich gehört hatte, was er gesagt hat, konnte ich auf keinen Fall ..."

Kit hob die Hand. „Moment mal. Ein privates Telefonat geht mich nichts an. Ich will davon nichts wissen ..."

„Aber er hat dich und das New Hope-Zentrum schlechtgemacht! Er sagte, er wundere sich nicht, dass die finanzielle Situation so katastrophal sei, wenn solche" – Wren malte Anführungszeichen in die Luft – „,negativen und deprimierenden' Inhalte präsentiert würden. Damit würde man bestimmt niemanden zum Spenden motivieren."

Kits Pulsschlag beschleunigte sich, und sie lehnte sich an die Kante des Arbeitstisches.

„Entschuldige", sagte Wren. „Ich hätte dir das nicht erzählen sollen."

„Du hättest nicht lauschen sollen."

„Er stand direkt vor der Tür! Wir konnten gar nicht anders, als das mit anzuhören."

„Ich wundere mich, dass Hannah da mitgemacht hat."

„Mitgemacht?", wiederholte Wren. „Wir haben nichts Unrechtes getan!"

Kit bedeutete ihr, die Stimme zu senken. „Wir können später darüber reden."

„Bitte behandle mich nicht wie ein kleines Kind."

„Das tue ich nicht. Ich sage nur, dass mir nicht der Sinn danach steht, das jetzt zu besprechen. Ich leite immer noch einen Kurs."

„Und warum bist du hergekommen?"

„Um mich bei dir zu entschuldigen, dass ich dein Bild gezeigt habe, ohne dich zu fragen."

„Auch darüber können wir später reden!" Wren riss die Tür auf und stürmte hinaus.

Sobald die Tür hinter ihr ins Schloss gefallen war, ließ sich Kit auf einen Stuhl sinken. Ihre Hände zitterten. Es gab keine Möglichkeit, all das zu klären, bevor sie zur Gruppe zurückkehren musste.

Sie schaute zur Decke hoch. Für den Augenblick müsste sie ihren Konflikt mit Wren aus ihren Gedanken verbannen. Sie würde ihr jetzt nicht nachgehen. *Lass los.* Sie stellte sich vor, wie Jesus seine Hände auf Wrens Kopf legte und einen Segen über sie sprach. *Empfange.*

Langsam rieb sie sich die Schläfen.

Was den Rest betraf ...

Sie tat einen zittrigen Atemzug.

Auch das würde warten müssen.

Hätte sie ihr Fahrrad hier gehabt, wäre Wren jetzt, so schnell sie konnte, durch die Stadt geradelt. Stattdessen stürmte sie zu Fuß durch das Wohnviertel, und jeder zornige Schritt war die Begleitmusik zu dem Streit, den sie im Kopf wieder und wieder durchspielte.

Kit hatte kein Recht, ihr solche Vorhaltungen zu machen. Sie hatte nichts Unrechtes getan. Es war nicht ihre Schuld, dass Logan so dumm war, ein privates Gespräch an einer Stelle zu führen, wo andere mithören konnten.

Seine Schuld.

In der Sekunde, in der er sich am Donnerstagabend vor sie hingehockt hatte, wusste sie, dass mit diesem Typ etwas nicht stimmte. Sicher, er hatte sich entschuldigt. Bei Kit, nicht bei ihr, aber sein Kavalierslächeln hatte gezeigt, dass er keine Ahnung hatte von den Ängsten, die sie seinetwegen ausgestanden hatte, und dass es ihn auch nicht wirklich interessierte.

Mistkerl.

Und einfach in ihr Atelier einzudringen, noch dazu ohne ihre Erlaubnis! Unaufgefordert hereinzuplatzen und sie mit indiskreten Fragen zu löchern, warum sie hier war und wie viele Stunden sie arbeitete, und was ging es ihn überhaupt an, ob sie noch woanders arbeitete?

Nichts. Wenn das Kuratorium sich für diesen Kerl entschied, würde sie nicht mehr hier arbeiten. Nicht nach dem, was er am Telefon alles gesagt hatte. Kit wusste ja nicht einmal die Hälfte davon. Weil sie ihr ins Wort gefallen war und sie ermahnt hatte. Als wäre sie ein kleines Kind.

Kit machte ihr Vorwürfe, weil sie gelauscht hatte? Nun, in ihrem Atelier war sie ja nur gewesen, weil Kit ihr Bild gezeigt hatte, ohne sie zu fragen. *Ihre* Schuld.

Ein älterer Jogger, der ausgesprochen langsam vorankam, bremste sie aus. Ihn in ihrem normalen Fußgängertempo zu überholen, kam für sie nicht infrage. Darum wechselte sie die Straßenseite.

Wenn sie es recht bedachte, war die Sache mit dem Bild nicht wirklich Kits Schuld. Auch dafür trug Logan die Verantwortung.

Hätte sie solchen Anstoß daran genommen, dass Kit ihr Bild als Gebetsanstoß für die Gruppe verwendete, wenn er nicht im Raum gesessen hätte? Die meisten Kursteilnehmer hatten es bei dem Kreuzweg bereits gesehen. Darauf hatte Hannah sie hingewiesen. „Willst du ihnen wirklich die Möglichkeit nehmen, mit einem so eindrucksvollen Bild von dir zu beten?", hatte sie gefragt. Allerdings hatte Hannah eingeräumt, dass es besser gewesen wäre, wenn Kit sie um die Erlaubnis gebeten und somit vorgewarnt hätte. Aber vielleicht, hatte sie gemeint, sei es auch gut gewesen, dass Wren nicht die Möglichkeit gehabt hätte, ihr die Erlaubnis zu verweigern.

Das war der Augenblick, in dem sie mitbekommen hatten, wie Logan direkt vor der Tür ihres Ateliers telefonierte. „Vielleicht sind hier alle irgendwie depressiv", sagte er. „Ich bin es auch, nachdem ich mir das eine Stunde lang anhören musste." Und dann hatte er gelacht und einen Witz gemacht über das Grab, das leer sei, und dass diese Neuigkeit vielleicht noch nicht zu Kit durchgedrungen sei.

Wren verfluchte ihn leise. Was, wenn Kit persönliche Details aus ihrer Geschichte erzählt hätte? Hätte er auch darüber gelacht?

Sie wurde wieder schneller.

Vielleicht war Audrey bereit, ihre Stundenzahl zu erhöhen. Sie könnte ja mal nachfragen. Wenn sie keine zusätzlichen Stunden in Willow Springs bekäme, müsste sie sich eben etwas anderes suchen. Irgendwo. Denn auf keinen Fall würde sie für Logan arbeiten. Niemals!

Kit hatte so sehr gehofft, sie könnte ihre Erregung unter Kontrolle bekommen, doch in dem Augenblick, in dem sie in den Raum zurückkehrte und Logan mit seinem Handy in der Hand sah, begann ihr Herz wieder zu rasen. Sie nahm ihr Wasserglas vom Rednerpult und hob es mit beiden Händen an die Lippen. Wasser spritzte auf ihr Kinn.

Einatmen: *Ich kann nicht.* Ausatmen: *Du kannst, Herr.*

Sie stellte das Glas ab und wischte sich mit dem Handrücken die Tropfen ab. Einatmen: *Ich kann nicht*. Ausatmen: *Du kannst, Herr*. Langsam rieb sie mit der Faust über ihre Brust. Vor und zurück. Vor und zurück. Irgendwie musste sie die Aufgabe, die ihr anvertraut worden war, zu Ende bringen, ohne sich von ihrem Zorn auf Logan gefangen nehmen zu lassen. Warum war sie denn überhaupt wütend auf ihn? Weil er Kritik geübt hatte? Respektlos gewesen war?

Ehrlich?

Sie öffnete die Hand, ihr Herz schlug immer schneller. Einatmen: *Ich kann nicht*. Ausatmen: *Du kannst, Herr*. Logan hatte ein Recht auf eine eigene Meinung. Auf seine falsche Meinung.

Aber andererseits …

Sie sog scharf die Luft ein. Was, wenn der Heilige Geist sie tatsächlich gedrängt hatte, die Richtung für diesen Kurs zu ändern? Ihr Herzschlag dröhnte in ihren Ohren.

Sie schaute die Gruppe an, die Gesichter verschwammen am Rand ihres Blickfelds.

Einatmen.

Ausatmen.

Was, wenn sie Gottes Führung nicht beachtet hatte? Einatmen.

Was, wenn sie nicht richtig hingehört hatte? – Einatmen.

Keine Zeit mehr, um die Richtung zu ändern. – Einatmen. *Ich kann nicht.*

Ihre Haut prickelte. Nein. Nicht …

Sie konnte nicht mehr schlucken. *Jesus.*

Sie klammerte sich am Podium fest. Kein Ausweg.

„Katherine?", rief jemand wie durch einen Tunnel.

Sie senkte den Kopf, und der Schweiß tropfte von ihrer Stirn. *Kämpfe nicht dagegen an.*

„Können Sie die Arme heben?"

Sie krallte die Finger in ihre Bluse.

„Können Sie die Arme über den Kopf heben?"

Zu nah. Sie versuchte, die Hand von ihrer Schulter zu schieben. Zu schwer.

„Haben Sie Schmerzen?"

In Zeitlupe sank sie auf den Boden.

„Platz machen!"

Sie krallte die Finger in den Teppich.

„Alle zurück!"

Sie drückte die Stirn auf den Boden. Kribbeln. Keuchen. *Bitte, machen Sie Platz.*

„Versuchen Sie, sich auf meine Stimme zu konzentrieren, Katherine. Ich fange jetzt an zu zählen, okay? Eins ... zwei ... drei ..."

Sie strich über den Teppich. Vor und zurück. Vor und zurück. Rau. Glatt. *Jesus.*

„Sechs ... sieben ..."

Ein oberflächliches Einatmen.

Ein zitterndes Ausatmen.

„Zehn", keuchte sie und streckte ihre geöffnete Hand aus. „Zehn."

So viel zu ihrem Plan, ungesehen in ihr Atelier zurückzukehren. Wren überquerte den Parkplatz des New Hope-Zentrums und sah auf ihrem Handy nach der Uhrzeit. Es war noch viel zu früh, der Kurs war doch noch nicht zu Ende. Warum kamen die Leute denn schon aus dem Gebäude? Hatte Kit eine Dreiviertelstunde früher Schluss gemacht?

Eine Welle der Übelkeit rollte über sie hinweg. Was, wenn Kit nach ihrem Gespräch nicht in der Lage gewesen war, den Kurs zu beenden?

„Ich war fest davon überzeugt, dass es ein Schlaganfall war", hörte sie eine Frau zu einer anderen sagen, als sie zu ihren Autos gingen.

„Ich auch. Oder ein Herzinfarkt. Ich bin nur froh, dass sie sich beim Sturz nicht den Kopf angeschlagen hat."

Wren rannte zum Eingang und riss die Tür zur Lobby auf.

„Da bist du ja!" Nathan eilte auf sie zu. „Ich habe dich gesucht."

„Wo ist Kit?"

„Es geht ihr gut. Sie ist nur erschöpft. Hannah bringt sie gerade nach Hause."

Ihre Knie wurden weich vor Erleichterung. *Es geht ihr gut*, wiederholte sie mehrmals, während sie sich auf den nächsten Stuhl sinken ließ. „Was ist passiert?"

„Sie hatte eine Panikattacke. Eine ziemlich üble."

Mit aufgerissenen Augen fuhr Wren zurück. „Während ihres Vortrags?"

„Kurz vor dem Beginn des zweiten Teils."

Wren presste sich die Hand auf den Mund. Das war alles ihre Schuld. Sie hätte Kit niemals so aufregen dürfen. Wo sie doch schon so erschöpft war. „Bist du sicher, dass es Panik war und nicht ein Herzinfarkt oder so etwas?"

„Sie hat gesagt, dass sie auch früher schon Panikattacken erlebt hat", erklärte er. „Sie hat die Symptome erkannt. Und nach einer Weile haben sie auch nachgelassen. Aber Hannah will noch ein wenig bei ihr bleiben und aufpassen, dass es ihr gut geht und sie nicht doch noch eine medizinische Versorgung braucht."

„Hat sie Zach und Sarah angerufen?"

„Sie möchte sie in ihrem Urlaub nicht beunruhigen."

„Oh. Okay." Wren hoffte nur, dass es die richtige Entscheidung war.

Nathan senkte die Stimme. „Hannah hat mir von der Sache mit Logan erzählt. Das tut mir sehr leid."

Während sie noch versuchte, alles zu verarbeiten, kam ihr eine Idee. „Ist er noch da?"

„Ich glaube schon. Als ich ihn das letzte Mal gesehen habe, telefonierte er gerade."

Na, dann. Blitzschnell traf Wren eine Entscheidung. Wenn sie das jetzt nicht erledigte, hätte sie vielleicht keine Gelegenheit mehr dazu.

„Ich habe Katherine gesagt, dass ich dich nach Hause fahre, Wren."

Sie straffte die Schultern und stand auf. „Vielen Dank, aber ich habe hier noch zu tun."

Er musterte sie einen Augenblick. „Kann ich sonst irgendetwas für dich tun?"

„Nein. Mir geht es gut, danke."

Sein Blick wanderte zum Parkplatz, wo noch einige Autos standen. „Ich habe mich bereit erklärt, die Türen abzuschließen, wenn alle gegangen sind."

„Du kannst mich einschließen", sagte sie. „Ich möchte noch spülen und alles wegräumen."

„Das ist bereits erledigt. Ein paar von den Teilnehmern haben mit angepackt."

„Ach so." Jetzt brauchte sie eine andere Ausrede. „Dann werde ich noch in meinem Atelier arbeiten. Vielen Dank für die Hilfe. Das weiß ich zu schätzen."

„Kein Problem. Ich warte noch, bis alle draußen sind."

Sie bedankte sich bei ihm und bog um die Ecke. Mit ein wenig Glück ...

Ja. Da stand er im Flur und tippte auf seinem Handy herum. Als er Schritte hörte, blickte Logan hoch. „Ich hatte gehofft, Sie noch zu erwischen", sagte er und kam auf sie zu.

Sehr witzig, sagte sie innerlich. *Ich hatte auch gehofft, dich noch zu erwischen.*

Sie trat zur Seite, als zwei Frauen aus der Toilette kamen. „Richten Sie Ihrer Tante doch bitte aus, dass ich für sie bete", sagte eine von ihnen, und die andere nickte.

Logan steckte sein Handy in die Hosentasche. „Also, Wren", sagte er, während die beiden Frauen in der Lobby verschwanden, „ich hatte gehofft, noch mit Katherine sprechen zu können, bevor ich wieder abreise, aber nach allem, was passiert ist ..." Er nahm einen Stift und ein kleines Notizbuch aus seiner Aktentasche und schrieb eine Nummer auf. „Würden Sie ihr ausrichten, sie möge mich doch bitte anrufen?"

Wren schäumte vor Wut. Damit er was tun könnte? Ihr noch einen Tritt versetzen, während sie bereits auf dem Boden lag? Nein. Nicht mit ihr.

Anstatt den Zettel entgegenzunehmen, baute sie sich vor ihm auf und faltete die Hände vor dem Bauch. Jetzt oder nie. „Ich habe mitbekommen, was Sie am Telefon über Katherine gesagt haben und wie deprimierend Sie ihren Kurs fanden. Sie standen direkt vor der Tür zu meinem Atelier."

Seine Hand erstarrte in der Luft, und ein Schatten flog über sein Gesicht.

„Ich habe ihr einiges von dem, was Sie gesagt haben, erzählt. Also, worüber auch immer Sie mit ihr sprechen wollten, Sie sollten dringend eine Erklärung oder Entschuldigung miteinflechten."

Langsam knüllte er den Zettel in seiner Hand zusammen.

Sie atmete tief durch, um sich zu beruhigen. „Sie haben ja keine Ahnung, was meine Tante durchgemacht hat. Nicht die geringste. Sie haben keine Ahnung, wie tapfer und klug sie ist und dass alles, was sie tut, aus Liebe und Mitgefühl geschieht, ganz besonders für Menschen, die leiden. Sie wollen wissen, wie sich gewissenhafter Umgang mit Schmerz gestaltet oder wie Trost aussieht? Schauen Sie sie an."

Sie wippte von den Fersen auf die Fußspitzen und wieder zurück. „Sie üben Kritik an dem, was sie zu bieten hat? Prima. Ich glaube nicht, dass ihr das wichtig ist. Aber Sie sollten nicht die Menschen kritisieren, die das brauchen, was sie anzubieten hat."

Er senkte den Blick.

„Und nur damit Sie das wissen", fuhr sie fort, „wir beide wissen bereits, dass das Grab leer ist."

Sie stellte sich vor, wie Casey sie anfeuerte. *Weiter so, Wrinkle! Zeig's ihm!*

„Alles in Ordnung hier?" Beim Klang von Nathans Stimme drehte sie sich um.

„Alles gut", erwiderte Logan, bevor sie antworten konnte. „Wir räumen nur gerade ein Missverständnis aus."

Ein Missverständnis? Sie wirbelte zu ihm herum. „Ich habe nichts missverstanden. Ich weiß genau, was ich gehört habe. Und meine Pastorin" – sie deutete über die Schulter zurück –, „seine Frau, hat es auch gehört."

Nathan steckte die Hände in die Taschen. „Ja. Allerdings."

Logan seufzte. „Also gut, können wir uns kurz hinsetzen und darüber reden?"

Wren rührte sich nicht von der Stelle. Wenn er herunterspielen wollte, was er gesagt hatte, oder Ausreden vorbringen wollte, warum er es gesagt hatte, dann war sie nicht daran interessiert, ihm zuzuhören. Und außerdem – sie war nicht diejenige, bei der er sich entschuldigen musste.

„Sind wir die Letzten hier?", fragte er.

Nathan nickte.

„Also gut, hören Sie." Logan hängte sich seine Schultertasche über die andere Schulter. „Ich habe vor meiner Frau ein wenig Dampf abgelassen, nachdem ich eine etwas unschöne Nachricht erhalten hatte. Ich sage das nicht als Entschuldigung, sondern um den Kontext meiner Schimpftirade zu erklären. Denn ehrlich: Nachdem ich heute Morgen die endgültigen Zahlen des Kuratoriums bekommen habe, haben meine Frau und ich uns gefragt, ob wir das machen können. Also ja, ich bin frustriert darüber, dass die Finanzlage des Zentrums so schlecht ist. Ich habe kein Interesse daran, Spendengelder einsammeln zu müssen, damit man mir ein Gehalt zahlen kann. Ich möchte Spendeninitiativen anbieten, um der Gemeinschaft etwas Gutes zu tun."

Wenn er dachte, sie würde das als Entschuldigung gelten lassen, dann hatte er sich geschnitten.

„Ich finde es ein wenig unpassend", ergriff Nathan das Wort, „dass Sie mit uns Ihre Vertragsverhandlungen besprechen ..."

„Das stimmt", erwiderte Logan. „Ich will damit nur sagen, dass die Bemerkungen, die Wren und Ihre Frau mitbekommen haben, in einem größeren Kontext zu sehen sind. Und nein, ich bin nicht stolz auf das, was ich gesagt habe oder wie ich es gesagt habe, und ich werde mich bei Katherine dafür entschuldigen. Es war hart und unpassend. Und das tut mir leid."

Vielleicht, dachte Wren. Aber hätte er sich auch entschuldigt, wenn er nicht belauscht worden wäre? Tat ihm leid, was er gesagt hatte, oder tat es ihm leid, dass er dabei ertappt worden war?

Er schaute sie an. „Ich möchte Katherine nicht noch mehr aufregen, als ich es bereits getan habe. Aber ich kann die Stadt nicht verlassen, ohne wenigstens den Versuch zu machen, mich zu entschuldigen." Er strich den Zettel glatt. „Würden Sie ihr meine Nummer geben und sie bitten, mich anzurufen, sobald sie dazu in der Lage ist?"

Wren zögerte, nahm den Zettel aber schließlich entgegen.

„Bist du sicher, dass ich dich nicht nach Hause bringen soll?", fragte Nathan.

Auch sie musste sich bei Kit entschuldigen. Aber da sie wusste, wie anstrengend eine Panikattacke sein konnte, schien es das Beste zu sein, ihr die Möglichkeit zu geben, sich auszuruhen und zu erholen. Vor allem da sie selbst Kits Stress ja verursacht hatte. Nicht nur heute. Sie selbst war der Grund für Kits Belastung – eine langfristige, andauernde, sich aufbauende Belastung. *Ihre Schuld.* „Danke, Nathan, aber ich habe noch zu arbeiten." Sie wartete, bis er und Logan das Gebäude verlassen hatten. Dann sank sie unter Vincents *Zwei abgeschnittene Sonnenblumen* auf die Knie und ließ ihren Tränen freien Lauf.

17

Dass ihre Mutter nicht ans Telefon ging und nicht sofort auf ihre SMS reagierte, bedeutete ja nicht gleich, dass etwas passiert war, redete Sarah sich ein, während sie auf dem Steg saß und die Beine ins Wasser baumeln ließ. Sie winkte Zach zu, der auf einem von Eds und Lindas Jetskis vorbeikam, und las noch ein paar Zeilen in ihrem Roman. Vermutlich machte sie einen langen Mittagsschlaf, wie so oft nach einem Seminar. Vielleicht hatte sie ihr Telefon ausgeschaltet.

Hinter ihr klingelten zwei Fahrradschellen im Gleichklang. Als sie sich umdrehte, sah sie Linda und Ed auf einem Tandem auf sich zukommen.

„Warum bist du nicht da draußen und jagst ihm hinterher?", rief Ed ihr zu, als sie abstiegen.

„Ich bin zu alt für so etwas."

„Unsinn. Alter ist eine Sache der Einstellung."

Linda schnaubte. „Sprich für dich." Sie massierte ihr Knie. „Als wir das Tandem bekamen, dachte ich, das würde ihn vielleicht ein wenig ausbremsen. Stattdessen ruft er ständig, ich solle schneller fahren."

„Einmal Bestimmer, immer Bestimmer, nicht?" Sarah erhob sich und schüttelte ihr Badetuch aus.

Zach raste vorbei und beschleunigte noch einmal, bevor er demonstrativ eine Acht fuhr.

„Da, siehst du?", bemerkte Ed. „Er verhöhnt mich."

Zach winkte, lehnte sich zurück und zog die Spitze des Jetskis hoch zu einem Wheelie.

„Nicht schlecht, Doc!" Eds Blick wanderte zu Linda. „Wie lange dauert es noch bis zum Abendessen?"

„Na los, geh schon. Das kann warten."

Wie ein deutlich jüngerer Mann spurtete Ed zum Haus.

„Vielleicht würde er nicht so beglückt spurten, wenn er wüsste, dass es nur kalte Reste gibt", meinte Linda. „Wir haben nicht viel anzubieten, aber ihr seid uns herzlich willkommen."

„Sehr gerne, Linda. Vielen Dank."

„Zum Nachtisch gibt es Pfirsichkuchen, und ich mache noch einen Kartoffelsalat."

„Kann ich dir dabei helfen?"

„Ich hätte nichts dagegen." Sie schob ihr Fahrrad über den Rasen. „Übrigens nach dem Rezept deiner Mutter."

„Wirklich?" Mamas Kartoffelsalat hatte Sarah schon seit Jahren nicht mehr gegessen.

„Sie hat ihn einmal für ein Picknick gemacht, und er hat Ed so gut geschmeckt. Seitdem nehme ich immer nur ihr Rezept."

Als sie an den Sonnenblumen in Lindas Garten vorbeikamen, bestaunte Sarah die spiralförmige Anordnung der Kerne, die exakt der Fibonacci-Folge entsprach. Papa hatte ihr und Micha beigebracht, dass dieses mathematische Muster überall in der Natur zu finden war, vom Seestern und den Tannenzapfen bis hin zu den Wellen des Meeres und den Galaxien.

Sie hob die Hand und strich über die Blume. Manchmal fragten die Leute sie, warum sie Mathematik so liebe. Deswegen. Genau deswegen. Die elegante Schönheit von Struktur und Ordnung, die einer chaotischen Welt zugrunde lagen. Das war eine der Realitäten, die sie ihren Schülern zu vermitteln versuchte. Das Wissen darum, dass es Vorhersehbares und Verlässliches gab, schien ihr ein wichtiges Geschenk für ihre Schüler zu sein.

„Rettungsweste!", rief Linda, als Ed im Neoprenanzug aus dem Haus kam.

In der Nähe des Ufers bremste Zach den Jetski ab. „Kommst du, alter Mann?"

„Jemand muss dir mal beibringen, wie man das Teil richtig hochzieht!"

„Ed!", rief Linda. „Sei vorsichtig!"

Er winkte ab. „Ich weiß, Frau, ich weiß."

„Männer", seufzte sie, als sie das Garagentor öffnete.

„Wann habt ihr das Tandem angeschafft?", fragte Sarah.

„Anfang des Sommers. Du und Zach könnt es euch gern einmal ausleihen." Sie schob es an seinen Platz. Ed legte großen Wert auf Ordnung in seiner Garage. Irgendwann würde sie ihn bitten, Zach diesbezüglich ins Gewissen zu reden. Das war viel wichtiger, als Kunstfiguren auf dem Jetski zu fahren.

„Ich habe vor Kurzem erfahren, dass Mama sich schon immer ein Tandem gewünscht hat."

„Wirklich? Das wundert mich."

„Ja, mich auch."

„Sie schien mir nie der Fahrradtyp zu sein", meinte Linda. „Zumindest soweit ich sie in Erinnerung habe. Carol dagegen? Keine Frage. Sie war immer für ein Abenteuer zu haben. Sie und dein Vater sind ständig um den See geradelt." Sie seufzte. „Ich vermisse sie. Was hörst du aus Florida? Haben sie und die Mädchen eine gute Zeit?"

„Ja, eine sehr gute."

„Ich wette, sie verwöhnt sie in jeder Hinsicht. Das Vorrecht einer Großmutter, du weißt schon."

Ja. Genau das sagte Carol auch immer.

„Grüß sie von mir, wenn du mit ihr sprichst. Wir zwei müssen unbedingt noch mal telefonieren."

Sarah hatte gar nicht gewusst, dass die beiden immer noch Kontakt hatten. Denn zu Katherine hatte Linda nie eine enge Beziehung gehabt. Freundlicher Umgang, ja, aber keine Freundschaft. Ihre Mutter war aber auch immer viel zurückhaltender gewesen als Carol.

Sie kratzte an einem Mückenstich an ihrem Handgelenk. „Tandems sind also nicht gefährlich?"

Linda grinste. „Wenn du dem Menschen vertraust, der vorn sitzt, ganz und gar nicht. Warum? Überlegst du, eins zu kaufen?"

„Vielleicht."

„Probier es doch aus, bevor ihr wieder nach Hause fahrt. Um zu schauen, ob es dir gefällt."

„Gern, danke." Auf dem Weg zum Haus hängte Sarah ihr Badetuch über die Lehne einer Gartenliege und legte ihr Buch ab. „Ich wollte dich immer mal was fragen, Linda, aber ich habe es bisher immer vergessen. Hast du eigentlich noch alte Fotos von uns hier am See?"

„Wie alt?"

„Aus der Zeit, als ich noch klein war? Vielleicht von uns und Micha?"

Linda schob die Verandatür auf. „Ich habe jede Menge alter Fotoalben, die du gern durchsehen kannst. Und vermutlich noch mehr Fotos in irgendwelchen Schachteln. Willst du jetzt gleich nachschauen?"

„Nach dem Abendessen wäre prima."

Linda wusch sich die Hände im Spülbecken und wandte sich dem Herd zu, auf dem bereits die gekochten Kartoffeln standen. „Da wir gerade von deinem Bruder sprechen, ich habe in letzter Zeit viel an ihn denken müssen."

„Ja", erwiderte Sarah. „Ich auch." Der Grund dafür war ihr bekannt. Nicht nur hatte ihre Mutter in den letzten Monaten häufiger von ihm gesprochen, auch ihr Aufenthalt im Haus am See hatte viele Erinnerungen an ihn wachgerufen, die alle mit einem Hauch von Wehmut verbunden waren. Vielleicht würde es ihr helfen, wenn sie ihn auf einem Foto lächeln sah.

Während sie sich die Hände wusch, bestaunte Sarah den Kuchen, der auf der Arbeitsplatte stand. Der Rand hatte gerade den richtigen Bräunungsgrad, und die Mitte war mit ausgeschnittenen Teigblättern dekoriert. Der goldene Pfirsichsaft sickerte durch die eingestochene Teigplatte. „Der sieht so lecker aus und riecht auch so."

„Danke. Micha hat mir immer gern beim Kuchenbacken geholfen."

Als Linda den Namen aussprach, stieg eine unerwartete Emotion in Sarah hoch. Sie konnte sich nicht erinnern, wann jemand anderes als ihre Mutter das letzte Mal seinen Namen erwähnt hatte. „Ich erinnere mich, dass er dir immer gern beim Himbeer- und Erdbeerpflücken geholfen hat."

„Ja, der Junge hat genauso viele Beeren in den Mund gesteckt, wie
er gepflückt hat. Wir haben hier immer ein ziemliches Chaos angerichtet." Aus dem Kühlschank holte sie eine Stange Sellerie und eine
Zwiebel. „Ich glaube, deine Mutter hatte nie viel Geduld hinsichtlich
seiner Unordnung."

Sarah richtete den Blick wieder auf den Kuchen. War das so gewesen? Sie erinnerte sich nicht daran.

„Ich habe ihm immer gesagt: ,In meiner Küche kannst du ruhig
Chaos anrichten. Aber alles, was du verschüttest, wird wieder aufgewischt.' Wenn wir fertig waren, habe ich ihm einen Lappen in die
Hand gedrückt, und er hat brav sauber gemacht. Ich kann mich nicht
daran erinnern, dass er sich je beklagt hätte. Ich glaube, er hat sich
einfach nur über die Gesellschaft gefreut."

Langsam trocknete Sarah sich die Hände ab. Dieser kurze Erinnerungsfetzen von Linda war eine Anklage – gegen die Mutter, aber
ebenso auch gegen die Schwester.

Jeder, der ihren Bruder gekannt hatte, würde sagen, dass er ein Einzelgänger gewesen war. Aber was, wenn er das nie hatte sein wollen?
Schnell kramte sie in ihrem Gedächtnis nach Erinnerungen, ob sie
ihm jemals den Wunsch nach Gesellschaft oder Aufmerksamkeit abgeschlagen hatte. Aber ihr fiel nichts ein.

Sie nahm ein Messer und ein Holzbrett von der Theke und begann,
die Zwiebel zu schneiden. „Woran erinnerst du dich sonst noch?"

Linda seufzte. „Dass meine Jungen ihn übelst aufgezogen haben.
Ich habe versucht, das zu verhindern, aber wenn ich nicht in der Nähe
war, haben sie es doch getan. Aber Micha hat sie nie verpetzt. Zumindest nicht bei mir."

Auch Sarah hatte die verbalen Attacken mitbekommen, und auch
sie hatte nicht gepetzt. „Stock und Stein", hatte ihr Vater immer das
alte Sprichwort zitiert und erwartet, dass seine beiden Kinder Spötteleien aushielten.

Linda schnitt die Blätter und den unteren Teil des Selleries ab, bevor sie ihn wusch. „Ich erinnere mich, dass Micha an einem Abend mit einem Stock hinter ihnen her ist, weil sie Glühwürmchen in Gläsern fangen wollten. Er war so zornig – er hatte Sorge, dass die Glühwürmchen keine Luft bekämen. Ed hat ihm den Stock weggenommen, bevor er jemanden verletzen konnte, aber meine Jungen haben sich gerächt. Sie nannten ihn Würmchen und anderes, was ich nicht wiederholen will. Ed hat ihnen deswegen ordentlich den Marsch geblasen." Sie begann, den Sellerie zu schneiden. „Im Rückblick war es vermutlich nicht so gut, dass ich Micha mit mir habe backen lassen. Aber so hatte er wenigstens etwas zu tun. Und es schien ihm immer viel Spaß zu machen."

„Ich bin froh, dass du dich so um ihn gekümmert hast, Linda. Danke dafür."

Linda zuckte die Schultern. „Nachdem ich die schlimme Nachricht erhalten hatte, habe ich mir gewünscht, ich hätte mehr für ihn tun können." Ihr Blick ruhte auf dem Brett mit dem Sellerie. „Aber das hilft jetzt auch nicht mehr weiter."

Sarah war immer noch mit der Zwiebel beschäftigt. Eine Außenstehende hatte gut reden.

„Dein Vater hat mir immer den Eindruck vermittelt, dass sich deine Mutter nie von diesem Schicksalsschlag erholt hat. Nicht, dass er und ich viel darüber gesprochen hätten oder dass ich Katherine deswegen verurteile, ich weiß nicht, wie ich hätte weiterleben sollen, wenn einer meiner Jungs eine Überdosis genommen hätte. Aber Ed und ich waren froh, dass dein Vater es überwunden hat und mit Carol glücklich geworden ist. Du hast das bestimmt auch gesehen. Nach seiner Heirat mit ihr war er ein anderer Mensch."

Sarah biss die Zähne zusammen. Ja, aber …

„Deine Mutter war immer viel ernster als dein Vater. Vielleicht ist sie deswegen eine so gute Seelsorgerin geworden. Das passte wohl zu ihrer Persönlichkeit."

Sarah wollte noch etwas sagen über die Gaben ihrer Mutter, über ihren Umgang mit Schmerz und wie sie es geschafft hatte, ihn zu überwinden und anderen zu helfen und ihnen Hoffnung zu geben, aber sie wollte nicht den Eindruck erwecken, sie müsste sie verteidigen. Und sie vermutete, dass Linda kein Verständnis dafür haben würde. Wenn sich jemand erst mal eine Meinung gebildet hatte ...

„Neulich habe ich überlegt, wann ich deine Mutter das letzte Mal gesehen habe. Das muss bei Morgans Taufe gewesen sein."

„Ja, vermutlich." Als ihr Vater ihr mitteilte, er und Carol würden nicht zur Taufe kommen, war sie erleichtert gewesen. Eine Gelegenheit weniger für eine anstrengende Begegnung ihrer Eltern. Durch genaue Planungen war es ihr und Zach im Laufe der Jahre gelungen, den meisten dieser Landminen auszuweichen.

„Denkst du, dass sie nach ihrer Pensionierung noch mal mit ins Haus am See kommt? Oder sind zu viele schwierige Erinnerungen damit verbunden?"

Sarah gab ihrer Stimme Festigkeit, damit sie überzeugend klang. „Oh nein, ich glaube nicht, dass sie deshalb nicht mitkommt. Ihre Arbeit nimmt sie einfach so in Beschlag, dass sie keine Zeit hat."

„Es wäre schön, sie mal wieder zu sehen."

„Danke. Das werde ich ihr ausrichten." Aber sie vermutete, dass das Haus am See ihre Mutter viel zu sehr an Carol erinnern würde.

„Wie auch immer", fuhr Linda fort, während sie den Sellerie schnitt, „wir werden nach diesen Fotos suchen und sehen, was wir finden können."

„Sieh dir das hier an, Zach", sagte Sarah später am Abend und nahm ein Foto von dem Stapel auf ihrem Küchentisch. Mama im Badeanzug kniete neben Micha im Sand. Beide schaufelten mit roten Plastikschaufeln Sand in einen Eimer. Sarah hockte neben der Sandburg, die sie gerade bauten, und half ihrem Vater, ein weiteres Türmchen draufzusetzen. „Ich erinnere mich an diese Burg. Sie war ungefähr so groß wie Micha, bevor sie einstürzte. Die größte, die wir je gebaut haben."

„Beeindruckend", erwiderte er.

„Papa hat sie immer mit Begeisterung entworfen. Mama hat nie gern im Sand gebuddelt, aber sie hat mitgemacht, weil das eine Art Familienprojekt war."

Er schaute einige Fotos durch. „Linda hat ein paar wirklich gute Schnappschüsse gemacht."

„Ja, ich bin froh, dass ich sie danach gefragt habe. Ich glaube, die hier habe ich noch nie gesehen. Oder wenn, dann erinnere ich mich nicht daran. Ich frage mich, ob Mama sie wohl kennt." Sie schnappte sich eines der wenigen Fotos, auf denen Micha breit grinste. Er stand in Lindas Küche, sein Gesicht und die Hände waren weiß vom Mehl und er präsentierte stolz einen Kuchen. „Ich weiß nicht, ob diese Fotos Mama glücklich machen würden oder eher traurig."

„Gib ihr die Gelegenheit, das selbst zu entscheiden, Schatz."

„Gute Idee." Nur auf wenigen Fotos waren sie alle zusammen abgelichtet. Auf keinem tauschten ihre Eltern liebevolle Gesten aus. Fotos konnten nicht lügen. Auf dem einzigen Foto, auf dem sie mit ihrem Bruder zu sehen war, standen sie neben Eds und Lindas altem Pontonboot, beide mit hängenden Schultern.

Sarahs Augen brannten. Wie sehr sie sich doch wünschte, sie könnte die Arme um diesen einsamen Jungen legen!

Ihre Gedanken wanderten zu ihren Schülern. Es gab einige, die einsam waren und mit traurigen Augen in die Welt blickten. Heutzutage würde Micha vermutlich zu den Problemkindern zählen, die die Schulleitung ganz besonders im Auge behalten würde. Aber Micha war keine Gefahr für andere gewesen. Nur für sich selbst. Sie fotografierte dieses Foto ab. Sie wollte es auf dem Handy haben. Es sollte sie daran erinnern, den Kindern, denen ihre Zuneigung nicht so leicht entgegenflog, ein wenig mehr Geduld und Achtsamkeit entgegenzubringen. Weil Liebe so aussah.

Ihr Telefon vibrierte und zeigte eine neue Nachricht an. Endlich! Eine Antwort von ihrer Mutter. *Bin eingeschlafen, gleich nachdem ich nach Hause gekommen bin. Tut mir leid! Alles gut. Ich halte jetzt noch meine Abendandacht und gehe dann wieder ins Bett.*

Ist gut, tippte Sarah. *Dann reden wir später.*

Mama antwortete mit einem hochgereckten Daumen.

„Alles in Ordnung mit ihr", berichtete Sarah. „Sie ist nur müde."

„Das habe ich dir doch gesagt." Zach gab ihr einen Kuss auf die Wange. „Hör auf, dir so viele Sorgen um sie zu machen. Sie wird schon klarkommen. Der Ruhestand wird ihr guttun. Warte nur ab." Er schaute zum Fenster hinaus. „Sieht so aus, als würde es eine klare Nacht. Ich denke, ich hole das Teleskop deines Vaters vom Dachboden und stelle es auf."

„Gute Idee."

„Wäre es okay, wenn ich Ed und Linda einlade, dazuzukommen? Wir könnten ein Lagerfeuer machen und ein bisschen in die Sterne schauen", fragte er.

„Wäre es in Ordnung, wenn wir beide allein bleiben?"

Er massierte ihre Schultern. „Du weißt doch, dass ich dazu nie Nein sage."

Ich bestaune den Himmel, das Werk deiner Hände, dachte Sarah, während sie durch das Teleskop die Ringe des Saturns bewunderte. Dieser weiße Unterteller, der am schwarzen Himmel hing wie ein Scherenschnitt auf dunklem Papier, weckte Erinnerungen an wolkenlose Nächte, die sie mit Papa auf dem Anlegesteg verbracht hatte, fest in eine Decke eingehüllt und mit einer Tasse dampfendem Kakao in der Hand. Micha war auch mit dabei gewesen und hatte darauf gewartet, dass er durch das Okular schauen durfte. „Hast du es schon gefunden?", fragte er mit seiner hohen Stimme, und ihr Vater antwortete: „Immer mit der Ruhe." Dann erzählte Papa ihnen wieder, dass das Licht von den Sternen reise und dass ein Teil des Lichts, das sie sahen, diese Sterne bereits vor Tausenden von Jahren verlassen hätte, und Sarah versuchte zu verstehen, wie es möglich war, dass sie Licht anschauen konnte, das seine Reise angetreten hatte, als Jesus geboren wurde oder als Mose die Israeliten durch das Rote Meer führte.

„Das ist so eine Sache mit der Zeit", würde Zach sagen.

Den Himmel auf diese Weise zu betrachten war ein wichtiger Schritt auf dem Weg gewesen, auf dem Sarah zum Staunen und schließlich auch zum Glauben gefunden hatte. *Wie klein ist da der Mensch, wie gering und unbedeutend! Und doch gibst du dich mit ihm ab und kümmerst dich um ihn!*

Als der Saturn aus ihrem Blickfeld verschwand, trat sie von dem Okular zurück.

„Unglaublich, nicht?", fragte Zach. „Es wird mir nie langweilig, in den Sternenhimmel zu schauen." Er blickte zum Himmel hoch. „Ich suche jetzt den Jupiter."

Der Jupiter war Michas Lieblingsplanet gewesen. Er konnte alle langweilen mit seinen Ausführungen über die Streifen und Monde, die Magnetfelder und Masse, und aus irgendeinem Grund bedauerte sie es jetzt, dass sie immer mit ihm gestritten hatte, welcher denn besser wäre, Saturn oder Jupiter. Irgendwann hatte Papa die Hände gehoben und gesagt: „Jetzt ist Schluss! Ich packe das Teleskop weg." Und Micha war dann in die Dunkelheit gestürmt und zum Anlegesteg gegangen, wo er Steine aus seiner Sammlung ins Wasser warf.

Sarah schloss die Augen. Sie hörte das zornige Platschen der Steine, hörte, wie ihre Mutter nach ihm rief und ihn bat, zurückzukommen und die Sache mit seiner Schwester zu klären. Und wenn auf das Platschen eine beunruhigende Stille folgte, wickelte ihre Mutter ihren Bademantel fest um sich und ging ihm nach, um ihn zu überreden, zurückzukommen, während Papa sagte: „Ach, lass ihn doch." Aber das machte Mama nicht.

In jenen Nächten lag Sarah, so still sie konnte, oben in ihrem Etagenbett und hörte zu, wie ihre Eltern sich im Schlafzimmer darüber stritten, wie sie sich Micha gegenüber verhalten sollten. Dann beugte sie sich über die Bettkante und zischte Micha zu: „Siehst du? Das ist deine Schuld." Und er zischte zurück: „Nein. Es ist deine Schuld."

Wäre sie doch nur die Leiter hinuntergeklettert und hätte sich neben ihn gesetzt, wenn sie ihn in der Dunkelheit schluchzen hörte.

„Verzeih mir", flüsterte sie. Vielleicht konnte sie Micha ja hören, dort, wo er jetzt war.

18

Ich gehe jetzt hoch und ins Bett", sagte Wren. „Und du brauchst wirklich nichts? Kann ich noch irgendetwas für dich tun?"

Kit richtete die Decke auf ihrem Schoß. Nachdem sie fast den ganzen Nachmittag und Abend verschlafen hatte, würde sie vermutlich noch eine Weile wach sein, müde zwar, aber es war eine Müdigkeit, die nicht mit Schlaf gelindert werden konnte. „Ich habe alles, danke. Bin nur erschöpft. Du weißt ja, wie das ist."

Wren hockte sich vor Kits Lehnstuhl und nahm ihre Hand. „Ich habe mich zwar bereits entschuldigt, aber ..."

„Wir beide haben uns entschuldigt, meine Liebe. Und wir beide haben bereits vergeben. Keine Schuldgefühle. Keine Reue. Keine Verurteilung."

Was allerdings Logan betraf ...

Kits Blick wanderte zum Couchtisch, auf dem immer noch der Zettel mit seiner Nummer lag. Sie war nicht nur zu erschöpft gewesen, um ein Gespräch mit ihm zu führen, sondern sie musste auch erst einmal mit ihrem eigenen Unmut fertigwerden, zumal Hannah bestätigt hatte, dass Wren nicht übertrieben hatte. Die Auseinandersetzung damit müsste noch warten. Bei ihrer abendlichen Gebetszeit war sie unendlich erschöpft und zu nichts anderem in der Lage gewesen, als Wren zuzuhören, die einen Psalm vorlas.

„Sag Bescheid, wenn du etwas brauchst, Kit, ja? Ich meine, falls irgendetwas ist, ich bin da. Weck mich bitte auf, wenn du mich brauchst."

„Das mache ich. Danke."

Wren stand auf und gab ihr einen Kuss auf die Wange. „Ich wünschte, wir wären nicht auch Gefährten in dieser Art von Leid. Und es tut mir sehr leid, dass ich nicht da war, um dir beizustehen. Du warst schon so oft für mich da."

„Ich hatte alles, was ich brauchte, Wren. Du brauchst auch deswegen keine Schuldgefühle zu haben."

„Ist gut."

In dem Durcheinander wusste sie nicht einmal mehr, wer neben ihr gekniet hatte, nachdem sie zu Boden gesunken war. Jemand, der wusste, was zu tun war – vermutlich jemand, der selbst schon eine Panikattacke erlebt hatte. Auf jeden Fall hatte ihr diese Person genügend Platz verschafft, bis sie sich so weit erholt hatte, dass sie mit Hannahs und Nathans Hilfe nach Hause fahren konnte.

Noch lange nachdem Wren zu Bett gegangen war, saß Kit im Wohnzimmer und starrte in die Dunkelheit.

Sie konnte sich nicht erinnern, wann sie das letzte Mal eine so heftige Panikattacke gehabt hatte. Das musste Jahre zurückliegen. Vielleicht sogar Jahrzehnte. Und nie hatte sie das vor einer Gruppe erlebt. Nicht so. Bei den weniger heftigen Attacken war es ihr in der Regel gelungen, sich hindurchzubeten und sie zu überspielen. Aber diese – diese hatte sie mitten in ihrem Atemgebet getroffen, als sie in ihrer Schwäche Gott um seine Kraft anflehte. Was für eine Ironie.

Worte, die sie während des Kurses gesagt hatte, fielen ihr wieder ein. *Bedrängt. Niedergedrückt. Überwältigt. Atemlos. Eingeschlossen. Gequetscht. Begrenzt und klaustrophobisch.*

Die Worte hätten die Beschreibung einer Panikattacke sein können. Man fühlte sich ausgeliefert und verletzlich, kraftlos, und es gab nichts, was helfen konnte.

Der Ort der Bedrängnis war ein Ort des Schreckens: Wollte sie das leugnen, würde sie die Wahrheit leugnen.

Sie dachte an Wrens Gethsemane-Bäume. Die Wurzeln und Äste hatten Ähnlichkeit mit Dornen. Wie ein Dorn im Fleisch, der quälen und Schmerzen bereiten soll. Oder wie die Dornen in der Krone für den König der Könige.

Ja, der Ort der Bedrängnis war ein Ort des Schreckens. Aber er war auch ein Ort der Solidarität mit Jesus, der Ort, an dem Gott stärkte und an dem man sich bewusst machte, dass nicht der Tod das letzte Wort hatte, sondern die Auferstehung. Der Ort der Bedrängnis war der Ort, an dem man Gottes Macht, die sich in der Schwachheit zeigte, erfahren und wieder neu entdecken konnte, der Ort, wo Verzweiflung und Hilflosigkeit verwandelt werden konnten in ein trotziges und fröhliches Dennoch.

Ich kann nicht. Du kannst, Herr.

Sie schloss die Augen und ließ ihre Gedanken wandern. Ezra hatte sie damals noch in der Klinik mit diesem Atemgebet vertraut gemacht. Der Seelsorger hatte sie nach ihrer schlimmen Panikattacke besucht, die sie zutiefst geschwächt und in noch tieferen Schmerz gestürzt hatte. Wenn ihr Leben so weitergehen sollte …

Dann sei es ein Leben, in dem sich die Herrlichkeit Gottes offenbaren könne, hatte er gesagt. Denn wenn der Herr in seiner Weisheit beschloss, den Dorn nicht wegzunehmen, dann werde er ihn zu einem heiligen Werkzeug machen, mit dessen Hilfe er sein Ziel erreichen könne.

Das hatte sie nicht überzeugt. Anfangs nicht. Zumal ihr Geist und ihr Körper entschlossen zu sein schienen, ihr den Gehorsam zu verweigern. Aber nach einer Weile kämpfte sie nicht mehr länger gegen die Attacken an, denn das nützte sowieso nichts. Stattdessen bemühte sie sich, sie zumindest in der Rückschau als Erinnerung daran zu sehen, dass sie Gott ganz dringend brauchte.

Langsam schüttelte sie den Kopf. Was für eine Ironie, wirklich. Im zweiten Teil des Kurses sollte es um den Umgang mit den Dornen des Lebens gehen. Darum, was Paulus meint, wenn er sich „seiner Schwächen rühmt"[3], darum, sich auf Gottes Stärke zu verlassen. Wenn Gott den Dorn, durch den der Feind Menschen entmutigen und quälen wollte, nicht wegnahm, dann würde er durch ihn zur Demut einladen und den Menschen helfen, Christus ähnlicher zu werden.

Vielleicht hatte sie ja noch genügend Energie, um über ihre Dornensammlung vom Vormittag nachzudenken.

202

Sie zündete noch einmal die Christuskerze an. Während die Flamme flackernd zum Leben erwachte, standen ihr die einzelnen Dornen vor Augen. Da waren zuerst einmal ihr Zusammenbruch in aller Öffentlichkeit und die Scham, die sie deswegen empfand. Dieser Kurs würde von nun an untrennbar damit verbunden sein.

Langsam strich sie über die Fransen ihrer Decke.

Seltsamerweise war es nicht schwer, diesen Dorn anzusprechen. Hatte sie nicht gerade erst Wren gegenüber ihren langen Kampf gegen den Dünkel eingestanden?

Sollte Gott ihre Schwäche doch für sein gutes Ziel nutzen. Immer wieder erwartete er von ihr, dass sie in ihrem eigenen Leben umsetzte, was sie in den Seminaren lehrte. Allerdings hatte sie nicht mit einem so dramatischen Echtzeitbeispiel gerechnet. Aber dann war das eben so.

Sie zog die Decke bis zur Brust hoch.

Dann waren da ihre Zweifel in Bezug auf das Thema, das sie vorbereitet und vorgetragen hatte. Ihre Zweifel hatten sie so gequält, dass es ihr nicht gelungen war, Atem zu holen. Immer wieder hatte sie die Frage gestellt: „Was, wenn ich anders entschieden hätte?"

Sie schaute zu, wie die Kerze im Dunkeln flackerte.

Sie wusste es doch besser, als sich durch solche Fragen beunruhigen zu lassen. Gott trieb sie nicht durch Furcht an oder leitete durch Verurteilung. Sie wusste das doch. Selbst wenn sie seine Führung nicht erkannt hätte, hätte sie darauf vertrauen müssen, dass er das Geschenk, das sie anbot, segnete und gebrauchte, um einem anderen Menschen Nahrung zu geben, der ein Wort der Bestätigung und Hoffnung und des Trostes mitten in Leid oder Verzweiflung brauchte. Und ganz ehrlich, was hätte sie stattdessen anbieten können? Es war keine Zeit mehr gewesen, um den Kurs umzuplanen, zumal ihr auch kein anderes Thema eingefallen war. Jedenfalls kein Thema, das sie von ganzem Herzen hätte präsentieren können.

Nein, ihre inneren Zweifel und Unruhe hatten sie von Gott weggeführt, nicht zu ihm hin. Das hatte ihre Unruhe nur noch verstärkt. Sie musste ihre Zweifel loslassen. Trotz Logans Kritik. Gott verlangte kein perfektes Opfer – nur eines, das bereitwillig und demütig dargebracht wurde. Sie hatte es so rückhaltlos dargebracht, wie es ihr möglich gewesen war. Auch das musste sie loslassen.

Ihr Blick wanderte von der Kerze zu dem Zettel mit Logans Telefonnummer. Schatten tanzten darüber. Seine Worte waren dazu geeignet zu vernichten, nicht Leben zu spenden. Ein Dorn, der sie vermutlich auf Dauer quälen würde. Wenn er, wie Wren sagte, tatsächlich nur aufgebracht darüber war, dass man ihn ertappt hatte, und nicht, weil er lieblos gewesen war, wenn es ihm nur darum ging, seinen Ausbruch zu erklären und sich dafür zu entschuldigen, dann ...

Sie verschränkte ihre Finger miteinander.

Natürlich wusste sie über die Finanzlage des New Hope-Zentrums Bescheid. Monat für Monat, Jahr für Jahr, Jahrzehnt für Jahrzehnt kämpften sie um die nötigen finanziellen Mittel. Das war nun mal so. Die Zahlen waren ein Zeugnis für Gottes Treue. Gott hatte alle ihre Bedürfnisse immer zuverlässig erfüllt, selbst in mageren Zeiten. Auch wenn sie keinen Überschuss erwirtschafteten und keine Rücklagen bilden konnten, hatten sie immer alles, was sie brauchten, wie Manna vom Himmel bekommen. Sie und das Kuratorium hatten immer wieder darüber staunen können, wie ihre Bedürfnisse erfüllt worden waren, nicht nur durch die Seminarangebote, die angemessene Einnahmen brachten, sondern auch durch treue Spender, die diesen Dienst unterstützten – so „schlimm und deprimierend" er auch war. Auf ihrer gemeinsamen Glaubensreise hatten sie sich immer den Glauben bewahrt, dass Gott ihnen ihr tägliches Brot geben würde. Wenn das Kuratorium jetzt lieber auf aggressive Marketingstrategien und Spendenaufrufe, auf die eigene Findigkeit oder Logans Talente vertrauen wollte und nicht mehr darauf, dass Gott ihnen für diese Arbeit gab, was sie brauchten, dann lag das nicht mehr in ihrer Verantwortung. Diesbezüglich konnte sie ihre Hände in Unschuld waschen.

Und noch etwas. Sie warf die Decke zurück und erhob sich. Welches Recht hatte Logan, Menschen, die ein Wort der Hoffnung brauchten, abzuwerten und zu verurteilen? Wenn sein Leben bisher geradlinig verlaufen war, wenn er bisher noch kein Leid und keinen

Verlust erlitten hatte, wenn sein Mitgefühl für Menschen, die Leid erlebten, rein theoretisch war, wenn er nicht viel hielt von der Theologie des Kreuzes, dann hoffte sie nur, dass die Leute, denen sie durch ihren Dienst hatte helfen können, einen anderen Ort finden würden, an dem sie das bekamen, was sie brauchten. Aber es war unangemessen, lächelnd zu nicken und zu sagen, wie hervorragend das Angebot sei – „Ich meine das ganz ehrlich" –, und zu behaupten, er wolle nicht ersetzen, sondern erweitern. Er sollte den Mut haben, geradeheraus zu sagen, was er dachte.

Aufgewühlt lief Kit durch den Raum. Und ganz ehrlich, was war das für ein Mann – was war das für ein *Kind* –, das hereinstürmte und sich ein Urteil über sie erlaubte, ihr vorwarf, sie würde nicht genügend lieben, sich nicht genug Mühe geben, ihr fehle es am Willen zur *Inklusion*, sie sei nicht „achtsam" genug oder hartherzig oder engstirnig oder, schlimmer noch, *rassistisch*. Dabei hatte sie doch immer versucht, allen Menschen, denen sie begegnete, die befreiende Botschaft der Gnade weiterzugeben, egal, welcher Hautfarbe oder Herkunft sie waren. Was war er für ein Mann, dass er …

Tochter.

Dieses geflüsterte Wort ließ sie innehalten, aber es füllte ihre ganze Brust aus, wie ein tiefer Atemzug eiskalter Bergluft. Reinigend. Erfrischend. Beruhigend. Eine heilige Unterbrechung, die sie auf heiligen Boden stellte.

Sie blieb stehen und schaute erneut in die Flamme.

Meine geliebte Tochter.

Sie senkte den Kopf, lauschte, wartete.

Er ist dein Bruder.

Sie umklammerte die Armlehne des Sessels und sank langsam auf die Knie.

Dieser Mann.

19

ast du Logan gestern Abend eigentlich noch angerufen, oder warst du zu müde?", fragte Wren. Es war Sonntagmorgen, und sie stand am Herd und briet ihnen Rührei zum Frühstück.

Kit goss zwei Gläser Orangensaft ein und stellte sie auf den Tisch. „Ich habe ihm gestern noch eine SMS geschickt, bevor ich ins Bett gegangen bin." Es war ihr nicht richtig erschienen, ihn noch länger warten zu lassen, und sie wollte die Gelegenheit, die Dinge zu klären, nicht noch länger aufschieben. Diese Hinhaltetaktik kostete auch sie zu viel emotionale Kraft. „Wir wollen miteinander telefonieren, bevor ich zum Gottesdienst aufbreche."

„Ich hoffe nur, das geht gut", meinte Wren.

„Ich auch. Gestern Abend ist mir einiges klar geworden in Bezug auf meine Hartherzigkeit, das werde ich ihm gestehen."

Wren zog die Augenbrauen hoch. „Nicht du bist es, die sich entschuldigen muss, Kit."

„Vielleicht nicht für etwas, das offensichtlich ist. Aber die unsichtbaren Dinge sind genauso real. Und genauso tödlich."

Wren wirkte nicht überzeugt.

„Unser Start ist misslungen, schon lange bevor er am Donnerstag im Einkehrzentrum aufgetaucht ist, Wren. Ich hatte mir meine Meinung über ihn bereits gebildet, und der Grund dafür waren meine eigene Unsicherheit, mein Stolz und Neid. Dazu muss ich stehen. Ich habe ihn hart verurteilt und ihm schlimme Dinge unterstellt." Sie hielt inne. „Die Wahrheit ist, ihm gegenüber war ich genauso lieblos wie er mir gegenüber. Nur ist meine Lieblosigkeit nicht ans Licht gekommen."

Wren stieß einen tiefen Seufzer aus. „Prima. Wenn du es so siehst …"

Kit lächelte sie an. „Gnade über Gnade", sagte sie. „Für uns selbst und für andere."

Während ihres gemeinsamen Frühstücks berichtete sie Wren von ihrem Gespräch mit Logan am Freitag und wie Gott ihr durch seine Fragen geholfen hatte, ihre eigenen Versäumnisse zu erkennen. „Was für Fehler er auch haben mag – und ich glaube, er würde eingestehen, dass er noch viel zu lernen hat –, es scheint ihm tatsächlich ein aufrichtiges Anliegen zu sein, sich in seinem Dienst für Gerechtigkeit und Versöhnung einzusetzen. Und er hat gute Fragen gestellt und Ideen entwickelt, wie New Hope diese Arbeit weiter voranbringen könnte. Wenn das Kuratorium einen Weg findet, ihm ein Gehalt zu zahlen, mit dem er und seine Familie finanziell über die Runden kommen, dann wäre das für alle gut, denke ich."

Wren schwieg. „Wenn er tatsächlich seine Vision verwirklicht", meinte sie schließlich, „dann würde ich gern daran teilhaben."

Ja, dachte Kit. Wenn die richtige Gelegenheit zum richtigen Zeitpunkt käme, würde sie das auch.

Kurz nachdem Wren mit dem Fahrrad zur Wayfarer-Gemeinde aufgebrochen war, rief Logan vom Flughafen aus an. „Ich kann nur erahnen, wie erschöpft Sie sein müssen, Katherine. Danke, dass Sie dennoch bereit sind, mit mir zu reden."

„Natürlich." Sie ließ sich in ihrem Ohrensessel nieder.

„Ich will gleich zur Sache kommen", sagte er. „Ich habe mich falsch verhalten – nicht nur durch meine kritischen Worte über Sie, sondern auch in meiner Haltung gegenüber Ihrem Angebot. Ich war gehässig und gemein und arrogant. Ich will das nicht herunterspielen oder leugnen. Und auch nicht entschuldigen. Es tut mir sehr leid, dass ich Sie verletzt habe, Katherine. Verzeihen Sie mir?"

Konkret. Ehrlich. Demütig. Wenn nur alle Entschuldigungen so aufrichtig wären. „Ja, ich verzeihe Ihnen. Danke, Logan. Aber an dem, was gestern geschehen ist, trage auch ich eine Mitschuld. Ich wollte Ihnen unbedingt beweisen, dass meine Arbeit durchaus von Wert ist, trotz all meiner blinden Flecken und meines Versagens."

„Verzeihen Sie bitte", sagte er nach einem Augenblick der Stille. „Bei unserem Gespräch in Ihrem Büro wollte ich nicht den Eindruck vermitteln, dass ich nichts von Ihrer Arbeit halte."

„Das weiß ich. Aber wenn dieser Spiegel der Wahrheit aufgestellt wird und wir uns darin deutlicher erkennen ..."

„Genau", warf er ein. „Ich weiß. Wren hat mir gestern einen vorgehalten. Und ich war zu verblüfft und beschämt, um angemessen darauf zu reagieren. Würden Sie ihr bitte meinen Dank ausrichten?"

„Das mache ich." Diese aufrichtige Anerkennung und sein Dank könnten Wrens Einstellung ihm gegenüber vielleicht ein wenig ändern. „Bevor wir uns verabschieden, Logan, möchte ich Ihnen sagen, wie sehr mir meine eigene voreingenommene Haltung Ihnen gegenüber leidtut. Wenn meine unfreundlichen Gedanken und meine negative Einstellung ans Licht gekommen wären, wäre das genauso beschämend gewesen." Was sie Wren gegenüber benannt hatte, gestand sie auch ihm gegenüber ein. „Können Sie deshalb auch mir verzeihen?"

Im Hintergrund war eine Lautsprecheransage zu hören. „Natürlich, Katherine", sagte er. „Wenn wir als Geschwister im Glauben uns nicht vergeben können, dann fehlt uns die Glaubwürdigkeit, dies in unserem weiteren Umfeld zu tun, nicht?" Erneut eine Lautsprecheransage.

„Sie müssen jetzt an Bord gehen, nehme ich an", sagte sie. „Ich hoffe sehr, dass sich alles fügt und Sie hierherkommen können. Natürlich geht mich das nichts an, aber es lag mir am Herzen, Ihnen das zu sagen."

Er antwortete nicht sofort. „Wir werden noch viel und intensiv beten müssen", erwiderte er schließlich. „Es sind schwierige Entscheidungen zu treffen. Ich würde mich freuen, wenn Sie uns im Gebet unterstützen, während das Kuratorium nach einer Lösung sucht."

Niemand hatte sie um Rat gebeten. Niemand bat sie jetzt darum. Aber wenn sie vor dem Kuratorium stehen würde, würde sie vermutlich sagen: „Tut, was ihr könnt, damit Logan herkommen kann."

Wren hatte kaum ihr Fahrrad in die Lobby des New Hope-Zentrums geschoben, als Gayle sie bereits mit Fragen bestürmte. „Wie geht es Katherine? Ich habe heute Morgen bereits mehrere Mails erhalten. Die Leute wollen wissen, ob es ihr wieder gut geht."

Wren stellte ihr Fahrrad in eine Ecke und zog den Helm ab. „Es geht ihr gut. Sie ist nur sehr erschöpft."

„Aber hört sie jetzt früher auf oder so?"

Im Ernst? War es das, was die Leute dachten? „Natürlich hört sie nicht früher auf. Sie hatte eine Panikattacke. Und zwar eine heftige."

Gayles Augen wurden groß. „Oh, die Arme! Das tut mir so leid. Kann ich irgendetwas für sie tun?"

„Nein, im Augenblick braucht sie viel Ruhe und nimmt sich den Tag frei."

„Ich weiß. Darum habe ich ja dich gefragt. Ich wollte sie nicht belästigen."

Wren hängte ihren Helm über den Lenker. „Eigentlich könntest du doch etwas tun."

„Gern! Schieß los."

„Sarah war für ein paar Tage verreist, und Kit möchte ihr unbedingt persönlich von dem Vorfall erzählen. Wenn sie also heute Morgen anruft wegen der Verabschiedung oder sonst etwas ..."

„Ich werde kein Wort sagen. Versprochen."

„Gut. Danke."

Gayle folgte ihr um die Ecke zum Schrank mit den Putzmitteln. „Und was hältst du von Logan? Ich meine, er schien sehr nett zu sein, aber ich hatte nicht wirklich die Gelegenheit, mit ihm zu reden."

„Ja, er ist in Ordnung." Was sollte sie sonst sagen?

„Nur in Ordnung?"

„Kit mag ihn", erklärte Wren. „Und er schien einige gute Ideen für die Arbeit hier zu haben."

„Denkst du, sie haben ihm die Stelle angeboten?"

Sie hatte schon den Eindruck. Aber das würde sie Gayle nicht verraten. Denn schließlich könnte er zu der Entscheidung kommen, dass das gebotene Gehalt doch nicht ausreichte. „Ich weiß es nicht."

Gayle spielte mit ihrem Silberring herum. „Ich frage mich nur, ob er wohl so flexibel ist wie Katherine. Ich weiß ja nie so genau, was ein Tag mit meiner Tochter und den Enkeln so bringen mag, und bei Katherine konnte ich ja auch, wenn nötig, von zu Hause aus arbeiten. Ich hoffe nur …" Sie hielt in ihrer Bewegung inne. „Ich meine, ich hoffe es für uns beide."

Bei Wren sträubten sich die Nackenhaare. Über die Probleme mit ihrer psychischen Gesundheit hatte sie nie mit Gayle gesprochen. Nicht, dass ihre Probleme Anfang des Jahres, als es ihr so schlecht ging, nicht offensichtlich gewesen wären, aber sie fragte sich, welche Schlussfolgerungen Gayle wohl gezogen hatte. Vielleicht meinte sie aber auch nur, dass ihnen beiden die flexiblen Arbeitszeiten zugutegekommen waren.

Das Telefon im Büro läutete, und Gayle eilte zurück an ihren Arbeitsplatz. Damit wurden weitere Fragen zum Glück im Keim erstickt. Wren nahm den Staubsauger aus dem Schrank und steckte sich die Kopfhörer in die Ohren. So. Doppelter Schutz vor der Fortsetzung des Gesprächs.

Während sie auf die Klänge von Beethovens Pastorale lauschte, überlegte sie, wie sie die Zeit mit Dawn bei ihrem Therapiegespräch später am Tag am besten nutzen könnte. In den zwei Wochen seit ihrem letzten Termin war so viel geschehen. Sie wusste gar nicht, wo sie anfangen sollte.

Dass sie so häufig am Haus der Wilsons vorbeigefahren war, würde Dawn vermutlich ziemlich kritisch sehen. Aber verschweigen konnte sie ihr das nicht, denn dann könnte sie auch nicht erzählen, dass das Haus zum Verkauf stand. Und wenn sie das für sich behalten musste, könnte sie auch nicht darüber reden, wie traurig sie war, weil sie nun noch eine weitere Verbindung zu Casey verlieren würde. Und wenn sie das verschwieg, könnte sie auch nichts von der Nachricht an Chris sagen, in der sie ihn um Informationen gebeten hatte, nur um ihre Meinung dann wieder zu ändern und diese Bitte in einer zweiten Nachricht zurückzunehmen. Gestern hatte sie gehofft, ihn vielleicht im Gottesdienst zu treffen. Aber er war nicht da gewesen, und natürlich beschäftigte es sie, warum er nicht auf ihre Nachrichten antwortete. Vielleicht hatte er sie ja gar nicht gelesen, oder er ignorierte sie. Vielleicht hatte er seine Lesebestätigung abgeschaltet, und sie würde nie erfahren, ob er sie gesehen hatte.

Sie könnte Dawn natürlich erzählen, sie habe zufällig erfahren, dass die Wilsons wegziehen, und dann könnte sie auch sagen, wie traurig sie das mache, ohne ihre Detektivarbeit zu erwähnen. Sie könnten über ihre Trigger sprechen und wie sie damit umging, und auf diese Weise könnte sie für sich behalten, dass sie den Leuten, die eine Verbindung zu Casey hatten, so oft nachstellte.

Die Wahrheit war, egal, wie sehr sie es auch versuchte, sie kam über seinen Tod einfach nicht hinweg. Und mittlerweile war dazu ja auch alles gesagt. Das Thema war bereits zu einem Reizthema geworden. Sie brauchten neue Gesprächsthemen.

Sie schob den Staubsauger hin und her.

Sie könnten über Logan sprechen. Das wäre neu. Sie könnte Dawn von dem Zwischenfall mit der Polizei erzählen und dass sie Logan wegen seiner Reaktion in dieser Situation nicht mochte und ihm schon gar nicht vertraute. Dann könnte sie berichten, dass Kit in einem Seminar ihr Bild gezeigt und sie das als Verrat empfunden hatte, und gemeinsam könnten sie überlegen, warum das so war. Das könnte eine gute Richtung sein. Sie könnte Dawn auch erzählen, wie sie Logans Gespräch mit seiner Frau belauscht und warum sie das so aufgeregt hatte, nicht nur um Kits willen, sondern auch, weil es sie auch selbst betraf. Dieses Gespräch würde vermutlich eine Menge Erkenntnisse liefern. Und Dawn würde sich bestimmt gern anhören, wie Wren ihn zur Rede gestellt hatte und warum, und wie es ihr damit gegangen war und wie es ihr jetzt, ein paar Tage später, damit ging.

Sie könnte mit Dawn auch über das sprechen, was Kit ihr anvertraut hatte, dass er sich in ihrer Stadt für mehr Gerechtigkeit zwischen den verschiedenen Bevölkerungsgruppen einsetzen wollte und dafür die Zusammenarbeit mit anderen Gemeinden und Partnern suchen wollte. Das New Hope-Zentrum könnte Workshops, Seminare oder Podiumsdiskussionen anbieten, um das Bewusstsein für dieses Thema zu schärfen und Mitgefühl in der Bevölkerung zu wecken. Und sie könnte erwähnen, dass sie Interesse hätte, sich dafür zu engagieren. Einige ihrer Kollegen im Bethel-Haus hatten Weiterbildungsseminare besucht für den Umgang mit Traumata, auch solchen, die durch Rassismus ausgelöst waren. Wren hatte sich zwar mehr auf häusliche Gewalt und Mobbing spezialisiert, aber sie war durchaus offen für eine Weiterbildung. Sie fühlte sich bereit dazu.

Aber vielleicht war das Thema für Dawn zu heikel?

In den neun Monaten ihrer Therapie hatte sich Wren so sehr auf ihre eigenen Probleme konzentriert, dass sie nicht über die Herausforderungen nachgedacht hatte, vor denen Dawn als Afroamerikanerin möglicherweise stand, sowohl im persönlichen als auch im beruflichen Umfeld, und inwiefern Erfahrungen mit Rassismus oder auch rassistische Traumata sie in ihrer Arbeit als Therapeutin geprägt hatten.

Es war nicht so, als könnte sie Dawn keine persönlichen Fragen stellen. Dawn hätte vermutlich eine klare Meinung zu Logans Plänen und Absichten, aber sie würde bestimmt nicht in einer Therapiestunde darüber sprechen.

Vielleicht könnte sie Dawn gegenüber eingestehen, dass sie die Befürchtung hege, es sei beleidigend oder gefühllos, wenn sie mit ihr ausgerechnet über Probleme mit Rassismus sprechen würde. Das wäre vielleicht ein guter Anfang. Dawn würde wissen, wie es von da an weitergehen sollte.

Aus den Augenwinkeln heraus entdeckte Wren Gayle, und ihr betroffener Gesichtsausdruck brachte sie dazu, die Kopfhörer herauszunehmen und den Staubsauger abzuschalten. „Alles okay mit dir?"

Gayles Lippen zitterten. „Das war Bill", erwiderte sie. „Ich bin raus."

„Warte – was ist los?" Wren nahm ihr Handy aus der Tasche und schaltete die Musik ab.

„Sie haben Logan eingestellt, und ich werde hier nicht mehr gebraucht. Bill hat angerufen, um mir zu sagen, dass ich noch zwei Wochen habe." Bevor Wren eine Antwort geben konnte, fuhr Gayle fort: „Ich hatte die ganze Zeit über schon ein schlechtes Gefühl bei der

Sache. Ich wusste, dass da was läuft. Ich konnte es spüren. Aber natürlich hätte ich nicht gedacht, dass es schon so bald passieren würde. Habe ich dir das nicht eben noch gesagt? Habe ich nicht gesagt, ich hoffe nur …" Tränen stiegen ihr in die Augen. „Zu Bill habe ich noch gesagt: ‚Aber mein Sohn heiratet doch am Samstag!' Wie dumm von mir! Als würde das etwas ändern. Wie denn? Sollen sie deshalb ihre Meinung ändern? Oder vielleicht, weil ich nicht weiß, wie ich eine Hochzeit feiern soll, wo ich nur noch zwei Wochen habe, um einen neuen Arbeitsplatz zu finden?"

Ihre Schultern bebten, und Wren legte den Arm um sie. „Es tut mir so leid, Gayle. Ich wünschte, ich könnte etwas tun."

Gayle wischte sich mit dem Ärmel über die Nase. „Ich weiß ja, dass Katherine sich heute freigenommen hat, und ich will sie auch nicht stören. Aber könntest du sie bitte mal anrufen und fragen, ob sie Näheres weiß?"

„Natürlich. Das mache ich sofort." Aber gerade als sie Kits Nummer wählen wollte, klingelte ihr Handy. Ihr Herzschlag beschleunigte sich, als sie den Namen des Anrufers las.

„Ich denke, ich nehme das Gespräch besser in meinem Atelier entgegen", sagte sie. „Es ist Bill."

Kit war gerade aus der Dusche gestiegen, als ihr Telefon auf dem Nachttisch klingelte. Sie wickelte sich in ihren Frotteemantel und beugte sich vor, um zu sehen, wer das war. *Wren.* Was immer sie wollte, es konnte ein paar Minuten warten.

Während sie eine Hose und eine Bluse aus dem Schrank nahm, ging sie im Geist ihren Tag durch: Supervisionsgespräch mit Russell, anschließend Mittagessen mit Sarah in Grand Rapids, bevor diese zum Flughafen fuhr, um die Mädchen abzuholen. „Du könntest doch mitkommen", hatte Sarah vorgeschlagen, als sie gestern aus dem Haus am See angerufen hatte. „Das wäre bestimmt eine schöne Überraschung für die Mädels." Aber Kit war nicht davon überzeugt, dass zwei Teenager, die erschöpft waren von einem ereignisreichen Urlaub, begeistert wären, sich jetzt noch unmittelbar nach der Landung mit einer zweiten Großmutter abgeben zu müssen.

Außerdem war sie nicht sicher, wie es ihr nach dem Gespräch mit Sarah über die Ereignisse vom vergangenen Samstag gehen würde. In dem Supervisionsgespräch gab es viel aufzuarbeiten, und vermutlich wäre sie bereits geschafft, wenn sie sich mit Sarah zum Mittagessen traf.

Sie ließ sich auf die Bettkante sinken. Die Kleidungsstücke lagen auf ihrem Schoß. Wem wollte sie denn etwas vormachen? Sie war zutiefst erschöpft, und der Tag hatte gerade erst begonnen. Sie stellte sich Vincents alten Mann vor, der vorgebeugt auf seinem Stuhl saß, den Kopf in den Händen vergraben. *Kommt alle her zu mir, die ihr euch abmüht und unter eurer Last leidet! Ich werde euch Ruhe geben.*

Sie strich sich über die Stirn. In letzter Zeit kam sie andauernd müde und schwer beladen zu Jesus. Nicht, dass er sie deswegen verurteilen würde. Lucy hätte sie ermahnt, nicht so hart mit sich ins Gericht zu gehen. „Deine Erschöpfung ist dein Opfer", würde Lucy sagen. „Versuch nicht, ihm in solchen Momenten irgendetwas anderes zu bringen."

Ihr Telefon zeigte eine SMS an. *Kraft und Geduld, Herr*, betete sie, bevor sie sich vorbeugte, um die Nachricht zu lesen.

Bitte ruf mich sofort an, wenn du das liest!

Kit seufzte. Ihr blieb gerade noch genug Zeit, sich anzuziehen, sich zu sammeln und zu ihrem Termin zu fahren. Sie wollte schon antworten: *Kann das warten?*, als ein einzelnes Wort auf dem Bildschirm erschien. *Notfall!*

Sich innerlich wappnend, wählte sie Wrens Nummer.

„Wir wurden gefeuert!", polterte Wren sogleich los. „Nun, eigentlich freigestellt. Bill hat erst Gayle angerufen, dann mich. Sie brauchen uns beide nicht mehr."

„Was? Nein! Das kann nicht sein."

„Es ist aber so. Ich habe gerade mit ihm telefoniert."

Kit knüllte den Saum ihrer Bluse zusammen. „Das ergibt überhaupt keinen Sinn."

„Du wusstest also nichts davon?"

„Natürlich nicht!"

„Das habe ich Gayle auch gesagt."

Dass Gayle und Wren überhaupt in Erwägung gezogen hatten, sie könnte davon gewusst und sie nicht vorgewarnt haben … „Ich bin genauso überrumpelt wie du, Wren. Ganz bestimmt." *Es sind schwierige Entscheidungen zu treffen*, hatte Logan gesagt. Aber hatte er bereits davon gewusst, als er das gesagt hatte? Sie hoffte nicht. „Was genau hat Bill gesagt?"

„Das Kuratorium hätte beschlossen, das Personal umzustrukturieren. Das ist alles. Keine weitere Erklärung."

„Aber das ergibt doch keinen Sinn. Selbst wenn umstrukturiert wird, wird doch jemand fürs Büro und zum Saubermachen gebraucht."

„Es sei denn, Logan hat vor, die Toiletten selbst zu putzen", gab Wren sarkastisch zurück, „und das kann ich mir nun wieder nicht vorstellen."

Das glaubte auch Kit nicht. „Und sie haben ihn ganz bestimmt eingestellt? Hat Bill das so gesagt?"

„Ja. Und er teilte mir mit, dass ich nach dem Zwanzigsten nicht mehr wiederzukommen bräuchte. Nach deiner Abschiedsfeier soll ich alles wieder in Ordnung bringen, dann war's das. Das Gleiche gilt für Gayle."

Kit atmete tief ein und wieder aus. „Ich weiß nicht, was ich sagen soll. Es tut mir so leid."

„Ich wette, Logan hat dem Kuratorium mitgeteilt, dass er nicht mit mir arbeiten will."

„Warum sollte er das tun?"

„Weil ich ihn am Samstag zur Rede gestellt habe. Ich habe ja nun wirklich keinen guten Eindruck bei ihm hinterlassen."

„So hat er mir das nicht geschildert, Wren. Ich habe dir doch gesagt, er war froh darüber, dass du ihm einen Spiegel vorgehalten hast."

„Ja, aber vielleicht hat er gelogen. Oder er manipuliert. Wer weiß das schon? Diese ganze Sache mit dem Dünkel, nicht? Er spielt anderen etwas vor, sagt Dinge, die sie beeindrucken sollen."

Selbst wenn das so wäre, und Kit hoffte sehr, dass das nicht der Fall war, würde das nicht erklären, warum Gayle nicht mehr weiterbeschäftigt werden sollte. Das hatte bestimmt noch andere Gründe.

„Könntest du bitte mal Bill anrufen?"

Kit schaute auf die Kleider auf ihrem Schoß. „Ja. Mache ich sofort."

Sie schrieb Russell eine SMS. Sie müssten ihr Supervisionsgespräch verschieben. Jetzt gab es noch sehr viel mehr mitzuteilen und mit ihm zu besprechen.

„Ich wollte Sie gerade anrufen", sagte Bill, als er ihren Anruf entgegennahm. „Vermutlich haben Sie es mittlerweile schon erfahren."

„Ich habe gerade mit Wren gesprochen." Noch immer im Bademantel ging Kit in die Küche. „Ich verstehe das nicht so ganz."

„Das gehört zu den Vertragsverhandlungen mit Logan", erklärte er.

Hitze stieg ihr ins Gesicht. „Er will, dass die beiden entlassen werden?"

„Nein, nein. Das ist nichts Persönliches gegen die beiden. Ganz und gar nicht. Es ist nur so, wir versuchen, ein Gehaltspaket zu schnüren, das für eine vierköpfige Familie auskömmlich ist."

Das hatte sie sich schon gedacht. „Aber das Gebäude muss doch trotzdem gereinigt werden, Bill. Und wenn er nicht zu allem anderen auch noch die Büroarbeit übernehmen will ..."

„Nicki ist bereit mit anzupacken."

„Wer ist Nicki?"

„Seine Frau Nicole. Sie ist bereit, die Reinigung des Gebäudes zu übernehmen, Telefongespräche entgegenzunehmen und E-Mails zu beantworten. Das gehört alles zu dem Paket."

Kit ließ sich auf einen Küchenstuhl sinken.

„Die Idee von einem Mitglied des Kuratoriums kam buchstäblich auf den letzten Drücker, Katherine. Das ist alles gestern Abend entschieden worden. Das war die einzige Möglichkeit, ihn herzuholen. Und wir brauchen ihn hier. Wir sind davon überzeugt, dass Gott ihn dazu berufen hat. Und wenn das bedeutet, dass wir zwei gute Leute gehen lassen müssen, müssen wir das eben in Kauf nehmen. Es tut mir wirklich sehr leid, glauben Sie mir! Aber wir sehen einfach keinen anderen Weg."

Sie konnte sich Gayles Verzweiflung vorstellen, die Sorge, ob sie noch einmal eine Arbeitsstelle finden würde, in der sie ihre Arbeitszeit nach ihren Bedürfnissen einteilen konnte, damit sie die Möglichkeit hatte, ihre Tochter zu entlasten und sich um die Kinder zu kümmern, wenn es ihrer Tochter nicht gut ging. Arnie stand kurz vor der Pensionierung. Die Familie brauchte ihren Verdienst. „So einfach ist das nicht, Bill. Die beiden brauchen diese Arbeit."

„Das ist mir klar, aber Wren ist jung und körperlich fit. Ich bin sicher, dass sie etwas anderes findet."

Körperlich fit? Er hatte ja keine Ahnung.

„Und was Gayle betrifft", fuhr er fort, „bei uns hat sie ja auch nicht so viel verdient. Bestimmt bekommt sie woanders viel mehr."

Sie will aber nicht woanders arbeiten, erzürnte sich Kit innerlich. Es stimmte, dass sie in New Hope nur ein niedriges Gehalt bekam. Gab es denn wirklich keinen Weg, sie weiterzubeschäftigen?

„Die Kinder von Logan und Nicole sind doch noch klein", sagte sie fragend. Sie würden bestimmt eine Kinderbetreuung brauchen, während sie …

„Nickis Eltern leben in der Nähe. Sie würden die Kinder nehmen."

Kit schaute durch die Verandatür zum Vogelhäuschen hinüber, wo die kleinen Spatzen sehr aktiv waren. Das war alles längst entschieden. Es hatte keinen Zweck, weiter auf ihn einzureden. „Wann will Logan anfangen?"

„Nun, das ist die andere Sache. Wir würden Sie gern ein wenig früher in den Ruhestand entlassen, Katherine. Logan hat heute Morgen seine Gemeinde informiert. Sie können bei Nickis Eltern wohnen, bis sie eine Unterkunft gefunden haben. Ganz offiziell wird er also am Tag nach Ihrer Verabschiedung seinen Dienst antreten."

Sie fragte sich, ob ihre Panikattacke den Ausschlag für diese Entscheidung gegeben hatte. *Verschafft der alten Frau doch eine Pause. Lasst sie ausruhen.*

„Wir bezahlen Sie natürlich noch bis zum Ende des Monats, aber wir dachten, es sei vielleicht ein Geschenk für Sie, dass Sie früher ausscheiden können. Logan hat wirklich ein gutes Gespür dafür, welche Schritte jetzt zu gehen sind, und wir zweifeln nicht daran, dass er sofort voll einsatzfähig sein wird."

Was für eine interessante Beschreibung für die Arbeit des Leiters eines kontemplativen Einkehrzentrums. „Also gut", sagte sie. „Dann machen wir das so."

Es folgte ein Augenblick der Stille. „Hoffentlich ohne Unmut", erwiderte Bill schließlich.

„Ich kann nicht für andere sprechen", sagte Kit. „Aber was mich betrifft: Ich werde schon einen Weg finden, damit fertigzuwerden."

„Katherine …"

„Ich muss jetzt mit Gayle und Wren sprechen. Danke, dass Sie so ehrlich zu mir waren."

„Ich würde gern noch einmal persönlich mit Ihnen reden, falls Ihnen das weiterhilft."

„Das ist nicht nötig, Bill. Aber vielleicht könnten Sie stattdessen den anderen beiden diese Höflichkeit zuteilwerden lassen."

Sobald sie den Anruf beendet hatte, legte Kit ihre Kleidung zur Seite und schrieb Sarah eine Nachricht. Das Mittagessen musste verschoben werden. *Dringender pastoraler Einsatz*, tippte sie. Sarah würde sich hüten, sie nach Einzelheiten zu fragen.

20

Wren saß im leeren Warteraum vor Dawns Sprechzimmer und spielte nervös mit ihren Fingern. Sie hätte sowieso nicht für ihn arbeiten wollen. Sicher, ihr Atelier im New Hope-Zentrum würde sie wohl aufgeben müssen, aber da Logan sowieso keinen Sinn für Kunst hatte und keine Wertschätzung für Künstler empfand, hätte er ihr das vermutlich ohnehin nicht gelassen, selbst wenn sie noch dort gearbeitet hätte. Sie sah ihn vor sich, wie er während des Kurses unverwandt auf sein Handy starrte, als Kit ihr Bild hochhielt. Unhöflich und respektlos.

Sie würde alle ihre Bilder aus der Kapelle entfernen, bevor er die Gelegenheit dazu hatte, und sie würde Kit empfehlen, auch die Originale der anderen Künstler zurückzugeben, bevor er sie entsorgte. Die Drucke von van Gogh hatte alle Kit bezahlt. Auch die mussten sie unbedingt vor Logans Zugriff in Sicherheit bringen.

Und dann Gayle. Was sie mit ihr gemacht hatten, tat Wren am meisten leid. Als Kit kurz nach Wrens Anruf im New Hope-Zentrum eingetroffen war, war Gayle weinend in ihren Armen zusammengebrochen. „Wer stellt denn noch eine dreiundsechzigjährige Sekretärin ein, die nur Grundkenntnisse am PC vorzuweisen hat?" Ihr Sohn, der so lange Single gewesen war, heiratete jetzt endlich. Ihn konnten sie keinesfalls um finanzielle Unterstützung bitten, falls das nötig wäre.

Kit bot Gayle an, den Rest des Tages freizunehmen. Oder den Rest der Woche, falls sie das wollte. „Der Zeitpunkt ist ganz übel", hatte Kit gesagt, „und es tut mir schrecklich leid. Ich hoffe nur, dass du und

Arnie euch auf die Hochzeit konzentrieren könnt, auch wenn das schwierig sein mag."

Durch das Fenster der Rezeption beobachtete Wren, wie sich Dawns Bürotür öffnete. Da sie demjenigen, der herauskam, ein wenig Privatsphäre gönnen wollte, wandte sie den Blick ab. Doch dann rief eine Frauenstimme: „Danke für das Gespräch!" Diese Stimme kannte Wren.

Mara Payne. Sie hatte gar nicht gewusst, dass sie dieselbe Therapeutin hatten. Als sich ihre Blicke trafen, begann Mara zu strahlen, und im Wartebereich begrüßte sie Wren mit einer herzlichen Umarmung.

„Die Welt ist ja so klein!", rief Mara. „Du bist wegen Dawn hier?"

„Ja."

„Oh, das freut mich sehr. Sie ist großartig, nicht?"

„Das stimmt."

„Sie ist schon seit einigen Jahren mein Rettungsanker", erklärte Mara. „Ich hatte sie länger nicht gesehen, aber manchmal muss man einfach noch einmal an etwas erinnert werden, was man eigentlich längst weiß."

Richtig, dachte Wren. Und man muss versuchen, keine Schuldgefühle zu empfinden, weil man diese Erkenntnis vergessen hat oder nicht umsetzt.

„Ich wollte dich schon längst angerufen haben, Wren. Wie wäre es, wenn wir mal zusammen einen Kaffee trinken?"

„Sehr gern, danke."

Mara schob den Riemen ihrer perlenbestickten Tasche auf der Schulter hoch. „Und? Wie läuft es bei dir?"

Wren lächelte trocken. „Ich bin gerade gefeuert worden, aber sonst ..."

„Nicht wahr! Im Pflegeheim?"

„Im New Hope-Zentrum."

„Machst du Witze?"

„Nein. Es kommt ein neuer Leiter, und der räumt gründlich auf."

Mara neigte den Kopf zur Seite. „Da scheint ja mehr dahinterzustecken. Wie bald können wir uns treffen?"

Wrens gesamter privater Terminplan würde auf einen kleinen Zettel passen. „Ich arbeite die nächsten Tage. Wie wäre es gegen Ende der Woche?"

„Gut. Ich schaue nach ein paar Lücken in meinem Kalender und melde mich."

Dawn kam aus ihrem Sprechzimmer. „Hallo, Wren."

„Hallo."

Mara umarmte Wren zum Abschied noch einmal. „Halt die Ohren steif, okay? Du bist in guten Händen."

„Ich höre eher Frustration als Trauer", erklärte Dawn, nachdem Wren ihr erzählt hatte, was seit Logans Besuch geschehen war. „Ist das so?"

„Ja, das stimmt. Sehr viel mehr Frustration." Wren nahm ein Kissen von Dawns Sofa und drückte es an sich. „Ich glaube, Zorn ist im Augenblick viel weniger beängstigend für mich als Trauer, denn die kostet mich mehr Energie. Ich weiß nicht, ob das einen Sinn ergibt oder nicht."

„Können Sie das näher erläutern?" Dawn beugte sich leicht vor.

„Trauer führt mich an einen dunklen Ort, an einen Ort, an dem ich nichts fühle. Ich glaube, bei Zorn fühle ich zumindest etwas, das mir helfen kann, aktiv zu werden und mich in eine Richtung zu bewegen, wo ich Hilfe finde." Solange sie sich nicht davon überwältigen ließ. Aber diese Gefahr bestand vermutlich immer.

„Was denken Sie, wogegen sich Ihr Zorn richtet?"

Wren zuckte die Schultern. „Ich könnte jetzt natürlich behaupten, ich ärgere mich vor allem darüber, wie man mit Gayle umgeht. Aber es geht in erster Linie um mich. Ich bin wütend, dass Logan für die Dinge, die mir wichtig sind, nichts übrigzuhaben scheint. Zum Beispiel Kunst."

Ihr Blick wanderte zu Vincents Gemälde *Der barmherzige Samariter* an der Wand hinter Dawns Sessel. Der verletzte junge Mann hatte den Arm um den Hals des älteren Mannes geschlungen, während der ihn aufs Pferd hob. Vincents wirbelnde Pinselstriche standen für die Energie und die Anstrengung des Samariters.

Wrens Kehle war trocken. Dass sie zornig über Logans mangelnde Wertschätzung für Kunst war – für *ihre* Kunst –, das war nur die halbe Wahrheit. „Es geht auch um Kit", erklärte sie.

„Sie sind auch zornig auf sie?"

„Nein, ich meine, ja, das war ich. Aber in erster Linie bin ich wütend wegen dem, was Logan über sie gesagt hat." Sie deutete auf das Bild. „Das zeigt Kit und mich."

Dawn drehte sich kurz um und schaute sich das Bild an.

„Genau das hat Kit für mich getan. Sie hatte Mitgefühl und Trost für mich, als ich nicht selbst für mich sorgen konnte. Als mir alles egal war und ich nicht mehr für mich sorgen *wollte*."

Viele dieser Tage lagen wie im Nebel, aber woran sie sich erinnerte, war Kits Präsenz. Ihre Kraft. Ihre Freundlichkeit. Ihr Verständnis.

„Kit und ich", fuhr sie fort, den Blick noch immer auf das Gemälde gerichtet, „sind Gefährten im Leid, weil sie weiß, wie sich Verzweiflung anfühlt, und weil sie mich nicht wegen meiner Schwächen verurteilt. Als sie bei dem Kurs am Wochenende über den Umgang mit Leid sprach und Logan sich dann später am Telefon darüber ausließ, wie deprimierend das alles sei, und als er dann auch noch spottete, die Nachricht von der Auferstehung sei bei Kit offensichtlich noch nicht angekommen, da habe ich rotgesehen. Nicht nur, dass er Kit und das, was sie anderen an Trost, Verständnis und Mitgefühl entgegenbringt, herabgewürdigt hat. Ich hatte auch das Gefühl, dass er das, was sie für mich getan hat, mit Füßen tritt. Sie hat mir geholfen, Jesus in seinem Leiden anzusehen, mich darauf auszurichten, dass er mit uns fühlt, und seine Solidarität mit uns zu erkennen. Mit mir. Und als Logan so abwertend darüber sprach, hatte ich das Gefühl, als hätte er unsere Planung und unser Engagement für den Kreuzweg entwertet. Alles, was wir gemeinsam geschaffen haben." Sie atmete tief durch. „Und auch wenn er sich bei ihr entschuldigt zu haben scheint, bin ich trotzdem noch wütend."

Ihr Blick wanderte zu den beiden Gestalten, die an dem verletzten Mann vorbeigegangen waren und sein Leid ignoriert hatten. Einer von ihnen schien im Gehen zu lesen. Vermutlich im Wort Gottes, was alles noch viel schlimmer machte. Die Szene war so aufgebaut, dass zwei mit sich selbst beschäftigte Männer noch immer in Sichtweite waren. Sie hätten sich nur umzudrehen brauchen, dann hätten sie gesehen, wie das Gewicht seiner Großzügigkeit und seines Mitgefühls den Samariter niederbeugte. Doch er war entschlossen zu helfen, ohne Rücksicht darauf, was es ihn kostete. Aber selbst wenn sie es bemerkt hätten – wären sie umgekehrt und hätten ihm geholfen? Vermutlich nicht.

„In dem hier sehe ich Logan", sagte sie und deutete auf die Gestalt, die sich in die Schriftrolle oder das Buch vertieft hatte. „Er scheint so mit sich selbst beschäftigt, mit seinem neuen Wirkungskreis oder mit der finanziellen Situation oder was auch immer, dass er sich nicht die Mühe macht, überhaupt zuzuhören, was Kit über Menschen gesagt hat, die vor Verzweiflung nicht mehr aus noch ein wissen." Falls Logan Kits Ausführungen *tatsächlich* mitbekommen hatte, sie ihn aber nicht erreicht hatten, dann wäre das noch schlimmer.

„Kit sagt, er wolle sich für Gerechtigkeit zwischen Menschen unterschiedlicher ethnischer Herkunft einsetzen. Aber wenn es für ihn schon deprimierend ist, über Leid auch nur zu sprechen, dann frage ich mich, wie ernst er es damit meint. Vielleicht will er mit solchen Themen nur beeindrucken." Es gab so viele Posts im Netz, die Menschlichkeit signalisieren sollten. War das reine Angeberei? Dünkel in Höchstform? Oder waren diese Worte begleitet von mitfühlendem Handeln?

Aber wie war das eigentlich bei ihr?

Sie vertiefte sich wieder in das Gemälde. „Ich will nicht mehr länger die Person auf dem Pferd sein. Ich will nicht mehr so bedürftig und auf Hilfe angewiesen sein. Ich sehe, wie erschöpft Kit ist, und ich verursache noch zusätzlichen Stress für sie. Sie gibt sich solche Mühe, geduldig und mitfühlend zu sein, aber …"

Dawn wartete einen Augenblick, dann forderte sie sie auf: „Nur weiter, Wren. Was sehen Sie noch?"

Sie rieb eine der goldenen Quasten des Sofakissens zwischen ihren Fingern. Das Material fühlte sich so weich und beruhigend an. „Ich bin diejenige, die immer nur nimmt", fuhr sie fort. „In der Welt geschehen so viele große Dinge. Es gibt so viel Bedürftigkeit. Und ein paar Jahre lang habe ich auch an vorderster Front gestanden, habe Menschen aufgerichtet, mich um ihre Verletzungen gekümmert. Ich habe dazu beigetragen, dass sie voller Hoffnung weitergehen konnten. Und jetzt habe ich das Gefühl, dass das alles schon ein ganzes Leben her ist."

Kit hatte ihr immer wieder versichert, dass sie durch ihre Anwesenheit in Willow Springs bei den Bewohnern viel bewirken würde. Aber es war ja auch nicht schwer, sich zu jemandem zu setzen und mit ihm ein Golfturnier anzuschauen oder Kniffel zu spielen. Das kostete sie doch nichts. Wie gern wäre sie mehr wie Kit, wie der großzügige Samariter, der sich selbst aufopferte. Oder sogar wie das geduldige Pferd auf dem Bild. Es diente, indem es stillhielt und seine Last annahm und trug, ohne sich zu beklagen. Vincent hatte Tiere häufig mit menschlichen Eigenschaften gemalt. Er sah etwas Heiliges in ihnen.

Erneut deutete sie auf das Bild. „Das hat van Gogh übrigens gemalt, als er in der Nervenheilanstalt war."

Dawn schaute sie verblüfft an. „Wirklich?"

„Ja. Er wollte nicht ständig auf die Hilfe anderer angewiesen sein. Genau wie ich. Er hatte Schuldgefühle, weil er finanzielle Unterstützung von seinem Bruder brauchte, und war zutiefst frustriert, dass es ihm nicht gelang, mit dem Verkauf seiner Bilder seinen Lebensunterhalt zu bestreiten. Und natürlich ärgerte er sich, dass sich Theos Investition in ihn niemals ausgezahlt hatte. Aber er wollte trotzdem so gern etwas bewirken. Er wollte Menschen durch seine Kunst trösten. Und er hoffte, wieder so gesund zu werden, dass er das tun könnte."

Wren betrachtete das Gesicht des Samariters. Ihr Blick blieb auf einmal an seinem orangefarbenen Bart hängen. Wieso hatte sie dieses Detail bisher nicht bemerkt? Ja, vielleicht war es eine künstlerische

Farbentscheidung gewesen, aber vielleicht drückte dieses Detail Vincents Sehnsucht aus, anderen zu helfen. Vielleicht sah er sich selbst nicht nur als den verletzten Mann, der Hilfe brauchte, sondern auch als den verletzten Heiler, der Hilfe anbot.

Sie sprach mit Dawn über ihre Theorie. „Das ist eine sehr eindrückliche Erkenntnis, Wren. Was könnte das für Sie bedeuten?"

Wren überlegte einen Augenblick. „Ich weiß, dass ich Kit das, was sie getan hat, niemals werde vergelten können. Ich möchte nicht nur eine Last sein. Und ich möchte in der Welt etwas bewirken. Das kann ein sehr selbstsüchtiger, selbstzentrierter Ansatz sein, damit wir selbst uns gut fühlen. Dass wir auch nach außen gut dastehen. Aber als ich hörte, wie Kit Logans Vision erklärte, dass er sich für bessere Beziehungen zwischen Menschen unterschiedlicher ethnischer Herkunft einsetzen wolle, da regte sich etwas in mir. Da war der Wunsch, mich auch dafür zu engagieren und einen Beitrag zu leisten für eine Verbesserung zum Guten."

„Können Sie das denn nicht tun?"

„Nein. Nicht hier. Nicht mit ihm. Zumindest nicht jetzt. Oder noch nicht." Sie müsste abwarten, was für ein Mensch er tatsächlich war, bevor sie eine solche Entscheidung traf.

Wrens Blick wanderte zur Uhr an der Wand. Die Zeit war fast um. „Vielleicht muss ich mich einfach auf die Möglichkeiten konzentrieren, die ich in Willow Springs habe. Nicht nur im Hinblick auf die Bewohner, sondern auch auf alle, die dort arbeiten. Bisher war ich zu sehr mit meinem eigenen Leben beschäftigt und habe mich für sie und ihren Hintergrund nicht interessiert. Aber ich weiß, dass einige Reinigungskräfte und Pflegehelferinnen nur mit mehreren Jobs über die Runden kommen. Manche davon sind alleinerziehende Mütter. Ich wette, keine von ihnen genießt den Luxus, den ich habe. Ich brauche keine Miete zu zahlen, sondern kann kostenlos bei Kit wohnen, bis ich weiß, wie ich mein Leben weitergestalten will." Sie schwieg einen Moment. „Das gehört vermutlich auch zum verantwortlichen Umgang mit dem, was uns geschenkt ist, nicht? Ich brauche keine Schuldgefühle zu empfinden wegen dem Guten, das mir widerfährt, sondern kann nach Wegen suchen, das, was ich habe, weiterzugeben. Und nicht nur, um meine Schuldgefühle zu beschwichtigen. Sondern um wirklich Liebe weiterzugeben."

Dawn schwieg. „Es gibt immer Gelegenheiten, Gerechtigkeit, Liebe, Erbarmen und Demut zu üben", sagte sie nach einer Weile. „In jeder Lebenssituation."

Kit stand vor ihrem Vorratsschrank und überlegte, was sie zum Abendessen kochen könnte, als Wren mit einer Einkaufstüte hereinkam. „Auf dem Heimweg bin ich beim Supermarkt vorbeigefahren. Ich dachte, wir könnten Fajitas machen." Sie stellte die Tüte auf die Arbeitsplatte. „Aber wenn du etwas anderes im Sinn gehabt hast, können wir das auch für morgen aufheben."

„Nein, das ist eine gute Idee. Danke." Kit machte den Schrank zu und holte eine Pfanne aus der Schublade unter dem Herd.

Wren schob sie aus der Küche. „Du gehst und ruhst dich aus. Ich mache das schon."

Kit nahm das Angebot gern an. Nachdem sie Vogelfutter ins Vogelhäuschen gegeben und mehrere E-Mails beantwortet hatte, brutzelte das Hähnchen in der Pfanne. Wren legte ihr Handy aus der Hand. „Mama lässt dich schön grüßen."

„Schöne Grüße zurück. Alles in Ordnung bei ihr?"

„Ja. Nur ihre übliche Sorge um mich. Ich habe ihr versichert, dass ich gut mit allem klarkomme. Das ist wirklich so. Aber ich hätte nichts dagegen, wenn du sie auch noch einmal beruhigen könntest."

„Wenn sie mich fragt, kann ich das gern machen."

„Danke."

Kit zog einen Stuhl unter dem Tisch hervor und setzte sich. „Hattest du heute ein gutes Gespräch mit Dawn?"

„Ja. Es kam gerade zum richtigen Zeitpunkt." Wren wendete das Fleisch. „Ich habe ihr von den Vorfällen mit Logan berichtet, dass er sich so abfällig über unseren Kreuzweg geäußert hat und ..."

„Moment mal, Wren. Ich bin nicht sicher, dass er das genau so ausgedrückt hat."

„Doch, das war so. Du hast sein Telefongespräch nicht mitbekommen. Ich schon."

„Aber ich bin nicht sicher, dass er über alles so abfällig gesprochen hat", wandte Kit ein, „nur, dass ich seiner Meinung nach in meinen Ausführungen die Hoffnung und die Auferstehung nicht ausreichend berücksichtigt hätte."

Wren hob den Pfannenwender. „Warum verteidigst du ihn immer noch, nach allem, was er Gayle angetan hat?"

„Das war eine Entscheidung des Kuratoriums. Logan hat damit nichts zu tun."

„Da bin ich nicht so sicher. Denn am Samstag hat Logan mir gesagt, er hätte seiner Frau gegenüber Dampf abgelassen, weil das Gehalt, das man ihm angeboten hat, für sie nicht ausreiche. Vermutlich hat er mich deshalb gefragt, wie viele Stunden ich in New Hope arbeite und ob ich noch eine andere Stelle hätte. Das gehörte alles zu seinen Berechnungen. Er hatte schon alles geplant." Sie drehte das Fleisch noch einmal um. „Und er machte dich dafür verantwortlich, dass New Hope finanziell so schlecht dasteht und ihm kein höheres Gehalt zahlen kann, weil deine Angebote zu deprimierend seien."

Kit massierte sich die Schläfen. Dass Wren die letzten Funken des Zorns, die sie den ganzen Tag über mit Gebet zu ersticken versucht hatte, wieder anfachte, konnte sie ganz und gar nicht gebrauchen. Das wollte sie nicht.

„Entschuldige", sagte Wren, „aber es stimmt. Nicht was er über dich gesagt hat, aber dass er es gesagt hat. Ich weiß, was ich gehört habe."

„Das glaube ich dir ja, Wren. Aber ich weiß auch, wie zerstörerisch Zorn ist. Es ist nicht gut, wenn wir die Dinge, über die wir uns geärgert haben, ständig wieder durchkauen. So kann keine Ruhe einkehren."

„Aber du kannst doch nicht alles unter den Teppich kehren und so tun, als wäre nichts geschehen."

„Hier geht es nicht darum, irgendetwas unter den Teppich zu kehren. Er hat mich doch bereits um Vergebung gebeten. Wir müssen das jetzt hinter uns lassen."

Wren stemmte ihre freie Hand in die Hüfte. „Denkst du wirklich, dass er aufrichtig ist in dem, was er sagt?"

Kit war sich nicht sicher. Aber ihn als Bruder zu lieben bedeutete, zunächst einmal das Beste von ihm anzunehmen. So viel wusste sie. „Es steht uns nicht zu, seine Motive oder Aufrichtigkeit anzuzweifeln", erwiderte sie. „Gott sieht das Herz an, nicht ich. Ich weiß nur, dass der Maßstab, den ich in meinem Urteil über einen anderen anlege, auch bei mir angelegt wird. Und ich wünsche mir Barmherzigkeit. Ich habe mit mir selbst schon genug zu tun, ich kann mich nicht noch auf einen anderen konzentrieren. Das verkrafte ich nicht."

Wren seufzte.

„Gib ihm eine Chance", bat Kit. „An ihren Früchten sollt ihr sie erkennen. Aber bis die Frucht sichtbar wird, dauert es. Liebe ist geduldig, schon vergessen? Geduldig mit uns, damit wir Geduld für andere aufbringen können. So schwer uns das manchmal auch fällt."

Wren schob die Hühnerbrust auf einen Teller. „Ich brauche ihm ja keine Chance zu geben. Denn schließlich wurde ich gefeuert. Ich werde also nicht mitbekommen, was er macht."

„Das tut mir leid, Wren."

„Nein, es ist in Ordnung. Ich hatte mir sowieso vorgenommen, diese Stelle aufzugeben. Ohne dich wäre es nicht mehr dasselbe, also kann ich auch gleich weiterziehen."

Kit wollte ihr keinen Stress bereiten, indem sie nach Arbeitsmöglichkeiten fragte, darum beobachtete sie wortlos, wie Wren rote, gelbe und grüne Paprika in Streifen schnitt, in die Pfanne gab und umrührte.

„Bist du denn nicht wütend?", fragte Wren nach einer Weile.

„Doch, natürlich."

„Aber wieso explodierst du nicht?"

Sie zuckte die Schultern. „Vielleicht ist es wegen meines Dünkels. Ich lasse mir das nicht anmerken."

„Bist du nie wütend auf Robert gewesen? Auch nicht, nachdem er dich verlassen hat?"

Kit dachte daran, wie eindringlich Jesus vor dem Zorn warnt. „In meinen Gedanken habe ich ihm tausendmal den Hals umgedreht, ihm die schlimmsten Dinge gewünscht. Ich konnte ihn und Carol nicht bestrafen, aber ich wollte, dass Gott es tut." Sie stützte das Kinn in die Hände. „Es liegt nicht in meiner Art, herumzuschreien und vor Wut zu explodieren, aber die stille Version kann genauso tödlich sein. Ich habe ihm eine ganze Menge Briefe geschrieben, in denen ich meinen Zorn zum Ausdruck gebracht habe. Aber ich habe sie alle zerrissen, und ich habe auch unzählige Rachepsalmen gebetet. In der Bibel gibt es eine stattliche Anzahl davon. Man hat die Wahl."

„Schreib mir mal auf, welche das sind", sagte Wren. „Sie könnten mir ganz gelegen kommen."

Kit lächelte schwach. Diese ungefilterten und aus dem tiefsten Inneren kommenden Schreie und Bitten, Gott möge strafen, hatten damals ihrem eigenen Empfinden entsprochen. Im tiefsten Inneren hatte sie sich gewünscht, Gott möge Unheil oder Strafe oder Vernichtung über Robert und Carol bringen. „Sprich es aus", pflegte Lucy immer zu sagen. „Schluck es nicht hinunter. Das macht dich krank."

Ihren Zorn im Gebet vor Gott auszusprechen, hatte Kit geholfen, ihn zu verarbeiten, denn Gott war, so erinnerte Lucy sie immer wieder, groß und gnädig. Er konnte damit umgehen. Sie brauchte nicht erst aufzuräumen, bevor sie damit zu ihm kam.

Kit rieb über die Stelle an ihrem Ringfinger, an der früher ihr Ehering gesteckt hatte. „Nach einer Weile habe ich erkannt, dass ich mir mit meinem Zorn nur selbst schadete, nicht ihnen. Meine geistliche Begleiterin hat mir geholfen zu erkennen, dass ich mit meiner Verachtung den beiden ihre Menschlichkeit abgesprochen hatte. Ich hatte sie auf die Größe ihres Vergehens reduziert, und deshalb fiel es mir leichter, sie zu hassen und mich über sie zu stellen. In meinem Zorn sah ich sie nicht mehr als Menschen, die zum Ebenbild Gottes geschaffen waren." Die Erkenntnis, wie eng ihr eigenes Herz geworden war, war ein Weckruf des Heiligen Geistes gewesen und hatte einen Vergebungsprozess in Gang gebracht, der immer noch nicht abgeschlossen war.

Wren drehte den Herd herunter und machte sich daran, die Hähnchenbrust in Streifen zu schneiden. „Ich verstehe, was du meinst. Zorn ist zerstörerisch, aber Dawn und ich haben auch darüber gesprochen, dass Zorn Veränderung hervorbringen kann, nicht nur die Veränderung eines einzelnen Menschen, sondern auch einer ganzen Gemeinschaft. Ich denke, Zorn kann auch umgeleitet werden, um Gutes zu bewirken, zum Beispiel, dass man ungerechte Systeme bekämpft."

Das sah Kit auch so. In der Bibel wurde immer wieder von prophetischem Zorn gesprochen, es wurde zur Umkehr angesichts von Ungerechtigkeit und Unterdrückung aufgerufen. „Aber gerechter Zorn darf niemals die Liebe ersticken. Wenn dein Zorn nicht in der Liebe wurzelt, dann ist er nicht heilig. Und ich habe in meinem Leben viel Erfahrung mit der unguten Art gemacht. Sie kann zu einem verzehrenden Feuer werden. Und nicht zum Guten."

„Ja, stimmt wohl", bestätigte Wren. „Aber einer meiner Professoren im Studium sagte immer, nicht Zorn und Hass seien das Gegenteil von Liebe, sondern Gleichgültigkeit. Ich will nicht apathisch oder hartherzig oder vollkommen ichbezogen werden angesichts des Leids in der Welt. Ich will nicht behaupten, dass ich eine Art heiligen Zorn empfinde, so wie Jesus. Aber wenn ich mich wieder für Gerechtigkeit begeistern kann und Mitgefühl spüre, so wie früher in meiner Arbeit mit Missbrauchsopfern, dann scheint das ein wichtiger Schritt nach vorn zu sein. Und wenn ich bedenke, wie lange ich innerlich tot war, dann werte ich das als ein positives Zeichen."

Möge es so sein, dachte Kit und stand auf, um den Tisch zu decken.

21

Sarah wartete nicht auf eine Nachricht von den Mädchen, dass sie ihr Gepäck hätten, sondern empfing sie direkt am Flugsteig. Jess tauchte aus der Gangway auf – in Designerjeans und mit großen Reifenohrringen mit Fransen, die ihr bis auf das transparente Blusenshirt reichten. Morgan trug Jeansshorts, ein Shirt mit Prinzessinnen darauf, hatte einen Reif mit Mausohren aufgesetzt und hielt einen großen Plüschtiger im Arm.

„Wie wäre es mit einer Umarmung für deine Mutter, Jess?", fragte Sarah, nachdem Morgan sie in die Arme geschlossen hatte.

Jess sah gerade so lange vom Bildschirm ihres Handys hoch, dass sie sie mit einem Arm umarmen konnte, bevor sie ihre Aufmerksamkeit wieder ihrem Telefon zuwandte.

„Hallo, Mama"', frotzelte Sarah, „„schön, dich zu sehen. Wie geht es dir?' ,Gut, danke, Jess, dass du nachfragst. Ich freue mich, dass ihr wieder zu Hause seid! Ich habe euch vermisst!'"

Lächelnd ließ Jess ihr Handy in einer Handtasche verschwinden, die Sarah noch nicht kannte. „Hallo, Mama. Wir haben dich auch vermisst."

Auf dem Weg zum Gepäckband legte Sarah die Arme um ihre beiden Töchter. „Gigi ist mit euch shoppen gewesen, was?"

„Ein paar Mal", berichtete Morgan.

„Habt ihr mehr Gepäck mitgebracht, als ihr mitgenommen hattet?"

„Gigi hat Jess einen Koffersatz gekauft. Ich habe meine Souvenirs in ihrem alten verstaut."

„Was war denn mit deinem alten Koffer?", fragte Sarah Jess.

„Nichts."

Morgan rückte ihre Mausohren gerade. „Gigi will mit Jess nach ihrem Highschool-Abschluss nach Europa reisen. Ein Examensgeschenk."

„Morgan!", fuhr Jess sie an.

„Aber so ist es doch."

„Und dir will sie ein Pferd kaufen", gab Jess zurück.

„Moment mal! Was soll das heißen?" Sarah blieb so abrupt stehen, dass jemand von hinten mit einem Koffer in sie hineinfuhr. Eine Entschuldigung murmelnd, trat sie zur Seite und bedeutete den Mädchen, das ebenfalls zu tun. „Also gut. Jetzt noch mal von vorn. Gigi will was?"

Jess stieß Morgan den Ellbogen in die Rippen. „Du solltest den Mund halten. Sie wollte doch zuerst selbst mit Mama sprechen."

Morgan streckte ihr die Zunge heraus.

„Schluss damit!", ging Sarah dazwischen. „Alle beide."

„Sie will mir kein Pferd kaufen. Sie hat nur gesagt, sie würde mit dir darüber reden."

„Prima, wir werden reden. Aber die Antwort lautet trotzdem nein."

„Mama!"

„Nein, Morgan. Papa und ich haben das doch mittlerweile ausführlich mit dir besprochen. Du musst uns zuerst beweisen, dass du das wirklich willst. Dass du nicht nur den Spaß haben willst, sondern auch vor der Arbeit nicht zurückscheust."

„Aber das will ich doch!"

Sarah machte ihr ein Zeichen, sie solle die Stimme senken. „Wir reden später darüber."

„Und Jess?"

„Auch darüber reden wir später."

„Das kannst du mir nicht verbieten", maulte Jess. „Du und Papa habt mir bereits eine Reise nach dem Abschluss versprochen."

„Von einer Europareise war bisher nie die Rede, Jess. Wir haben darüber gesprochen, dass du dir eine Show in New York anschaust oder eine Reise nach Washington machst."

„Gigi wird alle Kosten übernehmen."

„Ich werde mit ihr reden", erklärte Sarah.

„Mama!", rief Jess genauso entnervt wie Morgan.

„Ich habe gesagt, ich rede mit ihr."

„Ja, aber was wirst du ihr sagen?"

Das wusste sie noch nicht. Allerdings würde sie abwarten, bis sie sich ein wenig beruhigt hatte, damit sie Carol nicht etwas an den Kopf warf, das sie später bereuen würde.

Zu Hause angekommen, verschwanden die Mädchen sofort in ihren Zimmern. Auf der Fahrt hatten sie zwar höfliche, aber sehr knappe Antworten auf Fragen zu ihrer Reise gegeben. Zach, der heute lange arbeiten musste, antwortete nicht auf ihre SMS mit der Frage: *Hast du mal eine Minute?* Sarah starrte auf ihr Handy und fragte sich, ob ihre Mutter wohl noch immer mit diesem pastoralen Notfall beschäftigt war, der sie veranlasst hatte, ihr Mittagessen zu verschieben.

Wenn es bei dem Problem mit den Mädchen nicht gerade um Carol ginge, würde sie ihre Mutter jetzt anrufen und das mit ihr besprechen. Aber die Gefühle ihrer Mutter gegenüber Carol waren immer noch ziemlich ambivalent. Das könnte ihr Urteilsvermögen trüben. Und Sarah hatte nicht vor, sie zu ihrer Verbündeten zu machen. Das wäre nicht fair.

Eigentlich glaubte sie nicht, dass ihre Reaktion überzogen war. Auf jeden Fall nicht in Bezug auf Morgan und das Pferd. Carols Reise mit Jess nach Europa war allerdings etwas anderes. Sie wüsste nicht, warum sie das verbieten sollte. Die Reise müsste natürlich unmittelbar nach der Abschlussfeier erfolgen, damit Jess im Sommer noch etwas Geld verdienen und ihren Teil zu den Collegekosten beisteuern könnte. Das war nicht verhandelbar. Und wenn die Reise deswegen kürzer ausfallen müsste, als Carol und Jess gehofft hatten, dann war das eben so.

So. Das war schon mal eine gute Grundlage. Aber die Sache mit dem Pferd …

Sie kramte in ihrer Erinnerung. Hatte sie mit Carol eigentlich schon mal darüber gesprochen? Mit Mama auf jeden Fall. Vielleicht wusste Carol ja nicht, dass sie und Zach Nein gesagt hatten. Morgan hätte diese Information ganz bestimmt nicht an ihre Großmutter weitergegeben. Vermutlich hatte sie Gigi erzählt, wie gern sie zum Reiten ging, wie gut es für sie wäre, die Verantwortung für ein eigenes Pferd zu übernehmen, und dass alle anderen Mädchen im Reitstall bereits ein eigenes Pferd hätten. Bestimmt hatte sie dick aufgetragen. Sarah stellte sich vor, wie Carol voller Mitgefühl zuhörte und nach einem Weg suchte, „die Mädchen gleich zu behandeln", trotz ihres Altersunterschieds.

Also gut. Sie würde Carol einen Vertrauensvorschuss geben. Sie würde ihr nur das Beste unterstellen und ihr Handeln und ihre Motive nicht infrage stellen.

Sie atmete tief durch. Sieh dir die Fakten an. Und sei gnädig beim Interpretieren der Fakten.

Sie schrieb Carol eine SMS. *Können wir reden?*

„Das tut mir wirklich leid", sagte Gigi. „Ich hatte keine Ahnung. Nie würde ich gegen dich und Zach arbeiten."

Sarah lehnte sich in ihrem Stuhl zurück. „Nein, das habe ich auch nicht angenommen. Morgan kann sehr gut manipulieren. Das müssen wir bei ihr im Auge behalten."

„Ich muss gestehen, dass mir das auch schon ein paar Mal aufgefallen ist. Nur bei Kleinigkeiten. Aber sie weiß, wie sie ihren Willen durchsetzt", erwiderte Carol lachend. „Genau wie ihre Gigi."

Das stimmte, dachte Sarah. Sie sah noch vor sich, wie ihr Vater in gespielter Kapitulation die Hände hob und grinsend zu Carol sagte: „Ich habe das bereits beim ersten Mal verstanden, Frau!" Carol bekam alles von ihm, was sie wollte.

„Ich kann gern mit ihr reden, Sarah. Ich werde ihr sagen, sobald ihr eure Zustimmung gebt und sie gezeigt hat, dass sie verantwortungsbewusst genug ist, sich auch darum zu kümmern, werde ich ihr sehr gern helfen, eines zu kaufen. Natürlich innerhalb vernünftiger Grenzen. Natürlich würde ich ihr kein Rennpferd kaufen."

Sarah lachte. „Ich denke, irgendwo wird es wohl ein altes Pferd geben, das auf seine alten Tage eine Bleibe braucht. Und Morgan wird sich an den Kosten beteiligen müssen."

„Mir hat sie erzählt, sie hätte das Geld gespart, das sie fürs Babysitten bekommen hat."

Sarah hatte noch keine großen Ersparnisse zu Gesicht bekommen – allerdings war ihre Beobachtung, dass Morgan sehr viel Geld ausgab. Aber die Aussicht auf ein Pferd könnte sie veranlassen, etwas sparsamer zu sein.

„Was Jess betrifft", gestand Carol, „ich hätte auch über dieses Thema zuerst mit dir reden sollen. Unsere Pläne sind aber noch nicht endgültig, du meine Güte, nein. Wir haben nur überlegt, in welche europäischen Länder sie gern einmal reisen würde."

„Kommt Gary auch mit?"

Carol schnaubte. „Er hat immer noch keinen Pass. Darum habe ich ihm gesagt: ‚Prima. Dann werde ich stattdessen mit meiner Enkelin verreisen.' Seit dem Tod deines Vaters wollte ich noch einmal nach Europa und mir die Orte anschauen, die wir gemeinsam besucht haben. Das wäre eine gute Gelegenheit dazu. Stell sie dir als meine Reisebegleitung im Stil Jane Austens vor."

„Da fällt mir *Little Women* ein", sagte Sarah. „Aber du bist doch viel moderner und lustiger als Tante March. Ich wünschte, ich könnte mitkommen."

„Und? Warum nicht?"

„Nein, ich würde Jess nicht um diese Gelegenheit bringen wollen. Aber Zach und ich wollen das irgendwann auch mal machen."

„Ihr solltet einen besonderen Hochzeitstag zum Anlass für eine Europareise nehmen. Dein Vater und ich waren zu unserer Silberhochzeit dort. Erinnerst du dich noch?"

Ja, sie erinnerte sich. Die Fotos von den Orten anzuschauen, die auch ihre Mutter so gern besucht hätte – London, Edinburgh, Paris, München, Wien, Rom –, war immer mit einem Hauch Wehmut verbunden gewesen. Das Leben, das ihr Vater mit Carol geführt hatte, war so ganz anders gewesen als das Leben ihrer Eltern.

„Ich habe es nie bereut. Wir hatten keine Ahnung, dass es unsere letzte gemeinsame große Reise wäre. ‚Carpe diem', sagte dein Vater immer." Carol seufzte. „Wie ich diesen Mann vermisse."

Es ging sie zwar nichts an, doch Sarah fragte sich, wie Gary solche Äußerungen wohl empfand. Falls er sie mitbekam. „Ich vermisse ihn auch", sagte sie.

„Ich weiß. Das wird uns beide immer verbinden. Und die Mädchen auch. Ich bin so froh, dass sie alt genug waren und noch Erinnerungen an ihn haben." Carols Stimme klang plötzlich belegt. „Wie auch immer. Ich werde das mit Morgan klären. Und wir beide ziehen jetzt an einem Strang."

Na also, dachte Sarah, nachdem sie sich bei Carol bedankt und sich verabschiedet hatte. Viel leichter, als sie gedacht hatte. Sie stand auf und streckte sich, als ihr Handy eine Nachricht von Zach anzeigte. *Alles in Ordnung?*

Alles bestens, tippte sie und ging ins Haus.

Als Zach auf dem Heimweg vom Krankenhaus anrief, verschwand Sarah im Waschkeller, damit die Mädchen ihr Gespräch nicht mitbekamen.

„Sie wusste es", sagte Zach nach Sarahs Bericht.

„Was meinst du damit? Was wusste sie?"

„Dass wir Morgan das Pferd verboten hatten."

Sarah starrte auf den Wäscheberg, den sie aus dem Haus am See mitgebracht hatten. „Bist du sicher? Ich weiß, dass ich mit Mama darüber gesprochen habe, aber ..."

„Ja, ich bin sicher. Du hast es Carol gesagt. Ich war bei deinem Gespräch dabei."

„Wann?"

„Kann ich nicht genau sagen, Schatz. Vor ein paar Wochen? Ich weiß aber noch, dass ich gedacht habe, wie gut, dass du es ihr gesagt hast, weil wir ja wissen, wie gern sie die Mädchen verwöhnt."

Sarah strich sich über die Stirn. „Und du bist ganz sicher, dass das Carol war und nicht Mama?"

Er zögerte. „Jetzt hast du mich unsicher gemacht. Also sagen wir, ich bin zu 95 Prozent sicher und nicht zu 100 Prozent."

Mit ihrer freien Hand legte Sarah helle Shorts und Shirts in die Waschmaschine. „Ich muss es genau wissen, bevor ich ihr vorwerfe, dass sie gelogen hat."

„Das würde ich nicht machen", sagte Zach. „Frag sie einfach. Hier ist Diplomatie gefragt."

Diplomatie war nicht unbedingt Sarahs Stärke. Ihre Schüler zur Rede zu stellen war etwas ganz anderes, als ihre Stiefmutter zu beschuldigen, sie belogen zu haben. Sie würde erst einmal eine Nacht darüber schlafen, bevor sie mit ihr telefonierte.

Oder sollte sie lieber eine Mail schreiben?

Nein, anrufen war besser.

„Und wir beide", fuhr sie fort, „müssen uns in Bezug auf Morgan einig sein. Und in Bezug auf Jess und ihren Sommerjob."

„Jawohl."

„Und du bist sicher, dass wir da auf einer Linie sind, Zach? Dass du nicht nachgeben wirst?"

„Wann habe ich schon mal nachgegeben?"

„Na, was war mit Jess' Auto?"

Er lachte. „Okay, ertappt. Aber du musst zugeben, dass sie am Ende ein viel besseres Auto bekommen hat als das, das du ihr ausgesucht hattest."

„Hmmm. ,Dieses süße kleine Auto ist viel sicherer, Papa.' Um dreitausend Dollar sicherer. Mit Sonnendach."

„Ein cooles Sonnendach."

Sarah legte das Handy aus der Hand und stellte auf Lautsprecher, damit sie Waschpulver in die Maschine geben konnte. „An einem Strang, Zach. Sommerjob, kürzere Reise, wenn nötig."

Sie sah vor sich, wie er salutierte, als er sagte: „Verstanden."

„Und wir werden Morgan sagen, dass sie warten muss, egal, was Carol ihr versprochen hat."

„Genau, aber wir sollten ihr eine Frist setzen, Schatz. Dann weiß sie, woran sie ist. Das sind definierbare Ziele."

Das war vernünftig. Sie stellte die Waschmaschine an und griff wieder zum Handy. „Solange sie diese Ziele nicht nur erfüllt, um ihren Willen durchzusetzen. Das wäre dem Pferd gegenüber nicht fair."

„Einverstanden."

Morgan sollte einen Aufgabenkatalog aufsetzen, beschloss Sarah, als sie nach dem Anruf die Treppe hochstieg. Sie sollte die Stallbesitzer fragen, wie sie helfen könnte, und dann müsste sie bereit sein, einen Zeitplan zu erstellen, und ihn einhalten, als würde sie für die Arbeit bezahlt. Keine Ausreden. Keine Ausflüchte, weil das Wetter schlecht war oder sie nicht genügend Zeit für ihre Freundinnen hatte. Zuerst die Schulaufgaben, dann der Reitstall und Babysitten. Das waren die Rahmenbedingungen, und dann konnte sie immer noch sagen, dass ein eigenes Pferd sie in ihrem Leben zu sehr einengte.

Morgan saß vorgebeugt am Küchentisch und tippte in ihr Handy. Die Mausohren hatte sie immer noch nicht abgelegt. „Hast du mit Papa gesprochen?", fragte sie, ohne hochzuschauen.

„Ja." Sarah setzte sich ihr gegenüber an den Tisch.

„Und?"

„Wenn du fertig getippt hast und ein Gespräch wünschst, dann können wir reden."

Morgan tippte die Nachricht zu Ende und legte das Telefon zur Seite.

„Ganz weg", forderte Sarah.

Seufzend schnappte Morgan sich das Handy und legte es ins Wohnzimmer, bevor sie mit verschränkten Armen in die Küche zurückkam.

„Da wir hier eine ernste Angelegenheit besprechen wollen, Morgan, wäre es angebracht, dass du deine Haltung änderst."

„Ich habe doch gerade Nachrichten mit Gigi ausgetauscht."

„Und was hat Gigi gesagt?"

Morgan antwortete nicht.

„Du kannst es mir sagen oder mir zeigen. Du weißt, dass das die Regel ist." Wenn der Bericht über den Inhalt der SMS nicht mit dem tatsächlichen Inhalt übereinstimmte, hatte das Konsequenzen. Das wusste Morgan. Eine ehrliche Antwort beim ersten Mal war für alle hilfreich. Normalerweise.

„Sie schrieb, es tue ihr leid und dass sie mir keine falschen Hoffnungen hätte machen sollen."

„Hier geht es nicht darum, dir falsche Hoffnungen zu machen, Morgan. Papa und ich haben nicht gesagt, dass du nie ein Pferd haben darfst. Wir haben dir gesagt, dass du selbst etwas dafür tun musst."

„Ich weiß das."

„Dann erzähl mir doch von deinen Gesprächen mit Gigi. Nicht nur in den SMS, sondern auch in Florida."

„Die Dinge, die mir wichtig sind, sind auch ihr wichtig", erklärte Morgan. „Darum will sie mir ja helfen."

„Das weiß ich. Papa und mir ist auch wichtig, was dir wichtig ist. Aber wir wollen, dass du lernst, Verantwortung zu übernehmen. Das ist unsere Aufgabe. Und Gigi spricht doch gar nicht dagegen. Eigentlich hat sie mir gesagt, dass sie sich von dir manipuliert gefühlt hat, dass du nicht ehrlich zu ihr warst und ihr das, was wir dir gesagt haben, verschwiegen hast."

Morgans Augenbrauen schossen hoch. „Das stimmt nicht! Ich war ehrlich zu ihr!"

„Was hast du ihr gesagt?"

„Dass Papa und du mir ein Pferd versprochen habt, wenn ich zeigen würde, dass ich auch bereit bin, es zu versorgen, und sie meinte, sie würde mit dir reden. Sie fände auch, dass es gut wäre, wenn ich ein Pferd hätte, und dass sie mir gern eins kaufen würde. Kein Rennpferd, aber das brauche ich doch auch gar nicht."

Sarah starrte ihre Tochter an. Irgendjemand log hier. Und zum ersten Mal in ihrem Leben hoffte sie, dass es nicht Morgan war.

„Ich habe sie nicht manipuliert, Mama. Ich schwöre es. Ich habe das Thema nicht einmal aufgebracht. Sie war diejenige, die mich danach gefragt hat. Sie wollte Fotos von mir auf einem Pferd sehen, also habe ich ihr welche gezeigt. Und ja, vermutlich hätte ich gesagt, dass ich mir ein Pferd wünsche, aber das brauchte ich gar nicht. Das kam von ihr."

Morgan hatte keine Ahnung, dass sie durch ihre Verteidigung ihre geliebte Gigi in Misskredit brachte.

„Ich kann dir die SMS zeigen. Du kannst es selbst lesen."

Das Angebot der Überprüfung reichte als Beweis aus. „Das ist nicht nötig, Morgan. Ich glaube dir. Danke, dass du offen zu mir warst."

Morgan wirkte betrübt. „Bekommt sie jetzt Ärger?"

„Niemand bekommt Ärger."

„Verrate ihr nicht, dass ich es dir erzählt habe."

Sarah beugte sich vor. „Ich muss ihr die Wahrheit sagen, damit wir die Sache klären können."

„Bitte nicht!"

„Hör zu, Morgan, deine Beziehung zu Gigi ist ganz besonders, und ich werde dich darin immer unterstützen. Ich verspreche es. Aber sie hat Papas und meine Autorität untergraben, und damit das Vertrauen wiederhergestellt werden kann, muss ich mit ihr reden." Genug gesagt. Morgan brauchte nicht zu wissen, dass Carol gelogen hatte.

Morgan schlug die Hände vors Gesicht. „Ich hätte es dir nicht sagen sollen."

„Darum geht es hier doch nicht. Und du hast nichts Falsches gemacht."

„Aber Gigi auch nicht! Sie wollte mir nur helfen."

„Okay. Das weiß ich. Und sie und ich werden das auch klären. Ich verspreche es."

Doch sobald Morgan in ihrem Zimmer verschwunden war, schrieb Sarah eine SMS an ihre Mutter. *Brauche deinen Rat. Hast du morgen Zeit für ein Frühstück oder ein Mittagessen?*

Kits Antwort kam sofort. *Wie wäre es um 8 Uhr im Corner Nook?*

22

Sarah saß bereits an einem Tisch für zwei Personen am Fenster, als Kit ein paar Minuten zu spät eintraf. „Es tut mir so leid, dass ich dir und den Mädchen gestern absagen musste", entschuldigte sie sich, als Sarah aufstand, um sie zu umarmen.

„Kein Problem. Hat sich denn alles geklärt?"

„Ja, es ist alles gut." Wenn Sarah einen Rat von ihr brauchte, dann war das wichtiger, als über das New Hope-Zentrum und Logan zu sprechen. Sie würde auf die richtige Gelegenheit warten, um Sarah auch von ihrer Panikattacke zu erzählen. Und wenn sie schon dabei war, durfte sie vermutlich auch den Zwischenfall mit der Polizei nicht verschweigen. Es war besser, dem Buschfunk zuvorzukommen und selbst zu berichten, was geschehen war. „Hast du schon Kaffee bestellt?"

„Er war abgestanden, darum habe ich neuen bestellt."

„Aha, okay." Sie war froh, dass sie nicht dabei gewesen war, als Sarah sich über den ungenießbaren Kaffee beschwerte. Robert hätte sich genauso verhalten – keinen Aufstand gemacht, aber der Bedienung klar und deutlich zu verstehen gegeben, was Sache war. Kit hätte sich vermutlich nicht beschwert, sondern einen Schluck getrunken und den Kaffee einfach zur Seite gestellt.

Sarah deutete auf die Speisekarte. „Nimmst du, was du immer nimmst?"

„Ja."

Sarah winkte die Kellnerin herbei. „Wir können bestellen", sagte sie, als die junge Frau an ihren Tisch kam. „Nur zu, Mama."

„Rührei und einen Vollkornpfannkuchen, bitte.“

„Mit echtem Ahornsirup“, fügte Sarah hinzu.

„Wenn Sie haben“, ergänzte Kit entschuldigend lächelnd.

„Sicher.“

„Und ich nehme den Avocadotoast“, bestellte Sarah, „mit von beiden Seiten gebratenen Spiegeleiern. Aber achten Sie bitte darauf, dass sie wirklich durchgebraten sind, okay? Nicht medium.“

„In Ordnung.“ Das Mädchen unterstrich die Worte auf ihrem Block.

Sobald die Kellnerin sich entfernt hatte, legte Sarah los. „Du weißt doch, dass Morgan sich ein Pferd wünscht, nicht?“

„Jetzt sag mir nicht, dass sie mit einem Pferd aus Florida zurückgekommen ist.“

„Wie kommst du darauf?“

„Ich mache nur Spaß. Tut mir leid.“

„Nein, du liegst gar nicht so falsch, Mama.“

Während Kit Sarahs Bericht über Carols Fehlverhalten lauschte, bemühte sie sich, die starken Emotionen, die in ihr hochstiegen, in Schach zu halten. Bei einem professionellen Begleitgespräch fiel es ihr nicht schwer, solche Trigger beiseitezuschieben und betend präsent zu bleiben, selbst wenn die Geschichte, die ihr erzählt wurde, ihre eigenen Erfahrungen von Leid und Verlust wieder hochkommen ließ. Aber wenn es um die Frau ging, die sie betrogen und zutiefst verletzt hatte, fiel es ihr viel schwerer, sich von ihren Gedanken und Gefühlen zu distanzieren. Und Sarah war gar nicht so wütend wegen dem, was Carol getan hatte. Es hatte den Anschein, als wüsste sie nur nicht, wie sie Carol zur Rede stellen sollte.

Seltsam. Normalerweise scheute Sarah vor einer Konfrontation nicht zurück. Und auch wenn sie im Laufe der Jahre gelernt hatte, sich etwas mehr zu zügeln, hatte es eine Zeit in ihrem Leben gegeben, wo ihr ziemlich egal gewesen war, wie die Leute auf das reagierten, was sie zu sagen hatte.

Zumindest ihr gegenüber hatte sich Sarah so verhalten. Vielleicht war das in Sarahs Verhältnis zu Carol ja anders. Kit hatte nur wenige

Gelegenheiten gehabt, die beiden zusammen zu beobachten. Oder, genauer, sie hatte solche Gelegenheiten vermieden. Das war einfacher gewesen.

Die Kellnerin kam mit einer Kanne Kaffee an den Tisch. „Probieren Sie doch bitte, ob er jetzt in Ordnung ist", bat sie, nachdem sie zwei Tassen eingeschenkt hatte.

Sarah trank einen Schluck und reagierte mit einem zufriedenen Seufzen. „Perfekt. Vielen Dank."

Mit einem Nicken ging die Bedienung weiter zum nächsten Tisch.

„Natürlich möchte ich nichts tun, was Morgans Beziehung zu Carol gefährdet", fuhr Sarah fort.

Nein, natürlich nicht, dachte Kit. Der Zeitpunkt, die Beziehung zu einer Frau abzubrechen, die in Täuschungsmanövern geübt war, war schon lange verpasst. Alte Worte, die sie einst in ihren Gebeten gesprochen hatte, als sie so zornig auf Carol und Robert gewesen war, stiegen aus dem tiefsten Inneren wieder an die Oberfläche. *Die Lügner vernichtest du, du verabscheust die Mörder und Betrüger.* Aber Gott hatte sie nicht vernichtet. Im Gegenteil, es war ihnen gut gegangen, und sie hatten nie ein Wort der Reue geäußert über das Unheil, das sie angerichtet hatten.

„Ich will sie im Gespräch auch nicht sofort mit Vorhaltungen bestürmen", fuhr Sarah fort. „Ich würde ihr gern die Gelegenheit geben, reinen Tisch zu machen."

Viel Glück dabei, dachte Kit. Eine Frau, die einer trauernden Mutter auf der Beerdigung ihres Sohnes mitfühlend lächelnd ihr Beileid ausgesprochen hatte und dann kurz nach ihrer Einweisung in eine psychiatrische Klinik in ihr Schlafzimmer eingezogen war, würde ganz bestimmt nicht zugeben, dass sie wegen etwas so Unbedeutendem wie einem Pferd gelogen hatte.

„Ich möchte barmherzig mit ihr sein. Und ich dachte, du könntest mir vielleicht einen Rat geben, wie das gelingen kann."

Kit gab Kaffeesahne in ihren Kaffee und rührte langsam um. Nein. Sie konnte nichts anbieten, was Sarah helfen könnte, im Gespräch mit Carol eine Versöhnung und eine Erneuerung von Vertrauen zu erreichen. Eigentlich täte es Sarah vielleicht einmal ganz gut, den Stachel der Täuschung zunächst deutlich zu spüren, um ihn benennen und wirklich vergeben zu können, statt alles rasch glattzubügeln. „Entschuldige", sagte sie nach einer Weile, „da fällt mir nichts ein."

Sarah musterte sie. „Ich wollte zumindest mal fragen", sagte sie schließlich mit einem leichten Schulterzucken.

An den Nachbartischen klapperte das Geschirr, Gesprächsfetzen drangen zu ihnen herüber, ein Handy klingelte, ein Kleinkind in seinem Hochstuhl quietschte vor Freude.

„So, hier kommt Ihre Bestellung", sagte die Kellnerin. „Avocadotoast mit Eiern, auf beiden Seiten gebraten." Sofort pikte Sarah mit der Gabel eines der Eier an und nickte, als kein Dotter auf ihren Teller lief. „Und ein Vollkornpfannkuchen und Rührei." Die Kellnerin stellte Kits Bestellung vor sie auf den Tisch. „In dem Krug ist echter Ahornsirup", erklärte sie, und Kit bedankte sich. „Kann ich Ihnen sonst noch etwas bringen?"

„Nein, danke, ich denke, wir haben alles", erwiderte Sarah. Sie faltete ihre Serviette auf und legte sie auf ihren Schoß. Die Kellnerin entfernte sich. „Möchtest du das Tischgebet sprechen, Mama?"

Kit schaute auf ihr Frühstück. „Vielleicht solltest du das heute übernehmen."

Schlechte Idee, dachte Sarah, als sie ihren Toast anschnitt. Offensichtlich war Mama in keiner guter Verfassung und nicht dazu aufgelegt, ihr Tipps für das Gespräch mit Carol zu geben, damit es nicht in einem Fiasko endete. Vielleicht war sie aber auch so erschöpft, dass sie nicht einmal so tun konnte, als wäre sie dazu in der Lage. „Ich hätte das Thema nicht anschneiden sollen", sagte sie.

Ihre Mutter goss Sirup auf den Pfannkuchen und wischte den Tropfen mit der Fingerspitze ab. „Es tut mir leid, dass jetzt *du* so etwas mit ihr erlebst." Sie wischte sich die Hand an der Serviette ab und murmelte etwas vor sich hin.

„Was hast du gesagt?"

„Nichts."

„Jetzt sei doch offen zu mir, Mama. Ich merke doch, dass du aufgebracht bist. Was hast du gesagt?"

„Ich sagte: Nicht, dass mich das überraschen würde."

Aha, okay. „Willst du jetzt dieses Gespräch führen?", fragte Sarah.

„Ich sage nur, dass es für mich keine Überraschung ist. Schließlich habe ich einige unschöne Erfahrungen mit ihr gemacht, die an Niedertracht grenzten ..."

„*Niedertracht*? Das ist doch ein wenig übertrieben, meinst du nicht?"

„Tatsächlich?"

Ihre Blicke trafen sich. Der Tisch war zu einer tiefen Kluft geworden. Ihre Mutter hielt ihrem Blick stand.

Sarah nahm ein Stück Toast mit der Gabel auf. „Glaub nicht, ich wüsste nicht, dass du sie für einen heimtückischen Menschen hältst und dich wunderst, dass ich trotzdem die Beziehung zu ihr pflege und meinen Töchtern eine Beziehung zu ihr ermögliche."

Ohne zu antworten, nahm ihre Mutter ihr Messer und schnitt ihren Pfannkuchen in vertikale und horizontale Streifen. Langsam und mit Bedacht.

„Alles in Ordnung hier?", fragte die Kellnerin.

„Ja, vielen Dank", erwiderte Sarah. Obwohl ihre Mutter ihr Essen nicht einmal angerührt hatte, nickte sie.

Sarah wartete, bis die Kellnerin außer Hörweite war, bevor sie sagte: „Warum gestehst du denn nicht endlich ein, dass du dich über meine Beziehung zu Carol schon immer geärgert hast? Und zu Papa."

In den Augen ihrer Mutter blitzte, ganz untypisch für sie, Zorn auf. „Ich habe nie versucht, deine Beziehung zu deinem Vater zu stören oder zu unterbinden. Oder die zu Carol. Nie!"

„Das habe ich ja auch gar nicht gesagt. Ich sagte, sei ehrlich und gib zu, dass du dich schon immer darüber geärgert hast."

Ihre Mutter steckte einen Bissen von ihrem Pfannkuchen in den Mund und kaute langsam. Schließlich legte sie die Gabel aus der

Hand. „Ich habe dich immer ermutigt, die Beziehung zu deinem Vater zu pflegen. Und mich immer zurückgehalten, damit dir das möglich war. Dir gegenüber habe ich nie über einen von ihnen schlecht geredet, habe dich nie um Unterstützung ...“

„Ich war achtzehn, Mama. Es wäre nicht angemessen gewesen, wenn du es versucht hättest.“

„Denkst du, ich wüsste das nicht?“

„Ich sage ja nur, dass wir beide einen Weg gefunden haben, unsere Beziehung zu erhalten. Und immer wieder habe ich betont, wie dankbar ich dir bin, dass du nie irgendetwas getan hast, um meine Beziehung zu Papa zu torpedieren. So wie ich nie etwas tun würde, um Morgans Beziehung zu Carol zu stören.“

Ihre Mutter schüttelte langsam den Kopf.

„Was ist?“, fragte Sarah.

„Das ist deine Angelegenheit, nicht meine.“

„Richtig, Mama. Du hast recht. Aber ich dachte, dich würde das vielleicht interessieren. Ich dachte, du würdest mir vielleicht helfen wollen, mich in dieser Angelegenheit richtig zu verhalten. Um meinetwillen. Und um deiner Enkelin willen.“

Der Seitenhieb traf. Ihre Mutter straffte die Schultern. „Wirf mir nicht vor, meine Enkelinnen seien mir nicht wichtig. Nur weil ich nicht in der Lage bin, mit ihnen um die Welt zu fliegen oder ihnen Pfe–“

„Aha, siehst du? Da haben wir es, Mama. Das ist es. Eifersucht und Zorn. Aber das ist doch gut, oder? Lass ruhig alles raus. Lass alles ans Licht kommen. Das sind doch deine Worte. Also hör jetzt nicht auf. Mach weiter. Was ärgert dich noch?“

Ihre Mutter nahm die Gabel wieder zur Hand und aß weiter.

„Es geht um meine Beziehung zu Carol, richtig? Das ist es doch. Es geht nicht um das, was Carol getan oder nicht getan hat. Es geht um mich. Warum sagst du das nicht einfach? Warum kannst du das nicht einfach aussprechen?“

„Warum gehst du jetzt so auf mich los, Sarah? Ich bin nicht hergekommen, um mit dir zu streiten.“

„Ich auch nicht! Ich wollte ein ehrliches Gespräch mit dir führen. So macht man das nämlich, wenn man einen anderen liebt, richtig? Er ist einem so wichtig, dass man ihm die Wahrheit sagt." Sie wartete. Keine Reaktion. „Ich bin keine achtzehn mehr. Du brauchst mich nicht mehr vor irgendetwas zu beschützen. Bestimmt nicht. Bitte sprich doch die schwierigen Dinge aus, Mama. Ich höre zu."

Sarah beobachtete, wie ihre Mutter langsam den Teller zur Seite schob, und fragte sich, welche unzensierten Gedanken ihr wohl gerade durch den Sinn gingen. Mehrmals teilten sich Kits Lippen, aber es kamen keine Worte, sondern nur abgehackte Atemzüge.

Sarah sah die Kellnerin auf sie zusteuern. Bevor das Mädchen etwas sagen konnte, scheuchte Sarah sie fort. „Alles gut hier, danke. Wenn wir aufgegessen haben, können Sie die Rechnung bringen."

„Ich bin fertig", sagte ihre Mutter mit schwacher Stimme. Sie hatte ihren Pfannkuchen kaum angerührt.

„Sind Sie sicher?", fragte das Mädchen.

„Ja."

„Soll ich den Rest für Sie einpacken?"

„Nein, danke."

Sarah sah zu, wie die Bedienung den Teller wegnahm. „Das war es dann also?", fragte sie, nachdem sich die Kellnerin entfernt hatte. „Wir sind fertig?"

Der Blick ihrer Mutter wanderte von ihrem Schoß zum Fenster, dann wieder auf ihren Schoß zurück.

Sarah spießte mit ihrer Gabel ein Stück Toast auf. „Du kannst gern gehen. Wegen mir muss niemand hierbleiben."

Ihre Mutter schloss die Augen und senkte den Kopf.

Großartig. Passiv-aggressiv mit einem Hauch von Frömmigkeit. Perfekte Kombination. Aber eigentlich waren die Auseinandersetzungen ihrer Eltern häufig so ausgegangen. Schließe ihn aus, bring ihn zum Schweigen, übernimm die Kontrolle, indem du Gott im Gebet alles vorlegst. Kein Wunder, dass er sie verlassen hatte. Mit dem Allmächtigen konnte er nicht konkurrieren, weder in Bezug auf ihre Aufmerksamkeit noch in Bezug auf ihre Worte.

Sarah steckte sich das Stück Toast in den Mund und kaute. Diese Kraftprobe würde sie durchstehen. Auf keinen Fall das Thema wechseln. Weiteressen, bis Mama ihre Tasche nahm und ging oder sich herabließ, etwas zu sagen.

Sie stach mit der Gabel in ihr zweites Ei und schnitt es mit dem Messer in kleine Stücke. Und da wurde behauptet, sie hätte den Eigensinn von ihrem Vater geerbt? Nein, sie hatte eine doppelte Portion abbekommen. *Hartnäckig* hatte ihr Vater sie genannt, wenn ihre Mutter sich über sie beklagte. Ihre Beharrlichkeit hatte ihr geholfen zu überleben. Ganz bestimmt würde sie sich nicht dafür entschuldigen.

„Katherine!", rief eine Stimme von hinten. „Wie schön, dich zu sehen!"

Ihre Mutter verzog die Lippen zu einem Lächeln und grüßte.

„Barb und ich haben erst heute Morgen noch über dich gesprochen", sagte die Frau. Sarah kannte sie. Sie hatte an dem Seminar teilgenommen. „Wir haben uns gefragt, wie es dir wohl geht. Wir alle haben uns solche Sorgen um dich gemacht."

Mit hochgezogenen Augenbrauen schaute Sarah ihre Mutter an.

„Geht es dir jetzt wieder besser?", fragte die Frau.

„Ja, prima. Danke." Kit senkte den Blick auf ihren Schoß.

„Oh, das ist gut. Und du frühstückst mit deiner Tochter? Wie nett." Sie wandte sich an Sarah. „Ich bin Joan. Ein großer Fan Ihrer Mutter."

Den Blick fest auf sie gerichtet, erwiderte Sarah: „Ich auch."

Joan lachte. „Das höre ich gern!"

Langsam trank Sarah einen Schluck Kaffee. Während des Seminars musste etwas geschehen sein. Und wenn das etwas mit Wren zu tun hatte, was auch immer –

„Wir freuen uns schon auf Samstag, Katherine. Es ist nur schade, dass es dein letztes Seminar sein wird. Aber vermutlich reicht es dir jetzt auch, nicht? Du brauchst eine lange Pause, wenn das alles vorbei ist."

Mit einem schwachen Lächeln schaute Kit hoch. „Ja, genau."

„Ich bin sicher, dass alle für dich beten", sagte Joan, „und wir werden es auch weiter tun."

Kit dankte ihr.

„Ich lasse euch jetzt weiterfrühstücken. Wir sehen uns am Samstag!"

Sobald sie weg war, beugte sich Sarah vor. „Gibt es etwas, das du mir erzählen willst, Mama?"

Ihre Mutter knüllte die Serviette zusammen und atmete langsam ein. „Ja."

23

Audrey sagte, sie könne die Stundenzahl von Wrens Putzstelle leider nicht erhöhen. „Du leistest gute Arbeit, doch leider sind wir an unser Budget gebunden. Aber sobald sich etwas ändert, sage ich Bescheid." Audrey faltete die Hände vor sich auf dem Schreibtisch. „Aber eins kann ich dir schon sagen: Es wird auf keinen Fall eine volle Stelle werden. Die Verwaltung will keine Sozialabgaben zahlen, darum wirst du auf jeden Fall unter dreißig Stunden bleiben."

„Ich weiß", erwiderte Wren. „Das habe ich mir schon gedacht." Wenn sie wenigstens das bekäme, was sie in New Hope verdient hatte, dann käme sie über die Runden. Damit könnte sie ihre Rechnungen bezahlen – solange sie bei Kit wohnte. *Falls* sie bei Kit bleiben konnte und nicht das Gefühl bekam, ihr mehr und mehr zur Last zu werden. „Vielen Dank. Ich weiß das zu schätzen." Sie wollte aufstehen.

„Ich möchte dich noch etwas fragen, Wren."

Sie ließ sich wieder auf den Stuhl sinken.

„Als ich dich eingestellt habe, sagte ich, dass du mir für die Aufgabe überqualifiziert erscheinst, und du hast mir erklärt, du bräuchtest eine Arbeit, die dich emotional nicht so anstrengt. Damals habe ich mich darüber gewundert, weil es für viele Menschen unerträglich ist, ein Heim wie dieses auch nur zu betreten."

„Für mich ist das nicht deprimierend. Ich bin gern hier."

„Das merke ich. Ich habe dich mit den Bewohnern beobachtet. Du kannst sehr gut mit ihnen umgehen. Nicht nur, wenn du in deiner Freizeit hier bist, sondern auch, wenn du die Zimmer reinigst. Ich spüre, dass dir die Menschen wichtig sind."

„Danke. Das stimmt." Dass Audrey das sagte, vor allem nach der unglücklichen Begegnung mit Teri, tat Wren sehr gut.

„Du gehörst zu den Mitarbeitern, die ich gerne so lange wie möglich hier behalten würde. Aber eigentlich hatte ich damit gerechnet, dass du längst wieder weg wärst, dass du in deinen alten Beruf zurückkehren würdest. Und doch bist du noch hier und möchtest noch mehr Stunden arbeiten." Sie öffnete fragend die Hände. „Willst du wirklich deinen Lebensunterhalt mit dem Putzen von Fußböden verdienen?"

Wren wischte sich langsam die Hände an ihrer Baumwollhose ab. Wie viel Offenheit schuldete sie ihrer Vorgesetzten? „Ich möchte im Leben anderer Menschen etwas bewirken. Aber ich kann mit dem Stress, den die Arbeit mit sich bringt, die ich vorher getan habe, nicht mehr umgehen."

Audrey blickte sie lange an, als überlege sie, was sie sagen sollte. „Also gut, Wren. Hör zu. Wenn es hier eine andere Stelle zu besetzen gäbe, die dir die Möglichkeit geben würde, für die Bewohner da zu sein, hättest du Interesse daran? Es wäre eine Aufgabe, die nichts mit der Reinigung des Gebäudes zu tun hat."

„Was für eine Aufgabe?"

„Auch eine Teilzeitstelle. Vielleicht fünfzehn Stunden in der Woche."

„Das wäre perfekt!"

„Ich sage dir das jetzt ganz im Vertrauen, okay? Ich verlasse mich darauf, dass du nicht darüber redest."

„Natürlich nicht. Versprochen."

Audrey verflocht ihre Finger miteinander. „Die Koordinatorin der Ehrenamtlichen hat gerade ihre Kündigung eingereicht. Sie kann woanders eine volle Stelle antreten, ihre Stelle wird also bald frei."

„Im Ernst? Oh, ganz ehrlich, Audrey, ich würde die Stelle sofort nehmen!"

„Das dachte ich mir."

Ihre Gedanken flogen weiter voraus. „Könnte ich denn beides machen? Ich meine, falls ich diesen Job bekäme, dürfte ich dann meine Putzstelle behalten?"

„Soweit es mich betrifft, wäre das kein Problem, aber ich weiß natürlich nicht, wie die Verwaltung das sieht."

„Ja, gut. Ich weiß, ich greife vor, aber ..."

„Du würdest sehr eng mit Peyton zusammenarbeiten. Die Planung der Aktivitäten läge wie gehabt bei ihr, und du müsstest ehrenamtliche Helferinnen und Helfer finden, die sie bei der Umsetzung unterstützen."

„Okay. Das würde ich wirklich gern machen." Vielleicht wäre Peyton offen für neue Ideen, für Aktivitäten, die den Bewohnern Spaß machen würden. Aber sie müsste aufpassen, dass Peyton solche Vorschläge nicht als Bedrohung empfand.

„Ich werde ein gutes Wort für dich einlegen", versprach Audrey. „Die Heimleitung weiß bereits, dass du viel Zeit hier verbringst."

Ihre Gedanken wanderten zu Mrs Whitlock und der verschmutzten Windel. „Und mir wird die Beschwerde, die Teri wegen ihrer Mutter eingereicht hat, nicht übel genommen?"

„Das ist vorbei, Wren. Wir alle machen Fehler. Wenn du eine Bewerbung einreichst, werde ich mich für dich verwenden. Vermutlich wird es heißen, dass du überqualifiziert bist. Das habe ich ja auch schon gesagt. Aber ich denke, du hast gezeigt, dass du dich diesem Ort verpflichtet fühlst, und das wird vermutlich mehr Gewicht haben." Audrey erhob sich. „Und bitte kein Wort über diese Angelegenheit. Zu niemandem."

Wren legte die Hand auf ihr Herz. „Und du sagst mir Bescheid, wenn die Stelle ausgeschrieben wird?"

„Sobald ich es erfahre."

Wenn sie sicher gewesen wäre, dass sie nicht beobachtet wurde, hätte Wren den Weg zum Putzmittelraum hüpfend zurückgelegt.

Wie lange wird das wohl noch dauern?, fragte sie sich, als sie den Putzwagen durch den Flur schob. Wie lange, bis sie nicht mehr den Wunsch verspürte, Casey anzurufen und ihm die Neuigkeit zu berichten? „Gib dir Zeit", würde Kit sie ermahnen. Es war noch nicht einmal ein Jahr vergangen.

Vor Mr Pages Zimmer stellte sie den Wagen ab. Wenn ihr bei ihrer Graduierung jemand gesagt hätte, in ein paar Jahren würde sie als Reinigungskraft arbeiten oder sich über die Möglichkeit freuen, eine auf fünfzehn Stunden in der Woche begrenzte Stelle als Koordinatorin von ehrenamtlichen Helfern zu bekommen, sie hätte es nicht geglaubt. Das hätte ihr Stolz nicht zugelassen.

Wie gut, dass die Zukunft im Dunkeln lag, dass Gott sie den Menschen nicht offenbarte. Denn sonst würde Wren in ständiger Angst oder Verzweiflung leben. Gnade für den Augenblick war genug, es reichte, täglich Manna einzusammeln, das man nicht aufbewahren konnte. Das war am Sonntag Hannahs Predigtthema gewesen. *Manna* bedeutete wörtlich „Was ist das?", und Christen sollten nicht nur darauf vertrauen, dass Gott ihnen das tägliche Brot gab, sondern auch immer wieder darüber staunen, was Gott schenkte. Manchmal, hatte Hannah gesagt, würde Gnade nicht aussehen oder schmecken wie Gnade.

Wren beugte sich vor und betrachtete aufmerksam das Foto in Mr Pages Erinnerungskasten. Wenn jemand diesem lebhaften Schauspieler mit dem wachen Blick gesagt hätte, er würde eines Tages im Rollstuhl sitzen und in einem sterilen Zimmer in einem Pflegeheim leben, wie hätte er wohl reagiert? Wie hätte jeder andere hier reagiert? Es war Gnade, dass die Menschen nicht wussten, was die Zukunft brachte.

Sie spähte durch die halb geöffnete Tür, um sich davon zu überzeugen, dass er wach war, und klopfte behutsam an. „Mr Page?", sagte sie leise beim Eintreten.

Beim Klang ihrer Stimme schaute er von dem Tabletttisch hoch, der vor ihm stand. Sein Essen war noch unberührt. „Na, Sie haben beschlossen, wiederzukommen, ja? Ich dachte, dass Sie vielleicht schon genug von mir haben."

„Oh, nein – entschuldigen Sie bitte! Ich hatte in den vergangenen Tagen frei. Ich meine, ich habe in meinem anderen Job gearbeitet." Die Wände waren immer noch kahl, die Regale leer. War denn niemand hergekommen, um zu dekorieren? Oder hatte er keine Hilfe annehmen wollen?

„Das andere Mädchen ist nicht besonders gesprächig", sagte er. Mit einer langsamen und überlegten Handbewegung strich er über den Rand des Tabletttischs. „Und sie hat auch nicht viel für das Saubermachen übrig. Ich weiß gar nicht genau, was sie macht, wenn sie hereinkommt. Außer dass sie unbedingt diese verflixten Jalousien hochziehen will."

Wrens Blick wanderte zum Fenster, wo die Jalousien immer noch das Sonnenlicht aussperrten.

„Ich habe sie gefragt, warum ich wohl auf einen Parkplatz schauen sollte? Welchen Sinn das hat, außer dass ich mich an all die Orte erinnere, die ich jetzt nicht mehr aufsuchen kann."

„Durch die Fenster auf der anderen Seite des Flurs schaut man in den Garten", sagte Wren. „Sie könnten um ein anderes Zimmer bitten."

„Und was müsste passieren, damit das so kommt? Jemand müsste sterben, damit ich sein Zimmer bekomme. Das erinnert ein wenig an *Arsen und Spitzenhäubchen*. Sie könnten meine Komplizin sein."

Vermutlich war es besser, das Thema zu wechseln. „Soll ich Ihnen beim Essen helfen?"

„Damit ich mein Mittagessen aufesse, meinen Sie?" Mit seiner gesunden Hand schob er den Teller weiter zurück. „Ich habe genug. Das nennt man hier wohl Hühnersandwich."

Kayla kam wie üblich mit ihrer aufgesetzten Fröhlichkeit ins Zimmer geeilt. „Mr Page! Was ist los, mein Lieber? Immer noch nicht fertig mit dem Mittagessen? Ich habe Ihnen doch gesagt, wenn ich Ihnen erlaube, hier zu essen, und Sie nicht in den Speisesaal zu gehen brauchen, dann müssen Sie kooperieren. Sonst bleibt mir nichts anderes übrig, als Ihre Schwester anzurufen und mich über Sie zu beschweren. Und ich glaube nicht, dass Mary sehr erfreut darüber sein wird."

Er murmelte etwas vor sich hin.

„Was meinen Sie?", fragte Kayla.

„Ich sagte, nur zu."

In seinen jüngeren Jahren hatte er mit diesem Tonfall einen Klassenraum voller pubertierender Jugendlicher zum Verstummen gebracht. Aber jetzt klang seine Stimme einfach nur resigniert. Wren trat von seinem Stuhl zurück, um Kayla Platz zu machen.

„Ach, kommen Sie." Kayla nahm sein Besteck zur Hand. „Wie wäre es, wenn ich das für Sie schneide? Würde das helfen?"

Als Antwort darauf packte er seinen Teller und schleuderte ihn mit viel mehr Kraft, als Wren ihm zugetraut hätte, wie eine Frisbeescheibe knapp an Kaylas Schulter vorbei. Der Teller prallte vom leeren Bücherregal ab und landete mit lautem Poltern auf dem Boden. Die Pommes frites flogen durch den Raum wie verirrte Pfeile.

„Mr Page!", rief Kayla. „Sie hätten jemanden verletzen können!"

Zu schockiert, um etwas sagen zu können, bückte sich Wren und hob ein Salatblatt auf. Doch dann fiel ihr ein, dass sie Gummihandschuhe tragen sollte.

„Was ist denn hier los?", fragte Greta, die in den Raum gestürmt kam. Ihr Blick wanderte von Kayla zu der Sauerei auf dem Boden, und sofort hatte sie die Situation erfasst. „Bist du verletzt?"

„Nein", erwiderte Kayla zutiefst erschrocken.

„Dann haben Sie sehr, sehr viel Glück gehabt, Mackenzie. In diesem Haus werden tätliche Angriffe sehr ernst genommen. Sie sollten das doch besser wissen."

Wren fragte sich, wie sein Gesichtsausdruck wohl gewesen wäre, wenn er die Kontrolle über beide Gesichtshälften gehabt hätte. Aber weder Entsetzen noch Bedauern über das, was er getan hatte, waren im Gesicht des ehemaligen Schauspielers zu finden.

„Ich regle das hier, Kayla. Wren, gib uns ein paar Minuten, dann kannst du wiederkommen und sauber machen." Greta suchte Mr Pages Blick. „Lasst die Tür bitte offen", bat sie.

Im Flur lehnte Kayla sich an die Wand, rutschte ganz langsam zu Boden und barg den Kopf in den Händen. „Herr Jesus", murmelte sie.

Wren kniete neben ihr nieder und wartete, bis Kayla hochblickte. „Kann ich etwas für dich tun?"

Sie schüttelte den Kopf. „Das geht schon."

Im Zimmer sprach Greta mit leiser Stimme. Verstehen konnten sie hier im Flur nichts.

„Ich gebe mir wirklich Mühe, sie alle gleich zu behandeln", sagte Kayla, „aber an einige von ihnen kommt man einfach nicht ran."

„Hat er das schon mal gemacht?"

„Nicht mit einem Teller. Einmal hat er mit dem Handtuch nach mir geschlagen. Ich dachte, nur ich würde ihn irgendwie ärgern, aber die anderen haben auch Schwierigkeiten mit ihm." Sie legte die Hand in den Nacken und seufzte. „Das wird schwierig."

Wren setzte sich im Schneidersitz auf den Teppich. „In der Mittelstufe war er mein Kunstlehrer."

„Er war Lehrer?" Kayla pfiff leise. „Hat er früher schon mal was nach dir geworfen?"

„Nein. Manchmal ist er laut geworden. Aber Mittelstufenschüler sind auch nicht immer einfach." Eine Erinnerung drängte nach oben. Er hatte tatsächlich einmal etwas durch den Raum geschleudert – einen Pinsel. Aber sein Ziel war ihm ausgewichen. Die Klasse hatte gejubelt, und Mr Page hatte dem Jungen grinsend gratuliert. Aber das würde sie Kayla gegenüber nicht erwähnen. „Was er getan hat, war schrecklich. Aber dieser Mann hier ist nicht mehr der Mann, den ich vor Jahren kannte. Mr Page war sehr freundlich. Voller Leidenschaft und freundlich. Vielleicht gewöhnt er sich ja nach einer Weile ein."

„Ja, manchen gelingt es ja. Aber ein Schlaganfall ist schlimm. Vor allem, wenn die Patienten dann so aggressiv werden." Kayla erhob sich und zog auch Wren hoch. „Ich bin froh, dass du mir von ihm erzählt hast. Zu wissen, woher er kommt und was er alles verloren hat, hilft mir im Umgang mit ihm."

Wren betrachtete die Gegenstände in seinem Erinnerungskasten und sprach leise ein Gebet für ihn.

„Mackenzie ist jetzt bereit, sich bei euch beiden zu entschuldigen", verkündete Greta aus der geöffneten Tür. Sie sah aus wie eine Kindergärtnerin, die gerade erfolgreich ein Kleinkind ermahnt hatte.

Wren bedeutete Kayla, vorzugehen, und folgte ihr, wobei sie vorsichtig über die verspritzte Mayonnaise und die herumliegenden

Pommes frites hinwegstieg. Nebeneinander standen sie vor seinem Stuhl. „Es tut mir leid, dass ich den Teller geworfen habe. Ich wollte Sie damit nicht treffen. Aber ich kann nicht mehr so gut zielen wie früher."

Greta zog eine Augenbraue hoch. „Ich denke, das Problem hier ist, dass Sie keine Gegenstände mehr durchs Zimmer werfen werden. Punkt!"

„Korrekt", sagte er. „Und es tut mir leid, dass ich eine solche Schweinerei angerichtet habe, Wren, die Sie jetzt wegmachen müssen. Wenn ich aus meinem Stuhl aufstehen könnte, würde ich Ihnen helfen, hier sauber zu machen."

„Das ist nicht so schlimm, Mr Page. Ich kümmere mich schon darum."

Kayla beugte sich zu ihm herunter, sodass sie ihm in die Augen schauen konnte. „Ich möchte Ihnen sehr gern helfen, Mr Page. Ich weiß, dass es sehr schwer ist, hier leben zu müssen."

„Ist das so?", fragte er mit eher trauriger Stimme. Keinerlei Feindseligkeit lag darin.

Sie legte ihre Hand auf seine. „Mein Opa hat sehr lange in einer Pflegeeinrichtung gelebt. Also ja, ich kann mir gut vorstellen, wie sich das anfühlt – nicht nur für Sie, sondern auch für die Menschen, die Sie lieben."

„Da sind nicht mehr viele übrig", erklärte er.

„Dann lassen Sie uns einige von ihnen sein."

Als er Kayla keine Antwort gab, hockte sich Wren neben sie und schaute ihm in die Augen. Als er ihren Blick erwiderte, sagte sie: „Wir möchten für Sie da sein, Mr Page, verstehen Sie?"

Er schaute sie einen Augenblick an, bevor er sagte: „Verstanden."

Sie und Kayla richteten sich auf. „Also gut", erklärte Kayla schließlich. „Ich nehme Sie beim Wort."

„Ich bin gleich zurück mit Ihren Tabletten", sagte Greta und verließ das Zimmer.

Kayla betrachtete das Essen auf dem Boden. „Möchten Sie etwas anderes aus der Küche probieren? Ich bringe Ihnen, was immer Sie möchten."

„Ich will jetzt nur schlafen."

„Ich bringe Sie später ins Bett", erklärte Kayla. „Sie haben gleich Beschäftigungstherapie."

„Nicht heute."

„Das gehört zur Abmachung, Mr Page. Sie müssen schon mitarbeiten, wenn Sie wieder zu Kräften kommen wollen."

Er starrte die geschlossenen Jalousien an. „Und was soll das bringen? Ich werde nicht mehr nach Hause zurückkehren können."

„Nein, das stimmt, aber Wren hat mir erzählt, dass Sie ihr Kunstlehrer waren. Diesen Teller haben Sie ziemlich gut geworfen. Vielleicht können Sie ja wieder malen."

„Ich würde mit Ihnen zusammen malen", bot Wren an, als sie sich die Handschuhe überstreifte.

Kayla lächelte. „Sehen Sie? Ich wette, Sie können ihr noch das eine oder andere beibringen."

Er deutete auf seine rechte Seite, wo sein Arm kraftlos herunterhing. „Sehen Sie? Zu nichts nutze."

Kayla ließ sich nicht beirren. „Sie können lernen, mit der linken Hand zu malen. Oder haben Sie schon mal diese Videos gesehen, wo Menschen einen Pinsel zwischen den Zehen oder den Zähnen halten?"

„Wie Joni Eareckson Tada", ergänzte Wren.

„Ja! Wie Joni. Sie können ein wenig herumexperimentieren."

Wren merkte, dass er sich abschottete. Sie kamen nicht mehr an ihn heran. „Wenn Sie wollen, können Sie wieder mein Lehrer sein. Sie brauchen auch nicht zu malen, wenn Sie nicht mögen. Aber vielleicht können Sie meine Bilder beurteilen."

Er schloss die Augen. „Ich will nicht ständig das Gefühl vermittelt bekommen, dass ich noch zu etwas nütze bin. Diese Zeiten sind vorbei."

Wren und Kayla sahen sich bedeutungsvoll an.

„Wenn Sie wegen des Mittagessens Ihre Meinung ändern", bot Kayla an, „dann klingeln Sie, okay? Ich bin gleich wieder da, um nach Ihnen zu sehen."

Als Kayla das Zimmer verließ, brachte Wren den schmutzigen Teller zu ihrem Wagen und begann, die Pommes frites auf das Kehrblech zu fegen. Sie überlegte, ob sie schweigend arbeiten oder versuchen sollte, ihn in ein Gespräch zu verwickeln. Nach einer Weile sagte sie: „Ich habe das Gedicht gelesen, von dem Sie gesprochen haben."

Er rührte sich nicht. Seine Augen waren immer noch geschlossen.

Sie kehrte weiter. „Denken Sie, das war Burns' eigene Erfahrung, oder hat er den Erzähler erfunden?"

Er antwortete nicht.

„Vermutlich ist es auch egal, ob er selbst es war, der das Mauseloch mit seinem Pflug zerstört hat, oder ein anderer, nicht? Oder ob er die Geschichte nur erfunden hat, um ein bestimmtes Thema zu verdeutlichen." Sie schaute hoch. Er beobachtete sie. Sie beschloss weiterzureden. „Aber falls es ihm tatsächlich passiert ist, wenn er es war, der einer Maus Kummer bereitet und dann darüber geschrieben hat, dann mag ich ihn. Mir gefällt, dass es ihm aufgefallen ist und dass ihm das kleine Wesen und der durch ihn verursachte Verlust nicht gleichgültig waren. Mir gefällt, dass er die Folgen seiner Tat erkannt hat und dass ihm das nicht egal war und ihn angeregt hat, über seine eigenen Verluste und Enttäuschungen nachzudenken."

Er drehte sein Gesicht den Jalousien zu.

Wren schaute unter das Bett und fegte weitere Pommes auf. „Ich kann den Akzent zwar nicht so nachahmen wie Sie, aber" – sie räusperte sich –, „,Ich, wend ich rückwärts mein Gesicht, find, ach nur Schmerz, und seh ich auch die Zukunft nicht, bangt doch mein Herz.' Das ist die Last, nicht? Wenn unsere Gegenwart überschattet wird von dem Schmerz der Vergangenheit oder der Angst vor der Zukunft. Darum sagt er, dass die Maus im Gegensatz zu uns im Vorteil ist."

„Zu uns?", wiederholte er und wandte sich zu ihr um. „Gibt es denn ein ,Uns', so jung wie Sie noch sind?"

Sie hockte sich auf die Fersen. „Hat das Alter etwa ein Monopol auf Leid, Verluste oder Ängste?"

Er senkte den Blick. „Es tut mir leid, das zu hören."

„Danke", sagte sie. „Und mir tut Ihr Verlust leid."

Gerade als sie überlegte, ob sie ihn nach seiner Geschichte fragen sollte, sagte er: „Allerdings würde ich sagen, dass Ihre Aussichten doch viel besser sind als meine. Wenn ich in die Zukunft schaue, weiß ich, was mich erwartet. Ein Leben wie das hier? Über Wochen, Monate, Jahre? Ich habe den Eindruck, es wäre barmherziger gewesen, wenn der Pflug nicht nur das Nest, sondern auch die Maus vernichtet hätte."

In der Stille, die schwer auf ihnen lastete, suchte Wren nach Worten. „Es tut mir leid, Mr Page. Ich wünschte, ich könnte Ihnen irgendwie helfen."

„Dann lassen Sie mich allein. Und sagen Sie den anderen, ich möchte, dass meine Zimmertür geschlossen bleibt."

Sie atmete langsam durch, dann stand sie vom Boden auf. „In Ordnung." Das würde Greta ihm nicht durchgehen lassen, aber das behielt Wren lieber für sich. Sollten die zwei ihre Schlachten doch allein austragen. „Dann komme ich später wieder zum Saubermachen."

„Sagen Sie dem anderen Mädchen, es soll mein Zimmer reinigen", forderte er. „Die ist nicht so redselig." Er hielt inne. „Kapiert?"

Erbarmen und Mitgefühl, ermahnte sich Wren auf dem Weg zu ihrem Spind, nachdem sie die restlichen Zimmer gereinigt hatte. Wenn Leute die Geduld mit Casey verloren hatten, und das war häufig passiert, dann war sie umso mehr entschlossen gewesen, zu ihm zu halten. Nicht unbedingt, dass sie ihn immer verteidigt hatte. Manchmal konnte sie seine Rastlosigkeit nicht mehr verteidigen. Aber sie war immer bei ihm geblieben, wenn andere weggegangen waren. Wie Theo und Vincent. Vincent hatte viele Freunde verloren, weil er so unverblümt aussprach, was er dachte, weil er so leidenschaftlich, leicht erregbar und launenhaft war. Aber er war auch sehr weichherzig, großzügig und anhänglich. Theo erlebte das Beste und das Schlimmste in seinem Bruder und hielt bis zum Ende loyal zu ihm.

Sie gab die Zahlenkombination in ihr Spindschloss ein.

Wenn jemand, der so lebensfroh und freundlich war wie Kayla, die Geduld mit Mr Page verlor, wer könnte es dann mit ihm aushalten?

Natürlich würden die Pflegekräfte ihre Arbeit tun, aber irgendwann würden sie dann aufgeben und nur noch ihre Pflicht erfüllen und sich nicht mehr bemühen, auf die ihnen anvertrauten Menschen einzugehen. Sie musste einen Weg finden, trotz seiner Zurückweisung an seiner Seite zu bleiben, auch wenn er sie weiterhin vor den Kopf stieß. Früher einmal war er sehr freundlich zu ihr gewesen. Und zu Casey. Das war Grund genug, jetzt freundlich zu ihm zu sein. Sie wusste nichts über seine Verluste. Er hatte Menschen verloren, denen er wichtig war, hatte er gesagt. *Sind nicht mehr viele übrig.* Waren sie möglicherweise gestorben? Oder hatten sie ihn verlassen?

Sie öffnete ihre Spindtür und holte ihr Mittagessen und ihr Handy heraus. Weil sie wusste, wie er einmal gewesen war, und wegen der Erinnerung an Casey würde sie sich nicht von ihm abwenden. „Kapiert?", sagte sie laut, während sie ihre Nachrichten durchscrollte. Eine von Mama: *Bitte schreib mir, was deine Chefin in Bezug auf weitere Arbeitsstunden gesagt hat,* und eine von Sarah, von vor zwei Stunden: *Das ist kein Notfall. Aber bitte ruf mich sofort an.*

Sie starrte auf ihr Telefon. Na toll. Was hatte sie jetzt wieder verbrochen?

Im Geist ging sie die letzten Tage noch einmal durch.

Oh. Das Seminar. Vermutlich hatte Sarah erfahren, was am Samstag passiert war, und würde ihr nun Vorwürfe machen, weil sie noch mehr Stress verursacht hatte.

Dieses Gespräch konnte warten. Sie schloss ihren Spind ab und ging mit ihrem Mittagessen zur hinteren Treppe. Auch ihre Mutter würde sie später anrufen und sie beruhigen, es wäre kein Problem, dass sie keine zusätzlichen Stunden bekäme, und sie solle sich keine Sorgen machen. Es würde sich bestimmt eine andere Möglichkeit ergeben.

Sie verließ das Treppenhaus und trat auf die hintere Veranda. Mehrere Bewohner saßen in Rollstühlen in der Nähe des Springbrunnens, während andere mit Ehrenamtlichen in den Blumenbeeten Unkraut zupften. Wren erwiderte ihr freundliches Winken. Vielleicht könnte sie schon bald mit diesen Ehrenamtlichen arbeiten. Gern hätte sie ihrer Mutter davon erzählt. Aber sie wollte sie nicht enttäuschen, falls es dann doch nicht klappte mit dem Job. Denn das wäre bestimmt sehr schwierig für sie. Sie hielt sich besser strikt an Audreys Anweisung. Sobald die Stelle ausgeschrieben wurde, könnte sie berichten, dass sie sich darauf beworben hätte, und ihre Mutter bitten, für sie zu beten.

Ihr Blick wanderte nach oben zum strahlend blauen Himmel. Kleine weiße Wolken zogen vorüber. Vielleicht würde sie nach der Arbeit noch in ihr Atelier gehen. Sie musste die Zeit nutzen und dort noch so viel malen wie möglich, bevor sie ihre Sachen packen musste. Kits Keller war kein idealer Ersatz, denn dort gab es kein Tageslicht, aber jeder Raum, selbst eine Ecke, in der sich Kisten stapelten, wäre besser als nichts. Falls sie den Job bekäme, könnte sie ihre Malutensilien vielleicht in einem der Schränke aufbewahren, und sie könnte mit den Bewohnern an den Werktischen arbeiten. Oder draußen, wenn es so schön war wie heute.

Langsam schlenderte sie durch den Garten und setzte sich unter einer hohen Eiche auf den Rasen. Wenn sie nicht ihre Uniform getragen hätte, wäre sie vielleicht auf den Baum geklettert und hätte ihr Essen dort oben zu sich genommen. Das hatte sie schon lange nicht mehr getan, und diese Eiche hier wäre einfach perfekt dafür, würde Casey sagen.

Gerade als sie ihr Sandwich mit Erdnussbutter aus dem Rucksack holen wollte, zeigte ihr Telefon einen hereinkommenden Anruf an. *Sarah*. Ihr Adrenalinspiegel schoss in die Höhe. Bestimmt war irgendetwas mit Kit. Sie würde sie doch nicht anrufen, um sie zusammenzustauchen, oder?

„Entschuldige bitte", sagte sie, nachdem sie sich gemeldet hatte, „ich habe deine Nachricht gerade erst gelesen. Ist was passiert?"

„Bist du auf der Arbeit?"

„Ich habe gerade Mittagspause. Warum? Was ist los?"

„Ich war den ganzen Vormittag mit Mama zusammen. Sie hat mir erzählt, was in den vergangenen Tagen geschehen ist."

Und wieder dachte Wren, dass das bestimmt nicht der eigentliche Grund für Sarahs Anruf war. Sie legte sich die Hand an die Stirn.

„Ich mache mir Sorgen um sie. Sie ist so erschöpft", sagte Sarah. „Der Stress der vergangenen Monate hat ihr sehr zugesetzt. Sie kann so nicht weitermachen. Sie braucht Ruhe. Eine Pause."

Ja, und die Pause ließ ja nicht mehr lange auf sich warten. In weniger als zwei Wochen würde Kit in den Ruhestand gehen. Dann könnte sie ausruhen, so viel sie wollte.

Es sei denn, Sarah meinte, dass sie eine Pause ganz anderer Art brauchte, oder von jemand anderem. „Wie kann ich helfen?", fragte Wren und hörte das Zittern in ihrer Stimme.

„Es wäre schön, wenn du für eine Weile ausziehen könntest."

Sie war nicht sicher, ob sie Sarah richtig verstanden hatte. Trotzdem blieb ihr die Luft weg. Sie fand ihre Stimme nicht, um sie zu bitten, das noch einmal zu wiederholen.

„Nur für eine kleine Weile", sagte Sarah. „Vielleicht kannst du bei Freunden übernachten?"

Freunden?, dachte Wren. Bei welchen Freunden? Casey war tot, und vor seinem Tod hatte er so viel Raum eingenommen wie ein Dutzend Freunde zusammen.

„Ich wollte Mama überreden, für eine Weile zu uns zu ziehen. Dann hätten wir sie im Auge behalten können. Aber sie meint, sie brauche nichts anderes als Ruhe. Einsamkeit. Nicht ein Haus voller Teenager."

Wren zog die Knie an die Brust. *Oder ihre Großnichte als Gesellschaft, die permanent Stress produziert.*

Botschaft angekommen.

Wren vergewisserte sich, dass sie ihre Stimme unter Kontrolle hatte, bevor sie fragte: „Und wie bald soll ich gehen?"

Sarah hielt inne und erwiderte dann: „Ich denke, je eher sie mehr Zeit für sich hat, desto besser."

Wren starrte auf ihren Kittel. Also gut. Sie könnte nach Hause fahren – nein, nicht nach Hause. Sie könnte zu Kits Haus fahren, eine Reisetasche packen und sich eine preiswerte Unterkunft für die Nacht suchen. Und dann überlegen, wie es weitergehen sollte.

„Ich bitte dich wirklich nur sehr ungern darum", sagte Sarah.

Wirklich? Oder hatte sie das schon eine ganze Zeit lang geplant und jetzt nur einen Vorwand gefunden, es umzusetzen?

Und warum übermittelte Sarah ihr diese Nachricht? Warum hatte Kit nicht den Mut gefunden, ihr zu sagen, sie solle gehen? Eigentlich hatte sie gedacht, dass sie beide sich näherstanden.

Aber offensichtlich nicht. Und das tat weh.

Noch lange nach dem Ende des Telefonats blieb Wren unter dem Baum sitzen. Ihr Sandwich lag unberührt auf ihrem Schoß. Sie dachte an Mr Page, der allein in seinem Zimmer saß. *Nicht viele Leute übrig,* hörte sie ihn sagen.

Nein, dachte sie. Gar nicht viele. Und wenn ein Pflug das Nest zerstörte, wohin sollte die Maus dann gehen?

24

Kit drehte sich auf die Seite und schaute auf die Uhr auf ihrem Nachttisch. Halb vier. Sie hatte fast vier Stunden geschlafen. Das durfte auf keinen Fall zur Gewohnheit werden. Auch nicht nach ihrer Pensionierung.

Sie legte sich wieder auf den Rücken und beobachtete, wie sich ihr Bauch hob und senkte. In all den Jahren im New Hope-Zentrum hatte sie ein Seelsorgegespräch nur dann abgesagt, wenn sie krank war. „Wenn du diesen Termin nicht absagst", hatte Sarah gesagt, als sie gemeinsam zum Parkplatz des *Corner Nook* gegangen waren, „dann bitte ich Gayle, das zu übernehmen. Du brauchst jetzt Ruhe."

Sie hatte nicht die Kraft gehabt, ihr zu widersprechen. Sie wollte nur so schnell wie möglich weg. Sarah hatte gewartet, bis sie angeschnallt war. Dann hatte sie ihr einen Kuss auf die Wange gegeben und gesagt, es täte ihr leid, dass sie sie so aufgeregt hätte, sie würde sie später noch mal anrufen und fragen, wie es ihr ginge.

Kit atmete langsam ein und wieder aus. Nach dem Gespräch mit Sarah an diesem Morgen würde sie sie nie davon überzeugen können, dass sie keinen Aufpasser brauchte. *Ich kann nicht, Herr.* Sie könnte es nicht ertragen, unter Sarahs dauernder Wachsamkeit zu leben oder ihre ständigen wohlmeinenden Versuche abzuwehren, ihr vorzuschreiben, wie sie ihr Leben gestalten sollte, jetzt oder in der Zukunft. *Ich kann nicht, Herr.*

Aber sie war zu müde zum Kämpfen.

Lieblingsverse aus einem Psalm fielen ihr ein: „Oh, hätte ich nur Flügel wie eine Taube! Dann flöge ich fort und suchte eine Zuflucht, weit weg in die Wüste könnte ich fliehen und endlich wieder Ruhe finden. Ich würde schnell zu einem Schutzort eilen, wo ich sicher bin vor dem rasenden Sturm."

Sarahs Vorschlag, nach ihrer Verabschiedung für einen längeren Zeitraum wegzufahren, war gar nicht so schlecht. Aber ihr Angebot, im Haus am See zu wohnen, wollte Kit nicht annehmen. Mit diesem Haus waren viel zu viele schmerzliche Erinnerungen verbunden. Besser würde sie in eine Wüste fliehen, wo niemand sie kannte, wo sie frei wäre, spazieren zu gehen und auszuruhen, einfach dazusitzen und zu beten und Gott zu bitten, ihre Seele zu erfrischen.

In der Zwischenzeit müsste sie von ihm die Kraft für einen letzten Seminartag erbitten. Sarah hatte sie gedrängt, auch dieses Seminar abzusagen. „Wenn dir das zu viel wird, Mama, dann geht es eben nicht. Du hast deine Grenzen. Das werden die Leute verstehen."

Aber sie wollte das Seminar nicht absagen. Zumal das Thema, das sie bereits vor Monaten festgelegt hatte, wieder von tiefer persönlicher Relevanz war: Gnade weitergeben.

Sie stützte sich auf einem Arm ab. *Wie dir vergeben wurde, so vergib.* Das war der einzige Weg, gegen den aufkeimenden Groll anzukämpfen. Bei ihrer Rückkehr vom Frühstück war sie zu erschöpft dazu gewesen, doch das wollte sie jetzt nachholen. Bevor der Groll Wurzeln schlug.

Sie schloss die Augen und stellte sich Carol vor, die die Arme nicht um Robert legte, sondern um Sarah, Jess und Morgan. Dann sprach sie die Worte laut aus. „Vergib Carol ihre Täuschung, Herr, und mach sie frei von ihrer Sünde." Der nächste Schritt fiel ihr immer sehr schwer. „Segne sie und führe sie in das Leben in dir." Das wirkte irgendwie halbherzig, aber sie sprach die Worte trotzdem aus. „Segne und zerstöre nicht."

Sie lehnte den Kopf an ihr Kopfteil. Diese Worte waren nicht nur halbherzig dahergesagt, sondern auch unehrlich. Sie *wollte*, dass Gott zerstörte, nicht Carol, sondern ihre Beziehung zu Sarah und den Mädchen. Und wieder sah sie Carol vor sich, die Arme um Sarah, Jess und Morgan gelegt, nicht als Stiefmutter oder Stiefgroßmutter, sondern als voll integriertes, als ein geliebtes Mitglied ihrer Familie. Nicht nur die „Spaßoma". Die Lieblingsoma.

Nein, es war nicht Carol, die die anderen umarmte – die anderen drei umarmten sie. Und das war das Bild, das ihr wehtat.

Könnte sie Sarah gegenüber je eingestehen, welche Befriedigung sie empfunden hatte, als sie von Carols neuestem Vertrauensbruch erfuhr? Könnte sie je eingestehen, dass sie die Hoffnung gehegt hatte, dieser Vertrauensbruch könnte eine Kluft schaffen, die nicht mehr zu überbrücken wäre?

Mit einem tiefen Seufzer stand Kit von ihrem Bett auf und trottete in die Küche, um sich eine Tasse Tee zu kochen. Die Unterbrechung durch Joan im Restaurant war ein Geschenk der Gnade zur rechten Zeit gewesen, daran konnte kein Zweifel bestehen. Sarahs Aufmerksamkeit war dadurch in eine andere Richtung gelenkt worden, und sie hatte nicht mehr länger darüber nachgedacht, auf wen ihre Mutter zornig war und aus welchen Gründen. Nach der Schilderung der Ereignisse des vergangenen Wochenendes, der Sache mit Wren, Logan und der Polizei und ihrer Panikattacke war Sarah in die Rolle der Problemlöserin geschlüpft, und das Gespräch über Carol war zum Glück vergessen gewesen.

Für den Augenblick.

Sie schaute zum Fenster hinaus und wartete, bis das Wasser kochte.

Dass sie eifersüchtig und wütend auf Carol war, wusste Sarah. Sie wusste, dass es ihr schwerfiel, Carols enge Beziehung zu ihrer Familie zu tolerieren, vor allem nach Roberts Tod.

Aber Sarah hatte auch ganz klar erkannt, was Kit nur ungern eingestand. Sie war nicht nur wütend wegen dem, was Carol ihr genommen hatte, sondern auch wegen dem, was Sarah gegeben hatte. Sarah hatte recht: Sie ärgerte sich über die Loyalität ihrer Tochter der Frau gegenüber, die sie betrogen hatte. Ganz einfach. Und sie hatte immer versucht, das zu überspielen. Bis ihr die Kraft fehlte, es noch länger zu verbergen.

Mit einem tiefen Seufzen goss sie das kochende Wasser in ihren Becher.

Vermutlich war auch das ein Geschenk der Gnade, ein Licht, das ins Dunkle schien und die Wahrheit offenlegte. Und eines Tages, wenn sie nicht mehr so erschöpft wäre, könnte sie Sarah gegenüber eingestehen, dass es stimmte, dass sie tatsächlich versucht hatte, ihre Verletztheit zu verbergen und so zu tun, als sei es ihr egal gewesen, dass Sarah, nachdem die Affäre ans Licht gekommen war, so schnell bereit gewesen war, über Roberts und Carols Vergehen hinwegzusehen.

Der Grund war klar.

Sie ging mit ihrem Tee zum Tisch und ließ sich nieder.

Sie hatte so getan, als würde es ihr nichts ausmachen, weil sie wusste, wie sehr Sarah ihren Vater brauchte. Gerade erst hatte sie ihren Bruder verloren, und ihre Mutter hatte mit einem Nervenzusammenbruch in der Klinik gelegen. Robert war die stabilisierende Kraft für ihre Tochter, selbst nachdem er ihre Ehe aufgegeben hatte und mit Carol zusammengekommen war. Kit hatte das gewusst und auch verstanden. Sie hatte Sarahs Beziehung zu den beiden toleriert und damit gleichzeitig ihre eigene Beziehung zu ihrer Tochter gerettet.

Aha. Das war interessant.

Hatte sie darüber schon mal nachgedacht? Sie konnte sich nicht erinnern, aber die Erkenntnis traf sie mit voller Wucht.

Warum hatte sie so getan als ob?

Aus Angst.

Und warum hatte sie Angst gehabt?

Sie beobachtete, wie der Dampf von dem Becher hochstieg. Der Heilige Geist war beständig. Beharrlich. Sie folgte dem Faden der sich langsam entfaltenden Erkenntnis.

Sie hatte schon Micha und Robert verloren. Auch Sarah noch zu verlieren hätte sie nicht ertragen. Deshalb hatte sie versucht, Sarah zu beweisen, dass sie ihr nichts in den Weg legen wollte.

Sie drückte ihre Hände an die Lippen.

Was hat dich das gekostet, geliebte Tochter?, flüsterte der Heilige Geist.

Sie atmete noch einmal tief durch. „Die Freiheit, Herr."

Die Wahrheit machte immer frei. Selbst wenn sie schwer zu akzeptieren war.

Und das war die Wahrheit: In dieser Großzügigkeit hatten auch Selbstschutz und Angst mitgeschwungen. Da saß sie hier und warf Carol Täuschung vor, während sie selbst sich weigerte, ihre eigene Täuschung anzuerkennen. „Vergib mir", flüsterte sie. Sie hatte sich geweigert, Sarah gegenüber ehrlich zu sein, weil ihre eigene Sicherheit ihr wichtiger gewesen war. Sie hatte es vermieden, die Wahrheit auszusprechen, weil die Kosten für sie persönlich zu hoch gewesen wären.

Wenn sie es recht bedachte, musste sie zugeben, dass sie Wren in Bezug auf ihre Gefühle gegenüber Carol und Robert vermutlich mehr anvertraut hatte als Sarah. Mit Wren konnte sie über ihre Gedanken und Gefühle in Bezug auf diese Verluste sprechen. Das war ihr sicherer erschienen. Wren war objektiver. Aber Sarah hatte recht. Sie brauchte nicht beschützt zu werden. Sie konnte mit der Wahrheit umgehen. Und die Wahrheit würde sie nicht überraschen.

Sie trank einen Schluck Tee. Wenn sie nicht so müde wäre, würde sie das alles aufschreiben. Und einen guten Zeitpunkt festlegen für ein nächstes Gespräch. Aber nicht heute. Für heute war es genug. *Oh, hätte ich doch Flügel …*

Aber eigentlich war sie auch zu müde, um wegzufliegen.

Ihr Magen knurrte, und sie schaute auf die Uhr an der Wand. Wren würde gleich nach Hause kommen, und sie hatte noch nicht darüber nachgedacht, was es zum Abendessen geben sollte.

Zum Kochen war sie zu müde. Ihr würde eine Schale Cornflakes genügen. Vielleicht könnten sie auch eine Pizza bestellen und gemeinsam im Schlafanzug einen Film anschauen. Etwas Leichtes und Lustiges. Sie hatten beide in letzter Zeit unter Stress und Veränderung zu leiden gehabt. Die Mauser war so anstrengend und unangenehm, vor allem, wenn neue Stoppelfedern nachwuchsen. Vielleicht wäre ein wenig geistlose Ablenkung genau das, was sie brauchten. Auf jeden Fall war es das, was *sie* brauchte. Sie musste ihre Gedanken zur Ruhe bringen und sich ein wenig entspannen.

Die Haustür ging auf. „Hallo!", rief sie.

Keine Antwort. Vielleicht telefonierte Wren gerade.

Sie stellte ihren Becher auf den Tisch und ging ins Wohnzimmer. Wren saß auf der untersten Treppenstufe und zog ihre Schuhe aus.

„Hallo", wiederholte Kit. „Alles gut?"

Als Wren aufschaute, war ihr klar, dass das nicht so war. „Ich habe jemanden gefunden, bei dem ich heute Nacht schlafen kann. Dann brauche ich wenigstens nicht in ein Hotel gehen."

Kit runzelte die Stirn. „Was meinst du?"

Wren stand auf und schwang ihren Rucksack über ihre Schulter. „Sarah hat mir deine Nachricht ausgerichtet. Ich bin gleich weg." Sie setzte sich in Bewegung, um die Treppe hochzusteigen.

„Warte mal, Wren – was meinst du? Welche Nachricht?"

„Dass ich ausziehen soll", rief sie über die Schulter zurück.

Was um alles in der Welt sollte das? „Wren, bleib bitte stehen. Da hat es wohl offensichtlich ein großes Missverständnis gegeben."

Auf der Hälfte der Treppe fuhr Wren zu ihr herum. „Ich habe nichts missverstanden. Sarah hat sich sehr klar und deutlich ausgedrückt. Sie sagte, du hättest ihr gesagt, du bräuchtest eine Pause und ich solle ausziehen."

Kit schürzte die Lippen. Das war genau die Art von wohlmeinender Einmischung, die sie gefürchtet hatte. *Oh, hätte ich doch Flügel wie eine Taube … Dann könnte ich fortfliegen.*

Seufzend erwiderte sie: „Ich habe Sarah gesagt, ich bräuchte ein wenig Frieden und Ruhe. Aber ich habe nicht gemeint, dass du ausziehen sollst. Es tut mir leid, dass sie das so verstanden hat. Ich werde das mit ihr klären." Und dies auf die Liste mit Dingen setzen, die sie mit ihrer Tochter zu besprechen hatte. Aber nicht heute Abend.

„Kein Problem", erwiderte Wren. „Das habe ich mir schon gedacht."

Kit nahm ihr Telefon vom Couchtisch, wo sie es vor Stunden abgelegt hatte. Eine ungelesene Nachricht von Sarah. *Ich habe mit Wren gesprochen. Sie ist bereit, für ein paar Tage bei Freunden zu wohnen, damit du ein wenig Stille und Einsamkeit genießen kannst. Ich hoffe, du kannst dich gut ausruhen. Hab dich lieb!*

Mit zwei Fingern massierte sie sich den Nasenrücken. „Entschuldige, Wren. Ich habe ihre Nachricht noch nicht gesehen. Und ich wusste nicht, dass sie mit dir sprechen wollte." Sie ließ sich auf die Couch sinken. „Wenn sie sich Sorgen um mich macht, dann kann sie ziemlich herrisch werden. Es tut mir leid. Ich werde das mit ihr klären, keine Sorge. Sie hat sich nicht in unsere Angelegenheiten einzumischen."

Wren antwortete nicht sofort. „Es ist wirklich kein Problem", sagte sie schließlich und kam die Treppe wieder herunter. „Mach dir keine Sorgen deswegen. Ich habe eine Unterkunft gefunden."

„Bei wem?"

„Bei Mara."

Kit lächelte schwach. „Ah, gut, mit ihr wirst du bestimmt eine gute Zeit haben."

„Du scheinst ja gar nicht traurig darüber zu sein, dass ich gehe."

„Nein. Das meinte ich nicht ..."

„Schon gut. Ich verstehe das. Ich weiß ja, dass es anstrengend ist, mich hier zu haben. Sarah hat recht. Du brauchst etwas Freiraum und Ruhe."

„Sarah hat dir nicht zu sagen, was ich brauche. Das ist nicht ihre Aufgabe."

„Nein, aber wie du schon sagtest, Kit, sie macht sich Sorgen um dich. Sie möchte nur dein Bestes. Ich verstehe das." Wren stellte ihren Rucksack auf den Boden und ließ sich neben ihr nieder. „Ich möchte auch nur das Beste für dich. Auch wenn es manchmal so aussieht, als würde es immer nur um mich und meine Gesundheit gehen. Entschuldige. Ich kann manchmal sehr selbstsüchtig sein."

„Ich auch."

Gemeinsam schwiegen sie.

„Ich hätte mich nicht so aufregen sollen", gestand Wren nach einer Weile. „Ich hätte wissen müssen, dass du mich nicht rauswirfst, ohne vorher mit mir zu sprechen."

Kit legte ihre Hand auf die von Wren. „Ich habe nicht vor, dich rauszuwerfen, und ich habe es dir schon einmal gesagt, du kannst hier wohnen, solange du das brauchst. Solange du es willst."

„Danke.“

„Ich habe dich gern hier. Wirklich. Ich genieße deine Gesellschaft. Ich will jetzt natürlich keinen Druck ausüben, dass du bleibst – aber du sollst wissen, dass du auch nicht gehen musst.“

„Okay“, sagte Wren. „Danke. Aber vielleicht tut es dir ja gut, jetzt ein paar Tage für dich zu haben.“

Da so viele Dinge ihre Aufmerksamkeit brauchten, war Kit nicht sicher, ob das überhaupt möglich war. Sarah hatte zwar ganz eindeutig ihre Kompetenz überschritten, als sie, ohne mit ihr zu sprechen, diese Entscheidung getroffen hatte, aber vermutlich hatte sie tatsächlich den richtigen Instinkt gehabt. *Weit weg in die Wüste könnte ich fliehen und endlich wieder Ruhe finden. Ich würde schnell zu einem Schutzort eilen, wo ich sicher bin vor dem rasenden Sturm.* Sie brauchte keine Flügel. Ein paar Tage der Stille und Einsamkeit in ihrem eigenen Heim würden ihr guttun, vor allem bei der Vorbereitung ihres letzten Seminars. Kein Stress. Kein Drama. Keine Ablenkungen.

Keine Gesellschaft. Sie würde die Gesellschaft vermissen.

Wren gab ihr einen Kuss auf die Wange. „Ich gehe und packe meine Tasche.“

„Will Mara für dich kochen?“

„Wir bestellen Pizza und schauen einen Film an, denke ich.“

Kit zwang sich, ihre Stimme fröhlich klingen zu lassen, als sie sagte: „Das hört sich gut an.“ Nachdem Wren nach oben verschwunden war, ging sie in die Küche, öffnete die Schranktür und nahm eine Müslischale heraus.

25

Eine Packung Radiergummis, sechs Spiralblöcke, zwei Ordner. Sarah hakte die Sachen, die sie in ihren Einkaufswagen gelegt hatte, auf ihrer Liste ab. Jetzt brauchte sie nur noch zwei Packungen Textmarker und einige selbstklebende Notizzettel, dann wäre sie fertig. Zumindest für den Augenblick.

Während sie mit ihrem Wagen die kürzeste Schlange vor den Kassen ansteuerte, warf sie einen Blick auf ihr Handy. Keine Nachricht von Mama. Sie würde noch ein wenig warten, bevor sie anrief, um nachzufragen, wie es ihr ging. Mittlerweile sollte Wren sich eigentlich bei Freunden eingerichtet haben. Vielleicht kam sie sogar zu der Erkenntnis, dass sie doch lieber mit Leuten ihres Alters zusammen war. Das wäre nicht das Schlechteste. Für alle.

Kannst du den Ofen auf 200° vorheizen?, schrieb sie an Zach. *Und bitte Jess, einen Salat zu machen.* Zach hatte heute Nachtschicht. Ihnen blieb gerade noch Zeit zum Essen, bevor er losmusste.

Jess ist mit Freunden weg, schrieb er zurück. *Habe Morgan gerade bei der Bücherei abgesetzt. Sie will essen, wenn sie nach Hause kommt.*

Sarah seufzte. Warum machte sie sich überhaupt die Mühe, Essen für die Familie zu kochen? *Na gut. Dann schieb eine Tiefkühlpizza in den Ofen. Wir heben den Auflauf für morgen auf.*

„Hallo, Mrs Kersten", sagte die Kassiererin, als Sarah ihre Einkäufe auf das Band legte.

Sie musterte das Mädchen mit dem gestreiften Stirnband und den mit Tattoos übersäten Armen. Seit der achten Klasse waren noch einige Tattoos dazugekommen. „Taylor! Wie geht es dir?"

„Ganz gut." Taylors Blick wanderte über ihre Einkäufe. „Alles für die Schule?"

„Ja, ich statte das Klassenzimmer aus." Sie rechnete zurück, wann Taylor ihren Mathematikunterricht besucht hatte. „Bist du jetzt in der Abschlussklasse?"

„Nein, meinen Abschluss habe ich bereits. Gerade habe ich mich im Community College eingeschrieben und überlege, wie ich mein Leben gestalten will."

Sarah nickte. „Es ist gut, wenn du dir Zeit dafür nimmst. Das Community College ist eine gute Option. Wenn du nicht genau weißt, was du machen willst, ist es nicht sinnvoll, so viel Geld für die Studiengebühren auszugeben."

„Ja, nun, mein Vater ist krank. Er hat MS, und meine Mutter musste noch einen zweiten Job annehmen, um die Arztrechnungen zu bezahlen, darum ist das College im Augenblick für mich nicht wirklich eine Option. Vielleicht irgendwann mal."

Sarah spürte, wie sich ihre Kehle zusammenschnürte. Und ihre Töchter dachten über Pferde und Europareisen nach? „Das tut mir sehr leid, Taylor."

Taylor zuckte die Schultern. „Es ist, wie es ist, nicht?"

Sarah beobachtete, wie sie zuerst die Notizblöcke scannte. Die Motivationsposter zu Entschlossenheit, Sorgfalt und positiver Einstellung hätte sie am liebsten versteckt. „Aber trotzdem ist es schwierig." Sie nahm ihr Portemonnaie aus der Handtasche.

„Meine kleine Schwester wird dieses Jahr Ihren Unterricht besuchen."

„Ach ja?" Sarah hatte sich die Namensliste noch nicht angeschaut.

„Zumindest eine Zeit lang. Mama will unser Haus verkaufen. Wir werden bei meinen Großeltern einziehen."

„Wo wohnen sie?"

„In Kalamazoo." Sie drückte eine Taste an der Kasse. Als die Rechnungssumme auf dem Bildschirm erschien, zog Sarah ihre Karte durch und dachte an die Lehrer, die nicht so großzügig sein und die Ausgaben für die Klassenzimmer übernehmen konnten. Und an die

Mütter, die mehrere Arbeitsstellen gleichzeitig brauchten, um den Lebensunterhalt für die Familie zu verdienen.

„Ich will nicht umziehen, aber meine Familie braucht mich."

Und sie dachte an all die jungen Leute, die im Gegensatz zu Jess und Morgan nicht den Luxus der Wahl genießen konnten und immer wieder neu ihre eigenen Wünsche zurückstellen mussten. „Ich bin stolz auf dich, Taylor", sagte sie und unterschrieb auf dem Signatur-Gerät. „Was du tust, spricht für wirkliche Reife."

Taylor dankte ihr und druckte den Beleg aus.

„Wie heißt deine Schwester denn?"

„Macy."

„Richte Macy aus, dass ich mich freue, sie im Unterricht zu haben, auch wenn es nur für kurze Zeit ist."

Taylor bedankte sich noch einmal und begrüßte anschließend den nächsten Kunden mit einem freundlichen Hallo und: „Haben Sie alles gefunden, was Sie brauchen?"

Perspektive, dachte Sarah, während sie ihren Einkaufswagen zum Parkplatz schob. Das stand auf einem der Poster in ihrem Klassenzimmer. *Manchmal ist es nötig, dass deine Perspektive auf den Kopf gestellt wird.*

Als sie nach Hause kam, war Zach gerade dabei, sich zu rasieren, bevor er zu seiner Schicht im Krankenhaus aufbrach. „Ich habe noch einmal über die Europareise und das Pferd nachgedacht", sagte sie und ließ sich aufs Bett sinken.

Er warf ihr einen fragenden Blick zu. „Weil?"

„Weil ich nicht sicher bin, ob das den Mädchen guttut."

„Warum nicht?"

„Carol besitzt zwar die finanziellen Mittel, aber deshalb muss es noch lange nicht das Richtige für die Kinder sein."

Die Klinge kratzte über seine Wange wie ein Rechen über das Pflaster. „Ist es wegen der Auseinandersetzung mit deiner Mutter?"

„Nein."

„Sicher?"

„Ganz bestimmt."

„Okay." Er legte den Kopf zur Seite und rückte näher an den Spiegel heran. „Und warum wäre es nicht gut für sie?"

„Weil sie leicht den Eindruck bekommen könnten, dass ihnen im Leben alles zufällt. Kämpfe sind gut für die Seele. Sie bilden den Charakter."

Er spülte seinen Rasierer ab. „Wir haben doch bereits beschlossen, dass Morgan dafür arbeiten muss. Keine schwere Arbeit, Ställe ausmisten und so was. Nicht gerade glamourös."

„Ich weiß. Aber ein Pferd zu besitzen ist nicht der Standard, sondern ein echtes Privileg. Genauso wie eine Europareise."

Er drehte sich zu ihr um, Hals und Kinn noch mit Rasierschaum bedeckt. „Jess macht ja keinen Urlaub dort. Das ist eine kulturelle Bildungsreise. Sie hat in der Schule hart gearbeitet. Und ich denke, dass sie eine solche Reise verdient hat, zumal ihre Großmutter sie dazu einladen möchte." Er setzte seine Rasur fort. „Und was die Privilegien betrifft, beide Mädchen haben schon einige Missionseinsätze mitgemacht."

Sarah faltete ihre Hände im Schoß. „Ein paar Tage in Mexiko mit ihren Freunden aus der Jugendgruppe. Sie waren Touristen, die angehimmelt wurden."

„Sie sind Teenager, Sarah."

„Ich sage ja nur, ich weiß nicht, ob wir genug getan haben, um sie auch dazu zu ermutigen, sich für andere zu engagieren. Sie müssen erkennen, wie viel Bedürftigkeit um sie herum existiert."

„Jess hat schon ziemlich viel Engagement gezeigt."

„Weil sie es musste, Zach. Die Stunden in sozialem Engagement sind wichtig. Sie weiß, dass das auf einer Bewerbung fürs College gut aussieht. Aber ich habe nicht das Gefühl, dass ihr soziales Engagement einen bleibenden Eindruck bei ihr hinterlassen und sie verändert hat."

„Das ist aber ein anderes Thema."

„Nein, ist es nicht."

Er wusch sich das Gesicht und ergriff ein Handtuch. „Wie kommst du jetzt darauf?"

„Ich denke einfach nur nach, das ist alles."

Er nahm sich viel Zeit, um sich abzutrocknen. „Ich für meinen Teil werde mich nicht entschuldigen oder mich mit Schuldgefühlen quälen, weil wir ihnen solche Möglichkeiten bieten können. Und das solltest du auch nicht tun." Mit dem Handtuch in der Hand drehte er sich zu ihr um. „Unsere Kinder sind nicht verwöhnt, Schatz. Es sind gute Mädchen. Und wenn ihnen ihre Großmutter etwas Besonderes schenken will, dann wird ihnen das nicht schaden." Er musterte sie. „Mir scheint, deine Überlegungen haben noch einen anderen Hintergrund. Scheust du das Gespräch mit Carol?"

„Nein, bestimmt nicht."

„Hast du schon mit ihr telefoniert?"

„Noch nicht."

Er zuckte die Schultern, als wollte er sagen: *Siehst du?*

„Gut. Ich rufe sie an. Aber dieses andere Gespräch ist noch nicht beendet."

Er hängte das Handtuch über den Handtuchhalter. „Wenn du Jess die Reise nach Europa verbieten willst, dann bitte. Eine andere Möglichkeit wäre aber, ihr einen Lehrplan zu geben oder Ziele zu setzen, die sie in der Zeit dort erreichen soll. Es liegt an dir."

Immer wieder wurde gemunkelt, sie sei der Boss in der Familie, aber wenn Zach einmal eine Meinung gefasst hatte, dann war es schwer, ihn zu einer Meinungsänderung zu bewegen. Jess würde nach Europa reisen und Morgan ihr Pferd bekommen – irgendwann.

„Was ihr Engagement für die Gemeinschaft angeht", fuhr er fort, „dagegen habe ich nichts. Wir könnten Jess ermutigen, sich in Bereichen zu engagieren, die außerhalb ihrer Interessengebiete liegen. Das ist prima. Aber sie ist auch alt genug, um selbst zu entscheiden, wie sie ihre Zeit nutzt – mit Verstand. Und sie hat uns nie einen Grund gegeben, ihr Urteilsvermögen in dieser Hinsicht infrage zu stellen." Er verließ das Bad und legte ihr die Hände auf die Schultern. „Hast du eine Ahnung, wie glücklich wir uns schätzen können? Sei einfach dankbar für das, was wir haben, und konzentriere dich nicht auf das Negative, Schatz."

„Ich bin doch dankbar." Trotzdem musste man seinen Umgang mit dem Wohlstand immer wieder hinterfragen. Oder welche Vorbilder sie beide in dieser Hinsicht für ihre Töchter waren.

Die Zeitschaltuhr am Herd piepte. „Soll ich einen Salat machen?", fragte sie.

Er ließ ihre Schultern los. „Ach, das ist nicht nötig. Ich habe nicht viel Hunger."

Sie seufzte frustriert. „Wenn du das früher gesagt hättest, hätten wir auch die Pizza für einen anderen Tag aufheben können. Zwischen dir und den Mädchen …"

„Bist du wirklich sicher, dass die Auseinandersetzung mit deiner Mutter heute Morgen nichts damit zu tun hat?"

Sie stellte sich vor, wie er mit seinem Stethoskop lauschte und die Diagnose stellte. „Ja, ganz sicher."

Unmittelbar nachdem Zach zur Arbeit gefahren war, wählte Sarah Carols Nummer. Sie wollte das Telefonat hinter sich gebracht haben, bevor die Mädchen nach Hause kamen. Morgan würde sie bestimmt mit Fragen bestürmen.

„Hallo", sagte sie, als Carol sich gleich beim ersten Klingeln meldete. „Hast du kurz Zeit?"

„Bin gerade vom Yoga nach Hause gekommen", erwiderte Carol. „Ich habe Gary damit gedroht, dass ich mich eines Tages mal für Yoga mit Ziegen anmelden werde. Hast du schon mal davon gehört?"

„Nein." Aber das klang ziemlich abwegig. Sie ließ sich in ihrem Sessel vor dem Schlafzimmerfenster nieder.

„Du musst dir mal die Videos im Netz anschauen. So niedlich. Diese Babyziegen klettern auf deinen Rücken, während du deine Übungen machst. Ich müsste bestimmt die ganze Zeit lachen. Das wäre dann kontraproduktiv." Sie unterbrach sich kurz. „Aber andererseits, muss denn alles einen Sinn haben? Dein Vater würde das verneinen. Gary sagt Ja. Tja, so ist das."

Wieder der Vergleich zwischen ihren Ehemännern. Falls Carol ihr indirekt vermitteln wollte, dass sie vorhatte, sich scheiden zu lassen, nun, das ging sie nichts an. Und sie wollte sich da auch nicht mit hineinziehen lassen. „Wenn es ein schlechter Zeitpunkt ist, dann melde ich mich später noch einmal."

„Nein, kein Problem. Ich schalte dich auf Lautsprecher, während ich mir einen Drink mixe. Was gibt es?"

Sarah behielt die Einfahrt im Blick, für den Fall, dass Jess früher nach Hause käme. „Ich wollte noch mal an dein Gespräch mit Morgan über das Pferd anknüpfen."

„Sag mir nicht, sie hat sich schon eins ausgesucht."

„Nein. Aber ich habe noch mal darüber nachgedacht und frage mich, ob es da vielleicht ein Missverständnis gegeben hat." Etwas, das sich anhörte wie das rhythmische Klacken von Fingernägeln auf Holz drang an ihr Ohr, und Sarah stellte sich vor, wie Carol vor ihrer Hausbar stand und überlegte, welche Flaschen sie herausnehmen sollte. „Als du Morgan angeboten hast, ihr ein Pferd zu kaufen, wusstest du da bereits, was wir ihr diesbezüglich gesagt hatten?"

„Natürlich nicht!"

Das war nicht die Antwort, auf die Sarah gehofft hatte. Sie sah förmlich vor sich, wie ihre Mutter die Schultern zuckte, als wollte sie sagen: „Was hast du erwartet?"

Sie beschloss, Carol noch eine Chance zu geben, bei der Wahrheit zu bleiben. „Und du bist sicher, dass ich nicht vor ein paar Wochen mit dir darüber gesprochen habe?"

„Ganz sicher."

Sie hatte gehofft, sie müsste nicht Zach als Zeugen ins Spiel bringen. Aber besser Zach als Morgan. „Bist du ganz sicher? Weil Zach nämlich sagt, wir hätten darüber gesprochen. Er hat das Gespräch mitgehört."

Stille. Dann: „Vielleicht habe ich es vergessen."

Wieder nicht die Antwort, auf die sie gehofft hatte.

„Hör zu, Sarah. Ich habe dir gegenüber bisher nichts gesagt, aber im Augenblick habe ich ziemlich großen Stress mit Gary. Es ist schrecklich. Darum kann es gut sein, dass ich mich nicht korrekt daran erinnere. Wenn ich Einzelheiten aus einem Gespräch, das bereits einige Wochen zurückliegt, vergessen habe, dann tut mir das leid. Im Augenblick beschäftigen mich andere, wichtigere Dinge."

Nicht die Entschuldigung, auf die sie gehofft hatte. „Das mit dir und Gary tut mir leid. Das ist sicher schwierig. Aber ..."

„Du hast ja keine Ahnung", unterbrach Carol sie. „Als ich ihn geheiratet habe, wusste ich ja, dass er ganz anders ist als dein Vater und dass wir nicht viele Gemeinsamkeiten haben. Aber er hat gesagt, dass er mich liebt. Und ich wusste, dass er mich nicht wegen meines Geldes heiratet, weil er selbst genug davon hat. Ich dachte, wir könnten Spaß miteinander haben."

Sarah hörte, wie sie mit einem Löffel in einem Glas rührte.

„Aber frag die Mädchen. Frag sie, ob er auch nur das leiseste Interesse an mir gezeigt hat, während sie hier waren. Sie werden dir bestätigen, dass das nicht der Fall war. Wenn er nicht auf dem Golfplatz ist, hängt er an seinem Telefon oder liegt auf der Couch und schaut Nachrichten. Ich kann das nicht ertragen. Ich kann es nicht ertragen, in seiner Nähe zu sein. Ich stehe kurz davor, ihn zu verlassen, das sage ich dir."

Sarah drückte sich die Finger an die Schläfen. Sie würde nicht zulassen, dass ihre Stiefmutter das Thema wechselte. „Das tut mir wirklich sehr leid, Carol. Und ich möchte dir nicht noch mehr Stress bereiten, aber unsere Beziehung ist mir zu wichtig, als dass ich das so stehen lassen könnte. Ich möchte das wirklich gern klären."

„Was willst du klären?"

„Ich möchte wissen, ob du wusstest, wie wir zu einem Pferd für Morgan stehen."

„Ach du meine Güte! Hast du überhaupt mitbekommen, was ich gerade gesagt habe? Ich rede darüber, dass meine Ehe in die Brüche geht, und du redest über ein Pferd? Das kann ich jetzt nicht gebrauchen."

„Es geht nicht um das Pferd, Carol."

„Ich habe dir doch gesagt, ich habe es vergessen!"

Sie würde ihr noch eine Chance geben, einzugestehen, dass sie es tatsächlich gewusst hatte, sonst müsste sie Morgan mit hineinziehen.

„Ich denke, du hast das nicht vergessen", erklärte sie so ruhig wie möglich. „Ich denke, du hast mich belogen. Und ich versuche gerade, dir die Gelegenheit zu geben, die Wahrheit zu sagen."

„Weiß Gott! Jetzt redest du genau wie deine Mutter."

„Lass Mama bitte aus dem Spiel."

„Dann erspare mir ihren herablassenden, scheinheiligen Mumpitz. Dafür habe ich jetzt keinen Kopf."

Sarah umklammerte die Armlehne. „Die Wahrheit kannst du nicht ertragen, nicht?" Selbst wenn Carol bei einer Lüge ertappt wurde, versuchte sie immer noch, sich herauszuwinden, Ausreden zu finden, anderen Leuten die Schuld zu geben.

„Wage es nicht, mir Vorhaltungen zu machen wegen etwas, das ich nicht getan habe", fuhr Carol sie an.

„Bist du sicher? Denn deine SMS an Morgan besagen etwas anderes."

Stille.

„Heute Morgen habe ich dich meiner Mutter gegenüber sogar noch verteidigt. Ich habe ihr gesagt, es sei sehr hart, dich ‚heimtückisch' zu nennen. Aber weißt du was? Das ist eigentlich ziemlich passend, sogar sehr passend."

„Du solltest dich schämen", zischte Carol. „Dein Vater würde so etwas nicht dulden."

Sarah grub die Nägel in den Stoff des Sessels. „Ja", erwiderte sie mit zitternder Stimme. „Du hast recht. Er hat sich immer schützend vor dich gestellt und dich verteidigt." Sie hielt inne. „Wenn unsere Beziehung Bestand haben soll, dann geht das nur mit der Wahrheit. Die Entscheidung liegt bei dir."

Während der sich anschließenden Stille hegte Sarah die Hoffnung, ihre Beziehung wäre ihrer Stiefmutter so wichtig, dass sie klein beigeben würde.

Doch stattdessen sagte die Frau, die ihr Vater geliebt und geheiratet hatte: „Dein Vater würde sich für dich schämen", und beendete das Gespräch.

Am ganzen Körper zitternd starrte Sarah auf den Bildschirm. Dann sank sie auf die Knie, presste das Gesicht auf den Boden und ließ die Tränen fließen.

26

Du hast doch hoffentlich kein Problem mit Hunden, oder?", fragte Mara, als sie den Wagen in die Garage fuhr. „Entschuldige bitte, das hätte ich dich früher fragen sollen."

„Nein, zum Glück nicht", erwiderte Wren. „Als ich klein war, hatten wir Schäferhunde."

Mara schnallte sich ab und öffnete die Fahrertür. „Als Kind durfte ich nie ein Haustier haben, aber mein Ex-Mann hat Brian vor ein paar Jahren eine kleine Promenadenmischung zu Weihnachten geschenkt, und als Brian zur Armee gegangen ist, war Bailey einsam. Darum habe ich einen Freund für ihn besorgt." Aus dem Haus drang tiefes Gebell, gefolgt von einem leiseren Kläffen. „He! Brewster! Bailey! Das reicht jetzt!"

Wren nahm ihre Reisetasche vom Rücksitz. „Wo soll ich mein Fahrrad hinstellen?"

„Lass es für den Augenblick noch im Kofferraum. Ich muss erst ein wenig Platz schaffen."

Wren wand sich um Recyclingtonnen herum, randvoll mit Kartons und Getränkedosen, und folgte Mara ins Haus. Beinahe wäre sie über einen kleinen Hund gestolpert, der sie umkreiste, bevor er an ihr hochsprang. „Bailey! Runter!" Mara packte ihn am Hals und nahm ihn auf den Arm. „Du bist ein Ungeheuer, das sage ich dir. Ein kleines Ungeheuer." Er schleckte ihr Gesicht ab.

Wren streichelte seinen Kopf und strich ihm das Fell aus den Augen. Er leckte ihre Hand, bevor Mara ihn wieder auf den Boden setzte. Dann gesellte er sich zu dem dunklen Labrador, der neben dem

Küchentisch saß und Mara erwartungsvoll anschaute, ohne sich zu rühren.

Mara hängte ihre Schlüssel ans Brett und stellte ihre Tasche auf den Boden. „Gib Pfote", befahl sie. Brewster tat wie befohlen. „Guter Junge." Sie tätschelte seinen Kopf, bevor sie in einen Glasbehälter auf der Theke griff, um ein Leckerli für ihn herauszuholen, das sie Wren reichte. „Wenn du ihm das gibst, wird er für immer dein Freund sein."

Wren stellte ihre Reisetasche neben Maras Handtasche und packte den Hundekuchen ganz am Rand an, damit seine Hundezähne nicht ihre Finger erwischten.

„Ich weiß, ich weiß", sagte Mara. Bailey stand hinter ihm auf seinen Hinterbeinen und machte ein paar Schritte zurück. „Du bekommst auch einen. Sitz!" Bailey gehorchte sofort. Mara deutete auf den offenen Behälter. „Er bekommt einen halben."

Wren brach den Hundekuchen in der Mitte durch und legte eine Hälfte vor ihn auf den Boden. Er schnappte sofort danach und trottete in einen anderen Raum. Brewster hob erneut die Pfote. Mara lachte. „Er möchte gern die andere Hälfte haben."

Wren ließ los, bevor er ihn ihr aus der Hand reißen konnte. Brewster fing ihn auf und folgte Bailey.

„Soll ich meine Schuhe ausziehen?", fragte Wren.

„Nur, wenn du möchtest. Hier gibt es keine Regeln."

„Oh, okay. Danke."

Mara lehnte sich an die Küchentheke. „Normalerweise mache ich einen Spaziergang mit den Hunden, wenn ich mich umgezogen habe. Du kannst uns gern begleiten. Anschließend können wir zu Abend essen."

„Okay, klingt gut."

„Ich zeige dir, wo du schlafen kannst. Nichts Besonderes. Es ist Kevins früheres Zimmer."

Wren nahm ihre Tasche, folgte Mara durch ein kleines Wohnzimmer, das mit zwei Hundekörben, einer Couch, einem Sessel und einem Fernseher ausgestattet war, und schließlich die Treppe hinauf. „Das ist mein Zimmer." Mara deutete nach links, als sie durch den kurzen Flur gingen. „Deins ist das hier." Sie deutete nach rechts. „Und dort drüben ist das Bad. Wie ich sagte, es ist nichts Besonderes."

Wren betrat den Raum und stellte ihre Tasche auf das Bett mit der dunkelblauen Tagesdecke. „Das ist doch prima, Mara. Vielen Dank. Ich bin dir so dankbar, dass du mir so kurzfristig einen Unterschlupf gibst."

„Für Katherine tue ich das doch gern", erwiderte sie und fügte schnell noch hinzu: „Und natürlich auch für dich." Sie tätschelte Wrens Arm. „Ich ziehe mich schnell um, dann können wir unseren Spaziergang machen."

Wren ließ sich auf das Bett sinken und wartete. Als Bailey ein paar Minuten später im Türrahmen erschien, klopfte sie auf die Bettdecke. „Na komm." Er sprang aufs Bett und ließ sich neben ihr nieder. „Mach es dir nicht zu bequem. Gleich geht es los." Bei diesen Worten richteten sich seine Ohren auf. Er sprang vom Bett und drehte sich in der Nähe der Tür im Kreis.

„Kaum zu glauben, dass er schon fast zehn Jahre alt ist, nicht?", sagte Mara, als sie in langen, locker sitzenden Shorts und einem grünen Oberteil aus ihrem Zimmer kam. Sie beugte sich vor und rieb beide Seiten seines Gesichts. „Mit diesem Hund wollte mein Ex-Mann mir eins auswischen, denn er wusste genau, dass ich kein Haustier haben wollte." Sie mäßigte ihre Stimme. „Aber wir haben es ihm gezeigt, nicht, Bailey? Ja, das haben wir. Das haben wir ganz bestimmt!" Bailey tänzelte an ihrer Seite in die Küche. „Komm, Brewster. Spaziergang!"

Mara nahm zwei Hundeleinen von einem Haken an der Wand und machte sie an den Halsbändern der Hunde fest. „Du kannst Brewster nehmen. Er ist viel besser erzogen."

Unterwegs mussten sie sich anstrengen, um mit Baileys Tempo Schritt halten zu können. Mara erzählte von ihren Nachbarn. Sie schien jeden zu kennen und wusste von jedem etwas zu berichten. Mr Jones, der mit seinen Katzen Misty und Molly nebenan wohnte, zeigte die ersten Anzeichen von Demenz. Seine Tochter, die in Benton Harbor zu Hause war, wollte ihn in einem Pflegeheim in ihrer Nähe unterbringen. „Keine Ahnung, was dann aus den Katzen wird. Wenn ich die Hunde nicht hätte, würde ich sie nehmen." Mr und Mrs Hassan, die mit ihren vier Kindern auf der anderen Straßenseite wohnten, waren aus Syrien eingewandert. „Das Grauen, das diese kleinen Kinder schon gesehen haben, ist unbeschreiblich." Manchmal waren die Kinder am Wochenende bei ihr, wenn die Eltern arbeiten mussten. „Sechs Menschen in einem kleinen Haus mit zwei Schlafzimmern", sagte sie. „Wenn ich das sehe, dann bin ich umso dankbarer für das, was ich habe."

Während Mara von ihren Nachbarn erzählte, wurde Wren nachdenklich. Sie selbst lebte nun schon fast ein Jahr bei Kit, wusste aber so gut wie nichts über deren Nachbarn.

Mara winkte einem kleinen Mädchen auf einem Dreirad. „Hast du schon mal von den türkisen Picknicktischen gehört?"

„Nein. Aber ich habe einen in deinem Vorgarten gesehen."

„Das ist so ein nationaler Brauch", erklärte Mara. „Man streicht den Tisch türkis an und stellt ihn in seinen Vorgarten. Das ist dann eine Einladung an die Menschen, zusammenzukommen. Es gibt kein Programm. Nur einen Ort, wo man zusammensitzen und miteinander reden, essen oder spielen kann." Sie lachte. „Manchmal, wenn ich aus dem Fenster schaue oder von der Arbeit zurückkomme, dann sehe ich Leute dort sitzen. Sie freuen sich an der Gesellschaft. Es ist wirklich cool, einen solchen Gemeinschaftsort zu haben. Denn so viele Menschen in dieser Straße haben keine Familie in der Nähe."

Wren blieb stehen, als Brewster an einem Busch das Bein hob.

Mara hielt Bailey an der Leine fest. „Du brauchst, während du bei mir wohnst, nicht dabei mitzumachen. Es ist in Ordnung, wenn du keinen Kontakt zu den Leuten aufnimmst. Aber wundere dich nicht, wenn du wildfremde Menschen am Tisch sitzen siehst."

Wren lachte. „Ich bin froh, dass du mir eine kleine Vorwarnung gegeben hast."

„In meinem früheren Viertel wäre so etwas undenkbar gewesen. Mein Ex hätte das verabscheut. Brian war auch nicht begeistert, als ich diesen Tisch aufgestellt habe, aber ich habe ihm gesagt: ‚Hey! Du bist nicht so oft zu Hause. Das ist meine Entscheidung. Aber wenn er auf Urlaub hier ist, zieht er seine Uniform an und hängt mit den Kindern ab. Für sie ist er ein Held. Und das ist er auch tatsächlich. Ich bin stolz auf ihn. Natürlich mache ich mir große Sorgen, wenn er drüben ist, aber ich bin stolz auf ihn."

„Wo ist er denn stationiert?"

„In Afghanistan. Im nächsten Frühling kommt er hoffentlich zurück, dann ist seine Dienstzeit um. Keine Ahnung, was er dann machen will. Vielleicht aufs College gehen." Bailey zerrte so fest an der Leine, dass er würgen musste. „He! Immer mit der Ruhe, mein Junge. Geduld." Brewster schnüffelte weiter hingebungsvoll an dem Busch und ließ sich nicht dazu bewegen, weiterzulaufen. „Zieh ihn weg, Wren", bat Mara. „Sonst stehen wir noch den ganzen Abend hier."

Brewster reagierte bereits auf ein ganz vorsichtiges Ziehen an der Leine.

„Wie geht es dir denn überhaupt?", fragte Mara, als sie um die Ecke bogen, in eine Straße, die ganz genau so aussah wie Maras Straße. Kleine Häuser, die eng beieinanderstanden, keine Bürgersteige und alter Baumbestand. „Du hast in kurzer Zeit unglaublich viele Veränderungen verkraften müssen."

Wren dachte an den kahlen Kardinal, der, wie Kit es ausgedrückt hatte, „das Alte auf einmal und ziemlich unvermittelt abwirft". Später würde sie Mara vielleicht erzählen, wie sehr dieses Bild sie angesprochen hatte und was Kit über die Stoppelfedern gesagt hatte. Mara konnte das bestimmt nachvollziehen, sowohl die Verletzlichkeit als auch die aufkeimende Hoffnung. „Eigentlich geht es mir ganz gut", erwiderte sie. „Viel besser, nachdem ich nun weiß, dass es nicht Kit war, die wollte, dass ich gehe."

Mara stieß einen leisen Pfiff aus. „Mann, diese Sarah. Weiß nicht, was ich von ihr halten soll. Ich plane ja mit ihr zusammen die Abschiedsfeier für Katherine, und ich kann dir sagen, sie hat wirklich ihren eigenen Kopf. Eigentlich im Blick auf alles."

Das stimmte. Eine passende Beschreibung von Sarah. „Sie liebt ihre Mutter", erwiderte Wren großzügig.

„Ja. Aber trotzdem ist es nicht in Ordnung, was sie mit dir gemacht hat."

Wren wusste nicht, was sie antworten sollte. „Vielleicht bist du nur einfach viel barmherziger als ich", meinte Mara. „Ich wäre ziemlich aufgebracht."

„Das war ich auch."

„Das hast du ziemlich gut verbergen können, als wir miteinander gesprochen haben."

„Ich glaube, das war noch der Schock."

„Nun, auf jeden Fall bin ich froh, dass du mich angerufen hast. Wir wollten uns ja diese Woche sowieso zum Abendessen treffen. Jetzt können wir eine schöne altmodische Pyjamaparty feiern. Als ich klein war, habe ich mir das so gewünscht. Aber es hat nie geklappt."

Jetzt blieb Bailey stehen, um sein Geschäft zu machen. Mara nahm eine Plastiktüte aus ihrer Tasche.

„Kommen deine Enkel manchmal zu Besuch?"

„Nein, Kevins Frau mag nicht reisen, und für Jeremy und seine Familie ist ein Flug von Texas hierher viel zu teuer. Das können sie sich nicht leisten. Und außerdem ist das Leben für sie gerade ein wenig" – sie schien nach dem richtigen Wort zu suchen – „anstrengend. Also versuche ich, ihnen den nötigen Freiraum zu geben."

In ihrer Stimme lag so viel Traurigkeit, und Wren fragte sich, ob das der Grund für die „Auffrisch-Sitzung" bei Dawn gewesen war.

Mara bückte sich, um Baileys Hinterlassenschaft zu beseitigen, während er voller Inbrunst anfing, im Gras zu buddeln. „Verrückte Welt, nicht? Alle haben irgendwelche Probleme." Sie verknotete die Tüte und tätschelte Bailey den Rücken. „Außer dir, du kleines Ungeheuer, nicht? Das Leben ist für dich ziemlich gut."

Auf dem Rückweg zu Maras Haus lief Bailey tänzelnd voraus. Zwei kleine Mädchen mit langen, im Nacken zusammengebundenen dunklen Locken saßen am Picknicktisch und malten. „Nana, schau!" Eines von ihnen sprang auf und hüpfte, ein Blatt Papier schwenkend, auf sie zu. Wren nahm Mara Baileys Leine und die Tüte ab. Mara beugte sich vor und umarmte das Kind. „Was hast du denn da, Yasmin?"

„Blumen!"

„Oh, wie hübsch!"

Brewster legte sich ins Gras, und Wren schaute Mara über die Schulter. Das Kind hatte eine dunkelrote Vase und dunkelrote Blumen gemalt. Darauf stand „Für dich", außerdem mehrere rosafarbene Herzchen oben auf der Seite. Yasmin stellte sich auf die Zehenspitzen.

„Das ist für dich!", flötete sie.

„Woher weißt du denn, dass Dunkelrot meine Lieblingsfarbe ist?"

„Weil das auch meine ist!" Sie ergriff Maras Hand und ging händeschwingend mit ihr zum Tisch.

„Und was malst du, Amira?", fragte Mara.

Das andere Mädchen hielt ein Bild von einem blauen Hund hoch.

„Bailey."

„Das ist sehr hübsch geworden, nicht?" Mara winkte Wren heran und löste beide Hundeleinen. Bailey sprang an Amira hoch und legte seinen Kopf auf ihren Schoß. „Das ist meine Freundin Wren. Sie ist auch eine Malerin."

„Möchtest du mit uns malen?", fragte Yasmin. In ihren großen braunen Augen lag ein herzliches Willkommen.

Mara warf Wren einen Blick zu, der besagte: *Das ist ganz dir überlassen.*

„Gern, das würde mir gefallen. Danke."

Yasmin klopfte auf die Bank. „Du kannst neben mir sitzen."

Später am Abend stand Wren am Wohnzimmerfenster und zählte die Leute im Vorgarten.

„Wie viele sind es?", rief Mara aus der Küche.

„Fünfzehn. Nein, warte." Da kamen gerade noch zwei Kinder durch die Einfahrt gehüpft. „Siebzehn."

„Kinder?", fragte Mara zurück.

„Nein, Moment." Sie zählte die Erwachsenen, die sich um den Tisch scharten. „Fünf Erwachsene, zwölf Kinder."

Mara trat in den Türrahmen und wischte sich die Hände an ihrer Schürze mit der Aufschrift „Meine Lieblingsmenschen nennen mich Nana" ab. „Die Erwachsenen werden nicht so viel essen wie die Kinder, das müsste also reichen."

Wren trat vom Fenster zurück. „Ich glaube, die Nachricht hat sich in Windeseile verbreitet."

Mara grinste. „Weltberühmte Zimtplätzchen. Zumindest in diesem Viertel. Komm und hilf mir beim Rausbringen und Verteilen."

Als die beiden mit den Tabletts voller warmer Kekse das Haus verließen, schritten Yasmin und Amira vor ihnen her wie Herolde, die eine berühmte Persönlichkeit ankündigten, während ihre älteren Brüder die anderen Kinder aus der Nachbarschaft aufforderten, sich hinzusetzen und zu warten. „Es gibt Kekse für alle, richtig?", fragte einer der Jungen Mara.

„Ganz genau, Tarik. Genug für alle." Sie stellten die Tabletts in die Mitte des Tisches. „Alle mal herhören", rief Mara, „das ist Wren. Wren, das sind alle."

Wren winkte ihnen zu, während alle ihr eine muntere Begrüßung zuriefen.

Yasmin zupfte Mara am Shirt. „Mr Jones muss auch welche bekommen."

„Recht hast du, junge Dame. Nimm zwei vom Tablett und bring sie ihm. Ich passe auf, dass noch welche übrig sind, wenn du zurückkommst."

„Hebt noch welche für meine Schwester auf!", rief Yasmin, während sie zum Haus nebenan lief, in jeder Hand einen Keks. Amira rannte hinter ihr her.

Wren beobachtete die lebhafte Gruppe. Dabei kamen ihr zwei Gedanken in den Sinn. Zum einen wünschte sie, sie hätte einen Skizzenblock und könnte diesen Augenblick festhalten, und der andere war, dass man Augenblicke wie diesen nicht festhalten konnte.

„Kommen Sie zu uns, Wren!", rief eine Frau mit langen grauen Zöpfen vom Tisch aus. Sie rutschte ein Stück zur Seite, um Platz zu machen.

Als die Frau ihr das Tablett reichte, sah Wren Jesus vor sich, wie er lächelnd sagte: „Nehmt und esst."

Eine Stunde später hatten es sich Mara und Wren auf der Couch gemütlich gemacht. Brewster hatte den Kopf auf Maras Beine gelegt und schlief, Bailey hatte sich auf Wrens Schoß zusammengerollt. Draußen saßen die Nachbarn immer noch am Tisch und plauderten miteinander. „Erzähl mir mehr von diesem Logan", bat Mara. „Ich weiß nicht so genau, was ich von ihm halten soll."

„Ich auch nicht", erwiderte Wren. „Er ist eine seltsame Mischung aus weißem Mittelklasse-Erfolgstyp, der die Finanzen im Blick hat und gewinnorientiert arbeiten will, und gleichzeitig behauptet er, er wolle sich für mehr Gerechtigkeit zwischen Menschen unterschiedlicher ethnischer Herkunft einsetzen." Ganz vorsichtig, um den schlafenden Hund nicht aufzuwecken, griff sie nach ihrem Wasserglas. „Nicht, dass diese Dinge nicht zusammenpassen würden. Aber ich kann einfach nicht vergessen, was er über Kit gesagt hat und dass er den Inhalt des Seminars deprimierend fand. Wie kann man behaupten, Menschen dienen zu wollen, die am Rand der Gesellschaft stehen oder unterdrückt werden, und dann einen Vortrag über Leid deprimierend finden? Ich verstehe das nicht."

Langsam schüttelte Mara den Kopf. „Nein. Ich auch nicht. Wenn du eine solche Arbeit machst, dann weißt du doch, wie wichtig es ist, zu klagen. Du musst wissen, wie du das Schwierige und Hässliche erkennen und beim Namen nennen kannst. Wie du dich ihm wirklich stellen und es betrauern kannst. Wenn du dazu nicht bereit bist, dann wirst du es nie richtig begreifen." Maras Gesichtsausdruck verriet, dass sie aus persönlicher Erfahrung sprach. Obwohl sie nie viel von ihrem Sohn Jeremy erzählt hatte, vermutete Wren, dass es nicht leicht für ihn gewesen war, als Junge mit dunkler Hautfarbe ausgerechnet in Kingsbury zu leben. Und wenn ihr Sohn es schwer gehabt hatte, dann hatte sicher auch Mara gelitten.

„Wenn Logan das wirklich ernst meint", fuhr Wren fort, „und wenn er Kontakte zu Leuten herstellen möchte, die diese Arbeit bereits tun, dann kannst du ihm bestimmt sehr helfen." Durch ihre Arbeit beim Crossroads-Haus und weil sie erlebt hatte, wie es war, als weiße Frau zu einer ethnisch gemischten Gemeinde zu gehören, könnte Mara von unschätzbarem Wert für ihn sein. Falls Logan offen dafür war, diese Hilfe anzunehmen.

„Darüber muss ich erst nachdenken", erwiderte Mara. „Ich müsste wissen, was er tatsächlich vorhat, bevor ich ihn mit Leuten bekannt mache. Man kann nicht einfach in eine Gemeinschaft von Afroamerikanern hineinplatzen und die Leute bitten, dir zu erzählen, wie es ist, farbig zu sein. Niemand ist verpflichtet, dir seine Geschichte zu erzählen. Wenn er bereit ist, die harte und langwierige Arbeit zu tun, prima. Aber um Beziehungen aufzubauen, sind Vertrauen und Zeit notwendig. Und wenn ein weißer Mann kommt, um zu" – sie malte Anführungszeichen in die Luft – „helfen', dann ist das an sich schon schwierig genug. Er muss zeigen, dass er bereit ist zu dienen und zuzuhören. Er kann nicht einfach hingehen und die Führung übernehmen. Oder nicht anerkennen, dass bereits gute Arbeit geleistet wird, und denken, nur er wisse, wie man es richtig macht." Sie trank einen Schluck von ihrem Pfefferminztee. „So wie du ihn beschreibst, bin ich nicht sicher, dass er begreift, was er, wie er sagt, tun will. Aber wer bin ich, das zu beurteilen? Ich habe schon alles durch."

Wren beobachtete, wie sich Baileys Brust hob und senkte. Der Rhythmus beruhigte sie. „Bei Logan und mir hat es sofort geknirscht, das ist sicher. Kit ist besser darin, einem Menschen erst einmal Vorschussvertrauen einzuräumen. Ich bin einfach nur wütend."

„Willkommen im Club", warf Mara ein. „Neuerdings gibt es vieles, über das man zornig sein kann."

„Ja, Dawn und ich haben darüber gesprochen."

„Hat sie dir geraten, ein Wut-Tagebuch zu führen?"

„Nein. Ich versuche es mit einem Dankbarkeitstagebuch, aber manchmal vergesse ich das." Hatte sie in den vergangenen Wochen überhaupt etwas eingetragen? Vermutlich nicht.

„Ich versuche auch, so etwas zu führen", sagte Mara. Sie deutete auf einige Notizbücher auf dem Boden neben dem Sessel. „Das hübsche mit den Blumen ist für Dankbarkeit. Das billige schwarz-weiße ist für die Wut. Die kann ich in großen Mengen kaufen."

Wren lachte. „Dann schreibst du also einfach auf, wenn du wütend bist?"

„Ja. Man schreibt alles auf und dann ordnet man seinen Zorn auf einer Skala von eins bis fünf ein. Eins steht für ‚leicht verärgert‘, fünf für ‚außer sich vor Wut‘. Und einmal in der Woche liest du dir alle deine zornigen Reaktionen noch einmal durch und schaust, wie oft du aus selbstsüchtigen Gründen zornig geworden bist, zum Beispiel, weil du nicht bekommen hast, was du wolltest, oder weil jemand dich beleidigt hat oder weil dein Zeitplan durcheinandergekommen ist. Und dann siehst du nach, wie oft du zornig geworden bist, weil jemand anders übervorteilt wurde – wenn jemand zum Beispiel nicht bekommen hat, was er brauchte. Und du schaust, wie oft du wegen Ungerechtigkeit zornig geworden bist." Sie stellte ihren Becher ab. „Ich sage dir was, normalerweise werde ich viel häufiger wütend wegen Dingen, die mich persönlich betreffen, als wegen Dingen, die andere Menschen betreffen, vor allem, wenn sie nicht zu meinem unmittelbaren Freundeskreis gehören. Es gefällt mir nicht, aber so ist es nun mal."

In aller Eile ließ Wren die letzten Tage Revue passieren. Sie könnte jede Menge Einträge vornehmen. „Vielleicht sollte ich es auch einmal damit versuchen. Ich erkenne bestimmt dasselbe wie du, dass sich der größte Teil meines Zorns um mich selbst dreht."

„Wir könnten T-Shirts drucken lassen, wenn du magst", sagte Mara. *„Zornig, aber selbstkritisch."*

Wren lachte und weckte damit Bailey auf. „Oh, entschuldige bitte!" Sie streichelte seinen Kopf und anschließend seinen Bauch, als er sich streckte und auf die Seite legte.

„Ich weiß, das klingt komisch", meinte Mara, „aber eines Tages bin ich im Römerbrief auf einen Vers gestoßen, der mich sehr getröstet hat: ‚Gebt Raum dem Zorn Gottes.‘⁴ Es ist gut, nicht zu vergessen, dass man Gott nichts vormachen kann. Er ist viel geduldiger, als ich es bin. Und viel großzügiger. Dawn erinnert mich immer daran, dass es mir im Grunde nicht um Fairness geht, sondern um Gnade. Es ist nur so schwer, sich Gnade für Menschen zu wünschen, die sie meiner Meinung nach nicht verdient haben." Sie lachte leise. „Und das ist ja genau der Punkt, nicht? Niemand von uns hat sie verdient."

Wren wollte gerade fragen, welche Situationen sie besonders wütend machten, als die Türglocke läutete. Bailey und Brewster sprangen bellend auf. „Hey, Jungs! Schluss!" Mara spähte durch das Fenster. „Das sind die Mädchen, die ihre Gutenachtgeschichte hören wollen."

Wren folgte ihrem Blick zur Veranda, wo Yasmin und Amira im Schlafanzug warteten. Jede von ihnen hielt ein Buch und ein Plüschtier in der Hand. „Kommen sie jeden Abend?"

„Nein, meistens nur freitags. Tut mir leid. Ich hätte es dir sagen sollen. Also gut, dann sehen wir uns morgen einen Film an, okay?"

„Natürlich."

Mara erhob sich und streckte sich. „Du kannst dich uns gern anschließen. Aber wenn du lieber deine Ruhe haben möchtest, dann zieh dich ruhig in dein Zimmer zurück."

Wren dachte an Zoe und wie sehr sie sich freuen würde, wenn sie regelmäßig am Telefon Geschichten lesen würden, denn das gemeinsame Malen war im Augenblick keine gute Idee. Sie nahm sich vor, ihrer Mutter eine SMS zu schicken und nach einem günstigen Zeitpunkt zu fragen. Dann rutschte sie zur Seite. „Passen wir denn alle vier aufs Sofa?"

„Aber natürlich", erwiderte Mara. „Die Mädchen nehmen wir auf den Schoß."

27

Ihre Mutter würde sie damit nicht belasten. Das war Sarah klar. Sie musste einen Weg finden, ihre Beziehung zu Carol wiederherzustellen, ohne ihre Mutter mit hineinzuziehen.

Auf dem Parkplatz der Bücherei schrieb Sarah eine Nachricht an Morgan, dass sie da sei, und wartete. Sie musste auch einen Weg finden, um den Mädchen von ihrer Auseinandersetzung mit Gigi zu berichten, ohne diese zu negativ darzustellen.

Morgan in Shorts und ihrem Winnie-Puuh-T-Shirt verließ gerade das Gebäude in Begleitung von einem Mädchen in einem Träger-T-Shirt und einem viel zu engen Minirock. Wenn eine Schülerin so in ihren Unterricht käme, könnte sie sich aus dem Schrank mit den Sweatshirts und Röcken etwas aussuchen. Keine Widerrede. Wer einmal etwas aus Mrs Kerstens Schrank anziehen musste, kam nie wieder unangemessen gekleidet zum Unterricht.

Morgan rückte ihren Rucksack gerade, umarmte das Mädchen und schlenderte zum Wagen. „Hallo, Mama!", sagte sie, als sie einstieg.

„Hallo, Schatz." Sarah wartete, bis sie sich angeschnallt hatte, bevor sie fragte: „Wer ist das?" Das Mädchen blieb am Eingang stehen und schaute auf sein Handy.

„Ein Mädchen aus der Schule."

„Das habe ich mir schon gedacht. Hast du dich mit ihr getroffen?"

„Nein, ich bin ihr zufällig begegnet. Lily und Michelle waren bereits gegangen."

„Ach so." Sarah strich Morgan über die Schulter. „Nimm bloß keine Modetipps von ihr an, okay?"

Morgan verdrehte die Augen. „Ich weiß, Mama." Sie steckte ihr Telefon in ihre Tasche. „Hast du schon mit Gigi gesprochen?"

„Das hab ich, ja."

„Und?"

„Wir sind noch dabei, die Dinge zu klären."

„Was hast du ihr gesagt?"

Sarah beobachtete in der Rückfahrkamera, wie eine Frau mit einem Kinderwagen hinter dem Wagen vorbeiging. „Ich habe ihr die Gelegenheit gegeben, mir die Wahrheit zu sagen. Aber im Augenblick hat sie viel Stress, sodass es kein guter Zeitpunkt ist, um Dinge zu klären." Langsam setzte sie zurück und fuhr vom Parkplatz. „Das ändert aber nichts an dem, was Papa und ich dir gesagt haben. Du musst arbeiten und zeigen, dass es dir wichtig ist, und dann sehen wir, wohin das führt."

Sie war immer noch davon überzeugt, dass Morgan das Interesse verlieren würde, sobald ihr klar wurde, wie viel Arbeit ein Pferd machte. Das würde ein ganzes Bündel Probleme lösen. Anstatt ein Versprechen zurückzunehmen, das sie bereits gegeben hatten, könnte Morgan selbst entscheiden, dass sie kein Pferd wollte. Wenn sie reiten wollte, dann gab es Gelegenheit genug, sich in der Arbeit mit Pferden für benachteiligte Kinder zu engagieren. Vielleicht sollte sie sich mal danach erkundigen. Sie könnte ihrem Hobby nachgehen und gleichzeitig soziales Engagement zeigen. Für beide Seiten ein Gewinn.

Als sie nach Hause kamen, saß Jess am Küchentisch und löffelte Cookie-Eiscreme gleich aus dem Becher, während sie konzentriert auf ihr Handy starrte. „Ist das die letzte Packung?", fragte Morgan und stellte ihren Rucksack auf einen Stuhl.

„Keine Ahnung."

Morgan marschierte zum Gefrierschrank und riss die Tür auf. „Warum machst du das immer? Du hättest dir auch was in eine Schale tun können."

„Vergessen", erwiderte Jess. „Tut mir leid. Soll ich für dich zum Supermarkt fahren und neues holen?"

„Nein."

„Dann nimm dir einen Löffel", forderte Jess sie auf. „Du kannst den Rest haben." Sie schob den Becher über den Tisch.

„Zuerst Abendessen, Morgan", ermahnte Sarah. „Da ist noch Pizza im Kühlschrank."

„Ich habe keinen Hunger."

Jess schnaubte, dann holte sie sich den Becher wieder zurück.

„Hast du mit deinen Freunden zu Abend gegessen, Jess?", fragte Sarah.

„Ja." Sie steckte sich einen weiteren Löffel Eiscreme in den Mund.

Sarah griff Morgan, die immer noch den Gefrierschrank durchsuchte, über die Schulter und nahm eine Tüte gefrorener Erdbeeren heraus. „Möchtest du stattdessen vielleicht einen Smoothie?" Morgans Schulterzucken interpretierte sie als ein Ja und holte den Mixer aus dem Schrank.

„Was ist mit Gigi?", fragte Jess, die immer noch mit ihrem Telefon beschäftigt war.

„Sollen auch Bananen rein, Morgan?"

„Ja, ist gut."

„Gib mir doch bitte die Milch, die du möchtest. Wir haben Mandelmilch und fettarme Milch." Sie gab Erdbeeren in den Mixer und wandte sich zu Jess um. „Was meinst du? Was soll mit ihr sein?"

Jess hielt ihr das Telefon hin. „Sie hat mir eine ganz seltsame Nachricht geschickt. Sie weiß nicht, ob wir noch zusammen nach Europa reisen können."

Na prima. „Schreibt sie einen Grund dafür?"

Jess las vor. „Deine Mutter bevorzugt vielleicht eine andere Reisegefährtin für dich."

Im Ernst? Sarah schälte die Banane. Zwar hatte sie überlegt, ob so eine Reise wirklich gut wäre. Aber es gefiel ihr nicht, dass Carol jetzt so reagierte. Sie wollte passiv-aggressiv spielen? Prima. Mit ihr kein Problem. Aber die Mädchen sollten nicht in ihre Auseinandersetzung hineingezogen werden. Auf keinen Fall. „Gigi und ich sind gerade dabei, eine Meinungsverschiedenheit zu klären. Es tut mir leid, dass sie das jetzt an dir auslässt."

„Warum traust du ihr nicht zu, dass sie mit mir nach Europa fliegt?"

„So etwas habe ich nie gesagt."

„Weil Gigi wegen des Pferdes gelogen hat", erklärte Morgan, während sie Milch in den Mixer goss. „Sie hat Mama gesagt, sie wusste nicht, dass ich keins haben darf."

„Morgan, zum letzten Mal, das ist nicht das, was Papa und ich ..."

„Ja, schon gut. Wie auch immer."

Sarah warf die Banane in den Mixer und trat zurück. „Du kannst das hier fertig machen. Nimm noch eine Banane und vergiss nicht, Eis dazuzutun."

„Willst du sie anrufen?", fragte Jess, als Sarah die Bananenschale in den Biomüll warf.

„Jetzt sofort?"

„Lass mir etwas Zeit, Jess, okay?"

Jess kratzte das letzte Eis aus dem Becher. „Ich überlege nur, ob ich antworten soll."

„Das ist dir überlassen", erwiderte Sarah. Sie ging ins Schlafzimmer und drückte fest die Tür ins Schloss.

Es wäre viel einfacher, Carols Spiel mitzuspielen und die Auseinandersetzung über SMS zu führen. Aber wenigstens eine von ihnen sollte sich verhalten wie ein erwachsener Mensch. Sie wählte ihre Nummer und wartete, bis das Klingeln schließlich in ein fröhliches „Hallo, das ist Carol! Ihr wisst, was ihr zu tun habt!" überging.

Sarah legte vor dem Piepton auf und schrieb ihr eine Nachricht. *Ruf mich an.* Dann nahm sie ihren Laptop vom Schreibtisch und setzte sich in den Sessel, um ihre Mails zu lesen.

Video für deine Mutter war in einer Betreffzeile zu lesen. Sie öffnete die Mail. „Hallo, Sarah. Hannah Allen sagte mir, dass du Grußbotschaften für deine Mutter sammelst. Ich hoffe, ich bin noch nicht zu spät."

Sarah klickte das Video an, auf dem eine junge Frau, vielleicht Anfang dreißig, mit kurzen dunklen Haaren und einem zarten Schmetterlings-Tattoo auf der Schulter zu sehen war. Normalerweise war Sarah kein Fan von Tattoos, aber falls Jess oder Morgan eines Tages mit einem solchen Tattoo aufkreuzen würden, dann hätte sie nichts dagegen.

„Hallo, Katherine, ich bin es, Becca Crane. Ich wollte dir zu deinem Ruhestand gratulieren. Ich weiß, wie wichtig du für so viele Menschen bist, und ich wollte dir noch einmal danken für das, was du für meine Mutter vor ihrem Tod getan hast. Du hast in der kurzen Zeit, die ihr euch kanntet, viel in ihrem Leben bewirkt." Becca steckte sich eine Haarsträhne hinters Ohr. „Ich weiß nicht, ob du dich noch daran erinnerst, aber Mama hat mir erzählt, dass du für mich gebetet hast, als ich gerade erst zur Welt gekommen war. Sie hat nicht lange genug gelebt, um zu sehen, dass dein Gebet und alle ihre Gebete für mich erhört wurden. Aber ich wollte dich wissen lassen, dass es so ist." In Beccas großen braunen Augen schimmerten Tränen, und mit zitternder Stimme fuhr sie fort: „Also, wie auch immer … danke. Mein Wunsch ist, dass ich im Leben anderer Menschen etwas bewirken kann, so wie du."

Beccas Bild erstarrte auf dem Bildschirm, doch Sarah ließ das Fenster offen. Diese Videos waren ein Geschenk für sie, und sie hoffte, dass auch ihre Mutter sich darüber freuen würde. Durch viele dieser Botschaften hatte sie erfahren, welchen Einfluss ihre Mutter auf das Leben anderer gehabt hatte. So war das, wenn man mit dem, was Gott einem anvertraute, verantwortungsvoll umging. Mit Gelegenheiten. Mit Leid. Mit Trost. Mit Hoffnung.

Mit Liebe.

Sie wollte das Video gerade weiterlaufen lassen, als es an ihrer Tür klopfte. „Mama?", rief Jess.

„Ja, komm rein." Die Tür ging auf, und sie klappte ihren Laptop zu und stellte ihn auf den Boden.

„Gigi schreibt, sie will jetzt ins Bett gehen, und du sollst bitte aufhören, sie zu belästigen."

„Das hat sie geschrieben? Dass ich sie belästige?"

„Ja, aber ohne das ‚bitte'."

Sarah sog scharf die Luft ein. Zuerst beschuldigte ihre Mutter sie, herrisch zu sein, und jetzt warf Carol ihr vor, sie zu bedrängen. Schaffte es denn keiner, sich sachlich und ruhig auseinanderzusetzen?

„Entschuldige", sagte Jess.

„Dafür kannst du doch nichts, Schatz. Ich finde es schade, dass sie dich da mit hineinzieht."

„Das ist nicht schlimm. So ist Gigi eben."

„Wie meinst du das?" Sie hatte kaum einmal von einer ihrer Töchter etwas über Gigi gehört, das auch nur entfernt an Kritik erinnerte.

Jess ließ sich auf der Bettkante nieder. „Manchmal spielt sie ganz schön die Dramaqueen. Versteh mich nicht falsch, ich hab sie lieb und alles, aber sie ist manchmal wirklich ein wenig überspannt. Ich habe ihr immer wieder gesagt, dass ich das ganze Zeug, das sie mir kaufen will, nicht brauche, aber ich glaube, manchmal hat sie es nur gekauft, um Gary zu ärgern. Natürlich kann ich mich auch irren."

Wenn sie bedachte, was Carol über ihren Mann gesagt hatte, lag Jess vermutlich gar nicht so weit daneben.

„Und sie redet andauernd über Opa, Mama. Ununterbrochen!"

„Hat sie sich euch gegenüber schon immer so verhalten?"

„Ja, aber ich habe den Eindruck, es ist schlimmer geworden. Immerzu redet sie davon, dass wir alle Orte besuchen können, an denen sie mit ihm gewesen ist, was ja in Ordnung ist. Ich meine, wir reden hier über Europa. Aber ich möchte auch nicht mit einem Geist verreisen, verstehst du?"

Was für eine reife Beobachtung. „Möchtest du denn mit ihr verreisen?"

„Ich möchte gern nach Europa."

„Das weiß ich. Aber möchtest du mit Gigi nach Europa reisen?" Nach Jess' Gesichtsausdruck zu urteilen würde sich die Sache mit der Reise als Geschenk zum Schulabschluss von selbst in Luft auflösen.

Jess seufzte. „Zu schade, dass Gigi diejenige mit dem Geld ist."

Sarah lehnte sich zurück. „Wie meinst du das?"

„Mit Oma würde ich die Reise vermutlich viel eher genießen können."

Aus irgendeinem Grund brannte Sarahs Kehle, als sie das hörte. Sie wartete, bis sie ihre Stimme auch wirklich wieder unter Kontrolle hatte, bevor sie fragte: „Warum?"

„Ich glaube", erwiderte Jess, „Oma wäre langsamer, und es wäre mehr Zeit, um die Dinge wirklich zu sehen und zu erleben. Mit Gigi ist es immer so, als sei sie in einer Mission unterwegs. Und wenn sie nach Europa will, weil sie ihre Reise mit Opa noch mal erleben möchte, dann weiß ich nicht, wie viel Raum bleibt, sie mit mir zu erleben."

Wann war dieses Mädchen so klug geworden? Man hatte kaum Zeit zu blinzeln, und schon waren sie aus den Windeln herausgewachsen und gingen aufs College.

„Wie auch immer", fuhr Jess fort, „vielleicht sucht sie nach einem Ventil und gibt dir die Schuld daran." Sie erhob sich. „Mach dir deswegen keine Gedanken, Mama. Es ist nicht das Ende der Welt, wenn nichts daraus wird."

Dass Jess so bereitwillig ihren Wunsch aufgab, stärkte in Sarah die Entschlossenheit, andere Möglichkeiten auszuloten. Bessere Möglichkeiten. Dazu blieb noch genügend Zeit. Eine andere Möglichkeit, die für beide Seiten ein Gewinn war. „Ist gut, Schatz. Gut zu wissen."

Nachdem Jess den Raum verlassen hatte, klappte Sarah ihren Laptop wieder auf und spielte Beccas Botschaft noch einmal ab. Beccas Worte über die Gebete der beiden Mütter trieben ihr fast die Tränen in die Augen.

Als Sarah um kurz vor neun anrief, hätte Kit das Gespräch beinahe nicht entgegengenommen. Aber wenn sie es nicht annahm, würde Sarah sich Sorgen machen. „Hallo", meldete sie sich, während sie das Küchenlicht ausschaltete und sich auf den Weg zu ihrem Schlafzimmer machte. Wie ungewöhnlich still das Haus war. Es war nicht nur Stille, sondern spürbare Abwesenheit. „Alles in Ordnung?"

„Ich wollte nur noch mal hören, wie es dir geht", erwiderte Sarah. „Gehst du gerade zu Bett?"

„Gleich." Sie war nicht sicher, ob sie noch mehr solcher langen, ereignisreichen Tage wie diesen ertragen konnte. Nicht nur einen, sondern eine ganze Reihe langer, ereignisreicher Tage. Kein Wunder, dass sie so erschöpft war.

„Übernachtet Wren bei einer Freundin?"

So beiläufig, wie Sarah das sagte, hätte man denken können, sie und Wren hätten den Plan gemeinsam ausgeheckt. Egal. Es lohnte sich nicht, deswegen zu streiten. „Ja."

„Oh, das ist gut. Ich hoffe, du hast jetzt den Frieden und die Ruhe, die du brauchst."

Und wieder lohnte es nicht, ihr zu widersprechen. Sarah hatte getan, was sie für das Richtige hielt. Kit würde es dabei belassen. „Irgendwann, wenn ich nicht mehr so erschöpft bin", erklärte sie, „möchte ich unser Gespräch im Restaurant noch einmal aufgreifen. Ich habe über das nachgedacht, was du gesagt hast, dass mich deine Beziehung zu Carol ärgert, und du hast recht. Ich ..."

„Bitte sprich ihren Namen mir gegenüber nicht aus, Mama. Du glaubst nicht, was passiert ist. Oder vermutlich glaubst du es doch."

So erschöpft Kit auch war, der Hauch der Ehrenrettung belebte sie wie ein Riechfläschchen unter der Nase. „Was hat sie jetzt wieder angestellt?"

Mehr Ermutigung brauchte Sarah nicht.

Nichts von dem, was Sarah über Carols Täuschen, Ablenken und Suchen nach Mitgefühl sagte, kam überraschend für sie. Kit war zu erschöpft, um Sarahs Empörung zu teilen, und zu müde, um Erstaunen vorzutäuschen. Doch sie konnte Sarahs Gedanken und Gefühle bestätigen, und das reichte aus. Müde ließ sie sich auf ihr Bett sinken, hörte zu und sagte gelegentlich: „Schlimm! Das tut mir so leid."

Aber es tat ihr nicht leid. Eigentlich tat es ihr überhaupt nicht leid. Dass Sarah nun einmal selbst erlebte, wer Carol war, so schmerzlich das für sie auch sein mochte, war für sie ein lang ersehntes Geschenk, etwas, das sie nun als Mutter und Tochter miteinander teilen konnten. Auch die Enkelinnen. Es war noch nicht zu spät, dass die Mädchen erkannten, was für eine Frau ihre Gigi war. Allerdings überraschte es Kit, dass es so lange gedauert hatte, bis sich Carol einmal gegen sie wandte. *Willkommen im Club.*

„Sie hat mir gesagt, Papa würde sich für mich schämen", sagte Sarah, und ihre Stimme brach.

Kit richtete sich auf. „Sie hat *was* gesagt?"

„Dass er sich für mich schämen würde, weil ich sie so angegangen wäre."

Ein unerwarteter Zorn breitete sich in Kit aus. Wie konnte Carol es wagen, für einen Toten zu sprechen? Wie konnte sie es wagen, diese Waffe einzusetzen, um jemand anderen zu verletzen? „Dein Vater hat dich sehr geliebt", erwiderte sie mit gepresster Stimme. „Dein Vater hätte nicht stolzer auf dich sein können, Sarah. Lass nicht zu, dass diese Frau dir etwas anderes einredet, weil sie ihren Willen durchsetzen will."

Sarah schwieg. Kit sah sie vor sich, wie sie mit zusammengekniffenen Lippen und in den Nacken gelegtem Kopf gegen die Tränen ankämpfte. Genau so hatte sie Michas Beerdigung über sich ergehen lassen. Sarah, die kaum einmal weinte, hatte zwischen ihren Eltern gesessen, ihre Hände umklammert und verzweifelt um Fassung gerungen. Vielleicht hatte sie auch alle zusammenhalten wollen.

„Danke, Mama", sagte sie nach einer Weile.

„Es tut mir so leid für dich", sagte Kit. Und das stimmte. Es tat ihr wirklich leid.

„Weißt du, was Jess dazu gesagt hat?"

„Nein, was denn?"

„Sie wünschte, sie könnte mit dir nach Europa reisen."

Kit war zu verblüfft, um zu antworten.

„Sie sagte, sie wolle nicht mit Papas Geist reisen, und sie wisse, dass du sie nicht antreiben würdest, dass du ihr den Raum geben würdest, alles voll auszukosten."

Sie wurde Carol vorgezogen? Wirklich?

Kit presste sich eine Hand auf das Herz. Sie würde die Regung ihrer Seele später ausloten. Im Augenblick wollte sie sie einfach nur genießen.

Teil 3

INS LICHT

Der Herr, der wahre und einzige Gott,
hat den Himmel geschaffen, wie ein Zelt hat er ihn ausgespannt;
er hat die Erde ausgebreitet und Pflanzen und
Tiere auf ihr entstehen lassen;
er hat den Menschen auf der Erde Leben und Geist gegeben.
Er ist es auch, der gesagt hat:
„Ich, der Herr, habe dich berufen, damit du meinen
Auftrag ausführst.
Ich stehe dir zur Seite und rüste dich aus.
Ich mache dich zum Friedensbringer für die Menschen
und zu einem Licht für alle Völker.
Die Gefangenen sollst du aus dem Dunkel des Kerkers holen
und den blind gewordenen Augen das Licht wiedergeben.
Und dann nehme ich mein blindes Volk,
das Volk, das keinen Weg mehr sieht, an die Hand und führe es.
Das Dunkel, das vor ihm liegt, mache ich hell
und räume alle Hindernisse beiseite.
Das werde ich ganz sicher tun und mich nicht davon abbringen
lassen.“

Jesaja 42,5–7.16 (GNB)

28

An der Wand in der Nähe des Schwesternzimmers hing ein großes weißes Brett mit Informationen für die Bewohner, das täglich aktualisiert wurde. Wren, die gerade im Aufenthaltsraum Staub wischte, beobachtete, wie Kayla die Tagesinformationen in großen Buchstaben mit einem grünen Markierstift eintrug.

Donnerstag, 9. August 2018

Wetter: Sonnig und heiß!

Kayla skizzierte eine lächelnde Sonne mit einem Strohhut und einer Sonnenbrille.

Peyton, die gerade auf dem Werktisch die Malutensilien zurechtlegte, rief ihr zu: „Schreib auch auf: ‚Countdown für die Party: Noch 3 Tage!‘"

Kayla folgte ihrer Bitte und zeichnete eine ebenfalls lächelnde Ananas.

„Das ist ziemlich gut", lobte Peyton. „Ich wusste gar nicht, dass du zeichnen kannst."

„Ach, das ist doch gar nichts! Wren ist hier die Künstlerin."

„Wirklich?"

Wren tat so, als würde sie das Gespräch nicht interessieren, sondern stellte sich auf Zehenspitzen, um oben auf dem Bücherregal Staub zu wischen.

„Mrs Clement hat mir die Zeichnung gezeigt, die du gestern von ihr und den Vögeln gemacht hast", sagte Kayla.

„Ach, das war doch nichts", erwiderte Wren. Nur eine schnelle Skizze während der Mittagspause.

Kayla drückte die Kappe auf den Marker. „Mir hat sie aber etwas ganz anderes gesagt. Sie will sie rahmen lassen und an die Wand hängen."

„Dann muss ich sie mir ansehen", erklärte Peyton. Wren spürte, wie sich Peytons Blick in ihren Hinterkopf bohrte.

„Ich glaube, du wirst noch mehr Kunden bekommen, die sich ein Bild von dir malen lassen wollen", meinte Kayla.

Aus den Augenwinkeln heraus beobachtete Wren, wie Peyton eine Tüte mit Eisstielen aus der Kiste nahm. Anschließend holte sie auch ein Blatt Papier heraus. „Zeig doch mal, was du kannst, Wren."

„Ach, ich weiß nicht ..."

„Komm schon." Kayla holte einen Stift aus dem Schwesternzimmer. „Zeichne etwas für uns."

Peyton nahm eine übertriebene Model-Haltung ein. „Zeichne mich."

Kayla lachte.

Widerstrebend legte Wren ihren Staubwedel aus der Hand. Vielleicht sollte sie es schnell hinter sich bringen.

„Wo soll ich stehen?", fragte Peyton.

„Wie wäre es vor der Informationstafel?" Sie könnte sie mit den Palmen und tropischen Fischen im Hintergrund zeichnen.

Peyton nahm einen der Fische aus Toilettenpapierrollen herunter und hielt ihn neben ihr Gesicht. Dann riss sie die Augen auf, spitzte den Mund zu einem Fischmaul und blies die Wangen auf.

Gut. Wenn sie sich darüber lustig machen wollte, dann brauchte Wren das auch nicht ernst zu nehmen.

Kayla trat neben sie, um ihr zuzusehen. Wren machte zuerst eine schnelle Skizze von der Form ihrer Lippen und ihrer Augen, bevor Peyton müde wurde, diesen Ausdruck zu halten. Dann skizzierte sie mit Kreuzschraffur ihre Wangen, ihr Kinn und ihre Stirn. „Das ist wirklich gut", lobte Kayla.

Peyton wollte sich vorbeugen, um einen Blick darauf zu werfen, doch Wren bedeutete ihr, still zu halten. „Ich bin gleich fertig." Sie zeichnete noch Peytons Finger, die den Fisch hielten, und ein paar

Palmen im Hintergrund. „So." Sie hielt Peyton die Zeichnung hin, die einen Blick darauf warf, ohne ein Wort zu sagen.

„Ich finde, du solltest auf der Party zeichnen", schlug Kayla vor. „Du könntest die Bewohner mit ihren Angehörigen zeichnen. Das würde ihnen bestimmt gefallen."

Peyton steckte den Fisch wieder an die Infotafel. „Wir haben doch schon jemanden für die Fotos beauftragt. Die Kinder sitzen bestimmt nicht lange genug still für eine Zeichnung."

„Die Bewohner schon", hielt Kayla dagegen.

„Wir werden sehen." Sie wandte sich wieder ihren Materialkisten zu.

„Willst du die Skizze behalten?", fragte Wren sie. Auf keinen Fall würde sie sie hier herumliegen lassen.

„Nein, ist schon gut. Du kannst sie zu deiner Sammlung nehmen." Kayla schnappte sie sich, als wäre sie ein zurückgewiesenes Kind, und ging hinüber ins Schwesternzimmer. „Seht nur, was Wren gezeichnet hat!", rief sie, das Blatt schwenkend.

Wren ergriff wieder ihren Staubwedel.

„Du könntest das irgendwann mal als Aktivität anbieten", rief Chelsea, während sie einen der Bewohner zum Aufzug schob. „Das würde den Leuten gefallen."

„Siehst du?", fragte Kayla. „Das habe ich dir doch gesagt!"

Greta blickte von einer Tabelle hoch, nach der sie Tabletten in Plastikbecher füllte. „Dorothy ist bereit für ihr Bad, Kayla. Lass sie nicht warten. Und Wren hat im Augenblick bestimmt andere Verpflichtungen, als zu zeichnen."

Kayla wandte sich von Greta ab und verdrehte die Augen. „Zeichnest du mich später?"

„Klar", erwiderte sie und staubte weiter ab.

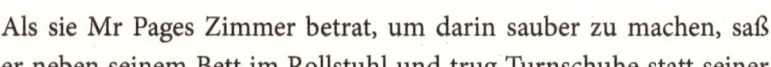

Als sie Mr Pages Zimmer betrat, um darin sauber zu machen, saß er neben seinem Bett im Rollstuhl und trug Turnschuhe statt seiner üblichen Pantoffeln. „Gehen Sie aus?", fragte Wren und bereute die Frage sofort.

„Wenn Sie mit ‚ausgehen‘ meinen, dass ich irgendwohin gebracht werde, wo ich nicht hinwill, dann ja."

Da er geantwortet hatte, beschloss sie, das Gespräch fortzusetzen. „Manchmal kann selbst ein kleiner Umgebungswechsel gut sein."

Er schnaubte.

Sie holte die schmutzigen Handtücher aus seinem Bad und stopfte sie in den Beutel mit der Schmutzwäsche. Als sie an seinem Schrank vorbeikam, fielen ihr einige gerahmte Landschaftsbilder auf, die an der Wand lehnten. Anscheinend hatte seine Schwester sie hergebracht. „Der Hausmeister kann diese Bilder für Sie aufhängen", erklärte sie.

„Ich habe Mary gesagt, sie soll sie nicht bringen. Aber wie es scheint, kann ich nicht einmal das bestimmen."

Wren tauschte die Handtücher aus. „Das scheinen Originale zu sein. Haben Sie sie gemalt?"

„Lieblingsorte aus einem vergangenen Leben", erwiderte er. „Sie gehören nicht hierher."

„Sie gehören aber auch nicht in einen Schrank. Wenn Sie sie nicht in Ihrem Zimmer haben wollen, dann können wir sie doch irgendwo aufhängen, wo sich andere daran freuen."

Mit seiner gesunden Hand winkte er ab. „Nehmen Sie sie mit. Sie bedeuten mir nichts."

Sie nahm eins der Bilder in die Hand, auf dem eine überdachte Brücke zu sehen war. „Als ich klein war, habe ich mir immer vorgestellt, ich könnte in ein Gemälde hineinspringen und die Landschaft erkunden. Oder einfach darin sitzen und eine Weile träumen. Bei diesem Bild hätte ich das gemacht. Ich hätte mich genau hier hingesetzt", sie deutete auf einen mit Gras bewachsenen Hügel, „und mir vorgestellt, wie die Sonne meinen Rücken wärmt oder die Fische im Fluss hochspringen oder wie das Wasser über Steine plätschert."

„Eine Dichterin, ja?"

„Nein. Aber Schönheit hat mich schon immer zum Weinen gebracht."

Er musterte sie eindringlich, wie ein Maler sein Modell studiert. „Die Welt ist hart und unfreundlich zu einfühlsamen Seelen, Wren Crawford."

Sie fragte sich, ob er sich selbst wohl dazuzählte. Aber auf keinen Fall würde sie nachhaken. Damit würde sie sich zu weit vorwagen. „Das stimmt", sagte sie stattdessen. „Aber vielleicht sind einfühlsame Seelen offener dafür, Schönheit an unerwarteten Orten zu finden. Auch wenn es nicht die Art von Schönheit ist, die wir gern sehen würden." Wie zum Beispiel die winzige Spitze einer neuen Feder, dachte sie, die durch den kahlen Kopf eines erschöpften Vogels bricht.

„Ach, Mr Page, Sie sehen gut aus!", sagte Kayla, als sie das Zimmer betrat. „Bereit für den Ausflug?"

Mit den Fingern seiner linken Hand umklammerte er die Lehne des Rollstuhls. „Wenn mich das vor einer weiteren albernen Bastelstunde bewahrt, dann ja."

Wren unterdrückte ein Lächeln. Kaylas Blick fiel auf die überdachte Brücke. „Haben Sie Ihre Meinung doch noch geändert? Sie werden Ihre wundervollen Bilder aufhängen?"

Bevor er eine Antwort geben konnte, ging Wren dazwischen. „Er hat sie mir überlassen. Ich kann sie aufhängen, wo ich möchte. Und da wir alle schöne Dinge um uns herum brauchen, werden wir sie im Flur aufhängen." Unmittelbar neben seinem Erinnerungskasten, wo die Leute um das Gefieder trauern konnten, das er verloren hatte.

Er erhob keinerlei Einwände, was sie verwunderte. Ein Fortschritt.

„Wir könnten eine ganze Wand mit der Kunst von Bewohnern und Mitarbeitern gestalten", schlug Kayla vor. „Haben Sie Wrens Zeichnungen schon gesehen, Mr Page?"

Nun war es an Wren, Einwand zu erheben. „Das ist doch nichts. Nur ein paar schnelle Skizzen."

„Nein, sehen Sie her." Aus ihrer Tasche holte Kayla die zusammengefaltete Zeichnung von Peyton mit den Fischlippen und hielt sie ihm hin. Wren hätte am liebsten die Flucht ergriffen und sich irgendwo versteckt. Dass ein Künstler wie Mr Page eine so alberne Skizze anschaute …

Er betrachtete sie genau. Und es sah so aus, als würden sich seine Lippen zu einem leichten Lächeln verziehen, das an sein früheres Ich erinnerte. „Sie haben diese Frau sehr gut getroffen", sagte er. „Sehen Sie, wovor ich heute Morgen bewahrt bleibe?"

Kayla steckte die Zeichnung wieder in ihre Tasche. „Jeder hier gibt sein Bestes, Mr Page. Melissa wird es bestimmt auch zu schätzen wissen, wenn Sie bei der Ergotherapie Ihr Bestes geben." Sie löste die Rollstuhlbremse und schob ihn zur Tür.

„Ich freue mich darauf, mehr von Ihnen zu sehen, Wren Crawford", sagte er, als er an ihr vorbeikam.

Sie starrte auf seinen Hinterkopf.

Ein weiterer Fortschritt. Und ein Hauch von Hoffnung.

Sie nahm das Putztuch und wischte über seine geschlossenen Jalousien. Eines Tages würde sie sie auch ohne seine Erlaubnis öffnen und sehen, ob er sich beschwerte. Wenn er anfing, an einem so unerwarteten Ort wie diesem Schönheit wahrzunehmen, dann war auch das ein Fortschritt.

Sie hatte ihre Schicht gerade beendet und schloss ihr Fahrrad auf, als Audrey auf sie zukam. „Ich hatte gehofft, dich noch zu erwischen, bevor du nach Hause fährst. Die Stelle wurde gerade ausgeschrieben. Also, gerade in dieser Sekunde."

„Das ist ja großartig! Vielen Dank, dass du mir Bescheid gegeben hast." Jetzt konnte sie ihre Mutter, Kit, Mara und Hannah um Gebetsunterstützung bitten.

„Hast du es eilig?", fragte Audrey. „Du kannst die Bewerbung gleich an meinem Computer ausfüllen und auf den Weg bringen."

Eine halbe Stunde machte nichts aus, denn Wren würde sowieso vollkommen verschwitzt und müde bei Mara eintreffen. Warum sollte sie das nicht gleich erledigen? „Das ist sehr nett von dir. Vielen Dank."

„Ich habe die Zeichnung gesehen, die du von Marjorie und den Vögeln gemacht hast", bemerkte Audrey auf dem Weg zu ihrem Büro.

„Ich habe ihr versprochen, einen Rahmen dafür zu besorgen, damit sie es in ihrem Zimmer an die Wand hängen kann. Und wenn du mal Zeit hast, würde ich mich freuen, wenn du auch mich mit diesen kleinen Tierchen zeichnen würdest."

„Natürlich! Sehr gern." Diese armen Kreaturen würden wohl nie etwas anderes als ihren Käfig zu sehen bekommen. Aber wenigstens sollten sie als geliebte Haustiere Würdigung erfahren und in Erinnerung bleiben. Und von jetzt an würde sie ihre Stifte immer bei sich haben, falls noch andere Bewohner oder Pflegekräfte Skizzen wollten.

„Malst du auch?"

„Ja, ein wenig."

„Richtige Gemälde? Gesichter und solche Dinge?"

„Ja."

Audrey stieß ihre Bürotür auf. „Nimm das unbedingt in deine Bewerbung mit hinein. Vielleicht kannst du einen Malkurs für die Bewohner anbieten?"

Wren musste sich zurückhalten, um nicht vor Freude einen Luftsprung zu machen. „Das würde ich sehr gern tun."

Audrey bedeutete ihr, sich an ihren Schreibtisch zu setzen, und klappte den Laptop auf. „Früher hatten wir eine ehrenamtliche Helferin, die einen Malkurs angeboten hat. Die Bewohner haben es geliebt. Sie war Kunsttherapeutin, aber leider ist sie weggezogen."

Das war mehr, viel mehr, als Wren sich je erträumt hätte. „Ich habe mit den Kindern im Heim gemalt."

„Schreib das auch auf", bat Audrey sie. „Eine Bezahlung wirst du dafür wahrscheinlich nicht bekommen können, aber wenn du bereit wärst, das ehrenamtlich zu machen …"

„Sehr gern sogar."

„Gut." Audrey beugte sich vor und rief den Bewerbungslink auf. „Von Peyton darfst du dich nicht ärgern lassen. Sie gibt sich Mühe. Wirklich. Aber manchmal behandelt sie die Bewohner wie Kindergartenkinder. Und für einige von ihnen sind ihre Bastelprojekte einfach zu schwierig."

Wren dachte an Mr Kennedy und seine zitternden Hände und wie er vergeblich versucht hatte, Eisstiele zu einem Bilderrahmen zusammenzukleben.

Zwar weigerte sich Mr Page, an den Bastelstunden teilzunehmen, aber vielleicht wäre er bereit, hilfreiche Tipps zu geben, falls Wren tatsächlich eine Malgruppe ins Leben rief. Die Bewohner könnten abstrakte Bilder auf die Leinwand bringen. Oder sie könnten ihre Gefühle ausdrücken – etwas, wozu Oma sie immer aufgefordert hatte. *Welche Farbe hat Warten? Welche Farbe hat Einsamkeit? Welche Farbe hat die Mauser? Welche Farbe hat die Hoffnung?*

„Ich gehe jetzt, um Coco und Tweety zu füttern. Wenn du fertig bist, bevor ich zurückkomme, schließ doch bitte die Tür hinter dir."

„Vielen Dank, Audrey. Das weiß ich sehr zu schätzen."

„Ich drücke dir die Daumen, dass etwas daraus wird. Ich denke, das wäre genau das Richtige für dich."

Beim Lesen der Stellenbeschreibung stimmte Wren ihr zu. *Die Angestellten und ehrenamtlichen Helferinnen und Helfer des Willow Springs-Pflegeheims verpflichten sich, den Bewohnern liebevoll zu begegnen und ihnen zu dienen, als gehörten sie zur Familie. Der Koordinator/die Koordinatorin hat die wichtige Aufgabe, Ehrenamtliche anzuwerben, zu schulen und ihren Einsatz zu koordinieren und dafür zu sorgen, dass sie ihren Begabungen und Leidenschaften gemäß eingesetzt werden können, damit sie mit dazu beitragen können, die sozialen, geistigen und emotionalen Bedürfnisse der Bewohner zu erfüllen. Er/sie sollte gut organisiert, kreativ, flexibel und mitfühlend sein.*

Je mehr sie las, desto mehr wuchs ihre Vorfreude. Sie wäre dieser Aufgabe gewachsen, und sie würde ihre Sache gut machen.

Bis auf …

Ihr Herz sank. *Bitte fügen Sie zwei Referenzen bei, die Ihre Eignung für die Stelle bekräftigen.*

Für die Putzstelle hatte sie nur eine einzige Referenz gebraucht. Sie hatte Hannah darum gebeten. Kit gehörte ja zur Familie, darum konnte sie sie nicht fragen. Gayle hatte nur ihre Putzarbeit bewertet – und die war nicht besonders hervorzuheben. Zumindest nicht in der

Anfangszeit, als sie sich noch von ihrer depressiven Phase erholte und trotzdem versucht hatte, ihren Aufgaben gerecht zu werden. Voraussetzung für die Stelle in Willow Springs war berufliche Erfahrung. Sie müsste wohl oder übel ihre Arbeit als Sozialarbeiterin ins Spiel bringen. Aber dann müsste eine Kollegin oder ein Kollege aus dem Bethel-Haus ihr eine Empfehlung schreiben.

Nur dass ...

Ihr Ausscheiden war ziemlich abrupt vonstattengegangen. Sie war einfach weggeblieben, ohne eine Nachricht zu geben.

Und was nun? Sollte sie ihrer früheren Chefin eine Mail schicken und sagen: „Hallo! Ich habe mich gefragt, ob Sie mir wohl ein Zeugnis ausstellen könnten. Hier wollen sie die Bestätigung haben, dass ich verantwortungsbewusst und verlässlich bin und nicht einfach verschwinde, weil mir alles zu viel wird und ich nicht damit klarkomme"? Von ihrer fragilen psychischen Gesundheit wusste Audrey nichts. Ob sie sie wohl eingestellt hätte, wenn sie davon wüsste?

Sie schloss das Fenster. Wenn sie keine Zeugnisse vorweisen konnte, wie sollte sie jemals eine Empfehlung für eine volle Stelle bekommen?

Audrey plauderte mit der Empfangsdame, als Wren den Aufenthaltsraum betrat. „Schon fertig?"

„Nein."

Audrey beendete das Gespräch und zog sie um die Ecke. „Alles in Ordnung?"

Wren hängte sich den Rucksack über die Schulter. „Ich brauche Zeugnisse."

„Ich stelle dir eins aus."

„Danke, aber ich brauche zwei."

„Dann frag doch deinen Chef von der anderen Putzstelle."

„Das ist meine Großtante."

„Das ist egal. Vermutlich werden die gar nicht nachfragen, da du ja bereits hier arbeitest."

Wren wollte nicht widersprechen, aber sie fragte sich, ob es in Ordnung war, dass sie Kit um ein Zeugnis bat. „Das klingt aber so, als sollte speziell meine Eignung für diesen Job beurteilt werden."

„Du warst Sozialarbeiterin, Wren. Du kannst das."

Konnte sie das wirklich? Sie hoffte es. Sie wollte es. Sie brauchte diese Stelle.

„Du denkst viel zu viel nach. Gib doch einfach jemanden von deiner früheren Arbeitsstelle als Referenz an." Sie legte die Stirn in Falten. „Es sei denn, du wurdest entlassen oder so etwas."

„Nein. Nichts dergleichen."

„Also gut. Problem gelöst. Willst du die Bewerbung hier fertig schreiben?"

Wren umfasste die Träger ihres Rucksacks. „Nein, schon gut. Vielen Dank. Ich muss erst mal die Kontaktinformation überprüfen." Sie war gar nicht sicher, ob ihre alte Chefin überhaupt noch im Bethel-Haus arbeitete.

Aber vielleicht Allie.

Warum war ihr das nicht früher eingefallen? Sie könnte Allie eine SMS schicken – „Hey! Tut mir leid, dass ich vom Planeten gefallen bin" – und sie fragen, ob sie bereit wäre, eine Job-Empfehlung für sie auszustellen. Und ob sie vielleicht mal einen Kaffee trinken gehen wollten, um sich gegenseitig auf den neuesten Stand zu bringen. Ganz beiläufig. „Keine große Sache, wenn das nicht möglich ist. Ich dachte nur, ich frage mal." Allie würde nichts Negatives über sie sagen. Sie hatten einige Jahre sehr gut zusammengearbeitet, und Allie wusste um den Stress, den diese Aufgabe mit sich brachte. Sie würde es Wren nicht übel nehmen, dass sie alles hingeschmissen hatte.

Es sei denn, ihr Ausstieg hätte sehr viel mehr Arbeit für Allie und die anderen nach sich gezogen. Was zweifellos so war. Aber darüber konnte sie sich jetzt keine Gedanken machen. Das war vorbei.

Audrey blickte sie nachdenklich an. „Alles in Ordnung?", hakte sie nach.

„Ja. Entschuldigung. Ich habe nur nachgedacht." Sie fuhr sich mit den Fingern durch das Haar. „Ganz herzlichen Dank für deine Hilfe, Audrey. Wir sehen uns morgen."

„Warte nicht zu lange damit, die Bewerbung einzureichen. Es wäre gut, wenn du dich so schnell wie möglich ins Spiel bringst."

316

Wren versprach es und holte ihr Fahrrad. Auf dem Weg zu Mara würde sie einen kleinen Umweg durch das Viertel der Wilsons machen. Ein paar Tage waren vergangen, seit sie das letzte Mal nach dem Haus geschaut hatte. Vielleicht war das Zu-verkaufen-Schild ja nicht mehr da.

Unterwegs träumte sie davon, wie es wäre, wenn sie die Stelle bekäme. In Willow Springs gab es bereits eine engagierte Gruppe Ehrenamtlicher, die überall mit anpackten, bei der musikalischen Gestaltung, beim Gärtnern, bei Ausflügen, Spielen und Partys. Aber sie könnte die Schülergruppe vergrößern. Die Bewohner liebten es, wenn junge Leute zu Besuch kamen. Mara hatte vielleicht Kontakt zu Teenagern, die sich gern sozial engagieren würden. Mara mit ihrer mitfühlenden Art und ihrem Interesse für die Menschen um sie herum könnte ein Vorbild für die Schüler sein. Die Teenager könnten sich zum Beispiel mit den Bewohnern unterhalten und ihre Geschichten für die Angehörigen aufschreiben. Solche Aufzeichnungen wären ein Geschenk. Die Schüler bräuchten allerdings Geduld und müssten sich diese Geschichten immer und immer wieder anhören. Aber gerade die Erlebnisse, die ständig wiederholt wurden, waren oft von großer Bedeutung. Vielleicht waren es auch die Dinge, die noch nicht geklärt waren.

Sie dachte an das, was sie Mara in den vergangenen Tagen erzählt hatte, von ihrer Kindheit in Australien, der Zeit im Bethel-Haus, ihrem Kampf gegen die Depression. Doch meistens sprachen sie über Casey und ihre Freundschaft und die Rätsel, die vermutlich nicht zu lösen waren. Mara hatte ihr auch einiges aus ihrem Leben anvertraut, von der Schikane und Ablehnung in ihrer Kindheit, ihren zerbrochenen Beziehungen, ihren Freuden und Herausforderungen bei ihrer Arbeit im Crossroads-Haus. Ganz offen sprach sie über ihren Ex-Mann und die vielen Frauen, die er verlassen hatte – ein chronischer Ehebrecher, sagte sie –, und darüber, dass ihre beiden Söhne keine tiefer gehende Beziehung mehr mit ihm haben wollten. Wann immer Brian oder Kevin sie auf den neuesten Stand brachten, sagte sie, würde es in ihrem Wuttagebuch landen.

Nach Maras Schilderung schien Tom genauso zu sein wie die Männer der Frauen, die Zuflucht im Bethel-Haus suchten. Wren hätte in einem Wuttagebuch ebenfalls viele Seiten darüber füllen können.

An der Ecke der Maplewood und Oakdale Street hielt sie an, um einen Schluck aus ihrer Wasserflasche zu trinken und die Straße abzusuchen. Ein paar Kinder fuhren Fahrrad, einige Teenager ließen Hula-Hoop-Reifen kreisen, eine Frau schob einen Rasenmäher über die Wiese. Vor dem Haus der Wilsons stand immer noch das Verkaufsschild. Wren steckte ihre Flasche in den Flaschenhalter zurück. Im Garten war niemand, aber in der Einfahrt parkten zwei Autos, die sie nicht kannte. Vielleicht ein Makler mit Kaufinteressenten.

Während sie langsam durch die Straße rollte, sprach sie ein Gebet für Mr und Mrs Wilson und bat Gott, sie zu segnen und zu führen und ihnen zu helfen, Caseys Andenken zu ehren und …

Ein Mann mit Baseballkappe und einem blauen T-Shirt kam in Begleitung einer attraktiven blonden Frau in Jeansshorts und einem pinkfarbenen ärmellosen Top aus dem Haus. Sie hielt ein Baby im Arm.

Ein Baby mit leuchtend roten Haaren.

Oh Gott!

Wren schaffte es im letzten Moment, eine Kollision mit dem Bordstein zu vermeiden. Am ganzen Leib zitternd fuhr sie mit gesenktem Kopf weiter. Auf der anderen Straßenseite stieg sie vom Fahrrad, duckte sich hinter die Speichen ihres Vorderrades und tat so, als würde sie die Kette überprüfen.

Am Auto angekommen, drehte der Mann seine Baseballkappe nach hinten und beugte sich vor, um dem Baby einen Kuss auf die Wange zu drücken. Als er zurücktrat, streckte das Baby die Arme aus. Lachend reichte die Frau es an ihn weiter, und er warf es in die Luft.

Er warf Estelle in die Luft. Und Brooke lachte, während Chris das Baby seines Freundes in die Luft warf.

Lieber Gott!

Wie gebannt kniete Wren neben dem Fahrrad und versuchte, die Szene zu verstehen. Da sie zu weit weg war, um das Gespräch mitzuhören, beobachtete sie, wie Chris mit dem Baby spielte und Brooke lächelnd dabei zuschaute. Immer wieder warf er Estelle in die Luft und fing sie auf, und die Kleine quietschte vor Freude. Schließlich streckte Brooke die Arme aus. Chris reichte ihr das Kind zurück, und beide beugten sich vor und küssten sich lange und innig über Estelles Kopf hinweg.

Oh Gott!

Kein Wunder, dass er auf ihre Nachrichten nicht reagiert hatte.

Wenn sie ihren Körper dazu hätte bringen können, sich zu rühren, wäre sie auf ihr Fahrrad gesprungen und so schnell wie möglich davongeradelt. Aber sie glaubte nicht, dass ihre Beine sie tragen würden, wenn sie jetzt aufstand. Darum blieb sie, wo sie war, während ein Dutzend Fragen auf sie einstürmten, die sich alle in zwei Wörtern zusammenfassen ließen. Wann? Wie?

Brooke trat vom Wagen zurück, als Chris einstieg und die Tür schloss. Sie nahm Estelle auf den Arm und redete auf sie ein. Das Baby hob die Hand und winkte. Auch Brooke winkte, warf Chris Luftküsse zu und übertrieb dabei so sehr, dass Estelle sie nachahmte. Brooke lachte, und Chris streckte den Arm aus dem Fenster und winkte, während er langsam aus der Einfahrt rollte.

Wren hoffte sehr, er würde nicht an ihr vorbeifahren. Tatsächlich fuhr er in die entgegengesetzte Richtung, und sie stieß erleichtert die Luft aus, die sie angehalten hatte. Erst nachdem Brooke mit Estelle im Haus verschwunden war, gelang es ihr, aufzustehen und ihr Fahrrad zum Ende der Straße zu schieben. Sie musste sich an den Griffen festhalten, um nicht zu stürzen.

„Alles in Ordnung?", rief ein Nachbar, der gerade ein Blumenbeet goss.

Mit einem schwachen Winken stieg sie auf ihr Fahrrad und fuhr davon.

29

Ein letztes Mal noch, sagte sich Kit, als sie am Freitagvormittag auf ihren Computerbildschirm schaute. Ein letztes Seminar, das sie planen und durchführen musste.

Es sollte doch nicht so schwierig sein, die Ziellinie zu überschreiten, zumal sie jetzt einige Tage Zeit zum Ausruhen gehabt hatte.

Mit ihrem Kreuz in der Hand las sie die Verse aus dem Epheserbrief, die bei diesem Seminar im Mittelpunkt stehen sollten, noch einmal durch: „Seid freundlich und hilfsbereit zueinander und vergebt euch gegenseitig, was ihr einander angetan habt, so wie Gott euch durch Christus vergeben hat, was ihr ihm angetan habt. Nehmt also Gott zum Vorbild! Ihr seid doch seine geliebten Kinder!

Euer ganzes Leben soll von der Liebe bestimmt sein. Denkt daran, wie Christus uns geliebt und sein Leben für uns gegeben hat, als eine Opfergabe, an der Gott Gefallen hatte."

Liebt, wie ihr geliebt worden seid. Vergebt, wie euch vergeben wurde.

Diese Prinzipien waren einfach zu formulieren und doch so schwer zu praktizieren.

Durch das geöffnete Fenster wehte eine sanfte Brise herein, und Kits Blick wanderte zum Garten; zu dem strahlend blauen Himmel, der einen so deutlichen Kontrast bildete zu dem Kanariengelb, dem Bernstein und dem Goldgelb der Sonnenblumen. Wren wäre bestimmt beeindruckt, dass sie drei verschiedene Gelbtöne benennen konnte.

Sie legte das Kreuz auf ihren Schreibtisch, nahm ihren *Sternennacht*-Becher und einen Teebeutel vom Regal. Vielleicht sollte sie eine

Pause machen und ein wenig abschalten, bevor sie zu ihrem Supervisionstermin mit Russell aufbrach.

Auf dem Weg zur Küche fiel ihr auf, dass Wrens Ateliertür geöffnet war. Ein neues Gemälde stand auf der Staffelei. Kit trat ein und betrachtete den kahlen Kardinalsvogel mit seinem vorstehenden orangefarbenen Schnabel und seinen stumpfen rostfarbenen Federn auf Brust und Flügeln. Zu seinen Füßen lagen schwarze Samenkörner. Viele. Eigentlich, und sie schob ihre Brille höher, um genauer hinschauen zu können, waren sowohl der schwarze Kopf des Kardinals als auch die schwarzen Samenkörner nicht mit schwarzer Farbe gemalt worden. Das war mit Asche gemischte Kohle. Sie erkannte die Technik. Auch bei ihrem Bild von Jesus, dem Angeklagten, hatte Wren sie angewandt.

Da war wohl noch mehr Papier verbrannt worden. Die Asche lag noch in einer Schale auf dem Arbeitstisch. Was immer Wren dazu getrieben hatte, sie hatte dieses verletzliche Wesen mit solcher Würde und Zärtlichkeit gemalt, dass Kit wie gebannt davorstand.

„Hallo", ertönte die geliebte und vertraute Stimme aus dem Flur.

Kit drehte sich um und lächelte Wren verlegen an. „Du hast mich ertappt. Entschuldige bitte. Ich hätte mir deine Arbeit nicht ohne deine Erlaubnis ansehen dürfen, aber dieser Vogel …" Sie stellte ihren Becher auf den Tisch und umarmte sie. Drei Tage hatte sie sie nicht gesehen, doch es fühlte sich an, als wären es Wochen gewesen.

„Gefällt es dir?", fragte Wren.

„Ob es mir gefällt? Es ist absolut fesselnd. Mir fällt kein besseres Wort ein."

„Danke. Es wird langsam."

Gemeinsam vertieften sie sich in ihre Arbeit. „Ich bin zwar keine Expertin", meinte Kit schließlich, „aber ich habe den Eindruck, dass du jetzt sofort deinen Namen daruntersetzen könntest. Es unvollendet zu lassen, würde zum Thema Mauser passen."

„Ja, vielleicht hast du recht."

Kit nahm ihren Becher wieder zur Hand. „Ich hatte dich heute Morgen gar nicht hier erwartet. Willst du putzen?"

„Ich wollte es früh hinter mich bringen."

„Das ist gut. Ich wollte gerade Wasser kochen. Möchtest du zuerst eine Tasse Tee?"

„Nein, danke."

„Dann komm doch mit mir in die Küche." Gemeinsam gingen sie den Flur entlang. „Ich habe gleich ein Gespräch mit Russell, aber ich möchte gern wissen, wie es dir geht. Gibt es etwas Neues?"

„Ja", erwiderte Wren. „Eigentlich sogar eine ganze Menge."

Kit zog die Augenbrauen hoch.

„Brooke ist mit Estelle in Kingsbury. Im Haus der Wilsons."

Kit schnappte nach Luft. „Bist du sicher?"

„Ich habe sie gestern in der Einfahrt gesehen, als ich vorbeigefahren bin. Chris war bei ihnen. Offensichtlich sind er und Brooke jetzt ein Paar. Das erklärt auch, warum er auf meine Nachrichten nicht reagiert hat. Vermutlich hat sie ihm viele Gemeinheiten über mich erzählt."

Das vermutete Kit auch. Kein Wunder, dass Wren wieder mit Asche malte. „Das tut mir sehr leid!"

„Mara meint, ich soll ihm noch eine Nachricht schicken. Sie ist der Meinung, dies sei meine Chance, Antworten zu bekommen, und dass ich es mir nie verzeihen würde, wenn ich nicht versuchen würde, mit Brooke zu sprechen und Estelle zu sehen. Sie denkt, Gott hätte diese Tür geöffnet, damit ich endlich einen Abschluss finden kann."

„Und was denkst du?", fragte Kit, als sie die Küche erreichten.

Wren lehnte sich an die Wand. An der gegenüberliegenden Wand hing Vincents *Worn Out*. „Ich weiß es nicht. Aber mir ist klar, dass ich erst mal in Ruhe darüber nachdenken muss, ehe ich etwas unternehme."

„Das ist eine gute Entscheidung", erwiderte Kit. „Haben die beiden dich gesehen?"

„Nein. Aber jetzt kämpfe ich wie verrückt dagegen an, immer wieder dort vorbeizufahren." In ihren Augen schimmerten Tränen. „Sie sieht genauso aus wie Casey. Die gleichen roten Haare. Und als ich sah, wie sie die Arme nach Chris ausstreckte, als ich sah, wie er mit ihr spielte und sie küsste, brach es mir fast das Herz. Denn Casey sollte der sein, der sie aufwachsen sieht. Und ich weiß nicht, ob mir das wie ein Betrug vorkommt, wenn ich einen seiner Freunde mit seiner Tochter zusammen sehe, oder ob ich mich freuen sollte, dass die drei sich gefunden haben, wie auch immer das passiert ist. Ich wünschte nur, ich wüsste mehr. Über alles." Sie wischte sich mit der Hand die Wangen ab. „Mara hat recht. Wenn ich mehr erfahren will, dann ist das die beste Gelegenheit dazu. Und vielleicht muss ich nur meinen Stolz und meine Angst ablegen und Chris noch mal eine Nachricht schicken und ihn um ein Treffen bitten. Denn ich weiß, dass ich sie nicht immer wieder von meinem Fahrrad aus beobachten sollte. Und im Netz finde ich nichts über ihre Beziehung." Sie lächelte reumütig. „Ich habe schon nachgeschaut."

Kit schaltete den Wasserkocher ein.

„Ich werde mit den Konsequenzen meiner Entscheidung leben müssen, wie immer sie ausfällt. Das weiß ich. Ich versuche nur herauszufinden, welche Konsequenzen leichter zu ertragen wären."

Kit lehnte sich an die Küchentheke.

„Ich denke, die Möglichkeit, mehr darüber zu erfahren, was Casey zugestoßen ist, wiegt schwerer als alles andere. Was immer sie über mich denken, sie haben sich ihre Meinung ja schon gebildet. Und wenn ich Chris noch einmal schreibe, dann kann er entscheiden, ob er mit mir reden und wie viel er mir sagen will. Wenn er nicht reagiert, dann habe ich es zumindest versucht. Ja, ich denke schon, dass ich es versuchen muss. Wenn sich mir die Gelegenheit bietet, einen Abschluss zu finden, dann muss ich sie ergreifen."

Kit rieb mit dem Daumen über den Rand der Arbeitsplatte.

„Du wirst mir nicht sagen, was ich tun soll, nicht?"

Nein. Das würde sie nicht. Aber ihr einen Crashkurs in Sachen Urteilsvermögen zu geben, konnte nicht schaden. „Du hast bereits einen guten Schritt getan, indem du nicht spontan und aus dem Bauch heraus gehandelt hast, Wren. Wenn du einen weiteren guten Schritt tun willst, dann nimm dir noch ein wenig mehr Zeit, um deine Möglichkeiten im Gebet abzuwägen. Warte ab, was in deinem Geist passiert, wenn du dir vorstellst, Kontakt zu Chris aufzunehmen. Achte darauf, ob sich Hoffnung und Frieden einstellen oder ob Aufruhr und Angst stärker werden. Und halte es genauso mit der anderen Möglichkeit. Achte darauf, was innerlich in dir vorgeht, wenn du dir vorstellst, keinen Kontakt zu ihm aufzunehmen und ihn loszulassen. Und dann triff deine Entscheidung. Handle nicht sofort danach, sondern warte ein paar Tage ab. Sieh, ob Frieden und Hoffnung sich verstärken oder weniger werden. Und dann kannst du von da aus weiter vorangehen."

Wren wirkte nachdenklich. „Aber ich weiß nicht, wie lange Brooke und Estelle in der Stadt sein werden und ob sie überhaupt noch einmal wiederkommen, denn ich weiß ja noch nicht einmal, wann die Wilsons umziehen und wohin. Und wenn es die Möglichkeit gibt, Estelle zu sehen, dann muss ich so bald wie möglich Kontakt zu Chris aufnehmen. Ich habe den Eindruck, dass es dringend ist."

Kit würde nicht versuchen, ihr das auszureden. Wren musste selbst entscheiden. Es musste ihre Entscheidung sein. „Ich werde für dich beten. Ich werde Gott bitten, dich zu führen und seinen Weg mit Frieden zu bestätigen."

„Danke. Ich denke, ich weiß bereits, was ich tun muss. Aber ich werde hier zuerst meine Arbeit machen. Und dann sehen, was sich in meinem Inneren auftut, wenn ich ihm eine Nachricht schicke."

„Das scheint doch ein Plan zu sein." Kit holte eine Tüte Milch aus dem kleinen Kühlschrank. „Ich bin bald wieder hier, um an meinen Notizen für morgen zu arbeiten. Hast du schon Pläne fürs Abendessen?"

„Ein Nachbarschaftspicknick."

Kit überspielte ihre Enttäuschung mit einem fröhlichen: „Das hört sich doch gut an!"

„Ja, Maras Nachbarn sind wunderbar." Wren unterbrach sich. „Mara sagt, ich kann noch länger bei ihr bleiben, damit du mehr Zeit für dich hast. Wenn dir das hilft, meine ich."

„Entscheide so, wie es gut für dich ist, Wren. Ich bin mit allem einverstanden." Aber Kits Gedanken und Gefühle waren längst nicht so distanziert, wie ihre Worte vermuten ließen.

Auch das gehörte auf die lange Liste mit Dingen, über die sie mit Russell sprechen musste, dachte sie, als sie sich eine Tasse Tee kochte. Eine halbe Stunde später verabschiedete sie sich. Wren staubte gerade summend Vincents Sämann ab.

„Ich habe für Sie gebetet, Katherine", sagte Russell, nachdem er sie in seinem Büro begrüßt hatte. „Wie geht es Ihnen?"

„Nach meinem öffentlichen Zusammenbruch, meinen Sie?"

„So sehen Sie das?"

Sie lächelte. „Nein. Und die Leute waren sehr freundlich und nachsichtig." Sie ließ sich auf ihrem üblichen Platz im Sessel ihm gegenüber nieder. „Aber wenn ich Ihnen jetzt sagen würde, dass meine Panikattacke gar nicht auf der Liste der Dinge steht, über die ich heute mit Ihnen reden will, bekommen Sie dann einen Eindruck von meiner Woche?"

Seine Augen weiteten sich. „Nun dann. Wir sollten zur Ruhe kommen und anfangen."

Nach der ausgedehnten Zeit der Stille sprachen sie dann doch nicht über den neuesten Konflikt mit Carol, über Kits Erkenntnisse in Bezug auf ihre Beziehung zu Sarah und darüber, wie sie Wrens Abwesenheit erlebte, womit sie eigentlich hatte anfangen wollen. Vielmehr sprachen sie über Logan und alles, was sie seit ihrem ersten Gespräch in ihrem Büro beschäftigte.

„Er und ich scheinen unterschiedlicher Meinung darüber zu sein, wie sehr das Kreuz im Mittelpunkt der Arbeit stehen sollte und ob man auch das Leid – das Leiden Jesu und das der Menschen – zum Thema machen sollte", sagte sie. „Und ich wäre tief enttäuscht, wenn ich feststellen müsste, dass er tatsächlich mit der Entscheidung des Kuratoriums zu tun hat, Gayle und Wren zu entlassen. Aber lassen wir diese Dinge jetzt mal außer Acht. Mit seiner Meinung, im New Hope-Zentrum fehle es an Diversität, hat er nicht ganz unrecht, und seine Fragen dazu waren schmerzlich prägnant. Bei allem anderen, was im

Augenblick meine Aufmerksamkeit fordert, will ich sicher sein, dass ich mir die nötige Zeit nehme, um intensiv darüber nachzudenken. Das ist tatsächlich ein wichtiges Thema." Denn sonst, dachte sie, würde die Gelegenheit zur Weiterentwicklung wieder einmal der Tyrannei des Dringlichen zum Opfer fallen. Und das wollte sie nicht zulassen.

Russell beugte sich auf seinem Stuhl vor. „Was sind Ihre Erkenntnisse dazu?"

Sie nahm sich einen Augenblick Zeit, um ihre Gedanken zu ordnen. „Ich spüre ganz unterschiedliche Reaktionen in mir, von Scham und Schuldgefühlen bis hin zu einer Verteidigungshaltung und Erklärungsversuchen für alles, was ich in New Hope vielleicht vernachlässigt und nicht getan habe. Nicht nur in Bezug auf die Angebote, die wir nicht entwickelt haben, sondern auch in Bezug auf die Leute, die wir nicht bewusst mit einbezogen haben."

Doch es ging noch weiter, tief ins Persönliche hinein. Kit dachte daran, wie sie – ihr Unbehagen hinter einer Maske aus Freundlichkeit verborgen – Mara gegenübergesessen hatte, als die offen über Hautfarbe und über die Formen von Rassismus sprach, gegen die sie beim Crossroads-Haus ankämpfte. Sie dachte an Logan und daran, wie Gott ihm mithilfe seines afroamerikanischen Kollegen seine eigenen blinden Flecken gezeigt und ihn für Dinge sensibilisiert hatte, über die er wegen seiner Hautfarbe nicht nachzudenken, über die er sich keine Sorgen zu machen und die er nicht zu betrauern brauchte. Auch sie hatte nie über solche Arten des Kampfes nachgedacht.

„Ich möchte dieses *Wir* in ein *Ich* abändern", fuhr sie fort. „Die Angebote, die *ich* nicht entwickelt, und die Menschen unterschiedlicher Hautfarbe, die *ich* nicht bewusst mit einbezogen habe in unsere Programme. Ich möchte ganz bewusst die Verantwortung dafür übernehmen. Denn allmählich erkenne ich, dass mein bewusstes Ignorieren der Hautfarbe mich blind gemacht hat. Ganz einfach. Ich habe immer gedacht, ethnische Zugehörigkeit als solche wahrzunehmen sei eine Form von Rassismus. Darum habe ich dieses Thema vollkommen ausgeblendet, nicht nur in meinem persönlichen Leben, sondern auch in den Kursen und Seminaren, die ich in New Hope geleitet habe. Ich habe mich vollkommen auf den einzelnen Menschen konzentriert, nicht auf ungerechte Systeme oder auf Veränderungsprozesse von Gemeinschaften. Und ja, ich weiß, dass das teilweise zu tun hat mit meiner Berufung und meinen Gaben. Aber in all den Jahren des Dienstes habe ich mich nicht für Diversität engagiert oder mich aktiv für Gerechtigkeit eingesetzt. Und das bedaure ich zutiefst."

Logan hatte Gerechtigkeit als „den alles übertreffenden Weg der Liebe" bezeichnet, den Weg, vor Gott und den Menschen gerecht zu leben, den Ruf, nicht nur mit Worten zu lieben, sondern mit gelebter Barmherzigkeit, die der Welt Gottes Gerechtigkeit und sein erbarmungsvolles Herz vor Augen führte. Und sie wollte von ganzem Herzen ihr Ja dazu sagen, mit Gott in dieser Hinsicht für sein Reich zusammenzuarbeiten.

„Die Wahrheit, Russell, ist, ich genieße den Luxus, das Privileg, dass ich mich nicht für den Kampf für Gerechtigkeit und Versöhnung von Menschen unterschiedlicher Ethnien zu interessieren brauche, weil ich davon nicht unmittelbar betroffen bin. Ich kann einen Augenblick des Erwachens erleben und meine Sünde bekennen und sie sogar von ganzem Herzen beklagen, aber dann lebe ich weiter wie bisher und brauche nicht mehr darüber nachzudenken. Und das will ich nicht. Wenn meine Reue aufrichtig ist, dann bedeutet das, dass ich meine Richtung ändern muss. Ich bin nur noch nicht sicher, wie."

In der sich ausbreitenden Stille schien Russell in sich hineinzulauschen. „Mir fällt die Geschichte ein, wie Jesus den Blinden heilt", bemerkte er schließlich. „Die Heilung, bei der Jesus ihn zweimal berührt."

Sie schaute ihn an. Mit diesem Bibeltext hatte sie schon lange nicht mehr gebetet. „Das ist eine sehr gute Geschichte als Grundlage zur Meditation für mich. Ich danke dir." Ihr deutliches Unbehagen bei ihrem Gespräch mit Mara war in gewisser Weise die erste Berührung dieser Blindheit durch Jesus gewesen. Das Gespräch mit Logan die zweite.

„Manchmal denke ich", fuhr Russell fort, „dass wir die vorläufigen Phasen eines neuen Erwachens zu schnell als unwichtig abtun. Aber sie sind ein notwendiger Teil des Prozesses."

Sie atmete langsam aus. Das war eine gute Erinnerung. Ein Wort der Gnade und des Trostes. Aber auch eine sanfte Mahnung an ihren inneren Perfektionismus, der sie veranlassen wollte, vorschnell nach einer Lösung zu suchen, nachdem ihre Erregung über die Konfrontation und Entlarvung abgeklungen war.

„Ich bleibe bei dem Wort ‚vorläufig‘ hängen", erwiderte sie. „Ich höre es und denke sofort an etwas Unvollkommenes oder an etwas, das vielleicht korrigiert werden muss, weil es nicht vollständig oder fehlerhaft ist. Irgendwie nicht gut genug."

Er lächelte. „Nun, Sie kennen mich, ich habe ein Faible für Wortstämme. Es stammt von demselben lateinischen Wort wie *liminal* – an der Schwelle stehend. Vorbereitend."

Sie hob die Augenbrauen. „Tatsächlich?" Sie liebte Übergänge. Schwellensituationen. Sie liebte die Möglichkeiten, die sie eröffneten; die freudige Erregung, einen fruchtbaren Raum in Neuland zu bewohnen, in dem es eine Fülle von Möglichkeiten für Wachstum und Veränderung gab.

Vorläufig als *vorbereitend* zu interpretieren könnte sie wieder neu ausrichten auf die Hoffnung.

Am Abend, als sie mit ihrer angezündeten Christuskerze am Küchentisch saß, las sie die Geschichte des blinden Mannes in Betsaida. „Ja, ich sehe die Menschen; sie sehen aus wie wandelnde Bäume", erklärte der Mann, nachdem Jesus seine Augen zum ersten Mal berührt hatte. Zumindest gab er seine Begrenzungen ehrlich zu. Viel gefährlicher war es, so zu tun, als könnte man alles deutlich erkennen, obwohl es gar nicht so war.

Sie stellte sich vor, in der Menschenmenge mitzulaufen, warme Körper dicht gedrängt, auf der staubigen Landstraße. Jemand ergriff ihre Hände, und sie gab nach, ließ sich mitziehen, taumelte, als jemand sie von hinten anrempelte. Um sie her ein Chor flehender Stimmen, die Jesus baten, sie zu heilen.

Dann kamen sie abrupt zum Stehen. Die beiden Hände, die die ihren gefasst hatten, ließen los. Sie drehte sich von einer Seite zur anderen und lauschte auf vertraute Stimmen, suchte nach bekannten Düften, nach der schützenden Deckung derer, die sich jetzt zurückgezogen hatten. Sie war allein zurückgeblieben und wartete.

Nein, nicht allein. Raue Finger legten sich um ihre, und sie spürte, wie sie sich entspannte bei der Fürsorge von jemandem, dessen Griff entschlossen, gleichzeitig aber auch unendlich sanft war. Jesus hatte sie über die staubige Straße geführt, bis der Lärm der Stimmen verstummte und nur noch das Summen der Insekten und der ferne Schrei eines Habichts zu hören waren.

Er ließ ihre Hand los. Sie hob den Kopf und schaute ihn an. „Herr?"

Das Schnalzen seiner Zunge war zu hören, dann spürte sie, wie Feuchtigkeit in ihre geöffneten Augen drang. Hatte er sie gerade angespuckt?

Bevor sie seinen Speichel mit dem Ärmel wegwischen konnte, legte er ihr die Hände auf die Augen. Sie umklammerte fest seine Handgelenke, Jesus in Fleisch und Blut. Er hatte sich nicht damit zufriedengegeben, mit einer körperlosen Stimme zu ihr zu sprechen, sondern hatte ihr das greifbare Geschenk seiner Gegenwart gemacht.

Sie gab sich diesem Gefühl hin. Und auf einmal wich die schwarze Dunkelheit, die Wärme der Sonnenstrahlen und ihr Licht drangen durch seine Finger. Sie blinzelte. Er strich ihr übers Kinn und trat zurück.

„Kannst du etwas sehen, Katherine?"

Seine freundliche Stimme hallte in ihr nach. Sie blinzelte erneut. Die Umrisse seines Gesichts waren noch verschwommen.

Konnte sie ihm die Wahrheit sagen, wie es der blinde Mann getan hatte? Oder sollte sie vorgeben, dass eine Berührung ausgereicht hätte, dass seine Macht ihr bereits gegeben hätte, was sie brauchte, und dass dieses verschwommene Sehen ausreichend wäre? Welcher Impuls würde sie den Versuch unternehmen lassen, die Wahrheit vor dem Einzigen zu verbergen, der alles ganz deutlich sah? Die Furcht, ihn zu kritisieren, dass die Heilung nicht vollständig war? Oder Stolz, der sie davon abhielt einzugestehen, dass sie immer noch nicht klar sehen konnte, nachdem sie vom Sohn Gottes angerührt worden war?

„Kannst du etwas sehen, Katherine?", fragte er erneut.

Sie schluckte. „Nur ein wenig, Herr. Und ich weiß nicht, wie ich deuten soll, was ich sehe. Oder wie ich darauf reagieren soll."

Er berührte ihre Augen erneut. „Wache mit mir, Geliebte", sagte er. „Wache und bete."

30

Als gegen zweiundzwanzig Uhr am Freitagabend das Telefon läutete, war Sarah davon überzeugt, dass ihrer Mutter etwas zugestoßen war. Sie sprang von der Couch auf, wo sie mit Zach und den Mädchen einen Film anschaute, und rannte in die Küche, wo ihr Telefon lag. „Mama! Alles in Ordnung?"

„Entschuldige bitte. Habe ich dich geweckt?" Die Stimme ihrer Mutter klang sehr ruhig.

Die Anspannung in ihren Schultern ließ nach. „Nein, wir sehen uns einen Film an. Was gibt es?"

„Ich habe gerade eine sehr intensive Gebetszeit beendet und wollte gern noch vor morgen mit dir sprechen. Aber wenn ich störe …"

„Nein, kein Problem. Ich würde gern hören, was los ist." Sie bedeutete Zach, den Film weiterlaufen zu lassen, und zog sich ins Schlafzimmer zurück, wo sie sich besser auf das Gespräch konzentrieren konnte.

„In den vergangenen drei Tagen war ich damit beschäftigt, das Seminar für morgen zu konzipieren, aber ich kam nicht so recht weiter. Ich habe viel gebetet. Wir hatten ja über den Zorn gesprochen, und eigentlich hatte ich gedacht, ich hätte die Ursache gefunden. Aber heute Abend ist mir noch mehr klar geworden. Und ich würde gern mit dir darüber reden, bevor ich morgen diesen Kurs gebe."

„Okay." Sarah knipste die Lampe neben ihrem Sessel an und setzte sich.

„Ich habe keinen Versuch unternommen, dich zu einer Versöhnung mit Carol zu ermuntern. Eigentlich habe ich mich sogar über euer Zerwürfnis gefreut."

Obwohl das keine Überraschung für sie war, freute sich Sarah, dass ihre Mutter das eingestehen konnte.

„Dein Zorn auf sie war wie eine Rechtfertigung für mich, so als würden du und ich am selben Strang ziehen. Und das tut mir leid, Sarah. Mein Groll war nicht gut für dich. Oder für sie."

In diesem Augenblick war Sarah ziemlich egal, was gut für Carol war. Wenn Carol sie mit Funkstille bestrafen wollte, prima. Aber sie sollte dieses Spiel nicht mit den Mädchen spielen. „So ist Gigi eben", sagte Jess, wenn Morgan äußerte, dass sie das verletzte. „Sie wird schon darüber hinwegkommen." Aber dieses Verhalten verstärkte Sarahs Zorn. Auch ihre Nachricht an Carol, sie solle doch mit den Spielchen aufhören und sich wie eine Erwachsene verhalten, hatte nichts bewirkt. Sie hatte es versucht. Zweimal sogar.

„Lucy hat mir früher immer eingeschärft, dass Vergebung nicht unbedingt mit Vergessen gleichzusetzen ist. Vergebung ist, sich zu erinnern, ohne Bitterkeit zu empfinden. Das ist ein Zeichen für das Wirken des Heiligen Geistes. Vergessen ist leichter. Ich verhalte mich viel heiliger, wenn ich mich nicht mehr an Verletzungen erinnere. Aber wenn frische Verletzungen die alten Wurzeln freilegen, dann erkenne ich erneut, wie dringend ich Jesus und seine Gnade brauche."

Bevor Sarah etwas sagen konnte, fuhr ihre Mutter fort: „Ich möchte dich um Vergebung bitten. Alles, was du neulich gesagt hast, stimmt. Ich war nicht nur wütend über deine Beziehung zu Carol. Ich war wütend, dass du loyal zu ihr gestanden hast, dass du meinen Zorn und meine Verletztheit nicht geteilt hast. Ich habe versucht, das zu kaschieren, und darum war ich in Bezug auf meine wirklichen Gefühle unehrlich dir gegenüber. Auch das tut mir leid. Es tut mir leid, dass ich dir nicht genügend vertraut habe, um dir die Wahrheit zu sagen. Diese Angst sagt viel mehr über mich aus als über dich."

Was für ein mutiges Eingeständnis. „Es ist in Ordnung, Mama. Ich verstehe das. Und ich vergebe dir. Danke, dass du ehrlich zu mir warst." Für dieses gute Ende hatte sich der Stress, dahin zu kommen, gelohnt.

„Im Restaurant hast du es ganz richtig ausgedrückt, Sarah. So sieht Liebe aus. Liebe freut sich an der Wahrheit. Sie freut sich nicht an falschem Handeln. Und ich habe mich an Carols falschem Handeln gefreut." Sie hielt inne. „Ich muss mich darin üben, barmherzig mit ihr zu sein. Und das bedeutet, die Liebe, die sie dir und Zach und den Mädchen im Laufe der Jahre gezeigt hat, anzuerkennen und mich darüber zu freuen. Weil es ein Geschenk für dich und deine Familie ist."

Aus dem Wohnzimmer drang Gelächter zu ihr herüber, Zachs wieherndes Lachen, gemischt mit Jess' Kichern und dem für Morgan so typischen Schnauben. Oft schon hatte Carol mittendrin in diesem Lachen gesessen, beide Arme um die Mädchen gelegt und einen Eimer Popcorn auf dem Schoß. „Danke, Mama. Ich weiß das zu schätzen. Aber sie muss zu dem stehen, was sie getan hat. Anders ist eine wirkliche Versöhnung nicht möglich."

„Ja, das weiß ich. Und du wirst diesen Prozess allein durchmachen müssen, in deinem Tempo. Aber ich weiß auch, dass du ziemlich eigensinnig sein kannst. Diesen Charakterzug hast du sowohl von deinem Vater als auch von mir geerbt." Sie hielt inne. „Du hast mich neulich um Rat gefragt. Also, mein Rat an dich ist folgender: Mach es ihr nicht so schwer, einen Schritt auf dich zuzugehen. Sag ihr, dass du sie liebst und dass du dir eine noch engere Beziehung zu ihr wünschst."

Langsam rieb sich Sarah den Arm. „Sie lässt kein Gespräch über Vergebung zu. Sie hasst jede Art von Gesprächen über Gott." Blitzschnell fasste sie den Entschluss, nicht zu wiederholen, was Carol über den scheinheiligen Mumpitz gesagt hatte. Warum sollte sie den aufrichtigen Bemühungen ihrer Mutter, sich großherzig zu zeigen, einen Dämpfer verpassen?

„Du musst für dich selbst entscheiden, ob du ihr vergeben willst, und darfst nicht erwarten, dass sie dich darum bittet", erklärte ihre Mutter. „Wenn du ihr versicherst, dass du sie liebst und sie dir wichtig ist, dann wirst du dich vielleicht wundern, was das verändern kann."

Wenn Beziehungen nur genauso berechenbar wären wie Mathematikgleichungen, dachte Sarah. Oder so elegant wie die Fibonacci-

Folge, bei der das Muster sichtbar wird, wenn man die Zahlen addiert, um die nächste zu finden. Sie seufzte. „Ich hatte gehofft, sie würde etwas erwachsener mit der Situation umgehen. Aber du hast recht. Vielleicht liegt der Ball bei mir." Sonst könnte dieses Schweigen ewig dauern.

Der Blick zum Fenster zeigte ihr Spiegelbild in der Scheibe. Ja, sie hatte etwas von beiden, von ihrer Mutter und ihrem Vater. Sarah lächelte. „Ach übrigens, ich kann mich nicht erinnern, dass du jemals zugegeben hast, meine Sturheit käme auch von deiner Seite der Familie."

Ihre Mutter lachte. „Beharrlichkeit, richtig? Das kann eine gute Sache sein."

„Irgendwann erinnere ich dich mal daran."

„Das wirst du ganz bestimmt." Ein neckischer Tonfall lag in ihrer Stimme. Sarah konnte sich nicht erinnern, wann sie das letzte Mal eine solche Leichtigkeit bei ihr erlebt hatte. Die Tage der Ruhe hatten ihr offensichtlich gutgetan.

„Ich habe übrigens vor, morgen mit dabei zu sein, Mama. Hast du alles, was du brauchst?"

„Ich denke schon. Ich lasse dich jetzt zu deiner Familie zurückkehren."

Sarah bedankte sich bei ihr. „Ich weiß, du brauchtest diese Woche ein wenig Raum für dich selbst, aber wenn du alles zu Ende gebracht hast, würden wir uns freuen, wenn du zum Abendessen mit einem anschließenden Filmabend zu uns kommst. Hier steht immer ein Bett für dich."

„Danke, Schatz. Ich freue mich darauf."

Noch mehr Gelächter aus dem Wohnzimmer. „Ich habe dich lieb, Mama. Wir sehen uns morgen."

Falls es eine elegante Lösung mit Carol geben sollte, dann wäre sie jetzt am Zug, das wusste Sarah. Bevor sie zu Zach und den Mädchen zurückkehrte, schrieb sie noch eine Nachricht an ihre Stiefmutter. *Wollte nur sagen, dass ich dich lieb habe. Es tut mir leid, dass für dich im Augenblick alles so schwierig ist. Ich würde gern mit dir reden, wann immer dir danach zumute ist.*

Wie diese Sache ausgehen würde, lag nun nicht mehr in ihrer Hand.

„Erzähl mir, was in der Zwischenzeit passiert ist", sagte sie, als sie sich wieder auf die Couch zu den anderen setzte. „Was habe ich verpasst?"

Als Sarah am Samstagmorgen beim New Hope-Zentrum eintraf, standen bereits einige Autos auf dem Parkplatz, und Wren saß am Empfangstisch und war mit ihrem Handy beschäftigt. Sobald sie Sarah entdeckte, steckte sie es in die Tasche. „Hallo", grüßte sie und ordnete einige Stifte und Namensschilder.

„Hallo. Ist Mama in ihrem Büro?"

„Sie ist in der Kapelle."

„Wer ist sonst noch da?"

„Die Mitglieder des Kuratoriums."

Sarah hob die Augenbrauen. „Gibt es ein Problem?"

„Ich weiß es nicht. Bill und einer der anderen sind gleich nach mir hier eingetroffen und sofort in Kits Büro gegangen. Ich glaube, sie sitzen gerade in einem der Seminarräume zusammen."

Seltsam. Das sah nicht so aus, als seien sie gekommen, um Katherine bei ihrem letzten Seminar zu unterstützen. „Hast du Mama gesehen, nachdem sie mit ihr gesprochen hatten?"

„Ja, sie hat mir gesagt, sie wäre in der Kapelle. Aber es schien ihr ganz gut zu gehen."

Wren konnte ihr ganz offensichtlich keine nützlichen Informationen geben. Entschlossen steckte Sarah den Autoschlüssel in die Tasche und machte sich auf den Weg zur Kapelle. Ihre Mutter saß in der Nähe des Kreuzes. Sie schaute auf, als sie den Raum betrat.

„Wren sagte, dass das Kuratorium da ist. Gibt es Probleme?"

Kit winkte Sarah näher zu sich.

„Was ist los?", fragte Sarah, während sie sich einen Stuhl heranzog und sich zu ihr setzte.

„Einer der wichtigsten Spender für die Renovierung des Gebäudes ist im Internet auf einen Post von Logan gestoßen. Offensichtlich ist morgen der Jahrestag der Proteste gegen Gewalt in Charlottesville, und Logan hat seine Unterstützung der antirassistischen Proteste in DC zugesagt." Sie hielt inne. „Der Spender droht jetzt, seine Spendenzusage zurückzuziehen, wenn Logan tatsächlich eingestellt wird."

Sarah schaute sie verblüfft an. „Das ist ja wohl ein Witz."

„Ich wünschte, es wäre so."

„Und warum sind sie damit zu dir gekommen?"

„Sie wollten wissen, ob Logan in unserem Gespräch etwas geäußert hätte, das auf – Zitat – ‚radikalisierte Ansichten' schließen lasse."

Sarah schüttelte ungläubig den Kopf. „Was hast du geantwortet?"

„Die Wahrheit. Ich habe gesagt, dass er sich für Gerechtigkeit und ethnische Diversität einsetzt und dass die guten Fragen, die er gestellt hat, mich persönlich herausgefordert hätten und ich hoffte, sie würden sich nicht von den Machtspielchen eines Spenders manipulieren lassen. Und ich habe sie daran erinnert, dass wir uns von Spendern, die versuchen, einen solchen Einfluss auszuüben, noch nie haben geißeln lassen."

„Gut. Ich bin froh, dass du das so formuliert hast. Und was jetzt?"

„Heute Morgen wurde dazu eine Dringlichkeitssitzung des Kuratoriums einberufen."

Sarah lehnte sich auf ihrem Stuhl zurück. „Du denkst, dass sie ihr Angebot eventuell wieder zurückziehen?"

„Ich weiß es nicht. Mehr hat Bill nicht gesagt. Aber ich habe den Eindruck, dass das alles gestern Abend passiert ist." Sie deutete auf das Kreuz. „Darum dachte ich, bevor ich ein Seminar über den Umgang mit Gnade leite, sollte ich lieber hierherkommen und versuchen, meinen Zorn unter die Füße zu bekommen."

„Du kannst das besser als ich, Mama. Ich weiß nicht, ob ich so schnell umschalten könnte."

Ihre Mutter lächelte müde. „Ich hoffe, dass es mir gelingt."

Sarah drückte ihr die Hand. „Ich gehe jetzt, damit du noch ein wenig Zeit für dich hast." Als sie die Kapelle verließ, betete sie für ihre

Mutter, Logan und das Kuratorium. Allerdings nicht für diesen Spender. Für ihn mussten die Gebete ihrer Mutter ausreichen.

Sie suchte sich eine abgeschiedene Ecke im Aufenthaltsraum und machte sich auf die Suche nach Logans Post. Zwei Klicks, und sie hatte ihn gefunden. *Umgang mit Privilegien.* Sie öffnete den Link und begann zu lesen.

In der vergangenen Zeit habe er viel nachgedacht, schrieb er, darüber, was es bedeute, alles, was ihm anvertraut worden sei, treu zu verwalten, nicht nur seine Zeit, Talente oder Finanzen, sondern auch die Gaben, die schwieriger beim Namen zu nennen und in Zahlen auszudrücken seien. Zum Beispiel Einfluss und Privilegien.

Reichtum habe er sich nicht angehäuft, schrieb er. Sein Vater sei Fabrikarbeiter in Pittsburgh gewesen, seine Mutter habe die fünf Kinder versorgt und später allgemeine Schreibarbeiten für eine kleine Versicherungsgesellschaft übernommen, und häufig habe sie noch bis spät in den Abend hinein am Küchentisch über ihrer Schreibmaschine gesessen, als alle anderen bereits schliefen. Darum sei er immer sehr wütend geworden, wenn die Leute von den „Privilegien der Weißen" gesprochen hätten. Er sei ganz bestimmt nicht mit einem Silberlöffel im Mund geboren worden. Wie die meisten Leute habe er eine Reihe von Prüfungen und Verlusten erlebt. Das gehöre nun einmal zum Leben in einer zerbrochenen, gefallenen Welt.

Aber im vergangenen Jahr, schrieb er, habe ein Freund ihm geholfen, zu erkennen, welche Privilegien er einfach dadurch geerbt hätte, dass er als Weißer geboren wurde. „Ich war auf die Lüge hereingefallen, unsere Gesellschaft hätte den Rassismus überwunden. Denn meine Hautfarbe war für mich nie ein Thema und hat mir nie irgendwelche Nachteile eingebracht. Und das ist mein Privileg. Allein die Tatsache, dass ich drei Jahre lang in Tulsa gelebt habe, ohne von dem Rassenmassaker zu erfahren, zeigt meinen Tunnelblick und meine Missachtung der Menschen, die auf eine Art gelitten haben, die mir nun keine Ruhe mehr lässt."

Zu verantwortungsvollem Umgang mit Gaben und Privilegien, schrieb er, gehöre auch, die harten Fakten beim Namen zu nennen, nicht nur vor sich selbst, sondern auch anderen gegenüber und ganz besonders gegenüber den Menschen im Leib Christi, die aufgerufen seien, jede Form von Vorurteilen und Überlegenheitsdenken abzulehnen, andere Menschen bedingungslos zu lieben und sich für die Armen, die am Rande Stehenden und die Unterdrückten einzusetzen. Wie Jesus es getan habe. Anschließend zitierte er aus dem ersten Johannesbrief: „Denn wie kann Gottes Liebe in einem Menschen sein, wenn dieser die Not seines Bruders vor Augen hat, sie ihm aber gleichgültig ist? Deshalb lasst uns einander lieben: nicht mit leeren Worten, sondern mit tatkräftiger Liebe und in aller Aufrichtigkeit."[5]

Bei den Demonstrationen gegen Rassismus, schrieb er weiter, werde darauf aufmerksam gemacht, wie notwendig eine tiefgreifende und breitenwirksame Veränderung sei. Nicht nur im Bewusstsein der Menschen, sondern im Verhalten. Nicht nur bei Einzelnen, sondern in der Gesellschaft überhaupt. Es sei nicht schwer, sich von offenem Rassismus und eklatanter Engstirnigkeit zu distanzieren, Initiatoren von fremdenfeindlichen Demonstrationen mit nationalistischen Parolen als „solche Leute" zu identifizieren und sich selbst zu beglückwünschen, weil man nicht so sei wie sie. Aber bei Jesus sei es darum gegangen, aktive, kostspielige, einsatzbereite Liebe zu zeigen. „Verhaltet euch den Menschen gegenüber so, wie sie sich euch gegenüber verhalten sollen" sei etwas anderes als: „Tut anderen nicht an, was sie euch nicht antun sollen." Engagement sei schwieriger als Vermeidung, und er habe erkannt, dass es ihm nicht reichen würde, kein Rassist zu sein. Er müsse Wege finden, sich gegen den Rassismus und für Gerechtigkeit für alle ethnischen Gruppen einzusetzen, und er wolle sich darin üben, ein Auge zu haben für die Kämpfe der Farbigen und Minderheiten, und seine eigenen Gefühle dabei nicht in den Mittelpunkt stellen.

„Immer noch überlege ich, wie ich verantwortlicher mit meinem Privileg umgehen kann, und bitte Gott um Weisheit. Die Mahnung des Apostels Paulus an die Korinther, mit ihrem Überfluss Menschen in Not zu helfen, ist eine Mahnung an mich: ‚Diejenigen, die viel sammelten, behielten nichts übrig, und diejenigen, die nur wenig sammelten, hatten genug.'[6] Möge Gott uns helfen, den Überfluss, der uns geschenkt ist, beim Namen zu nennen und großzügig mit anderen zu teilen, was uns geschenkt worden ist."

„Sarah?"

Sie hob den Blick. Wren stand vor ihr. „Ja?" Sie ließ den Post offen, legte das Handy aber so, dass Wren das Display nicht sehen konnte.

„Ich habe gerade eine Nachricht bekommen. Das ist eine Art Notfall, und ich möchte deine Mutter nicht beim Beten stören, aber ich wollte dich fragen, ob es in Ordnung wäre, wenn ich kurz weggehen würde. Ich bin rechtzeitig wieder da, um hinterher aufzuräumen und sauber zu machen."

Sarah wusste, dass ihre Mutter Wren die Bitte nicht abschlagen würde. „Ja, das ist in Ordnung."

„Es tut mir leid – aber wenn ich mich jetzt nicht darum kümmere, habe ich später vielleicht keine Gelegenheit mehr dazu, darum …"

„Ich habe doch gesagt, es ist in Ordnung." Sarah ergriff wieder ihr Handy und las weiter.

Wren schien noch etwas sagen zu wollen.

„Ach, da seid ihr ja!", rief ihre Mutter, die jetzt den Raum betrat. „Zwei meiner Lieblingsmenschen."

Wren umarmte sie. „Alles in Ordnung?"

„Ja. Kein Grund zur Sorge. Ich erzähle dir später alles."

Sarah fragte sich, ob ihre Mutter wohl vorhatte, Wren in die Einzelheiten einzuweihen, oder ob sie ihr nur ganz allgemein berichten würde, was geschehen war. Vermutlich die Einzelheiten. So war die Beziehung zwischen ihnen.

„Ich habe Sarah gerade erzählt, dass ich eine Nachricht bekommen habe. Von Chris." Ein wissender Blick wanderte zwischen ihnen hin und her. „Er hat heute Vormittag Zeit für einen Kaffee."

„Dann geh! Unter allen Umständen. Wir kommen hier schon klar."

„Bist du sicher? Ich hätte deinen letzten Kurs eigentlich gern besucht, aber …"

Mit mütterlicher Zärtlichkeit legte Kit die Hand an Wrens Wange. „Mach dir keine Sorgen darüber. Das hier ist wichtiger. Und lass dir ruhig Zeit. Das Saubermachen läuft dir nicht weg."

Wren bedankte sich und eilte durch den Flur davon.

Sarah blickte ihr nach, bis sie um die Ecke bog. „Ein Freund?", fragte sie.

„Nein."

Ganz offensichtlich würde sie keine Einzelheiten erfahren. Und Sarah hütete sich, weiterzufragen.

31

Mit seinem Foodtruck, den Hängematten und Feuerschalen und verschiedenen Gartenpavillons war das neue *Great Outdoors Café* ein Ort, den Casey geliebt hätte. Als Wren durch das schmiedeeiserne Tor den Garten betrat, stellte sie sich vor, wie er sich in einem der kleinen Pavillons eingeigelt, seine Inspirationsmütze tief in die Stirn gezogen und einen Vanille-Latte geschlürft hätte, während er ein Video bearbeitete.

Sie ließ den Blick durch den Garten schweifen. Beinahe hoffte sie, sie würde Brooke und Chris mit Estelle entdecken. Aber falls Chris Brooke von ihrer Nachricht erzählt hatte, und das war vermutlich der Fall, dann würde Brooke ganz bestimmt nicht bei ihrem Treffen dabei sein wollen. Vermutlich hatte sie Chris auch geraten, sich nicht darauf einzulassen. Wren hatte eigentlich selbst gar nicht damit gerechnet, dass er einem Treffen zustimmen würde. Sie war wirklich überrascht gewesen, dass er überhaupt geantwortet hatte.

Sie ging an anderen Gästen vorbei, die Ausschau nach einem geeigneten Platz hielten, und steuerte einen etwas abgelegenen Tisch unter einem Baum an, von wo aus sie einen guten Blick auf den Eingang hatte. Während sie auf Chris wartete, las sie noch einmal ihren Nachrichtenaustausch durch.

Hey, Chris! Auf dem Heimweg von der Arbeit gestern habe ich dich mit Brooke gesehen, kann das sein? Ich hoffe, es geht dir gut. Ich würde dich sehr gern auf einen Kaffee treffen. Wann immer es dir passt.

Auf keinen Fall würde sie ihm gestehen, wie viele Stunden sie gestern Abend damit zugebracht hatte, diese paar Sätze zu formulieren.

Hätte sie es noch einmal versucht, wenn er nicht geantwortet hätte: *10 Uhr im Great Outdoors?*

Vermutlich schon.

Sie legte ihr Handy aus der Hand. Vielleicht hatte Brooke ihm geraten, sich nicht mit ihr zu treffen. Oder sie hatte gesagt, er solle das so schnell wie möglich hinter sich bringen. Vielleicht schickte Brooke Chris mit der erneuten Anweisung, Wren solle sie doch endlich in Ruhe lassen. Vielleicht war der Grund, dass sie sich im Freien trafen, der, dass er Brooke die Gelegenheit geben wollte, sie von dem Coffeeshop auf der anderen Straßenseite aus zu beobachten. Falls er vorschlug, einen Tisch näher an der Straße zu wählen, würde Wren Ausschau nach ihr halten.

Aus dieser Entfernung konnte sie seine Haltung und Körpersprache beobachten, bevor er sie entdeckte. Sie kannte Chris nicht sehr gut, aber der Gang oder ein schneller Wechsel des Gesichtsausdrucks, wenn ihre Blicke sich trafen, verriet viel.

Sie sprach leise ein Gebet, um ruhiger zu werden.

Vielleicht würde sie jetzt endlich Antworten in Bezug auf Caseys Leben und Tod bekommen. Möglicherweise konnte sie Chris überzeugen, dass Brooke von einem Kontakt zu ihr nichts zu befürchten hätte, dass sie nie etwas anderes gewollt hätte, als sie und Estelle im Gebet zu begleiten.

Was sie auch tun konnte, wenn sie keinen Kontakt hatten.

Dieser Ansatz würde nicht funktionieren. Sie sprach noch ein Gebet, und um ihr rasendes Herz zur Ruhe zu bringen, legte sie ihre geöffneten Hände auf den Tisch. *Lass los. Empfange.*

Brooke zu treffen war ihr nicht wichtig. Wren ging es um Estelle. Sie wollte sie unbedingt kennenlernen. Aber sie würde sich hüten, um ein Treffen zu bitten. Sie hatte sie schon einmal gesehen. Das sollte reichen. Sie war genau zum richtigen Zeitpunkt an dem Haus vorbeigefahren. Das konnte kein Zufall gewesen sein. Sie musste einfach glauben, dass Gott das so eingefädelt hatte.

Aber andererseits – Casey hätte argumentiert, solche Dinge würden nun mal geschehen. Purer Zufall.

„Gehen Sie gleich?", fragte eine Frau, die mit zwei Tassen in der Hand an ihren Tisch trat.

„Nein, noch nicht. Ich warte auf einen Freund."

Mit einem verärgerten Seufzen ließ die Frau ihren Blick durch den Garten wandern.

Normalerweise wäre Wren jetzt aufgesprungen und hätte sich entschuldigt, dass sie einen Tisch besetzte, ohne etwas bestellt zu haben. Aber dieser Tisch war einfach perfekt. Von hier aus konnte sie Chris beobachten, wenn er kam, und außerdem lag der Platz ein wenig abseits. Sie hätten Ruhe für das Gespräch, wie immer es auch verlief.

Sie legte ihre Tasche vor dem anderen Stuhl auf den Tisch, um anzudeuten, dass ihr Freund jeden Moment eintreffen würde. Dann hielt sie sich das Telefon ans Ohr und tat so, als würde sie mit jemandem sprechen. *Komm schon, Chris. Es wird langsam Zeit.*

Doch als sich der Garten immer mehr füllte, konnte sie ihren Tisch nicht länger gegen die Gäste verteidigen, die mit ihrem Kaffee in der Hand einen Platz suchten. Also stand sie auf und stellte den Tisch einer jungen Mutter mit einem Zwillingskinderwagen zur Verfügung. Unter dem Baum wartete sie weiter. Gerade als sie überlegte, Chris eine weitere Nachricht zu schreiben, kam er mit Sonnenbrille und Cargoshorts durchs Tor geschlendert. Seine Baseballkappe hatte er tief in die Stirn gezogen. So viel dazu, dass sie seinen Gesichtsausdruck deuten konnte.

Sie wischte ihre Handflächen an ihrer Caprihose ab und befahl sich zu lächeln. Beiläufig. „Hallo, Fremder", sagte sie, als sie ihm auf dem Kiesweg entgegentrat.

„Hey, entschuldige bitte, dass ich zu spät komme."

Sie war nicht sicher, ob sie ihm die Hand reichen oder ihn umarmen sollte. Er tat nichts von beidem. Sie strich über ihren nackten Arm.

„Ziemlich voll hier, was?", bemerkte er.

„Samstagmorgen eben."

„Ja."

Sie verschwieg, dass sie einen Tisch ergattert und dann doch wieder freigegeben hatte.

„Wollen wir woanders hingehen?", fragte er.

Sie hatte nichts dagegen, zu warten. Hier draußen an der frischen Luft fühlte sie sich nicht so beengt. Aber wenn sie im Freien blieben, dann behielt er vielleicht seine Sonnenbrille auf, und sie würde lieber seine Augen sehen. „Wie du willst", erwiderte sie schließlich.

„Dann bleiben wir hier. Ich habe ohnehin nicht so viel Zeit."

Das war ein Dämpfer. Wenn sie die Informationen bekommen wollte, die sie so dringend benötigte, würde sie schneller vorgehen müssen.

„Ich bin wirklich sehr dankbar, dass du bereit warst, dich mit mir zu treffen. Als ich nichts mehr von dir gehört habe, hatte ich Sorge, ich könnte dich vielleicht irgendwie beleidigt haben. Und ich habe dich neulich auch nicht in der Wayfarer-Gemeinde gesehen, darum ..."

Er rückte in der Schlange vorwärts. „Deine Pastorin Hannah hat mir einen Medienjob in einer anderen Gemeinde besorgt. Sonntags bin ich jetzt dort."

„Oh, das wusste ich nicht. Das ist ja toll." Sie hätte Hannah nach ihm fragen können. „Ich bin froh, dass sie dir helfen konnte."

„Ja, sie war mir eine große Hilfe."

Wren fragte sich, was er mit „große Hilfe" meinte. Wusste Hannah über seine Beziehung zu Brooke Bescheid? Und falls das so war, hielt sie diese Information bewusst zurück? Oder war ihr einfach nicht in den Sinn gekommen, Caseys bester Freundin zu erzählen, dass seine Frau eine neue Beziehung hatte?

Dass das ein Versehen war, erschien ihr eher unwahrscheinlich.

Wren nagte an ihrer Unterlippe.

Aber andererseits, wenn sie von der Schweigepflicht ihrer Pastorin profitierte, warum sollte es bei Chris dann anders sein?

„Hannah ist wirklich fantastisch", sagte sie. „Ich weiß nicht, was ich in diesem letzten Jahr ohne sie gemacht hätte. Vor allem nach dem, was mit Casey passiert ist."

Er antwortete nicht.

„Ich bin froh, dass sie für dich da ist. Mir war gar nicht bewusst, dass du nach dem Gottesdienst für Casey mit ihr in Verbindung geblieben bist."

Er rückte einen weiteren Schritt vor.

Sie musterte sein Profil und bemerkte, dass er sein Kinn vorgeschoben hatte, während sein Blick über das Angebot auf der Tafel wanderte. „Was nimmst du?", fragte er.

„Oh, nein, schon gut. Ich bezahle selbst. Danke."

Er fragte nicht noch einmal.

Sie holte ihr Portemonnaie aus der Tasche und hielt sich daran fest, als könnte es ihr Halt geben. Zu spät für Reue. Welche Botschaft auch immer er ihr übermitteln wollte, sie musste sich darauf vorbereiten, sie entgegenzunehmen.

„Nur zu", forderte er sie auf, als sie an der Reihe waren.

Sie bestellte einen Chai Latte und trat zur Seite. „Ich habe dich um dieses Treffen gebeten, Chris. Ich lade dich ein. Das ist das Mindeste, was ich tun kann. Was möchtest du?"

Er zögerte, dann bestellte er einen kleinen Karamell-Macchiato. „Danke, Wren. Ich übernehme das Trinkgeld."

„Ist gut." Sie zog ihre Kreditkarte durch.

Als er ein Bündel Geldscheine aus der Tasche zog, fiel eine Münze heraus und rollte Wren vor die Füße. Sie bückte sich, um sie aufzuheben, und erkannte die Aufschrift „24 Stunden", eingerahmt von einem Dreieck. An den Seiten waren die Worte „Einheit", „Dienst" und „Genesung" zu lesen – das Mitgliedsabzeichen verschiedener Selbsthilfegruppen im Suchtentzug.

Als sie sie ihm reichte, schloss er seine Finger darum, als hielte er einen Edelstein in der Hand. Oder eine Rettungsleine.

„Wir sagen Bescheid, wenn Ihre Bestellung fertig ist", teilte die Barista ihnen mit.

Wren bedankte sich und trat zur Seite.

Er hielt ihr die Münze hin. „Du weißt, was das ist?"

„Ja." Einige Frauen im Bethel-Haus hatten solche Münzen bekommen, als Anerkennung für Fortschritte in der Therapie.

„Ich habe auch eine Fünf-Monats-Münze, aber diese hier trage ich immer bei mir. Sie soll mich daran erinnern, dass ich immer einen Tag nach dem anderen lebe."

Sie nickte. „Ich bin stolz auf dich. Das ist toll."

„Danke. Hannah hat mich im Frühling in einem Rehabilitationsprogramm untergebracht. Seither bin ich clean." Er steckte die Münze in seine Tasche zurück. „Caseys Tod war ein Weckruf für mich. Mir wurde klar, dass ich Hilfe brauchte, denn ich wollte nicht genauso enden."

„Wie meinst du das?"

„Es hätte auch ich sein können", erwiderte er, „der betrunken gegen einen Baum fährt."

Wren stieß erschrocken die Luft aus. „Und das wurde zweifelsfrei festgestellt? Seine Blutwerte haben das bestätigt?"

„Ich dachte, du wüsstest das."

„Nein. Ich weiß gar nichts." Ihre Augen füllten sich mit Tränen. „Bitte, wenn du mir irgendetwas sagen kannst, das mir hilft, weiterzugehen und einen Abschluss zu finden, dann bitte, tu es. Mehr will ich doch gar nicht."

Er warf einen Blick über ihre Schulter. „Ich warte auf unsere Getränke. Versuch doch mal, diesen Platz da vorn zu ergattern." Er deutete auf ein junges Paar, das gerade gehen wollte. „Beeil dich."

Sie eilte auf das Zelt zu. „Guter Zeitpunkt", sagte der Mann und hielt ihr die Eingangsklappe mit dem Reißverschluss auf.

Wren flüsterte ein Dankgebet. Falls sie in Tränen ausbrechen sollte, dann war dieses Zelt der richtige Ort dafür. Sie hoffte nur, dass Chris sich in dieser Abgeschiedenheit nicht unwohlfühlte. Vielleicht vermittelte ihm der geschützte Platz aber auch die Sicherheit, ihr mehr Informationen zu geben. Schließlich hatte er ihn ja vorgeschlagen. Sie öffnete ihre Hände erneut.

„Entschuldige, dass ich so emotional geworden bin", sagte sie, als Chris ein paar Minuten später ins Zelt kam und ihre Tassen auf den Tisch stellte. „Es ist nur so, in den vergangenen acht Monaten habe ich mir solche Mühe gegeben, Caseys Tod zu verarbeiten und herauszufinden, ob es ein Unfall war."

Er setzte sich ihr gegenüber und nahm einen Schluck von seinem Getränk.

„Er hat mir einen Abschiedsbrief hinterlassen. Aber ich wusste nicht, ob es Selbstmord war oder nicht. Ich weiß es bis heute nicht." Sie legte eine Hand um ihre Tasse. „Ich erwarte gar keine vertraulichen Informationen von dir. Aber Casey war mein bester Freund. Ich möchte so gern Antworten bekommen."

Chris drückte seine Tasse an die Lippen. Zwar hatte er inzwischen die Sonnenbrille abgenommen, aber Wren fiel es schwer, seinen Blick zu deuten. Es war unmöglich zu erkennen, was er dachte.

Sie beschloss, einen anderen Ansatz zu wählen. „Mir war gar nicht klar, dass du Brooke kennst. Und ich will sie bestimmt nicht nerven. Das verspreche ich. Ich möchte nur gern weiterkommen in der Trauer um meinen Freund." Sie umklammerte ihre Tasse jetzt mit beiden Händen. „Kannst du mir dabei helfen? Bitte?"

Er stellte seinen Kaffee ab. „Wo hast du Brooke und mich gesehen?"

Das war die Frage, die sie gefürchtet hatte. Sie hatte gehofft, er würde sie nicht stellen. Aber sie hatte sich ihre Antwort zurechtgelegt, für alle Fälle. „Nach der Arbeit war ich auf dem Weg zu einer Freundin und dachte, dich gesehen zu haben."

„Wo?"

Das war ein Test, nicht? Und wenn sie nicht ehrlich antwortete, wäre ihr Gespräch beendet.

Sie versuchte, ihrer Stimme Festigkeit zu geben. „Auf dem Heimweg von der Arbeit fahre ich oft am Haus der Wilsons vorbei. Ich weiß, das klingt seltsam, aber auf diese Weise spüre ich eine Verbindung zu Casey. So habe ich auch erfahren, dass das Haus zum Verkauf steht."

Er schwieg und wartete ab.

„Gestern bin ich auch dort vorbeigefahren und habe gesehen, wie du zu deinem Wagen gegangen bist, der in der Einfahrt stand. Und ich nahm an, dass es Brooke war, die aus dem Haus kam." Sie biss sich auf die Unterlippe. „Weil Estelle Caseys Haarfarbe geerbt hat."

Sie beobachtete, wie sich seine Schultern entspannten, und er nickte langsam. „Ja, sie sieht ihm sehr ähnlich", sagte er mit so unerwarteter

Zärtlichkeit in der Stimme, dass Wren beinahe die Tränen kamen. Er ergriff wieder seine Tasse. „Deine Nachricht hat Brooke ziemlich aus der Fassung gebracht."

„Warum denn?"

„Weil es ihrer Meinung nach kein Zufall gewesen sein kann, dass du uns beide zusammen gesehen hast."

„Ich hatte keine Ahnung, dass sie in der Stadt ist. Wirklich nicht!"

„Das habe ich ihr auch gesagt. Aber du musst zugeben, dass es schon ein seltsamer Zufall war. Sie hat gedroht, eine einstweilige Verfügung gegen dich zu erwirken, aber ich habe ihr versprochen, die Sache mit dir zu klären."

Mein Gott. *Atme.*

Als Wren glaubte, ihre Stimme wieder unter Kontrolle zu haben, murmelte sie: „Danke."

Bitte, Herr, nicht hier. Nicht jetzt.

Sie konzentrierte sich auf das Logo des Cafés auf seiner Tasse: Ein schwarzer Bär unter einer Kiefer. *O.U.T.D.O.O.–*

„Ich wollte dich nicht beunruhigen", entschuldigte er sich. „Ich dachte nur, du solltest das wissen."

–R.S. ...

Sie stellte sich vor, Jesus würde neben ihr stehen, ihr die Hand auf die Schulter legen und sagen: „Ich bin bei dir." Sie füllte ihre Lungen mit Luft. Einmal. Zweimal. Und wieder.

„Ich bin froh, dass du es mir gesagt hast", antwortete sie mit schwacher Stimme. „Danke."

Er nahm einen weiteren Schluck Kaffee, dann sagte er: „Brooke weiß nicht viel mehr als du – nur dass es so aussieht, als sei Casey auf dem Weg nach Hause gewesen und hätte unterwegs entweder seine Meinung geändert, oder der Stress hätte ihn dazu gebracht, betrunken weiterzufahren. Ich weiß es nicht. Und das werden wir wohl nie erfahren. Und ich weiß, wie schwer das ist. Es tut mir leid."

So. Das war es dann. Fertig. Die Antwort war gefunden. Sie musste jetzt akzeptieren, dass sie die ganze Wahrheit wohl nie erfahren würde. Wren atmete noch einmal tief durch und blinzelte verlegen die Tränen zurück. „Ich bin nur froh, dass er beschlossen hat, wieder nach Hause zu fahren."

Chris hob die Augenbrauen.

„Du wirkst überrascht", bemerkte sie.

„Ja, ganz bestimmt. Mit so einer Aussage hätte ich nicht gerechnet. Schließlich habt ihr doch gemeinsam nach einem Haus gesucht."

„Moment mal – du denkst doch nicht etwa ..." *Hilf mir, Herr!* „Wir waren Freunde, Chris. Nur Freunde. Nichts weiter. Niemals. Er brauchte einen Mitbewohner, weil er sich eine Wohnung allein nicht leisten konnte." Casey schien Brooke von ihrer Haussuche erzählt zu haben. Wie sonst hätte Chris davon erfahren sollen? „Ich weiß, dass Brooke der Meinung war, wir seien emotional viel zu abhängig voneinander. Ich kann ihr da nicht widersprechen. Unsere Freundschaft war immer schwierig wegen der Probleme mit unserer psychischen Gesundheit. Aber ich versichere dir, da war ganz bestimmt nichts anderes. Nie. Wir waren auf der Suche nach weiteren Mitbewohnern. Casey hat herumtelefoniert."

Chris antwortete nicht.

„Mir hat er erzählt, er hätte Reno verlassen müssen, weil Brooke missbräuchliches Verhalten gezeigt hat ...", fügte Wren hinzu. Wieder schossen seine Augenbrauen hoch. „Ich habe ihm geglaubt. Von Estelle hat er kein Wort gesagt."

„Moment mal – du wusstest nicht, dass er eine Tochter hat?"

„Nein."

Er blies die Wangen auf und stieß die Luft dann langsam aus.

„Wenn ich von Estelle gewusst hätte, hätte ich alles getan, um ihm Mut zu machen, ihr ein guter Papa zu sein. Er sagte nur, das Zusammenleben mit Brooke sei nicht gut für ihn. Er sagte, sie sei gewalttätig und labil."

Chris schnaubte. „Wohl kaum."

„Okay, siehst du? Ich habe es dir doch gesagt. Er war nicht ehrlich zu mir. Aber das habe ich erst später erfahren."

Er senkte den Blick. „Casey hatte seine Dämonen und Geheimnisse, das ist mal klar."

Dem konnte Wren nur zustimmen. „Was immer am Ende passiert ist, ich muss glauben, dass er zu Estelle zurückkehren wollte." Sie sagte nicht: „Und zu Brooke." Denn davon war sie nicht überzeugt.

„Er hatte große Probleme mit dem Vatersein", gestand Chris nach einer Weile. „Er wollte Brooke unbedingt dazu bringen, ihn rauszuschmeißen und aufzugeben. Seine Arbeitsstelle hatte er verloren, er fing an zu trinken und gab wie verrückt Geld aus, hatte eine Affäre mit einer anderen Frau – mit wem, hat Brooke nie erfahren. Sie nahm an, dass du es wärst. Darum hat sie von ihm gefordert, den Kontakt zu dir abzubrechen."

Es war, als hätte Wren einen Faustschlag in den Magen bekommen.

„Und als du ihm eine Nachricht geschickt hast, während er mit Brooke im Kreißsaal war …"

Noch einen Schlag in die Magengrube. „Ich habe mir Sorgen um ihn gemacht", erklärte sie. „Ich hatte das Gefühl, es sei eine Eingebung Gottes, dass ich Kontakt zu ihm aufnehme, darum habe ich es getan. Ich hatte keine Ahnung, wo er war. Auf keinen Fall hätte ich mich gemeldet, wenn ich das gewusst hätte." Ihre Kehle brannte. „Bitte sag Brooke, dass es mir sehr leidtut. Kein Wunder, dass sie mich hasst."

Er korrigierte sie nicht. „Er war so unberechenbar und nahm seine Medikamente nicht. Darum hatte Brooke Angst, ihn in Estelles Nähe zu lassen. Sie hat ihn angefleht, doch wieder in die Klinik zu gehen, aber er hat sich geweigert. Schließlich hat sie ihn fortgeschickt und ihm gesagt, er solle erst mit sich ins Reine kommen, bevor er zurückkäme. Und dann schickte er ihr von einem Wegwerf-Handy aus eine Nachricht, er sei in Kingsbury und ihr zwei würdet zusammenziehen. Ein paar Tage später riefen seine Eltern an. Du hättest sie außer dir vor Angst angerufen und gesagt, er sei verschwunden. Du würdest vermuten, dass er auf dem Rückweg nach Reno wäre."

„Sie wussten nicht einmal, dass er Reno verlassen hatte", berichtete sie.

„Nein, Brooke hatte es ihnen verschwiegen. Sie hatte versucht, das ganze Chaos geheim zu halten, und hoffte zu diesem Zeitpunkt immer noch, sie könnten ihre Schwierigkeiten ausräumen und er würde wieder zu ihr und Estelle zurückkommen."

„Er hat sie von unterwegs aus nicht angerufen, um ihr zu sagen, dass er auf dem Heimweg ist?"

„Nein."

Wren sah das goldige kleine Mädchen mit den roten Haaren und den ausgebreiteten Armen vor sich, das vor Vergnügen quiekte. *Wenn doch nur …*

Nein. Es gab kein „Wenn nur" mehr. Nur noch ein „Und jetzt?".

In seinem Abschiedsbrief hatte Casey sie um Vergebung gebeten. Vielleicht hatte er, als er die Nachricht verfasst hatte, befürchtet, dass sie eines Tages erfahren würde, wie sehr er sie getäuscht und belogen hatte. *Denk an mich*, hatte er geschrieben.

Sie müsste ihm noch einmal neu vergeben. Die ganze Sache noch einmal vor Gott bringen. Denn sie konnte nur erahnen, inwiefern er ihrer Integrität und ihrem Ruf geschadet hatte.

Sie richtete sich auf. „Würdest du Brooke bitte sagen, wie es tatsächlich war? Würdest du ihr ausrichten, dass ich nie die Absicht hatte, sie oder Estelle zu verletzen? Ich würde ihr das gern selbst sagen, wenn sie dazu bereit wäre."

„Dazu kann ich nichts sagen. Ich meine, ich werde es ihr ausrichten, aber …"

Wren bemühte sich, ihre Enttäuschung zu verbergen. „Okay. Danke." Mehr konnte sie nicht erwarten.

Chris legte den Kopf in den Nacken und trank den letzten Schluck aus seinem Becher. „Ich sollte jetzt besser gehen."

„Ist gut."

„Alles in Ordnung?"

Seine Freundlichkeit trieb ihr schon wieder die Tränen in die Augen. „Ja, danke."

Er lächelte sie mitfühlend an. „Wenn Hannah nicht gewesen wäre, hätte ich mein Leben nicht auf die Reihe gekriegt. Und ich hätte sie nie kennengelernt, wenn du mich nicht zu diesem Gedenkgottesdienst für Casey eingeladen hättest. Also noch mal vielen Dank dafür."

Da sie ihrer Stimme nicht traute, nickte sie nur.

„Ich war während des Gottesdienstes high. Das hast du vermutlich gemerkt."

Wieder nickte Wren.

„Ich kann nicht einmal genau sagen, ob ich verstanden habe, was ich tat, als ich sagte, ich wolle Jesus mein Leben anvertrauen. Aber er wusste es. Er nahm mein genuscheltes Ja an und hat mich gerettet." Chris schwieg einen Moment, bevor er fortfuhr: „Brooke war ziemlich aufgebracht, als sie von dem Gottesdienst erfahren hat. Aber jetzt ist sie dankbar dafür. Sie weiß, dass das ein Wendepunkt in meinem Leben war. Und die Tatsache, dass das mit Casey zusammenhing" – er fuhr sich mit dem Handrücken über die Augen –, „ich weiß nicht, wie ich das erklären soll. Es ist, als seien er und ich, wir beide, von den Toten auferweckt worden, verstehst du?"

Ja. Sie verstand.

„Und dann habe ich vor ein paar Monaten Brooke kennengelernt", erzählte er weiter, „und dass ich Teil von Estelles Leben sein darf … Es klingt zwar irgendwie seltsam, wenn ich das ausspreche, aber es fühlt sich so an, als hätte ich Caseys Segen dazu."

Wren starrte ihn an. „Ihr wollt heiraten?"

„Nein. Ich meine, noch nicht. Wir wollen nichts überstürzen. Aber ich liebe sie beide und möchte mein Leben mit ihnen verbringen."

Sie hatte jede Menge Fragen, aber nicht den Mut, sie zu stellen. „Ich freue mich für dich, Chris."

„Danke." Er nahm seine Sonnenbrille und spielte mit einem der Bügel. „Bevor ich gehe, möchte ich mich noch bei dir entschuldigen."

Sie blickte ihn fragend an.

„Vor ein paar Monaten habe ich Brooke bei einer Dinnerparty der Wilsons kennengelernt. Unsere Mütter hatten das so arrangiert, und da war sofort eine Verbindung zwischen uns wegen Casey. Sie hat mich nach ihm gefragt, wollte alles wissen, was ich über ihn sagen konnte, alle Einzelheiten über die Videoprojekte, die wir zusammen gemacht haben, den Dokumentarfilm, an dem wir gearbeitet haben, und so weiter. Sie trauerte und war auf der Suche nach Antworten. Ich hatte keine. Aber ich konnte ihr lustige Geschichten erzählen und einige gute Erinnerungen mit ihr teilen. Casey war im Kern ein guter Mensch, aber getrieben, nicht wahr? Seine bipolare Störung und dazu noch seine Abhängigkeit. Brooke wusste nichts davon, als sie zusammenkamen, und als sie es herausfand, war sie bereits schwanger." Er legte seine Sonnenbrille wieder auf den Tisch. „Wie auch immer. Schließlich haben wir uns ein paar Mal auf einen Kaffee getroffen, wenn sie in der Stadt war, und sie hat mir erzählt, was passiert ist. Ich hatte keinen Grund, an ihrer Geschichte zu zweifeln. Ich kannte dich nicht so gut, und ich wusste, dass du und Casey euch sehr nahegestanden habt, darum …"

Sie legte beide Hände um ihre Tasse und zwang sich, den Blickkontakt zu ihm zu halten.

„Es tut mir leid, dass ich dich nie nach deiner Sicht der Dinge gefragt habe", sagte er. „Wenn ich dich in der Kirche gesehen habe, bin ich dir aus dem Weg gegangen, weil ich ja wusste, wie Brooke zu dir steht. Und als ich dann den Job in der anderen Gemeinde bekommen habe, dachte ich, eine Begegnung mit dir sei eher unwahrscheinlich, und ich habe aufgeatmet."

„Und dann habe ich dir die Nachricht wegen des Umzugs der Wilsons geschickt."

„Ja, und da ist Brooke ausgerastet. Ich beschloss also, diese Nachricht am besten zu ignorieren." Er strich mit dem Daumen über den Rand seiner Brille. „Das tut mir sehr leid. Es war nicht fair, ein Urteil über dich zu fällen. Und ich werde mich bemühen, Brooke zu erklären, wie es tatsächlich gewesen ist."

„Danke, Chris. Ich weiß das zu schätzen."

Er erhob sich. „Casey hatte eine sehr hohe Meinung von dir, weißt du das?"

Sie schluckte.

„Er hat oft gesagt, wie viel du ihm bedeutest, dass du immer für ihn da warst, egal, was auch war. Du warst eine Freundin, die sich ihre Liebe zu anderen wirklich viel kosten lässt. Und das wusste er."

Sie drückte sich die Hände auf die Augen.

„Ach, komm her." Chris zog sie sanft auf die Beine und schloss sie fest in die Arme. Ihre Tränen fielen auf seine Brust.

Mach's gut, Wrinkle, hörte sie Casey sagen. *Mach's gut.*

32

Kein Herunterspielen. Kein Leugnen. Keine Entschuldigungen. Vergebung, so erklärte ihre Mutter, schaue der Sünde direkt ins Gesicht und nenne sie beim Namen. Sich anders zu verhalten, sagte sie, bedeute, das Kreuz zu vermeiden.

An ihrem Tisch hinten in der Ecke blätterte Sarah eine Seite in ihrem Notizbuch um. Etwas beim Namen zu nennen war ihr noch nie schwergefallen. Dem Übeltäter allerdings mit Mitgefühl zu begegnen war eher eine Herausforderung für sie. Es fiel ihr schwer, für einen Menschen, der einen Fehler begangen hatte, Verständnis aufzubringen, ganz zu schweigen von Barmherzigkeit – diese Barmherzigkeit, die der Diener im Gleichnis, das Jesus erzählt hatte, eben nicht zeigte. Sie konnte Vergebung pflichtbewusst abhaken, ohne dass jemals ein mitfühlendes Seufzen für den Schuldigen über ihre Lippen kam. Sie konnte gehorsam sein, ihre Pflicht tun und alles hinter sich lassen. Nachtragend war sie noch nie gewesen. Das war nicht ihre Art. Aber einem anderen ihre Zuneigung verweigern? Ganz gewiss. Schuldig. Einen anderen Menschen abschreiben? Ja, das auch.

Da sie gerade dabei war …

Ihr Blick wanderte zur anderen Seite des Raumes, wo Wren jetzt saß und vor sich hin starrte. Vor ein paar Minuten war sie leise hereingekommen und hatte sich neben Hannah gesetzt.

Was an dem Mädchen provozierte sie so?

Sie spielte mit ihrem Kugelschreiber.

Die Frage ließ sich leicht beantworten. Wren war eine Schmarotzerin, die ihrer Mutter viel zu viel Stress bereitete. Punkt. Das war ihr Problem mit Wren: Ihre Anwesenheit wirkte sich negativ auf das Wohlergehen ihrer Mutter aus. Ganz besonders jetzt, wo sie mit Abschied und Veränderung klarkommen musste. Wren war eine, die immer nur nahm.

Na gut, in Ordnung. Vielleicht hegte sie doch einen Groll gegen sie. Sie könnte das vor Gott eingestehen und Wren ihre Selbstsucht vergeben, selbst wenn Wren ihre Sünde überhaupt nicht erkannte oder um Verzeihung bat. Aber auf sie zugehen, um sich mit ihr zu versöhnen, das erschien Sarah nicht nötig zu sein, zumal sie nicht die Absicht hatte, die Beziehung zu ihr zu vertiefen, mal abgesehen von der familiären Bindung.

Sie strich ihre leere Seite glatt.

Bei Papa und Carol war es anders gewesen. Damals hatte sie keine andere Wahl gehabt. Wenn sie nicht, unmittelbar nachdem sie von ihrer Affäre erfahren hatte, auf sie zugegangen wäre, wenn sie nicht daran gearbeitet hätte, beiden vergeben zu können, dann hätte das ihren Vater in seinem neuen Leben eingeschränkt. Aber er hätte sich trotzdem für Carol entschieden. Und dann hätten er und Carol sich gemeinsam von ihr wegbewegt. Und das hatte Sarah unter keinen Umständen riskieren wollen. Nicht nach so vielen anderen Verlusten.

Sie kritzelte geometrische Figuren auf die Seite.

Warum also ärgerte sie sich über Wren und lehnte sie ab, weil sie ihrer Mutter Stress verursachte, aber gegenüber ihrem Vater und Carol, die ihrer Mutter so viel Kummer gemacht hatten, hatte sie diese Gefühle nicht empfunden? Warum hegte sie Groll gegen Wren, die ihre Mutter nicht verletzt, betrogen, getäuscht oder verlassen hatte, während sie das Fehlverhalten ihres Vaters und das von Carol vergab oder, wenn sie es recht bedachte, vielleicht sogar leugnete, herunterspielte und entschuldigte?

Sie zeichnete eine Spiralreihe.

Das lag doch auf der Hand. Mit achtzehn war sie noch nicht in der Lage gewesen zu erkennen, was ihrer Mutter wohl Stress bereitete oder ihr das Herz brach. Damals hatte sie mit ihrem eigenen Stress und ihrer Trauer genug zu tun gehabt und alle Energie für ihr eigenes Überleben gebraucht. Ihre Mutter hatte das verstanden und ihr deshalb keine Vorwürfe gemacht. Solche Gespräche hatten sie schon früher geführt.

Und doch …

Ihre Mutter hatte ganz offen über ihren Selbstschutz und ihre blinden Flecken gesprochen, warum sollte Sarah das nicht auch tun und anerkennen – und zwar ohne Vorbehalte –, dass Papa und Carol ihrer Mutter Leid verursacht hatten und dass ihre Mutter für ihre Loyalität ihnen gegenüber einen hohen Preis gezahlt hatte? Zwar hatte sie das auch früher schon mal so angesprochen, doch es konnte nicht schaden, alle Missverständnisse auszuräumen.

Aus den Augenwinkeln heraus beobachtete sie, wie Wren den Kopf in den Händen barg. Hannah nahm ein Taschentuch aus ihrer Tasche und reichte es ihr.

Das war noch etwas, was sie an Wren so provozierte: ihre Zartheit. Ihre Bedürftigkeit saugte ständig alle Energie aus ihrer Mutter.

Sicher, einen Freund zu verlieren war schlimm. Aber viele Menschen erlebten so etwas und Schlimmeres. Und auch wenn ihre Mutter immer wieder betonte, man könne Leid nicht messen und vergleichen, stellten sich die Menschen ihrer Trauer. Sie lebten weiter.

Zumindest behielt Wren das, was sie an diesem Morgen so aufgewühlt hatte, für sich.

Liebe beschützt immer, schrieb Sarah auf ihre Seite. Dann malte sie ein Dach über die Worte, auf das Regen trommelte. Ihre Mutter hatte gesagt, das sei eine Art, das griechische Wort zu interpretieren, das Paulus an dieser Stelle verwendet hatte. *Liebe bietet einen Schutz, damit das Wasser nicht eindringen kann.* Das wäre ihre Aufgabe: Sie würde dafür sorgen, dass Wren möglichst wenig Gelegenheit bekäme, Stress zu verursachen. Dieses Ziel würde sie verfolgen – und alles tun, was dazu nötig wäre, kurzfristig oder langfristig.

„Ich habe mir Sorgen um Katherine gemacht", hatten ihr heute Morgen mehrere Leute zugeflüstert. „Ich hatte schon fast nicht damit gerechnet, dass der Kurs stattfindet." Und wer hätte ihr das übel nehmen können? Aber ihre Mutter hatte diesen Kurs unbedingt halten wollen. Davon hatte sie sich nicht abbringen lassen. Oder vielmehr hatte Gott ihr gegeben, was sie brauchte, um durchzuhalten, auch wenn die Ziellinie ganz anders aussah, als sie erwartet hatte. Obwohl sie sich in demselben Raum aufhielt, in dem sie die Panikattacke bekommen hatte, und die Gefahr bestand, eine neue zu bekommen, stand sie zu ihrem Entschluss, komme, was da wolle.

Der Blick ihrer Mutter wanderte in Wrens Richtung, und Sorge flackerte in ihren Augen auf.

Da siehst du es. Das war genau das, was Sarah gerade durch den Kopf gegangen war. Der Schmerz dieses Mädchens ließ sie nicht unberührt, obwohl Wren ganz hinten in der Ecke saß. *Geh doch nach draußen*, forderte sie sie im Stillen auf.

Wren hätte ihrer Mutter in der vergangenen Woche doch auch erst später von dem belauschten Telefongespräch erzählen können. Sie hätte damit warten müssen. Oder es ganz für sich behalten sollen. Warum hatte sie weitergegeben, was sie zufällig mitgehört hatte? Was hatte sie damit erreichen wollen? Diese Entscheidung war selbstsüchtig und dumm gewesen und hatte ihrer bereits erschöpften Mutter den Rest gegeben. Mama hatte ganz schlimm gelitten, noch dazu in der Öffentlichkeit, und nur wegen Wrens Selbstsucht. Wegen ihrer Unbedachtheit.

„Wenn wir darüber nachdenken, was Jesus für uns am Kreuz getan hat", sagte ihre Mutter und wandte den Blick von Wren ab, „erkennen wir, wie hoch der Preis der Vergebung ist."

Bisher hatte Mama den Faden noch nicht verloren. Gut.

„Und da kommen wir ins Spiel. Gott sagt: ‚Vergebt anderen, wie ich euch vergeben habe.' Stellt euch die Größe eurer Schuld vor Augen. Stellt euch vor Augen, dass eure große Schuld von einem großzügigen und barmherzigen Gott vergeben worden ist, und dann schaut euch zum Vergleich an, was andere euch schuldig sind. Der König in der Geschichte, die Jesus erzählte, erließ dem Diener eine ungeheure Geldsumme – etwa den Lohn von zweihundert Jahren Arbeit. Diese Schuld war von einem Augenblick auf den anderen getilgt. Und nachdem der Diener dieses große Geschenk bekommen hatte, hätte er doch seinem Kameraden den Lohn von hundert Tagen Arbeit erlassen können, oder nicht?

Jesus sagte: ‚Seid barmherzig, so wie euer Vater barmherzig ist!' Die Barmherzigkeit, die wir anderen erweisen, entsteht aus der unglaublichen Barmherzigkeit, die wir selbst erfahren haben. Wir selbst können uns nicht zu Menschen machen, die mehr lieben. Wir können nicht mitfühlender werden. Aber wenn wir über Gottes Liebe, Gottes Mitgefühl, Gottes Barmherzigkeit nachdenken, wenn wir uns darin üben zu feiern, was Gott uns in Fülle geschenkt hat, dann werden wir feststellen, dass der Heilige Geist auch unser Mitgefühl, unsere Liebe und Barmherzigkeit anderen gegenüber größer werden lässt."

Sarahs Blick wanderte zu den Worten, die sie gerade eben notiert hatte. *Liebe beschützt immer.* Ihre Mutter konnte mit gutem Grund argumentieren, es sei ein Ausdruck der Liebe, des Mitgefühls und der Barmherzigkeit gewesen, die sie selbst von Gott empfangen hatte, Wren während der Stürme ihres Lebens, die über sie hereingebrochen waren, eine Zuflucht zu geben. Was sollte man also tun, wenn die eigenen Bemühungen, einen anderen mit dieser beschützenden Liebe zu lieben, diesen daran hinderten, ebenfalls auf diese Weise zu lieben? Wie sah Liebe dann aus?

Viel zu viele Variablen in dieser Gleichung. Es sei denn …

Sie seufzte leise, als ihr dieser andere Satz von Paulus in den Sinn kam: *Liebe beharrt nicht auf dem eigenen Standpunkt.*

Ja, richtig. Schuldig. Aus Liebe zu anderen nachgeben – das würde für sie immer eine Herausforderung bleiben.

„Vergessen Sie nicht", sagte ihre Mutter gerade, „Christus ähnlich werden, das können wir nur dadurch, dass sein Geist in uns wirkt. Aber wir können mithelfen und uns darin üben, andere zu lieben, indem wir ihnen vergeben. Auf diese Weise geben wir die Gnade weiter, die wir selbst erfahren haben."

Üben, notierte Sarah in ihrem Notizbuch und unterstrich das Wort mehrmals. Sie war nicht in der Lage, sich selbst barmherziger zu machen. Das wusste sie. Und wenn sie sich noch so anstrengte. Sie konnte sich nicht selbst befehlen, besser zu sein. *Mein Mitgefühl größer machen*, schrieb sie in ihr Notizbuch und unterstrich auch diesen Satz.

„Immer wieder berichten Leute davon, wie heilsam Vergebung ist", führte ihre Mutter aus. „Es heißt, Vergebung sei ein Geschenk, das wir uns selbst machen, indem wir unseren Zorn loslassen und uns nicht von den Menschen kontrollieren lassen, die uns verletzt haben. Auf diese Weise befreit uns die Vergebung vom Schmerz der Vergangenheit. Das ist durch wissenschaftliche Studien belegt. In der Vergebung liegt eine heilende Kraft.

Aber was wir brauchen, das ist ein Blick, der nicht bei unseren eigenen Verletzungen hängen bleibt, sondern darüber hinausschaut – auf die Wunden Jesu. Wir müssen über unsere eigenen Bedürfnisse hinausblicken auf das Opfer Jesu. Denn wenn wir nur vergeben, weil es uns selbst guttut, dann sind wir immer noch sehr selbstzentriert, nicht? Jesus ruft uns auf zu vergeben, nicht weil wir uns dann besser fühlen, sondern weil Vergebung der tiefste Ausdruck der Dankbarkeit für die Gnade ist, die wir selbst empfangen haben. Wir vergeben um Jesu willen, nicht nur um unseretwillen. Und wenn wir das tun, empfangen wir Heilung und Freiheit als gute und großzügige Geschenke Gottes."

Im Raum war es ganz still, nur das Kratzen der Stifte auf dem Papier war zu hören.

Ihre Mutter ordnete ihre Notizen. „Gott begegnet uns da, wo wir gerade stehen. Auch wenn ich mich anfangs nur bewegen lasse, anderen zu vergeben, weil ich selbst frei sein will, wenn ich nur deshalb bereit bin, anderen zu vergeben, weil ich nicht mehr in Bitterkeit und Zorn leben will, lässt er mich durch dieses Tor in die Freiheit treten, und das ist dann nicht das Ende eines Weges, sondern ein Anfang – ein Anfang darin, zu begreifen, was es bedeutet zu vergeben, wie mir selbst vergeben wurde." Sie lächelte. „Ich sage das aus persönlicher Erfahrung heraus. Das sind keine Hypothesen."

Ihre Blicke trafen sich. Es war kein Geheimnis, an wen Mama gerade dachte. Mit einem kaum merklichen Hochziehen der Augenbraue stand sie nicht nur zu ihrer langen und mühevollen Reise zur Vergebung, sondern auch zu ihren letzten Schritten, Carol gegenüber barmherzig zu sein. Als Zeichen ihres Verstehens und ihrer Solidarität legte Sarah die Hand auf ihr Herz.

„Aber lassen Sie sich nicht entmutigen, liebe Freunde, wenn Sie mit diesem Problem mit der Vergebung immer wieder konfrontiert werden, wenn Zorn oder Trauer in Ihnen hochkommen und Sie sagen: ‚Aber das gehört doch längst der Vergangenheit an! Ich dachte, ich hätte das bereits vergeben!' Das haben Sie. Und doch gibt es da noch etwas, das losgelassen und vergeben werden muss. Das mindert nicht die Arbeit, die Sie bereits getan haben. Es bedeutet nur, dass es da noch eine Schicht gibt, die Sie mit Gott durcharbeiten müssen; eine weitere Möglichkeit zu tieferer Heilung.

Denken Sie immer daran, Vergebung kann ein Prozess sein – ganz besonders bei einem Trauma. Einige Verletzungen sind leicht zu vergeben. Andere sind vielschichtiger, und vielleicht wird uns erst bewusst, was wir vergeben müssen, wenn wir die Verluste über einen gewissen Zeitraum hinweg betrauert haben. Bitterkeit, Zorn, Selbstmitleid oder der Wunsch, zu bestrafen oder Rache zu üben, all das sind Hinweise darauf, dass wir Gott näherkommen müssen und seine Hilfe brauchen, damit wir anderen die Schulden erlassen können. Und während wir vergeben, bitten wir Gott, uns zu erneuern und aus seiner Fülle unsere Bedürfnisse zu stillen, damit wir nicht mehr von anderen fordern müssen, was sie nicht geben können."

Richtig, dachte Sarah. Das war auch für sie relevant, wenn sie überlegte, wie sich ihre Beziehung zu Carol, die im Übrigen noch nicht auf ihre SMS geantwortet hatte, zukünftig gestalten sollte. „Gib ihr Zeit", hatte Zach gesagt. „Sie wird schon noch einlenken." Immer optimistisch, dieser Mann.

Ihre Mutter trat vom Rednerpult zurück. „Durch Vergebung können wir ganz tief am Leben und an der Liebe Gottes teilhaben", sagte sie. „So wird unsere Familienähnlichkeit sichtbar und dass wir tatsächlich die geliebten Kinder eines himmlischen Vaters sind, der uns in Christus großzügig alles geschenkt hat. Die Frage ist, wie steht es mit unserer Bereitschaft zur Vergebung? Geizen wir damit? Weigern wir uns, anderen anzubieten, was wir selbst erhalten haben?

Bei unserem ersten Kurs habe ich Sie eingeladen, über Worte von Paulus aus dem ersten Korintherbrief nachzudenken und sich Menschen vor Augen zu führen, die zu lieben Ihnen schwerfällt. Ich frage Sie, fällt Ihnen nun auch eine bestimmte Person ein, wenn Sie ganz speziell über Vergebung nachdenken? Irgendjemand, den Sie lieber bestrafen als retten und erlösen würden? Jemand, gegen den Sie einen Groll hegen?"

Sarah rutschte unruhig auf ihrem Stuhl herum.

„Denken Sie an Personen, die Sie oder Ihre Lieben verletzt haben. Denken Sie an Menschen, die Ihnen etwas weggenommen haben, die Ihnen etwas schuldig sind. Sind Sie erfüllt von der Sehnsucht Gottes und seinem Mitgefühl für sie? Oder von Zorn, Bitterkeit und Hartherzigkeit? Dann bringen Sie es nun im Gebet vor Gott."

Sarahs Blick wanderte zu Wren, die unendlich traurig vor sich hin starrte. Diesen Blick hatte sie auch bei Micha gesehen. Und bei ihrer Mutter. Und manchmal bei ihren Schülern. Wenn sie jemals so einen Ausdruck bei Jess oder Morgan wahrnehmen würde, wäre sie zutiefst besorgt.

„Seid barmherzig", hatte Jesus gefordert. Seid freundlich. Herzlich. Mitfühlend. Zur Vergebung bereit.

Mit einem tiefen Seufzen schaute Sarah auf ihre Notizen und unterstrich noch einmal das Wort üben.

„Brauchst du Hilfe?", fragte Sarah Wren, als sie ihren Kaffeebecher auf den Wagen stellte. Ihre Mutter war von vielen Menschen umringt, die mit ihr sprechen wollten. Da konnte sie sich gut ein wenig nützlich machen, während sie auf sie wartete.

„Ich komme schon klar. Aber vielen Dank."

Da Sarah ein Angebot wie dieses nicht gern wiederholte, nahm sie sich einen Haferkeks vom Tablett. „Ich hatte noch gar keine

Gelegenheit, mich bei dir zu bedanken, dass du bereit warst, für ein paar Tage zu Freunden zu ziehen. Ich hoffe, das hat dir nicht allzu viele Unannehmlichkeiten bereitet." *Oder deinen Freunden,* fügte sie still für sich hinzu.

„Nein, das war in Ordnung."

„Oh. Gut. Das freut mich." Sie hielt sich eine Serviette unter das Kinn, um etwaige Krümel aufzufangen, als sie in den Keks biss. „Ich weiß, dass ich manchmal ein wenig streng sein kann, vor allem, wenn es um meine Mutter geht. Ich mache mir in letzter Zeit große Sorgen um sie."

„Ich weiß. Ich auch." Wren stellte noch mehr Tassen auf den Wagen. „Im letzten Jahr bin ich eine große Last für sie gewesen, das macht mir Sorge. Und mir ist bewusst, dass meine Probleme auch sie belastet haben."

Sarah versteckte ihr Erstaunen hinter einem weiteren Biss in den Keks.

„Ich glaube nicht, dass ich die vergangenen Monate ohne sie überstanden hätte, Sarah. Das soll nicht melodramatisch klingen, es ist die Wahrheit. Ihre Unterstützung hat mir unglaublich viel bedeutet, und ich weiß, dass ich das nie wiedergutmachen kann." In ihren Augen schimmerten Tränen. „Ich habe mich bei deiner Mutter entschuldigt für den Stress, den sie meinetwegen hatte. Mehrfach. Aber bei dir habe ich das nie getan. Die Probleme mit meiner psychischen Gesundheit waren auch für dich und deine Familie eine Belastung. Und das tut mir leid, Sarah. Wirklich. Danke, dass du mich erträgst."

Zu verblüfft, um zu antworten, nickte Sarah nur.

„In den letzten Tagen habe ich versucht, meine Videobotschaft für deine Mutter aufzuzeichnen. Aber ich habe viel zu viel zu sagen. Und ich werde zu emotional, wenn ich versuche, das in Worte zu fassen, darum …" Sie kniff die Lippen zusammen und kämpfte sichtbar gegen die Tränen an.

Sarah warf ihre Serviette in den Mülleimer und klopfte ihre Hände ab. „Das ist doch nicht schlimm. Ich überlege sowieso, ob es wirklich klug ist, das alles öffentlich für Mama abzuspielen." Sie schwieg und spürte ein leises Drängen in sich. „Was denkst du? Wäre es besser, ihr das privat zu zeigen?"

Wren zögerte, bevor sie antwortete: „Ich glaube, das wäre ihr lieber. Sonst fühlt sie sich von den Leuten, die auf ihre Reaktion warten, so beobachtet. Es wäre vielleicht besser, sie könnte für sich selbst entscheiden, wann und mit wem sie es anschaut."

„Okay. Gut. Dann machen wir das so. Danke." Wren sortierte einen Stapel nicht benutzter Servietten und legte sie ebenfalls auf den Wagen.

„Ich habe übrigens noch einmal darüber nachgedacht" – gerade in dieser Sekunde, wenn Sarah ehrlich war – „und bin zu dem Schluss gekommen, dass ich nichts gegen ein Tandem einzuwenden hätte, wenn sich Mama tatsächlich eins wünscht."

Der verblüffte Ausdruck in Wrens Gesicht erinnerte sie an jene Momente, in denen sich eingeschüchterte Schüler eingestehen mussten, dass Mrs Kersten doch gar nicht der Unmensch war, für den sie sie gehalten hatten. „Hat sie dir zufällig auch gesagt, welche Farbe sie gern hätte?"

„Hellblau. Ich habe einige im Netz gefunden."

„Okay. Dann schick mir doch bitte einen Link, ja? Ich sehe es mir an."

„Ich würde ihr das gern schenken", erklärte Wren.

Sarah lag schon auf der Zunge, ihr vorzuschlagen, sich die Kosten zu teilen, doch dann änderte sie ihre Meinung. Vielleicht war es wichtig, dass dies tatsächlich allein Wrens Geschenk war. Mit ihrem Segen. „Dann nur zu! Kauf du eins für sie. Darüber wird sie sich bestimmt freuen. Und für mich wäre es auch in Ordnung, wenn du es ihr bei der Verabschiedung überreichst. Ich denke, dann hätten alle ihren Spaß daran."

„Ist gut", stimmte Wren zu. „Aber ich kann nicht gut in der Öffentlichkeit reden. Und es sollen auch nicht alle erfahren, dass ich es für sie gekauft habe."

„Wir überlegen noch, wie wir das am besten machen. Ich kann es ihr mit dir zusammen übergeben, wenn du möchtest."

Wren wirkte erleichtert. „Okay. Und ich hoffe, dass du auch mit ihr zusammen darauf fährst."

„Danke. Das werde ich tun. Vielleicht überrede ich sie ja eines Tages, ins Haus am See mitzukommen, dann können wir dort fahren."

Wren schaute über Sarahs Schulter hinweg und bedeutete ihr dann, das Gespräch zu beenden. „Hallo, Kit", sagte Wren und streckte die Hand aus. „Ich nehme deinen Becher."

Sarah drehte sich um. „Fertig, Mama?" Ein paar Leute standen noch in der Nähe des Rednerpults.

„Fast. Aber ich wollte euch beide noch zusammen erwischen. Wie wäre es, wenn wir drei bei einem Mittagessen den Abschluss des Kurses feiern? Ich lade euch ein."

Wren wirkte, als wolle sie ablehnen.

Üben, dachte Sarah. „Das ist eine großartige Idee", sagte sie. „Kannst du mitkommen, Wren? Oder hast du schon andere Pläne?"

„Ich …" Sie umklammerte ihre Ellbogen. „Nein. Ich habe keine anderen Pläne."

„Gut!", rief Kit. „Dann führe ich eben noch die letzten Gespräche zu Ende."

„Und ich helfe dir mit dem Geschirr", bot Sarah an.

Der Ausdruck auf Wrens Gesicht ließ erkennen, dass sie nicht so recht wusste, ob das nun ein Geschenk oder ein Vorwand für eine weitere Konfrontation war. Sie mussten einen anderen Weg finden, ihre Beziehung zu gestalten. Um ihrer Mutter willen. Denn so sah Liebe aus.

Sarah wartete, bis ihre Mutter außer Hörweite war, bevor sie sagte: „Das Zusammenleben mit dir war aber nicht nur Stress und Anspannung für sie, weißt du? Mama hat sich mir gegenüber nie beklagt, dass du bei ihr wohnst. Sie hat immer nur Dankbarkeit gezeigt für die Gesellschaft."

Wieder ein Stups.

„Für *deine* Gesellschaft, Wren. Und für das, was sie aus dem Zusammensein mit dir für sich gewonnen hat."

Und noch einer.

„Ich möchte dir dafür danken. Du bist ein Segen für sie."

Weiter.

„Sie liebt dich wie eine Tochter", sagte Sarah, und ganz unerwartet stiegen ihr Tränen in die Augen.

Aha.

Da war es.

Wie die Mutter, so die Tochter.

Das war es.

Wie bei Carol und Mama, so war es auch bei Wren und ihr.

Da war es. *Groll.*

Mehr noch. *Eifersucht.*

Da war es. Und wieso hatte sie das nicht schon früher erkannt?

Weil, hatte ihre Mutter oft gesagt, *wir erkennen, was wir erkennen müssen, wenn wir bereit sind, es zu erkennen.* Tatsächlich hatte ihre Mutter sie erst vor Kurzem genau daran erinnert.

Sie schaute Wren an, diese junge Frau, die im vergangenen Jahr ihr Leben so eng mit ihrer Mutter geteilt hatte. Ihr gemeinsames Leid schweißte sie zusammen. Ihre Depression. Ihr Schmerz. Ihre Verluste. Sogar die Klinikaufenthalte und Panikattacken. Dies waren Elemente im Leben ihrer Mutter, die Sarah nie würde verstehen können. Nicht wie Wren sie verstand. Nicht wie Wren sie verstehen konnte.

Es waren jedoch nicht nur die Verluste, die sie miteinander verbanden. Es waren auch ihr gemeinsames Verständnis von Jesus als dem Mann der Schmerzen, ihre Zusammenarbeit bei dem Kreuzweg, ihre Leidenschaft für van Gogh. Wren hatte ihre Mutter mit seiner Kunst vertraut gemacht, und dies hatte ihr neue Wege des Gebets eröffnet, die Sarah nicht nachvollziehen konnte. Und auch nicht zu schätzen wusste.

Die beiden hatten einen Weg zurückgelegt, den Sarah nicht teilen konnte.

Aber sie konnte sich darin üben, dankbar dafür zu sein, wie sie sich gegenseitig bereichert hatten, und für ihre Liebe zueinander. Sie konnte sich darin üben, das gegenseitige Geschenk ihrer Beziehung anzuerkennen, so wie Mama sich darin geübt hatte, das Geschenk ihrer Beziehung zu ihrem Vater anzuerkennen. Und zu Carol.

„Verzeih mir, Wren. Ich habe dich nicht gut geliebt." Die aufsteigenden Tränen erstickten jede weitere Erklärung.

Wren trat zu ihr und nahm sie wortlos in den Arm. Sarah wich nicht zurück.

33

Ich habe den Eindruck", sagte Sarah zu Wren, als sie beim Mittagessen auf der Restaurant-Terrasse saßen, „dass Brooke sich unbedingt ihren eigenen Problemen stellen sollte. Zum Beispiel der Frage, warum sie sich von Männern mit Suchtproblemen angezogen fühlt. Und Chris sollte aufpassen, dass er nicht als Ersatzpapa eingefangen wird."

Kit nahm ein Stück Brot aus dem Korb und bestrich es mit Rosmarinbutter. In einigen Monaten, wenn sie an ihr letztes Seminar im New Hope-Zentrum zurückdenken würde, würde sie sich nicht darüber freuen, dass sie ihre Arbeit gut gemacht hatte, oder über die freundlichen Worte, die die Teilnehmer zu ihr gesagt hatten, sondern über das Geschenk der Gnade, das es Wren und Sarah ermöglicht hatte, aufeinander zuzugehen, das Geschenk der Erkenntnis, das es Sarah ermöglicht hatte, sich ihren Groll und ihre Eifersucht einzugestehen, und über das Geschenk der Vergebung, das es ihnen dreien ermöglichte, nun diese tiefe und aufrichtige Gemeinschaft zu genießen. Als Familie.

Wren hatte sich nicht nur entspannt genug gefühlt, ihnen von ihrem Gespräch mit Chris am Vormittag zu erzählen, sie schien auch Sarahs Meinung und ihren Rat zu suchen, was Kit verwunderte.

„Brooke wird eine ganz andere Version der Geschichte erzählen, um sich selbst zu schützen", fuhr Sarah fort. „Wenn ich du wäre, würde ich nicht alles, was sie Chris über Casey erzählt hat, für bare Münze nehmen. Jeder von uns hat seine Filter. Wir alle haben eine eigene Sicht der Dinge. Und wenn Brooke dir Co-Abhängigkeit vorwirft, dann hat sie das Problem womöglich selbst."

„Trotzdem", wandte Wren ein, „ich hätte bei Casey mehr hinterfragen sollen. Ich hätte nicht einfach davon ausgehen sollen, dass er mir die Wahrheit sagt. Ich habe viel zu schnell seine Version der Geschichte geglaubt. Und ich hätte wirklich gern die Gelegenheit, mit Brooke zu reden und sie um Vergebung zu bitten." Wren aß noch ein wenig von ihrem Salat, bevor sie schließlich hinzufügte: „Aber es ist, wie du heute gesagt hast, Kit. Ich habe darauf jetzt keinen Einfluss mehr. Und wenn sie nicht will, dass ich sie um Vergebung bitte, dann muss ich mich damit zufriedengeben, dass Gott mir vergeben hat."

„Diese ungeklärten Dinge sind nicht leicht auszuhalten", meinte Kit.

„Nein", stimmte Sarah zu, „aber man darf sich auch nicht in Geiselhaft nehmen lassen von jemandem, der sich weigert, einem entgegenzukommen. Wenn sie nicht bereit ist, sich mit dir zu treffen, und wenn sie nicht glaubt, was du Chris gesagt hast, dann ist das ihr Problem. Du hast getan, was du tun konntest. Du musst jetzt weitergehen."

Leichter gesagt als getan, dachte Kit. Später, wenn sie wieder allein wären, würde sie Wren vielleicht vorschlagen, noch ein weiteres Bild mit Asche zu malen.

Sarah nahm eine Gabel Risotto. „Du hast heute gar nicht von deinen eigenen Erfahrungen gesprochen, Mama, davon, wie wichtig es ist, sich selbst zu vergeben."

„Nein, das habe ich wohl vergessen."

„Du hättest das einbringen sollen. Kennst du die Geschichte, Wren?"

„Nein, ich glaube nicht."

Kit legte ihr Stück Brot aus der Hand. „Es ist mehr die Pointe der Geschichte als die Geschichte selbst", erklärte sie. „Ich hatte jemanden verletzt, den ich sehr mochte, und ich habe mir selbst schreckliche Vorwürfe deswegen gemacht. Darum habe ich mit meiner Seelsorgerin darüber gesprochen, und Lucy hörte die Reue und Selbstverurteilung in meinen Worten. Sie fragte mich: ‚Hast du deine Freundin um Verzeihung gebeten?' Das hatte ich. ‚Und hast du Gott um Vergebung

gebeten?' Das hatte ich auch. ,Aber dir selbst willst du nicht vergeben?' Ich sagte, das könne ich nicht. Daraufhin sah sie mich ernst an
und fragte: ,Bist du größer als Gott?'"

Wren riss die Augen auf.

„Ich habe auf der Stelle eingesehen, wie sehr ich im Unrecht war",
berichtete Kit weiter. „Nie war mir in den Sinn gekommen, dass meine Weigerung, mir meine Enttäuschung und Scham zu verzeihen, ein
Ausdruck von Stolz war. Aber wenn ich den Anspruch erhebe, dass
meine Wertmaßstäbe höher anzusetzen sind als Gottes Maßstäbe,
dann ist es genau das. Purer Stolz."

„Lucy wusste genau, wo sie ansetzen musste." Sarah steckte sich
noch eine Gabel Risotto in den Mund.

„Ja, das stimmt. Sie war immer sehr direkt. Das erinnert mich an
jemand anderen, den ich kenne und sehr schätze."

Sarah lachte. „Ich? Direkt?"

Kit hielt Daumen und Zeigefinger in die Höhe, nur einen halben
Zentimeter auseinander. „Nur ein klein wenig."

„Na ja, das Leben ist zu kurz, um die Dinge nicht beim Namen
zu nennen", erwiderte Sarah. „Also nehme ich mir noch einmal ein
Beispiel an der guten Lucy und sage Folgendes, Wren: Wenn man mal
seine Abhängigkeit und seine psychischen Probleme beiseitelässt, hat
dein Freund Casey dich wie Dreck behandelt."

Wren erstarrte, dann sank sie in sich zusammen, die Ellbogen auf
den Tisch gestützt, die Hände an ihre Lippen gedrückt. „Ich weiß",
erwiderte sie leise.

„Das tut mir sehr leid", sagte Sarah. „Es ist nicht leicht, einem Ver-
storbenen zu vergeben."

Wren nickte. „Ich dachte, ich hätte ihm bereits vergeben, aber da ist
noch mehr." Sie blickte Kit an. „Noch ein Brief zu schreiben und zu
verbrennen. Vermutlich noch viele Briefe."

Sarah verstand diese Andeutung zwar nicht, doch sie fragte nicht
nach.

„Das gehört alles zum Prozess dazu", erklärte Kit. „Wir müssen einfach Geduld haben." Das Handy in ihrer Tasche klingelte. Sie machte

Anstalten, es herauszunehmen. „Das ist vermutlich Bill oder irgendjemand sonst vom Kuratorium."

„Sie können warten."

„Ich aber nicht", meinte Sarah lächelnd. „Du könntest doch wenigstens mal nachsehen."

Kit griff in ihre Tasche und warf einen Blick auf ihr Handy. „Du hast recht. Es ist Bill."

„Geh ran!", riefen Wren und Sarah wie aus einem Mund.

Mittlerweile schien Vertraulichkeit keine Bedeutung mehr zu haben. Kit wandte sich ein wenig vom Tisch ab und sagte: „Hallo, Bill. Alles in Ordnung?"

„Ich hoffe, das wird es schon bald wieder sein", erwiderte er. „Rick konnte seine Vorbehalte darüber, dass wir Logan einstellen wollen, nicht überwinden und hat mit sofortiger Wirkung seine Arbeit im Kuratorium beendet. Vermutlich werden wir auch den Spender verlieren, aber wir anderen sind uns sicher, dass Logan derjenige ist, den Gott hier haben will. Wir müssen also weiter auf Gott vertrauen und darauf, dass er uns alles gibt, was wir brauchen."

„So wie wir es immer getan haben", erwiderte Kit. „Und wie *er* es immer getan hat."

„Genau."

Wren und Sarah beobachteten sie erwartungsvoll.

„Hören Sie, Katherine, ich wollte Sie fragen, ob Sie uns vielleicht aushelfen könnten. Logan war verständlicherweise durch diesen Vorfall ziemlich beunruhigt, und er hat mich gebeten, ihm mehr Zeit zu geben. Er müsse noch einmal ein wenig nachdenken und beten, ob er diese Stelle tatsächlich annehmen soll. Ich habe ihm natürlich versichert, dass wir zu ihm und seiner Vision stehen, aber wir haben überlegt, ob Sie wohl zu einem weiteren Gespräch mit ihm bereit wären. Er sagte, das würde ihm viel bedeuten."

Sie war nicht sicher, ob sie Logan mehr sagen könnte als das, was er bereits wusste, aber wenn er mit ihr reden wollte, dann würde sie sich dem nicht verweigern. „Im Augenblick sitze ich mit meiner Familie beim Mittagessen, aber er kann mich gern später anrufen."

Bill bedankte sich bei ihr. Nachdem Kit ihr Handy weggesteckt hatte, berichtete sie von dem Telefonat.

„Ich wette, das Kuratorium befindet sich in höchster Aufregung", bemerkte Sarah. „Und das ist übrigens nicht dein Problem."

„Ich weiß. Ich bin nur froh, dass sie die Sache jetzt gründlich durchdenken können und nicht später. Der Zeitpunkt passt."

„Mir gefällt, wie du die Dinge einordnest, Mama. Darin bist du unübertrefflich."

Kit lachte leise. „Ich weiß nicht, ob das so stimmt. Ich weiß nur, dass Licht immer ein Geschenk ist, selbst wenn es stört."

„Manchmal besonders dann, wenn es stört", erwiderte Sarah, und Wren stimmte ihr zu. Gerade erst hatten sie den Beweis dafür bekommen.

„Da wir von Dingen sprechen, die ans Licht gebracht werden", sagte Kit zu Wren, „wie bist du eigentlich mit Chris verblieben?"

Wren zuckte die Schultern. „Er sagte, er werde mit Brooke reden, könne aber nichts versprechen. Ich habe ihn gebeten, mir eine Nachricht zu schicken oder mich anzurufen und mich wissen zu lassen, wie es gelaufen ist. Ich hoffe, dass er das macht. Aber natürlich liegt das nicht in meiner Hand." Sie öffnete die Hände auf dem Tisch. „Wie du es mir beigebracht hast, Kit. Loslassen und empfangen."

„Es gibt wirklich keinen Mangel an Gelegenheiten, das zu üben", erwiderte Kit.

„Nein. Aber ich habe das Gefühl, dass ich es in einem fort tun muss."

Kit lächelte sie an. „Dann machst du es genau richtig."

Kurz nachdem Kit zu Hause war, zeigte ihr Handy eine Nachricht von Logan an. *Ist jetzt ein guter Zeitpunkt zum Reden?*

Sie goss sich ein Glas Eistee ein und ging nach draußen, wo sie sich auf der Veranda einen Stuhl in den Schatten schob und sich setzte. Erst dann antwortete sie: *Ja, okay.*

„Danke, dass Sie Zeit für mich haben", sagte Logan einige Minuten später, nachdem sie Höflichkeiten ausgetauscht hatten. „Ich nehme an, Bill hat Ihnen alles erzählt."

„Ja. Er hat mich auf den neuesten Stand gebracht." Sie hörte, wie Logan tief durchatmete.

„Nicki hatte mir im Vorfeld davon abgeraten, meine Ansichten öffentlich zu posten. Sie hatte Sorge, dass genau so etwas passieren könnte. Aber ich habe so viele Jahre lang die Augen vor Rassismus verschlossen, und als ich dann endlich begann, die Wahrheit zu erkennen, habe ich geschwiegen. Ich habe sehr darauf geachtet, in den sozialen Netzwerken nichts zu posten, das irgendwie kontrovers diskutiert werden könnte, nichts, das kritisch oder politisch gesehen werden könnte. Aber wenn ich zu dem stehe, was Gott mir gezeigt hat, und meine Worte den einen oder anderen verärgern, dann werde ich wohl damit leben müssen." Er hielt inne. „Vermutlich habe ich einfach nicht damit gerechnet, dass jemand aus dem Kuratorium so heftig auf meinen Post reagieren könnte. Nach unseren Gesprächen hatte ich den Eindruck, dass wir alle an einem Strang ziehen und uns für mehr Gerechtigkeit zwischen ethnisch verschiedenen Gruppen der Gesellschaft einsetzen wollen. Jetzt bin ich mir da nicht mehr so sicher."

Vermutlich ist der Spender, der auf den Link gestoßen ist, nicht der Einzige, der aufgebracht ist, hatte Sarah erklärt, nachdem sie ihnen beim Mittagessen Logans Post vorgelesen hatte. *Aber ich hoffe, dass Logan keinen Rückzieher macht.* Wren hatte dem zugestimmt.

„Meine Sorge ist", fuhr Logan fort, „dass das Kuratorium nur deshalb einschneidende Veränderungen vornehmen wird, weil sie mich einstellen wollen. Das möchte ich nicht. Ich möchte nicht beschwichtigt werden. Hier geht es nicht um mich. Hier geht es darum zu erkennen, was Gott für die Zukunft von New Hope im Sinn hat. Und wenn sie in Panik geraten und alles tun, was nötig ist, nur damit ich diese Stelle annehme, dann ist niemandem damit gedient."

Ja, dachte Kit, das stimmt. „Haben Sie diesen Eindruck gewonnen", fragte sie, „dass die Entscheidung nur getroffen wird, um Sie zu beschwichtigen?"

„Sie kennen die einzelnen Mitglieder viel besser als ich", erwiderte er, „aber das, was Bill sagte, hat mir schon den Eindruck vermittelt, dass sie mit ihrer Suche nicht wieder von vorn beginnen wollen. Und er schien überrascht, als ich nicht sofort auf die Nachricht ansprang, dass Rick ausgeschieden ist. Vermutlich dachte er, damit wäre ich besänftigt und die Sache wäre ein für alle Mal geregelt. Aber mir geht es nicht darum, wer das Kuratorium verlässt und aus welchen Gründen. Mir geht es um die, die bleiben, und die, die neu dazukommen."

Namen und Gesichter von Kuratoriumsmitgliedern, die schon lange nicht mehr dabei waren, zogen an Kits innerem Auge vorüber. Einige waren ihr deutlicher in Erinnerung als andere. Im guten wie im schlechten Sinn.

„Ich habe den Eindruck, dass sie für Sie, Katherine, keine aktiven Partner im Dienst gewesen sind, dass sie Ihnen vielleicht Gebetsunterstützung gegeben haben, sich aber sonst nicht wirklich für Ihre Angebote interessiert haben, außer natürlich für die Finanzen."

„Ja, dieser Eindruck kann durchaus entstehen", erwiderte sie. „Aber das liegt wohl mehr an meinem Stil und an meinen Erwartungen an sie und nicht daran, dass sie kein Interesse dafür gezeigt hätten." Tatsächlich war die Zurückhaltung des gegenwärtigen Kuratoriums ihr nicht ungelegen gekommen. Damit hatte sie viel besser umgehen können als mit einigen der ziemlich dogmatischen und aggressiven Kuratoriumsmitglieder in der Vergangenheit.

„Ich bin nicht sicher, ob sie sich darüber im Klaren sind, dass ich von ihnen Engagement erwarte", fuhr Logan fort. „Ich bin nicht daran interessiert, die Aufgabe, für die ich eingestellt werde, allein zu meistern."

„Haben Sie das so formuliert?"

„Mehrmals. Und Bill sagte immer das Gleiche: ,Sie haben unsere volle Unterstützung.'"

Die hatte sie auch gehabt. Und mehr hatte sie auch gar nicht erwartet. „Ich habe den Eindruck, dass Sie vom Kuratorium noch nicht das gehört haben, was Sie brauchen, um die Entscheidung treffen zu können. Was fehlt?"

Er seufzte. „Wissen Sie, welches Wort mir dazu einfällt? Initiative. Ich sollte eigentlich nicht das Offensichtliche äußern müssen: Wenn Gott uns den Auftrag gibt, uns in einem solchen Dienst zu engagieren, dann fängt das beim Kuratorium an. Nach all unseren Gesprächen und vor allem nach dem, was mein Blog ausgelöst hat, hatte ich die Hoffnung, dass einer von ihnen den Vorschlag macht, eine Person aus einer ethnischen Minderheit für die frei gewordene Position zu suchen. Jemanden, der ihnen hilft, diese Vision zu verwirklichen. Aber nicht als Alibiperson, um den Schein zu wahren. Doch als ich fragte, wie sich die Suche nach einem neuen Kuratoriumsmitglied gestalten würde, erklärte Bill, sie würden eine Person mit Ricks Fähigkeiten, Netzwerke zu knüpfen, suchen. Jemanden, der gut mit Spendern umgehen könne."

Kit lehnte sich in ihrem Stuhl zurück. Offensichtlich machte sich Bill doch mehr Gedanken um die finanzielle Zukunft, als er sich hatte anmerken lassen.

„Nun, im Blick auf die Neubesetzung müssten Sie vielleicht die Führung übernehmen", meinte sie. „Ich glaube nicht, dass das Kuratorium mehrheitlich etwas dagegen hätte, der Gleichberechtigung oberste Priorität einzuräumen. Aber vielleicht brauchen sie Hilfe, die blinden Flecken zu erkennen. So wie Sie auch mir dabei geholfen haben." Sie überlegte einen Moment. „Ich denke, die Entschlossenheit des Kuratoriums, Sie für diesen Posten zu gewinnen, ist ein gutes Zeichen für die Offenheit der verbliebenen Mitglieder. Die Reaktion des Spenders auf Ihren Blog hätte dem allen auch ein Ende setzen können. Vielleicht hat Gott Sie alle dadurch neu ausrichten wollen. Ich habe den Eindruck, dass das Kuratorium Ihnen noch einmal neu seine Unterstützung zusichert, auch in finanzieller Hinsicht."

Und auch auf der Beziehungsebene. Denn Bill und Rick waren eng befreundet.

„Ihr Eindruck, dass das Kuratorium in Panik gerät und die Position unbedingt besetzen will", fuhr Kit fort, „ist, denke ich, nicht richtig. Soweit ich es beurteilen kann, würde es in den kommenden Monaten auch ohne Leiter weitergehen. Die Seminare und Workshops für den Herbst sind bereits geplant. Natürlich gibt es noch Raum für neue Angebote, aber beim Programm gibt es keinen Druck. Und die Kursleiter sind so erfahren, dass sie nicht viel Input und Unterstützung brauchen. Gayle hat schon mehrfach mit ihnen zusammengearbeitet. Und ich bin sicher, sie wäre froh, wenn sie ihren Job behalten könnte."

In diesen letzten Worten lag eine Spitze, die sie so nicht beabsichtigt hatte. Na gut. Sollte er darauf reagieren, wenn er wollte. Sie trank einen Schluck Tee.

„Das klingt so, als würden Sie mir die Schuld daran geben", erwiderte er leise.

„Schuldzuweisungen liegen mir fern, Logan. Ich habe die Fakten genannt. Gayle braucht dieses Einkommen für ihren Lebensunterhalt. Aber das konnten Sie natürlich nicht wissen, als Sie mit dem Kuratorium die Bedingungen Ihres Vertrags ausgehandelt haben."

„Nein, aber vielleicht hätte ich nachfragen sollen, bevor ich auf eine Lösung eingegangen bin, die uns gelegen kam." Es folgte ein Augenblick der Stille. „Gilt das auch für Wren?"

„Wren lotet gerade andere Möglichkeiten aus."

„Oh. Das ist gut. Vielleicht sogar ein Segen."

Sie beschloss, darauf nichts zu sagen. Was immer Gutes daraus für Wren entstand, das sollte sie äußern, nicht er.

„Also dann", kam er zum Schluss, „vielen Dank, dass Sie bereit waren, mir Ihre Sicht der Dinge zu schildern. Es hilft mir zu wissen, dass Gott seine Pläne auch ohne mich verwirklichen wird."

Kits Augenbrauen hoben sich. „Ich wollte nicht andeuten, dass Sie bei dem, was Gott hier tun wird, keine Rolle spielen ...“

„Nein, alles in Ordnung, Katherine. Es ist gut, daran erinnert zu werden, dass es nicht um mich geht. Und vielleicht war es genau das, was ich brauchte. Wie Mordechai zu Esther sagte: ‚Wenn du den Schritt nicht tust, dann wird Hilfe von anderer Seite kommen.'" Er schien nachzudenken. „Ich darf nicht vergessen, dass die Zukunft von New Hope nicht von mir abhängt. Sie hängt von Gott ab. Wenn ich nun also weiß, dass ich die Freiheit habe, zu gehen, dann weiß ich auch, dass ich die Freiheit habe, zu bleiben und die Arbeit anzunehmen. Mit einer guten Portion Demut."

Was für eine gute Ausgangsposition, dachte Kit. Und eine gute Haltung. „Ich habe den Eindruck, das Kuratorium ist davon überzeugt, dass Sie der Mann sind, den Gott ‚für eine Zeit wie diese‘ berufen hat, Logan. Sie haben sich nicht für Sie entschieden, um eine Lücke zu füllen. Sie erkennen Ihre Gaben. Ich erkenne Ihre Gaben. Und ich freue mich darauf zu sehen, was Gott in Ihnen und für Sie und durch Sie tun wird, wenn Sie auch weiter Ja sagen."

Nach dem Telefonat streckte sie die Beine aus und lehnte sich im Stuhl zurück. Ein kleiner Mittagsschlaf im Schatten wäre jetzt genau die richtige Weise, ihren Frieden zu machen mit dem, was zu Ende ging, und dem, was neu begann. Eine sanfte Brise streichelte ihre Wangen, und ein Zaunkönig trällerte von den höchsten Zweigen der Kastanie. Sie öffnete die Hände und schloss die Augen.

„Ich habe dich geweckt, oder?", fragte Sarah, als ihre Mutter sich verschlafen am Telefon meldete. „Dann rufe ich später noch mal an."

„Nein, das ist schon in Ordnung. Ich bin wach."

Sarah nahm eine Salatschüssel aus dem Schrank. „Ich will dich nicht lange aufhalten. Ich wollte dir nur noch mal danken für den Rat, den du mir in Bezug auf Carol gegeben hast. Wir haben gerade eben miteinander telefoniert."

„Oh! Das freut mich aber!" Das klang aufrichtig. „Hat sie sich entschuldigt?"

„Nein, und ich habe beschlossen, nicht darauf zu bestehen. Wie du heute Morgen gesagt hast, ich habe etwas von ihr erwartet, das sie nicht geben kann. Und das muss ich akzeptieren." Wenn es ihr auch weiterhin gelingen würde, Carol geduldig und verständnisvoll zuzuhören, dann müsste das für den Augenblick ausreichen. „Sie macht gerade eine schwere Zeit durch und braucht jemanden, bei dem sie Dampf ablassen kann." Einzelheiten brauchte ihre Mutter nicht zu wissen. „Das ist in Ordnung für mich. Wenigstens kann ich für sie beten." Und für sich selbst, während sie sich Carols Litanei an Klagen anhörte. Eine Dreiviertelstunde lang.

Liebe ist geduldig. Langmütig. Freundlich. Carol würde ihr Gelegenheiten im Überfluss bieten, das zu üben.

Sarah ging zum Herd und drehte die Temperatur der Platte mit dem Kartoffeltopf herunter. Anschließend nahm sie den Sellerie und eine Zwiebel aus dem Kühlschrank. „Ich weiß, wie schwer es dir gefallen sein muss, mir Mut zu machen, auf sie zuzugehen."

„Ach, das weiß ich gar nicht. Es war mehr eine Einladung, einige Dinge klarer zu sehen als vorher. Und zu versuchen, gut darauf zu reagieren."

„Das scheint in letzter Zeit ein Thema für uns zu sein", bemerkte Sarah.

Morgan betrat die Küche und fragte leise: „Mit wem telefonierst du?"

Mit Oma, formulierte Sarah mit den Lippen.

„Hallo, Oma!", rief Morgan.

„Morgan ist gerade in die Küche gekommen. Ich stelle dich jetzt laut, dann kannst du sie begrüßen." Sarah legte ihr Handy auf die Arbeitsplatte.

„Hallo, Morgan, mein Schatz!"

„Hallo! Wann kommst du noch mal zu uns?"

„Bald, nachdem ich ja jetzt Rentnerin bin."

„Ist das so? Cool!"

„Deine Mama hat mich zu einem Filmabend mit Übernachtung eingeladen."

Morgan zog die Augenbrauen hoch. „Vielleicht können wir das am Abend vor deiner Verabschiedung machen. Das wäre doch ein Spaß!"

„Ich finde auch, dass das schön wäre", erklärte ihre Mutter.

Sarah stach mit der Gabel in eine Kartoffel. Fertig zum Pellen. Sie goss die Kartoffeln in ein Sieb im Spülbecken ab. Dampf stieg hoch. „Hatte ich dir gesagt, dass Linda immer noch dein Rezept für Kartoffelsalat verwendet?"

„Wirklich? Ich habe ihn schon seit Jahren nicht mehr gemacht."

„Zach liebt ihn. Ich mache ihn auch gerade."

„Micha hat ihn auch immer so gern gegessen", erwiderte ihre Mutter.

„Wirklich?"

„Ja. Er war gern in der Küche. Ich habe ja nicht viel gekocht, aber er hat Linda immer beim Backen geholfen."

Sarah ließ die Kartoffeln noch ein wenig ausdampfen. „Das hat Linda mir erzählt. Sie hat mir sogar einige Fotos mitgegeben. Ich wollte sie immer mal mitbringen und dir zeigen, habe es dann aber wieder vergessen."

Die Stimme ihrer Mutter zitterte leicht, als sie erwiderte: „Ich würde sie mir sehr gern anschauen."

„Ich habe sie schon gesehen", warf Morgan ein, die sich gerade ein Glas Limonade eingoss. „Ich glaube, ich sehe Onkel Micha sehr ähnlich."

Sarah starrte sie verblüfft an.

Morgan erwiderte den Blick. „Was? Ist das nicht so?"

„Doch, das stimmt, Schatz. Ich sehe das auch so."

„Du hast die Nase und den Mund von Onkel Micha", fügte Kit hinzu, „und das hübsche Lächeln deiner Mutter."

Morgan grinste Sarah an, die sie nachahmte und liebevoll in die Wange kniff.

„Also dann nächstes Wochenende, Oma, ja?"

„In Ordnung. Ich bringe Kekse mit."

„Abgemacht!" Sarah konnte sich nicht erinnern, wann ihre Mutter das letzte Mal etwas gebacken hatte. „Und ich mache Kartoffelsalat", versprach sie und fing an, die Kartoffeln zu pellen.

„Was höre ich da von Keksen und Kartoffelsalat?", fragte Zach, der gerade die Küche betrat.

„Wir planen eine Party, Zach", klärte Kit ihn auf. „Und du bist auch eingeladen."

„Cool! Danke, Katherine!"

Sarah deutete auf seine Brust. „Bist du so nach Hause gefahren?"

Er schaute an sich herunter. „Ja, warum?"

„Er hat noch sein Stethoskop um den Hals hängen, Mama."

„Nur für den Fall, dass es unterwegs einen medizinischen Notfall gibt", erwiderte er. „Das erspart mir die Suche danach und viel Zeit." Er legte den Arm um Morgan und drückte ihr einen Kuss auf den Kopf, bevor er das Stethoskop ergriff, um Sarah damit abzuhorchen. Sie spielte mit und atmete tief ein. „Alles bestens", sagte er und beugte sich vor, um sie zu küssen.

„Lass dich von meiner Tochter nicht ärgern, Doc. Du tust, was nötig ist, damit wir alle gesund bleiben."

„Er hat vor dir salutiert, Mama", sagte Sarah, als Zach sich ins Schlafzimmer zurückzog.

Morgan stützte die Ellbogen auf der Arbeitsplatte auf. „Überleg mal, welchen Film du sehen möchtest, okay, Oma?"

„Oh, das überlasse ich dir und Jess. Mir ist alles recht. Ihr findet bestimmt einen guten."

„Dann bete, dass die beiden sich auf einen Film einigen können", erwiderte Sarah.

„Wir können ja auch zwei anschauen", schlug Morgan vor, „dann kann jeder von uns einen aussuchen."

„Das könnte funktionieren", erwiderte Kit. „Ich werde mich wie das Wasser von der Strömung treiben lassen."

Morgan lachte. „Also gut. Hab dich lieb, Oma! Bis bald."

„Ich hab dich auch lieb, mein Schatz."

Sarah wartete, bis Morgan mit ihrer Limonade im Flur verschwunden war, bevor sie sagte: „Du hättest ihr Gesicht sehen sollen, Mama. Sie ist so aufgeregt. Vermutlich wird sie dich als Nächstes bitten, mit an den See zu kommen."

„Nun, ich denke, das ist längst überfällig."

Überraschung auf Überraschung, dachte Sarah. Sie brauchte nur noch ein wenig umzuräumen und ein paar Familienfotos aufzustellen, dann wäre das Haus am See bereit für ihren Besuch. „Ich würde mich freuen, wieder mit dir dort zu sein, Mama."

„Ich auch."

Jess war oben und stimmte ihr Cello. Sarah hoffte nur, sie würde mit Tonleitern anfangen und nicht sofort das Stück für die Abschiedsfeier spielen. Sie schaltete den Lautsprecher aus und nahm das Handy wieder ans Ohr. Lieber vorbeugen.

„Dann lasse ich dich jetzt mal weiter ausruhen", erklärte Sarah. „Sag Bescheid, wenn du etwas brauchst, ja? Ich habe die ganze Woche Konferenzen in der Schule, aber wir können bestimmt etwas arrangieren, falls du meine Hilfe brauchst." Aber andererseits, Wren würde im Laufe des morgigen Tages von Mara zurückkehren. Wenn ihre Mutter etwas brauchte, würde Wren ihr bestimmt helfen können. „Ich hoffe, du kannst heute Nacht gut schlafen, Mama. Jedenfalls wünsche ich dir das."

Mit einem hörbaren Gähnen erwiderte Kit: „Ich glaube nicht, dass ich damit Probleme haben werde."

Sie verabschiedeten sich, als Jess gerade die Einleitung von „Gabriels Oboe" zu spielen begann. Sarah nahm ein Messer aus dem Messerblock und begann, die Zwiebel zu schneiden.

Als Zach kurz darauf in Shorts und einem T-Shirt mit der Aufschrift „Keine Sorge, ich bin der Doktor" aus dem Schlafzimmer kam, deutete sie an die Decke.

Er hörte eine Weile zu und sagte schließlich: „Es wird deiner Mutter gefallen."

„Ja. Ganz bestimmt." Sie stellte sich vor, wie der Kopf ihrer Tochter mit der Bewegung des Bogens mitging. „Filme bitte nicht Mamas Reaktion beim Zuhören, okay? Halte die Kamera nur auf Jess. Und wir werden auch die Videogrußbotschaften nicht bei der Abschiedsfeier zeigen. Jess kann die Filme zusammenschneiden, dann schauen wir uns das hier zusammen mit Mama an." Auf diese Weise könnten sie auch an Kits Reaktion teilhaben.

Sarah wischte sich die Tränen vom Zwiebelschneiden von der Wange. „Ich habe Wren gesagt, sie kann Mama ruhig ein Tandem kaufen. Weißt du, wenn Ed und Linda eines haben, dann kann Mama auch mit Wren oder einem von uns fahren."

Zach grinste. „Auch eine Art, loszulassen, Liebling."

Er hatte ja keine Ahnung. Sie würde ihm erzählen, was alles geschehen war, wenn sie bei einem Glas Wein auf der Veranda saßen. Während die letzten Klänge von Jess' Cellostück verklangen, stellte sie sich vor, wie sie und ihre Mutter am Haus am See auf dem Tandem um den See radelten, und musste sich schon wieder die Augen wischen.

34

Ich kann dir gar nicht genug danken, dass du mich für ein paar Tage aufgenommen hast", sagte Wren, als sie am Sonntagmorgen zum Gottesdienst in Maras Gemeinde fuhren.

„Es war schön, dich dazuhaben. Du bist jederzeit willkommen, wenn das Zimmer frei ist."

Willkommen. Das war eines der vielen Geschenke, die Wren im vergangenen Jahr bekommen hatte, zuerst von Kit und jetzt von Mara und den Nachbarn, die sie herzlich in ihre Gemeinschaft aufgenommen hatten. Sie hatte den stillen Frieden von Kits Heim gebraucht, um sich zu erholen und ihr Gleichgewicht wiederzufinden. Aber die vergangenen Tage in Maras Haus hatten ihr einen Blick für neue Möglichkeiten eröffnet. „Eines Tages würde ich gern in einem Viertel wie deinem leben."

„In unserer Nachbarschaft bist du herzlich willkommen. Yasmin und Amira werden die Malstunden mit dir vermissen."

„Ich komme ja wieder. Vielleicht schaust du eines Tages aus dem Fenster und siehst mich an deinem Tisch sitzen und malen."

Mara lachte. „Die Mädchen werden angerannt kommen, sobald sie dich erspähen." Sie warf einen Blick in den Rückspiegel. „In dem Viertel ist ziemlich viel in Bewegung. Wenn du möchtest, sage ich dir Bescheid, wenn ich höre, dass eine Wohnung frei wird."

„Danke, aber das kann ich mir derzeit nicht leisten."

„Vielleicht nicht allein. Aber mit jemandem zusammen."

„Ich weiß nicht. Casey und ich hatten schon viel Mühe, einen Mitbewohner zu finden, mit dem wir uns ein Zusammenleben hätten vorstellen können."

„Ja, aber man weiß ja nie, welche Gelegenheiten sich bieten. Du musst einfach offen bleiben." An der Ampel legte Mara einen Arm aufs Lenkrad und wandte sich zu Wren um. „Hast du eigentlich schon was von deiner Freundin gehört wegen der Empfehlung?"

„Ja. Sie macht es." Erst gestern Abend hatte Allie ihr eine Nachricht geschickt. Sie arbeitete nicht mehr im Bethel-Haus. Mittlerweile hatte sie geheiratet und war weggezogen, aber sie wünschte Wren alles Gute und hoffte, der Job wäre der richtige für sie.

„Gut", erwiderte Mara. „Dann kannst du ja deine Bewerbung einreichen."

Wren lächelte. Seit ihre Mutter von dem Stellenangebot gehört hatte, schrieb sie ihr ständig Nachrichten mit derselben Mahnung. Mehrmals schon. „Ich habe sie heute Morgen abgeschickt."

„Ausgezeichnet."

Wren deutete auf die grüne Ampel, als der Fahrer des Wagens hinter ihnen schon auf die Hupe drückte.

„Bleib cool, Junge", sagte Mara in den Rückspiegel. „Du wirst es überleben." Er überholte sie auf der rechten Spur und zeigte ihr den Mittelfinger, woraufhin sie freundlich winkte.

„An ihren Früchten sollt ihr sie erkennen, nicht? Wenn du wie ein Mistkerl fährst, dann stehen die Chancen gut, dass du ein Mistkerl bist."

Der andere Fahrer schnitt sie beim Spurwechsel.

„Nett", bemerkte Mara. „Das ist mal wieder typisch, nicht? Erinnert mich an meinen Ex." Sie trommelte munter mit den Fingern auf das Lenkrad. „Wo waren wir stehen geblieben? Ach ja. Der Job. Ich fände es schön, wenn du auch mit unseren Bewohnern malen würdest. Vor allem mit den Kindern. Allerdings weiß ich jetzt schon, dass dafür kein Geld da ist."

„Das ist egal. Ich würde es sehr gern machen."

„Also gut, sehr schön. Bevor du wieder zu Katherine zurückkehrst, sollten wir einen Termin im Kalender haben, an dem du ins Crossroads-Haus kommst, um dort einige Leute kennenzulernen."

„Klingt gut."

Sie fuhren eine Weile schweigend weiter. Mara schien nachdenklich. „Ich weiß, dass bei dir gerade eine Menge los ist", sagte sie schließlich, „und deshalb will ich dich auch nicht mit meinem eigenen Mist belasten, aber es wäre schön, wenn du für meinen Sohn Jeremy beten könntest, ja? Er hat es momentan nicht leicht, und ich mache mir Sorgen um ihn."

Wren musterte ihr Profil. „Natürlich. Das tut mir sehr leid."

„Danke." Mara hielt den Blick auf die Straße gerichtet. „Im Juli hat er seinen Job verloren und wieder mit dem Trinken angefangen. Abby musste ihm auch früher schon mal ein Ultimatum stellen, und er hat es immer geschafft, mit der Hilfe der Anonymen Alkoholiker und seines Sponsors. Aber diesmal kann er einfach nicht davon loskommen, und Abby ist vor ein paar Wochen mit den Kindern zu ihren Eltern gezogen."

„Ach Mara, das tut mir so leid!"

„Ich kann ihr das nicht übel nehmen", fuhr Mara fort. „Sie hat Angst um die Kinder, wenn er in der Nähe ist. Er ist zwar nicht gewalttätig oder so, aber er kann seine Sucht sehr gut verstecken, und sie kann sich nicht darauf verlassen, dass sie bei ihm gut aufgehoben sind, wenn sie bei der Arbeit ist." Sie stieß einen tiefen Seufzer aus. „Abbys Eltern sind nach der Pensionierung ihres Vaters in ihre Nähe gezogen. Gott sei Dank! Ich weiß nicht, was sie ohne ihre Hilfe machen würde."

Wren hatte die Frauen vor Augen, die im Bethel-Haus Zuflucht suchten, weil sie keine andere Möglichkeit sahen. Sie war froh, dass das bei Abby anders war. „Könnte Jeremy nicht herkommen und eine Weile bei dir bleiben, bis er wieder klarkommt?"

Mara seufzte. „Darüber habe ich diese Woche mit Dawn gesprochen. Ich weiß nicht, ob das eine gute Idee ist. Ich habe auch so meine Probleme mit Co-Abhängigkeit. Ich muss einen Weg finden, ihn zu lieben und zu unterstützen, ohne einzugreifen und zu versuchen, ihn zu retten. Aber, Mann, das ist schwer! Du kennst das ja. Du hast das Gleiche ja mit Casey durchgemacht."

„Ja. Aber Jeremy ist dein Sohn. Und es geht um deine Enkel. Ich kann nur erahnen, wie sich das anfühlen muss." Sie legte Mara eine

Hand auf die Schulter. „Es tut mir wirklich sehr leid." Sie wusste nicht, was sie sonst sagen sollte.

„Danke." Sie bogen auf einen Parkplatz ab, auf dem bereits eine ganze Menge Autos standen. „Ich hab schon vor langer Zeit gelernt, dass Jesus gerade mitten im Chaos seine beste Arbeit leistet. Ich muss nur Ausschau nach ihm halten und darauf warten, dass er sich zeigt. Und ihm dann alles überlassen. Aber das Warten fällt mir schwer. Vor allem, weil er und ich anscheinend nie denselben Zeitplan haben."

„Ich weiß, was du meinst", erwiderte Wren. „Hannah hat vor ein paar Monaten eine ziemlich gute Predigtreihe über das Warten gehalten und darüber, wie Gott in dieser Zeit an uns arbeitet."

„Vielleicht sollte ich mir die mal im Netz anhören. Weiß sie, dass du heute mit mir in meine Gemeinde kommst?"

„Nein, ich habe vergessen, es zu erwähnen."

Mara schnallte sich ab. „Nun, mach dich jedenfalls auf einen lebhaften Gottesdienst gefasst. Man weiß nie, was der Heilige Geist vorhat, wenn wir zusammen sind."

„Möchtest du ein Band?", fragte ein kleines Mädchen im Rollstuhl Wren, die vor dem Auditorium darauf wartete, dass Mara ein Gespräch beendete.

„Sehr gern. Welche Farbe soll ich denn nehmen?", fragte Wren.

Das Mädchen legte den Kopf zur Seite, schloss ein Auge und musterte Wren von oben bis unten. Dann griff sie in ihren Korb. „Wie wäre es mit Gelb?"

„Ich liebe Gelb!" Lächelnd nahm sie das Band von dem Kind entgegen. „Aber ich glaube, du musst mir noch zeigen, was man damit macht."

„Okay. Das ist leicht." Die Kleine nahm ein rosafarbenes Band aus dem Korb, dann sagte sie, Wren solle ein paar Schritte zurückgehen. „Du musst dieses Plastikteil festhalten, damit du niemanden damit stichst, und es dann so schwenken." Sie schwenkte ihr Band rhythmisch über dem Kopf, und es schlängelte sich anmutig durch die Luft wie der Schweif eines Drachens. „Aber du darfst nur während der Lieder damit herumlaufen. Nicht wenn der Pastor redet."

„Verstanden", sagte Wren.

„Du kannst jetzt üben." Das Mädchen faltete die Hände im Schoß und wartete.

Wren hielt das Band auf Höhe ihrer Brust fest und schwenkte es hin und her.

„Nein, höher. So." Die Kleine hob den Arm, um es zu zeigen.

Mara kam zu ihnen. „Na, Rosie, zeigst du meiner Freundin, wie es richtig geht?"

„Ja. Sie ist neu."

„Ja, stimmt, und es war sehr nett von dir, dass du sie begrüßt hast."

Rosie griff wieder in ihren Korb. „Hier ist dein dunkelrotes Band, Miss Nana."

Mara beugte sich vor und drückte ihr einen Kuss auf den Kopf. „Vielen Dank, Miss Rosie."

Rosie kicherte.

„Du brauchst dich nicht verpflichtet zu fühlen, da mitzumachen", flüsterte Mara ihr zu, als sie das Auditorium betraten. „Aber auf der anderen Seite könnte es natürlich sein, dass die Kinder dich an der Hand packen und in die Prozession hineinziehen. Oder einer von den Erwachsenen."

Wren grinste. „Ich lasse mich überraschen."

„Das hat vor ein paar Jahren zu Ostern angefangen, aber die Kinder waren so begeistert, dass wir es seitdem jede Woche machen."

Normalerweise saß Wren am liebsten für sich in irgendeiner Ecke, aber Mara führte sie jetzt nach vorn zur dritten Reihe. Nachdem sie Platz genommen hatten, musterte Wren das Musikteam und war erleichtert, dass kein Schlagzeug dabei war. Vielmehr saß ein junger Mann mit Dreadlocks auf einem Cajón und trommelte leise vor sich hin, auf dem Keyboard begleitet von einem etwas älteren Musiker. Auf der anderen Seite des Podiums stand eine kleine Gruppe zusammen und betete.

Mara hatte sie bereits auf die ethnische Diversität in ihrer Gemeinde vorbereitet, und Wren war nicht erstaunt, so viele Menschen unterschiedlicher Hautfarbe zu sehen, die miteinander Gottesdienst feierten. Aber sie bemerkte auch, dass die Vielfalt in Alter, Erscheinungsbild und Kultur enorm war: der tätowierte Mann im weißen Muskelshirt, der Rosie, die Anführerin der Prozession Bänder schwenkender Gottesdienstbesucher, in ihrem Rollstuhl durch den Gang schob; die gut gekleidete Frau mittleren Alters, die den Gottesdienst vorn mit lebhaften Gesten in Gebärdensprache übersetzte; der Teenager mit Downsyndrom, der die Schriftlesung hielt und seine Faust reckte, als er fertig war, und den Namen „Jesus" mit solcher Freude rief, dass es Wren die Tränen in die Augen trieb.

Jetzt wurden Gebetsanliegen genannt. Da ging es um Arbeitslosigkeit, Wohnungssuche, Abhängigkeiten und zerbrochene Beziehungen. Während Wren zuhörte, musste sie an Casey denken. Dies war eine schlichte Gottesdienstgemeinschaft, in der Casey ein Zuhause hätte finden können. Dies war eine Gemeinschaft, die klagen und weinen konnte, die hoffen und flehen konnte, das Reich Gottes möge sich doch mitten unter ihnen zeigen. Aber sie konnten auch miteinander feiern. Pastor Lamar predigte mit seiner melodischen Stimme über alte und neue Weinschläuche, und die Gemeinde antwortete mit „Amen" und „Halleluja". Manchmal sprangen die Leute euphorisch auf, hoben die Hände oder schwenkten ihre Bänder, und aus irgendeiner der hinteren Reihen zeigte jemand seine Freude durch das Rasseln eines Tamburins.

„Ich habe dir ja gesagt, dass es lebhaft werden kann", meinte Mara, nachdem der Pastor den Segen gesprochen hatte. Die Band antwortete mit einem lebhaften Stück, und einige Leute knieten sich zum Gebet hin, andere standen mit erhobenen Armen da.

„Es war sehr schön", erklärte Wren. „Wirklich alles." Sie schaute auf den Monitor, auf dem gerade die Ankündigungen liefen: Gefängnisbesuchsdienst, Gebetsgruppen, Bibelabende, Literaturabende, Treffen der Anonymen Alkoholiker, eine Selbsthilfegruppe für Menschen mit einer psychischen Erkrankung.

„Ich bin froh, dass du mitgekommen bist, Wren. Komm doch gern wieder, wenn du willst. Ich meine, ich weiß ja, dass du in der Wayfarer-Gemeinde zu Hause bist, aber trotzdem."

Wren strich mit dem Finger über das Band, dann wickelte sie es sich ums Handgelenk. „Na ja, ich gehe eigentlich mehr wegen Hannah dorthin, nicht so sehr wegen der Gemeinde. Aber dafür kann sie nichts. Bisher habe ich keine Energie gehabt, mich dort irgendwo einzubringen. Viele Wochen lang erschien es mir schon viel zu schwierig, mich anzuziehen und überhaupt irgendwo zum Gottesdienst zu gehen."

„Das würden viele Leute hier nachvollziehen können", erwiderte Mara. „Du kommst, wie du bist. Niemand wird dich beurteilen."

Sobald die Musik verklungen war, rannten Kinder mit Körben durch die Reihen und sammelten die liegen gebliebenen Bänder von den Stühlen ein. „Brauchst du das noch?", fragte ein kleiner Junge Wren, als Mara ihr Band in seinen Korb legte.

„Oh, entschuldige. Nein." Schnell wickelte sie das Band wieder von ihrem Handgelenk, reichte es ihm, und er spurtete davon.

„Rosie!", rief er. „Ich hab elf!"

„Sechzehn!", rief ein anderes Kind, und von überallher wurden Zahlen in den Raum gerufen.

In der Nähe des Ausgangs thronte Rosie in ihrem Rollstuhl und wartete. Wren lächelte. Offensichtlich war sie die Schiedsrichterin in dem Wettstreit.

„Möchtest du Kaffee oder Kekse oder so etwas?", fragte Mara und zog ihre Tasche unter dem Stuhl hervor.

„Nein, vielen Dank. Ich muss bald ins Pflegeheim."

„Ach ja, richtig. Ich habe die große Party vergessen." Mara mimte mit den Händen einen Hula-Tanz.

Wren lachte. „Ich nehme mir gern ein Taxi. Dann brauchst du dich nicht zu beeilen."

„Ach was, schon in Ordnung. Wir können fahren, wenn du so weit bist."

Als Wren sich vorbeugte, um ihre Tasche aufzuheben, wanderte ihr Blick zur Bühne, wo die Musiker ihre Instrumente einpackten und ein

Mann, der seine Baseballkappe mit dem Schirm nach hinten trug, die Funkmikrofone einsammelte.

Sie erstarrte.

„Danke, Bruder", sagte der Gitarrist, als er ihm sein Mikrofon reichte.

Sie fuhr zu Mara herum, sodass sie mit dem Rücken zur Bühne stand. „Das ist Chris."

„Chris wer?"

„Chris. Caseys Freund. Und Brookes Freund."

Mara reckte den Hals. „Hier? Wo?"

Wren deutete über die Schulter zurück.

„Dieser Chris ist dein Chris? Der Techniker?"

Wren nickte.

„Dann geh doch hin und begrüße ihn. Ich warte auf dich."

Nein, sie verstand nicht. „Das kann ich nicht, Mara. Er wird denken, ich spioniere ihm nach."

„Das tust du doch nicht."

„Ich weiß. Aber er wird mir nicht glauben."

„Ich verbürge mich für dich."

„Nein, schon gut. Wir werden uns einfach hinausschleichen." Mit zitternden Händen nahm Wren ihre Tasche und hängte sie sich über die Schulter, als …

Du liebe Zeit, nein! Ihre Knie wurden weich. Ihr war ganz flau im Magen.

Durch den Mittelgang kam Brooke mit Estelle. Sie hielt das Kind, das auf Zehenspitzen erste Schritte machte, an beiden Händen. Beide, Mutter und Tochter, strahlten über das ganze Gesicht. Sobald Chris sie entdeckte, legte er die Mikrofone aus der Hand, kniete sich hin und breitete die Arme aus, damit Estelle hineinlaufen konnte.

Wren hielt die Luft an. Es war eine Szene wie die in Vincents Bild *Die ersten Schritte*: der Mann mit seinem Hut, der die Arbeit aus der Hand legte und sich mit ausgestreckten Armen hinkniete, während die Mutter, die sich über die Kleine beugte, das Kind ermutigte, weiterzugehen.

Wren war wie gebannt und konnte den Blick nicht abwenden.

„Moment mal", flüsterte Mara, „ist das …?"

Wren stand wie angewurzelt da und brachte keine Antwort über die Lippen. Casey hätte dort knien und darauf warten sollen, seine Tochter zu umarmen. Sie wünschte, es hätte Casey sein können.

Chris schien zu spüren, dass er beobachtet wurde, denn in diesem Augenblick hob er den Kopf und entdeckte Wren. Ein verblüffter Blick, dem ein Stirnrunzeln folgte. Brooke schien es auch bemerkt zu haben. Sie drehte sich halb um und suchte nach dem, was ihn abgelenkt hatte.

Ihre Blicke trafen sich.

Wren brauchte sich nicht zu fragen, ob Brooke sie von den Fotos her erkannte. Mit hochrotem Kopf schnappte sie sich Estelle, während Chris aufsprang und sie am Unterarm packte. Sie scheuchte ihn weg und marschierte mit Estelle durch den Gang. Anklagend den Finger auf Wren gerichtet, zischte sie: „Ich schwöre bei Gott, wenn du …"

Mara trat in den Gang. „Hey, hey", sagte sie und hob die Hand, „jetzt mal langsam. Wren ist wegen mir hergekommen. Sie hatte keine Ahnung, dass Chris hier arbeitet, in Ordnung? Sie ist genauso überrascht wie ihr."

Brooke blieb stehen, die Augen zu Schlitzen verengt.

„Ich wusste das wirklich nicht", stotterte Wren.

„Ich habe ihr nicht gesagt, dass ich hier arbeite, Schatz", beteuerte Chris beim Näherkommen. „Das Ganze muss ein höchst seltsamer Zufall sein."

„Oder auch nicht", gab Mara zu bedenken. Sie legte Wren eine Hand auf die Schulter.

Chris tat das Gleiche bei Brooke.

„Könnte auch von höherer Stelle so eingefädelt worden sein", sagte Mara. „Jetzt atmen wir alle erst mal tief durch."

Estelles Blick hing am Gesicht ihrer Mutter. Brooke drückte sie an sich und legte ihr die Hände auf den Kopf, als müsse sie sie vor Wrens Blicken schützen.

„Es tut mir leid, Brooke", sagte Wren, und ihr Herz klopfte zum Zerspringen. „Das alles tut mir unendlich leid. Ich wollte dich doch nicht verletzen. Wirklich nicht. Ich wusste nicht, was Casey getan hatte. Er hat mir nicht die Wahrheit gesagt. Wenn ich von Estelle gewusst hätte …"

Als sie ihren Namen hörte, wandte sich die Kleine um und schaute sie mit solch unschuldiger Neugier an, dass Wren beinahe in Tränen ausgebrochen wäre. Nur wenige Zentimeter trennten sie von Caseys Tochter. Sollte Brooke sie doch in den nächsten zwei Minuten anschreien. Es wären zwei Minuten der Nähe zu dem kleinen Mädchen, das Caseys Leben in dieser Welt weitertrug. Sie wünschte, sie könnte dieses Kind anlächeln, sie wünschte, sie könnte die Hand ausstrecken, Estelles Wange berühren und ihr die kleine widerspenstige Locke aus der Stirn streichen. Doch stattdessen presste Wren die Arme an ihren Körper, aus Angst, sie könnten sich selbstständig machen.

„Ich habe Brooke von unserem Gespräch erzählt", sagte Chris. „Da ist eine Menge zu verarbeiten."

„Ich weiß, und ich erwarte auch gar nichts von dir, Brooke. Nur deine Vergebung. Wenn das im Augenblick nicht geht, verstehe ich das. Es ist in Ordnung. Aber vielleicht eines Tages."

Brooke legte ihre Stirn an die von Estelle.

Wren spürte, wie Maras Hand in stummer Solidarität über ihre Schulter strich, so wie Kit oder ihre Mutter es getan hätten.

„Es tut mir so leid, dass Casey dich verletzt hat", sagte Wren.

Langsam hob Brooke den Blick.

Und in diesem Moment erkannte sie es. Da war nicht nur ihr eigener Wunsch nach einem Abschluss und Vergebung. Es traf Wren mitten ins Herz. Hier war eine Gefährtin im Leid. Im Unglück. Im Betrug. „Ich kann nur erahnen, welchen Schmerz er dir zugefügt hat. Ich glaube, er hat das begriffen. Ich hoffe, dass er es erkannt hat."

Brooke drückte Estelle einen Kuss auf die Wange. „Ich habe ihn geliebt", sagte sie nach einer Weile. „Aber ich konnte ihm nicht helfen."

Ich auch nicht, erwiderte Wren stumm. Ihr gemeinsamer Schmerz und ihre Reue sollten unausgesprochen bleiben.

„Das kann schrecklich wehtun", bemerkte Mara.

Brooke nickte, und Tränen stiegen ihr in die Augen.

„Ach, nimm diese Frau doch endlich in den Arm", forderte Mara Chris auf, „sonst tue ich es." Brookes Schultern bebten vor Lachen und Weinen zugleich, als Chris sie und Estelle in die Arme schloss.

Wren presste die Lippen aufeinander, fest entschlossen, ihre Tränen zurückzuhalten. Hier ging es nicht um sie. Wenn sie hier ihr eigenes Bedürfnis nach Hilfe oder Trost ins Spiel brächte, könnte die zarte Verbindung zu Brooke zerbrechen. Und was dann?

„Ich habe dich doch schon mal hier gesehen, oder?", fragte Mara Brooke, nachdem diese sich aus Chris' Umarmung gelöst hatte.

Mit dem Handrücken wischte sich Brooke über die Augen. „Seit Chris hier arbeitet, war ich ein paar Mal mit."

„Habe ich mir schon gedacht. Ich kenne die Kleine. Meine Kinder sind auch rothaarig. Sie ist wirklich goldig." Mara beugte sich zu Estelle hinunter. „Du bist ein kleiner Kürbis, nicht?" Die Kleine musterte sie, bevor sich ein Lächeln auf ihrem Gesicht ausbreitete. „Ach, sieh dir das an! Was für ein Lächeln! Sie heißt Estelle?"

„Ja."

„Oh, das gefällt mir. Ich bin übrigens Mara."

Ob Mara einfach nur wie üblich so herzlich und gesprächig war oder ob die Freundlichkeit zu ihrer Deeskalationsstrategie gehörte, war unmöglich zu erkennen. Aber Wren würde nicht eingreifen. Hannah hätte sie alle vielleicht aufgefordert, sich hinzusetzen und miteinander zu reden, doch Mara machte das auf ihre Weise, und es funktionierte. Brooke schien beinahe vergessen zu haben, dass Wren immer noch dabeistand.

Mara streckte die Hand aus und streichelte Estelles knubbeliges Knie. Eine ganz gewöhnliche Geste. Wie sehr wünschte Wren, sie könnte das ebenfalls machen!

„Wie alt ist sie?", fragte Mara.

Brooke strich Estelle übers Haar. „Achteinhalb Monate."

„Mach dich darauf gefasst, dass sie bald überall herumlaufen wird, wo du sie nicht gebrauchen kannst."

„Ja, sie hat schon damit angefangen."

Mara kitzelte Estelle am Kinn. Das Kind strahlte. „Ich mache hier manchmal die Kinderbetreuung. Vielleicht sehen wir uns ja bald wieder."

Nein, flehte Wren, als Mara ihre Tasche nahm. *Beende das Gespräch noch nicht!*

Brooke nahm Estelle auf den Arm.

Geh nicht. Bitte! Vergeblich überlegte Wren, was sie sagen könnte, ohne Brooke damit sofort wieder auf die Palme zu bringen. Sie sah Chris an in der Hoffnung, er würde einspringen und helfen, aber der starrte nur zu Boden.

Wieder legte Mara Wren die Hand auf die Schulter. „Hör zu, Brooke, ich weiß, dass die Dinge hier kompliziert sind, und du kennst mich eigentlich gar nicht. Du hast keinen Grund, mir zu vertrauen oder dem, was ich sage. Aber ich habe Casey kennengelernt, als er letztes Jahr in die Stadt gekommen ist. Er hat in dem Obdachlosenheim übernachtet, in dem ich arbeite."

Bei diesen Worten sah Brooke ihr nachdenklich in die Augen.

„Er sagte, sein Name sei Kevin. Ich erinnere mich daran, weil mein Sohn Kevin auch rote Haare hat. Er tat mir leid. Seine Frau sei gerade gestorben, sagte er, und er brauche eine Unterkunft, um sich neu zu sortieren."

Chris' Kopf schoss hoch, sein Blick richtete sich auf Mara. Brooke schien zu verblüfft, um zu antworten.

„Wir haben ihm die Geschichte geglaubt und ihn ein paar Tage bleiben lassen. Er schien ein netter junger Mann zu sein. Soweit ich weiß, hat er Wren nie davon erzählt." Sie blickte Wren fragend an.

„Nein, das hat er nicht. Als er mich anrief, hat er behauptet, er sei gerade im Haus seiner Eltern angekommen, aber er könne nicht dort bleiben. Er wollte sich bei mir einquartieren, aber ich hatte keine eigene Wohnung mehr, weil ich zu meiner Großtante gezogen war." Sie zögerte und überlegte, wie sie den nächsten Teil ihres Berichts formulieren sollte, um Brooke nicht zu verärgern. „Er hat mir gesagt, er hätte aus Reno weggemusst, weil er vor häuslicher Gewalt fliehen

musste." Brooke schnaubte, aber Wren fuhr fort: „Und ich habe ihm
geglaubt, dass er Hilfe braucht. Ich habe das nie infrage gestellt." Ihre
Arbeit im Bethel-Haus hatte sie sensibel gemacht für missbräuchliches Verhalten. Darauf hatte Casey vermutlich spekuliert. „Als Mara
mir erzählte, was er gesagt hatte, bekam ich Panik. Darum habe ich
versucht, Kontakt zu dir aufzunehmen, nachdem er verschwunden
war, Brooke. Als mir klar wurde, dass er mich von vorne bis hinten
belogen hat, hatte ich Sorge, er könnte versuchen, dir etwas anzutun.
Oder dass er es bereits getan hätte."

Stille. Die Musiker hatten ihre Instrumente eingepackt und das Auditorium verlassen. Die Kinder hatten schon lange alle Bänder einge-
sammelt. Aus der Lobby drangen Stimmengewirr und Gelächter.

„Ich schlage Folgendes vor", sagte Mara. „Ich arbeite mit vielen
Menschen, die unter Abhängigkeiten und psychischen Erkrankungen
leiden. Ich weiß, wie schwierig das ist. Und es gibt nie nur ein Opfer. Casey hat gelitten. Daran kann kein Zweifel bestehen. Und alle,
die ihn geliebt haben, ihn immer noch lieben, haben auch gelitten.
Vielleicht könnt ihr das als Gemeinsamkeit sehen." Sie drückte Wrens
Schulter. „Ich will niemandem hier Schuldgefühle einreden, aber ich
wette, Casey würde wollen, dass seine Frau und die Freundin, die wie
eine Schwester für ihn war, gemeinsam weitergehen. Ihr braucht ja
keine Freundinnen zu werden. Ihr solltet nur mit der Vergangenheit
abschließen. Schließt Frieden. Das Leben ist zu kurz, um Groll zu hegen. Glaubt mir, ich weiß das aus Erfahrung. Das ist es nicht wert."

Brooke hielt den Blick auf den Kopf ihrer Tochter gesenkt. Chris
trat unruhig von einem Bein aufs andere. Wren betete stumm.

Und Estelle schielte sie alle an und streckte dann die Zunge heraus.

Sofort stemmte Mara die Hände in die Hüften, legte den Kopf zur
Seite und ahmte sie nach.

Estelle starrte sie an, machte einen Schmollmund und brach dann
in ein so herzliches Lachen aus, dass Wren ein Lächeln nicht unterdrücken konnte. Auch Brooke lächelte. Dann schob sie Estelles
T-Shirt hoch und prustete an ihrem nackten Bauch. Quietschend
vor Lachen lehnte sich das Kind zurück und grinste Wren an. Ohne

nachzudenken, streckte Wren die Hand aus und strich sanft über Estelles seidenweiches Haar.

Sofort drückte Brooke ihre Tochter an sich und legte ihr schützend eine Hand auf den Kopf.

„Hey", sagte Chris leise. „Ist schon gut. Wren ist eine von den Guten, Brooke."

Estelle zappelte in der Umarmung, lehnte sich zurück und streckte die Arme nach Wren aus. Caseys Tochter wollte zu ihr.

Wren schluckte. „Entschuldige bitte", sagte sie und befahl sich, nicht zu weinen. „Ich hätte das nicht tun sollen."

Mara legte den Arm um sie. „Es ist doch nichts passiert", sagte sie und blickte Brooke eindringlich an. „Babys wissen es. Sie wissen es einfach."

Brooke ließ wieder etwas lockerer, und erneut begann die Kleine zu zappeln. „Wir müssen los", sagte Brooke zu Chris.

Er wandte sich von Mara und Wren ab und flüsterte Brooke etwas zu, woraufhin sie tief durchatmete. Mit gerunzelter Stirn blickte sie Wren an. „Ich habe dich gehasst."

„Ich weiß. Und ich verstehe das."

Brooke strich mit den Fingern durch Estelles Haar. „Ich weiß nicht, ob ich dir vertrauen kann, aber ich bin es auch müde geworden, dich zu hassen. Und ich möchte keine Angst haben, dir irgendwo zu begegnen, wenn ich hier in Kingsbury zu Besuch bin. So kann ich nicht leben."

„Ich verstehe das."

Brooke atmete noch einmal tief durch. „Sie wird unruhig. Bestimmt hat sie Hunger. Aber wenn sie es zulässt, darfst du sie kurz auf den Arm nehmen."

Wren war so verblüfft, dass sie nicht reagierte.

„Na los, trau dich ruhig, Wren", half Mara nach.

Das passierte alles zu schnell. Sie hatte keine Chance, sich emotional oder mental auf den Augenblick vorzubereiten, den sie seit jenem Moment herbeisehnte, in dem sie von Caseys Tochter erfahren hatte. Alle Gebete, die sie für dieses kleine Mädchen gesprochen hatte, alle

Hoffnungen, sie eines Tages zu treffen, all das floss in dieser einzigartigen Gelegenheit zusammen und hing an der Bereitschaft eines Kleinkindes, sich von einer Fremden, die es mit jeder Faser ihres Wesens liebte, auf den Arm nehmen zu lassen.

Wrens Lippen zitterten, und Tränen liefen ihr über die Wangen.

Brooke beobachtete sie genau. Und ihr Gesichtsausdruck wurde weicher. „Es ist in Ordnung. Streck ihr einfach die Hände entgegen."

Wren streckte die Hände aus. Geöffnet. Abwartend.

„Das ist die Freundin von deinem Papa", sagte Brooke zu ihrer Tochter, bevor sie ihr einen Kuss auf die Wange drückte und sie an Wren weitergab.

„Darf ich dich auf den Arm nehmen, Estelle?", fragte Wren leise und mit ausgestreckten Händen. „Wäre das in Ordnung?"

Wie lang war dieser Augenblick, in dem das Baby ihr mit wissendem Blick in die Augen schaute? Das konnte ja unmöglich sein. Und dann legte Estelle kaum merklich den Kopf zurück und streckte die Arme nach Wren aus, und sie wehrte sich nicht, als Wren sie an sich drückte und ihre Lippen auf ihr rotes Haar drückte.

35

Sobald Kit vom Gottesdienst nach Hause kam, zog sie Rock und Bluse aus, schlüpfte in Freizeithose und T-Shirt und machte sich ein Sandwich mit Erdnussbutter. In ein paar Stunden würde Wren von Mara zurückkommen, und sie wollte die Zeit nutzen, um die Abschiedskarten zu lesen, die sie gestern nach dem Seminar nicht mehr geöffnet hatte. Sie war einfach zu müde gewesen. „Bei allem anderen, was gerade geschieht", hatte Russell ihr in ihrer Supervisionssitzung am Freitag gesagt, „müssen Sie die guten Worte, die Ihnen gesagt werden, ganz bewusst auf sich wirken lassen." Ja, auch sie habe Schwachstellen, hatte er gesagt, aber es sei wichtig, das Gute, das Gott durch sie getan habe, nicht überschatten zu lassen durch Reue darüber, dass sie bestimmte Dinge übersehen oder Gelegenheiten verpasst habe.

Sie sprach ein stummes Gebet. „Bei allem, was ich gut gemacht habe, danke ich dir für deine Gnade. Bei allem, was ich nicht gut gemacht habe, danke ich dir für deine Gnade."

Während sie auf ihrer Terrasse ihr Mittagessen aß und ihren Tee trank, ließ sie die Worte der Dankbarkeit und der Ermutigung auf sich wirken.

„Sie haben mir geholfen, die Liebe Gottes tiefer zu erleben."

„Sie haben mir geholfen zu erkennen, dass ich in seiner Gnade einfach sein darf. Ohne Verurteilung."

„Ich sage Ja dazu, meinen Schmerz und Zorn vor Gott auszuschütten, ohne Angst vor einer Strafe."

„Liebe Katherine", begann der letzte Gruß, „ich war es, die während Ihrer Panikattacke neben Ihnen auf dem Boden gekniet hat."

Kits Blick wanderte sofort zur Unterschrift. *Barb.* Eine Gefährtin im Leid. Kein Wunder, dass sie genau gewusst hatte, was zu tun war.

„Zum ersten Mal in meinem Leben habe ich miterlebt, wie jemand so zu kämpfen hat wie ich", schrieb Barb, „und zum ersten Mal in meinem Leben war ich in der Lage, Hilfe zu leisten, weil ich genau wusste, wie sich das anfühlt. Ich konnte ‚verantwortlich umgehen' mit dem, was ich selbst erlitten hatte, wie Sie es in Ihrem Vortrag gesagt hatten. Im letzten Frühjahr hatten Sie in einem Seminar über Ihre Probleme mit Ihrer psychischen Gesundheit gesprochen. Das war eine Sache, aber es war etwas ganz anderes, Ihre Kämpfe persönlich mitzuerleben und zu sehen, dass Sie sich nicht dafür schämen. Und dann haben Sie dieses letzte Seminar gehalten, ohne das Bedürfnis zu haben, sich zu entschuldigen. Ich wollte Ihnen sagen, dass mir das Mut gemacht hat. Ich bete dafür, dass Gottes Kraft in meiner Schwäche sichtbar wird, auch in den Schwächen, für die ich mich schäme. Sie haben mir gezeigt, dass das so ist. Danke dafür. Ich hoffe, eines Tages kommen Sie in unsere Gemeinde und sprechen über Anfechtungen dieser Art und wie Gott uns darin begegnet, wie wir darin mit seiner Kraft rechnen können. Und wie wir mit dem Trost und der Hoffnung, die wir empfangen haben, verantwortlich umgehen und davon weitergeben können. Gut gemacht, gute und treue Dienerin. Jetzt ruhen Sie sich mal so richtig aus."

Kit legte die Grußkarten auf den Tisch. Vincents Sämann stand ihr wieder vor Augen – er streute den Samen aus, ohne zu wissen, wohin dieser fiel oder welche Frucht er wohl bringen würde. Die Ernte war Gnade, mit allen ihren Überraschungen. Reine Gnade.

„Ihr seht fantastisch aus, Freunde!", rief Kayla vorn im Aufenthaltsraum. Sie schwenkte ihren Bastrock, während Don Hos „Lovely Hula Hands" aus einem Lautsprecher dröhnte. „Und nun die Hände schwenken! Ja, genau so!"

Wren sah zu, wie die Bewohner die Hände hoben und schwenkten, so gut sie konnten, während die Enkelkinder – manche ernsthafter als andere – ihre Hüften kreisen ließen und Kaylas Bewegungen nachahmten. In der Nähe des Lautsprechers versuchte ein ergrauter Ehrenamtlicher in einem Hawaiihemd und mit einer Girlande aus roten Plastikblumen um den Hals, beim Ukulelespielen mit dem Rhythmus der Aufnahme mitzuhalten. Vor lauter Konzentration fuhr er sich ständig mit der Zunge über die Lippen.

„Und jetzt die Finger bewegen!", rief Peyton. „Gut! Wunderschöne Hula-Hände. Schaut zu Kayla, sie macht es vor!"

Wren ging näher zu Mr Kennedy in seinem Rollstuhl. Er versuchte, seine zitternden Arme auszustrecken. Sie nahm seine Hand und half ihm, vorsichtige Bewegungen zu machen. Das Lied verklang, aber er ließ ihre Hand nicht los. Er zitterte so stark, dass ihr ganzer Arm bebte.

„Jetzt könnt ihr euch erst mal richtig selbst applaudieren", sagte Kayla und klatschte. „Das war spitze!"

Wren hob seine Hand im Siegeszeichen, als ein bekannter Beat ertönte und ein Saxofon zu spielen begann.

„Ja", rief Peyton in die Musik hinein, „und hier ist einer von unseren Lieblingshits. Auf geht's, lasst uns twisten! Lasst die Schultern kreisen. Ihr wisst ja, wie wir das machen. Genau so, Dorothy, zeigen Sie, wie das gemacht wird!"

Teri, die mit aufgesetztem Lächeln neben ihrer Mutter saß, kämpfte sichtlich gegen die Tränen an, während Mrs Whitlock mit den Schultern zuckte.

Mauser. So viel Mauser.

Mit einem stummen Gebet für Mutter und Tochter ließ Wren den Blick zu Peyton zurückwandern, die den Kindern zuflüsterte, wann sie stehen und wann sie sich wieder drehen und dabei immer mehr in die Knie gehen sollten. Vorne im Raum tanzte ein Mann vom Sicherheitsdienst mit Audrey durch den Saal. Mehrere Bewohner klatschten im Rhythmus und schienen sich zu wünschen, sie könnten aus ihren Rollstühlen aufspringen und den Kindern zeigen, wie das gemacht wurde.

„Take me by my little hand", sang Chubby Checker.

Wie als Antwort auf diese Worte drückte Mr Kennedy Wrens Hand. Wren beugte sich zu ihm hinunter. „Sollen wir ein wenig mit dem Rollstuhl twisten?"

Er schluckte, bevor er antwortete: „Gern."

„Gut, dann löse ich jetzt die Bremse." Er ließ ihre Hand los, während sie sich davon überzeugte, dass seine Füße fest auf den Fußstützen standen. Dann zog sie ihn rückwärts von der Gruppe weg und begann den Rollstuhl nach links und rechts und im Kreis herumzuwirbeln. Die Blumengirlande um seinen Hals, die sie mit ihm zusammen gebastelt hatte, flog hin und her.

„And go like this", sagte er und lächelte.

Er wolle nicht an einer Party teilnehmen, hatte Mr Page zu Wren gesagt, als sie im Heim angekommen war. Warum sollte er sich Erinnerungen an all das, was er verloren hätte, aussetzen? Oder was er nie gehabt hatte? „Und dann erst der Lärm!", hatte er gesagt. „Es ist schon schlimm genug, dass ich mir das in meinem Zimmer werde anhören müssen."

Wren wartete, bis die Partygäste sich über ihre Eisbecher hermachten, bevor sie Vanilleeis in zwei Schalen gab und über das eine heiße Karamellsoße und über das andere Ananassoße goss.

„Na, hast du Hunger?", neckte Kayla sie, die neben sie getreten war.

Wren grinste. „Ich bringe das zu Mr Page. Er kann sich aussuchen, was er möchte."

„Lass dich nicht von Greta erwischen. Sie hat ihm gesagt, er bekäme kein Eis, wenn er nicht wenigstens für kurze Zeit bei der Party auftauchen würde."

Wren verdrehte die Augen. „Das ist aber ziemlich hart, findest du nicht? Ich spiele die Unwissende, falls ich ihr zufällig begegne. Oder ich sage ihr, ich hätte mich nicht entscheiden können, welche Sorte ich möchte."

Kayla lachte. „Viel Glück."

Wren war nicht sicher, ob sie nun Greta oder Mr Page meinte. Vielleicht beide.

Die Tür stand einen Spalt offen, als sie beim Zimmer von Mr Page ankam. Vermutlich hatte Greta darauf bestanden. „Klopf-klopf", rief sie, während sie seine Bilder betrachtete, die neben seinem Erinnerungskasten hingen. Entweder hatte er sie noch nicht bemerkt, oder er hatte beschlossen, keine Einwände zu erheben.

Mit dem Ellbogen stieß sie die Tür auf. Mr Page saß angezogen in seinem Sessel und starrte auf die geschlossenen Jalousien. „Ich bringe Schmuggelware, Mr Page."

Bei diesen Worten drehte er sich langsam zu ihr um. „Ah. Nicht die Art, die ich gedacht hatte. Schade."

Sie stellte die Schalen auf seinen Tabletttisch. „Ich esse nicht beide. Welches möchten Sie?" Er würdigte die Schalen mit keinem Blick. „Heiße Karamell- oder Ananassoße?", fragte sie. „Sie dürfen wählen."

„Vergessen Sie es!", erwiderte er. „Ich werde gar nichts auswählen."

Da alle Überredungsversuche bisher keine Wirkung bei ihm gezeigt hatten, beschloss sie, die innere Mahnung „Widersprich nie einem Lehrer" zu ignorieren. „Es wäre unhöflich, wenn Sie mich zwingen, ganz allein zu essen, Mr Page. Entscheiden Sie sich, nicht unhöflich zu sein."

„Ah", sagte er mit der Andeutung eines Lächelns, „Sie appellieren an meine schon lange verlorene Ritterlichkeit. Clever. Also dann, Ladies first."

„Mögen Sie Ananas?"

„Nein."

Sie schob ihm die Schale mit der Karamellsoße hin. „Soll ich Ihnen eine Serviette ins Hemd stecken?"

„Wenn Sie meinen."

Als sie zum Schrank ging, fiel ihr Blick auf den Mülleimer in der Nähe seines Tabletttischs. Auf einem zerknüllten Blatt Papier waren gezielte Striche gezeichnet. Es ähnelte einer Kinderzeichnung, ein paar verwackelte horizontale und vertikale Linien in der Form eines Hauses. Oder einer überdachten Brücke.

Tränen traten ihr in die Augen. Auch wenn er die Zeichnung weggeworfen hatte – dass er sich überhaupt darangemacht hatte, war ein großer Sieg. Der erste von vielen, hoffte sie.

Wren tat so, als hätte sich ihr Schnürriemen gelöst, und kniete sich neben den Papierkorb, mit dem Rücken zu ihm. Unbeobachtet schnappte sie sich die Zeichnung und steckte sie in die Tasche, bevor sie aufstand, um die Serviette zu holen.

„Sie haben den ganzen Spaß bei der Party verpasst", sagte sie, während sie die Serviette unter seinem frisch rasierten Kinn feststeckte.

„Gott sei Dank", erwiderte er.

Sie reichte ihm einen Löffel und ließ sich auf der Bettkante nieder. „Ich habe einige Kinder gezeichnet, zumindest die, die lange genug still gehalten haben." Sie hatte auch Teri mit ihrer Mutter gezeichnet, beide mit ihren Blumenkränzen. Teri hatte sich bei ihr bedankt. Überschwänglich.

„An einem Ort wie diesem ist es kein Problem, Modelle zu finden, die sich nicht bewegen", sagte er. „Sogar dann, wenn sie sich gern bewegen würden."

Sie lachte. „Da haben Sie vermutlich recht. Viele Gelegenheiten zum Üben." Wenn sie es recht bedachte, hatte Vincent viele seiner frühen Skizzen in einem Armenhaus für ältere Menschen in den Niederlanden gezeichnet, auch die Skizze mit dem Titel *Worn Out*, die Kit so liebte. Die Bewohner hatten ihm gern geholfen und waren bereit gewesen, in den unterschiedlichsten Kostümen zu posieren, die sich in Vincents Umgebung und Themen einfügten.

Sie verteilte die Ananassoße auf ihrem Eis und grub den Löffel hinein. Mit mühevoller Langsamkeit gelang ihm dasselbe mit seiner Schale. Das Eis wäre vermutlich zu einer cremigen Masse zerschmolzen, bevor er damit fertig war, aber sie wollte ihn nicht in Verlegenheit bringen, indem sie ihm Hilfe anbot. Nach einigen Versuchen gelang es ihm, den ersten Löffel in den Mund zu stecken, dann leckte er die warme Soße vom Löffel ab, und ein fast unmerklicher Ausdruck der Zufriedenheit trat auf sein Gesicht. Vermutlich merkte er gar nicht, dass man ihm den Genuss ansah.

Sie würde ihn ganz bestimmt nicht darauf ansprechen.

„Sie tragen heute gar nicht Ihre Uniform.“

Sie schaute an ihrer Bluse und dem Blumenkranz hinunter. „Ich arbeite heute nicht.“

„Und warum sind Sie dann da?“

„Weil ich gern hier bin. Auch wenn das für Sie vielleicht schwer zu verstehen ist.“

Er schnaubte. „Sie haben die Freiheit zu wählen und entscheiden sich hierfür?“

„Ja.“

„Verstecken Sie sich vor etwas?“

„Entschuldigung?“

„Verstecken Sie sich vor jemandem oder etwas, Wren? Sind Sie deshalb hier?“

Sie nahm einen weiteren Löffel Eis. „Als ich anfing, hier zu arbeiten, ja. Ich glaube, das war tatsächlich so.“ Sie steckte ihren Löffel in den Mund und leckte ihn ab. Da er eine konkrete Frage gestellt hatte, beschloss sie, eine konkrete Antwort zu geben. „Mein bester Freund ist gestorben. Casey Wilson. Erinnern Sie sich noch an ihn? Er hat zusammen mit mir Ihren Kunstunterricht besucht, und Sie haben ihn einmal überredet, bei einem Theaterstück der Schule auszuhelfen. *Die Außenseiter.*“

Er schien zu überlegen.

„Rote Haare“, fuhr sie fort, „dünn, Sommersprossen. Hat eigentlich immer den Klassenclown gespielt.“

„Casey“, wiederholte er. „Ja, ich erinnere mich.“ Er schaute sie verblüfft an. „Er ist gestorben?“

„Im vergangenen Dezember. Selbstmord, glauben wir, aber wir sind nicht sicher.“

„Das tut mir leid.“

Bevor sie überlegen konnte, erzählte sie Mr Page alles: von ihrem langen Kampf gegen Depressionen und Angstzustände, ihrer abgebrochenen Karriere als Sozialarbeiterin, ihrem Aufenthalt in einer psychosozialen Klinik, ihrer Trauer um Casey, ihrem harten Kampf um Genesung, ihrer Dankbarkeit für Vincent und die Kunst. Allerdings sagte sie nichts von der Sache mit Estelle. Das war noch zu frisch. Zu kostbar, um es mit anderen zu teilen.

Er hörte ihr zu, ohne sie zu unterbrechen. Seine konzentrierte Aufmerksamkeit, die seiner Schale und seinem Löffel galt, machte es leichter für sie, ihm das alles anzuvertrauen.

„Das Alter hat kein Monopol auf Leid, Verluste oder Ängste", sagte er leise, nachdem sie ihm ihre Geschichte erzählt hatte. „Zitat von Wren Crawford."

Sie war erstaunt, dass er sich das gemerkt hatte. „Vincent schrieb über Gefährten im Leid", sagte sie, „und Kit hat mir geholfen zu erkennen, dass Solidarität den Schmerz zwar nicht wegnimmt, aber hilft, ihn zu ertragen." Eines Tages würde sie ihm vielleicht erzählen, was sie über Jesus und seine Solidarität im Schmerz erkannt hatte. Aber nicht heute.

Er legte den Löffel aus der Hand und hob die Schale an seine Lippen. Geschmolzenes Eis lief ihm über die Lippen.

„Können Sie ein Geheimnis für sich behalten?", fragte sie mit einem Augenzwinkern.

Die eine Hälfte seines Mundes verzog sich zu einem leichten Lächeln, als er die leere Schale auf das Tablett zurückstellte. „Wem sollte ich es erzählen?"

Sie wischte ihm sanft das Kinn ab, nahm die Serviette ab und legte sie neben die Schale. „Ich habe mich für die Stelle der Koordinatorin der Ehrenamtlichen beworben. Audrey meint, ich hätte eine realistische Chance, sie zu bekommen."

„Ich würde meinen, Sie sind überqualifiziert."

„Vielleicht, aber ich habe ja auch die Putzstelle bekommen." Sie faltete die Hände im Schoß. „Ich denke, das alles war jetzt eine sehr lange Antwort auf Ihre Frage, ob ich mich hier verstecke. Aber wenn ich den Job bekomme, dann ist das vielleicht ein Anfang, um einige meiner Talente wieder einsetzen zu können."

Er blickte sie lange an. „Sie haben gar nicht damit aufgehört, sie einzusetzen", meinte er schließlich. „Kapiert?"

Sie schmunzelte und legte ihre Hand auf seine, die auf dem Tabletttisch lag. „Ja", erwiderte sie. „Kapiert."

Als Wren um kurz nach siebzehn Uhr die Haustür öffnete, legte Kit gerade Kekse vom Backblech auf ein Abkühlgitter.

„Das riecht aber gut hier", rief Wren, stellte ihre Reisetasche ab und zog die Schuhe aus. Sie konnte sich nicht erinnern, dass Kit schon einmal Kekse gebacken hatte. „Gibt es einen besonderen Grund?"

„Ein Willkommensgruß für dich. Und ein Probelauf für ein Versprechen, das ich Morgan gegeben habe."

Wren drückte ihr einen Kuss auf die Wange. „Erdnussbutterkekse! Lecker."

„Erst mal abwarten." Kit schaute durch das Fenster zur Einfahrt. „Hat Mara dich nach Hause gebracht?"

„Ja. Ich soll dich grüßen und dir sagen, dass sie sich auf deine Abschiedsfeier freut."

Kit deutete auf den Blumenkranz, den Wren immer noch um den Hals trug. „Wie ist eure Party gelaufen?"

„Gut. Die meisten Bewohner hatten ihren Spaß, glaube ich. Für manche der Angehörigen war es allerdings schwierig."

„Das kann ich mir vorstellen. Es ist nicht leicht, an das erinnert zu werden, was man verloren hat, wenn man nicht sehen kann, was man gewonnen hat." Kit legte den Pfannenwender ins Spülbecken und schaltete den Backofen aus. „Was wir vermissen, was wir betrauern – das alles spricht zutiefst davon, wen und was wir geliebt haben."

Insgeheim kostete Wren noch einmal die Begegnung mit Estelle aus, spürte das Gewicht ihres Kopfes auf ihrer Schulter und die Zartheit ihrer kleinen Hand, die ihre Wange berührte, bevor sie eine Strähne von Wrens Haaren umklammerte und daran zog. „Nicht an den Haaren ziehen, Estelle", hatte Brooke sie ermahnt, und Wren hatte Angst gehabt, sie könnte sie ihr aus dem Arm nehmen. Aber Brooke ließ sie bei ihr. „Sie mag dich", sagte Mara, als Estelle Wren in die

Augen schaute, und Brooke widersprach nicht. Estelle streckte die Hand aus und berührte ihre Lippen, und Wren küsste ihre Finger, bevor sie sie widerstrebend ihrer Mutter zurückgab. Sie wollte Estelle lieber selbst abgeben, bevor sie ihr weggenommen wurde.

Kit inspizierte die Kekse. „Du kannst gern einen probieren, wenn sie abgekühlt sind. Micha war immer mein Probeesser, wenn ich gebacken habe, was nicht so oft vorkam. Aber diese Kekse mochte er."

„Ich habe immer für meine Großmutter probiert", sagte Wren. „Ich habe es geliebt, mit ihr in der Küche zu sein." Sie stellte sich vor, wie Oma die Madeleines aus dem Backofen holte. *Du musst sie essen, solange sie noch heiß sind*, hatte sie immer gesagt. Sie hatten sich nicht einmal die Mühe gemacht, sich zuerst an den Tisch zu setzen. Sobald Oma die leckeren Küchlein aus der Form genommen und mit Puderzucker bestreut hatte, nahmen sie den ersten Bissen gleich an der Küchentheke, und der Dampf des heißen Gebäcks mischte sich mit ihrem zufriedenen Seufzen.

„Ich wette, du bist bei Mara gut versorgt worden. Sie ist eine hervorragende Bäckerin."

„Ja. Sie hat sich in ihrer Nachbarschaft einen Ruf erworben. Die Kinder nennen sie nur Nana."

„Sie hat sich eine gute Gegend für ihre Talente ausgesucht", meinte Kit, und Wren stimmte ihr zu.

„Ich hoffe, ich sehe euch wieder", hatte Mara zu Brooke gesagt, bevor sie das Auditorium verlassen hatten." Nicht „wir". *Ich*. Wren war nicht sicher, ob es eine bewusste Entscheidung war, diese Hoffnung im Singular zu formulieren. Aber Brooke hatte nicht irritiert gewirkt, als sie erwiderte: „Ganz bestimmt wirst du uns wiedersehen." Singular: du. Aber wenn Mara eine Beziehung zu Brooke aufbaute …

Nein, dachte Wren. Stopp. Kein Stalking mehr. Sie würde nicht mehr versuchen, sich Informationen zu beschaffen, die ihr nicht freiwillig angeboten wurden. Das würde eine neue geistliche Übung auf ihrem weiteren Weg sein. Mit Gottes Hilfe könnte sie das schaffen. Doch im Augenblick sollte diese einzigartige, unersetzliche Umarmung als Geschenk genügen.

„Ich hoffe, meine Freundin Wren wird mich mal wieder in den Gottesdienst begleiten", hatte Mara beiläufig zu Brooke und Chris gesagt. Chris hatte zugestimmt: „Ja, sicher." Und Brooke hatte nicht widersprochen. Also vielleicht ...

Oder vielleicht auch nicht. Es war nicht ihre Aufgabe, zu manipulieren oder zu kontrollieren. Sie musste einfach nur weitergehen, und zwar in Richtung Freiheit. Und Schritt für Schritt ihr nächstes Ja zu Gott sagen, wie immer das aussehen mochte.

„Du wirkst sehr nachdenklich", beobachtete Kit.

Wren riss sich zusammen und kehrte zurück in die Gegenwart. „Ich habe dir viel zu erzählen. Wäre es seltsam für dich, wenn wir die Christuskerze anzünden und dabei Kekse essen würden?"

Kit lachte. „Gottes Gegenwart zu suchen, wenn wir feiern – das klingt perfekt!"

36

Es bot sich nicht an, den Tag freizunehmen, dachte Kit am Montag auf dem Weg zum New Hope-Zentrum. Je eher sie die Sachen aus ihrem Büro zusammenpackte, desto eher könnte Wren gründlich sauber machen und den Raum für Logan vorbereiten. Früh am Morgen hatte er ihr in einer Mail für ihr Gespräch gedankt und ihr mitgeteilt, dass er die Stelle angenommen habe und sich darauf freue, sie nach ihrer Ankunft in der Stadt Nicki und den Kindern vorzustellen.

Gayle saß bereits an ihrem Schreibtisch, als Kit ins Büro kam. „Du hast gebetet, nicht, Katherine?"

Kit streifte ihre leichte Strickjacke ab und hängte sie sich über den Arm. „Konntet ihr die Hochzeit genießen?"

„Die Hochzeit war wundervoll. Wir haben den Tag alle sehr genossen." Gayle drehte sich mit ihrem Schreibtischstuhl um. „Aber ich spreche von der Stelle."

„Du hast bereits eine neue Stelle?"

„Nein! Die Stelle hier."

Kit blickte sie verwirrt an.

„Du weißt es noch gar nicht, oder?", fragte Gayle. „Bill hat mich heute Morgen angerufen. Logans Frau wird die Büroarbeiten wohl doch nicht übernehmen können, und er hat mich gefragt, ob ich bereit sei, doch weiter hier zu arbeiten. Er meinte, ich hätte immer gute Arbeit geleistet und es würde ihnen sehr helfen, wenn ich bleibe."

„Gayle, das ist wunder–"

„Ja, nicht? Ich dachte mir, dass du vielleicht für ein Wunder oder so etwas gebetet hast."

„Ich habe Gott gebeten, dir alles zu geben, was du brauchst", erwiderte Kit mit einem Lächeln, „aber ich bin nicht ins Detail gegangen." Gut gemacht, Logan, dachte sie. Gut gemacht, Nicki und Logan. Und auch das Kuratorium. „Ich freue mich sehr für dich, Gayle."

„Danke. Ich kann dir gar nicht sagen, wie erleichtert ich bin. Obwohl ich weiß, dass es nicht dasselbe sein wird, für ihn zu arbeiten. Womöglich ist er nicht so geduldig wie du."

Kit tätschelte ihr die Schulter. „Sei einfach ehrlich zu ihm. Sag ihm, was du brauchst, und dann sieh zu, was er macht." Erst nachdem sie bereits durch den Flur ging, wurde ihr klar, dass sich das auch auf Gott beziehen ließ.

Langsam ging sie an Vincents Bilder vorbei: Sämänner, Erntearbeiter, Weizenfelder und Garben. Jedes einzelne war ein visuelles Gleichnis. Sie könnte Logan eine Mail schicken und fragen, ob die Drucke hängen bleiben sollten. Sie könnte ihn beruhigen und schreiben, sie sei bestimmt nicht beleidigt, wenn er sie nicht mehr haben wolle. Ihr wäre nur daran gelegen, dass sie ein gutes Zuhause bekämen.

Vor dem Bild von einem Mann und einer Frau, die in der Mittagszeit ausgestreckt an einem Heustapel lehnten, blieb sie stehen. Ihre Sicheln lagen neben ihnen, das Vieh graste zufrieden an ihrem Wagen. Falls Logan Wertschätzung für Vincents Werk lernen wollte, dann sollte sie ihm vielleicht dieses hier ans Herz legen. *Mittagsrast.* Mitten beim Pflanzen, Ruhe. Mitten in der Ernte, Ruhe. *Warte nicht, bis du erschöpft bist,* würde es ihn mahnen. *Und ruht gemeinsam aus.*

Ihr Handy vibrierte und zeigte eine Nachricht von Wren an. *Bill bietet mir meinen Job wieder an.*

Kit wählte ihre Nummer. „Wirklich? Was hast du gesagt?"

„Ich habe ihm gesagt, ich würde darüber nachdenken. Aber ich habe das Gefühl, dass es an der Zeit ist, weiterzuziehen. Falls ich die Stelle der Koordinatorin bekomme, könnte ich sowieso nicht mehr in New Hope weiterarbeiten." Sie schwieg einen Moment. „Ich werde ihm für das Angebot danken, aber es nicht annehmen. Es klang nicht so, als bräuchten sie mich ganz dringend. Sie schienen nur nicht zu wollen, dass ich ohne Arbeit dastehe."

Gut gemacht, Logan. Auch hier.

Nach dem Anruf ging Kit hinüber zu dem Bild vom Sämann, vor dem sie vor ein paar Wochen meditiert hatte. Ihr Blick wanderte zuerst zu seiner geöffneten Hand und dann zu den Samenkörnern, die auf den mit Farbe durchzogenen Boden gefallen waren. Pink. Lavendel. Immergrün und Dunkelblau. Braun – oder war das Gold? Sie beugte sich vor, um besser sehen zu können. Die Samen waren dunkel, blau oder vielleicht schwarz, einige von demselben Gold durchzogen, das sich auch auf dem Boden fand. Und bildete sie sich das nur ein? Ein paar der Samenkörner sahen aus wie Tränen. Zeilen aus einem Lieblingspsalm fielen ihr ein, und sie flüsterte sie als Gebet. „Mögen alle, die mit Tränen säen, mit Freuden ernten. Mögen alle, die weinend den Samen zur Aussaat tragen, mit Jubel ihre Garben nach Hause bringen."

Sie schloss die Augen und sah die Gottesdienstbesucher in der Kirche ihrer Kindheit vor sich, die voll Freude ein altes Heilslied sangen, das sie seit Jahren nicht mehr gehört und an das sie auch lange nicht mehr gedacht hatte. „Wir gehen mit Tränen, wir säen für ihn. Unser Geist ist oft betrübt, denn so viel fällt dahin. Wenn das Weinen vorbei ist, heißt er uns willkommen. Und voll Freude bringen wir unsere Garben ein."

Ruhe jetzt aus, geliebte Tochter, hörte sie den Heiligen Geist flüstern, *und komm jubelnd heim. Deine Arbeit hier ist getan.*

Sie hängte sich ihre Strickjacke über die Schulter und machte sich summend auf den Weg zur Kapelle.

Der Text war in Ordnung, fand Sarah, aber die Melodie zu kitschig. Sie spielte die erste Strophe auf dem Klavier und stöhnte.

Zach blickte von seiner Zeitung hoch. „Was ist los? Ich finde, das klingt gut."

„Das ist aus einer der alten Folgen von *Unsere kleine Farm*. Und jetzt möchte Mama, dass wir alle das bei ihrer Verabschiedung singen." Sie spielte die Melodie des Refrains und übertrieb dabei den schwungvollen Rhythmus.

Er lächelte. „Das hält niemanden auf den Stühlen."

„Du kannst den Zug durch den Saal ja anführen."

„Sie will, dass wir durch den Saal ziehen?"

„Nein. Das sollte ein Scherz sein. Sie will nur, dass wir singen. Und da sie sich für die ganze Feier sonst nichts anderes gewünscht hat, werde ich ihr diesen Wunsch erfüllen." Jess und Morgan müsste sie auf jeden Fall vorwarnen. Begeistertes Mitsingen, kein Verdrehen der Augen. „Mama sagte, sie hätte schöne Erinnerungen daran, wie sie das mit ihrer Großmutter gesungen hat, und das Thema vom Säen und Ernten passt. Ich wünschte nur, es hätte eine andere Melodie."

„Ja, aber ich wette, viele der älteren Gäste kennen es, und die Klassiker sollte man nicht verändern."

Nein, das sollte man nicht, dachte sie. Aber sie musste daran denken, wie oft ihre Mutter sich im Laufe der Jahre über die modernen Lobpreislieder beklagt hatte. Sie würden sich ständig wiederholen. Doch in diesem Refrain hieß es nur: „Wir bringen unsre Garben, wir bringen unsre Garben, bringen sie mit Jubel, bringen Garben ein." Und immer wieder dasselbe.

Sie las die Seite durch, die sie aus dem Netz ausgedruckt hatte. Der Text beschrieb sehr gut die Arbeit, die ihre Mutter getan hatte, das musste sie zugeben: aussäen – am Tag und Abend, im Sommer und Winter, im Sonnenschein und an trüben Tagen. Sie hatte Samen der Freundlichkeit ausgestreut, im Auftrag ihres Herrn. Und jetzt war es an der Zeit, die Ernte und den Abschluss dieser Arbeit zu feiern.

Sarah spielte den Vers erneut und legte ihn schließlich zur Seite. „Ich denke, das reicht", sagte sie. „Alles andere ist vorbereitet." Wren hatte die Tische und Stühle in der Kapelle und die Büfetttische im Aufenthaltsraum bereits aufgebaut. Gayle hatte den Raum mit Lichterketten und Seidenblumengestecken von der Hochzeit ihres Sohnes dekoriert. Das Tandem von Wren und die beiden Helme, die Sarah gekauft hatte, standen im Vorratsraum versteckt und warteten darauf, überreicht zu werden.

Sarahs Blick hing an den Noten. Nachdem sie das Video mit den Grußbotschaften nun nicht bei der Verabschiedungsfeier zeigen wollten, wäre genügend Zeit für weitere Lieder. Bisher hatte sich ihre Mutter nur ein Lied gewünscht, aber sie könnten doch auch noch andere singen. Eine schöne Art, sie zu ehren, nicht nur in ihrer Liebe zur Musik, sondern in ihrem Wunsch, die Aufmerksamkeit von sich abzulenken.

Gut. Beschlossen. Sie würde Mama bitten, noch zwei weitere Lieblingslieder auszusuchen.

„Oma ist da!", rief Morgan, während sie die Treppe heruntersprang und zur Haustür lief. Anscheinend hatte sie ihren Wagen von ihrem Fenster aus gesehen.

Sarah erhob sich von der Klavierbank und folgte Morgan nach draußen, um ihre Mutter zu begrüßen.

„Hallo, meine Süße!", sagte Kit und umarmte ihre Enkelin in der Einfahrt. „Ich glaube, seit deinem Geburtstag bist du noch ein Stück gewachsen."

Morgan richtete sich noch höher auf und zupfte am Saum ihres Tops. „Vielleicht ein klein wenig."

„Hallo, Mama." Auch Sarah umarmte Kit. „Ich bin so froh, dass du da bist."

„Ich bin auch froh, hier zu sein." Aus dem Auto holte sie eine runde Keksdose, auf der eine verschneite Landschaft mit einem Pferdeschlitten zu sehen war.

Sarah lachte. „An die erinnere ich mich noch! Du hast sie aufgehoben?"

„Ich habe nur die beiden, die andere Möglichkeit wäre die mit den Weihnachtssternen gewesen. Das erschien mir einfach etwas festlicher als einfache Tupperdosen. Vor allem für eine Pyjamaparty." Sie reichte Morgan die Blechdose und öffnete die hintere Autotür.

„Ich nehme ihn schon, Mama." Sarah holte einen kleinen Koffer und einen Kleidersack aus dem Auto. „Ist das alles?"

„Ich finde, das ist mehr als genug für eine Nacht, meinst du nicht? Ich konnte mich nicht entscheiden, was ich bei der Feier tragen soll, darum habe ich ein wenig Auswahl mitgebracht. Ich dachte, die Mädchen könnten mir bei der Entscheidung helfen."

„Jess ist die Expertin für Mode", meinte Morgan.

Ihre Mutter lachte. „Es gibt nicht viel Mode, aus der ausgewählt werden kann, Schatz. Ich will nur nicht komisch aussehen."

„Das tust du doch nie, Oma." Morgan hakte sich bei Kit unter und ging mit ihr zum Haus.

„Kann ich dir noch irgendwie helfen, Sarah?", fragte Kit, nachdem sie Zach und Jess auf der Veranda umarmt hatte.

„Nein, komm einfach rein und leg die Füße hoch, Mama. Du hast jetzt doch Zeit, zu entspannen und zu empfangen."

„Das kann ich gern tun", erwiderte sie lächelnd.

Zach griff nach den Tüten. „Ich trage die schon mal hoch. Und wie wäre es, wenn ich in einer halben Stunde den Grill anwerfe?"

„Perfekt", erwiderte Sarah.

„Komm, sieh dir diese Fotos an, Oma", rief Morgan von der Couch aus.

„Lass sie sich doch erst mal hinsetzen und ankommen", mahnte Jess. „Du brauchst sie doch nicht sofort mit solchen Dingen zu bombardieren."

„Ist schon gut, Jess. Ich bin doch gekommen, um mich mit den Dingen bombardieren zu lassen, die du mir zeigen möchtest." Kit stellte ihre Handtasche ab und ging zu Morgan, die die Familienfotos von Linda ausgebreitet hatte.

„Ich habe dir doch gesagt, dass ich aussehe wie Onkel Micha."

Sarah sah, dass ihre Mutter feuchte Augen bekam, als sie sich über die Fotos beugte. „Das stimmt, Schatz. Du siehst ihm wirklich ähnlich." Sie nahm ein Foto in die Hand. „Ah, da ist Micha mit seinen Steinen." Sie strich langsam mit dem Finger über das Foto, ein verletzlicher, sehnsüchtiger Ausdruck im Blick. „Er hat seine Steine geliebt. Dein Großvater und ich haben ihm immer gesagt, er könnte nicht den ganzen Strand mit nach Hause bringen. Aber er konnte ihnen einfach nicht widerstehen." Sie blickte über die Schulter zurück zu Sarah. „Vielleicht habe ich noch ein paar von seinen polierten

Steinen in einer Kiste im Keller. Ich könnte sie ja in meinem Garten verwenden."

Michas Steinsammlung hatte Sarah vollkommen vergessen. Wenn sie in der Garage ihr Fahrrad geholt hatte, hatte er oft an Papas Arbeitstisch gesessen, in seinen Comicbüchern gelesen, während sich die Metalltrommel drehte und die Chemikalien langsam ihre Wunder vollbrachten. Sie hatte den fertigen Steinen nie viel Aufmerksamkeit geschenkt. Aber er hatte unzählige Stunden damit zugebracht, sie zu sortieren und zu begutachten.

„Ich habe ein paar Petoskey-Steine", berichtete Morgan, „aber poliert habe ich sie nicht, sondern einfach nur in Essig gelegt. Ich kann sie dir später zeigen, Oma."

„Das musst du unbedingt machen. Ich möchte sie mir gern ansehen." Sie setzten sich auf die Couch, um die Fotos zu betrachten. „Ach, du meine Güte! Schau dir nur meine Tücher an. Die habe ich vollkommen vergessen. Vielleicht sollte ich sie wieder tragen. Es spart Zeit, wenn ich nicht ständig meine Haare frisieren muss."

„Kopftücher sind cool", sagte Jess, die sich gerade ein Glas Wasser eingoss. „Ich habe ein paar. Ich meine, falls du sie mal ausprobieren willst."

Mama grinste. „Wenn sie cool sind, ist das bestimmt eine moderne Version."

Beim Abendessen mit Burgern, Kartoffelsalat und Wassermelone blieben sie bei den Geschichten von früher. Von Micha und Papa und Carol wurde genauso frei und vorbehaltlos gesprochen wie von Mama oder Zach, ihr selbst oder den Mädchen. Das herzliche Lachen ihrer Mutter war ein Geschenk für Sarah. Manchmal hatten sie beide Tränen in den Augen, wenn sie sich an Micha erinnerten, und auch dies war Gemeinschaft.

Nachdem der Tisch abgeräumt und das Geschirr im Geschirrspüler verstaut war, sagte Sarah: „Wir haben noch eine Überraschung für dich, Mama. Jess hat das zusammengeschnitten. Ich hatte eigentlich vorgehabt, das morgen auf der Feier vorzuführen, doch dann habe ich mich doch anders entschieden."

Nachdem alle fünf vor dem Fernseher saßen, ihre Mutter zwischen den Mädchen auf der Couch, griff Sarah zur Fernbedienung und drückte mit einem stummen Gebet die Play-Taste.

Lucy. Ihre geschätzte Mentorin.

Kit lehnte sich auf der Couch vor, ihre Augen hingen am Bildschirm. „Der Herr segne dich, und er behüte dich."

Während ihr eine Träne über die Wange kullerte, sprach Kit den Rest des Segens stumm mit. Wie gern hätte sie die Hände ausgestreckt und die von Lucy ergriffen, die ein wenig zitterten.

Eine Welle von Dankbarkeit überflutete sie. Was für ein wunderbares Geschenk Sarah ihr damit gemacht hatte! Und vor allem, dass sie es ihr hier im privaten Rahmen übergab, und nicht in aller Öffentlichkeit. Hier musste sie sich nicht zusammennehmen und ihre Gesichtszüge kontrollieren, wenn ein geliebter Mensch nach dem anderen auf dem Bildschirm erschien. Hier konnte sie lachen und die Tränen fließen lassen und voller Dankbarkeit die Erinnerung an das Leben und die Weisheit, Freude und die Verluste, die sie geteilt hatten, aufsteigen lassen. Mit jedem neuen Gesicht eine andere Geschichte. Hier konnte sie all die guten Worte auskosten, die ihr gesagt wurden, und Gott dafür danken.

Wer war sie denn, dass sie so viel Freundlichkeit empfangen durfte? Und das alles mit so viel Herzlichkeit und Liebe? Etwas schnürte ihr die Kehle zu.

„Hat es dir gefallen, Oma?", fragte Morgen, nachdem das letzte Gesicht auf dem Bildschirm verblasst war.

Kit legte sich eine Hand aufs Herz, mit der anderen pustete sie Sarah einen Kuss zu. Dann legte sie die Arme um ihre Enkelinnen und gab jeder einen Kuss auf die Wange.

Wie viel Liebe sie doch erfahren durfte!

Wren hatte noch nie eine Verabschiedungsfeier erlebt und war nicht sicher, was sie erwartete, bis sie das Programm sah. Willkommensworte von Sarah. Ein Eröffnungsgebet von Russell. Eine Dankesrede von Bill. Einige persönliche Beiträge. Lieder: „Groß ist deine Treue", „Wir bringen unsre Garben" und „Amazing Grace". Ein Cello-Solo von Jess. Überreichung von Geschenken. Und ein Abschlussgebet von Hannah.

Wren hatte zwar vorgehabt, sich mit Hannah, Nate, Mara und deren Freundin Charissa an einen Tisch zu setzen, doch Sarah bestand darauf, dass sie am Familientisch Platz nahm. Sie saß zwischen Zach und Morgan und konnte Kits Reaktion auf jeden Programmpunkt sehr genau beobachten: ihre Überraschung und ihr Staunen, ihr Lachen und ihre Tränen und ihre Verlegenheit, wenn die Leute sie überschwänglich lobten. Immer wieder legte Kit eine Hand an ihr Herz, um ohne Worte ihre von Herzen kommende Dankbarkeit auszudrücken, und als Jess nach ihrem bewegenden Vortrag von „Gabriels Oboe" an den Tisch zurückkam, stand Kit auf und umarmte sie mit unverhohlenem Stolz.

„Hilfst du mir, es hereinzubringen?", flüsterte Zach Wren zu, als der Applaus abebbte.

Sie hatte sich so gefangen nehmen lassen von der Musik, dass sie das Tandem ganz vergessen hatte. Sarah stand neben dem Klavier und sah sie auffordernd an. Wren sprang auf. „Schon gut", erwiderte sie. „Ich mache das schon."

Sobald Wren vorn im Saal ankam, trat Sarah ans Mikrofon. „Manchmal erfahren wir Dinge über unsere Mütter, die wir noch nicht wussten", sagte sie. „Zum Beispiel habe ich erst in dieser Woche erfahren, dass eines der Lieder, die wir heute gesungen haben, das Lied ‚Wir bringen unsre Garben', ein Lied ist, das ihre Großmutter immer mit meiner Mutter gesungen hat, nicht nur in der Kirche, sondern auch zu Hause. Mama hat mir erzählt, dass sie gemeinsam durch den Garten gezogen sind und dabei dieses alte Lied gesungen haben und dass es eines ihrer Lieblingslieder war. Ich habe ihr gesagt, wir könnten es doch auch heute singen, unter einer Bedingung: Wir müssten dabei durch den Raum marschieren. Und Mama war einverstanden."

Kit lachte, wie die anderen auch. Zach beugte sich vor und sagte etwas zu ihr, und sie lachte erneut und nickte.

„Und ebenfalls habe ich erst vor einigen Wochen erfahren, dass sie sich seit ihrer Kindheit ein bestimmtes Geschenk gewünscht hat."

Wren fing Kits Blick ein. Mit hochgezogenen Augenbrauen und einem Ausdruck auf ihrem Gesicht, der fragte: „Das hast du doch nicht wirklich gemacht?", legte Kit die Finger an den Mund.

„Ein Geschenk, das sie nie bekommen hat", fuhr Sarah fort. „Bis jetzt."

Das war Wrens Stichwort. Sarah spielte das Lied „Daisy, Daisy" ab, Wren holte das Tandem, das hinter einer Stuhlreihe versteckt gewesen war, und schob es nach vorn. Kit erhob sich, kopfschüttelnd und grinsend, und zeigte gespielt anklagend mit dem Finger auf Wren.

„Keine Angst, du brauchst es nicht gleich hier und jetzt auszuprobieren, Mama", beruhigte Sarah sie. „Aber wenn wir das köstliche Essen genossen haben, das Mara für uns vorbereitet hat, gehen wir alle hinaus auf den Parkplatz und schauen zu, wie du zusammen mit Wren deine erste Runde drehst."

Das war neu für sie. Wren hatte gedacht, die erste Fahrt würde Mutter und Tochter gehören. Verblüfft schaute sie Sarah an, die lächelnd nickte und genau wie ihre Mutter eine Hand auf die Brust legte.

Da sie immer noch das Fahrrad festhielt, drückte Wren den Kopf auf ihre Schulter und wischte sich die Tränen ab.

„Das war eine gute Idee, Wren", sagte Zach, nachdem sie Kit umarmt und an ihren Platz zurückgekehrt war.

Morgan nickte. „Das wird lustig."

Casey hätte ihr zugestimmt, das wusste sie.

Nachdem Kit einen Geschenkumschlag des Kuratoriums entgegengenommen hatte, trat Hannah ans Mikrofon und bat sie, doch zum

Segen und Abschlussgebet vorn zu bleiben. „Katherine", sagte Hannah, „wir freuen uns an allem Guten, das du hier getan hast und wofür Gott dir die Begabung geschenkt hat. Wir feiern heute, wie treu und verantwortlich du mit all dem, was er dir anvertraut hat, umgegangen bist. Unsere Worte der Wertschätzung und Anerkennung können nicht annähernd ausdrücken, wie groß unsere Dankbarkeit ist. Und wir sind nur ein Teil einer sehr viel größeren Gemeinschaft von Menschen, die davon berichten können, was deine Liebe und Großzügigkeit in ihrem Leben bewirkt haben. Ich will die Worte von Paulus an Philemon ein wenig abändern in: ‚Es war mir wirklich eine große Freude und hat mir Mut gemacht, von der Liebe zu hören, die du, Katherine, den Brüdern und Schwestern erweist. Du hast ihren Glauben gestärkt und ihrer Seele gutgetan.‘"[7]

Kit schluckte.

„Ja, wir feiern und wir danken für alles Gute, das Gott dir geschenkt hat, und dafür, wie gewissenhaft du deinen Auftrag erfüllt hast. Aber dabei vergessen wir nicht, dass wir uns nicht über unsere Arbeit definieren oder darüber, was wir für das Reich Gottes geleistet haben. Unser Wert und unsere Bedeutung hängen nicht davon ab, was wir für Gott tun, sondern davon, wer wir für ihn sind, und davon, was er für uns getan hat. Du bist Gottes geliebte Tochter, Katherine. Du bist der Mensch, den Jesus liebt. In seiner Liebe und durch seine Gnade und durch seine Macht trittst du nun ein in eine neue Phase deines Lebens. Auch wenn dies ein großer Einschnitt ist, sehen wir doch alles, was sich nicht verändert hat. Mögest du auch weiterhin die Fülle und Treue der unveränderlichen Liebe Gottes zu dir erleben. Und mögest du dich auch weiterhin an der Liebe von freundlichen und vertrauenswürdigen Gefährten auf deiner Reise erfreuen."

Hannah hob die Hände. „Stehen Sie doch bitte auf, soweit das möglich ist, und heben Sie die Arme in Katherines Richtung. Wir wollen sie der Fürsorge Gottes anbefehlen und seinen Segen für sie erbitten."

Voller Dankbarkeit und tief gerührt ließ Kit ihren Blick durch den Raum wandern, wo die Menschen, die gemeinsam mit ihr unterwegs waren, ihr in Liebe die Arme entgegenreckten. Dann senkte sie den Kopf und öffnete die Hände, um zu empfangen.

Früh am Montagmorgen, noch bevor Wren ihre letzte Putzrunde in New Hope startete, standen sie und Kit im Foyer und hörten zu, wie Bill Logan und Nicki von Kits erster Tandem-Fahrt erzählte.

Logan schob Elis Kinderwagen sanft hin und her, damit das müde Baby einschlafen konnte. „Ich hoffe nur, dass jemand das auf Video festgehalten hat."

Kit lachte. „Mir wurde gesagt, dass mehrere Versionen bereits geteilt wurden."

„Aus den unterschiedlichsten Perspektiven", fügte Wren hinzu. Sie hatte Zachs Aufnahmen an ihre Mutter geschickt, die sich sehr darüber gefreut hatte.

„Das hört sich beinahe so an, als würde man in den Sonnenuntergang fahren", meinte Nicki lächelnd. Savannah, die ein wenig jünger war als Zoe, schaute zu ihrer Mutter hoch, bevor sie sich hinter ihrem langen weißen Rock versteckte und den Saum hochhob. Ein tätowiertes Kreuz an Nickis Knöchel oberhalb des Riemchens ihrer Sandalen kam zum Vorschein. Ihre türkis lackierten Zehennägel passten zu ihrer Batikbluse.

„Ein perfektes Ende", erklärte Bill. „Richten Sie Sarah doch bitte noch einmal aus, dass sie bei der Planung des Festes wirklich hervorragende Arbeit geleistet hat. Mara auch. Wenn wir für eine Veranstaltung noch einmal Catering brauchen, wissen wir ja, an wen wir uns wenden können." Er warf einen Blick auf seine Uhr, dann zu Logan. „Ich muss ins Büro. Ist es in Ordnung, wenn wir später reden?"

„Sicher. Klingt gut. Wir schauen uns schnell einmal um, bevor Gayle kommt. Ich habe Savannah versprochen, dass sie sich den Garten anschauen darf."

„Magst du Blumen, Savannah?", fragte Kit, nachdem Bill sich verabschiedet hatte.

Savannah spähte hinter dem Rock ihrer Mutter hervor und nickte so heftig, dass ihre langen blonden Locken hüpften.

„Hast du schon mal Sonnenblumen gesehen? Die richtig großen, gelben?"

Die Kleine traute sich aus ihrem Versteck hervor. „Ich picke so gern die Samen heraus."

Kit und Wren sahen sich an. „Genau das werden wir heute tun", sagte Wren. Sie hockte sich vor das kleine Mädchen hin. „Wir müssen die Samen herauspicken, damit wir weitere Sonnenblumen pflanzen können. Möchtest du uns dabei helfen?"

Nicki legte die Hand auf den Kopf ihrer Tochter. „Was sagst du, Savannah?"

„Danke."

„Wie wäre es mit: ‚Ja, bitte'?"

Savannah wiederholte die Worte, umklammerte aber die Hand ihrer Mutter.

„Wie wäre es, wenn wir das jetzt sofort machen würden?", schlug Kit vor.

Sie gingen voraus, und Logan folgte ihnen mit dem Kinderwagen. Kaum waren sie um die Ecke gebogen, als Nicki nach Luft schnappte. „Das hast du mir ja gar nicht erzählt!", rief sie ihm über die Schulter hinweg zu.

„Was denn?"

„Diese vielen Drucke von van Gogh!"

„Entschuldige, Schatz. Ich wusste nicht, dass sie von van Gogh sind."

Sie schnaubte. „Ich versuche schon seit Jahren, ihn dafür zu begeistern, aber er bleibt stur."

„Sie mögen Vincent?", fragte Wren.

„Ob ich ihn mag? Ich liebe ihn!" Sie trat vor einen der Sämann-Drucke. „Wer hat die aufgehängt?"

„Wren ist die Künstlerin", erwiderte Kit.

„Oh, dann werden wir viel Gesprächsstoff haben." Nicki schaute sich die Drucke genau an. „Sie haben eine großartige Auswahl getroffen. Ich denke, ich muss nachsichtig mit meinem Mann sein. Diese Bilder sind nicht so bekannt."

„Nicki malt auch", erklärte Logan.

„Ich *habe* gemalt", korrigierte sie ihn. „Bevor die Kinder da waren." Logan war also mit einer Malerin verheiratet. Interessant. Ihre Kleidung und die vielen bunten Armbänder an ihrem Handgelenk hätten eigentlich ein Hinweis darauf sein müssen.

Vermutlich war er doch nicht ein ganz so großer Kunstbanause. Der Mann steckte wirklich voller Überraschungen.

„Wren hatte in diesem Jahr ihr Atelier hier eingerichtet", erklärte Kit. „Sie hat wundervolle Bilder für uns gemalt."

„Ich würde mir Ihre Arbeit gern anschauen", sagte Nicki. Savannah zerrte an ihrer Hand. „Nachdem wir im Garten gewesen sind. Alles zu seiner Zeit." Auf dem Weg in den Garten kamen sie an der geöffneten Tür von Wrens Atelier vorbei. Überall standen leere Kartons herum. Erneut blieb Nicki stehen. „Ziehen Sie aus?"

Wren war so verblüfft über die Frage, dass sie nicht wusste, was sie antworten sollte.

„Wir beide haben angenommen, dass das nötig sein wird", erwiderte Kit, „da sie jetzt ja nicht mehr hier arbeitet."

Logan beugte sich über den Kinderwagen, um Eli den Teddybär wieder in den Arm zu legen. „Entschuldigen Sie, Wren. Dieser Gedanke ist mir gar nicht gekommen. Ich werde mit dem Kuratorium sprechen. Wenn Sie Ihr Atelier hier behalten möchten, dann habe ich nichts dagegen. Ich glaube nicht, dass wir den Raum in absehbarer Zeit brauchen werden. Später vielleicht, aber jetzt noch nicht."

Wie gesagt, er steckte voller Überraschungen.

Nicki strich ihre langen Locken zurück. Einige widerspenstige Strähnen hatten sich gelöst. „Vielleicht möchtest du später auch eine Künstlerin vor Ort haben, Schatz." Sie wandte sich an Wren. „Ich sage ihm immer, dass er jedes bisschen kreative Energie und Vision nutzen muss, die die Gemeinschaft anzubieten hat. Und Kunst überwindet Grenzen. Die unterschiedlichsten Grenzen. Als Künstlerin wissen Sie das bestimmt."

Ich bin keine richtige Künstlerin, wollte Wren gerade einwenden. Aber als sie Kits Blick begegnete, änderte sie ihre Meinung und erwiderte: „Ja, das weiß ich."

Sie erreichten den Garten, und Savannah hüpfte davon, direkt zu der Reihe mit den Sonnenblumen, deren Köpfe bereits gebeugt waren. Auf dem Boden lagen Blütenblätter verstreut. Unter den hohen Stängeln bückte sie sich und hob etwas von der Erde auf. „Seht nur!" Sie schwenkte eine graue Feder über dem Kopf und steckte sie sich hinters Ohr. „Papa! Komm, heb mich hoch!"

Logan stellte den Kinderwagen im Schatten ab und überzeugte sich davon, dass Eli schlief, bevor er Nickis Hand nahm und sie gemeinsam zu ihrer Tochter gingen, um die Samen abzuernten.

Kit lächelte Wren an. „Ich bin keine Künstlerin, aber ich habe den Eindruck, dass diese heruntergefallenen Blütenblätter ein wenig aussehen wie Federn, die bei der Mauser abgeworfen wurden. Das gibt eines Tages vielleicht ein schönes Gemälde."

Vor ihrem inneren Auge sah Wren das Bild bereits vor sich: Die abgeworfenen Blütenblätter der Sonnenblumen würden sich mit den abgeworfenen purpurfarbenen Federn eines Kardinals mischen, wie sich Flammen auf dem Boden ausbreiten. Hier, auf diesem heiligen Grund, würde sie einen Vogel malen, der seiner sichtbaren Pracht beraubt war und die heruntergefallenen Samenkörner aufpickte. Und wenn man genau hinschaute, dann könnte man vielleicht winzig kleine Stoppeln entdecken, die sich durch die zarte Haut bohrten. Wie Federn der Hoffnung, die darauf warteten, sich entfalten zu können.

Anmerkungen

1 2. Korinther 1,3–4

2 2. Korinther 1,8–9

3 2. Korinther 11,30

4 Römer 12,19 (L)

5 1. Johannes 3,17–18 (Hfa)

6 2. Korinther 8,15

7 Philemon 7 (GNB)

Liste der Werke von Vincent van Gogh
(nach Erwähnung im Buch geordnet)

Worn Out (1882, Van Gogh Museum, Amsterdam)

Ein Wiegenlied (1889, The Metropolitan Museum of Art, New York, und andere Orte)

Zwei abgeschnittene Sonnenblumen (1887, The Metropolitan Museum of Art, New York)

Der Sämann (1888, Van Gogh Museum, Amsterdam)

Sonnenblumen (1888, The National Gallery, London, und andere Orte)

Der barmherzige Samariter (nach Delacroix) (1890, Kröller-Müller Museum, Otterlo)

Die ersten Schritte (1890, The Metropolitan Museum of Art, New York)

Mittagsrast (nach Millet) (1890, Musée d'Orsay, Paris)

Hilfe für Menschen mit psychischen Problemen und deren Angehörige

Wenn Sie glauben, an einer Depression erkrankt zu sein, suchen Sie sich unbedingt Hilfe. Sprechen Sie mit Freunden oder Familienangehörigen über Ihre Probleme und wenden Sie sich an Ihren Hausarzt. Im Notfall, beispielsweise im Fall von konkreten Suizidgedanken, wenden Sie sich umgehend an die nächste psychiatrische Klinik oder an die Telefonseelsorge (www.frnd.de). Unter der kostenlosen Hotline 0800-1110111 oder 0800-1110222 erreichen Sie Menschen, die Ihnen die Auswege aus schwierigen Situationen aufzeigen können.

Weitere Anlaufstellen im Internet:

www.deutsche-depressionshilfe.de (u. a. ein Selbsttest zu Depression, Klinikadressen, Krisenhilfen, Beratungsstellen, überregionale Krisentelefone)

www.angstselbsthilfe.de (u. a. mit Erste-Hilfe-Maßnahmen zur Selbsthilfe bei Panikattacken)

Die amerikanische Originalausgabe erschien im Verlag InterVarsity Press, P.O. Box 1400, Downers Grove, Illinois 60515-1426, USA, www.ivpress.com, unter dem Titel „Feathers of Hope". Alle Rechte vorbehalten.
© 2022 by Sharon Garlough Brown
© 2023 der deutschen Ausgabe Gerth Medien
in der SCM Verlagsgruppe GmbH,
Dillerberg 1, 35614 Asslar

Aus dem Amerikanischen übersetzt von Eva Weyandt.

Bibelzitate sind in vielen Fällen frei übersetzt oder paraphrasiert und folgen keiner bestimmten vorliegenden deutschen Übersetzung. Wo eine solche verwendet ist, handelt es sich um den Text der Übersetzung *Neues Leben. Die Bibel.* © 2002 und 2006 SCM R.Brockhaus im SCM-Verlag GmbH & Co. KG, Witten.

Weitere verwendete Bibeltexte sind wie folgt gekennzeichnet:

GNB – *Gute Nachricht Bibel,* © 1997 Deutsche Bibelgesellschaft, Stuttgart.
Hfa – *Hoffnung für alle*®. © *1983,* 1996, 2002 by Biblica Inc.™. Verwendet mit freundlicher Genehmigung des Herausgebers Fontis, Basel.
Alle weiteren Rechte weltweit vorbehalten.
L – *Lutherbibel*, revidierter Text 1984, durchgesehene Auflage in neuer Rechtschreibung, © 1999 Deutsche Bibelgesellschaft, Stuttgart.

1. Auflage 2023
Bestell-Nr. 817947
ISBN 978-3-95734-947-7

Covergestaltung: Hanni Plato
Satz: Apel Verlagsservice, Celle
Druck und Verarbeitung: GGP Media GmbH, Pößneck
Printed in Germany

www.gerth.de